李小甦 著

金城出版社
GOLD WALL PRESS
·北京·

Copyright © 2023 GOLD WALL PRESS CO., LTD., CHINA
本作品一切权利归金城出版社有限公司所有，未经合法许可，严禁任何方式使用。

图书在版编目（CIP）数据

万历谍影 1604/ 李小甦著 .—北京：金城出版社有限公司，2023.8
ISBN 978-7-5155-2295-1

Ⅰ. ①万… Ⅱ. ①李… Ⅲ. ①历史小说—中国—当代
Ⅳ. ① I247.5

中国版本图书馆 CIP 数据核字（2021）第 259676 号

万历谍影 1604
WANLI DIEYING 1604

作　　者	李小甦
责任编辑	丁洪涛
责任校对	高　虹
责任印制	李仕杰
开　　本	710 毫米 ×1000 毫米　1/16
印　　张	25.75
字　　数	300 千字
版　　次	2023 年 8 月第 1 版
印　　次	2023 年 8 月第 1 次印刷
印　　刷	天津旭丰源印刷有限公司
书　　号	ISBN 978-7-5155-2295-1
定　　价	68.00 元

出版发行	金城出版社有限公司 北京市朝阳区利泽东二路 3 号　邮编：100102
发 行 部	（010）84254364
编 辑 部	（010）84250838
交流邮箱	dinghongtaobooks@126.com
总 编 室	（010）64228516
网　　址	http://www.jccb.com.cn
电子邮箱	jinchengchuban@163.com
法律顾问	北京植德律师事务所　（电话）18911105819

序言一
一部值得推荐的历史小说

方志远

从小喜欢读小说，特别是历史小说，有时到了废寝忘食的地步。中国的历史小说，有比较靠谱的，如《三国演义》《东周列国志》《隋唐演义》等，也有不怎么靠谱的，如薛家将系列、杨家将系列、岳家将系列等。但是，不管靠谱或不靠谱，我们这一代人的历史知识的启蒙，大抵都是从读历史小说开始的。比如，从比较靠谱的《三国演义》中，我们知道了曹操、刘备、孙权，知道了郭嘉、荀彧、司马懿、诸葛亮、庞统、周瑜、鲁肃，知道了关、张、赵、马、黄和张辽、张郃、许褚、典韦，以及甘宁、吕蒙等。从不怎么靠谱的薛家将系列，我们知道了唐太宗、薛仁贵、张士贵以及辽东、高丽等。这就使得后来读《史记》《汉书》，读《三国志》《资治通鉴》等，不显得过于陌生。

对于小说的借实说虚、借真人说假事，研究明清史的祖师爷孟森先生坚决反对："凡作小说，劈空结撰可也；倒乱史事，殊伤道德。即或比附史事，加以色泽，或并穿插其事，世间亦自有此一体。然不应将无作有，以流言掩盖实事。"我十分钦佩孟森先生的学问，只是把写小说牵涉到道德高度，未免过分。但也十分理解孟先生，他一生致力于考证被传说、被小说搅乱的史实，辨孝庄皇太后到底是否下嫁多尔衮、辨顺治皇帝死于天花而没有出家、辨乾隆皇帝并非传说中的浙江海宁陈氏的儿子，等等。辨不胜辨，于是愤怒之下发出狠话。

但是，小说家根本不在乎历史学家说什么，只要读者喜欢就可以。武侠小说家金庸振振有词扬言："历史学家当然不喜欢传说，但写小说的人喜欢。"于是，在金庸的《鹿鼎记》中，李自成不但出家做了和尚，还和陈圆圆有私情，并且有个女儿陈珂，嫁给了无赖韦小宝。顺治皇帝不但在五台山出家，还告诫儿子康熙皇帝，如果汉人不喜欢我们，我们就退回关外去。在《书剑恩仇录》中，不但说乾隆皇帝是浙江海宁陈氏之子，而且和红花会首脑陈家洛是亲兄弟，兄弟两人又纠缠于和香香公主的感情之中，等等。受金庸《倚天屠龙记》的影响，一位刚进校门的名校研究生郑重其事地对我说，原来吴晗先生写《朱元璋传》遗漏了一个极为重要的人物。我问漏了谁？答曰：张无忌。无语。如此等等，只是由于大众买账，历史学家一点办法都没有，而且也没有必要太过较真，别人是小说又不是历史，而且是"武侠小说"。

　　我和小甦迄未谋面，根据他的自我介绍，知道是70后的北京人，我是"70后"的江西人，都是70后，这可以说是第一层缘分。第二层缘分，是在通信中发现，虽然相差二十多岁，但我们对历史的喜好和认识，有许多相通的地方。比如，自小喜爱历史，持续关注历史，同时也关注当今，认为古今相通，了解历史更能清晰地看待当今和未来。至于第三个缘分，是因为他写的这本《万历谍影1604》。受金庸的影响，我在二十世纪八九十年代一度产生过一个想法，以武侠小说的方式，演绎一个明代史，觉得大众应该喜欢。但是，这个想法过去了三十多年，迄未动手。意外中得知小甦小友以谍战的方式，写了一个万历时代，引起我的兴趣。有意思的是，他开始以"谍战"的方式演绎明朝时的年龄，正是我产生以"武侠"的方式演绎明朝的那个年龄。不同的是，小甦做了，我没做。从这一点说，我佩服小甦。这可能和他大学毕业之后的经历有关。1998年在原中央工艺美术学院毕业之后，小甦从事过媒体和设计工作，又做过采编、星探，还做过群众演员和角色演员、出版过绘本《生活总要继续》，这就突破我的认知了。大概正是因为有这样的阅历，特别是对历史、对明代历史、对万历时代有着特殊的喜好，所以才有这本《万历谍影1604》。

　　小甦告诉我，从最初确定要写这本书，到最后完成这本书，前后有10年之久；实际的写作和修改过程，也有7年。从全书来看，小甦是想通过以明朝

"锦衣卫"为中心,全景式地展示明朝万历年间的社会风貌,特别是将明朝的万历时代,置于"大航海时代"的大背景中,使得人物关系、社会关系乃至不同文明之间的关系,更加复杂也更加丰富多彩。

通过这部小说,小甦想向世人展示:哥伦布、达·伽马、麦哲伦的远航,开启了大航海时代,虽然各国之间、东西方之间,还存在着严重的隔阂和不信任,但是,在这股大潮的冲击之下,世界各国都或早或迟、或快或慢地发生了一些前所未有的变化,中晚明时期的中国,处在历史的大拐点处。以王阳明、王艮、李贽以及公安、竟陵等为代表的文化人的思想启蒙,和以福建、广东沿海民众为代表的海外走私,相互交融、相互促进,自由与约束、开放与保守,西学东渐带来的西方价值观和中国传统的儒家核心价值观的冲突与渗透,等等。在这个过程中,明朝发生了什么?明代发生了什么?中国社会应该向哪个方向、将向哪个方向行进?

通过这部小说,小甦还希望向人们表述他的一个思想:在"大航海时代"到来之际、在中国处于大拐点的时候,中国社会是应该"收"、还是应该"放"?如何才能既不压抑人性、又不任性失控,既不闭门造车、又不放任自流?作为统治者的明朝皇帝、明朝士大夫,如何审时度势、与时俱进,进行制度和政策的调整?同时,也希望通过对明朝万历年间的演绎,警醒当今的人们关注和提高生存危机感、重视生存空间的保护意识。虽然是在写小说,也可以看出作者的拳拳之心。

当然,不管作者有多少创作意图,作为小说,最终还是由它的结构、情节特别是人物形象表现出来。应该说,小甦在这方面的努力是成功的。他向读者刻画并展示了诸多真实的历史人物,比如曾经胸怀壮志却最终心灰意冷的万历皇帝朱翊钧、特立独行并以身殉道的思想家李贽、近世中国第一位放眼看世界并付诸实践的官僚科学家徐光启、第一位在中国传播西学并立下脚跟的意大利传教士利玛窦,以及极力主张开海贸易、募兵垦海的福建巡抚许孚远,特别是受许孚远派遣潜往日本搜寻情报、九死一生向朝廷提供《倭情备览》,又在援朝御倭战争中建立不朽功勋的史世用,等等。同时,又向读者详细描述了宁夏哱拜之乱、抗倭援朝、国本之争、京察,以及伪楚王案、妖书案和劫杠案等万历年间的重大历史事件。

上述的塑造和描述,既依据传世史料,又不拘泥史料,使其既符合大的历史背景和历史真实,又充分发挥小说创作的想象力和形象化,所以引人入胜。小甦在小说中一方面对于中晚明社会风貌的真实状态,包括各种商业、生活、服饰、人们常说的资本形态初级阶段的出现,及其所带来的社会方方面面的变迁进行了细致入微地描述,在貌似寻常的访查中,将市井百态、名人典故尽收笔下,又在主人公们一次次意外经历中,将当时的历史人物和事件串联起来。对于当时奢华又靡费的世风,带给人们的那种急躁又矛盾的心理,写得也颇接地气,让人读起来极有代入感。另一方面,锦衣卫与日本忍者之间的古代密码、情报搜集等暗战情节,也尽有展现。个中人物,包括一些意外介入国际暗战的普通人,也都描绘得活灵活现、有血有肉。

作为历史研究者,我一直认为,无论是发表文字还是发表言论,无论是专业研究还是普及大众,都应该是求真向善。既要以科学的态度,尽可能地揭示历史的真相,又要以现实的关怀,伸张正义、鞭挞邪恶,始终把民生福祉放在第一位。在这方面,小甦做得不错。因此,作为一个六十多年历史小说的阅读者和爱好者,读了无数的好小说和无数的滥小说,我毫不犹豫把小甦小友的《万历谍影1604》列入好小说之中,并向读者推荐。

2023 年 5 月 15 日

(方志远系中国明史学会首席顾问、江西师范大学资深教授、中央电视台《百家讲坛》主讲人。)

序言二
让人享受悬疑感"折磨"的谍战小说

梅毅

近年坊间流行的历史读物,网络写作痕迹大多很浓,大概出于迎合读者的需要,行文往往注水感很强,难以卒读。但是,当我读了《万历谍影1604》这本书的开篇后,竟然有迫不及待的阅读冲动,这部书故事精彩,代入感很强,而最值得褒赞的,就是这部历史小说写作文本的特殊性,如贯珠成线,文采卓然!所以,我很想把这本书推荐给更多的读者。

真正的历史小说,其实非常难写,因为这类小说需要作者具备相当强的糅合史料与故事的能力。所以,这是一个很难的技术活儿,写作者得会掌握这个度,需要拿捏得当。如果过多地空摆史料,往往会忽视故事的紧凑性,那样的话小说就会平淡无味,无法吸引读者;但是,如果没有恰当史料的辅佐,小说文本肯定又会堕入虚幻的、没有时代感的"架空历史",成为披着古人外衣的当代故事展现。现在网络上大红的许多所谓"架空历史"和"穿越小说",其实就是因为那些作者根本没有任何历史学术功底,所以就为了吸引读者眼球而胡编乱造,当然谈不上什么历史感了。

而《万历谍影1604》这本书,正是我非常欣赏的那种历史类型小说。本书作者引入了丰富详尽的史料,其间不仅有官修正史,也有时人的私藏笔记。细细读之,宛如欣赏一幅巨大的明朝风景画卷和风俗画卷,我们可以看到上至朝廷、皇室,下到市井、书坊,内到大明,外至西洋和日本的各色各样的人文趣事……当然，所有这些刻画又非简单罗列，而是从侧面反衬出了故事所处的社会背景和其产生的前因后果，进而推动着故事的发展，让故事的内容更加饱满。

中国古代谍报战，在我们的文艺作品里出现得并不多。本书名为《万历谍影1604》，显然就是表现中国古代的谍战以及侦破"妖会"，自然也就是这个大故事的主线。本书最精彩之处，还在于它的开篇就直接以间谍案开启了全书基调，一波三折，以细节取胜，面面俱到，环环相扣，从明朝的党争宫斗到锦衣卫与忍者的对决，从国内平叛到抗倭援朝的朝鲜战场乃至日本本土，从古代密码暗战到策反敌军和甄别内部的敌军卧底，可以说是疑案叠生，引人入胜。而且，作者功底深厚，浓墨重彩，把间谍案幕后黑手的诡诈狡猾与整个大明国内外局势紧密相连起来，从而使明朝那个特殊时代的大背景与具体案件，实现了一次次无缝对接。

更可喜的是，作者文笔老辣，在人物塑造和挖掘人性方面，在当下的历史小说中可谓独树一帜。整部小说通读下来，不仅仅是我们可以感受到明朝那个时代的风貌和人性，最大的感受就是"过瘾"和"解恨"！而且，还能够享受谍战小说那种悬疑感的"折磨"过程，读者会被作者所牵引，最终得到不落窠臼的结果。此种乐趣，有时候确实难以言表……

更重要的是，作者感同身受，能够自我沉浸到小说所描写的时代氛围之中，把谍战小说的历史也上升到了不同文明间的冲突与合作这一高度上来，这一点确实难能可贵。由此，我们可以看出作者本人的深度思索，即在"增强生存空间的安全意识"的大时代背景下如何推动中华文明的更进一步发展。这种不同凡响的历史反思，对于今天的我们也具有巨大的警醒意义。居安思危，忘战必危！

2023年5月18日

（梅毅系国家一级作家、中央电视台《百家讲坛》主讲人、中国金融作家协会副主席。）

名家推荐

李小甦著的长篇历史小说《万历谍影1604》,经过作者长期反复锤炼、七年磨一剑,终于由金城出版社出版,着实可喜可贺!

李小甦,毕业于原中央工艺美术学院。出身书香门第,父亲李鸿飞,中国青年出版社副编审,一辈子同图书打交道。李小甦自幼耳闻目染,习惯读书为乐,也喜绘画。

历史小说有别于历史学著作,也不同于一般小说。历史小说是以历史为基础给人启迪的小说。写作原则,首先,历史人物和历史事件,皆有历史依据;其次,写作中具体情节、人物,可由作者想象、虚构、创作、演绎。李小甦的《万历谍影1604》,正是这样一部既符合历史又十分精彩、引人入胜、启迪人生的历史小说。

小说写的万历皇帝,名朱翊钧,在位48年,是明朝在位时间最长的皇帝,有功有过。万历朝出过5位历史名人:改革家、内阁首辅张居正,大学士申时行,清官海瑞,抗倭名将、民族英雄戚继光,史学家、文学家李贽。而万历朝也是明朝兴亡之朝。以本书第一章"严旷之死"为例,小说涉及明代重大历史事件"万历三大征"之一的平定哱拜叛变的"宁夏之役":我的《大明庆靖王朱㭎》一书第十九章,正是"哱拜之乱 庆府遭劫"。小说开篇如实标出事件发生的年代:万历二十年(1592年)。九月平息叛乱,引出主要人物明代锦衣卫首领北镇抚司陆安。历史上真有嘉靖年间著名锦衣卫首领陆炳（1510年—1560年）。陆安发现宁夏百户严旷离奇死亡案，引出"哱拜之乱"案中之案。真名实姓的正方人物：明朝万历皇帝、平叛总帅三边军务总督叶梦熊等。反方人物：宁夏副总兵蒙古人哱拜、宁夏造反军官自任总兵刘东旸等。分化叛乱者的"离间计"、决定平叛关键的"水淹宁夏城"情节，宁夏城、花马池等地名，人物和事件，都符合《明史·神宗本纪》和《明史·魏学曾传》附叶梦熊传、梅国桢传的史实。小说在基本符合历史的基础上，虚构、创作出人物和曲折离奇的情节，演绎出一位忠诚、智慧、坚韧不拔的陆安的扣人心弦的传奇故事。

据此，我认为李小甦所著的历史小说《万历谍影1604》，再现明代万历朝的历史和生活，是一部真实而精彩的历史小说，某些历史观点也很有见解，会给人们带来很好的启示和教育，发人深思，值得一读。

——宁夏大学历史系教授　白述礼

总结历史的经验，才能更好地前行。当世界大航海时代开启时，中西方整体的文明程度并未曾拉开很大的距离。但到19世纪，中国被世界大潮远远落下，结果民族受难、文明蒙尘，其中的缘由值得我们好好地反思和总结。在中华民族伟大复兴的历史坐标系中，我们以史为鉴，目的是为了努力探索中华民族可持续发展之路。小甦的这本书，以大航海为时代背景，以万历1604年为历史节点，通过对历史细节的探幽发微，其中既有大历史事件的脉络，又有对特定人物的描述与刻画，给读者以启发和思考。

——中国政法大学思政研究所教师　郭继承

锦衣卫的形象在影视作品中出现过不少，通常是脸谱化的反面人物。其实锦衣卫作为秘密警察，关联着帝国运作的方方面面，其含义颇为丰富。本书从情报战、谍战入手，层层递进，揭示了大明万历年间国家所面临的重重危机，角度颇新颖。又展示了古代密码学、情报学的手段，内容颇丰富。本书是一部谍战与侦探小说,却也真实地呈现了历史,可谓非历史的历史写作。小甦的写作也很是惊艳,值得大家一读。

——影视编剧、卡通编导、制作人　高大庸

说实话,看《万历谍影1604》之前我并不喜爱历史题材的小说。我始终认为历史就应该是历史,真实、冷酷,不掺杂任何情感的呈现。但读了这本书后,突然就喜欢上了,它好像一杯茶,面如平湖,胸有惊雷,用一个貌似离奇的角度呈现了波澜壮阔的谍战故事。它包含了很多东西,激情、理智、爱情、隐忍和牺牲,这些美好而纯洁的愿望汇集在一个刀光剑影的万历时代,反差而又和谐。书中的生死似乎只是一种游戏,而希望,却是山下那一盏不灭的灯光。也许历史就应该是这个样子。

——作家、编剧　金杯白刃

目 录

001 | 引　子
003 | 第一章　严旷之死
027 | 第二章　"眼疾者"
048 | 第三章　萨摩疑影
079 | 第四章　白刃相接
115 | 第五章　浮出水面
146 | 第六章　死而未僵
182 | 第七章　又一块腰牌
207 | 第八章　一缕"新风"·锦绣江南
259 | 第九章　最后的荣光
294 | 第十章　沉渣泛起
333 | 第十一章　爱人·故土·同袍
387 | 后　记
392 | 参考文献

引　子

　　大明万历十三年（1585年）春，吕宋国[1]巴丹半岛南部的一个小岛上，一个商人模样的明国老者，带着个壮硕年轻人，在热闹繁华的街市上闲逛着。

　　这个小岛原本多丛林，岩石高峻、形如木杵，但很快被兴盛的街市和琳琅满目的商品替代。人们的肤色和服饰各不相同，有汉人、南洋土人，也有纯粹高鼻蓝目的泰西人[2]。郑和下西洋后，被朝廷禁止的民间私贸并未偃旗息鼓。吕宋诸岛，成了漳州、泉州等地华商的海外贸易圣地。尽管隆庆年间朝廷已下令开海通商，但各方仍争议不休。

　　近些年，各国西人也相继进驻。岛上原有的木制城寨，已被西班牙人侵占并改为石城，炮台也随处可见。陆续能见到一些从大明沿海溃败回来的西班牙士兵，满身疲惫和伤痕。小岛中心，数十名当地土人和华人，在一个身披黑色罩袍、颈前挂十字牌的教士指令下，修补着一座教堂。教士也给这个小岛起了个西班牙名字——科雷希多岛[3]，意为地方法官。临近中部诸岛，更被40年前一个叫比亚洛博斯的入侵者，以国王费利佩二世之名，改为菲律宾群岛。

---

[1] 吕宋国：菲律宾古国之一，在今吕宋岛马尼拉一带。
[2] 泰西人：明代泛指西欧国家的人。与本书中的"西人"意同。
[3] 科雷希多岛：该岛位于菲律宾马尼拉湾入口处，实为18世纪时，才由西班牙人开始统治。

"'三子'。"明国老者指着远处一些华商和华工,问身边的年轻人道,"你如何看待这些大明的海外移民?"

"到底还是逆贼、海盗!""三子"似乎很坚定地说。

"做人做事切不可肤浅看之。"

"三子"想了想,才道:"恕小人斗胆,小人觉得……他们大多乃我大明良民,绝非一概海盗。朝廷确实不宜一味剿杀。"

"嗯,此话正是。可那班腐儒却愚昧至极,故步自封。"

"大人高深,小人不懂。此番南下,您本就肩负首次出席'禄生会'密会重任。但那安托尼,却数次告知我们再等待几日,更一直对'会主'的背景讳莫如深。想利用我们,却又试图架空我们。此'会主'是否存在都未可知,该不会这帮子泰西人瞒着我们私下搞什么诡计吧?且……""三子"又犹豫了下,才道,"且泰西人这些年都是咱们大明的手下败将,此番我军又大胜。如此上赶着,岂不是把这买卖作践了?"

"错!"刚才还一脸平静的老者,突然厉声道,"你我必须正视的一点——便是我们在根上是落后的,哪怕赢在一时。今日之天下已浑然一体,若想树立一个新天下,必须低头向人家学习。我等这才秘密南下筹建'禄生会',天下之人必知老夫一片苦心。至于那'会主'……呵呵。"老者稍稍皱了下眉,道,"若心怀大义,无须在意什么'会主'。有朝一日让霞光普照我大明,才是最重要的。"

"是。"

话虽这样说,但对于此次诸国密使的会谈,老者也喜忧参半。喜的是,自己与诸夷的观点,都意在天下人之天下,而绝非只顾本国。但对方又确有私心,无我华夏退让之德。可自己仍不愿放弃。毕竟,张居正20年的"苛政"已将大明朝上下禁锢得喘息不得。尽管历经前元铁蹄后,确也让朝中对化外之事忌讳如深,但这又怎能引领大明面对这多变的天下?

想到这里,老者的心情似乎也像远处碧海蓝天一样愉悦起来。他掏出一对儿崭新的核桃递给"三子",说:"这是位喜好文玩的友人送我的,你留着解闷儿吧。"

"谢大人!"

第一章
严旷之死

1

万历二十年（1592年）八月，西北重地宁夏镇的这个初秋依然燥热。平日里一望无际的草原，像一只张开血盆大口的魔鬼，贪婪吞噬着眼前这座几乎被泡在水中的残败孤城，半人高的荒草在风中胡乱摇摆着，散落的尸体无人收拾，连沾染了些许血污的甲片也都被野兽舔得干净、叼落四处。

院中几声惊慌的犬吠声，让陆安从梦中惊醒。

他竟然梦到：那些哱拜的叛军纷纷插上翅膀，一路飞到京城。他们口中喷出火焰，吞噬着惶恐的官军。大臣有的在论道，有的向天上的叛军投喂食物或拽着他们身上的绳索引到地上。贴近地面时，陆安才看到叛军竟是红发绿眼。自己和两位兄弟朱元和钱乙，则身着黄雀羽毛华服、手持火铳射向叛军。他俩身后，又有几只更大的黄雀扑过来，生着人的面孔，头上却长着鹿角。但为首的并非叛军，而是本地官府主管线报的百户[1]严旷……

陆安暗自庆幸这只是场梦，他拿起桌上一个只有手掌大小的自鸣钟，钟

---

[1] 百户：明代军职称呼。为世袭军职，百户统兵120人，正六品。百户为百户所的长官。与此相关的还有千户、万户等。

面上的两根针以不同的速度转动着,发出轻微的嘀嗒声,时间显示的是6点30分,也即卯正两刻。

这场已持续半年多的宁夏哱拜之乱[1],从东部的宣府横贯至西部的宁夏,影响破坏巨大。陆安也转战至现在宁夏东路卫的花马池镇,以锦衣卫北镇抚司掌事千户的身份,担任起官军驻宁夏镇线报主事。虽然哱军唯一通向西面草原的出路,已被官军堵截,官军在水淹宁夏城后也即将总攻,一切胜利在望,但仍有迹象表明,地方在朝廷大撒把后的彼此兼并加剧,对朝廷更不再敬畏。兵科给事中张瑾和吏部文选清吏司员外郎秦德茂等几位大臣,就因直言地方做大而被贬往西南边陲。更不要说日渐不安的西南播州,以及今年四月在朝鲜爆发的那场壬辰倭乱。但相比这些,人们头脑中的变化更难把握。陆安曾查抄过一家私人报房,竟敢颠倒黑白地污蔑官军在花马池完败。处在这漩涡之中,眼前这一切似乎近在咫尺,却又遥不可及。

他不经意地望向门口,一抹朝霞透过窗棂洒落进来。恍惚间,陆安似乎回到了北京的家中,那里有温婉美丽的妻子,还有儿子陆健。他们终归才是自己的一切,心中的归属。

"千户大人!"门外突然传来几声禀告和敲门声。

"何事?"陆安这才从思绪中回到现实。

"王公公和叶总督让我来问您。说水淹宁夏城已然成功,给城中朱、钱二人协助总攻的密令,是否可以下达了?还有,严百户也在城中,他那儿的进展,府衙想着还需再快些。"门外的校尉恭敬地转达着两位大人的话。

"可以下达。回王公公和叶总督,我即刻前往府衙。"

说起镇守太监王锦王公公,陆安自然也忘不了那个叫阮鞠的人。决堤淹宁夏城的那一刻,阮鞠就恭敬地站在三边军务总督叶梦熊和自己侧后。这个

---

[1] 哱拜之乱:平息哱拜之乱,为"万历三大征"之一。明朝军队水淹宁夏城(今银川市),后又施离间计,终于平定内乱,哱拜自缢,其子哱承恩等被擒。宁夏之乱、朝鲜之役、播州之乱,是明神宗万历年间,先后在明朝西北、朝鲜、明朝西南边疆展开的三次大规模军事行动,史称"万历三大征"。但本书中提及的宣府战事属本书作者的创作。

之前还名不见经传的小人物，只因其上司严旷暂时困于宁夏城中，才在多方非议中代理严旷职位。但由于他急于树立威信，中了哱拜手下赵佗的奸计，让朱元设在宁夏城内的一组暗线共7人几乎暴露殆尽，仅李登一人脱险。陆安本欲追究其罪，王锦却出面将此事压了下来。

宁夏城在洪水汹涌地冲击下，东城墙体很快便坍塌了百余丈，腐尸的增多又导致瘟疫的蔓延。瘟疫带给人的恐惧，更大过城外官军。哱拜父子下了隔绝令，一旦发现疫情，无论有无确诊，一概隔离、射杀、焚化。前日还参与焚尸的士卒，今天又成了被屠杀的对象。城中随处可见贴上封条的院落，里面叠摞着无以计数的焦炭一样的尸骸。

宁夏城内，朱元和钱乙等人正站在高处，俯视着这阴云蔽日的、灰霾的天际。

"马上总攻了。又他妈得死上不少人！"朱元骂骂咧咧道。

"朱哥，我得先回衙门了。"霍四民道。

朱元点了点头，道："兄弟多保重，随时联系便是。"

霍四民"嗯"了声，向身边的钱乙一拱手便下得山去。

水淹宁夏城前，朱元和钱乙受陆安指派，在宁夏城北门内线策应下进了城，又顺利入驻商号"永生药材"。这商号是明为哱府推官[1]、实为陆安内线的霍四民专做掩护之用。随后，朱元和钱乙在流民营中找到李登，即当初因阮鞠冒进而暴露的小组中唯一幸存者，又联系到哱府都事[2]薛新泉和照磨所[3]的照磨孙义龙这两位互不隶属的内线。除了计划中的接洽，意外的惊喜倒也有一个，那就是收拢流民时，朱元结识了内地"轻刀会"的女帮主莫秀儿，但不巧被其识破身份。那莫秀儿倒也没难为朱元，且在官军灌城前一场蛊惑城内民心的暴动中，还异常仗义地帮了他一把。

---

[1] 推官：专理刑狱刑名的官职。
[2] 都事：文官名。
[3] 照磨所：明朝官署名。为户部、刑部、都察院、各布政使司、按察使司及各府衙下属办事机构，主管文书、卷宗的检查审核。

霍四民刚走，一个稚气未干的少年便上得高地，从腰带夹缝中抽出一张纸条儿。朱元抚摸了摸孩子的头，说："小哥儿路上当心。事情结束，我为你父子请功。"

少年听此言一笑，说："谢大人。只愿我父子平安，功名利禄皆过眼烟云。"说罢便躬身一礼，若无其事地走了。

"薛新泉能有这样的孩子，不枉此生啊。"钱乙在一旁感叹道。

"哈哈！这'死脓包的'屁孩童，倒显得我等庸俗浅薄了。还是聊正事儿吧。"朱元开怀一笑，展开纸条儿看了看，道，"太好了！哱拜在西部的出口已被官军堵截。先前，大哥已发来最后一道命令，让我们尽快实施对许朝、刘东旸与哱氏父子的离间之计。如今，民变已成。这离间之计可以开始了！就从姚黑、张虚灵二贼入手，务求万无闪失。既成，遂引官军入城。"

"可……当初设定实施的人乃是独眼，那人已殉职，备选还未找到啊？"钱乙有些焦急道。

"哼！还不都是严旷手下阮鞠干的好事！"朱元咬咬牙，又道，"人选其实已有了，就是刚才的事儿。只是有些……"

"有些什么了？"

"李登已自残一眼，决计以身赴险了。"朱元看了眼惊讶的钱乙，又道，"他双亲和同袍先后在战乱中殒命，身负家国之仇，于公于私都与哱拜势不两立。此行，也算成全他吧。"

"也是。"钱乙点点头，又问，"严旷那边儿我们要不要协助？"

"大哥说了，他有他的差事，我们不能管。不到最后时刻，不要联系他。话说……总攻前他要和咱们会合啊？这都他妈什么时候了，这厮怎么还不露面？"

"难不成他那边出了岔儿？若他不来，总攻时，监控王府那边儿就缺人了！万一王府被叛军利用……咱们身后也就不踏实了。"

"王府目前看出事儿的可能性很小。若他真……那也必须把重点放在咱们这儿！"

"好！"

兄弟二人谈话时，那莫秀儿突然上来了。朱元都未看清是谁，本能地将刚才薛新泉的密信吞到嘴里。

"哼！不定又是什么见不得人的苟且事，鬼鬼祟祟的。"莫秀儿看到这一幕，又是一脸的不屑。那女子虽生得俊俏，却也不失泼辣。

"你这'女魔头'休要胡说！"朱元瞥了她一眼，也不打好气儿地甩了一句。随后又深咽了一口吐沫，才将那纸条顺了下去。

2

严旷作为宁夏本地主管线报的百户，对治下的线报一直颇为满意。潜入宁夏城后，便找了个战乱中仍在经营的青楼住下。他在职务上和朱、钱二人各有分工，自己这边儿是要查证一个叫赵松石的哱军将领投诚案，以及王府是否涉及叛乱期间的私贸。日前，两案都已有眉目，与朱、钱二人约定的总攻会合日期也定在了明天。但若能在决战之前，自己能多拿出些成绩，那功劳簿上便又能再添上一笔。平叛指日可待，但这私贸案却看起来还是颇有油水儿的。想着想着，他的心思不觉离开了眼前的大战，一个不属于官府系统的私人内线齐国忠跃入脑海。

"你上次说，镇上多了些色目人[1]？"这日，严旷把齐国忠叫来青楼问道。

"是。色目人多属民间游商，大多数都见过。但最近出现的4个人，似乎脸生。其中2个就是汉人，另有一个泰西人和一个疑似天方人[2]，居然每次都是一起和王府打交道。我考虑，有可能是通过谁牵上王府这个关系，试图赚官府的大钱吧。"

"什么？"严旷这一听，才忽而觉得，这些胡人似乎并非自己之前设想的那么单纯。更想起之前抓过的一个自称游商的西域人，却身藏长刀。拒捕被杀后，在其身上找到封短信，上面提到过天方人。案子虽然已经封存，但如今又一群不同国家的胡人汇集一处……是纯为生意，还是另有所谋，抑或根本就是一拨人？那种习惯性的怀疑不禁涌上心头，念叨着，"胡商做生意，都

---

[1] 色目人：多指中亚一带胡人，也包含西方人。
[2] 天方人：我国古时指阿拉伯人。

是亲族一系,哪有什么红夷人、天方人……大杂烩的?"继而又转头问那齐国忠,"这几个人,现住在哪里?"

"住在镇西头的顺风客栈的后院二楼'甲五'客房。我10日前发现他们以来,他们去过王府两次,多数时候就在客栈内。"

"嗯,我知道了。"

齐国忠走后,严旷便立马乔装出了门。

顺风客栈是个大客栈,里外三进院。因为战乱,没了以往的火热。住进来的,多数是资产在镇上不忍离去或是被官军赶回城里的商人。

几个胡商所在的是二进院主楼的二层,而非三层或东西两侧平房。这在严旷看来,是有意为之。平房易于被监视,三层也容易被从天花板找到漏洞。而二层"甲五"客房两侧,也是漆黑一片。

严旷一闪身藏进旁边的柴房。

已入亥时,皓月当空。大多数客房都熄灯就寝,只有胡商的"甲五房"和其他几个零散的小房间亮着灯。严旷钻出柴垛将外衣脱下,翻过来后便成了一件黑色夜行衣,用黑巾蒙在脸上,又拿出两个布囊一左一右系在腰带上,贴着墙根往胡商的三层小楼后墙而去。又掏出右边布囊中的钩绳,抛向二层露出墙体的木梁。铁爪"啪"的轻轻一声搭在了木梁上。随即便手握绳索、脚抵墙面,一口气爬到二层,在"甲五房"窗外停下。扒住一个墙体上的木质构件,摘下铁爪,盘好后又塞入布囊。又掏出左边布囊中的"听管"——一种像哨子模样的铜管,轻轻插进了窗户的缝隙。

屋内貌似有几个人,声音微弱,且尽是胡语。忽然,有脚步声往窗口而来,同时,窗户被打开了。严旷后背紧贴住墙面,余光看到有人往窗外探望。见院中无人,探头的人便回头用汉话喊了声"没人"。口吻老成,音色却没那么陈旧。严旷忽然一惊,那声音怎么那么熟悉?但又一时无法想起是谁。严旷不敢错过耳边的每一句话,只能暂停回忆,继续听下去。结果屋内又是一通胡语对话。严旷十分懊恼,好不容易发现了新鲜事儿,还偏偏听不懂说什么。此时,探头的人已打算将窗户关上,同时又用汉话彼此问答起来:"哼家这次完了?"

第一章　严旷之死

有人回道："必定完了，可以考虑战后的安排了。"

"经费的划拨还顺利吧？"探头人又问。

"经费乃于（余）某亲自办，刚刚便有一笔款项完成交割……"恰恰就在那人提到交割人名时，院内的一声猫叫干扰了严旷，结果什么也没听到。

那探头人似乎很满意，又道："嗯。于（余）先生此事做得很好。"

这几句往来对话尽管意有所指，却也说不出什么具体含义。但接下来的谈话，是越说越让趴在墙头的严旷头皮一阵发麻，险些因失神从墙头滑下去。那，是一张远远超过自己想象的大网！在这网中，哮拜算什么？官军算什么？自己那点儿升官发财的功名算什么？他们口中那个没听清名号的什么"会社"，到底是什么玩意儿？竟有如此通天手段？这几个人……又是谁？

就在严旷惊诧之间，有人突然走到了窗边，将窗户关上。严旷猜测对方要离开了，他担心对方会转到后墙这边，便顺墙面迅速落下，又快速蹿到花丛里观察动静。果然，有两人蒙面从楼前转过来后院，就从自己眼前走过。身影一个稍年长、一个稍年轻，二人拉开后门出去后，并没立刻离开，貌似又谈起来。严旷踮着脚尖儿跟上去，躲在门后继续偷听。

谈话声很小，严旷又是没怎么听到。但那个年纪稍轻的蒙面人侧过脸时，下意识挪了挪脸上的面罩。严旷抓住了这来之不易的一刻，在门缝里微弱的月光下，当下便确定了对方的身份，冷汗直冒。

严旷一刻也不想多待。但就在他要起身离开时，最要命的事还是出现了。刚才那只打扰自己偷听的猫，竟在过道处盯上了自己。它弓着身子，背毛竖立，在月光下发出持续不断的、充满敌意的低吼声，拱起的身影映在地上尤显诡异。与此同时，那两人刚才的窃窃私语也戛然而止。严旷感到自己的余光里，两人正向自己这边转过头来。很显然，这只猫异乎寻常的叫声和姿态，已经让他们察觉到了角落里的某个不速之客。严旷来不及确认两人是否已发现自己，便头也不回地纵身翻过另一侧的墙头夺路而逃。寂静漆黑的破败街道上，只看到严旷飞一般逃窜的狼狈身影，但身后仍然传来了弩箭那可怕的由远而近的声音。严旷凭直觉胡乱地左突右闪着，只听耳边"嗖！嗖！嗖！"接连划过好几支箭镞。更麻烦的是，前方也闪出个黑衣人，持刀矗立。严旷已无退路，活命的念头，促使他放弃了肉搏，在将袖箭射出无果后，直接将仅有的匕首不顾一切地掷向那人。或许真是黑夜的掩护，堵截之人竟未及时发现飞来的利刃，中刀跌倒在地。严旷根本没时间取走那把刻有自己"旷"字的匕首，跳过那人尸体继续奔向远处。

返回青楼后，严旷来不及平息大口的喘息，匆忙收拾了下便开始了第二波逃亡——离开宁夏城，返回花马池。尽管城外的洪水已堵绝了几乎所有出口，明日总攻时，自己也必须与朱元、钱乙会合。但眼下，这一切都统统被扔在了脑后！逃命是此刻唯一的选择。他凭借自己多年的经验判断，那个露脸的蒙面人乃实实在在的敌人，而非官府秘派的卧底之人。他更自认为收获的，是足以让城外官军乃至京城重新调整朝廷策略的关键证据。必须立刻面见朝廷派驻本地的最高平叛大员。

所幸，严旷顺利出了城，这一路也未再见到新的围堵。但直至进入了后方，他却突然停下脚步。在极度紧张和一路狂奔后，他似乎才冷静下来。他开始觉得，面见最高平叛官员或许并不是个明智之举。事态的发展，明显已不在自己掌控中了，何况是要面对敌我已深度交错的平叛前沿。或许自己要密报的上司，恰恰就是敌人！严旷后悔地狠狠咬了下嘴唇，自己不安分守己完成交代任务，没事儿吃饱了撑地探究什么鬼胡人的生意！眼下自己已是擅自脱离战时岗位的性质，不仅铁定是个逃兵，还身陷被追杀的绝境！……如此……罢了！严旷一狠心，不如错就错到底，干脆隐姓埋名先躲起来。他日，再寻机调查、洗清身份。

就在严旷出城的次日傍晚，朱元和钱乙的离间计也终于实施。当刘东旸、许朝等人，假借换防之由试图偷袭哱军之时，在青园街路口被预伏在此的哱承恩军层层包围……二人的大本营也随即被哱军血洗。叛军内讧既起，朱元等人旋即打开城门，迎李如松、杨文率官军直扑哱拜家府，活捉哱拜次子哱承宠、养子哱洪大，哱拜也畏罪自缢。历经8个月的宁夏哱拜之乱，终被平定。

"哼！真是命如尘埃！"望着眼前这人间地狱，朱元冷笑着，转头又问道，"严旷那厮到底死哪去了？'死脓包'的，所幸王府那儿没出事儿！否则，有这厮好看的！"

"严百户若人还在，怎么回去跟官府交代啊？"

"哼！管他呢！各有各的命！"

平叛是成功了，但本应参与总攻的一线主要指挥官严旷却临阵失踪，这不得不引起本地府衙和平叛官军的高度重视。随后便将其列为特甲级案件，纳入了战后的搜寻计划。且没过几天，花马池本地的工作已初见成效。更在次日一早，陆安得到密报，在距严旷家附近的一个民宅中，发现了他的踪迹。陆安正欲调集人马前去，第二波密报紧跟到来，只可惜这次不是个好消息：就在刚才，严旷被刺，生死未卜。

3

严旷趴在民宅的柴房地上，匕首插入其后背，伤口处还在"咕嘟嘟"渗着鲜血。陆安将他扶起，附耳贴过去，却只断断续续听到疑似"于（余）先……生……"的发音。接下来，严旷说话更显吃力。只朝陆安这边胡乱地伸了几下手，便周身一松，彻底咽气了。

"你们再回忆下，严旷在总攻前有无什么征兆？"陆安回头问跟来的朱元和钱乙。

朱元立马拨浪鼓一样地摇摇头。钱乙思虑片刻后，也无奈地摇头，道："我俩和严旷各有差遣，平日里……两拨人互无交集，只约好总攻时会合，所以谈不上什么征兆。行动前又突然失联，搞得我俩当时也一头雾水。"

"你二人昨天刚回来的吧？"朱、钱二人在战时便曾数度秘密进出宁夏城搜集线报、行使秘密差遣。而严旷死前潜入宁夏城的详细任务，二人也确实不知道。

"是。"二人回道。朱元又接着说，"我们回来后也未见过严旷，真不知这家伙为何蔫不出溜地自己跑回来了。"

严旷身为本地府衙线报主事，平叛期间一直颇有成绩，官军形势又一片大好。无论如何也不能解释，他何以突然脱离战场，潜逃民间。且刚被发现，却又转瞬间被害。凶手更是能在官军收到线报及展开行动之间的短暂空隙将其杀害，实非常人所能为之。

陆安不敢耽搁，让三弟钱乙先行向总督叶梦熊通报此事，又让朱元将严旷的尸体运往府衙剖尸检验。自己则独自坐在土炕上，再度揣摩起刚才严旷最后的那句"于（余）先生"的发音。

这个线索，似乎也是严旷死前留给自己的唯一希望。这个于（余）姓先生到底是谁，是个真实的人，还是仅仅是个代称？这位似是而非的"于（余）先生"，是否就是他被杀的原因呢？

回到书房后，陆安调阅了近期有关严旷的值守公文，果然在其回来的那一天记录上发现了蹊跷。但纸面上只记录严旷回来，无细节说明。陆安将那晚值夜的军士找来问话。结果，又得到一个极为重要的新细节。那便是，严旷回来后，曾在通往自家和府衙的岔路口徘徊了一阵儿，最后才快步跑往家中方向。这说明，严旷是带着疑虑回来的，他是在犹豫先赶往府衙，还是回家。但遗憾的是，最后的选择却要了他自己的命。

赏赐了那位军士后，府衙在陆安的统筹下，正式对严旷之死立案。

调查是同时在两条战线开启的。一条线，是从其本地关系开始。由叶梦熊下派官员，阮鞠等地方官配合调查；另一条线，是往宁夏城内派出多路人马，从不同渠道展开搜索。核心一路由朱元、钱乙两人带队。还有她！这是不能忽略的。若不是她以江湖身份混入城内串联城内帮会之人，自己便决然少了一个联系宁夏城内外的重要通道。虽然朱元、钱乙二人也没来得及汇报这一切，但想必一定得到了她不少的策应。也不知她这里有无严旷的点点滴滴，但到目前为止，她这里同样一片空白。

进城的这几路人马，没几日便有了回复。但并不是朱、钱这一路，而是来自设在青楼的暗探。暗探给陆安的线报说，严旷当初入住了这家青楼，期间曾与供应客栈酒水的一个酒庄伙计聊得投缘。陆安大喜，因那酒商的掌柜杜老板，其实是属于陆安设在塞外的一个单线。随即，陆安给杜老板发出了

第一章 严旷之死

联络信号。

镇子西北角的破败民居中，有一处不起眼的小院。院中墙边有一篱笆，篱笆上挂着三个手掌大的草编人，这正是杜老板回应他召唤的信号。

陆安如约来到附近一座破庙后不久，一个内穿汉装、外套毡靼棉袍的粗壮中年男人便走进来。

"这场仗着实熬人，杜老板能随时待命。本官甚是欣慰。"

"哪里。"杜老板躬身施礼道，"小人当年险些被当作细作砍头，幸亏大人出面，才保住这条贱命。岂有不用心之理？"

"过谦了。最初，朝廷曾错误地将矛头瞄向南侵宣府的原朵颜三卫，也正因你，才助陆某探得所谓的南侵宣府，不过是哱拜唆使原三卫所为，目的就是吸引官军集结至东部的宣府，以便趁西部官军空虚时作乱。杜老板功劳卓著，朝廷必有嘉奖。"陆安亲切地拍了拍对方的肩膀，继续道，"宣府那边早已安定吧？虽说当初在那白忙乎了一阵，但各级官吏却颇为敬业。尤其那个经历司[1]的经历丁选，他还好吧？初到宣府时，他给陆某一行人提供了诸多方便。"

"宣府的战事没再死灰复燃，官民生活都已如平常。丁经历……是那个没事儿就总爱眨眨眼的老书生？"杜老板想了想，道，"现在各级官吏都陆续补缺上来，他便也没那么忙叨了。"

陆安点点头，这才提起让杜老板去联系顺风客栈内的驻站伙计，让伙计提交一份近期的日常见闻。杜老板也爽快应了下来。

"只是……"临近告别，杜老板却貌似欲言又止，犹豫下才说，"小人有件不着边儿的小事儿，不知对大人是否有用？"

"哦？说来便是。"

"小人在塞外，以前多是关注内地和塞外事务，处理起来驾轻就熟。但近年来，色目人明显多了。尤其哱拜叛乱前后，他们更是活跃。另外，我还

---

[1] 经历司：官署名，掌理往来文移之事。其中央官署宗人府、都察院、通政司，地方布政使司、按察使司、府都有设立。

听说此地有一会社。社员有腰牌,寻常人不能接触。不知……"

"哦。民间结社,锦衣卫皆有记载。但眼下时局复杂,朝廷尽显宽仁之风,针砭朝政已属寻常,西洋番僧常有布教讲学之举,朝廷大员和地方官员多与之有来往。此类事情如何待之,还不好说。若一概缉捕,又过于苛责,有违人之求知本性。你以后若发现不轨之举,再来报我不迟。"

"是。小人根据记忆自制了那会社的腰牌仿品,下次再拿与您看。另外,他们似乎还提到郑贵妃和《闺范图说》[1],郑贵妃是皇帝宠妃,这个小人知道。但《闺范图说》应是一本书,便没读过。小人也一时连贯不上个什么意思。"

"嗯?"陆安闻听此话,没了刚才的淡定。原因便是杜老板口中提及的郑贵妃和《闺范图说》一书。嘉靖、万历以降,心学渐成主流,逆反意识遍布大明上下,妇女们也纷纷抛弃礼法,追捧《金瓶梅》中"潘金莲大闹葡萄架"的情节。于是,两年前时任山西按察使的大儒吕坤,以历史上贤妇烈女的事迹汇成这本《闺范图说》,每个故事配一插图,后附文字说明,欲以此重塑妇女之道德观念。时值那阶段的国本之争,皇帝与大臣为立王皇后之子朱常洛,还是郑贵妃之子朱常洵为太子相持不下。按规制,本就该立朱常洛。但郑贵妃却将此书擅自增补12个人,亲自作序文,以东汉明德皇后开篇,更以自己终篇,欲形成郑贵妃版《闺范图说》,并借此书大做文章,如此必会形成派党之争。他在出京前,曾向自己的恩师石彬提出申请,就新旧版本的《闺范图说》立案监察,但恩师却不以为然。陆安认为,这源于石彬倾向放开群言的思想所致。相反,恩师对张居正便一向不怎么待见,骂其刻薄寡恩、阻塞言论。同时,对张氏一向同情,却对眼下松散局面颇多不满的锦衣卫同知吕骧,便成了石彬新的对立面。陆安虽有自己的思想,但面对石彬却没想过要去否定。恩师眉宇间透着一股威慑,尤其左眉间更有一根毛发明显长于周边,像一枝花魁在芳丛中夺路而出。

陆安正欲细问,却听远处传来三声鸣镝响。那是总督府紧急军令,想必

---

[1] 《闺范图说》:亦称《闺范》,明代吕坤于万历十八年(1590年)编撰而成。是一部图文并茂的古代妇女教科书,在古代妇女教育史上久负盛名,对当时的社会产生了巨大影响。本书后经郑贵妃增补重新刊刻后,因两者的编写初衷有着本质不同,在社会上引起了混乱,间接致使6年内出现两次"妖书案",朝野震荡。

又一批战后隐匿的叛军被揪了出来。陆安只得遗憾地交代了几句便离开了。

陆安走后，杜老板点上了土烟，边抽边在庙里徘徊起来。直至一袋烟抽完，才深叹口气要推门出去。门外似乎有人，杜老板于是开门问道："陆大人还有何事……"但门开后，外边却站着三个蒙面人。

"于先生？"杜老板似乎认出了头前那个人，疑惑道，"您不是已经离开宁夏了吗？我处的款项，您已交割，还有什么事情要交代？"

那于先生无意对答，却将手中的火铳瞄向杜老板。

"且慢！"杜老板见状，惊恐地连连摆手，"先生误会小人了！小人绝非与那镇抚司千户私通，实乃上峰知晓小人与其关系，交代小人不要断了这线。该说的、不该说的，小人心里有谱儿，于先生放心便是。"

"色目人和会社也便罢了，郑贵妃和《闺范图说》，也是可以随便说的吗？"于先生的声音明显厉害了一些。

"这是当然！"杜老板非但没心虚，反而多了些笑容，"那陆安也说了，如今这世道，朝廷绝不可能一概查办，更别提涉及郑贵妃了。偶尔提两句，便会让他对我多份信任；不说，反倒觉得我无有存在的意义了。"

"呵呵！说得好听。莫非'鹿缘会'的腰牌副本，也是证明你存在的意义吗？"

杜老板大惊失色。语无伦次之际，那于先生却再将火铳瞄向了自己……

4

次日中午，刚回府衙的陆安却得到禀报——"严旷案"已结案。线索源自地方提供的材料，说严旷曾欠巨额赌债。镇守太监王锦便以庆功在即、旁支勿扰为由，将"严旷案"定为债务仇杀导致战时潜逃，并取消了严旷一切所获殊荣。于是，这件涉及官差的命案就这么稀里糊涂地过去了。

陆安自是不甘心。但碍于王锦的司礼监身份，只能面上配合。且平叛结束后，除了场面上的残垣断壁需要清理之外，收缴和整理哱府卷宗、文书一事，也早就提上日程了。各种互相矛盾的报告以及大量看似琐碎、毫不相关的线报和密谈记录，每天都堆积如山。如何甄别这些自说自话的一面之词，就成了当前最重要的事务。"严旷案"也只能暂且搁置了下来。

不觉中，半个多月就这样过去了。官府的文书整理，也度过了最为熬人的阶段。闲暇后，记忆里那些疑点谜团，便又纷纷重现陆安眼前。除了"严旷案"，还有两件事始终不能忘却：一是朱元战时深入宁夏城后，曾遇到个可疑人物在与叛军细作接头。当时有个细节朱元疏忽了，陆安还是希望能确认后加以归档；第二便是本该早向自己汇报严旷在宁夏城情况的杜老板，已很久不见回信了。

这可是目前涉及"严旷案"的唯一节点人物。次日一早，陆安便乔装独自出塞而去。

进得杜老板在塞外西部的"杜记酒铺"后，陆安寻了个背靠墙，同时又面对门口的角落坐下。扫视了一圈后，却不见杜老板的身影。陆安不觉心生疑窦，右手伸向行囊，半抽出内藏的长刀。

伙计热情地走过来，擦擦桌子，问道："客官看着眼生啊？喝点什么？本店老酒是扬名草原啊！"

"以前一直有人来塞外收货，所以我不常来。你店中老酒可是关外高粱酿的？"陆安满脸堆笑着。

"嗯……"伙计愣了下，忙说，"那是自然！我们收的都是一等一的好高粱。"

"哦？甚好！快快来一坛，外加两斤牛肉。"陆安笑着说，但心中却知杜老板果真出了问题。按照他们的私约，伙计的回答不应是"收自关外高粱酿"，而是"自家在关外种的高粱"。

伙计笑呵呵转身去了，店中却多了三名腰别短刀的魁梧男子。紧接着，又有两名持刀的壮汉进了屋，与刚才那三名刀客一同向自己走来。

不等几人走近，陆安已将几只镖甩出去，击中一人咽喉、一人右臂。右肩受伤的刀客也不示弱，迅速将右手握着的刀转到左手，同样迅捷灵活地刺向陆安。陆安抄起身边的酒坛掷向对方，趁其左手将酒坛砍碎之际，向前紧迈一步同时转身挥刀砍断他本已受伤的右臂。另外三人迅速散成一个扇面形，再向陆安围上来。陆安右手持刀向前横扫，暂时阻挡几人前进，左手也从裤腿中抽出短剑。左手持短剑护住胸前，与右手伸向前方的长刀一起，与对面三人形成对峙。两拨人时而前进、时而退后，终于又有一人挥刀冲过来，陆安疾步穿梭到空挡，右手虚晃那人一下，左手则挥短剑削断其膝盖筋脉。那人立刻瘫软在地，捂住腿哀嚎着往后挪移。又未等另外两个刀客扑过来，陆安已经将左手短剑甩向其中一人，趁那人抬起胳膊护面时，箭步冲上去，一刀刺中对方。

仅存的一人仍毫无后退之意，吼叫着砍向陆安。陆安环视周围，却发现唯一逃生机会的那扇窗户不知何时被关上了。在此危急时刻，那伙计也持一把上了扣的手弩冲进来瞄向了自己……

恰在这时，一只瓦罐砸破了陆安身边的窗户。紧接着，几枚烟筒被扔了进来。屋内立刻烟雾弥漫，酒铺伙计和剩下的刀手纷纷护住眼睛。

陆安趁乱纵身跃出窗外。一个同样伙计模样的年轻人，将陆安拉进旁边的杂货通道，边跑边喊着："小的叫张庆。杜老板半个多月前外出就再也没回来，手下大多被灭口，只留个叛徒金二作为掩护，目前在酒铺的柴房做事。"

"杜老板会否在土默特东部的分号？"

"不会！"张庆坚定道，"东部的也换人了！杜老板曾提到，有秘密会社名曰'鹿缘会'，试图利用塞外各部矛盾挑拨与内地关系。只是他一直按捺未动，想必是想捞大鱼吧。又说若他出事，便让小人替他与来此之联络人接洽。他有个腰牌，上面有鹿头图案，还有鹿字。凡持此腰牌者皆隶属那会社，社员均系达官显贵，且有番人加入。其中一人是……"话音未落，张庆便惨叫一声倒下。脑后插着一支弩箭，而另一支弩箭也射飞了陆安的帽子，钉在旁边毡房的旗杆上。趁后边的追兵再次准备弩箭前，陆安飞身跨上道边的一匹马，扬鞭离去。

狂奔近十里，陆安才停下来，摘下水囊"咕咚咚"喝起来。杜老板是死是活？他是自己的单线，若非暴露，便是惹上了其他麻烦？半个多月前离开塞外后便不知去向……那不正是和自己在宣府破庙中密会的时间吗？杜老板和张庆提起的腰牌，以及那个"鹿缘会"又是何物，竟涉及外番，还导致杜老板在内的一干人等或死或失踪，自己也险遭不测。而且，张庆直言"鹿缘会"意在挑拨关内外是非。这个是非指宣府还是宁夏，抑或其他？难道也和此行调查严旷的死因有关？

陆安终归不想白白出这趟塞外，最起码杜老板失踪之谜应有个结论才好。惆怅中，陆安看到远处有一队骑兵，竟是土默特部盟友陀兰部落[1]首领妥欢的人。陆安大喜，早年也正是因为他，陆安才得以把朝廷和议的内幕提前传递给土默特部的领袖三娘子[2]，最终促成了朝廷与塞外和解。如能从妥欢处得到些塞外的情况，那对于寻找杜老板的去向便多了些机会。

与陆安的凝重相反，妥欢倒是满脸喜悦地、拍着对方的肩膀说："突然来此，莫非和塞外近一年来的是非有关？"

"还望大哥指点一二！"陆安听罢，更确定此次杜老板店铺一定事出不小。否则也不会引起部落首领的注意。

"好说！"妥欢张开双臂道，"兄弟你应该清楚！谁也没有生活在草原的人更清楚草原的日出和日落。你可知，之前的宣府之乱是有外人介入的！据说是内地的高人，还有……色目人和金发碧眼的泰西人呢！"

陆安一下子就将思路转了回来，与之前杜老板提及的西洋人和"鹿缘会"串联起来："大哥从何得知？有无详情？是否和已平息的哱拜叛乱扯上瓜葛？"

陆安接连几个问题，直问得妥欢有些应接不暇，缓缓神，才道："贤弟莫急。我也正因此寻访本部西界，亲眼看到一些和部落和官府有干系的人不断出事，才知道有此插曲。若问细节，我便不甚知晓了。似乎……"妥欢犹豫了一下，道，"三娘子和我部虽心向朝廷，但仍有势力始终谋求另立旗帜。"说罢，妥欢忧愤又无奈地捶着腿。

"还望大哥能继续秉承此心，与内地共筑这和睦天下。"

---

[1] 陀兰部落：此部落为虚构。
[2] 三娘子：土默特部落的首领，毕生致力于边塞内外和平相处，深受蒙汉人民的尊敬和爱戴。

"那是！"妥欢一抱拳，"以后用得着我的，尽管开口！"

当初，杜老板在破庙里谈及那些会社和色目人时，陆安自己还视作寻常事情。如今看来，若加上妥欢提及的色目人和泰西人，还有……对！还有杜老板提起的郑贵妃与《闺范图说》！诸多因素显示，宁夏之乱乃至严旷之死，都不能当作独立事件来看了，"严旷案"便更有必要深究到底。包括这个所谓的"鹿缘会"在内，这个未知的阴谋及主导者都有可能在暗中施加影响。于是，陆安想起张庆提到的金二，那个背叛了杜老板的伙计。

5

在酒铺的柴房，一个身形枯瘦的中年人懒散地收拾着手边的杂物。陆安潜伏在一个草垛旁，见最后几个牧民歪歪斜斜地走出酒铺后，大堂的灯火才逐渐熄灭。有个跑堂儿的，溜达到柴房，冲着那个枯瘦中年人呵斥着："金二，赶紧把这儿收拾好喽！我们老板能给你条活路就不错了，别整天混吃混喝不干活。"说罢还上去踹了金二一脚。金二没回一句话，只是不停地冲跑堂儿的鞠躬作揖。

约莫有一会儿工夫，金二才出来，孤独地往远处一片破矮房走去。陆安上前拍了拍金二的肩膀说："老哥儿，寄人篱下的滋味儿不好受吧？"

金二一惊，还未看清眼前是谁，便被戳了穴位瘫软在地。陆安随即将其扔到马背上离开，进了一个废弃的帐篷。

"小人只是酒铺一个打杂儿的，不知何故惊扰了义士。"金二尽力压制着自己的惊恐。

"你我都心知肚明，大家都是皇上和朝廷的人。"

"哈哈！朝廷！"金二一阵狂笑。

"老哥何故此态？"陆安将头探到金二面前，用坚毅的目光盯着他的眼睛。

金二也以同样的目光盯着陆安。过了一会儿后，却忽然淌下了眼泪，但随即又笑了笑，道："我笑你们愚忠、愚昧、迂腐。身为棋子，却不知自己的归宿，可悲之极！"

"哎。我等不过是集多方力量，完成最后之目标。谁又不是谁的下一步棋子？不过尽职尽责分内之事罢了。"陆安的神情充满期许，似乎对这个自甘堕落的同僚还存有一丝敬意。

"话都说得好听。金某正因此心，才在青春年华抛家舍业投身其中。但30多年来，家没了，又目睹张阁老时期的上下一心和现在的假公济私。"

"狂徒！我好心安慰于你，你却引我入沟？"

"非也！金某无非是就事说事。张阁老时人人奉职守法，各方宵小也不敢造次。后来推倒张阁老，官场倒是宽松许多，但因此得势的不是那些正直官员，而是奸佞投机小人！自此以后，边关官将内外勾结、割据一方。哪有什么关乎朝廷的机密？金某一好友就因党争私利死在我怀里。金某已全无年少时之信念，徒有一身臭皮囊而已。谁赢谁输，也都与我无关了！"

陆安便也作了个揖："我甚是理解金兄。但清平世道，我等力图维护；污浊世道，更该逆流而上。这才是大丈夫所为！与他谁当朝其实无关啊。"

金二低头不语，片刻后才说："也罢，既被你擒获，便如实告知你吧。金某的真名叫金木生，原属锦衣卫中千户所。20年前被派至塞外。杜老板很早就被内地和塞外同时看中，处在多方争夺之中，我后来接近杜老板并取得信任。有一次杜老板险被卷入一起奸细案，最后因某人介入而获救。但此事，至今我未查到。"

"杜老板知道你的底细吗？这次酒铺大换血，又是怎么回事？"

"杜老板不知道我的底细，只当我是他后来发现的、可以信赖的伙计。此次酒铺出事、杜老板失踪，数月前就有征兆。"

"什么征兆？"陆安眉头一皱，不由得往前探了下身子。

"当时，关内来了个人，与杜老板曾有数次密会。但二人好像话不投机，每次都不欢而散。我也不知他是谁，但酒铺新东家便是此人一系。不过……杜老板有一个秘密住处，曾叮嘱我为他保密。在此地往东三里，院外的土墙用白灰土只刷了一半。你去那儿看看吧，也许有收获。"

"此事，你可告知过别人？"

"我投靠新主，虽为混吃等死，但也有最后的操守。不至于他们问的说，

第一章　严旷之死

不问的也说吧？那也太下作了。"

"酒铺出事后，还有哪些人存活下来，可以为我所用？"

"清洗得很彻底，一看就是事先查过。要不是我预先得到密报，让我背叛杜老板、主动出卖两个密探获新主信任而活下来，我也早被'咔嚓'了！但好像……只有一个叫张庆的，原来只是给酒铺送草料的。新老板觉得老实，就留在酒铺。前两日酒馆发生了一次打斗，因其欲带一个不速之客脱身而被射杀，我才知道他原来也是杜老板的人。"

"我知晓了。金兄也无须和他人说出今日之事。你可继续依命潜伏这里。有待来日，我等或许能一起共事。"

"你也太认真了！如今谁还管谁啊？哼！"金二愣了一下，又说道，"一起共事？呵呵！好啊！如果你我还能活到那一天的话。"

杜老板的秘密住所，是间十二尺长、九尺宽的土坯屋。靠窗是一张土炕，土炕顶头是一面旧砖砌的墙。炕上面是一张草席，被褥、枕头整齐地摆放在床边。墙角的木桌上灰尘已积了厚厚一层。木桌旁边是一个旧橱柜，空空的格架上摆放着几只碗和水罐。蜘蛛网已快把橱架和碗罐包起来了。

陆安的视线落在土炕顶头的这面墙上。墙上有三块微微发红的旧砖上下错开排列着。常人根本不会在意，但陆安却露出笑容。陆安和杜老板曾私定的密室——便是三个相同物件中的一个。于是，陆安用刀背敲打着这三块旧砖和周围的新砖。从上往下的第一块砖和第三块砖，是正常砌上的，但第二块却敲出空心的声音。用小刀撬开后，只是半块儿砖体，留给墙体里的那一半儿空间，放着一个布包儿。陆安拿出布包儿打开后发现，里面是一块木质腰牌。图案是一只鹿头，头生两只犄角。图案下面有一个字——鹿。陆安又将腰牌翻过来，是空白的。这不正是张庆所说"鹿缘会"的鹿字腰牌吗？若非张庆遇害，便能说出和杜老板交往之内地神秘人物了。再若破庙那晚，杜老板多透露只言片语，自己也会更有方向。可如今，这些皆死无对证。

走出土房。陆安又想起了刚才那个满是消沉的金二，不禁感叹，其实也算个有志向的，不过是一时失去信念罢了。

杜记酒铺的生意很红火，金二却仍像以往那样，漫不经心地糊弄着手里的活儿。一没人看着，便抽起旱烟来。想想自己当年也是视功名如粪土，颇有马革裹尸还的气概。出塞前也曾几度纠结，担心的还不是家中爱妻？所以，每每在塞外饱受煎熬和屈辱之时，金二都会以妻子作为坚持下去的信念。盼着有一天衣锦还乡，不再出塞，给贤妻一个完整的家。

但击垮金二的，不是塞外的艰辛，更不是同僚的失德，恰恰就是自己心存亏欠的妻子。

4年前，当金二奉命回京述职后，便告假返回老家——南京上元县的金家里[1]看望家人。家乡的变化天翻地覆，即便乡野之地，繁荣之象也让金二应接不暇，人们所思更是日新月异。但整整数天，却只见老母卧在床上，孩子更无人照料，终日混迹乡野。妻子就没在家中待上几个时辰，据说已痴迷心学久矣。最早是阳明之学，后来王艮（gèn）的泰州学派又流行开来，再后来连王学都不屑了，转投狂禅，终日捧着《焚书》，与众多信徒去书院听讲。最后两天里，金二更目睹妻子与数人同榻乱交。闻其榻上之言，竟大喊"心性大放"！

金二对眼前所见完全一头雾水。他没去质问妻子，只留下点儿钱交予一位忘年交"六子"，托其照看老母孩子，当日便返回塞外。

金二终于释然了。没有了以往那种愧疚，但也没了念想儿。在那一刻，金二感觉自己已经死了。

此刻，望着远方杜老板土坯房的方向，金二忽又想起昨晚"绑架"自己的那人。一番交心之谈，也着实刺激了自己内心那一丝敏感之处。似乎，自己多少还是有那么一口气的。

是的！还有一口气！

金二不知从何处又来了劲头儿，打杂物中翻出张皱皱巴巴的破纸和一支木炭，铺在膝盖上写起来。一个名字、两个名字……正要写第三个时，门外响起了熟悉的脚步声。金二麻利地将纸吞入肚内，又漫无心思地抽起烟。

---

[1] 里：古代行政区划单位，相当于村。

"妈的!一没人盯着,就偷懒儿?兄弟们,往死里打!"还是那个跑堂儿的,带着那几个伙计开始了这一波对金二的殴打。围殴这个没人在乎的蝼蚁,已成几人释放怨气的办法。而金二,仍旧只知抱头蜷缩在墙角,永远没有还手之意。直到蜷缩的身子渐渐绵软下来,几人才作罢。

随后,金二被扔到不远处的脏水沟里。不到一个时辰,沟旁便陆陆续续跑来几只游荡的野狗。黄昏时,野狗更多了……

6

在花马池西南5里外的一间农舍中,一名年龄稍大的布衣男人向桌上的两个碗中倒着已凉却的茶水。茶水几无颜色了,茶叶片也一副灰扑扑的样子。

即使如此,刚进屋的两个人依然喝得津津有味。三人尽管都稍显消瘦,但仍能看出一股子精气神,似乎他们对于眼下清苦的日子毫不在乎。

"结果如何?"那倒茶水的年长男人关切地问道。

小个子很是镇定地回道:"林小旗放心,那陆安已然脱险。但……张庆兄弟……"说罢,眼眶一阵发红。

"大家都会记住张庆兄弟的。"年长者按捺住自己的悲伤,从怀中掏出两张馕饼和几片牛肉,递给二人,"你们年轻,多补充体力才好。"

那一高一矮两个年轻人连连摆手,道:"小旗大人已两日未进水米。我等一直受大人照顾,很受恩惠了。岂能再抢大人的口粮。"

"不必客套!"那年长者将粮肉塞到二人手中,"现如今小人于基层蓄势作乱。我等重义轻利之人,胸怀道义和社稷,才有缘聚在一起。陆千户虽不是你我一系,但绝不是佞臣。另外,'鹿缘会'的底细还要细细打探。他们公开的行事皆合理合法,但目的却不可告人,吕大人提醒咱们切不要放松。"

"是!"二人挺了挺腰杆儿,道。

言罢,那小个子却又嘀咕道:"我并非怀疑大家的信念,但也不知你我这样的忠义之士,在这世上还有几分意义?我们没有那些小人的条条财路,亦不敢公开声张我们的道义。"

大个子看了小个子两眼，也低头不语。年长的林小旗抬头看了看农舍屋顶上一大块破洞外裸露的天空，神情好了许多。那天是湛蓝的，偶有一两朵云彩在飘浮着。

　　"人间正道，必定沧桑。宵小纵然万千，但像你我这样的也非少数。人皆肉体，早晚成灰。然正气在，便永存于天地间。"说罢，林小旗正襟危坐起来，坚定地望着眼前这两位年轻的后生。那份果敢和信心，令二人心头不禁一颤。二人不约而同地单膝跪地，齐声答道："卑职愿与天地永存！"

　　"好样的！"林小旗赞叹道，鼻头亦一阵酸楚。

　　回到花马池的住所，陆安脑中一片混乱，闭目许久后才又睁开眼睛，却见桌上放着朱元入城前留在家中的那对儿核桃。于是，拿着盘了起来。因为不怎么会盘，核桃相错时发出的"咔咔"声，明显没有朱元耍的清脆和有节奏，倒像是马车飞驰在坑坑洼洼的山路上那般刺耳闹心。结果，核桃还是从手里脱落出去。陆安无奈地摇摇头，捡起核桃欲放回桌上，却见核桃上有一裂纹，心里顿时生了歉意。但再仔细一看，原来裂缝早已有之，上面还有用鱼胶黏合的痕迹。这才踏实下来，重新捋了一遍出塞后的点滴细节。

　　最终，陆安还是决定前往石彬在城内的官邸，将严旷之死、自己线人失联、塞外遇险以及疑似域外势力介入一事，做了详细阐述，并申请立案。

　　进得石彬的书房后，陆安并未立刻提及自己的塞外遇险，却道："此次宁夏之乱，学生感慨颇多……"

　　"犹豫什么？大可说来。"石彬自是看出陆安怀有心事。

　　"恩师，人性乃趋利避害，有几人能在纵容下克己奉公？过度放纵，更会尾大不掉！百姓忽视也便罢了，咱们实不该掩耳盗铃啊……"

　　"话里话外，又暗示你仍然留恋那个禁锢的时期吗？"石彬看了眼欲言又止的陆安，"安儿，你还是没去掉内心的僵化！还是不够开明！当年张居正独断专权、把持言路，难道就可取吗？若不彻底推倒他的影响，又怎能布施新政？"

　　"难道非要彻底颠覆过往，才是对的吗？"陆安定定神，才说起自己的遭遇，"此番出塞，学生已探得一神秘会社'鹿缘会'，有色目人和泰西人的身影。这事起于兵变期间，不可不察。学生亦曾因此遇袭……"

不料，石彬听完陆安的遭遇后，反而更加激动了："不要把你的遇袭和这些相提并论！当年张居正面对怠工之风不也曾说过'弊政积习日久。奉公守法者，上未必即知。因循颓靡者，上不必即黜。宁坏公家法度，不敢违私门之请托。矫枉过正，实因积习太深'。古往今来，朝堂上哪个不是饱读诗书的大家？谁又不懂过犹不及之理？但官场上归根到底乃党、派尔，不推倒对方，就会有人推翻我们，重回严峻苛政！或许，你该换个想法，有更多人不也在享受这份宽容吗？求财求富也乃人之本性，你也要全天下都吃糠吗？如今宽仁风气，阁臣、官员、学人、百姓，任尔自在。西学等新兴事物，民间和皇上亦都能研习，难道不正是盛世吗？天下终归是倾慕宽仁的，有了宽仁之风，自然天下安定。正因苛政峻法，才是引得天下不安之根源。"短暂的激昂之后，石彬又恢复了一些稳重的姿态，"夷人之无德，为师安能不知？但所见大多数不过学说和诗书，个把番毛，兴不起什么风浪的。至于你所探之会社，为师判断此乃单独且寻常的江湖火拼，安儿你必是意外介入才遭追杀，与平叛实无关联。你也可具书上报备案，以待日后查证。现在的形势，如你所说确是极为复杂的！你不可再出意外！可知为师的一片苦心？"

陆安无奈："学生听从恩师便是。另外，钱总旗早先从女真部归来后说，如今的女真尤其建州部，早非朝廷书报所说那样蛮荒，兼并各部落之迅猛不能不重视。切不可再以常态看待辽东，凡事皆在变化中！"

"女真？"石彬微微一笑，"朝廷对女真事务早有主张。海西的哈达、乌拉、辉发、叶赫四大女真部落间亦有恩怨。哈达部有实力，也对朝廷忠诚，朝廷始终对哈达关爱有加，便能抑制东部的建州和西部的鞑靼。只要恪守'保哈达，既保开原；开原安，辽东无战事'，便无忧矣！"

陆安还要继续，又被石彬打断，道："好了，你的意思我懂。但此乃朝廷既定战略，一时无法更改。对了，你不是一直关注《闺范图说》一书吗？此书仍局限后宫，安儿放心。"

"是……"

记忆中，这是陆安第一次与自己的恩师发生公开的异议，好在只是异议。

战火已灭，莫秀儿也欲返回内地了。

"此行终生难忘吧？'女魔头'。生意没做成，还卷入大乱。呵呵。但……小爷看你是个敞亮的主儿，此行着实帮过朝廷和小爷的忙。小爷也是个情义之人，定上报朝廷给姑娘嘉奖。"朱元仍揣着一种坏笑，挤对着莫秀儿，但心中却仍怀念先前和这个女帮主并肩作战的场景。

"嘉奖就算了。我等江湖之人图的是自在，不愿与官府为伍。你们用人时好言好语，之后便兔死狗烹。反正谁当官，与我江湖中人都无太大干系。"

"你？"朱元本想逗几句，没想这莫秀儿竟然对自己的挑衅置之不理，于是又恼羞成怒，"你们这些妇人，就是这般……模样！"

"哈哈！'臭当差的'还挺小肚鸡肠的。也罢，就当本姑娘谦让与你吧。"

"你在城里救过老子，老子也救过你！此番叛军和暴民的名录里，就不写你和你'轻刀会'的名号。但你休要猖狂！回内地后老老实实做你的买卖，莫要栽在我的手里！否则，一样会收拾你！哼！"朱元可算出了口气。

"哈哈！"莫秀儿又一阵大笑，"就怕那一刻，总旗大人舍不得捕我！"

"你这妇人，脸皮实在厚！快些离去，免得老子再看见你！"说着，朱元背着身冲莫秀儿摆了摆手。

莫秀儿嫣然一笑，上马去了。朱元却久久站在那儿不愿回头，只觉有种莫名的失落感浮现在心头。

钱乙在旁边斜看了朱元几眼，捂着嘴窃笑起来。

经历了塞外遇袭，恩师又反对自己深入研究平叛的背景。但这不仅没有阻碍陆安的决心，反而让他更不愿半途而废了。他想从头开始，从每一份平叛的文书、每一次闲谈开始，查出严旷真正的死因！

第二章
"眼疾者"

1

刚处理完文书的陆安，婉拒了府衙宴请，把钱乙叫来下起了棋。

"大哥有事？"钱乙知道陆安的心思，边下棋边主动提到正事。

"你二哥此行据说颇有收获？哈哈。"言谈中也透着一股子嬉笑。

"哈哈，大哥什么都知道。是内地'轻刀会'的女帮主，叫莫秀儿，在流民暴动中救过二哥的命，但之后二哥也救了她一命，是对儿欢喜冤家。小弟昨日随二哥去送那女帮主，竟发现他这看似粗糙之人，内心也有柔情磨叽的一面。您看二哥那张嘴，平日里饶过谁啊？可自从遇到那女帮主后，始终这舌头就没利落过。哈哈。"钱乙笑着笑着，忽又有些伤感，"二哥心里……其实也苦得很。"

"大家其实都有自己的故事，只是他人不知罢了。"陆安念叨了一句，才道，"霍四民和薛新泉都还好吧？进城后他俩的差使着实不轻。"

"霍推官和薛都事甚是用心。"钱乙赞许着，但又道，"有个事儿和大哥说下。薛新泉曾和我们透露，官军总攻前，有个叫齐国忠的经历官，竟说自己是严旷的私线。只因连续两日与主人失联，又看出薛新泉是官府的人，便公布身份，要与薛新泉共助官军。薛新泉直言当时确有些手足无措，关键时刻，竟是其子薛志清出手杀了那齐国忠，才免于暴露。那孩子，之前便数次替其父给我们送过线报。薛新泉之后托我向您请示，这齐国忠到底是不是咱们的人？"

陆安未置可否，只道："那孩子是个苗子，可放在基层锤炼一番再看。"

"是。"钱乙也不追问。

陆安知道，齐国忠至少不属于自己所知的官府体系，想来也只是在为自己的知己做事。于是，转移话题，道："孙义龙现在安顿好了？"

"安顿好了。当时情况也是极为复杂的，我和二哥与薛新泉等人，在报告中也都说了。我们最初的计划，就是利用叛军里姚黑和张虚灵这两个小人物的首鼠两端作为导火索，由李登出面挑拨哱府和许朝、刘东旸两股势力。但临时出了意外。幸亏孙义龙自告奋勇，主动做了个'死间'，用自己的性命冒险，才从哱军刀口下活了下来，并促成了最后的叛军内讧。这样的人，衙门里还用再行甄别吗？"

"都是吃这碗饭的，你我都一样。问心无愧，还怕这种例行规程？我担心的其实是……战后，你二哥没再去府衙找那阮鞠的麻烦吧？"

"没有。"钱乙坚定地摇摇头，"有大哥的叮嘱，二哥心里是有轻重的。"

"嗯。"

钱乙离开后，陆安再次对阮鞠深入探究了一番，在将其最近的交往记录收入密室后，才起身前往孙义龙的安全房。这种同僚间闲谈的语境，会让人放松，尤其对于孙义龙这样自觉是死人堆里钻出来的忠臣。刘、许二人被哱承恩伏击，困于刘府的孙义龙直到官军入城后才被解救。过于例行公事，反而更容易让对方产生被遗弃的失落感。二人聊了许久，气氛很是平和，陆安这才放心离开。随后又赶到街上的一家茶社，一个刚从宁夏城回府述职的密探已等候多时。此人，是陆安派入哱府的另一路单线，其任务便是暗中监视锦衣卫设在哱府中的其他内线，当然也包括孙义龙。

"你时间不多，咱们不寒暄了。说说你的所见。"陆安简单直入道。

"是。"那密探回道，"孙义龙确是忠诚。一切过程，小人皆亲眼所见。"

陆安点点头，示意继续。

第一章 "眼疾者"

"挑事的人，是两个早年因逼良为贼，被张居正贬到宁夏的应天府锦衣卫，名为姚黑和张虚灵。二贼先是划归到哼承恩手下负侦探之职，随后被编入赵佗队中，显然是监视对方。二贼曾怀疑孙义龙，但并无证据。但却有个和我同在照磨所的文书叫郎秀，欲拿孙义龙为投名状投靠二贼。其事后被二贼灭口，但其三人谈话，均被我安插的内线记下来。"说罢，这密探掏出张纸。

陆安打开后，见上面写道：

郎：小人举报孙义龙朝廷奸细。

姚：什么？！你再说一遍！

郎惊呆，后说：确是照磨孙义龙。我在整理文书时，发现曾有个叫赵松石的游击暗查过孙义龙，当时还曾怀疑同在照磨所的祝思明。但随后将祝思明排除。

姚：这个赵松石，不是叛逃了吗？

张：是啊。如此，那孙义龙不仅不奸，反为哼家的忠臣啊。

郎掏出一叠纸稿：这事儿我见多了。或是双簧，或是敲诈未果、查案未果，担心报复而逃！这是小人誊写的全部"孙义龙案"案卷。

姚和张均看过案卷：你为何将此案告知我们？而非专责锄奸的赵千户，或是直接递送给哼少将军。

郎：小的知晓府中关系。二位将军素与赵千户不合，欲直立门户便急需人才。赵千户那儿自然没有空位，至于哼少将军……人家也未必拿我当回事儿。

张：此事，你可对他人说过？

郎：功劳，岂能分享啊！

姚：呵呵！好一个功劳岂能分享。

姚遂杀郎。

张：不过，他提到的孙义龙案，正与我们扯上关系！不管孙义龙和赵松石是否双簧，但若把此事和咱们以往掌握的疑点联系一起，这孙义龙的奸细罪名便可坐实了！

姚：没错！官军暂时不会强行攻城。咱们就趁这几天，以复查案卷的名义，彻查孙义龙。势头闹大，哱家和将领们才会铁心与朝廷斗下去！至于那个赵松石是双簧，还是查孙案敲诈未果而逃，都与咱们无关。

张：好！就这么办！

这密探说的没错。事后朱元、钱乙和薛新泉的报告中，也提到姚黑和张虚灵二人查阅孙义龙卷宗的事情。而这行为同时也引起哱承恩和赵佗的注意。哱承恩担心姚、张背叛自己，赵佗则怀疑二贼抢了自己的地盘儿。本来，陆安给朱、钱的指令是，孙义龙在平叛中只做关键之用，不能暴露。朱元之后也说，他也曾犹豫在孙义龙出现差池时该不该救。但没想到姚黑与张虚灵的查卷极有效。不到两天，已摸清当初赵佗与赵松石合谋制造的假投诚。更将祝思明在被赵松石调查后，通过行贿逃脱制裁一事也知晓了。于是，二贼便前往赵佗府中申请抓捕孙义龙。而赵佗当初派赵松石向朝廷诈降，确曾合谋编出一份假名单。但没想赵松石因孙义龙查自己贪腐怀恨在心，私自在名单中加上了孙义龙。日后，赵松石虽承认是私心所致，但赵佗也认为孙有些可疑，便没再追究赵松石。如今姚、张二贼也查出孙义龙涉奸，赵佗终将此案提上日程。三人断定，孙义龙的嫌疑比同案的祝思明更大，决计设局试探二人，有分晓后当即拿下。但同时，姚、张对赵佗只说孙义龙涉奸，未提他受赵松石诬陷一事，证明二贼只想借孙义龙邀功而非一心办案。再有，姚、张刚走，赵佗府中便有家丁前往照磨所报信。说明赵佗表面与二贼合作，暗中仍拆对方台，给自己捞功。朱、钱二人这才决定，既不能救孙义龙，也不能助他逃走。只能赌！借三人彼此争功之念，同意孙义龙做死间。此刻，也只有坚定的信念和佯装无辜的姿态才能救他自己，才能让赵佗和姚、张二贼转而拿下祝思明交差。这个不得已而为之的托底预案，自己事先也是批准的。

"具体说说那天上午的事儿。"验证了这密探和朱元等人的汇报彼此无误后，陆安终将视线指向抓捕孙义龙那件事。

"是。照磨所主要有三人：照磨孙义龙、办事祝思明、书吏苏全，另有我与另一名书员。书吏苏全是赵府家丁的同乡，必就是他，按赵佗的意思把抓捕赵松石同党的消息泄露给照磨所内。那书员自知和自己无关,便和我专心理账。孙义龙如往常一样在书房查卷,但祝思明却异常焦虑,不停透过窗户偷偷看孙义龙。随后,姚黑、张虚灵便带人闯进照磨所,先冲到孙义龙的书房。小人只听孙在里面喊道:敢问姚百户有何贵干?姚说:哼!孙照磨,你莫要装模作样。赵松石若借涉奸案敲诈与你,自可告诉我们兄弟还你清白。等我们兄弟查出来什么,便没你好日子了。孙又说:赵松石确曾敲诈与我,因我曾审核出他贪墨。想必是他挟嫌报复吧。其他的,孙某便不知了。姚回道:好一个死不认账!难道朝廷让你隐藏下去,也是赵松石挟嫌报复?孙很是急切地喊道:这……这是从何说来?但姚黑正要追问,张虚灵从外边跑进来,喊道:祝思明这厮一股脑交代了他贪腐之事,以及贿赂赵松石躲避查奸之事,但拒不承认自己是朝廷奸细。还越墙逃跑,被士兵捅死了!如今死无对证,至少他承认赵松石查奸时曾接受他的贿赂。其他的,还不是咱们说了算。姚说:哼!我正欲突审这个孙义龙,若能一并拿下。张说:别太实在!如今,抓到一个拒捕的惊弓之鸟,已是大功一件。剩下的先养着。二贼于是带兵离开。姚、张以及赵佗三贼,之后也都确认死于乱军中了。"

"我让你在战役期间,策应的朱总旗那小队人马出了意外,你之前汇报的很好。唯一生还的那个李登,只身深入虎穴离间哱家和许朝、刘东旸成功,朝廷已予嘉奖。但从你处,是否发现李登有异常举动。"

"小人所知的李登,也无二心。之所以唯有他生还,只是走运罢了,绝非因其乃奸细。其队友受害之时,李登正在监视另一个赵佗手下,那手下正与一个老郎中谈话。郎中浓须,爱眨眼,语态绝非常人,必有诡事。小人因暗中策应李登,才得以见。"

"知道了。"陆安回答得平淡,心中却突然有了一丝颤动。

2

战后的一个多月后,繁琐和纠缠的甄别工作基本结束。孙义龙也终于在层层验证后,洗清了各种疑点。包括陆安在内的各级官员看来,他的受奖是毋庸置疑的。而陆安之所以对孙义龙的甄别结果如此重视，根本上仍是冲着"严旷案"而来。因为严旷和孙义龙，都和侦办赵松石假投诚案密切相关。关键的串联人物赵佗已死，孙如何定性以及相关经历，便是厘清"严旷案"最清晰的那条脉络。

阮鞠在当初的冒进翻船后，也懂得收敛了。也幸亏"水淹宁夏城"的工程，给自己一个翻身良机。作为土生土长的本地人，宁夏镇周边一山一川，自己都有底儿，又有测绘手艺，正可以此之长而避侦缉之短。回想起完稿的那一刻，头发蓬乱地冲出书房时的癫狂窘态。压力，也只有他自己清楚。若制图拖延或测算失准，影响筑堤人手和预算、延误战机是小，怕是自己这颗脑袋，也不再是王锦一句"阮鞠致线人被害，乃诱敌之计"可以挽救的了。好在叶梦熊对测算十分满意。随着千万条镐齐声挥动起来，大河改道涌向远处低洼处的宁夏城。阮鞠的眼光不觉又投向王锦，从对方的态度看，对自己也是同样怀有希望的。

如今，阮鞠更是实现了自己的夙愿，他甩掉了代理的称呼，"踩着"严旷的尸骸正式上任百户。酒宴后，阮鞠直扑王锦住处。王锦见到阮鞠后，更急走几步，弯腰搀起对方道："仗打完了，阮兄弟有没有考虑将来啊？"

"将来？"阮鞠贼溜溜的眼珠转了几圈，"卑职愚钝，望公公明示。"

"阮百户是安南人的后裔吧？先祖是被俘才入的大明，对吧？"王锦又看了看阮鞠，会意地一笑。

"正是。"阮鞠领会到了王锦的意思，当即跪在地上，连连磕头，"永乐年间，成祖介入陈朝与胡朝之争[1]，我便是那战败后被虏至大明的胡氏后裔。王公公对卑职的身世如此关切，卑职深感欣慰。"

"当今，宽仁之风已尽吹地方。介于治理与放任间的含糊之事，皆一概放任。阮兄弟是明白人，将来必然大有可为！"

---

[1] 陈朝与胡朝之争：安南（越南古称）当时政权为陈朝，后被权臣黎氏篡权。黎氏祖姓胡，亦称胡朝，篡位后胡氏又侵吞了部分明朝西南疆土。明成祖朱棣兴兵讨伐，铲除胡朝后将安南改为交趾承宣布政使司，纳入明朝版图。本文中的人物阮鞠属虚构。

第一章 "眼疾者"

"王公公此话，令卑职茅塞顿开。卑职虽身为大明官员，身着华服，却时刻不敢忘却先祖。卑职立即着手联络其他遗民，让先祖荣耀闪耀在这大明土地上！"阮鞠显得有些兴奋。

王锦轻轻拍了拍他的肩膀："眼下你最该做的，是助朝廷粉碎哱拜之乱，尽快进入中枢，才能实现我们的夙愿！届时，我会将你推荐给更高的圈子，一个足以左右大明朝根基的圈子！"说罢，王锦又有些幽怨地对阮鞠道，"你我同为身在明国的异乡孤魂啊！"

阮鞠抬起头望着王锦，感到一种莫名的契合，便更有些血脉偾张。他又连磕了好几个响头，道："从今日起，阮鞠唯王公公马首是瞻。"

宁夏镇以北的乌达地区，三个月前还是哱拜一部援兵的大本营，此时已人马皆去，留下的只有胡乱丢弃的残羹剩物以及几间废弃的零星小帐。其中有一间内还点起了篝火，帐内有两人围火对坐。一个是牧民装束的矮胖子，一个则身穿灰色粗布斗篷。斗篷的罩帽很宽大，遮住了整张脸。二人的身影，随着火苗的窜动而忽明忽暗。

"斗篷人"从怀中掏出个木制腰牌。那腰牌上有一鹿头图案，鹿生两犄角，图案下有个鹿字，道："此役中，游说宁夏内外部落一事，你已尽职。"

"惭愧。阻力还是大，又有朝廷介入，没能让哱家促成大事。"

"谋求自立，勿求急功近利。眼下各方均在博弈，只要能让地方不对朝廷让步，便有来日更进一步。目前，这计划已达到。"

"在下愿为天下势，粉身碎骨。"那矮胖子兴奋之余，却也面露难色，支支吾吾道，"但……"

"有何难处，自当直说。""斗篷人"颇有些关切地问道。

"我们蒂国遗民，全指望在夹缝中寻得一丝喘息之机，少不了忍气吞声。想到弱小者不齐心便不能争得一寸之地，忍便忍了。但也望大人从中斡旋，不要太让我们为难，同是边缘人，又何必欺我太甚？"

"哦？你是说'猲（yàng）人'？"

"正是！""矮胖子"鼓足勇气继续说，"他们势力大，有教法。这本无分歧，大家各过各的嘛，又兼有合力抗明之责。可我'蒂人[1]'的忍让却让他们得寸进尺。其有小股部民在我地久居后，竟反用其教俗强行驯化我们。再不严加制约，怕是未及搅乱大明，我等便已没了！"

"斗篷人"一阵沉思："你所言我记下了。你既然明白，小众合力才可与明廷较量，便不要主动与他人升级事端。"

"是……另外，经费的问题还望大人多多费心。"

"斗篷人"忙安抚道："放心。经费由于先生亲自负责，不会出差池的。"

作为清理最后事务的北镇抚司，陆安等人在官军陆续撤回内地后，也开始布置人手，准备收拾家当返回京城。

"大哥！"

刚安排好车马的调度，朱元和钱乙就一起来到陆安的书房。朱元对刚结束的叛乱仍是一肚子牢骚，见到陆安便忍不住又骂道："'死脓包的'！就因对地方太过纵容，才酿成此兵祸！不少人还对咱们镇抚司的监管非议众多！但若没有咱们，便更有人上蹿下跳了！惹恼了本小爷，先拿进诏狱便是！"

这番牢骚话，不禁让踌躇满志的陆安，也笑了笑："这也不难理解。自打厂卫设立之日起，百官对我们的态度便一向复杂。监察与被监察，永远是一对儿冤家。百官有劣迹，我们不能放过，但也不可纵权凌弱。宪宗朝的朱骥、嘉靖朝的陆炳，皆为我等楷模。"

"嘿嘿！一切听大哥的！"朱元便又傻呵呵笑起来。

陆安也笑笑，掏出那对儿核桃，还给朱元，道："物归原主。这玩意儿我玩了很久仍玩不转。可你这核桃儿有裂痕，是个残品，居然还值得你这么上心？"

"按理说，残的便不值钱了。但真能成对儿的核桃实在稀少，正如大海捞针般可遇不可求。稀有的两个好核桃对在一起，上面的图案能像镜中般彼此对称上。纵使略有缺憾，我盘了多年也不舍得扔。这人与玩物，也是透着交情的。"朱元说着，脸上不觉露出幸福的神情。

---

[1] 蒂人：猱人和蒂人都为虚构的小国遗部。

"哈哈。也是番乐趣。"陆安也有意摆脱一时的郁闷,便拉起两人到镇上溜达起来。

3

街市上的战火疮痍依然残存不少。时常见到稳定秩序的官军,民户很多已人去屋空,商铺也在开开停停中徘徊,人们眼中仍充满着焦躁和不安。

张望中,朱元看到了一间破败的字画店,屋内满墙满地是一些被扯坏和丢弃的字画儿。朱元便打起了钱乙的茬:"老三,我看你平时无论花鸟鱼虫,还是衙门里的官差,几笔便能弄出个模样来。真是他娘的像极了!你二哥我是没这情调。得空时再给你二哥描上一幅。上次那张,显得我太凶了!"

"哈哈!二哥本来就凶嘛。难不成将你画成潘安吗?"钱乙一笑,道,"又不是在京城无聊打发时间,出塞都是提着脑袋的事儿,何来闲心画画儿啊。"

"话说回来,你有这手艺却干上了这档见血的差事,真是造物弄人啊!"朱元唏嘘着摇摇头。

"哎!"朱元这一煽情,钱乙不免也露出失落之色,"我自幼便喜好诗词书画,但家父一心让我延续军户血脉。钱乙不敢不从。"

"嗨!"朱元一听这话,便没了刚才的鼓励,摆出一副家长的姿态,"那就没辙了呗!身体发肤,本就受之父母!天下便无不是之父母!君为臣纲、父为子纲、夫为妻纲,无此便无纲常!"

"父母也是常人,常人亦会犯错,且可能还是大错。女人,难道就都不对?男人,就都无过错?"

朱元没想到,日常里内敛的三弟,却一股脑地说出犀利之言,且句句直刺朱元论调,就连陆安也不由得愣在那里。

许是被自己的唐突所惊,钱乙默然低下头,有些愧疚地想回身和两位哥哥道个歉,但头转到一半儿还是转了回去。

毕竟是了解自己的兄弟,陆安很快恢复过来,望着独个儿跑在前面的钱乙,对身边仍目瞪口呆的朱元,道:"纲常影响的是万民,而万民本就个性繁杂。纲常即便有理，也难免会让些许个体受屈。以后不要再追问阿乙放弃书画之事，他父母后来也失足落入山坡故去。何况……他阿姐之事对他伤害尤甚……"

"他阿姐？"朱元一脸迷惑。

"嗯。他阿姐亦才华横溢，琴棋书画不逊男子，与阿乙感情颇深，却因家教严苛而不得不嫁人，从此只能专事缝衣补被和灶台油烟。不出一年，人便失了心智，癫疯跳崖了。天下女子有才者众多，不可欺弱。你作为二哥，要多多了解自家兄弟。"

"老三竟还有如此凄婉的往事？"朱元许是想起了自己与两位弟弟的恩怨，低头不语，转头才缓缓道，"都怪这该死的乱世。"

"乱世？"陆安不觉问道。

"对！乱世！"朱元狠狠地说，"如今这大明朝上到朝堂、下到百姓，都是各说各话、互不相服，虽肤浅却自以为是者越来越多。京城这帮酸腐官员和衣食无忧的腐儒文人，不管对错，皆整日以骂朝廷和皇上为荣！哪知底层蕴藏的危机？只要不叛乱，便任其可蚕食大明肌体。民间有些没脑子的百姓却也跟着起哄。人心各异、风气不正，即便富足也不过任人宰割的糜烂肉俎。反正，老子不觉得是什么好事！"言罢，朱元赶上前面的钱乙，拱手道，"你二哥混蛋，说话没个把门儿，伤了三弟的心。二哥记住了，下次再不犯了。"

"哪里！哪里！"钱乙忙低头还礼道，"是小弟失礼了，还望二哥不要计较。"

此时陆安也赶上来，望着向前溜达的朱元的背影，又和钱乙说道："阿乙也别难过。你纵有书画之情，但衙门里的差事同样办得有声有色，只能说你多才多艺。能在别处建功立业，闲暇时笔墨陶冶情趣也是物尽其用，此生仍无憾。你二哥嘴无遮拦惯了，我已将他呵斥。而且你不知，你二哥曾在少年时手刃两位胞弟……"

"什么？"钱乙一愣。

"嗯。此事切不可与你二哥提起。他两个兄弟当年无恶不作，你二哥始终不与之同伍，以致被两恶弟设计陷害，被逼无奈自卫误杀对方。但据说当时有个神秘人物介入进来，才使你二哥免于刑徒，勾补入军籍。"

第一章 "眼疾者"

"哦。这么说，小弟倒想起灌城前的那场民变中，二哥竟在乱军里把一个叛军当成了自己的二弟，险些被那叛军杀死。就是那次，那女帮主救了他。小弟也永远忘不了那一刻，二哥瘫坐地上哭嚎的样子。看来，大家真的都有藏于心中的悲悯往事，但那神秘人物是谁？"

"地方官后来病故，此事就无人关注了。只知那神秘人物披着个斗篷。"

钱乙更有些歉意了，"大哥也不必责怪二哥，二哥这脾气谁不知道？小弟与你和二哥血里火里过来的，还能在乎这点小事？"言罢，却忽然意味深长地问，"大哥对我俩如此体贴。却不知，大哥是否也有深藏内心的故事呢？"

陆安似被触动一样，望了钱乙一眼，又恢复了刚才的平静："或许吧。"

"哈哈！是啊！老三还能和我这个混人计较！哈哈！"此时，朱元也傻笑着溜达回来打起了哈哈，也打破了二人的凝思。

兄弟三人说着话，正遇到一名官军与商户发生纠纷。朱元和钱乙赶忙上去处理。陆安独自往前走着。刚拐过街角，却见霍四民从对面巷子里骑马而出。看到陆安后跳下马来，惊喜道："您要找的那个会社牌号和图样，有消息了。"说着，从怀中掏出一张草纸，正是那长有两只角的鹿头图案。

"今后，你在面儿上只隶属于锦衣卫衙门，不要透露与我的关系。"陆安叮嘱道。霍四民点点头，随即上马离去。

陆安正欲端详那草纸，突然驶过几辆马车，手头儿不禁一松，草纸飘落到了身后。陆安正要转身捡起那张纸，钱乙正好从街角拐过来，顺手捡了起来，递给陆安，道："这是大哥掉的吧？"

陆安只微微点头道："嗯。"刚将那草纸装入怀中，朱元便连喊着"大哥！"，手舞足蹈地跑过来。

"大哥你还记得吗？我曾说李登见过赵佗的副手，在路边向一浓须眼疾郎中为家人求骨伤药，但副手家并无人受伤。此案我那队人几无生还，随着战后严旷返回花马池祖护阮鞠，加上王锦和稀泥，便逐渐冷落，但大哥当时仍怪我没搞清这眼疾所指何意。"

"对。你发现什么了？"陆安显得极为兴奋。

"李登刚刚路过这里，我与他核实了此事。他所说的眼疾并非眼有创伤或盲瞎之意，而是有不停眨眼的习惯，李登便戏称为眼疾。就是这样……"朱元说着，便自己眨了几下眼睛。

"不停眨眼的习惯……"听闻此话，陆安更是眼前一亮。这不仅解开了朱元之前留给自己的那个疑惑，更与照磨所密探提过的眨眼人契合了！当自己听密探提到这个眨眼人时，也只是在记忆中对上了一个人。现在看来，此人显然已属重大嫌疑。难道二者果真一回事？陆安"哈哈"地大笑了两声，盯着朱元问道，"阿元，你印象中是否见谁有此怪癖习惯？"

"好像……有！确实有！'死脓包的！'怎么就是想不起是谁了？"

"不在宁夏吧？"钱乙插着话。

"不在！"朱元说。

"提示你们下！"陆安道，"是在咱们从京城出来后遇到的。"

"嗯？从京城出来后……那就是在宣府遇到的！没错！谁来着……哦！我想起来了！是……"朱元恍然大悟似的快要跳将起来，"是宣府镇的经历官丁选！"朱元一拍脑袋叫道。

"丁选？此人确实有眨眼的习惯。"钱乙貌似也回忆了起来。

"若真是丁选本人去宁夏镇与那赵佗的副手交往，那他就不是简简单单的宣府镇丁经历了。丁选是不可能擅自去宁夏的，只能借助外出办差，比如来花马池的机会顺道去宁夏。没承想这么个平淡无奇的角色，竟然……"陆安的兴趣似乎更浓了，"阿元！速去花马池府衙，查阅哱氏叛乱后来花马池的官吏清单及往来目的。再返回宣府，调查丁选的外出登记，尤其是否与眼疾郎中出现在宁夏城的时间重合。每一次具体出发和回府时间务必都要精确。把李登带去，在暗处辨认。"

"是！小弟这就去办。"

丁选，就这么误打误撞地进入了陆安的视线。准确地说，他出现在了花马池的外埠官吏清单中。文书显示，此人在宁夏开战后总共三次由宣府来花马池递送秘密公文。每次往返都是大概10日。其中一次的日期，正是六月九日来到花马池，十八日回到宣府，往来目的是"密送公文"。这个时间也与朱元前往宁夏城时相仿。而陆安兄弟三人初到花马池的时候，还曾撞见丁选来送公文。再细想下，这所谓10天其实也有差别。若第一日清晨卯时一过从宣府出发、第10日午后未时便能回到宣府，是一种情况；但若是第一日清晨卯时一过从宣府出发、第10日天黑以后的酉时甚至亥时才回到宣府，那其中就有2—5个时辰的空白，这么长时间足以在花马池和宁夏城间来往且短暂停留。更奇怪的是，在哱承恩府中也发现一张进出城关牒事宜的表格：持牒人名号：丁旭；年庚：51；体长：四尺七寸（约160厘米）；面貌：细眼，淡眉，浓须，眼有小恙、频眨。这丁选和丁旭，明显是真假姓名。浓须，正是李登所看到的眼疾者的外貌。眼有小恙、频眨，不正是丁选的特征吗？这个哱承恩签发的出入关文牒，也正好解释了丁选为何能在两个时辰内顺利往来花马池和步步紧缩的宁夏城。事实上，越来越接近这眼疾者就是丁选的判断。

在严旷死因未定、杜老板意外失联，自己又莫名遇袭一系列谜团之后，陆安一度陷入重重乱麻之中不得而解。但就在此刻，却突然冒出丁选这个天赐惊喜，且疑点清晰在目。若此人与宁夏叛乱中的"严旷案"扯上关联，那很可能让自己的塞外遇袭，乃至背后的谜团都能大白于天下。

4

朱元马不停蹄赶到宣府。推官肖大用一见是朱元，拉住他的手便问："哈哈！又见面了！哱拜之乱平息，兄长必定高升了吧？哪天请兄弟喝酒啊？"

"功劳谈不上，都是当差的，能赏几个子儿？不过喝酒没问题，改天朱某定与你一醉方休！"朱元说着，便跟肖大用进入内院。

刚进院，朱元便遇到闻声赶来的丁选。丁选一脸吃惊地问："朱总旗突然来访，丁某有何可以效劳的？"说话时，也没影响双眼在不停眨着。

"哦……查阅几个案宗。丁经历正在，请帮我将近两个月宣府镇的兵力调配和本府与外府官吏来往的记录拿来。我要写一份平乱结束前后，宣府镇和宁夏镇两地情况的报告。'死脓包的'，知道老子不爱写文章，还把这活儿派给我。"朱元装作发牢骚的样子。

"呵呵，那一定是陆千户有意栽培朱总旗。您在屋中稍等，这就给您拿。"

不一会儿，一摞案卷就摆在朱元的桌上。朱元煞有介事地阅读着那些他根本不关心的卷宗，心中恨不得让丁选赶紧从自己眼前消失。但丁选就在自己对面笑呵呵地看着自己，表现出来的认真劲儿让朱元无可奈何。

当翻到涉及官吏进出的册子时，朱元还是露出了超越其他案卷的关注。丁选也注意到了，忙问了朱元一句："朱总旗定有收获吧？"

"嗨！交差了事。丁经历做事真是认真，案卷的记录和整理着实细致。"尽管朱元要不停和丁选闲聊，但仍然在宣府镇进出官吏办差的记录中看到那一天丁选从宣府镇出入花马池镇的记录。日期正是六月九日离宣府出发去花马池、十八日从花马池回到宣府，原因也是密送公文。更重要的是丁选从花马池返回宣府的记录中，果真发现了在出发和返回时间上存在问题。这半年内三次往来宣府和花马池，有一次是次日未时后到达宣府镇，有一次是酉时过后才回来，还有一次原时间位置被涂抹，另在旁边写着未时。三次往来中，有两次时间竟然有疑点！且第三次是误写错，还是想掩盖真实返回时间？若真实时间比未时要晚，那肯定会晚很多，酉时都未必，很可能是戌时甚至更晚，疑点就更大了。朱元装作闲聊状问："丁经历这几趟去往花马池也着实辛苦啊，我大哥还托我问您好呢。"

"呵呵！是啊！替接任的宋巡抚送过几次公文。"

"哎，也是。丁经历也是干的这份倒腾公文的差事，不累您累谁啊。"

"亏得朱总旗体谅下官这份辛苦。因为是宋巡抚亲自写的，便只能丁某亲自跑了。也没工夫和您与陆千户坐上一会儿。"

"是啊！老子也忙得都懒得做梦了，一沾枕头就天亮！吃这口饭又能如何？"朱元一边闲扯，一边继续翻阅和记录着其他事项。天色又已晚，朱元收拾起卷宗递给丁选，伸个懒腰正要回房睡觉，却见屋内墙角的大瓷瓶中插着一把伞，但又不像寻常样式，便问道，"丁经历，这雨伞怎这般模样？花纹和样式很少见。"

丁选跑过去将雨伞拿出来打开，笑呵呵地说："此乃倭人之物，是一位和倭人做生意的朋友送我的。"

"哦？倭人的玩意儿？怪不得这样小家子气！"

第一章 "眼疾者"

丁选又笑呵呵卷起倭伞，拿来一盏灯笼交给朱元，送出经历司。

次日中午，朱元找来肖大用喝酒，并在酒桌上验证了他的判断。肖大用烂醉之后透露，他仅有的两次在外院值守，都在梦中被从花马池回来的丁选吵醒，当时都已进亥时。朱元心中不安，便与丁选和肖大用告辞，返回花马池。而这两日暗中窥视丁选的李登，也未确认这就是当时自己看到的"眼疾者"，当时那个人头发胡须都太杂乱，又只扫了一眼，实在与现在干净利落的老书生丁选差之天地。

这日，陆安又来到宁夏城内的孙义龙家中问候。战后，孙义龙也与其他书员一道，重新纳入新的府衙。二人的小酒儿刚过两巡，钱乙便来送信儿。陆安即刻放下酒杯，辞别孙义龙返回府衙。

"这丁选必定可疑。而且，他的神色也和以往不太一样了。"朱元一见陆安便说。

"有所察觉了？"陆安疑惑着。

"大哥，不如直接拿下，镇抚司什么嘴撬不开啊！"朱元信誓旦旦道。

"不可鲁莽，我们手上没有驾贴[1]。而且，回归时间有误，也达不到羁押理由。朝野内外对类似边贸案这样的事，更是态度不明朗。你再去一次，这次只说调阅边将换防记录，不要涉及和丁选有关的。"

"是嘞。"

"但要和肖大用打个招呼，让他盯着点儿丁选。"

"仅仅私通边贸，朝廷又不想彻查，有必要跑吗？"

"仅仅是私通边贸？！哼！"

"但他会不会私下透露给丁选？他俩可都是宣府这一口锅里吃饭的。"

"他早就是咱们的人了。"陆安微微笑道。这还是年初自己一行人刚到宣府时的事儿。当时陆安设了个局，用几册水利工程卷册诈称案卷，诱使肖大用招认在一个借贷案中的罪责，成了自己在宣府的新线人。

"哈哈！大哥真有你的！"朱元坏笑着。

---

[1] 驾贴：明代秉承皇帝旨意由刑科签发的逮捕文书。

就在朱元打算再赴宣府时,肖大用的家丁气喘吁吁地从宣府赶来。一见陆安便跪地,道:"家主让我禀告您。有位朱总旗来宣府查阅文卷期间,经历司的经历丁选有反常之举……"

"什么反常之举?!"朱元有些着急。

"丁经历以往都是一副神闲气定。不管多大事儿,说话没红过脸,走路没变过节奏。但就在朱总旗几天前刚离开宣府后,他总是值守时间回家,还时常收拾家什。家主不敢怠慢,让小人赶来送信。"

"好!本官为他记上一功。"说着,陆安拿一两银子递给家丁,"这是给你的。不必和你家主提起。"

"谢陆大人!"家丁欣喜地揣起了银子,转身出去了。

"这姓丁的果真要逃!"朱元跺着脚说。

"叫上阿乙,立刻去宣府!"

5

陆安三人赶到宣府镇府衙后,马上巡视了包括经历司在内的所有房间,都没见到丁选的影子,经历司墙角的大瓷瓶中也是空的。

"丁经历怎么没在?"陆安肃穆地问道。

"前晚回家后,就再未回来。我这两日也不在镇上,否则不至于……"肖大用眉头一锁。

"丁经历可曾与你们打过招呼,是外出了吗?"陆安转头问司内书员。

"没……没有。丁经历前日给我们布下差事,便不见了。"几名书员战战兢兢地说。

陆安再次来到丁选的书房,这次在抽屉里找到一卷纸张,上面隐约透着字样。打开后,只见上面写着:陆大人,后会有期。陆安大惊,忙将丁选屋内所有抽屉都翻开,发现有几个上锁的抽屉已空无一物。陆安冲到屋外,冲书员们喊道:"重要案卷已被搬走!这厮早有准备,肯定是陆续拿走的。你们竟无半点儿察觉?最近见到丁选,是什么时候?身穿什么衣服?什么颜色?

第一章 "眼疾者"

头戴何款帽巾？"陆安呵斥着屋内的人。

"昨……天。只远远看到个侧背影，戴四方平定巾，穿青紫色士人大袖衫。走路急匆匆的。我也没敢上去问。"一名书员上前说。

"走！去他家查查！"陆安拉上朱元、钱乙、肖大用，直奔丁选家中。

丁选家里也空无一人一物，只在厨灶那儿发现了几张未烧尽的纸张。钱乙拿起来一看，又马上递给陆安，说："这是申请关防的出关文书。"

陆安拿过来一看，未烧尽处有几个字：明关防。左侧被烧毁的应是"大"字："这厮是要叛离大明？"

"若真如此，这丁选可得诛九族！"朱元骂道。

"看这些纸屑灰烬，不仅一份出关申请。"陆安想了想，说，"阿乙，你速回府衙找都事大人，询问他丁选申请关防一事。"

"是！"

"肖推官，若出关，你看哪几条路最可行？"陆安问。

"最近的莫过于宣府镇，其次为西侧的大同镇，远点儿的是辽东镇。对了，还有一个……不过不太可能，是天津卫，那是个出海口。"

"宣府刚与塞外交好，不太可能从此出关。应是大同或辽东。"朱元说。

"若真如此，那他可给咱们出了道难题。完全两个方向，一下子分散开了咱们的兵力。"陆安说。

"他必与家人分开逃遁。但根据他'爱眨眼，四方巾、青紫色大衫衣着'的特征，派出大量军士，分大同和辽东两条路同时追捕。"肖大用说。

"肖推官，就按你说的办！"陆安点点头。

几人正铺开地图谈论细节，钱乙慌慌张张地回来了。将一张纸放在炕上，说："府衙的都事中毒死了，应该就是一个多时辰前他刚来上值时候。他留下的这张纸能说明些问题。"钱乙指了指那张纸，念道，"吾被财物所迷，实属报应。丁选欲逃……"

"应是丁选贿赂王都事勾结边军私办关防，以备自己叛逃。灭口还是自杀意义不大了。如今丁选一事已无悬念，按约定分批追捕，在其出关前缉拿归案！至于是否涉及宁夏兵变，归案后一并处置！"陆安命道。

出丁选家后，肖大用火速返回府衙，调集了全部20名捕快。朱元又从卫所中抽掉了40人。一个时辰后，全部60人集中在陆安面前。

"大用率所部20人沿大同方向追赶，另抽出10名快骑先行。剩下40名官军，由我和朱总旗、钱总旗带领，向蓟州镇方向追击。范小旗，你可率所部15人快马先行探路，我们随后跟进。行至蓟州时会合，再行下一步安排。"陆安下令道。

"是！"几十人异口同声道。随即兵分两路，各自绝尘而去。

陆安这一路，次日傍晚终于在京东北的顺义发现了痕迹。前哨范小旗所部一个士兵，在路上截获了一户做豆腐的百姓，但车上却有一件士人才穿的青紫色士人大袖衫，另有一顶四方平定巾帽。范小旗将刀架在那家长者的脖子上，问道："衣服何处得来？"

"回军爷……不知谁扔在路上的。小民觉得可惜，便捡来用。"长者回道。

"何时捡到的？"

"早上，大概有两个多时辰了吧。"

范小旗收好衣服，将老者一家赶跑了。又对士兵们说："老天有眼！逃犯就在这条路上。与我好好追，必有重赏！"

士兵们便又分几路向第一个汇合点——蓟州开进。但一路上却没有任何线索。唯一的车马，还是宣府镇大士绅刘定一，去辽东为朝廷转运军粮的。

但还是有个士兵，在散落行人中又发现了一个戴四方巾、身穿紫色士人大袖衫的人。但一脸浓须，也不眨眼。正欲上报，同伴儿却说："你这货咋这样蠢！逃犯所穿戴的四方巾和青紫色士人大袖衫，已然丢弃。他怎么还可能再穿着同样的衣服？"

"是这般道理！"说罢，那士兵扬了几下马鞭疾驰而去。

士兵刚走远，那戴四方巾、着紫色士人大袖衫的浓须人，便迫不及待地眨了几下眼睛，长长地松了口气。

陆安所率的20多人，虽没找到丁选，钱乙却在一处茅屋内，发现了一些衣物和一堆燃烧殆尽的本册。灰烬中，有一份没烧完的残缺户牒，上有丁选的名号、官职、家人等信息。

"为何不在家中一起焚毁？"钱乙问。

第一章　"眼疾者"

"应该在此地和接他的人会合。会合前防止巡防军士验身才一直带着，会合后便不需要这份户牒，就此销毁。"陆安分析道。

"看来这丁选是彻底不做大明子民了！"朱元啐了口吐沫。

"如与他人约好在此接应，那便是早已筹措好的。前哨的范小旗很可能被丁选骗过，必须速速追上范小旗！"陆安催促道。20多人一阵扬鞭，瞬间消失在尘土飞扬的土路上。

眼看就要到蓟州岔口了，仍没有范小旗的影子，但却发现往东还有条岔路，像是新铺的，便停下来问身后的校尉。

"回千户大人，此路通向天津卫，也即是出海的方向。"

"出海方向？"陆安迟疑了下，说，"出使朝鲜和倭岛，都是从此地出发吗？"

"陆路也有通朝鲜、倭岛的。若走水路，北方多从天津、山东临清出发。"

"哦？如此好学，做一校尉甚为可惜。你姓甚名谁？"陆安忽而对这基层小军官有些刮目相看。再观其貌，身形高壮，横眉之下是一双修长的桃花细目，俊朗得很。

"在下姓史名世用。曾随家人去胶州生活，对海事略知一二罢了。"

"好！我记住你了。你如何看待丁选的意图？"

"在下斗胆直言，除了大同和辽东两条出路外，海路，大人也不可不防。"

"海路？你是说通往倭岛方向？"陆安着实没想到这个，但经过这个史世用的点拨，却有些觉得可能了。凝视着东方，忽而又回头看看宣府方向，一阵徘徊后突然冲朱元问道，"阿元，你可去过丁选在经历司的书房？"

"去过。"朱元答道。

"他屋内有一大瓷瓶，内中插着一个什么东西？"陆安问。

"哦……是有个大瓷瓶！"朱元想了想说，"好像插把倭伞。他说是个与倭人做生意的朋友送的。"

"可今日，瓶中的倭伞不见了！"陆安强调了一下语气，"没错！史兄弟说得对！丁选根本没去大同和辽东这两条我们认为该走的路，而是东出天津卫，逃往倭岛！"

"什么！？"朱元又啐了口吐沫，骂道，"这厮居然通倭！"

"史兄弟速到蓟州路口，拦住范小旗来天津卫与我们会合。"

"是！"

陆安一行则连夜快马，终于在次日下午赶到天津卫渡口。渡口无一人值守，直到进入营房后，才看到了一名小旗官和十几名士兵，口吐鲜血倒在地上。桌上的酒肉饭菜，还剩下大半儿。

"中毒了，丁选干的。"陆安说完，摇摇头走出营房。

远望海面，能看到一叶帆船，但已渐行渐远。

"大哥，那是丁选吧？"钱乙问。

"是的。"

"'死脓包'还是逃了！怪我当时没留心眼疾之意。否则早拿下了！"

"后悔药可吃不得，一切看天意吧！"陆安道。

"大哥，此番丁选潜逃他国，朝廷如何结论？"钱乙追问。

"如果有司定罪，罪名倒不会轻，应是叛国潜逃。但叛国缘由不知，也无法抓捕。现在都忙于庆功，这种无头案立不了的。"

"大哥，这宁夏城必定案中有案啊！"朱元嘀咕着。

陆安望着远去的丁选的帆船，不觉自语着，"会解开的，都会的……"

"大哥在说什么？"朱元一时听不清楚，将耳朵贴近陆安。

"没什么。"陆安看了下旁边充满好奇心的朱元，突然笑道，"我是想说，你那个'女魔头红颜知己'貌似还有情有义，收了吧。你也不小了！"

"大哥……你……瞎说什么啊？没……那回事，真没。回去就收监了这女匪首！"朱元的脸"唰"的就红了起来，言语也不利落了。

"二哥，你那脸咋跟猴儿屁股似的。"钱乙在一旁捂嘴笑着。

"去去去！"朱元惹不起陆安，便冲钱乙嚷了几句，抽了马屁股一鞭子，气咻咻地跑了。

"哈哈哈！"陆安和钱乙，一同大笑起来。钱乙也嬉闹着追朱元去了。

陆安望着兄弟二人的背影，却顾自念叨着："秀儿，不该把你扯进来啊。"

宁夏城渐渐恢复往日的生活，酒肆楼馆也都重新开张。在一处酒楼包间

第一章　"眼疾者"

里，酒菜已然撤下去，桌边的两个男人悠闲地品着香茗。

"孙贤弟此局以身赴险，险成死间！可敬！可敬！"一个发式怪异的中年人，对眼前貌似账房先生的人慰问着。说话的这个中年人，头顶中部两侧头发被剃光，两鬓剩余的头发束到头顶，又打成一个棒状发髻后用绳系上[1]。

"于先生客气了。"孙义龙将眼镜摘下来，用布巾擦了擦水汽后又戴上，"赵佗一死，小弟便无忧矣。至于那陆千户……若非他和杜老板没来由地扯上干系，按说也无须在塞外设伏。老头子对他有情面，朝中也有些阻力，我本人更也敬他三分。若不乱折腾，也就不要伤他吧。"

"孙贤弟所求，于修岂能忽视。""斑秃头"道。

孙义龙点点头，又问那于修："听说，三井大人遇到麻烦了？"

"已脱险！"于修很镇定地说，"此刻，正在驶往日本的船上。"

"'鹿缘会'遍布大明国土上的差事，除了三井大人和老头子，也就数于先生操心最多！此番边塞大兵乱，唯有于先生指挥得力才行。朝廷虽赢了战事，但足以让朝臣心惊，西北的改土归流便无望了。以后对地方的策略，必定更愿妥协。"孙义龙颇为恭敬地奉承着于修。

"于修不才，只是大家用心。"

"那姓杜的，不会有麻烦吧？"孙义龙躬身问于修。

"还是留下来吧。他自己的地盘儿是不能再待了，我派他去了江南。"说罢，于修又阴笑着说，"'鹿缘会'所为皆可摆在桌面儿上，我们有何可担心的？经商投资有违《大明律》？查封几家小报怕什么？明日便可再办一份。举朝万民自言其说，也乃天下大势。看吧，全天下都会躁动起来！皇室、朝廷、官绅、蝼蚁……所有！所有！所有！哈哈哈哈！"

"哼家注定会败的。"说罢，孙义龙又抬手遥指着东方，道，"但丰臣秀吉早已在朝鲜点燃的这捆干柴，怕真的要让大明朝首尾难顾了。哈哈！"

于修也掩饰不住地激动起来，频频点着头。忽而又闭上了眼睛，嘴角扬起一丝笑意。

---

[1] 棒状发髻用绳系上：此发式为月代头，是日本室町时代（14至16世纪）日本武士的一种发式，进入战国时代后成为日常发型。

第二章
萨摩疑影

1

自天津卫回京后，陆安本想重新申请对平叛哱拜中的存留疑点立案，新内容便是丁选的意外撞入。

但刚进衙门，便得知皇帝已正式对倭宣战。锦衣卫高层的一纸调令也紧随而至，陆安被紧急任命为锦衣卫驻朝鲜新任知事，全权统筹明、朝联军对倭密战，相机开赴前线办理交接事宜。同时交给他的，还有发自倭国的三份新到的密信。信，都是关于倭国丰臣秀吉侵朝的战况。写信者是萨摩国主岛津义久[1]的御医许仪后。

这场已经爆发半年的战事，事实上确已刻不容缓。当初，丰臣秀吉的大军一在釜山登陆，便已呈破竹之势，19天后攻克王京汉城，六月十五日再陷平壤，如今更直逼北部明、朝边境。

陆安在向朝鲜前线发去先期的部署密函后，便先行南下福建。尽管战事已不容等待，但有些事务仍有必要与熟悉倭情的巡抚许孚远当面商谈。离京前又下达急令，让已赶赴播州和永宁执行要务的朱元和钱乙，放弃原有差遣，迅速转至福州府与自己会合。

---

[1] 岛津义久：日本萨摩藩首领，战争期间与明朝有过积极接触。

第三章　萨摩疑影

一别一月有余，站在陆安面前的史世用已是一席锦缎官衣，腰挎一柄绣春刀，脚穿皂靴。许孚远曾提出数名赴倭侦探的人选，但史世用貌颇魁梧、才亦倜傥，陆安又与之曾有过一面之缘，随即确定其为不二人选[1]。

"天津卫一面，陆某便料定史贤弟有大才之相，原来也是我锦衣之士。朝鲜大战已搅动大明周边诸邦。贤弟此去倭国，需深入详查，提交备览以供参谋之用。"

"史某虽万死，亦不足惜。倭难起源久矣，战端背后亦与我朝海防策略和海外之贸易有千丝万缕之联系。高皇帝绝其贡，不绝其市；永乐以后，仍并贡、市许之。官市不开，私市不止。商转为盗，盗而后为商。边海无敢通倭者，于是有西洋番舶与我湖丝诸物交易骤增。倭人想从我朝获利，都要转市之吕宋诸国矣。而市物又少，价时时腾贵，其人未能一日忘我贡、市也。不以天下整合大势看待朝鲜之役，终不得要领矣！"

"甚妙！"陆安不禁拍了下大腿。

"确实俊才！"许孚远亦露出钦佩之情。他也是这场海上大变革的参与者。隆庆元年的重开海上贸易（1567年隆庆开关），虽让华商重新垄断闽粤与马尼拉间的贸易。但他也明白，觊觎这条商道的不仅有泰西人，还有倭人。倭国是屈指可数的产银国，不仅对大明，对泰西人也极具诱惑。数月来，福建的海商陈申暨、许仪后等人已陆续传回倭寇犯朝的消息。而自己与陆安合作的那份《请计处倭酋疏》奏折，也将成稿。于是，许孚远转对陆安说，"其实早在战前，便有自称岛津义久亲信的张五郎至闽投见老夫，有意避开其主秀吉与我闽地通商。老夫也曾与福州知府何继高商议，欲借义久挑引诸国，共图平酋。今世用扮作商人前往萨摩，老夫亦有许仪后等关系辅佐。朝廷似也采取了措施，听说已令琉球国借进贡之机协助探析倭情。"

"我天朝出兵不仅关于道义，更为自身安全及天下秩序。兵部侍郎宋应昌宋大人主战，将被委以重任。但主和派中，兵部尚书石星大人也早派沈惟敬

---

[1] 不二人选：关于明朝官方向日本派遣一事，除史世用及郑士元外，常驻日本的许多爱国海商，也发挥了相当大的作用。他们一心向国，却在功成后分利未取。许仪后、张氏兄弟、郭国安等人，只是其中之一。史世用具体赴日及回国时间，本书略有调整。

赶赴朝鲜和谈。策略之多变，须清醒认识。另外，石尚书很赞成借兵暹罗[1]之计，认为既转移了战场，又缓解了财政，加程鹏起为参将，也符合'宣谕海上诸国合兵，捣虚剿此凶逆以国廓清'之念。陆某此次来闽，不仅为赴倭之事，也身兼核查暹罗借兵之计是否可执行。"

"此计，不正源自那市井泼皮程鹏起吗？"许孚远颇为不屑地捋着胡子，"这人原本在海商行里任通事，知道些暹罗事务，善于钻营。自称该国正使'握叭喇'（人名），有意为大明出兵进捣倭巢以攻秀吉。此事，两广总督萧彦已上奏。"

"我已看过。"

"甚好。萧总督密使也应孚远之约来到本府，陆千户详问便是。"说罢，许孚远冲陆安点点头。史世用和朱元、钱乙三人心领神会，闪进旁边侧屋。

随后，一个布衣年轻人走进屋来，呈上一份信函。

"这位是京里的上差陆大人。"许孚远介绍陆安后，又问那年轻人，"借兵暹罗一事，萧大人可知京里的态度？"

"知道有人赞许这个提议，也知道前礼部尚书于慎行对此不甚赞同。萧大人正在撰写一份奏折，题为《夷心难测，借兵宜慎疏》，极力反对此提议！"

"萧大人为何反对？"陆安又问。

"反对之因有三。其一，暹罗与倭岛相距太远；其二，暹罗与倭交战，若失利必求助于我。无法推辞，又消耗我军战备；而若暹罗打败倭国，定会挟己之功、轻我大明；其三，我国内会因暹罗出兵，而引发滨海奸人勾结夷兵去遗患地方。萧大人认为，此计很可能是暹罗使团中程鹏起一类通事或使臣，邀功心切的夸口而已。其国王都未必真能出兵。以我大明实力来说，朝廷当自主防剿倭夷，本就不用求助外邦小国。"

"暹罗若出师，路线如何？"陆安问。

"上差问到点儿上了。"信使又说，"其出师路线，先之廉、雷、琼、高，

---

[1] 借兵暹罗：万历时期的朝鲜之役中，明廷曾打算向暹罗（泰国的旧称）借兵，但由于部分阁臣以及两广督臣的反对，借兵计划流产。但在朝鲜战场上仍出现了数量不少的暹罗私兵，更有将领召集了相当多的黑人兵。

继之香山、广州、惠、潮，达于漳、福、台、宁，几乎绕大半个大明海岸及内陆，且尽是靡丽之地。"

"陆大人可否知晓，当年为剿倭而借来的西南客兵掠扰乡民之祸，比倭寇有过之而无不及啊！"许孚远神情凝重地看了眼陆安。

"该案卷，陆某均读过。"陆安也露出一席忧虑。看来，借兵暹罗漏洞颇多。

"辛苦了，你且回去。"许孚远送信使离去后，又略有忧虑地对陆安道，"陆千户，老夫不同意借兵暹罗，还有一个原因……"

"哦？是何原因？"陆安贴近了一些。

"老夫发现，力促借兵暹罗一类事，实有人意在引狼入室，搅起南地祸乱。无风时，水面自然平静；风起时，海底虾蟹都会翻腾上来。近年西北、西南均暗藏玄机，朝鲜既已开战，切不可东南再出事了。"

"许大人所说'有人'，是指……"

"是我府中一名推官，在查一件盗窃案时意外发现的。陆千户随我来便是。"

两日后的福州北茭（jiāo）卫渡口，史世用一袭商人装束，与奉差郑士元准备妥当，即将登上一艘福建商船。陆安最后嘱咐道："与倭地的大明海商交往，切要注意分寸。他们名义上在倭地受你我调配，但也同时受命于福建，以便在战后继续维持已数十年的明倭贸易。只要他们助你我等完成朝廷使命便可，其他无须强求。"

"史某记下了。"

"还有。"陆安略微犹豫了下，似有意无意般提道，"贤弟此行倭国，方便时不妨关注下有眨眼习惯的华人。"

"好！"史世用虽不解陆安本意，但也干脆利落地应下了。

安定门内崇教坊的二条胡同（今交道口二条）一小院儿里，陆安若无其事地喝着茶。下面跪着个三十几岁的男人，身上文着五彩兽纹，神情却战战兢兢，半晌儿才鼓起勇气问道："小人……偷点儿廉价珠宝，至于带到京城吗？"

"嗯？"陆安眉头紧拧、怒目圆睁，直盯得文身人眼神更加恍惚起来，

"你与许大人交代的那些事情，仅仅是盗罪吗？"

"啥？小人知道的都说了，当时小的也只在窗外待了半炷香工夫，只听到他们说'暹罗兵过大明……机会难得''趁倭寇和……朝鲜在北边搅和''请神容易、送神难''豪强们都憋着呢……'这么几句东西不靠的，声音时大时小，也连不上个意思。小人只敲诈个老实巴交的买卖人，真别把小的看得太高啊。"

"你知道我是谁吗？"说着，陆安从怀里掏出一枚腰牌，伸到文身人眼前。腰牌金光闪闪，上面清晰地刻着4个字——北镇抚司。这4个字，也清晰地映在文身人惊恐的瞳孔里。

"大人，是锦衣……卫？"文身人彻底垂下了头。

陆安收回了腰牌，淡淡地说："寻常毛贼，何须带你入京？若想活命，只管听命便是。否则，朝中大臣被杖毙都司空见惯，你又能值几钱？"

"小人区区草民，何以……惊动宫里？"文身人发现自己卷进了大麻烦，一时痛恨自己，何必去偷那家商铺。那商号只有零散"客商"进进出出，客商也个个沉默寡言，哪似寻常商人般逢人便攀谈，遇人便拉关系的模样？沉默片刻后，文身人又想，自己怎么扯上的也是锦衣卫，今后搞掉一些仇家也不是不可能。一狠心说道，"若上差看得起我罗塞子，小人这条贱命就是大人您的了！只求有朝一日小人没了，家中老母妻儿，大人能照应下。"说着，罗塞子趴在地上"咣当当"磕起了头。

"兄弟不必这样。"陆安显出兄长般的体贴，"我不要你丢命，只望你与我携手。若兄弟尽心，你之事，便是我陆安之事。"

"谢大人！"

"罗兄弟，你即日便可返回福州。偷盗之事无人追究你，你需接近那商号，寻些与暹罗、朝鲜、倭人与我大明相关之消息。不论大小、类别，全数搜集与我。若遇危难，可报许大人，但绝不可与他人提及镇抚司。若有要事北上找我，沿途所见驿站皆可助你。"

"小人懂！"

"另外，你不是曾发现那家商号的柜中有枚木质腰牌吗？可否将之大概模样描摹下来?"

"我试试吧,幼年还真曾跟村里的画师学过几日。"罗塞子颇有些底气地说。

让陆安吃惊的是,这罗塞子还真非纯粹草寇。不多时便勾勒出一幅图案,虽有些歪扭,但依然能看出大致:一只鹿头、头生两角,鹿头下有个鹿字。

2

万历二十年十二月,史世用登陆倭国的内浦港后,随即赶往九州岛萨摩藩。许仪后早早就定下一处茶庵,为来自故国的史世用接风洗尘。

同织田信长的时代相比,如今的商人们更加洒脱和自在。被倭人称作南蛮的葡萄牙人,也在街上常见了。饱经内乱的倭国列岛,似也被外部世界浸染着。许仪后很乐于去了解这个纷乱而又独特的岛国。即使这个强盗国家从来没给自己留下什么好印象,但这更迫使他去接触和研究对方。这位原名许三官的江西吉安人,曾以高超医术在南京及广州沿海一带行医。要不是穆宗隆庆五年(1571年)被倭国海盗挟持到萨摩,他或许早已北上京城。但也正因治好了萨摩国主岛津义久的重病,许仪后才得以做了他的御医,并在当地娶妻生子。但纵然如此,许仪后仍常从梦中哭醒,总想着又回到了吉安老家,回到了泉州的医馆。

"许先生因倭难久居戎地,仍心怀故土,有如当世之苏武。此次来倭,史某必会劳烦各路忠义同胞。"史世用钦佩道。

"史指挥高抬了。即便仪后遭遇不测,也不后悔今日之举动。此前所侦探之关白[1]个人、家事以及发迹之举……便出自我福建海商张一学、张一治兄弟。来日,亦可介绍与史指挥。在倭之明人忠义虽为主流,奸佞之辈也不得不防。仪后曾替岛津处置过很多有关与大明的海外贸易,岛津亦不会置我于死地。欲害我者,却正是邀宠献媚的同胞。倭人侵朝前,就曾有华人向秀吉举报我说'萨摩药师三官者,载捷书遣中华'。据称秀吉欲铸锅烹煎于我!若非岛津国主说情,称那华商乃因私怨加害我,仪后早已不在人世。"许仪

---

[1] 关白:日本古代官职,相当于丞相。

后说到这里,不觉一阵伤感。

"先生切记保身为首要,亦可宣誓效忠秀吉。任何疑虑,有我史世用处置。"

"谢过史指挥。不久前,仪后曾随岛津义久前往关白处,亦有收获。想当年,岛津义久的三弟岁久被秀吉逼迫自尽,必恨秀吉。关白秀次情绪更为低落。秀吉当初把外甥秀次过继为养子并立为关白,皆因幼子鹤松夭折后无奈之举。但前几日,传言秀吉爱妾淀姬竟又身孕!若有此事,秀吉必会废掉秀次,传关白之位与亲子。岛津和其家老[1]幸侃也明确谈到与秀吉的关系,幸侃说:'太阁(指丰臣秀吉)本就不信任主公。文禄之役[2]眼下尽管正盛,但各路大名[3]实则静观待变。主公也可相机而动。'而岛津回道:'家老所言正是。明国是否出兵护佑藩篱还未可知,我观'秃鼠小儿[4]'前景,未必坦途。'当时,我正背对他们撰写药膳食谱。"

"那……他们是否意识到先生也在留意他们的谈话?"史世用担心地问道。

许仪后微微一笑:"许某猜想,他们心里一定是知道的。"

"哈哈。想来是心照不宣了。"

在许仪后的协助下,史世用很快召集了几位义商,并各自布下使命:许仪后兄身为岛津近臣,着力侦探岛津国主对朝鲜之役的策略;许豫在明倭海路上交际深广,专于寻访、交通能为我所用之倭国诸侯首领或倭商;张氏兄弟则照旧行于民间,再对倭酋秀吉之城郭、动静起居加以刺探。之后又通过张氏兄弟的4名海商朋友黄枝、姚明、姚治衢、黄加,结识了一个同朝鲜官府有紧密关系的旅倭朝鲜商人廉士瑾。根据陆安的指令,此人很可能成为秀吉幕僚,而秀吉目前却尚不清楚此人有官府背景。于是,史世用抢先找到了他并授以密令,成功地为明、朝联军在秀吉身边埋下了一枚钉子。

史世用和许仪后的陆续会面,渐已成常态。而这日的闲谈中,史世用无

---

[1] 家老:日本大名的近臣。

[2] 文禄之役:明、朝人民抗击日本侵略朝鲜战争的第一阶段。当时正是日本的文禄年间(1592年—1596年),日本人便称为"文禄之役"。

[3] 大名:日本古时封建制度对统领大片领地的武装地主的称呼。

[4] 秃鼠小儿:日本诸侯对丰臣秀吉的蔑称。

意间环顾四周时,视线却不觉停在对面那家寿司店前。一个商人模样的中年人正手捧寿司出来,那是个穿普通倭服的普通倭人,只是似有眼疾一般,不时会眨一眨。

应该说,史世用对丁选的发现也是出于本能。赴倭后这段不长的日子里,秘密联系许仪后等人的同时,更要广泛接触其他明商。仅有眨眼习惯之人,史世用便查过数名,但皆寻常百姓。而寿司店前的这个人,虽看着是个倭人,但转头时充满故事的神色,却与陆安临行前的描述契合。史世用于是起身告辞,尾随起了对方。两个时辰后,在河对岸的凤羽町,才见那眼疾人进了一个叫"次郎"的茶会。

门口有查证名帖的,史世用便在外围绑了一个打算进入茶会的倭商,用其名帖混了进去,挤在二楼环廊的与会者中。茶会厅堂主座之人头顶硕大帽子,帽子两侧有布巾垂下,阴影几乎将脸遮住,扫视了一圈堂下后,用倭语道:"我们的人脉还需更广泛,现在还不够。这里也没有倭国人、明国人和朝鲜人之分,走到一起只为求财。但若有人断我们财路,那他就没活路。"说话间,一个武士上前,将手里的麻袋倒过来,5颗人头咕噜噜滚了出来,其中两三颗还淌着血。

武士恶狠狠地扫视着场下,喝道:"这是一个倭国人、两个明国人、一个琉球人和一个朝鲜人。他们背叛茶会,私通外邦官府。这就是下场!"

场下一片寂静,偶尔有几声唏嘘。史世用见那遮面主人再次重申完该茶会的规矩后也打算起身,便也往楼下走去。二人的视角远远交错时,史世用竟然发现,那张脸正是自己几经辗转、之前刚刚发现的脸。瘦弱干枯,眼睛不时眨着。

史世用欲进一步观察时,几名倭人武士快步走上楼来,只得闪身离去。

离开茶会没多久的史世用,就遇袭了。

很可能还是在茶会中露了像,他猜想。之前已和许仪后约定,在来凤羽町途中的一家客栈会面,如今不能去了,史世用只能迎着许仪后前来的方向,主动去迎他。身后的蒙面人暂时摆脱了,但对方的暗器还是将他的左臂划出个两寸来长的口子。再回忆刚才遭遇的两名杀手,也不同以往。记忆中的江湖人，撕掉对方面巾便可露真容，通体黑衣反而在夜色中轮廓明显。而这两人，身着深紫色夜衣，袖口、裤腿及束腰等处又呈深褐色，头裹得像个粽子，只露双眼。几种暗色混杂一起，在这深夜复杂背景里实难分辨。身形虽小，飞闪腾挪却如燕雀般自如，自己竟一时占不到便宜。突然，史世用背部一阵剧痛，伸手一摸，是枚玉佩大小的"卍"字形暗器。正要起身，却忽觉周身绵软，林间透出的阑珊月色也越来越暗……

史世用醒来时，发现自己躺在一间民居里，许仪后正拿一把蒲扇煎药。于是勉强支撑起来，问道："这到底怎么回事？"

许仪后上前拦住准备起来的史世用："此刻要静养，以免毒素攻心。"

"中毒了？"史世用看到水盆里那"卍"字飞镖。

"此物，来自那些'乱波'……"许仪后忧虑地点点头。

"'乱波'……"史世用记起了案牍中的某些记载。

"'乱波'在倭岛亦称为'忍者'，专行离间、暗杀、侦探、搅扰敌后之事。"

这次临时跟踪眼疾者，虽在回途中遇到忍者袭击，但史世用并不后悔。不仅获取了第一手经验教训，更庆幸这个眼疾者果然有内容。因为，陆安的新指令中，除了证明其叫丁选外，便要查清其身份。

史世用回到驻地后稍加休养，便分别联系到几位义商，着手搜集眼疾人的线索。几位义商也颇为尽力，只有那许豫向自己提过官授把总[1]之请。但就是这个许豫，在日后查访中带来了凤羽町"次郎茶会"的关键线索：他的一个茶商朋友正深陷该会。据称内中确有不少明国人，但茶会不屑于为民间做茶，而志在各国高官府衙，且有胁迫商人之嫌，茶会主人更是个神秘人物。只在近半年于本地出现过。传闻，此人正有眨眼习惯。

驻地的公开身份是一家商号。商铺后堂中，史世用又是一夜未眠。昨天，派去冈崎城的郑士元，在三河顺利接洽了陆安早先就布在关东的坐探，带回了德川不会支持秀吉朝鲜之役的利好消息。给陆安的关于年底至元月的倭国

---

[1] 把总：明代及清代前中期陆军基层军官名，相当于现在的连营级别。

军政线报，也于天亮时撰写完毕。

"士元。"史世用揉揉略有疲倦的眼睛，说道，"我要先睡一会儿。未时正点，我等便要以海商身份与岛津使臣见面。"

"是。卑职这就去准备。"

未时刚过，史世用整理好衣装，把胡须和面容也整理了一番，端坐在商铺后堂。很快，郑士元将三人引进屋内。最前面的是许豫，身后是两名倭人，一披甲武士，一僧侣打扮。

史世用起身，让郑士元递上段匹礼物的见面礼，用倭语道："幸会。在下史世用，许掌柜来贵国发达后，倒也记得小弟，如今寻了这套富贵给我。今后在贵国日子还长，望二位大人多多关照。"

幸侃和玄龙回礼后，并未立刻回话，只是观察着对面的史世用。一阵揣摩后，幸侃才发问："许先生说，您与贵国官府关系甚好，可助我萨摩畅通南路海贸。"

"当然！萨摩之地对我国贸易极为重要，我亦可疏通我国官府，予以方便。"

史世用暗自观察着这两个倭人。幸侃谈吐文雅，却一副武人身板儿、甲胄在身。玄龙虽为僧侣，但世俗之气甚重。许仪后之前就和自己打过招呼，此二人皆岛津近臣，此行又为许豫所荐，很可能会比预计更快地进入主题。

幸侃也在揣摩史世用这名明国"商人"。见其面目虽儒者面相，但眉眼坚定、体态矫健，与身边神色游离的许豫实有差异。但主公已有训令，只要利于萨摩，便无底线可循。

史世用介绍的自己官府脉络，幸侃没怎么听进去，却趁对方敬茶之际，突然单刀直入道："史先生，恐非商贾之人吧？吾观先生面相，倒像是武士。"

窗户纸还是早早地就被撕开了。

史世用故作震惊地仰靠在椅背上，一脸疑惑。终归还是许豫更加熟悉这些内臣，索性开诚布公道："想来也无须遮掩了！史大人确为大明将军，此行愿与萨摩国主结识，疏通航路、消除战祸。此事若成，对萨摩与我国皆有利尔。"

闻听此话，幸侃却毫无惊异之态，依然平静地问："史将军，乃明国官府派来刺探我国的吧？"

许豫再回道:"正是!因秀吉征伐朝鲜,民不聊生。我大明皇帝以天下为重,遂发天兵驰援。我早听闻,你家主公意在通商而非杀伐,我福建许军门便先让史将军来此,磋商通商事宜,一切只会对萨摩有利。"

玄龙将信将疑,幸侃也未因此横刀相向,二人似乎对这一幕早有准备。

史世用见势,也趁热打铁道:"二位既知晓史某来历,史某也对二位略有听说。玄龙大师可曾于半年前遭奸人陷害,被你主公暂时冷落了一段时间?只待昭雪后,才重又恢复主公之信任、与幸侃大人来此与我会面。"

玄龙愣了一下,一皱眉头,却也无可奈何。

史世用接着说:"秀吉巧取豪夺倭地六十六州,然后皆扣留子弟在身边以为人质。再令各诸侯出兵侵朝,实乃歼灭各诸侯之狠毒目的。对此,我大明已有共识,彼国诸侯难不成还蒙在鼓里?秀吉一统贵国实乃逞一时之强也,不要说你家主公志在南下海贸,而非朝鲜国土,远在关东之地的德川也必定在卧薪尝胆,以待他日。若大明誓发天兵,整个战局势必改天换地。不如保存实力,专心经营南下海贸之路。秀吉体弱,一旦出现变故,彼国必将重现恶战。到那时,你家主公也不至于兵员尽失、航道被毁,更可先发制人占据国内优势。"

幸侃仍一言未发,整间屋子在史世用说完后寂静如夜。郑士元颇有眼力见儿,寒暄着给各人换上了新茶。屋内顿时又恢复了几分暖意,刚才的凝重也消散许多。幸侃没去喝茶,却将盔甲卸下交予许豫,道:"我等今代国主公与将军相识,甲胄赠予将军以表诚意,来日复谈细致之处。"

史世用遂松了口气,微笑道:"我处有硫黄二百担,也请带回交予你家主公。"

"史将军真乃有德之武士也,我必如实向主公禀告。"幸侃赞许道。

"史某亦静待来日之会面。"

3

山海关的前敌衙门内,陆安凝视着桌上这 4 套卷宗。分别写着"福建许孚远""倭国许仪后""倭国史世用""宽甸堡沈惟敬"。

第三章 萨摩疑影

"罗塞子回福建后,相关事宜由你负责对接。"陆安对钱乙说道。

"是。"

"阿元,京城的操训都结束了吗?"陆安转头问朱元。

"都结束了。这轮操训,都安排在了昌平州北部西二旗和西三旗的那个训练营,受训军士主要来自东部沿海以及辽东地区。过往都与朝鲜人和倭寇有过不同程度的接触或是交锋。四夷馆的先生们,已经强化了他们的倭语、朝鲜语和习俗常识以及倭国各大名与倭国中央的关系。盲人听瓮也颇有效果,盲者的听觉确不同常人。操训盲人的姓名、乡籍、年龄、盲视级别、听觉考绩等条目,已上交主管上官。"

"嗯。朝鲜方面,人都'撒'出去了吗?"

"先锋已与一月前陆续投放朝鲜各地。操训完毕的后备队伍,也已从京城赶来山海关。那个什么'狗冢井男'也已妥当……"

"你这厮!"陆安将毛笔扔向朱元,骂道,"人家明明唤作犬冢井男,你这混人出言不逊不是一次两次了。"

"大哥……莫怪啊。这犬不就是狗吗?这么叫有甚错误?怪……"朱元不敢直视陆安,战战兢兢地说,"怪只怪这'死脓包的'爹妈乱起名字。叫什么不行,偏叫个什么'犬''狗'不分的,不招人待见。"

陆安怒不可遏地冲朱元喊道:"我告诉你这厮,这个犬冢可是我们重要盟友,不可害其萌生不满!否则,你这身臭皮囊投进南司[1]千次也抵不了罪!"

朱元见陆安真怒了,紧着往钱乙身后躲。这时,一个校尉禀告而入,将史世用与岛津成功建立关系的喜讯以及元月前后倭岛备战的详报递给陆安。陆安的气头儿这才消退。之所以他专注这个时间,是因为李如松的到来。这位刚刚在宁夏平息哱拜之乱的将军,在祖承训因冒进全军覆灭后,被任命为总理蓟、辽、保定、山东军务,并充任防海御倭总兵官,已与经略备倭军务的兵部右侍郎宋应昌在边境结束整训,即将开赴朝鲜。沈惟敬果真把倭军唬得暂时停战,大明也才得以自10月16日起,从全国调集到来4万精锐。

见陆安心情转好,朱元也从钱乙身后闪出来,嬉皮笑脸地又上前试探道:

---

[1] 南司:南镇抚司,主管军方内部案件。

"大……哥，那史副千户真能在倭国搞出名堂？"

陆安倒也不拒绝朱元这般追问，道："当年之强秦，吞并六国后是何等傲视天下？但始皇一毙，天下群雄再起。倭国虽地域狭小、战事规模有限，但秀吉与各诸侯之态势，与一千多年前那幕有何不同？外力稍加染指，诸侯亦会响应。这也是群雄短暂兼并后之通症。成效多大，那就看朝廷是否将这策略坚持下去了。"

"大哥说的是。对了，前日镇抚司报告里，还提到了建州女真的努尔哈赤给朝廷递了求战书，并派亲信马三非来朝鲜。称建州卫有马军三四万、步军四五万人，因与朝鲜唇齿相依，愿出兵援助。为何朝廷婉言谢绝了？尤其女真熟悉当地气候、地势，与倭寇作战得天独厚啊。再有……"

"再有什么？"

"建州卫近年四处兼并其他女真部落，大有取代哈达部之意。哈达一向对朝廷恭顺，许建州参战，正好削其实力，以免做大后对朝廷不恭。"

"德川家康在倭国诸侯中实力非凡，但为何秀吉不愿其参与侵朝？"

"这个……防止其趁乱扩大势力？"

"那还问什么？若建州部借出兵之名兼并女真各部，打破现在的实力均衡，如何收场？且朝鲜早有女真屡犯其境上书，也不会同意此议。更重要的是，目前只是怀疑建州做大，朝中便没理由同意。'保哈达，既保开原；开原安，辽东无战事。'仍是朝廷既定大策。两害相比，只能取其轻啊。"陆安其实对女真事务早已关注，自己也于近日暗访了建州，眼见确出乎自己想象：女真社会已到处农耕气息，土地肥沃、禾谷茂盛，旱田诸种，无不有之。大户家中，都驱使不少汉人、朝鲜人为奴耕种。朝廷奏文早已过时。说着话，陆安突然问朱元，"无关你事，想那么多干吗？我且问你，前几日交予你们研读的倭国忍者之事，阿乙很是认真，怎不见你与我讨论过？"

"嗨！"朱元不屑一顾地撇嘴道，"鼻屎大的倭国，不过乡间群殴之辈……"

"你混蛋！"陆安闻听此话，又大为光火起来。刚才还嬉皮笑脸的朱元顿时又失了魂魄，哆哆嗦嗦说着"大哥……莫怪！我……就去研读，研……读"，撞开门跌了出去。钱乙见状，也赶紧出门安抚朱元去了。

陆安正怒气着，一名李如松的亲兵气喘吁吁跑进来，道："禀大人，李将军欲于正月拿下平壤，遂请宋经略和您明日一早赴大营议事。"

"好！速将朱总旗和钱总旗，以及专责曹副千户、罗百户叫来议事。另外，即刻下发公文，府衙移至宽甸堡！"

浙江嘉兴的县衙上上下下百十号人，也就一个人在忙乎着，那就是县丞周子礼。所幸，"户房"书吏李银生有些于心不忍，吃了早饭便赶来帮忙了。

"县里的商税是否要格外重视？这也是宫里的意思，据说山海关周边已设立自己课税习局。税入皆用于防务。"李银生望着忙碌的周子礼问道。

"江浙等地的商税近年着实多了起来，设立新局势在必行啊。门摊税、酒肆税、房地契税都要纳入，早做决断才不至于被部分商人左右。北京宛平县在 10 年前，对铺行的征税每年就有相当规模了。"

"那拖欠税呢？"李银生又怯怯地问。

"哎。居然还能编出什么'藏富于民'的光鲜说法！哼！有几个富能到百姓头上？"周子礼难忍心中的愤懑。这拖欠税，在张居正时期曾引起争议。那时拖欠税会被控告，所以很遭抵制。于是，官府开始放宽，狡猾的大户便只补缴少部分欠税做做样子，余下大部便无人问津了。

"周县丞又在忧国忧民了？"李银生既敬佩，又唏嘘，"您还记得两年前那宗涉及闽地的'铁矿案'吗？"

"当然记得！"周子礼像被针扎了似的，"那不是涉及本县一个叫沈惟敬的无赖吗？正是此人作祟，才使两地矿主责权不明。"

"听说朝中要把案卷退回来了，说您'无事生非，意图翻……案'。"

"什么？"周子礼目瞪口呆，手中的笔不禁掉在地上，"税收拖欠，才开发矿业，也不禁民间开采，但朝廷面对变革准备却显不足。无采矿之识、之德的富商，纷纷鼓动官府无序开采，致良田尽毁，又制定漏洞百出之典章蚕食国家。浙、闽、粤等地采矿之风早现失控之势！这'铁矿案'便正是沈惟敬当年投机之祸。我坦言形势危如累卵乃肺腑之言，怎成了'无事生非'？更何谈为张居正翻案？"

"在下是看在眼里，只是……"

李银生话未说完，衙门外传来一阵喧杂。两位身着曳衫的锦衣卫官校大步走进来，一脸冷酷。其中一人亮出北镇抚司的腰牌，冲周子礼问道："堂上的可是嘉兴县县丞周子礼吗？"

"小吏正是。上差有何吩咐？"

"万历十七年八月十八日，你可曾在家中与淳安县丞梁佳思说：'当年张居正节约开支，虽使收益减少，但严查账目意在严肃官纪、整肃税赋，不可彻底打倒。'"

"是下官所言。"周子礼一字一句，毫无慌乱之象。

"梁佳思已因祸乱朝政下了诏狱，周县丞也跟我们走吧。"

县衙西边四五百步的一个酒肆里，食客们吆五喝六地开怀畅饮着。其中也不乏金发蓝眼的泰西人，他们为嘉兴带来了不少西洋的新鲜物件儿。一个三十出头的西班牙人正与一嘉兴人聊自鸣钟，一个卖水果的孩子跑进来，递给西班牙人一个掰开过的烧饼，说："'金毛大人'，有人给你这个。"西班牙人接过烧饼，见里面有半个摊鸡蛋。笑了笑，向嘉兴人作揖告辞，起身匆匆走了。

半个多月后，宽甸堡，深夜，沈惟敬焦急地在屋里徘徊。突然，门子[1]阿当推门而入，显得很兴奋，上气不接下气地说："沈游……击，妥了！"

拿下周子礼，沈惟敬的折子还是起作用了。京里已把周视作'张、冯[2]一党'。泰西人着实往里塞了不少银子，倭人这钱看来也没白花。就那周子礼偏就不识时务，大势所趋，又岂能是他一介县丞所能挽回的？塌下心来的沈惟敬，站在大铜镜前端详着自己，他不觉得自己已是古稀之人。从小到大，自己就能将各种生意轻松玩在掌中，坊间的女人也都说自己的眼睛很媚，她们也无一不是自己送上门儿来的。他更欣赏自己的巧舌如簧，不仅让小西行长主动后撤到平壤府，也使明军趁机部署到义州以西。再造张仪、苏秦合纵

---

[1] 门子：官衙中侍候官员的差役。
[2] 张、冯：指张居正、冯保。

连横六国之千古美名，又岂是调情和金银能比拟的？沈惟敬平复了下内心的激动，问阿当，道："那小西行长据说是商贾出身？"

"正是。他原本是商人小西隆佐的义子，后被派去与另一诸侯宇喜多直家谈生意。击退刺客才由商人破格拔擢为武将。再后来逐渐成为秀吉亲信。"

"太好了！"沈惟敬嘴角又微微一咧，笑着说，"难怪与他谈判那么顺利。"

"敢问这邦国之策，有何秘诀？"

"哈哈！不管家事、国事，说到底都不过一个'瞒'字。要学会做个聪明媳妇儿，糊弄两头儿高兴便可。越想辩理，越辩不清！"

宽甸堡的陆安衙门里已是热火朝天。前院专登记线报，按兵事、粮秣、天象、商情……类别和级别归档。再有校尉将各类线报送到中院和后院；中院专责大部分线报的归纳研判，几十名锦衣卫官校根据琐碎线报撰写自己的报告，再被送给正房内的5名百户。5名百户再根据下属报告和其他线报，出具自己的报告送到后院。但最重要的线报，也会直接送到后院陆安处；后院的陆安书房外间左右，是曹副千户、罗百户。外间还有两个小隔断，朱元和钱乙负责分拣给陆安的文书和线报，并下达决议。后院两侧的厢房内，驻有四夷馆和工部、户部、钦天监等部府的官员。凡涉及专门语言、财税、建造等学识，会由这些官员下结论。

早饭刚过，一份"家书"便递到后院。朱元用米汤沾湿右上角，很快显出一个"甲"字，赶紧进屋呈给陆安。陆安打开后，见信中描述的正是昨夜沈惟敬和阿当的对话，连说者的神态动作都记录得丝毫不差。

"倭酋小西行长，乃为重点。沈惟敬对倭酋研读倒也对路，但亦不能任其市井肤浅见识冲昏头脑，搅了大事！"

"是嘞！我这就回信叮嘱前面的弟兄们。"朱元道。

陆安心中其实另有所思。许豫曾提到他在交通小西家臣时，朝中竟已有人先行一步、用国内开矿权买通小西。如今三国大战之时，竟出现这种暗中操作。陆安又找出一份案卷，即沈惟敬曾参与地方官府和富商私挖铁矿的案件，举报沈惟敬的正是刚被镇抚司拘捕的嘉兴县丞周子礼。看来，沈惟敬是否参与收买小西虽不能确定，但他借反张氏设计周子礼是躲不掉的。

尽管这人在陆安、李如松和宋应昌眼里都不值一提，但陆安也没彻底弃用。随后与宋应昌设了个局，以沈惟敬去倭营和谈为幌子，制造了一个两军的意外冲突，得到了一个与"倭营通事"张大膳短暂独处的机会。很早前，陆安已从许仪后和许豫那里得知，有数量不小的在倭明人被编入倭军中入朝作战，下至士兵、通事，上至使者或独当一面的大将，形成了一个独特的"明人倭兵"团体。许孚远也曾上书，请招还这些在倭明人为国效力。认为不论有罪无罪，但有归志，一概接纳。于是，争取在倭明人已成重要策略。也由于此次冲突，在明倭两军前均被视为一次沟通不畅的误伤，所以入夜前，所俘倭军都被释放了。而在这两个时辰内，陆安成功地促成张大膳为大明所用，并改变其身份为"抚用倭巢通事"，张大膳亦向明廷表达效忠之心。在与其他倭兵一起返回前，还给陆安留下了一份值得争取的倭营明人名单。内有：林之南，小西行长营中通事，温州人，13岁被掳至倭国，在倭国有妻儿；洪七元，岛津义弘帐下通事，浙江人，万历三年（1575年）被掳至倭国；康宗麟，加藤清正营中任通事。

正月初五，李如松按计划将大军全数向平壤开拔。

朱元，也奉陆安之命潜伏于平壤与牡丹峰之间的一个村庄。有密报说小西已派出8名忍者散布于民间，欲潜入李如松大营。他须截获这8人，并力争带回活口儿。朱元此前不仅在北地和西南屡获殊荣，还曾遣往西洋，参与暹罗同对缅人战争，自诩见识颇丰，更视倭人为蛮荒之徒，便轻描淡写地将40名缇骑安置下来。从前线到后方依次为：10人布在靠近前线的村南口关卡处，配合50名守卡士兵；20人藏在村里；余下10人随朱元埋伏在靠近后方的村北口破庙里。

朱元的傲慢，不觉影响到了手下。他们无不以为这是一趟例行公事，镇抚司发下来的关于忍者的粗通介绍，见大多和自己相差无二，也早不看了。两个多时辰过去了，不过是一对老夫妇和一个拾粪的朝鲜老头儿打破庙这里经过。

朱元有些坐不住了，留下刘志迁小旗带人看着破庙，自己直奔村中而去……

这一日，对朱元来说是个永远挥之不去的噩梦。

关卡的小旗武三秀，在发现问题的一刹那被忍者抢先用镰刀削去了脑袋。朱元所部10名锦衣卫中，三人被毒镖击中而亡，一人被对方抽出手杖内的暗刺捅死，三人死于乱战，忍者有一名自尽、一名被俘；

村内貌似平静，但朱元随后在一户民屋的土炕下，挖出了4具未穿衣的尸骨，以及一处伪装成地窖，实则延伸至后方村里的隧道。鉴于这严冬下的砾石硬土根本无法土遁，外加那4具干尸，便足以说明自己的忍者对手，入秋前已杀掉真实朝鲜人而在此埋伏了。原布在村里的20人中，村口扮成流民的4人已在第一时间悉数被害，其余十几人很快陷入对方阵势或死或逃；

破庙也被清洗，里面的10人全部中了迷香后被杀；

最后，朱元与陆续赶来的仅有的12名锦衣卫，以必死成仁的决心，才将剩余的6名忍者中的5人截杀在河边。但仍眼见那名逃脱的忍者，从身后摘下"铺垫儿"似的一个物件儿扔到河里，又跳上去，用手脚做桨划向了对岸。对岸的前哨大营，在夜色中傲然矗立着。

包括朱元在场的每个人，似乎都被这股奇兵突袭得猝不及防，他们尚未缓过神来回忆下今日的遭遇。只记得，对方着以深褐夜行衣、黑绑腿，头被裹得如粽子般只露两眼，整个人与夜间树林背景和颜色混杂一体，闪转腾挪间极难分辨。以往见惯了的黑衣，现在看起来是那么易于辨认。

最终，忍者来了8人，死亡6人、逃脱一人、关卡未知生死一人；朱元带来跑这趟差的40人，却只剩13人。包括村内的朱元、杨金宝、闫世奎、陈五连、万志元，以及因外巡躲过此劫的两名校尉和三名力士，外加关卡处的崔云霄、周怀立、钟田七。

"大哥说得对，天外是有天。"朱元低头自语着，脸色阴沉。

4

郭国安是在万历十五年（1587年）33岁时，在琉球以北海域被萨摩藩的兵船劫掠而来的。由于他身高体壮、善于刀枪，被岛津招至军中参与内战，如今担负中下级武官"枪奉行"。秀吉侵朝之后，暂留岛内待命。朝鲜战局的变化，以及倭国本土的任何反应，也都被他传递给了史世用。

这次郭国安通报给史世用的，则是平壤城附近有明、朝、倭大军集结的征兆。不出意料，岛津义久没有遵秀吉之命积极补充后援，而是按部就班磨蹭起来。信是昨日，也就是万历二十一年（1593年）元月十五日到达九州的，也就是说，平壤方面即使发生了什么，也早在五六天前就结束了。

凤羽町附近有条河谷，到下游一个大瀑布处直流而下，犹如李白诗中所说之银河落九天之景色。

许豫在河谷堤上架了张木桌，铺上笔墨纸砚，悠闲地绘起丹青来。画桌旁草舍的立柱上也挂着4幅山水画儿，从景色上看是许豫正画的河谷景色，只是人物和景色不同。不时有客商驻足观看，与许豫互通笔墨之道。

太阳西下，许豫进到马车内，点上蜡烛，将画作平铺开重整顺序。5张画儿连起来，便呈现出整个河谷全貌。包括地貌景象、陡峭程度、水流大小、码头位置、繁忙状况、岸上房舍……每到一处，他便绘上几幅这样的画，同其他汇报一起交给史世用，以备研读倭国地理及人文所用。

这时，书童在车外道："老爷，胡四爷来了。"

"快请！"

门帘掀开，一个四十开外的商人走上车。他身穿绸缎，一看便是身价不菲之人，却显得心事重重。

"胡贤弟近来可好？那边逼问的还这般紧迫吗？"许豫的语气很轻。

"哎。不瞒许兄，现在越来越多的事情和朝廷有关。我等本不想介入是非，已有华商……"胡四看看左右，道，"莫名其妙地就没了！"

许豫捻捻胡子，说："胡贤弟，你我既为商人，也是大明子民，在商言商无可厚非，但如今明、倭已交战，你我既无法回避，亦应有铤而走险的勇气。"

胡四一愣，抬头看看许豫，疑惑道："许兄此番叫我来，不是来叫我回国的？莫不是朝廷派来……我现在处境也不妙啊……"

第二章 萨摩疑影

"你可酌情刺探茶会具体涉及哪类邦国是非，若能知道那个不露脸的首领底细最好。他日若官府追究你，自有我和上差替你讲话。"

"许兄既然和我透了底儿，胡某也不隐瞒。其实，早在两个多月前，我就发现一些蹊跷事了……"

胡四在从浙江到萨摩的航路上，是个小有名气的主儿，瓷器生意做得有声有色。但命运捉弄人，胡四还是卷进"次郎"茶会。起初还算常规生意，但后来，原本在倭岛的生意却越来越多地回到明国，且和京城与地方大员有了干系。茶会账房徐九鱼的说法是，茶会欲以其他生意弥补原有对倭生意的亏空。但华商入会，主要是做对倭生意，若回到国内，多年的经营便付之东流，便纷纷向茶会提出异议，甚至嚷嚷退股。茶会的危机，于是持续了一段时间。

突然有一天，胡四接到掌管茶会常务的总管于修的邀请，赴他家中喝茶。于修一身倭服，梳着倭人武士常有的"月代头"，口中自称中岛。胡四心中有些别扭。席间，于修提出让胡四替代徐九鱼担任茶会的账房一职。当胡四追问徐九鱼的去向时，于修只说："他去朝鲜做大生意去了。"胡四心说：此话真是荒唐！谁不知道，朝鲜现在是人不言活的战火之地啊。其实，当他从徐九鱼处得知生意不是以往预计那样时，便决议退出。但经过之前茶会的闹腾，又有了今日于修的劝说。为了之前的投入不打水漂，胡四还是勉强答应补这个差事。

整个茶会里做事的，大概12人。包括：4名伙计跑腿儿的，其中两名华人、两名倭人；两名书记，华人和朝鲜人各一人；两名帮办，华人和倭人各一人；一名账房是自己，和一名账房文书，都是华人；一名总管，是于修，华人。再往上就是会头儿了，也就是那位神秘莫测的人物丁选。

但当翻阅了账目后，胡四彻底后悔没及时退了，哪怕赔了本钱也在所不惜。柜台上的账册是给外人看的，真账册上却明确显示，茶会成立几年来，绝大多数引来的钱财都已逐渐转到明国，倭国的生意几乎为零。众多明国商人，以及少数朝鲜和倭国商人都蒙在鼓里。大家以为在倭国扩宽了生意渠道，但实际上不仅自己原地踏步，还被别人抽取了股金用于他途。再细看，发现划到明国一方的具体经手人的名字虽不熟，但都注明属于哪个府衙，比如按察使司、布政使司、礼部、兵部、户部……天啊！胡四愣在那里，脑门子上瞬间渗出豆大的汗珠子。

胡四说是账房，其实也不能全自己主事，茶会的账房文书诸平，与其是审查账房做的账目，实际就是来监视的。不管茶会背景如何，掺和上官府的事情，自己都留些证据。于是，胡四开始用心关注起茶会内部人事上来。渐渐地，他发现那个华人帮办邱立时和华人书记刘可贤，是比较有趣的两个人。前者家有妻儿，见谁都能攀谈一番。对于那些不满钱财大笔投入官府的人比较警惕；后者则是个埋头做事的闷葫芦，还是个鳏夫。但他人市侩什么，他也不是真的两耳不闻。对邱立时的主张，则会表现出不悦。

胡四的日趋平静，于修都看在眼里。他觉得胡四已接受了这个事实。于是，捡了个中午没事儿的时候，又请胡四吃了个饭。

饭局通篇无聊闲事，但即将结束时，于修却若有所思地试探着问道："胡贤弟，我见你不似那般不知时务之人，你可知道茶会真正要做的是什么吗？"

"之前以为是茶叶一类，但后来……小弟也暂时看不透什么。"

"生意再大也都是小事。我们要做的，是让天下人都安居乐业的大业。"

"此话何意？现在这天下正打仗呢！"

"他日会与弟说清。弟之亲属，我已差人在国内安顿妥当，弟放心听命就是。"

"啊？……"这不是告诉自己，家人已成人质了吗？

从许豫那儿回程的马车继续在山间小道上咯噔咯噔地行进着，胡四心里也颠簸个不停。自己被胁迫参与骗个钱财也就罢了，但涉及颠覆朝政实在不愿。如今又被许豫说服为朝廷做事。自古以来，这类角色就难做，闹不好哪边都完。但想起那个浙江台州临海县的渔民苏八，倒是个值得借鉴的例子啊。苏八在万历八年（1580年）出海打鱼之际被倭寇掳至倭国萨摩州，几经辗转后又被飞兰岛（平户岛）主征为士兵参加丰臣秀吉对萨摩藩的战争,并见过秀吉本人。万历十八年(1590年)九月,在听闻丰臣秀吉企图侵明的消息之后,搭乘漳州商人的货船回到家乡,赴台州参将衙门汇报倭国情况,获得官府善待。至于已被于修"安顿"好的自己国内家眷,既然许豫也答应为自己筹划,那也只能相信他了。人终有根脉,总比世代背负谋逆之罪要好吧。

5

茶会里跑腿儿的伙计吴先如是个酒鬼,没几个人陪得起他。他是于修的老伙计,但于修因其酗酒总不肯提拔他。久而久之,吴先如便有些颓废。胡四也是好酒量,便本着刺探茶会内幕的初衷接近了吴先如。

这一日,胡四又和这厮喝酒。吴先如酒后失了态,一股脑说出了好几个让胡四咋舌的事。第一,茶会内,倭国人、明国人和朝鲜人互相都在使着绊儿,说不定谁就是哪的密探;第二,茶会一直私自挪用茶商们的股金,用于官员入仕;第三,茶会的会头儿,说是明国人,但有倭人气质。

"啊?你说这茶会里有多方的细作?茶会,不就是做生意的吗?"胡四装作不明白的样子。

"老兄真是个纯粹的生意人。这商会若都是明国人,那出再多的钱也只是贿赂、求财。但若夹杂了他国官派之人,会头儿还是个倭人,所用在明国上的是为官吏选拔,那便不是生意,而是意图左右他国朝政啊……老兄还不明白吗?"

"你是于总管的人,可不敢乱说啊!"

"嗨!他极爱掺和这事儿,兄弟我只是跟着他混口饭吃罢了。这茶会,本就是明国一些对朝政不满之人与倭人合办的。那些入股的商人,铁定了进得来、出不去。若想活命,也没有不最后同意的。之前发现过意欲告知明国的叛徒,还不是……暗里给做了!"

"那朝廷就不过问吗?!"胡四说着,不由得擦起了额头上的汗。

"嗨!"吴先如一脸的不屑,道,"如今这年月谁管谁啊?对了,你那个账房同乡徐九鱼，知道哪去了吗？"

胡四正对此事疑惑，便道："不是说去朝鲜做大生意了吗？"

"那是唬人的！他被扔到海里喂鱼了。"吴先如谈到此事很是轻描淡写，说完了又问胡四，"胡兄，你可知为何请你入会吗？"

"不知。"

"你做账做得好。"

"徐九鱼做得更好。"

"但他不知天高地厚，竟要告发会头儿！他啊……"吴先如张开双手，正要比画着多说几句时，突然从怀里滑出一枚木牌子。胡四当时正低头夹花生米，一斜眼正看到了掉在地上的那枚木牌。上面有个鹿头图案，鹿生两角。图案下好像有个字，是个……鹿字。

刚才还五迷三道的吴先如，突然清醒了，猛地弯下身捡起那枚木牌子迅速塞回怀里。同时又抬眼盯着胡四，见其眼睛还停留在花生米上，才松了口气，警觉地问道："胡兄，你刚才看见我掉的是什么东西了吗？"

胡四故意迷迷瞪瞪地挤了下眼睛，道："你有东西掉了？"说着，低头看看地上，又说，"啥也没有啊？你这厮又……喝多了。"

吴先如没计较，但不再继续喷了。正在胡四琢磨着找些别的话题时，于修突然小跑进来，大声呵斥着吴先如："你这厮又在这儿撒酒疯！出大事了！还不快回去！"

吴先如也不说话，木然地离开酒馆。胡四便问："于总管，这是出了什么大事儿啊？"

"哎！"于修看起来有些愤懑，"太阁大人的前锋在平壤大败。之前一直顺利的战事，怕是要僵持下来了。"

"明国出兵了？"

"嗯，还是大军！"于修有些失望。

"那我们如何是好？"

"只管做我们的就行。昨天该如何，明天还如何。这本就不是一朝一夕之事，我们只是万千推力中的一份而已。但最后的垮台，却必定在那一瞬间！"

第三章　萨摩疑影

"垮台？万千推力？这究竟是何意？"胡四问于修。

"该告诉你时，自然会告诉。只管做好账目，蒙骗好那些入股商人便可。"

"那好吧……"

正如于修所说，平壤之战虽然倭军惨败，但也没太影响茶会的日常事务。大家还是一如既往地做事，顶多是调整了一些钱款流向。有的府衙多分了点儿，有的则减少了一些。至于加减的缘由在哪儿，胡四就不知道了。

处理完了茶会的财务，胡四借口自己生意事情太多，告辞于修离开茶会。在自己的码头花了一整天，才将之前积留下来的货物和账单清查完毕，随后便赶紧通知了许豫。史世用也对胡四的见闻极其关注，觉得茶会和丁选都问题重重。

三天后，胡四如约住进山口客栈。没多久，许豫就如约来了。但这次，他还带来一个身材健硕之人。

"胡兄弟，这是京里上差，锦衣卫史大人。"许豫关上屋门，望着胡四迷惘的神情，道，"上差要接手茶会之事。日后，你要多加尽心。"

"哎。小人这是……惹得哪门子官司啊。"胡四有些目光凝滞。

"胡兄不必过虑。"史世用拱手安抚道，"胡兄以后生活，可一切照旧。只需将会内各派之人搞清楚，告知我即可。若发现那爱眨眼的会头儿任何琐事，都要告知本官。本官保你无事，若有闪失，亦当荫泽家人。"

"小人只能遵命吧……"胡四努力让心情平复下来。

据胡四这段时间的观察，邱立时除了自己的住处外，还常去茶会几里外的一个市场，里面有不同行业的小包间。随着家眷的涌入，周边也都被这集市覆盖了。

在茶叶和瓷器区内，史世用绕过一个挂着"西江"招牌的店，租了这家店后边一个叫"小岛"的包间。拿出一个"听管"，楔进了后墙靠近地面的缝隙中听起来。几个人的交谈声，也依稀传进史世用的耳朵。交谈的是三个人，史世用已在昨日酒馆中，听过胡四和邱立时的闲聊，确定主事儿的人正是邱立时。但其他两人竟称邱立时为"三档头儿[1]"，让史世用不禁倒吸一口凉气。这偏远倭地，竟还有东厂的坐记[2]？史世用又将耳朵贴紧听管，只听邱立时小心翼翼道："我等既已反水，就没有回头路。要说对不住厂公，也无可奈何。那个刘可贤，不像是和我们一条心的，要想办法搞掉。"

"您怀疑他……是朝廷的人？"

"至少都是一个行当儿的。他所关注的东西，和我们太相似了。说不定，我们本就是厂公和某位大人埋下的两条线，只是互不知情而已。"

"可这刘可贤，于修倒是很刻意栽培。于修又是'会头儿'倚重的。不似那徐账房，是铁定的想揭发会头儿而被喂了鱼。若姓刘的无缘无故出事，茶会彻查起来，恐危及档头儿。"一个番役[3]道。

"你们有何看法？"听声音，邱立时像是边说边扫视着眼前的几名番役。

"姓刘的5天后会押运一批茶会的货物回来，不如我们派人暗中灭口。反正那个陪同的倭人帮办内田，也总是和您不对付。借此栽赃那个倭人，同时又搞掉姓刘的，一举两得啊！"另一个番役说。

"不妥！"邱立时当即回绝，道，"'小栗子'曾和我提过一句，说会头儿好像也对姓刘的感兴趣。如此焦点之人，要做就务必做得干净利落，不能和我们挂上一点关系。待会'小栗子'过来，我们再定。"

三人的谈话，随后暂时转到了一些风流事上。邱立时不断夸耀着自己寻遍平户和萨摩的歌姬楼馆的辉煌经历。霎时间惹得那两名番役赞不绝口，纷纷顿足捶胸，悔恨自己过去专注于厂里差事，却竟然忘记了这人世间的至情快乐。

"'阿秀水茶屋[4]'里的歌女个顶个儿的风骚，今晚，我就带尔等去快活快活。下次，再去倭人的男女合用混堂（公共浴室）去饱饱眼福。如何？"

"那……我巫世贵，先谢过三档头儿。我等一心当差，还真未敢有过非分之想。今后愿追随大人海角天涯！"

---

[1] 档头儿：档头儿的正式官名是役长，是东厂负责办案的密探头目。按级别分为大档头儿、二档头儿和三档头儿。
[2] 坐记：是东厂锦衣卫派驻外地的密探。
[3] 番役：是东厂基层密探。
[4] 水茶屋：日本的风月场所。

第三章　萨摩疑影

临近中午，几人开始推杯换盏。忽然，邱立时道："'小栗子'来了？快坐下，吃些酒菜，再说不迟。"

又是一阵喝酒的"吸溜"声儿和吃饭的"吧唧"声儿后，邱立时才问起正事儿："你上次提过，会头儿对姓刘的也有兴趣，是啥意思？"

"回三档头儿，那个于修有次和小的喝酒时无意间漏了一句，貌似会头儿对于修找了太多自己的人有些不满，期间便提到了这个姓刘的。"

"会头儿想做掉姓刘的？"邱立时问道。

"您在茶会内做事，应该知晓，会头儿很多事都要仰仗于修去做，但又不愿太放手。他是否要做掉姓刘的不清楚，做也只能借助他人之手。"

"哦？"邱立时停顿了一下，道，"都听见没有？还想在内田和姓刘的回来途中灭口？却不料会头儿本有此意，正愁无人实施。会头儿与内田是否谈过？那内田又怎么想的，我等皆不知。若鲁莽行事，不仅一无所获，或许反成全了他人！"

"三档头儿训诫的是。灭掉姓刘的本就是节外之枝，不可操之过急。三档头儿放心，小的回去后便在坊间去着手打探这内田的。"那个刚才提议杀掉刘可贤的番役，忙挽救着自己的过失。

"不必自责。"邱立时呵呵一笑，"这个贼倭内田，仗着茶会是为搅乱明国的，一向轻视我等。不把他的气焰压住，我等以后永远受制于人。'小栗子'，你好好经营那个酒馆，四方消息都盯紧喽！5日后的上午，我等还来此碰头儿。"

不多时，屋那边儿人便稀稀拉拉都出去了，门也"咣当"一声关上后又锁上。又过了会儿，史世用才打开包间门，见外边无异样，才混进人群走了。

6

大明的混堂，还以人工加热为主，温泉水也并非人人都享用得起。但在火山环绕的倭国，泡温泉汤却是倭人的日常生活。眼下这几块八九尺到十几尺见方的浴池中，小到十几岁的少男少女、大到七八十的老翁老妪，皆赤身露体泡在一起。即便互不相识，也会互相擦背并交谈一番。只不过，女子都一丝不挂，而男子裆部都有布片遮挡，且有细带在腰间束紧，形成丁字状。

史世用脸上盖着一方布巾，避开眼前那些混在男人中间赤裸裸的妇人，闭目仰头靠在池边。他身后，是一方用木板隔起来的相对安静的小池子，每方池子大概两三尺长宽。池中是两个男人在低声用汉语说话，史世用竖起耳朵，也能依稀听到些。只听一人道："刘总旗，吕大人的意思你可明白？"

"明白。请杨百户禀告吕大人，我已获于修信任。茶会钱财确有流向国内之象，账目必定明暗各有一份，卑职暂时无权获悉。"

"下一步就看吕大人的安排了。还有，此地华商底细，你可细心搜集了？"

"卑职负责的多为新海商，数额不多，已厘清完毕，就在换衣间内。"

"你可适时做些寻花问柳之事。否则，孤身一人难免引人注意。"

"这个……鉴于卑职以往经历和会内口碑，就是对发妻用情专一之鳏夫。外人若有手段，得到的也自然是我这份假经历。若轻浮荒淫，会否引人怀疑？"

"那就委屈刘总旗了。此外，吕大人说，朝中险恶之徒也将布局拓至海外，你要多加小心。"

"谢吕大人、杨百户。目前尚无征兆显示有人要加害卑职。对了，于修近日可能要去海外，但去向不明。"

"知道了。"

随后是隔板那边一阵阵嘈杂的水花声儿，一个男人从隔板后走出来，披上一条大澡巾走了。过了一小会儿，刘可贤才出来，围上条澡巾也到外间去了。

离开那个市场5日后的上午，史世用又走进了"西江"店背面的那个包间。半个时辰后，墙那边儿一阵躁动，陆续进来几个人。之后邱立时说："'小栗子'，内田这贼倭的想法，可探查到什么吗？"

"回三档头儿，小的无能，这厮貌似私下活动甚少，实在没什么举动。"

邱立时叹叹气，"也罢。这贼倭在会内也是这样，没一点儿料。茶会目标一转回大明，还不都是咱们在忙乎？我算看透这帮子贼倭的小九九了，明摆着以华治华啊！老子本想换个地方活活，没想到还得往家里闹腾事！"

"既如此，咱们也该认命。若不想搞掉大明，那他们收买咱们这些华人

第三章　萨摩疑影

干吗啊？既然和这帮子贼倭已然一条裤子，那至少不是明面的敌人，性命能保住。至于内田这贼倭的底细，日后慢慢打探也不迟啊。"

"也……只能如此了。"

"内田这贼倭虽未查到，但小的却捡到一琐事，不知有否帮助？"

"说来听听！"邱立时立马来了精神，语气也显得精神多了。

"那日于修在我酒馆喝酒时，突然来了一个茶会的伙计，急匆匆的样子。见到于修便一脸的慌张。我见此情，便装作不愿介入的样子，把他俩引到一个小包间。那包间是我暗设的，我在邻屋听了个清楚。话不多，只几句。那伙计道：这是三井大人的信，送到茶会时，您没在。被茶会的几个人看到了，还在问这三井是谁。伙计没多说，只把信留下了。于修听闻此话，顿时有些情急。连问为何不直接送给自己，或是秘密截留下来，还问谁看到了。那伙计说自己刚从茅厕回来，错过了第一时间接信。而且，按惯例，信也不是这个时间送达，所以自己也没有准备。又说会内的一个华人伙计和一个倭人伙计，还有账房胡四都看到了，也都没看明白。因为信上有三枚蜡封，文字只写了三井两字。之后也都各自忙去了。于修这才'哦'了一声，不再紧张了。"

"三井？从没听过这名号。"邱立时陷入沉思，又问，"你们可曾听说？"

"我等也未听说，只知道这是个倭人名字。"

"也罢，或许和我们没啥关系，不必管他。既已改换门庭，我等只听命就是。"

"是。那厂公那边，我们该如何交代？'打事件[1]'的日子快到了。"

"按于总管的意思办就是了，报喜不报忧，交差便是。"

次日清晨，刘可贤突然听到院中有石子儿弹地的响声，便轻轻拨开拉门。院中寂静得很，披上衣服在院子四处查看时，见水井旁有个白纸包裹的石子儿。刘可贤捡起纸团回到屋中，打开后见上有一行字：茶会复杂，小心暗算。

午时，史世用已踏上从凤羽町回程的摆渡上，他不好介入茶会内务太

---

[1] 打事件：厂卫对提交秘密报告的俗称。

多，只能用这种方式知会刘可贤。尽管尚未确认"眨眼会头儿"丁选的真实身份，但也着实有些收获。首先便是东厂派驻倭国的坐记，居然被策反成了敌方之人；二是刘可贤竟也乃朝中秘派。依照刘可贤与上司对话中对兵部的称呼，想必刘可贤并非来自兵部，而是锦衣卫，而且，是锦衣卫同知吕骧的人；三是这丁选居然有可能身兼明、倭两国身份和职衔；四是那块来历不明的鹿头木制腰牌。这便更热闹了，远在朝鲜的明、朝、倭三方不仅激战正酣，这千里之外的倭岛，竟然也隐藏着朝中党争的影子。

九州岛的肥前藩，隔海遥望着西边的朝鲜半岛，海港内的大小船只，也犹如点点星光，点缀在热闹非凡的海岸线。

一处再平常不过的茶庵内，七八名穿着汉装的神秘商客促膝交谈着。主座的人，头上的帽檐儿很大，两侧垂下的布巾遮住了脸庞，旁边是一个金发碧眼白皮肤的西班牙人。在座的每个人面前都摆着一枚铜制的腰牌，上面是一只鹿头图案，鹿生四角，图案下面一个"禄"字。

主座人扫视着下面盘坐整齐的6个人，道："你们对明国的差事办得不错，我们已在明国壮大。"

"愿为三井大人赴汤蹈火。"

"不是为我，是为推倒明国这个庞大的累赘。"三井转问那西班牙人，"安托尼先生，你们在南洋还顺利吗？"

"还好。"安托尼貌似悠然地回道。但香炉里飘荡出来的烟雾，却仍掩饰不住他内心的悲伤。他的思绪，不由得又回到了8年前的菲律宾总督府。

他是有理由悲伤的。

几十年来，他们的前任各路殖民官们，赶上了西班牙最辉煌的时代，哪个不是肥得流油？费利佩二世以西班牙国王之身兼任葡萄牙国王时，再将这一荣誉发挥到极致。但这一切，在桑迪上任菲律宾总督后便烟消云散。自己配合他筹划的一次次强攻明国的行动，都被规模有限的地方水师赶了回来，不得不无限中止征服明国的理想。更加锐意进取的英国人，也大有取代西班牙的势头。那些长期生活在亚洲的欧洲商人，甚至贱民们，也都知道来东方淘金了！自己当然是更不能空手而归的！不能！只有进入明国，才有希望！还好，自己当年用一个不存在的所谓"会主"，将那一老一少明国人暂时控制住，并成功拖在了科雷希多岛，为的就是与其他几国密使商定妥当，再将他们叫来。"禄生会"的会议，对试图进入明国的人们太重要了。并且，自己很幸运地在一年后真的遇到了那个人，那个"会主"的最佳人选，没人能比他更适合这个角色。

思绪过后，安托尼回到了眼下。他客气地送走那几位骨干社员后，满含笑意地问三井："朝鲜的战事，对你们日本人影响如何？"

"您也知道的，输赢不在这一城一池，最重要的是咱们在明国的前景一片光明。不要忘记，咱们背后可是有众多心怀梦想的政客、贵族和商人啊！为了有一天能在这块土地随心所欲地捡金子，他们是不会吝惜对我们这份事业投入的。这个肮脏、卑劣的国度，其实已渐渐失去对人心的约束，江南更为显著。朝鲜这场仗打多久、谁赢谁输，都不会影响咱们这盘棋。我们只需利用好明国留给我们越来越多的漏洞，就足够了。对吗？"

"嗯哼！"安托尼不停点着头，又道，"但我们不可妄自尊大。其实谁也不比谁问题少。欧洲这几百年干净吗？宗教战争、贫困、暴君等。那些裸体的印第安女人，哪个不比欧洲上流社会的贵妇干净？加勒比的海盗们，有时候也比那些道貌岸然的大主教正义吧？我们不过是寻找别人的缺点，来掩盖自己的阴暗罢了。"安托尼尴尬地笑了下，又道，"先生可知道9年前我们的'马尼拉计划'？当时驻菲律宾的西班牙人大会，居然提出组建六千人去远征明国，呵呵！"

三井一笑，避开了前一个尴尬的话题，"好在你们费利佩二世陛下很清醒。谁也无法吞掉他，长远经营他们更为务实。"

"您说得太对了！"安托尼兴奋地挥着手说，"他们有个致命的弱点，绝对是我们的契机！"

"什么弱点？"三井眨眨眼睛。

"就是他们太像文学家或艺术家了，而不像政治家。他们是那么的天真烂漫，相信世上真有友谊，真有他们说的'己所不欲，勿施于人'。您看，我真的很用心研究了他们。但其实……这都是愚蠢的想法。我没说错吧？"

"是的！不确保自己是利益主导者，一切友谊和邦交都是空谈！他们太善良、太以自己的好心揣摩别人。他们只对外人宽厚，以显示自己的胸怀。这一点，我们日人可清醒得很。无论如何，我们也不会为了什么所谓的天下虚名而忽视自己。"

"对啊！这也是为什么我们和您合作，而不是他们。但如果明国人不最后参与进来，咱们准备好的案板上，又去哪找这样愿意合作的羔羊来宰杀呢？要击垮这个庞然大物，就得利用他们的虚荣心啊！让他们愿意为担起整个天下的重任去放弃权益，再用个人宣泄瓦解他们的秩序，用纵情瓦解他们的斗志，用懒惰又像潮虫一样繁衍的小邦小部蚕食他们的国土……其实，他们虽然有黑暗、残暴的一面，却也充满希望和骄傲；繁文缛节，管理倒很有效。但我们一定要避重就轻，不谈他们的优点，只谈弱点。让他们失去中心之国的尊贵感，甚至一个人的尊严，变得自卑和崇拜一切外人。即使足够强大，也认为自己处处不如别人。"

"一个自卑无知的大块头，到头来也不过只是个听话干活的奴隶！哈哈！"

"没错！今天是咱们'禄生会'一次秘密会谈，但我想提醒您，'鹿缘会'既然已经暴露。您身兼'鹿缘会'总会头，相信会在'禄生会'实现整合前，完成自己应尽的使命！"

"一切，皆在我三井釉岩掌中。"

"好的，我会如实禀告明国的人。会主也会知道这一切。"

"会主究竟是个什么样的人呢？"

"没几人见过会主。即便见过，但也不知道他是谁。他看起来微不足道，但却洞悉大明的一切。您只要相信，他会和我们一直走下去的就足够了！对吗？"

"是的！全天下都会为我们骄傲的！"三井的心情更加愉悦了，他起身打开窗户，深吸了一口气，望着遥远的西南方向自语道："大明国，还记得我丁选吗？"

第四章
白刃相接

1

  酉时，天已大黑。牢外传来一阵杂乱的脚步声。直到门前，朱元才发现是大哥陆安带着钱乙和另外 4 名北司的人。

  陆安独自进了牢房，将栅门关上。火焰飘忽不定的光线，映在陆安平静的脸上："这趟差事，你分内之事已做到，即刻与我回衙门便是。"

  "什么？"朱元不相信自己的耳朵，追问着，"莫不是在安慰兄弟？"

  陆安瞪着朱元喝道："莫非你是活腻歪了，一心想随南司的人回去受审？"

  "不不！小弟就是不明白……我这一路出事，对平壤之胜怎会毫无影响？"

  "你也太高看自己了吧？"

  "哦？"朱元突然明白了一些，嬉笑相便出来了，"一定是大哥布下大局，让小弟策应……"

  "休要多嘴！你虽逃过一劫，但手下二十几人命丧他乡，你能睡得着觉吗？"

  "大哥你别说了！"朱元趴在地上"咣当当"不停磕起头来，"小弟回去一定仔细研读倭国忍者，再不自大了！"

  朱元刚出牢房，迫不及待地问钱乙："老三，平壤之战是我在策应你吗？"

  "我也是刚知道，你追查的那 8 个潜入忍者，其实是大哥明知你轻敌在先，才让你在这一路引蛇出洞，这次真正要抓的是另一个头目。"

"抓到了吗？那和我这边有何干系？"

"抓到了，关在义州。"钱乙看陆安没注意，低声说，"大哥得到线报，说倭贼会关注你这儿。若你一举拿下潜入忍者，他们便另觅新机。再觅其踪迹就遥遥无期了。但若你这儿受阻，倭贼便会展开行动，我们就能发现并拿下了。"

"那个关卡的倭贼，逮到活的了吗？"

"逮到活的了。大哥请来的那位倭人，会为我们以后做些操训。"

"哪个？哦！就是那个什么'狗……'"

"你俩嘀咕什么呢？"陆安在前面喝道。二人不再交谈，快赶几步上来了。

其实，钱乙只说对了一半儿。策应不假，但此次朱元受挫，只有陆安知道，更有测试高层泄密隐情的意图。

朱元等人在平壤府等待操训的大院子，据说是朝鲜某贵族府邸，但以大明规模看，尚不如江南一带大贾的家宅。

随朱元走那趟差事的幸存者也全数到齐，个个神情凝肃。不多时，陆安领着犬冢井男进来，道："各位弟兄，我们与对手白刃相见了。各种教训经验，想必在座的会更感同身受。"陆安看了看犬冢，又道，"这便是我大明请来的犬冢井男先生。各位务必要虚心请教、用心操训，不可辜负先生心系天下之大义。"

"陆大人谬赞了。"犬冢听到陆安这番礼赞，不由得立刻站起身来，不停地向堂下半鞠躬后，才道，"早先发放的忍者简册，我看过，还是稍显粗浅。"

"忍者在实操中可有准则？"陆安率先问道。

"有。便是那四条戒律：只用在公事，不准因私事用忍术；若遇危机，即放弃一切原计划，以保命为唯一原则；若有可能被俘，宁可自尽也不能泄露计划。"

朱元打断了犬冢的讲述，问道："掩饰身份，是这行当基本原则。但我们在关卡所遇之忍者，为何首先发难？"

"对了！"崔云霄也插嘴道，"我记得当时武小旗说了一句……'你这厮乱嗅什么？'随即便遇害。"

"那必定是盘查时发现其身份，使其不得不制造乱局、趁机逃脱。"犬冢回道，"我观各位的忍者简册中有'闻香'一项，但内容不详，只说对方嗅觉灵敏、可辨香气类别。"

钱乙回道："我大明民间亦有此奇人，蒙眼可闻出香料种类和产地。"

犬冢继续道："忍者对于'香'的操训，可谓专一精到。若数名着普通士兵服装的人站在一起，其中酒肉进食多的，散发的气息就更浓，便能反映出该人居于更高地位，以便于忍者能擒敌擒王。"

"对啊……"崔云霄暗自揣摩着，"当时，武小旗正是穿着士兵甲衣。"

"先生。"朱元掏出一枚"药丸"，问道，"那日追踪忍者于坑道中，曾发现几个药丸模样的东西，敢问此为何物？"

犬冢拿过"药丸"，道："此非药丸，而是忍者的食物。"

"食物？"朱元诧异道，"野外办差，靠这玩意儿能吃饱？"

"忍者由于需隐身于天花板上或地下，甚至树上及屋檐下，所以绝不能发福。食物皆以谷物为主，另有蔬菜、植物果实。更有用麦角、梅子、冰糖搅和成'止渴丸'，及用红萝卜、麦粉、山芋、甘草、荞面粉、薏苡、蜂蜜、糯米粉制成的兵粮丸，维持相当之体力。"

"区区小邦，竟有如此精密修炼。"钱乙赞道。

"先生。"朱元又问，"上次追踪那忍者到河边，眼看其渡河时从身后卸下一物件儿扔到河中，竟能做小舟使用，甚是奇怪。"

"这是水遁术。那可做舟用的是轻盈竹木制成，叫'水蜘蛛'，可折叠放入背囊内。"

"我们见过那伙儿人掘地之技巧，功夫极深，堪比工匠了。"崔云霄也说道。

犬冢道："这位大人所言之掘地术，便是土遁术。利用地面凹处及石垣、土壁等掘道洞隐藏乃至逃遁。"说着，犬冢将一个箱子打开，里面有不少形状各异的小巧金属利器。犬冢拿出一件道："这是'撒菱'，又称'十字钉'，逃走时撒在身后延缓敌人追击。凡是凹凸不平或能刺伤双足的利石、尖果壳等都可代用。"

朱元想起在地窖里自己也踩到过不少尖石和木刺，点点头，又指着一个六寸来长、头部弯曲的铁杆儿问道："那这个呢？"

"这个唤作'问外'。各位不要心急。我与你们来一一解释。"犬冢笑了笑，还卖了个关子。

这堂由倭人犬冢井男讲授的、旨在增强锦衣卫们对抗乃至战胜忍者的初步操训，持续到了晚上。

"胜败本乃兵家常事，何况我们在朝鲜遭遇之敌，远非以往草莽之人，某些特长更在你我之上。但对方归根到底也是人，是人就会犯错，就会被赶超甚至消灭。你们是想就此认输、含恨终生，还是报仇雪恨？"陆安厉声道。在场的官校们，无不一扫刚才的晦暗，齐齐拍着左胸，用满腔的气息道："誓灭忍者，衣锦还乡！"

操训，在犬冢井男的安排下日复一日地展开着。校场边，是个高坡，坡下一条大河奔淌而过，卷起的泥沙不断地向坡上翻腾。远处的高山层叠绵延到远方，这一番滂沱景象，让钱乙和朱元对之前挫折的愤懑之心更是掩饰不住。朱元更是抄起一块石头摔向坡下，石头在奔腾的大河中溅起一束浪花，瞬间又被后浪吞没了。

"大山如此雄壮，河水如此激昂。你二人究竟爱哪个？"二人身后突然传来陆安的声音。

"这……"朱元一时语塞，随后才说，"小弟喜爱大山的雄伟和挺拔，水无常形，让人捉摸不透。"

"小弟倒是更喜欢这水。变幻莫测，多彩之处令人着迷。"

"这确实像你！老三！"朱元插嘴道，"整天一副乖孩子样儿，其实心里怎么想的谁也看不透，水做的一般！"说罢，哈哈大笑起来。

"二哥又笑话我。我这人谨小慎微，二哥也不是不知道。我倒想如二哥那样快意恩仇，但无奈娘胎不同，也没得改变啊。"

"哈哈。你二人都着实可爱。"陆安道，"都说仁者爱山，智者爱水。但

第四章 白刃相接

若只有仁，便是迂腐；若只求智，亦会痴迷权谋。所以，我希望你二人要做到既爱山，又爱水。既有仁者胸怀，又有智者思绪。"

"大哥教诲，我们都知道了。"

"嗯。"陆安点点头，望着远处的校场，念叨着，"看见的对手，何惧哉？"说完，便转身先走了。

朱元和钱乙则在后边悄悄嘀咕着："老三，你说大哥今儿怎么尽说些听不懂的话，什么仁者、智者，这看不见的对手……又是什么？"

"或许大哥心里有事吧，信口说来。也未必是针对我们。"钱乙笑了笑。

此时，陆安忽又转过身来，对二人道："明日酉时，去我那里议事。"

"有动作了？"朱元敏感的神经瞬间被刺激了起来。

陆安瞪了朱元一眼："还不是你这厮留的尾巴。"

朱元还想问下去，一旁的钱乙揪了揪他的衣角。待陆安走后，才笑着说："小弟猜想，肯定是二哥上次漏掉的那个忍者有下落了。"

"哦？"朱元眼珠子一转，"还是你小子贼心眼子多。呵呵。"

小西行长做完祷告后，恭敬地将天主像放回书架上，又在胸口画了个十字。他回身抽出那把跟随自己多年的刀，用洁白的布巾擦拭着本来就明亮晃眼的刀刃，对帐外喊道："西村，进来！"

一个瘦小的家臣进入帐内："家主有何吩咐？"

"说说那个幸运的孩子吧。"

"他是平壤之战前，由第三路进入明国防线的唯一幸存者，是甲贺家的高徒。"

"明国是战是和，也在争个不休。若平壤之战前刺杀李如松，倒能保住我们的优势。但现在李将军似也冷静了，明国经略备倭军务宋应昌倒有些得势。何况，明国来信说宋在北京的同党有上升苗头，要我们配合下。那就别再拖下去了。"

"是。"

"沈先生承诺的明国南方矿产，可否开始兑现？"

"我听说，沈先生家乡那个政敌已被拿下了，但沈先生却说还没结果。"

"这头老狐狸！幸亏，咱们在九州也有后手。呵呵。"

2

阿部是甲贺地区的人，他自被训练时起就知道和伊贺的人不共戴天。因此，加入了推崇甲贺忍者的小西队伍。他原本的任务是刺杀明国总兵官李如松，但在关卡被明国人发现，如今只剩下自己隐匿在敌方地盘儿。但意外的是，小西家主这次派来统领自己的竟是个明国人。即使对方外表与日人无二，但自己还是听出了他的明国腔调。他们的新任务，是刺杀二月十五日前后去黄海道黄州地区的凤山郡犒劳明、朝联军的宋应昌。

小西自从败退到王京汉城后，历经几次拉锯战，终于与明、朝联军形成对峙。随后，于修便受命只带一人，从日本赶到汉城面见了小西。但令人气愤的是，自己尽管一直强化自己的日人身份，若非与明国人打交道，都不想再提于修这个明国名字，而一概以中岛康平代之了。但那个叫阿部的忍者依然对自己不那么尊敬。哼！这些贼囚忍者，很多不也出自流落日本的他国贱民吗？如今披上了一张倭皮，倒蔑视起老夫了！再不济，自己身上也流淌着日人血统，不比他们更纯正？待他日，定有你阿部这杂种好看的！

"中岛有心事？"门帘掀开，西村从屋外进来。

"哦？是西村。"于修起身深鞠一躬，道，"怪我大意，没注意到有人进来。"

"是啊。若进来的是刺客，那……"

"是。小人受教了。"于修又深鞠一躬，脸上一阵臊红。

"哪里！哪里！"西村忙摆手，道，"中岛是我家主的伙伴，不必这样谦卑。我们也从你们的茶社得到不少好处啊。呵呵。"嘴上客套着，西村心里却满是傲慢。依旧嘀咕道，"若不与您合作，还不知您居然能领导忍者行此事。"

"呵呵。不知，也未尝不是好事。"于修微微一笑，"其实从开战前，我们就已经开始布局了……"

"开战前？"西村惊诧地望着于修。

第四章 白刃相接

于修点点头,仿佛从刚才的卑微中突然进入另一个状态,一脸肃穆继续道:"早先,我们已派人潜伏于汉城以北诸多地区,黄州便在其中。又找到那名失散的忍者阿部,他将在一线直接指挥并参与行动。另有一明国人三日前从开城赶去黄州,还有数名行动者,已在黄州当地官军内布下内线。具体行动,还需日后确定。"

"黄州远在汉城以北,你们力量是否够用?"

"此番刺杀,不过是大局下的一个突发事件,实非专为他宋应昌而来。他来不来,我们都早已在此扎根。只能说黄州乃绝佳地点吧:此处地处碧蹄馆之战后的两军缓冲地带,鱼龙混杂;其北方军府常年养尊处优,容易收买;再有,我们在更北边儿也多有策应……"

"策应?更北边儿?那不是……"西村一阵惊诧。

于修闭口未谈,接着原话题,道:"我以凤山郡东边的老树县为大本营,据'刺宋'地点有点儿距离,以防一损俱损。相互以密信往来。"

"先生可有信差来往两地?"

"我带了一个明国人来此。他对此事全不知情,正好以送信为名诱其就范。若不从,即杀之!"

辞别了西村,于修又径直找到了阿部,商谈刺杀行动的进一步细化。

"你如何安置丸山、小野、袁非和祝国志这4个人?"于修回到住所后,立刻召见了阿部。

"先期的话,小人欲将丸山与袁非一队,作为信使传递消息;小野和祝国志两人一队,筹划行动。丸山兼任信差一职。直至最后阶段,4个人才统一归到小人属下,之前两队互不通气。一个倭国人领一华人,防范华人叛离。"

"嗯。我目前不会露面,具体行动只与你一人面谈,再由你向他们布置执行。密信我会用关东乃至东北的俚语,5个人中只有你懂。"

"是!"

"你现在心中可有稳妥的计划吗?"

"小人曾设想三种方案。一,潜入宋应昌劳军现场,以沾有剧毒之吹矢对其行刺;二,在其劳军时,近身刺杀之;三,潜入宋营,在其食品中下毒。"

"不！不！"于修一听，便不停摇起头，"风险甚大。宋应昌将在 7 至 11 天内抵达，你需迅速重新制订计划。不要在乎成本！"

"是！大人！"

衙门的议事厅内，陆安端坐书桌一头，曹副千户、罗百户分列两旁，朱元、钱乙依次坐下。

"各位。"陆安扫视着众人跃跃欲试的神情，"碧蹄馆之战后，我们与朝鲜军已在平壤道以南与倭军僵持。李总兵近日发起的小规模战役，巩固了防线。宋经略将趁此契机，前往黄海道的黄州凤山郡犒劳明、朝将士。但日前却有密报，倭军欲借此次犒军刺杀宋经略，且已得到证实。"说罢，陆安拿出一张地图摊在桌上，"今日是二月初一，犒军将在 6 天后启程。计划分两段进行，初八先南下黄海道海州。由于海州更靠南方前线，所以宋经略不会逗留太多。返回后直至 14 日，都在平壤府做短暂休息。2 月 16 日至 18 日，再度南下海州以北的黄州凤山郡犒赏联军。鉴于宋经略的身份，我原本建议推迟到临行前两天，即 2 月 6 日再向朝鲜官府通报，但倭军还是提前得知这一消息。"

"消息是如何泄露出去的？"钱乙问。

"定是那些朝鲜官府的庸兵腐吏干的！"朱元骂道。

"是我们驻凤山郡的人无意间泄漏的。那校尉随该地官吏查缴一家杂货铺的铁器时，老板问其为何镰刀农具也要上缴时，他出于威吓便透露将有上国（指明国）大员前来。这家店恰好是倭军据点，至于他们如何确定是宋经略，必有其他渠道。"

"那家店，如今有无音讯？"朱元又问。

"之后，店主便销声匿迹。"陆安望向朱元，道，"此次刺杀的行事者，正是上次在关卡漏网的忍者。也算是狭路相逢。朱总旗，这次你就好好收个尾。"

"朱元不擒获此人，誓不为人！"

"好！获悉敌军'刺宋'计划后，衙门曾有几套方案，但均被否定。开战后，我大明对忍者一度研判不足。此后凡是我朝和朝鲜国大员出行，必须成立有针对性的护卫队伍，协调各有司。现在，本官将做出如下决定：此案我坐镇，曹副千户和罗百户负责原有职责，钱总旗做我的助手。朱总旗即刻动身，先期到达我们在凤山郡的驻地，协助当地站点查明敌情。宋经略的安危，直接关系我大明与朝鲜对敌态势。望兄弟们密切合作，一鼓作气拿下倭贼！"陆安命令道。

"遵命！"朱元等这一天，其实已经很久了。

3

锦衣卫驻凤山郡的小旗徐顺良与校尉姜五，以及朝鲜地方捕校[1]崔直民对"刺宋"一事颇为上心。许是之前意外泄密的内疚，姜五表示再不敢怠慢军务了。

"也罢！人非圣贤，谁能没过错？老子我……"朱元本想借自己将功赎罪来鼓励对方，但又觉得失了面子，便把剩下半截话儿又咽了回去，道，"兄弟起来吧。陆大人有令，凤山郡站的重点便是获悉'刺宋案'的行动计划。可目前为止，衙门尚未弄清计划的内容和名单。你站对本地华商可有掌握？"

徐顺良道："黄海道共有华人近千人，其中黄州最多，约有六百多。我计划与崔捕校联系到30名忠孝华民，收拢以往线报的同时，即将对20多名与倭寇接触密切之奸民展开监视。"

"好。"

来之前，陆安给朱元指定了一个内线，是负责与凤山郡相关驿道往来交接的。朱元随即赶赴几里外的这个驿站。

驿站破败不堪，只有两三匹老马在马槽里胡乱寻找着能吃的东西。马槽后是间屋子，朱元在一个墙边的废马槽里扔进三根捆在一起的干树枝，便走了。屋内只有两名朝鲜官府的驿卒，一个五十开外，另一个貌似十八九岁的后生，不知何时逮了只老鼠，用绳子拴住头颈在屋里溜着玩儿起来。那老汉瞥了眼后生，道："劣童。整日玩耍，我如何向你爹妈交代？"后生一惊，被

---

[1] 捕校：朝鲜掌缉捕的武职。

老鼠挣脱开手里的绳子,"噌"的蹿出去了,于是絮叨着:"阿叔又来教训我,只管和我爹娘美言几句便是。谁知哪天驿站就被倭人掠去了。"说完,便起身跑出屋外,寻摸那只老鼠去了。刚出门,就瞥见废马槽中的那捆树枝,便左右扫视了一圈儿后走出驿站。

驿站西边有条小河,河边的岩洞里,席地能坐下两三个人。杂草已将洞口掩盖大半儿,不仔细看都未必能看出里面有如此空间。后生在听过朱元的交代后,皱眉道:"这差事不好办啊。"

"当然。"朱元拍拍对方单薄的肩膀,道,"此案你这条线乃重中之重,要不惜一切保护宋经略的安危。万一被发现,脱身之路已安置妥当。"

"是。"后生金志贤回道。

"那些人买通你这条通道,有多久了?"

"一年了。起初只当是贩私的。后来,上国钦差才告知这是倭人的秘密通道。"

"这些倭人对你可否信任?此行几个人? 与你有过几次联系?"

"照目前看,是十分的信任。几人?尚未得知。上次联系已是俩月前了,这回我们只见过一次。突然寻求我这条通道,必是专为'刺宋'一事而来的。"

"他们此番提出什么要求?你负责什么?只是他们联系你?"

"说要带一些物资通过,但具体是什么尚未透露。他们有事才联系我。"

"好。你可随时将进展告知与我。"朱元正要起身,突然又回头看了下金志贤,笑道,"呵呵。真没想到,潜贼窝的竟是个乳臭未干的娃娃。"

金志贤一笑,道:"上差过奖了。其实兄弟已二十有六,只是面相稚嫩而已。"

"哦?比老子只小几岁啊?!'死脓包的',怎偏就老子是这副脸庞?"朱元摸了摸自己粗糙黝黑的皮肤,似乎有些失落,抱了个拳便钻出洞去了。

刚回到住所,徐顺良便也推开屋门上气不接下气地进来,从怀里掏出一个未开封的油纸包低头呈上,道:"平壤府衙门的信,请朱大人过目。"

朱元忙接过油纸包,打开后,里面只有一张三角形的绢纸,有几个完整的字和一些被切掉的不完整的字,道:"是'阴书',指令应分三路而来。"说着，看了眼徐顺良："还要烦劳徐贤弟回头再跑几趟，取来另外两份。"

"是。"

已近4日清晨，朱元睡得正香。姜五急切地敲响了朱元的屋门。"何事慌张？"朱元见到姜五气喘吁吁的样子，问道。

"回朱总旗，卑职夜巡时，发现门内扔进一个东西。卑职特来送给总旗大人。"说着，从怀里拿出一个红布包，里面只是一块石子儿。

"姜校尉这等用心奉职，朱某必定记录在册。"

姜五刚走，朱元便换上夜行衣，直奔上次的小河边。这套夜行衣是陆安新下发的，形制和颜色吸收了忍者的优点。再不是黢黑单色以及简单蒙面了。而是以黑、深蓝、深褐制成夜行衣的前后部分、袖管和腰带，更配备了紧束便利的头套。

见到朱元后，金志贤便拿出一个拧成麻花状的纸卷。朱元一看，里面是一些黑色粉末儿，不禁倒吸口凉气："这不是一截用于引炸的火捻吗？"

金志贤也惊道："莫不是要……"

"必是专为宋经略这事儿而来，此物是何来历？"

"昨夜刚进子时，我收到倭贼命令，说有批新货要被即刻带进'北边儿'。但在驿站内遗留下的这一截儿火捻，被我发现。而且，此次小人还获一重大消息。"

"新货？说明他们联系你之前，已暗中运送一些物资进来了。但战区情况依然复杂，所以仍要倚重你这里。"朱元停了下，又瞪大眼睛，问道，"你刚才说的'重大消息'，又是何事？"

"与我联络的是个明国人口音，他欲将此批物资交予凤山郡的管事，名唤阿部。等待外地的大头目下一步指令后，才能行事。"

"阿部？是个倭人？"

"看名字是。"

"物资已进入凤山郡辖地？可知藏于何处？"

"尚不知晓。"

"你即刻回去，一切照旧。"

在凤山郡，徐顺良所负责接应的密信点儿一共5处。直至上午，又有两处出现了油纸包。

这次的两封密信和上一封一样，各自都是残缺的。一个也是三角形，另一个是长方形。但将三张残纸拼在一起，上面的散碎文字便能连成通顺的句子。看起来是一封没太大意义的敦促军纪的例行警告。但字比较集中在中间，边缘空白不少。朱元取清水刷洗着空白处，才现出另一些文字："刺宋"计划为，敌欲趁宋在黄州劳军中掘地藏药，炸之。但爆破地点不详。

朱元将信件又递给了徐顺良，徐顺良看后问道："迅速查明爆破地点、物资存放地点和执行人，当是眼下首要吧？"

"没错。"朱元掏出核桃盘起来。临行前，陆安其实还留了个线人给自己，迄今未动。但何时可以点出来，最难拿捏。在对方敌营中埋条线何等艰难，包括金志贤在内的暗线一旦启用，便很可能意味着今后就废了。但此时已迫在眉睫，只依赖金志贤实在单薄。而朱元将要点出来的这个人，则远比金志贤更重要。关键时刻，就是抛出金志贤也得保住他。而陆安能获得这个敌方内的暗线，则得益于远在倭岛的史世用。

河边洞穴里，朱元用树枝在地上写了一行字，又加上一个名字，问金志贤道："可否看清楚了？"金志贤看到后瞠目结舌，又点点头，道："难道……他们中也有你们的人？"朱元用脚抹掉地上的字，道："今日已初四，宋经略不日即出发去海州。此事必须不能拖延，你需尽快联系到此人，了解倭方传递'刺宋'密件具体详情。另外，你即使身死也不能泄露半点儿。若在你处有了差池，九族不保！"金志贤看着朱元冷血的眼神，不寒而栗，只顾念叨着"小人明白……"

金志贤按朱元给他的吩咐，于次日、初五的午夜来到距驿站2里外的一个岔路口，路口散落着一些用于歇脚的废弃茶棚。金志贤正愁许久都无人接洽时，一个身着紫色夜行衣的瘦小之人从自己身侧闪出。头裹得严实，只露眼和鼻。还未等金志贤问话，那人便道："让你知晓我的身份，必是不得已。你就是那个接受指令、疏通物资运输的金志贤？"

"正是。"

第四章 白刃相接

"与我联系的目的是何?"

"了解'刺宋'案中,头目栖身之地、花名册和行动计划。"金志贤继而又问道,"之前我意外发现的火捻,是否乃先生留下的?"

"还好你发现了。"紫衣人不置可否道,"后生,你先回去。今后每日此时,来此查看密信。交接方式,就照你上司安排的那样。"随后,指了指身边那棵枯树,"你都清楚了?"

"清楚。"金志贤犹豫了一下,又道,"此案已箭在弦上,时不我待……"

"我知道。但刺杀完全是黄州这批人在做,一切密信往来皆在此通道传送。一旦被发现,那一定是我们这批人出的问题,很可能查到我。搞不好,大明在倭国这条线也将不复存在。我只能去上国颐养天年了。"说着,紫衣人不无遗憾地望望天上,而夜空却被枝丫密布的树冠遮住,看不到一点星光。

"小人定如实禀告。"金志贤拱手施礼。再抬头时,发现那人已不见踪影。

一连两日,都未收到金志贤的来信儿了,朱元心急如焚。今日已是初七,宋应昌次日就会从平壤府出发,前往此次劳军的前哨——海州了。

初八的午夜,金志贤又来到岔路口,看到枯树根部有个刀划的十字,便在附近寻了一圈,在离枯树十步外的半截石碑旁的树洞里,掏出一封包好的信。同时,将一个夹有朱元回执密令的朽木条扔进这树洞里,又在石碑西侧十步外的一块石头下方,划了个横线,以示交接完毕。入夜后,紫衣人悄悄来到这个石头前,看到那横线后,才从石碑树洞里取走了那根朽木条。

紫衣人留下了一份秘信,里面除了查明倭贼大头目栖身地是位于凤山郡以东的老树县这个好消息外,也提到一个不甚明朗的消息——凤山郡的刺客近两天曾连续发出5封信给大头目,可大头目方面竟一直没取。原因不明,不敢妄动。

一连5封信件都无人接应?朱元有些疑惑,尽管知晓了倭贼头目的老窝,但徐小旗在那边儿的人手只有两名校尉,只能有限监管。或许是老树县那边计划改变,所以未予理睬凤山郡的信件?又或许已经知晓了自己的行动,所以按兵不动、根据自己的动向再行出击?

但转念一想,境况尚不至于此。"老树县"对信件不予理睬,应是出于本能的试探，并非真发现了自己。还是要想办法获取信件内容才好。如今关键的潜伏人已被唤醒，只是尚未行动。若是在刺客一方拆信后再行窃取最好，否则线人极可能逃都来不及，但保护宋经略又是本次行动的终极目标。朱元手中的核桃盘得"嘎吱嘎吱"响，不停地在屋中踱步着。眼见头上已渗出汗水，才做出了最后的决定：命潜伏人在信件到达后，伺机获取内容。万不得已时，宁可潜回来暴露身份，也要确保宋经略的安危！"埋钉子"的机会仍有，但宋应昌却只有一个！

4

老树县一个农舍里，于修靠在榻榻米上抿着清茶，还发出"滋溜滋溜"的声响，而跪在一旁的胡四却颤颤巍巍的。一壶茶喝完，于修长呼了一口气，他能感到胡四六神无主的心情。

于修很清楚，眼下这场战争绝不仅仅是倭国征朝，以及大明援朝那样简单。在倭国，是丰臣秀吉预借征朝整合岛内大名势力、摆脱经济压力；在大明，是提倡严律的保守儒生与标榜摆脱约束的狂放派在角力；而更远的地方，还有来自南洋和西洋的泰西人对整个东方的窥视……他很庆幸能跟随三井大人参与到这场大变局中来。所以，他根本不介意此次"刺宋"中，自己的忍者是胜是败。他更注重通过对决，研究对方的操训和行动方式、大局与具体战术的执行与预判……这对于蜷缩孤岛的倭国来说，是个走向天下的大好机会，而对自己这样出身大明的落魄秀才，更是难得的经历。凤山郡那边连续发给自己的 5 封信，于修也完全知晓，但并不急于取回来。从三井大人那儿刚得到消息，说此次行动，明国的锦衣卫已探得风声，正在谋划对策。若真如此，自己还确实需要继续观望观望，再与凤山郡的阿部接洽也为时不晚。

直到胡四有些疲惫，身子都不自主地歪倒一侧，于修才问道："胡贤弟来此地多久了？"

"一个月了。但……不知于总管有何吩咐。"

"呵呵。"于修从嗓子眼儿挤出几声干笑,"那就烦劳贤弟替我去取几封生意上的函件,可否?"

"哦?"胡四一听,"于总管客气了,小弟巴不得能助于总管一臂之力呢!对了,听说您素来爱嚼干辣椒,倭人不爱吃这个,朝鲜倒是不少,我给您也顺道买点儿?"

"你愿帮我取信便好!至于干辣椒嘛……碍于行事不便,便克制自己禁食了。"说到这儿,于修不免稍显遗憾之情。

胡四无意间踏进于修这蹚浑水,已感不幸,总希望恼人的战争早点结束,能安心做生意。但于修是跟随着胡四来到他的商号,处理完事情后直接赶赴海边的,胡四连和史世用会面的机会都没有。幸亏他脑瓜儿机灵,借口于修提到的那条路线车流太多,改成了途经史世用店门口的那条路。在经过其店门时,偷偷将密信蜡丸扔进一个正要搬进屋内的货筐里,告知史世用自己将随于修前往朝鲜。

到取信地点这段路不远,所谓"信",其实是个小包裹。胡四是想打开的,但犹豫再三,还是原封给了于修。于修看看包裹,满意地点点头,并没打开。待胡四出去后,却将包裹扔进炉中。捆扎包裹的细绳儿化成一股闪亮的火线儿散落在炉膛里,随后,整个包裹也"呼啦啦"燃烧起来。

天色渐暗,于修换了件衣服蒙面出了门,在一个小河滩边的黑石头前停下。石头上有两条硬物划出来的叉子,其中一条颜色略深,似乎时间久些,另一条则发白,像是刚划上去的。于修学了两声青蛙的叫声,身后便闪出一个紫衣人,问道:"先生何人?"

于修道:"我统领你们这次行动。丸山,你辛苦了。"

那人一惊:"谢过大人。按规矩,您当面交接便意味着指令改变。"

"之所以一直未取信件,是老夫做了封假信,验证我这边一个人。现在看来,他是可靠的。"于修点点头,又道,"那个驿站的朝鲜人金志贤,还靠得住吧?"

"还好,袁非和他对接。"

"嗯。切勿大意,去吧。"

"是，大人。"

紫衣人交给于修一个包裹后，转身离开。于修眼见其已无踪影，又往回走了大概一炷香后，再折向西边走了大概半炷香，进到间破牛舍内才打开包裹，里面是5封信件。于修挨个撕开火漆后看了一遍，再掏出火引和火漆，点燃火引将火漆烧化后重将这5封信件封上。装回油布包里，拔出墙角下的一块旧砖，将包裹塞进去，又用砖堵上小洞后起身走出牛舍外。外边已近黄昏。他四处看了看，见无人后快速往住处而去。

就在于修离开后一会儿，有个紫色身影在林中闪转来到牛舍前。趁着月光，"身影"的眼神最后停在了那块旧砖上。他小心翼翼地将旧砖附近的每一根草和石块儿一一挪到身侧，从左到右有序排列整齐，最后才抽出旧砖，从里面掏出那个油布包儿，拿出这5封信件。信被拆开过，但看样子刚刚又重新用火漆封上。所以，火漆封印显示是有两处。"身影"掏出一把中指长宽的柳叶小刀儿，趁着微弱的、透进阁楼内的月光，轻轻将火漆周边与信封接壤处挑松。他的力道很柔，火漆上竟然没有留下什么刀痕，信封表面也没有被刀尖儿挑出毛刺儿。之后，他又将手不断缓缓按压着火漆四周的纸面，火漆随之有些松动。再几番揉压之后，竟然与纸面开始逐步脱离了。当火漆与纸面仅轻度连接之时，"身影"伸出舌头，将舌尖儿伸进火漆与纸面间的缝隙中，舔舐了几下剩余的火漆后突然向上一顶，火漆与纸面彻底脱离，一点儿没有出现撕裂的痕迹。紧接着，"身影"又如法炮制，将其余4封信件逐一打开。信上的字间距很稀松，且字很大，内容无非是寒暄和生意。但字句间却有另外一些小字。信件有些褶皱，明显是被液体浸湿过。应是之前的看信者解密的明矾密写。但上面的倭文，"身影"竟没看懂，貌似是关东以东蛮地的俚语，但他仍心记下内容后一一装进原来的信封。又从怀里掏出一根火引，用嘴一吹，火引便生出很小的火苗。但是要比一般行军时火引的火苗，要微暗得多。"身影"在火漆附近加热着，趁火漆即将软化时按压下去。信封重又被火漆封住，且看不出一丝被两次开封的迹象。5封信件收拾妥当后，"身影"按原摆放顺序和位置，依次恢复原貌，每根草和石块儿都和之前位置角度近乎一样。连自己进入牛舍的路径，也都扫除了脚印、重新铺整

第四章 白刃相接

了一番,一闪身便没影儿了。

"咣咣!"门外的梆子声儿又响起了。

朱元坐在椅子上一筹莫展,只顾在那"死脓包"地骂着。如此局面,除了等,也还是等。梆子声儿已经第三次响起了,意味着时间已空耗过三个时辰。

初十清晨,朱元已是困倦地蜷缩一团打起了呼噜,"啪啦啪啦"的门环声将他惊醒。姜五递来一个字条,朱元看后竟欢悦地跳起来,头也不回地出门去了。

金志贤带来了最新消息——之前5封信被全数取走,并给了朱元一个小包裹。里面是5张纸,像是5封信件的样子,但字样却与以往信件不同。一些字很大,占据纸面正中位置,但字距差别很大,内容只是一些生意往来的问答。但另有一些小字就很奇怪了,穿插于大字之间。大小文字,实乃线人依照原信件抄写而成。大字为书信明文,以掩人耳目,而小字才为明矾写成之隐藏暗语、为密信本意。其内容也是倭文,朱元只能看出只言片字。而这5封凤山郡与老树县的密信往来,必然直接涉及宋经略此行安危。自己备有的倭贼密语阴符册,全无用处。

于是,朱元招来徐顺良和姜五。他俩都是常驻此地的外派坐记。但这次,两人也都相视无语。徐顺良反复翻看信件,只道:"有些文字不像倭国的官方音律,貌似地方俚语。"

朱元狠狠将桌子捶得"咚咚"响,骂道:"死脓包的!眼下,如何破解倭贼这批俚语密信,便是必须要跨过去的关卡了。"心想,那个线人看来也不懂这文字。否则,必然会直译过来。

"必是有专人读取这俚语信。"徐顺良在一旁说。

朱元当即喊道:"今日已二月十一,我马上去通报地方官府,同时也要联系平壤府。"又对徐顺良说,"你即刻返回平壤府见陆大人。务必在明日,最迟后日午时前带精通倭国方言的先生返回。这两日,宋经略也要回到平壤府,十六日便来黄州了!"

"卑职万死不辞!"

徐顺良刚走，朱元也直扑黄州官邸，拜见了当地牧使[1]朴正龙，以及朝鲜国王李昖派来的察访[2]张汉吉，将倭人意欲掘地埋药以图爆破之事通报他们。但朴正龙和张汉吉，都怕出事，请求关、朱二人转告陆安，希望宋经略改期犒军。但被朱元一句"若再有类似事出现，还要改期吗？"吓得支支吾吾没再拒绝。随后朱元便回到住处，又命姜五快马赶追徐顺良去了。

5

二月十二日卯时未到，陆安见到前后脚赶到的徐顺良和姜五，得知详情后随即唤来了曹副千户和罗百户。

曹副千户和罗百户的意思，倒都倾向于犒军计划不变，但要征得宋应昌本人同意。午时，李如松来了，宋应昌也风尘仆仆地从海州回来，听说建议自己改期后，道："他们力量若足，何须我们来此？若改期行程，我是逃过一劫，可未战先失了国体。陆千户，只说你的应敌对策便可。"

陆安一拱手，道："陆某建议原计划不变，但需做如下调整……"

徐顺良随即回到凤山郡驻地，将陆安的意思转达给了朱元。朱元心里踏实了不少。现在，埋炸药刺杀宋经略的企图已然确定，但坑道位置尚未找到，爆炸物和执行者也未查明。如今，又有几封俚语密信堆在那里。离宋经略来此地仅有三天时间，朱元实实在在感到了那股压力。

"朝方兵力不足一事，陆大人如何说的？"朱元急切地追问道。

"陆大人提了三点：一，朝方把迎接场面减低。原有500人降为200人；二，减少外出活动。原计划视察两处军营、一处流民营。现在只去两处军营；三，为打乱倭人部署，犒军时间适当做改变。详尽计划是：宋经略原定二月十六日到凤山郡，但实际上推迟一天，改为二月十七日到。因十七日同是黄州的太平郡有赈济和祭祀，和凤山郡相邻。届时，可做个宋经略临时改变计

---

[1] 牧使：地方主官。

[2] 察访：朝鲜王廷的外派官员。

划、先去该地赈灾而后去凤山郡犒军的假象。其实，宋经略本人只在太平郡简单照面后便会暗中来凤山郡。延迟一天，又有赈灾名义，对大局也无不利影响！"

"哈哈！甚好！"朱元盘着手里的核桃，大笑道，"我即刻去见朴正龙和张汉吉，请他们协助。"说罢，又嘀咕着，"那位熟悉倭文的先生现在何处？"

"回朱总旗，就在前院厢房，同行的还有一位工部专责火药和一位土木、坑道施工的师傅。"徐顺良道。

"你们先招呼他们吃饭，午后商议此事。"朱元此时的心情颇爽。

四夷馆[1]的王世源，是此次被派驻朝鲜协助陆安的倭文先生。他并非是科举出身，而是出身于江苏的海商世家。由于自小就对倭国与倭人的方言俚语多有了解，被朝廷特例收编。这王世源虽博学，却也是个怪人。不仅年已半百却从未婚娶，更像个迂腐道学家。还提出了一堆不可理喻的要求：如必喝夜茶，还不能是早上沏的、必是午后的未时正点沏泡的；读书时绝不能打扰；再有便是倭文方面，他认为对的，就一定是对的。质疑他，就撂挑子不干，即便是杖责乃至抓进诏狱。

早早吃完饭后，徐顺良便带王世源来到朱元屋内，但朱元没在。正琢磨如何办，门"咣"的就被推开了，朱元手里拿着半个烧饼、嘴里嚼着菜大步迈进来。见屋内有个瘦小骨干的老头儿，便厉声问道："你是何人？"

徐顺良忙上前解释道："朱总旗！这是请来译倭文的先生！"

"哦？"朱元闻听此话，刚才那副嚣张瞬间没了，反对王世源咧着大嘴傻笑道，"终于盼到先生了！哈哈！"那脸色转的，让徐顺良丝毫没个准备。而朱元竟又亲自倒了杯茶，递到这位怪癖先生手里。但这王世源却自始至终也未给朱元一个好脸儿。即便如此，朱元也未显出半点儿不敬，那副乖样儿，直让徐顺良目瞪口呆。心说，这朱总旗翻脸比翻书都快啊。

话说这朱总旗是没事儿了，王世源又开始撒欢儿了，慢悠悠地训导着："几位亲军大人，官面儿上的姿态也做够了，说正事儿吧。老夫过来是为大明朝做事情，不是养膘儿的。"

---

[1] 四夷馆：明廷翻译外国语言的机构。

嘿！徐顺良心里这不舒服。我们这般恭敬，不就为了让远途而来的您放下压力嘛，怎就成了假心假意的故作姿态？但当他转头去看朱元时，却发现这朱总旗仍边作揖边道："先生辛苦！我等学艺不精，所以不得不依仗先生。"

"嗯。这后生还算识得些礼数。"王世源露出一丝儿满足感，"还请告知老夫此趟差事的详情吧。"

"好。"朱元道，"此次我们获悉的密信中，倭人所用暗语并非我等所学之常用语法韵律。不能识别字面含义，便无法对照倭文秘符破解内容。"说着，便将誊写的密信在桌上展开，指着一些用竖线划出的零散文字，道，"确有很多未见过。我也在上面标注了，请先生过目。"

王世源随手抄起一封翻了两眼，又扔回桌上："我观此信，非关西音律写就，而有关东韵调的意味，甚至偏僻之地俚语。"

"那还请先生速速译来。我们务必要在二三日内破袭此案！"朱元又起身来到王世源身前，深鞠一躬。

"家事、国事、天下事，乃我读书人毕生追求，何须他人指点？茶水备好了？"

"备好了。"朱元回道，"而且，护卫也交代好了。先生若不召唤，谁也不能进入先生书房。"

"嗯，这便是好。"王世源这才起身，掸了掸下摆的尘土，竟和谁也没打招呼便自顾自地大踏步走了。

随后，朱元也赶赴朴正龙官邸，传达协作意向去了。事情进展得还算顺利，朱元回来后一口水没喝，便又起身去了侧屋的房间，找到工部派来的火药和土木师傅，和他们商谈这批火药数量、效果以及相关估算去了。

等待煞是漫长。但直到凌晨，王世源的译文却仍无消息。朱元实在有些耐不住，尝试着去看看进度。结果眨眼工夫，便垂头丧气地回来了，脸上湿漉漉的还残留着些许茶水和茶叶根儿。边擦，边委屈地嘀咕道："'死脓包的'老王八，竟真能抄茶杯泼小爷。幸亏小爷我躲得快些……"

徐顺良惊得下巴都要掉了，赶紧上前擦拭着朱元脸上的茶水残渣，叹道："哎呀……这老东西怎如此怪虐，怪不得一大把年纪还光棍儿。也罢。朱大

第四章 白刃相接

人,咱不去惹他便是,谁让他攥着咱要命的玩意儿呢!"心里却嘀咕着,这朱总旗一向蔑视文人外加混脾气。如今是吃了哪门子药,竟如此忍得住。哎,想来也是个魔与道的怪胎,说忠义便忠义、说混蛋便混蛋!疾恶如仇,又刻薄寡恩。若不因公事,还是少与他打交道为好。这类人,不管在世上和官场中,到头来能有善终也是造化了。如今又来个怪癖的王先生。两位矫情的人撞到一起,那便是没得想了。

朱元倒也想得开。虽然被泼出来,但骂了两句后便又靠在椅背上打起呼噜。

不特意去等,这时间反倒走得快了起来。转眼,已是二月十三日的寅时末端了。与此同时,门也被推开了,姜五进来禀道:"回二位大人,王先生有请几位大人去书房。"

三人不约而同地从座位上跳起来,跟在姜五身后跑到王世源的书房。

王世源的屋内一片狼藉,一股浓重的隔夜茶味儿袭面而来,桌儿上胡乱堆着几个碗盘,混在一起的馒头和剩菜腌臜不堪。地面上更是寸步难行,稿纸遍地都是。朱元几人在稿纸间的空隙处捻着脚尖儿穿行到了王世源桌案前,但王世源仍没抬眼看他们,依旧端详着手里的纸稿。直到朱元上前恭敬道:"先生,我们来了。"那老头儿才转眼看着他们,平静地说:"哦,几位上差来了?坐。"说着,顺手指了指身边几把堆满倭文书册和稿纸的椅子。

"那些信涉及何事?"朱元焦急地问道。

"老夫想,这一是倭人埋藏火药的特点及方位地形,二是此行人员之花名册。"

三人一听,相视开怀而笑,"我等此番差事能否成功,全依赖倭贼之信件的通译。之前只掌握部分名单,心中实在没底儿。如今一旦译出,便可由守转攻。来到凤山郡10日了,终于有此斩获!先生之功,我等必据实上报!"

"老夫专心本职,该有功也躲不了,是错也无须你们施救。各位请看。"王世源将桌面上的废弃稿纸一把呼噜到地上,抽出一张平整的纸页,道,"这几封信中,丸山、小野、袁非和祝国志这四人一并提到,另有一名唤作阿部的每每作为最后署名处,还有一个叫金志贤的是为策应。"

"那个叫阿部的,必是藏于凤山郡一带的刺客头目。另外有4人,应是两名倭人、两名华人，策应者应是一名朝鲜人。这便与我们之前的情形对上号了。"朱元回道，但却未透露金志贤是自己人，遂又问，"那有否透露他们的上司详情？"

"确有提到过。他们的上司姓中岛，信差姓胡。像是一倭人、一华人。"

"火药储藏和埋置地点，先生可否详细介绍？"徐顺良问道。

王世源又从抽屉中拿出一张更大的草纸，手画着一幅地图，上面还标注着一些地名和距离，但详细分布并未提及。

"储藏地和埋置地是分开的，不奇怪。但有了大致范围，已然不错了！"朱元不住拍起掌来，哈哈大笑道，"此战首功，非先生您莫属。"

"你们光有这些，还不够。"王世源摇摇头道。

"先生此话怎讲？"徐顺良问道。

"看其言语，貌似尚有更多疑问。但我们这里多半儿是凤山郡这边的请示信件，其上司的回复只有三封。比如，信中提到一处为'朝鲜柳成龙大人预计会代国王李昖前来与宋应昌同行。若他和宋应昌同坐一马车，是否照计划爆炸之？'上司回复是照样爆破。但诸如信中提到的外围策应和具体执行者是谁，以及爆炸地点及其他请示还未得到回复。"

"这个自不必烦劳先生，我等去办就是。"朱元转头和徐顺良道，"徐小旗辛苦一趟，告知朴牧使尽快秘密展开布防、锁定刺客。我稍后便回，一并探访下有可能埋置火药的地点。"

根据密信中描述的地形特点，马车在长约八里的大道上来回走了好几遍。期间，朱元、徐顺良和王世源又弃车步行，亲自检查着沿途路况，没有发现可疑之处，包括有任何挖开表面土层的迹象，几人不免有些沮丧。就在大家计划返回时，朱元发现一处与密函中所提十分相似的地势，那是一段长约两里的单边山路、位于废弃税卡至凤山郡军营外围关哨之间，路面极窄，只可单向马车行进。一侧是山坡，一侧是山坡下更贴近路基的破败房屋群，很多都是当初依路边而建的商号和简易住所。如今，房屋群已被流民拥占，以朝鲜人为主，间或有一些华人。

"这地方流民、商贾以及逃兵鱼龙混杂、可做的文章实在多。必须立即展开排查。"朱元忧心忡忡地说。

"朱总旗说的是。回去后,可请朴牧使他们协助。"

回程的马车上,王世源倒是自己打开话匣子,"你们这几位当兵的,还颇为好学勤奋,不似其他人那般粗蛮。"

"也是先生博学,我们不得不敬仰才是啊。"朱元继续着近日的谦逊之风。

"先生过奖了。大明地广人杂,出得京畿便方言俚语多了差异,倒不奇怪。谁想这倭岛屁大点儿的地方,竟音律也如此悬殊。"徐顺良附和着。

"哼!"王世源又小觑了下,不无骄傲地训示道,"倭岛开化甚晚,各路豪强又分据一地,各地方言一直大相径庭。如今,秀吉尽管一统倭岛,但远未达到各地互通有无。何况,他能将倭岛真正一统吗?"

"那我等战前研读之倭文,是何地方言?"朱元问道。

"主要为关西腔。"

"关西腔?"

"是,倭岛京畿核心,一向是关西一带的京都、大阪、神户。而这样的关西腔便成了倭国的通用音律,外人与之交往,也多接触这一带方言。京言叶、京都辩便是京都府南部的山城方言,其对于敬语的使用实为丰富、语调也甚为独特,被广泛认为是高雅风雅之言词。"

"哦,先生博学。请问关西与关东方言,有何明显差异?"朱元插话道。

"倭文乃是由假名组成的,一个词的几个假名读音有音高的不同。比如はし桥和はし箸(筷子),前者读音为高－低(哈喜),后者读音为低－高、反切西已为嘻(ha三声－嘻)。读音高低不同,意义可以完全不一样。但是大阪人说话的时候,很多双假名词语的高低是和关东相反的。比如关西话的箸读音为低－高。桥为高－低。其次便是长度,关西话中一些词发音会拉长,且时而结尾会上翘。而关东话皆匀速而平。"

"确实学无止境。敢问先生,倭人之间是否较我们更为熟悉?"朱元又问。

"以大阪辩为中心之关西腔虽一听便知是大阪人说话,但要逐字通晓其意也难,倭人之间也感觉棘手。与我大明南北有隙一样,倭国的关西人被觉高傲难接近,关东人则常被视为居心叵测。对于曾常年生活在九州的倭人来说,已然不易交流，更别说东北蛮荒诸如秋田腔等方言，便尤其难以听懂了。这也与倭国割据过久、各地融通不够密切相关。如'被蚊蝇咬'一词，关东为'蚊に刺される'，关西为'蚊にかまれる'。"王世源一口气儿，说出一大串关于倭人关东话与关西话的差异渊源，只看得朱元赞不绝口。末了儿，王世源强调了一句："我说到的这些倭文，都是出自这些信件。具体这次文字暗指何意，老夫便不得而知了。"说完，王世源又恢复了那般孤傲和冷漠，闭目养起了神。

"只要译取字面，含义必能解读。若有后续俚语信，还得麻烦先生。"朱元一脸遮不住的兴奋。

"好啊！老夫也算对得起皇上和朝廷了。"

6

于修没让密信和自己在一起，而是设在农舍附近一个废弃牛棚里，以免自己被擒时信件也一同被起获。但胡四不知这牛棚的存在，他只是从河滩边取回信件给于修，于修再秘密转移到牛棚。胡四前几次取假信的过程，自己都尾随观察，相信胡四不敢背叛自己。之后的信，在于修看来也已成功地将老树县和凤山郡连接起来。很快，又有两封信件陆续被胡四发往河滩。离宋应昌来凤山郡的日子只有两三天了，于修打算下达这最后的指令。

阿部将小野布置在单边山路那个流民营里，自己则在几里外的另一处流民地。小野手下那三个朝鲜人有些能力。他们过往便是朝鲜的混混儿，刺杀宋应昌的地点，也是这三人所选。因为他们作为这里的原住村民，曾私挖过一些涵洞储粮或避祸。但因眼下战乱，村民基本逃走，官府也不知情。恰好给此次刺杀行动提供了先天良机。三人混入单边山路流民营后，各自便占据了靠近路基隧洞的几个隔间。平日和流民们一样活动和作息，又在小野授意下小施恩惠，将一些流民积聚在自己外围做掩护，便于自己在隔间内议事和展开行动。尽管这时节土地很硬，但四人仍将原有坑道做了些扩展，又将炸药伪装成杂物分批运进坑道。也正因此，后来进入的徐顺良和崔直民的人，难以全部和迅速摸清此间底细。

至此，阿部已将局步步做实。只待那"假倭人"头领下令，便可着手实施了。

从单边山路返回后，朱元刚安顿好王世源睡下，一名校尉便推门而入，递上一封火漆封上的信件。对方的斗笠几乎遮住脸庞。朱元眼神瞄向那个送信的校尉，手突然停在半空中不动了，却道："见过大人！"

徐顺良也紧跟着行礼："见过大人，恕卑职眼拙。"

"不妨事。二位都辛苦了。"陆安摘下斗笠，拆开信件后道，"京里已传来对此案的态度。那便是'按期犒军，限期破案'。此时，宋经略已准备动身了。"

"宋经略延迟犒军，以及太平郡的赈灾之调整，也在步步推进。"朱元道。

"好！对贼人的排查以及后续的倭信通译，务必同时进行！朝鲜方面，切记把知情人压缩到最少。公布宋经略临时前往太平郡应在十六日，也就是提前一天。公布后，立即展开对小野等人抓捕。一前一后要紧凑，不给敌酋反应时间。"

"遵命！"

朝鲜地方官府不定时的巡防和登记勘验，在百姓和流民看来已是司空见惯。徐顺良散布在流民中的探子也有了作用，流民都举家或同乡聚集，也便于花名册的搜集。为的就是在官府公开查验的基础上，精准到每个人。

"暗访可确定？"朱元问那崔直民。

"确定！下官衙门里的探子，已锁定了可疑之人。一人主事，常说倭语。后又见三个随从，皆说朝鲜语。是不久前，先后紧挨着迁进来的。"

"徐小旗，这倒是与你那边情形部分吻合。"朱元转头和徐顺良说。

"下官的探子，所反映的两名可疑之徒也常与另两人碰头。其中一人貌似头目，等级关系和时间上也与崔捕校所言一致。但流民营内关系复杂，所以，均未敢贸然接近以免暴露。"

"也罢。待会儿，我们以官府身份公开抽查。你们各自安排自己的人，暗示出那四人便可。一旦对上名册,便暗中看管起来。"

"是!为在人海中验出奸细,我已换了好几拨人。想必,崔捕校亦如此吧?"

崔直民拱手道:"上差客气。大家吃的这碗饭,总要对得起这份俸禄吧。"

徐顺良和崔直民的线人互不相识,但由于都已各自确定自己怀疑之人未出门。所以,在他们暗示下,已将那四人清晰记下。按花名册对应看,那说倭语的首领应是倭人小野。另外三人未在花名册内,应是其在此收买的朝奸。崔直民说,他们叫金康元、李先明、刘镐哲,在官府案底中乃劣迹斑斑。

"此小野,便是在密函中提到过的,这确定无疑了。名册中其余三人:丸山、祝国志、袁非,乃同谋,必在周边与之配合。单边山道流民营这四人,一定死死盯住了!时机一到,遂行抓捕!"朱元细心交代着。

"是!我和崔捕校即刻秘密加派人手,绝不漏掉一人!"

回住处待到天擦黑时,朱元赶到河边与金志贤见了面,并又拿回来两封密信副本,很可能是敌军最后的指令。而这批密函也在次日凌晨丑时将过前被王世源解开。信中更精确提到了火药的埋置方位,便正是那单边山路中的一段。

"依线报看,倭贼手段已明朗。所有凤山郡的请示,都几乎得到回复。只有其上司对最后行动的确认,尚未传来。"朱元坚定地向陆安禀告。

"不要过早放松。今日已二月十四,即便是按你所言拖后一日,也离最后抓捕倭贼时限仅隔两天时间。"陆安谨慎地回道。

"事已至此,相信大势已成。"徐顺良在一旁想说些好话。

陆安并没感谢徐顺良这个奉承,反倒问他:"徐小旗。你在老树县的人可曾缩小倭贼大头目的栖身之地?"

"这……"徐顺良立刻认识到自己犯了错误。事情尚未完结,偏自己出来夸什么海口。尽管已确定刺客头目在老树县,但仍然没有找到精确位置。遂跪地,道:"谢陆大人提醒。"

徐顺良自然不知,陆安突然亲临黄州,绝非只为"刺宋案"而来。而是因为陆安得知,来凤山郡行刺的倭人头目,竟然和倭岛的凤羽町扯上了关系。而凤羽町,暗藏着染指大明内政的神秘会社。而他在与王世源密谈后也确认,这些刚被解译的密函虽以关东俚语为主,但仍夹杂有凤羽町一带的关西俚语。

他隐约闻到了对手的气息，焦躁而又不可一世。

7

二月十四日对于修来说，不比陆安一行人要轻松。后日，宋应昌按预期就应该抵达凤山郡。但自己还是有些忐忑。他不知道对手是把这次刺杀当作单一事件，还是也和自己一样放着长线。他望望窗外，天色已漆黑，连犬吠声都没有了。胡四这次要取回的来自凤山郡的密函，将是阿部行动前的最后请示。自己批准后，那些已被运进挖好坑道中的炸药，马上开始布置火药捻线的最后连接。然后是等待宋应昌……不！是朝鲜支持联明抗倭的肱骨大臣柳成龙与宋应昌的马队到达预设地点，然后是这批主战派的瞬间粉身碎骨，然后是明、朝联军的后撤，然后是日军的大举反扑……

比于修更期盼这最后角斗的，其实是被蒙骗至朝鲜的胡四。虽说他最初是迫不得已卷进的。但久而久之，不仅对这种隐匿的日子开始习惯，更有了些小小的亢奋。这种游戏远比生意让人激动，计算中又带着诡诈。尽管在倭岛，史指挥曾教导自己一些技巧，亦被告诫量力而行，但当胡四在意识到这场自己尚未知情的暗战将要收官时，仍对传递过的秘信好奇起来。对手里这封刚取到的密函，有了自己的想法。若能在关键时刻也书上自己一笔，于己于国岂不是都有交代？于是，胡四见周围无人跟随，将密函放在身前的石头上平铺开了。又掏出一个小罐盛上水，将火捻吹燃后点燃了一些枯草，架在水罐下边燃烧起来。不多时，水罐便升起袅袅水汽。胡四将信件粘胶的部分在水汽上熏烤着。很快，信封便微微鼓起，黏胶处也程度不同地起了褶皱，甚至出现缝隙，就连封信的火漆也开始软化了，但形状仍没改变，这便最好。胡四更大胆儿了，掏出怀中那把又薄又尖的小刀儿，小心翼翼插进密函缝隙中。他自觉是相当谨慎和集中精力，死盯着自己正在撬动信封黏结处的双眼已是疲惫干涩不堪，就连自己的嘴也不经意地张开了，似乎也被眼前这让人窒息的场面所牵扯着。

信封真的被起开了半寸有余，且一旦有了撬开的一个缺口儿，尚未还用什么劲儿，余下部分便顺势被起开更多了。胡四更欣喜了。在他看来，自己尽管不是官府出身，但想来这侦探之事也不过如此。眼看着黏胶即将被完全起开，胡四也加大了起撬的力度。他希望最后这一点儿黏胶处，在自己一鼓作气下完成，而自己也将实现侦探生涯涅槃似的跨越。

就在胡四满怀憧憬的鼓动下，他撬动火漆的刀尖儿却意外滑蹭了出去……本欲撬开最后一点黏胶的刀尖儿，却将纤薄的信封挑出个芝麻大小的豁口儿。

刚才还笑逐颜开的胡四，瞬间便整个人凝滞在那里。他这才清醒意识到，自己做了绝对不该做的事。若是不拆信封，即便是事情失败也与己无关。但自己擅动密函且出了差池，便即是别人出了差池，最终也能沾到自己头上。胡四呆呆地瘫坐地上，似乎只等于修带人将自己抓捕了。

时间似乎也凝固了。

直到一声乌鸦的悲鸣，胡四才又重新醒过来。胡四摸摸刚才盛水的小罐，水温尚热。看来，自己并未呆坐太久。再抬头望望天空，应该刚入巳时。但怎么感觉，已是恍如隔世了呢？

"哎！"胡四不禁轻叹一声，这才想起了史世用曾和他聊起的一句话，那便是"即便临死，也不可放弃求生。凡事务求做到最完全之努力。"这句话，不禁又将濒临崩溃的胡四从阎王殿前拽了回来。胡四咬咬牙，自语道："死马权当活马医吧！"又将水罐下的干草点燃，熏烤起了信封上的黏胶和火漆。待接缝处重又黏合一起时轻轻一按，信封便又和刚拿到时几乎一样了，只有那处芝麻大小的豁口儿隐约可见。胡四又掏出饭团，用刀尖儿在饭团上一扫，挑起一丁点儿黏米、细细抹在豁口儿处。又用刀尖儿一刮，豁口儿看起来便不那么明显了。

或许是因为自己所为，才对这个豁口儿过于关注，若是不知晓此事之人，谁又会特意寻找那么不起眼儿的口子？信封的意外剐蹭，还不常见吗？更有幸的是，自己出来取信前，于修突然莫名其妙地外出，所以不会在家专门等自己。按说，这临近最后的密函，于修是不可能外出的。或许……或许是老

第四章 白刃相接

天对自己的眷顾吧……想到此，胡四踏实多了。他将封好的密函塞进布囊夹层中，向住处小跑过去。

回到农舍后，正是午时。于修已经回来了，正背对着从门外进来的自己打坐儿。听见自己的脚步声后，头也未回低声道："贤弟回来了。"

"是，于先生。信取回来了。"说着，胡四递上那封自己曾想动过手脚的密函。伸出手的一刹那不由得还是犹豫了一下。幸好于修是微微侧身向自己伸手，未看到这一幕。不过，他竟然背对门外就能听出自己声音，果然狡诈。

胡四没敢远离，转到侧面窗户时待了片刻，又偷偷往屋里瞥了眼，却见刚才安静的于修，竟将手中的杯子狠狠掷在地上。胡四再不敢停留，低头快步走了。于修这般突来的恼怒，究竟为何？胡四回到自己屋子，喝了整整一壶茶，但心跳仍没有慢下来的意思。以往都是于修收到来信后，再将回信让自己发出去。但这次于修不回信，还秘密外出，是自己被发现了？还是另有隐情？自己是静观待变，还是先行逃脱？但若是于修外出和自己根本就没干系，那自己主动逃走，岂不是自认败露？胡四发觉，自己从河滩返回后就开始不正常了。平时司空见惯的琐事，哪怕是别人随意一笑、一愣，都会被解读为对自己的怀疑。胡四无比懊恼自己在河滩的自作聪明，狠命踢了一下屋内的柱子。枯草和灰尘"呼啦啦"从屋顶散落下来，洒满胡四的头顶和肩膀。胡四无暇掸去它们，只顾不停念叨："哎！自知之明，自知之明啊！"

半个时辰过去了，胡四还不见于修来找自己，却透过窗棂看见于修换了身朝鲜便装，束上假发出去了。

未来两日，就是陆安收网单边山路的日子。为了凤山郡此次抓捕，从朝鲜地方官校到朱元、徐顺良一行，均戒荤十数日，人人每天都穿着流民丢弃的破旧衣衫往来进出，为的就是吸取以往的教训，在接近倭人的忍者时，不被其在嗅觉上识出是官府之人。流民营外，徐顺良和张汉吉，各领人数不等的便装朝鲜军士，分层秘密封锁了接近流民营的主要出口。

"大哥。朴正龙那边的兵力已布置好了。他差人来问，对单边山路的贼人，何时开始最后抓捕？"刚完成协调事务的朱元一行人，回来请示着。

"现在是二月十五日午后,宋经略一行将于后日下午抵达太平郡。即刻派人回复朴牧使,令其在明日上午,以官府名义公布宋经略次日将参与赈灾事宜。打乱倭贼原计划明日的爆炸计划,再趁其观望犹豫之时,突袭单边山路的一席四人。徐小旗,你随即下令将老树县那边的嫌疑人悉数盯死,抓捕时间待定,细节亦不能透露给地方官府。审讯结案,我们的职责才算结束。"陆安有条不紊地布置着。

"是!"几人回道。

朱元一行退下准备去了,陆安仍反复整理着计划。朝鲜官府那边知情人少,兵力已集结完毕,应该不会出问题;单边山路那四人未出现外逃迹象,也应是囊中之物;唯一担心的就是老树县那边的主事头目会闻风逃脱。徐顺良的力量不够,那边传来的消息也只能圈定四五个可疑人选。只能等单边路这儿收网后,再突袭老树县进行甄别。所幸,自己在刺杀团队的内线尚未传回坏消息。

二月十六日,清晨寅时刚入,朱元和崔直民率便衣小队,在线人引领下避开了朝奸盯防,顺利潜入营中。至此为止,营内明、朝双方的内线,也终于在各自为战数十日后汇集一处。

部署已然完成,只待一声令下。

8

让阿部不满的是,这次任务的最后命令是中岛亲自来凤山郡通知自己的。现在已是二月十六日早上辰时,也就是自己带人进驻单边路流民营、准备几个时辰后火烧宋应昌和柳成龙的节点。这个倭名中岛却一脸华人气质的头目,还在怀疑最后确认此行人员的可信度。

"行动是否改变?"阿部问。

"计划照旧!"于修振振有词,"但要同时进行确认!此行我们所涉及范围极小。以这个圈子为嫌疑,你这边能接触到核心密函和计划的,都可排查一番。"

第四章 白刃相接

"在我这边,只有我、丸山能接触……对了!"

"什么对了?"

"还有那个朝鲜人金志贤。行动开始只做策应,但昨日也被吸收进来看管物资。今日丸山出发送信前,我曾临时让他处理几包备用火药。所以,金志贤就被我临时从驿站调去看管文书。"

于修一拍大腿,怒道:"最初我让此人传达过零散命令。但关键时刻,怎能让这个朝鲜人接触核心文书和计划?你可知筹措火药是如何的艰难?小野在流民营里的三个朝鲜人,也只知领命、不知所以然。"

"仅靠我日人,实在力量不足。在下想,华人既充当重要角色,何况朝鲜人?"

"不可!"于修一摆手,"必须以日人做最关键之核心。华人和朝鲜人,只能作为辅助!"

"是!"

"今日已是宋应昌计划来此地的日子。小野在一线的布置,可否妥当了?"

"一切就绪!只待大人下令,我等便进入潜伏地点静候明国的宋应昌和朝鲜国相柳成龙到来,点火起爆!"

"甚好!祝国志和袁非这两个华人表现如何?现在何处?"

"回大人,此二人甚是卖力!现在,袁非负责转运备用火药。午时前,除留他和丸山在此与您联络外,我和祝国志都去单边山路集结,等行动开始。"

"嗯。"于修捻捻胡子,"立刻暗中控制那朝鲜人金志贤,但不可惊扰他,必要时可先斩后奏。"

"是!"

"单边路那儿,可遇到过什么盘查吗?"

"时常会有。但流民营里尚未发现可疑之人事。若有官府的探子,做派和气息,都会与真正的流民有差异。我曾与明国的锦衣卫有过交手,他们漏洞很大的。"

"我今日就在附近,地点不用知晓。你速去流民营,依计行事!"

"是!"

于修赶来叮嘱阿部做最后的确认，并非出于谨慎，而是他真的发现了信封火漆的边上的豁口儿。很有可能，这是有人试图撬开信件未遂而留下的纰漏。胡四是不太可能，胆子小，也没机会和那本事。于修担心自己有可能已经进入了别人的节奏和安排中。但也没证据告诉自己，是一定有人看过此信，还是意外的破损；是每次密函都被拆开过，还是仅仅这一次被拆却未果。他只能把打算做到最坏中考虑。取消计划对自己是不利的，他必须完成整个过程，不管失败与否，都要最后搜集此案中所有信息以供日后研判和修正。即便是自己的计划已经暴露，阿部这批人也一样是泼出去的水，决不能收回了。何况……这阿部数次拿自己华人种姓说事儿，正好借此让其消失。虽也悲凉，但人活着便是如此。谁又能埋怨谁呢？

二月十六日下午，宋应昌和柳成龙顺利按新定计划，改变直达凤山郡的行程，先去了太平郡。单边山路的小野一行人，以及午后赶来会合的阿部和祝国志，空等了整整一个下午也没看到宋应昌一行的身影。

直到次日清晨卯时刚过后，小野手下出外打探的三名朝鲜人，才传回最新的消息——宋应昌和柳成龙，已于昨日突然亲临太平郡参加今日的赈灾。据坊间传言，其有可能在那儿停留两三日。若如此，他是否之后还赶来凤山郡犒军，以及停留几日、是否取消犒军便更不得知了。突如其来的改期，确也打乱了此次"刺宋"的所有部署。阿部又不知中岛身在何处，除了等待最新指令外，也无法擅自行动了。

二月十七日午时正点，就在阿部和小野等人陷入不知所措之时，朱元在营内的抓捕却准时开始了。由于前期铺垫密不透风，小野和他手下三名朝奸毫无察觉。当朱元带人出现在自己眼前时，才发现自己连屋子都无法出去了。

抓捕的顺利，不禁又让朱元飘飘然了。出得流民营后便将满腹愤恨一股脑泄到阿部和三个朝奸身上，那瘦小如猴子般的小野，却趁朱元转身脚踢李先明的时候，伸脚将朱元绊倒，又"咔嚓"一口咬住了朱元的脖颈。就在朱元呼吸开始紧促时，"铛"一声闷响，小野"哎呀"一叫滚到一旁，朱元自己的脖颈这才如卸掉了千斤重担般。回神一看，陆安手拿刀鞘已将小野击倒

第四章 白刃相接

在地。几名朝鲜兵一拥而上,重将小野捆个结实。朱元骂了句"'死脓包的'倭贼!"便一脸骚红地走开,都没好意思看陆安一眼。

随后根据那三名朝奸的供述,将火药安置进坑道这一步工作已经完成,坑道入口就是小野等4人屋外一间废弃杂物室。坑道约十丈,正好贯穿到单边山路另一侧。坑道内几百个包裹,皆填好硫磺、烟硝、木炭等物。尽管明、朝双方已迅速渗入流民营,但现在看来,仍晚了对方一步。一旦点爆,整条山路都将被掀到天上。而眼前的一切,也大抵与之前工部师傅们的估算相差无几。朱元等人惊诧之余,也都感慨相对于上一次在关卡马失前蹄,这一次终于做足了预先部署,也算欣慰。另几处埋藏剩余火药的储藏地,也派了人前去收缴,又据朝奸和祝国志所供述地点,余众尽数抓捕丸山和袁非等人去了。

单边山路的这次抓捕,虽有未入网之顽敌,但手握名册、擒获本也是早晚的事。即便老树县那边没有斩获,但仅就"刺宋案"来说,主犯部分归案、逃犯已逐渐远离宋应昌本人活动区域,也是可以过关的。然而,几里外阿部指挥"刺宋"的流民营住处早已人去屋空。陆安火速展开了侦讯,并连夜整理起了卷宗。

经过一天一夜不眠审讯后,陆安刚偎在床边睡着,便听到窗户被极速地敲打起来,伴随着朱元嘶哑的低声呼喊:"大哥!出事了!"

陆安"腾"的从床头跳下来,打开屋门,朱元一闪身便进来,道:"大事不好!金志贤传来贼人内部的消息:我们有人败露了!"

"不要慌,细细说来!"陆安镇定地说着。

朱元递上一张卷纸,字虽有洇染,但还算清晰,上写道:

> 凤山郡与老树县的信件,被中途拆过且留下扯痕。倭人疑有内奸渗入,已决计排查。速来指令。

"难道还有暗线埋伏其中?"陆安坐回床榻,百思不得其解。

"大哥。会否是后来启用的那个人自己拆信出了差池?"

陆安摇摇头,道:"若如此,肯定会主动撤离,还会来信禀告?"

"那问题出自谁?是金志贤?现在大部贼人已归案,余党也在搜寻。不能让敌酋先于我们查出这个人。"朱元疑惑道。

"阿元，金志贤与你会面时有无异常？"陆安问。

"并无异常。"

如此，就必定是"他"了。陆安很清楚那个人是胡四，道："线人的撤离通道，可准备妥当？"

"一直备着呢，就是不知给谁留的。"朱元拍着胸脯说道。

陆安走到桌前抽出一张小纸，用毛笔写了两句话。又拿出一个半个手掌大的"枯树皮"，用刀尖儿将"枯树皮"背面一挑，树皮便裂开一个新夹层。将纸条儿塞进夹层后，和朱元道："速去找到金志贤。让他将这张纸条儿撕碎后，连同树皮扔到能够被倭贼发现的地方。地点既要被发现，还不能太明显，要让倭人误以为他是我们派去的探子，因试图拆解密函失败而被迫接到指令逃离。我让你启用的那个人，绝不能被发现！"

"是。"朱元道。

十六日上午，丸山接阿部命令后，便让袁非前往驿站刺探金志贤，但没发现信件泄密的疑点。今日已是计划中刺杀宋应昌的日子，单边路那却一点儿动静没有。很快又发现，自己所在的阿部指挥所也被清除，阿部更不知生死。不得已，丸山只能和袁非隐藏下来，十八日天黑后，决定再次暗查驿站和金志贤。

但这次，金志贤却没了踪影。

"金志贤看来就是奸细！"袁非嘀咕着。

"找不到他，也要找到可用的证据！茅厕，之前可曾去过？"丸山问袁非道。

"还未曾去过。"丸山的斥责，让袁非很是懊恼自己的粗糙。他是打心眼里佩服倭人这样厉害的角色，哪怕恶棍和骗子，只要厉害他就佩服。反之瞧不起好人，对他越有恩，他越想着转头卖了对方换钱。袁非更不稀罕自己的明国人身份，他认为华民就是些孱弱、劳作的软货。但自家老辈顶天才做个百户，这让袁非迟迟不能享受那种左手金钱、右手官帽的快感。当初在辽东老家做衙役时也抓过倭人细作，但很快就被上司提走邀宠去了。于是，他更

第四章 白刃相接

远离同僚，进而越发孤僻起来。直到又抓获了一个倭奸后，很快被其所讲述的倭国风情征服，让他在长期的黑暗中看到了一丝希望。于是，袁非放了一把火，趁乱将这个名叫阿部的倭奸放走，并为其找到了一个安全住处。更与之达成口头协议，但有机会便效力倭国。并真的在日后的两年多里搞起了母国，向阿部泄露了大大小小三十余件明国机密。又于前不久，在接到这单"刺宋"任务后，痛快地加入进来。

此刻，袁非更坚信自己这个判断。丸山，竟然在驿站的茅厕中发现了些许的碎纸片儿。令袁非愕然的是，这倭人竟不顾恶臭，伸手将包裹着零星碎纸屑的一大团粪便挖了出来。再细看，纸屑上隐约竟有文字。于是，将近半个时辰后，丸山就这样陆续收集到了20多个黏着粪水的纸屑。接着，又趴在地上，将那些纸屑摊开，一手举着火把、一手试图将这些纸屑拼接起来。

袁非盘着手里的一对儿核桃，不住地摇着头，羡慕赞叹着丸山的执着和敏锐。也不忘检讨自己是断然发现不了这痕迹的。

"袁，你有此决心，何不发誓超越我？却只顾自卑！这便是你之劣矣！"

"丸山大人说的是！"袁非脸上的艳羡更甚了，"小人这种姓，若没遇到大人，那肯定是没救了！"

于修对丸山从粪堆里拼接出来的密信，也赞叹有加。这份指令，清晰无误地显示金志贤便是潜入之内奸。定是他拆信时意外出现了失误，才被急速召回。可能这个金志贤以为将碎纸屑扔进茅厕，便不会再有人发现了。反正，阿部等人被抓也是命里该绝，怪不得我中岛啊！呵呵！

宋应昌和柳成龙的马车队一行200人，已安全通过了那条狭窄的单边山路，前往预定兵营。他们的脚下，是一条早被挖空的坑道，还曾经埋藏着足以轰飞他们整个队伍的炸药。

金志贤既已成暴露者，便不能在朝鲜待下去。此刻的他已进入大明境内。他将在辽西的某个地方安顿下来，陆安安排他顶替了一个被销户的人家，并婚配了一位女子。他以后的日子，将是平淡无奇的。这也是他曾希望的平淡的日子。

"刺宋案"在平壤府被定为已结大案，明廷的封赏也在审议中。但陆安所获嫌犯均仅仅涉及本案，逃犯也无法追究；在陆安的统筹下，徐顺良联合老树县站锦衣卫封锁的几处窝点，后来均被证实和本案无关。但陆安坚信"刺宋"背后同样有黑手。也正因此，陆安才在当时徐顺良志得意满时，浇上一盆冷水。他不想仅抓获几个刺客，而要趁机解开背后的疑团，亲手抓获从自己手心里逃脱的、疑似诸多疑团始作俑者之一的丁选……对了！他应该是叫三井釉岩。据史世用当时的密报，这个名为丁选、实则三井釉岩的神秘操纵者，已派茶会的手下在平壤之战后急赴朝鲜，从时间和凤羽町方言看，正与"刺宋"重合，甚至干脆就是"刺宋"中的人。能擒获此案核心之人，才会有更多机会。若几个月前的严旷之死和前不久南方的借兵暹罗等诡异之事，也与当前战争有关，那这个神秘力量所布下的大网将远远超出自己所能预估的界限。这一切，都源自那未曾谋面的神秘会社"鹿缘会"吗？它一次次接近自己，近在咫尺时却又擦肩而过。它有名号、有旗帜，更有钱粮筹措之渠道，还会利用朝廷内政和邦交做足文章……但自己却对它如水中捞月般难以把握。

同时，陆安也在苦苦等待福建和宁夏的消息。那两处线索若有斩获，也是一定能与倭岛九州发生关联的。

于修其实也不甘心。

他希望"刺宋"的一举成功，最好和阿部阵亡同时发生。但就在大功告成之时，三井大人却不期而至，生生改变了自己的计划。一时间，还真惹得自己有些不爽呢。也许，三井大人有更为深远的打算。否则，为何突然让自己搬离老树县，并且在得知密函出问题后，还默许自己让阿部他们去送死？还隐含提到"宋应昌此番不该死"之类的话？这应该是暗示明国朝内出现了新变化，时机不甚成熟。也罢，反正自己本就是"鹿缘会"的三号人物，三井大人又是自己的上司。更何况，热闹还在后头呢！

第五章
浮出水面

1

万历二十一年最初的几个月里,前线始终是打打停停、动荡不安的。即便如此,平壤之役的余威还是起到了积极作用。倭军畏战之气盛行,张大膳的重要线报,也让李如松及时做出调整,于三月初焚烧了倭军龙山粮库,成功逼其南撤。如今,又瓦解了针对宋应昌的行动,可以说对手暂时没有较大计划了。前方既定,远隔千里之外的后方北京城,却又开始让陆安揪心起来。

持续数年的国本之争,不时便会泛起波澜。前不久,皇帝别具一心地提出"三王并封[1]",试图将长子常洛、三子常洵、五子常浩同时封王。数年

---

[1] 三王并封:国本之争中的一环。国本之争又称争国本,是明神宗万历皇帝册立太子的问题。由于中国古代历来"太子者,国之根本"之说,所以被称为国本之争。当时的两派,分别拥护皇长子朱常洛与福王朱常洵(郑贵妃所生)争夺太子之位。朝廷大臣按照明朝册立长子为太子的原则,大多拥戴皇长子朱常洛,向明神宗建议立长子为太子,然而明神宗不喜欢官女所生的朱常洛,却加倍宠爱郑贵妃,并且有意立郑贵妃的儿子朱常洵为太子,却受到大臣与慈圣皇太后的极力反对。国本之争持续达15年之久。直到1601年,朱常洛才被封为太子,而朱常洵被封为福王。但是福王迟迟不离京就任藩王。直到梃击案发生,舆论对郑贵妃不利后,福王才离京就藩,太子朱常洛的地位也因而稳固。期间,无数大臣被斥被贬,明神宗身心交瘁、郑贵妃悒郁不乐、整个帝国不得安宁。争国本的官僚多是后来的东林党人,因此它又是东林党争的一项内容。

后，依皇后生育状况再行册立。首辅王锡爵几经斡旋，才在二月初六以一份极为深刻的请撤"三王并封"检讨，让皇帝放弃此念。但皇长子出阁读书，依然不甚明朗。表面上这是内廷家事，实则乃皇上宠信的郑家及幕僚，与守制臣工的对决。作为一方旗号的郑妃党系，力量本不大，但各方势力为实现自己的宏愿，仍一直试图借其攫取实权。如此，看似与这场家事没关系，却几乎同时爆发的另一场缠斗——癸巳京察[1]，便也显得意味深长了。

京察惯例是由吏部都察院主持考核，再经阁臣上奏皇帝。而此次的主持孙鑨（lóng）和协理赵南星明白，按旧例势必会受内阁阻挠，遂直接将察疏上奏皇帝，导致内阁无可奈何。纠缠两月后，部府党系终在三月初以小胜暂告段落。内阁自不甘心，言官便又开始弹劾孙鑨的几名同僚。更在孙鑨上书反击后，借机斥责吏部专权结党。同时，都察院也上疏求情，但求情的对象不是孙鑨，却是赵南星。此举不但坐实部府系结党罪名，更让皇帝乃至众人都清晰认定了此次争斗的主谋就是赵南星。

于是，部府党系原本的小胜，直接把赵南星彻底地推向了首辅王锡爵对立面。王锡爵则以退为进，反以都察院上疏中涉及自己而再次提出辞呈。皇帝只让王锡爵回乡躲避风头，却将赵南星一干人等罢职。眨眼间，曾居于主导地位的部府党系又跌入低谷。

"这孙鑨有勇无谋。"朱元看着文书，转头又冲陆安念叨着，"大哥怎么看他？"

"不妨先琢磨下赵南星这个人。"陆安也勾起了兴致，"早些年，他就曾跟权倾朝野的张居正当对着干。现如今在众人眼里，又是独断的王锡爵压制开明的赵南星。"陆安唏嘘道。

"大明朝所谓被压制者，我看未必真有什么冤情；所谓压制者，也未必真乃独断专横之辈。士人图的是沽名钓誉和自己痛快，把闹大了视为善终，哪管是否真的正直！"朱元不屑道。

"16年前，王锡爵也是因驳斥权臣张居正的一番激昂言论博出赫赫名声，

---

[1] 京察：明代吏部考核京官的一种制度。洪武时规定3年一考，后改为10年一考。期间仍有变化，如弘治年间规定6年举行一次。

第五章 浮出水面

和现在的赵南星同出一辙。当年的王锡爵，就是现在的赵南星；现在的王锡爵，就是当年的张居正，颇为有趣。但士大夫们的志向便是修齐治平，纵有小人，也不可全面否定他们的入世之心啊。"陆安将毛笔轻轻地架在笔架上。

"也罢。"朱元咽下这口气，接着说，"话说这赵南星最后竟脱颖而出，连同为部府党系的很多人都很吃惊，觉得他这头出得太早。莫非有人做局？"

"二哥是说，这赵南星虽意外冒出，但也不是主谋之人，只是被设计抛了出来？"钱乙在一旁插话道。

"阿乙算对了这命脉！"陆安频频点头，"其身后那个人，应是顾宪成，此人将来必成气候。有人暗中撺掇抛出赵南星，实则意在让顾宪成冒出来。眼下啊，绝不是皇帝和廷臣，或廷臣守旧和革新派两方之间相争了。京城及地方后续人事变化，也务必掌握。"

"是！"

陆安本就一直怀疑，此次倭人在刺杀宋经略的最后关节时突然撤退，纵有战略上变动的原因，但以两年来大明内外局势看，战争之外的因素越来越多。宋应昌与此番京察中翻云覆雨的赵南星，是诗词及生活上的挚友。当时刺杀宋应昌的决定，是否和赵南星得势有关？之后敌人的有序撤离，难不成又与赵南星失势所致？赵南星变革的关键，仍是皇帝带头遵守纲纪、回归道统，也即"国是"是"皇上之国是"，废弛的纪纲便可扭转。这与"一味非君"的言论比起来，温和、务实得多。首辅王锡爵当年支持张居正变法的同时，也反对其独断乾坤、影响皇帝亲政。当张居正被打倒后，他又在极其不利的风气下秉存公心、反对将张氏一否到底。更在哱拜叛乱和朝鲜之役几乎同时爆发时，断定倭寇才是大患，即便宋应昌与自己的政敌赵南星交往甚密，同样没有因私废公。在陆安眼里，这些看似互相攻讦的文人们，其实心中又都有着"以死恪守读书人本分"的气概。他们互相对立，也仅是对于变革的看法不同。

两日后的清晨，钱乙匆匆赶到陆安的书房，递上一份密信。信口用火漆封着，上面是个三角。三角中印着个闽字。这正是福建"暹罗借兵案"的标志。

"罗塞子这厮，前一段还算用心。关于他意外听到的暹罗借兵一案，目前他也以窥视生意的名义探得的那些内情也极为有用。看来，萧大人和许大人所忧虑之事，不无道理。"陆安道。

"是的。其提到的该处共有8人参与，一人主事、两人谋划、5人实施。其中主事者和一名谋划者、5名实施者，经查皆与当年剿灭之徐海[1]余党有关。如今7人都已被暗中控制，但……另一名谋划者已失踪，官府乃至锦衣卫内都无其半点儿记载。这便怪了。"

"经历清白，只能说明此人被疏漏而已。"说罢，陆安拆开信件，扫了两眼后便递给钱乙，轻描淡写道："阿乙，罗塞子来信了，那个失踪者还是查无此人。许孚远大人那儿也没有新消息，暹罗借兵已成死结，镇抚司又一再催促。你写份报告，将此信与过往证据一道递往京城石镇抚那儿结案便是。"

"是。"钱乙接信转身走了。

陆安又打开书架上的一个暗盒，取出一个早已放在里面的信封，拆开又看了一遍，上面写着：

> 其中一谋划者名唤宋时惠，已被我囚于一洞穴。我所见之腰牌亦在其身上，有数册疑似账目和名单者已被其烧毁。罗塞子敬上。

晚饭后，陆安又换了身便装才出了衙门。

夜市上是些胡乱煮的饭食，大大小小的马车和手推车无序地堆在摊位后边。其中有一辆马车的车帘上挂着兰红布条，车夫着黑色朝鲜人衣着，头也系一条蓝红布条。见陆安走过来，车夫便问："客官是泉州人吗？"陆安回道："福州人。"车夫点点头。陆安见四下无人，纵身进入车内。马车缓缓驶离夜市。

马车没多久就停下了，这是一处幽静的小山谷。下车后，陆安见罗塞子正在路边焦急地来回踱步，道："罗兄弟此行艰难，速将你所知之事说与我听。"

罗塞子"嗯"了一声，"小的已将那宋时惠审个底儿掉。此人隶属于一个叫'鹿缘会'的会社，此会不在朝廷造册内，却在大明乃至海外皆有分社。

---

[1] 徐海：嘉靖时期的海盗首领，引倭入寇的主要元凶，原为汪直旧部，后独立自成一股势力。

第五章 浮出水面

社内分三大职能，一为搜集社情，上到政、商，下至物价、家事……小人想，这岂非成了暗中和朝廷叫板的又一个厂卫吗？"

"继续说你的便是。"陆安及时止住了罗塞子的闲篇儿。

"是。其二，旨在筹措资金。其三，便是交通有实力的商人，甚至上达官府。但据宋时惠交代，这会社也有特设部门，便是迫不得已时会动杀机。"

"是他们内部人马亲自动手，还是另有委派？"

"'鹿缘会'的人，都是可以公开露面的。会社的命令也都能拿到明面儿上，如生意和官场上的交际。若遇危机，可以通过特殊渠道反映困境，必要时上面会差人下来灭口，以保护社员安危。不到万不得已，不能亲自动手。"

"加上宋时惠，被官府控制的这八人班子，是你所说的'鹿缘会'分社？"

"不是一回事。"罗塞子咽咽吐沫，接着说，"这八人班子是当年徐海残部的后裔。宋时惠只是寄身在这个班子，借他们祸乱官府，实施'鹿缘会'的差事。"

"那宋时惠在'鹿缘会'内地位如何？不该仅是个喽啰吧？"

"当地'鹿缘会'分社额定15人，宋时惠在其中是个六号人物。联系上级的权限不在他，他只是道听途说一些，也不知真伪。"

"说来听听。"

"他说，分社的经费管理颇为严格。社头儿每月底都会亲自外出取钱。"

"宋时惠这个分会社，与其他分社有无横向联系？除了经费这个口子，宋时惠有否说过与其他分社联系的渠道和消息？"

"各分社自行其是。除社头儿和固定一名信差外，几乎无一切横向联系。"

"你可知社头儿最常去的钱庄是哪家？"

"嘿嘿！"罗塞子一阵坏笑，"军马未动，粮草肯定先行。您远在东北，我生怕漏掉什么导致返工福州，就依您教我的思路，顺藤摸瓜想到了经费源头。确认那社头儿两次去的都是福州的宏昌银庄，时间也固定。"

"每次经费额度，是否一样？"

"宋时惠说是的，但数额不知。"

"宋时惠此次被捕，其所在分社难道不怀疑吗？"

"他此次卧底这个徐海的八人残部，本就是外出独立差事，暂时不回复分社是计划之中的事。目前，被官府暗中控制这八人班子的消息也未外传。想必，'鹿缘会'分社并不知情。否则，那社头儿还会去固定时间和地点取经费吗？"

"嗯，罗兄弟你颇有些头脑。可否再回忆下，他们之间有否谈及其他人物？"

罗塞子又开始细细思量起来，突然间抬头惊喜道："对了。小的又想起一事。"

"说！"

"那宋时惠貌似听到过社头儿和二当家的在屋内闲谈时，提到一个什么'于先生'，不知是'于先生'，还是'余先生'。"罗塞子边说着，边在地上将"于"和"余"写了出来。

"经费？于（余）先生？！"陆安不禁想起当年严旷死前嘟囔的"于（余）……先生"的发音，又想到霍四民曾听一个被捕的飞贼提到过鹿头图案，也就是平息哱拜兵变后，霍四民给自己的那张草纸。后来，霍四民又将那飞贼放了出去，让他回到见鹿头图案的地方。结果，这次听到当事的两人在讨论钱财交接，一个头抱布巾的中年人似乎是钱财提供者。中间说得激动，竟在挠头时意外将布巾蹭掉，结果露出了奇异的发式：头顶中间的两侧剃秃，两鬓头发又向后盘起来。鞑靼人和瓦剌人都不梳这发式。飞贼虽没听清他们的话题和互相称谓，但依据他的描绘，霍四民绘了一幅和"斑秃头"八九不离十的画像，并计划从那两人住宿等线索中进一步找到出处。希望十天后他给自己的这次回复，会有新突破。

陆安的思索，让对面的罗塞子一时摸不到头脑，连问了好几个"大人"，才让陆安回到现实里，问道："宋时惠还提过什么事情，是他们这个分社干的？"

"他经历的有15件。大抵是一些暗中协助各路教会和文人著书立说之事。"

"宋时惠是否知道，这个'鹿缘会'在大明各地有多少分社？"

"这个，他确实不知。只说不仅在国内，海外也有。"

"他所交代的，你可曾书写下来，让其画押？"

"都照您说的做了，而且都带来了。"罗塞子一丝诡笑，"这等事情留给

第五章 浮出水面

您是大用,我们这些混混哪愿意沾上啊。"说着,罗塞子指了指陆安的脚下。陆安向旁边挪开半步,见脚下只是一块普通的青石板。罗塞子将石板撬起来,下面是个油布包。包里是十几张手稿。陆安大致浏览了一遍,有的是宋时惠按有手膜的供述,有的则是罗塞子盯梢社头儿的时间和地点记录……

"嗯!罗兄弟,差办得着实不错。我会传书许巡抚,你在当地所犯之事,会有所照顾的。"

"谢过大人!"罗塞子跪倒在地,磕起头。

"哎。请起请起!"陆安扶起罗塞子说道,"你此番回去。带我亲笔书信给许巡抚,请许巡抚务必在一月内,大张旗鼓地抓捕徐海这八人遗党,包括宋时惠在内,罪名就是海盗和通倭。这么做,也是为了保护宋时惠不被灭口。要让'鹿缘会'的人都能知道这次行动,且认为抓宋时惠仅仅是和海盗倭寇有关,不至于和我们联系到一起。入狱后,暂时搁置不审,但务必严加看管。"

"是。但……"罗塞子一阵狐疑,"那'鹿缘会'的人知道宋时惠入狱,就算有倭寇的因素,也不会视而不见吧?"

"哈哈!"陆安轻声笑道,"要不说你是个可造之才呢。"

罗塞子似乎察觉到了什么,露出一脸苦笑。

"没错,'鹿缘会'发现宋时惠入狱,必定会加以联系。时机成熟,会施以营救或灭口。我身在朝鲜,不能亲临,此案又不能为他人所知。罗兄弟你有勇有谋,可否先暂时帮助本官维持下?"说着,陆安一收刚才的笑脸,变得铁青。

罗塞子汗珠子渗出额头,战战兢兢地说:"小的自……当肝脑涂……地。"

"哈哈!"陆安见罗塞子服了软,便又恢复笑脸,拍拍他的肩膀,安抚道,"罗兄弟,你一心助我,我绝不会以怨报德。你可信得过本官?"

"小人就算不信我爹娘,也不敢不信陆大人啊。陆大人若有事,小人绝无二心。"见躲不过,罗塞子一扫刚才的犹豫,狠狠心应了下来。

"宋时惠等人入狱后,若'鹿缘会'潜人联系,你要记录一切行踪。一旦发现其与'鹿缘会'的人牵上线,立刻告知许巡抚,锁定抓捕。同时,提醒许巡抚，宋时惠绝不能落入'鹿缘会'之手！"

"小人知道了。"

陆安回到衙门，将公事暂时托付给了曹副千户，快马直奔北京城而去。他要趁着眼下明、倭间难得的僵持期，找出有关福州那所宏昌银庄的线索。

到达北京后的几天内，陆安不仅将福州宏昌银庄的记录翻了个透，连周边地区，乃至西北、北方的宏昌银庄分号和其他与宏昌银庄关联频繁的银庄也没放过。由于地域和时效的局限，地方锦衣卫衙门搜集的各行各业记录，并未都及时送抵京城。但就在现有记录中，陆安仍然找到了一个"于先生"，而非"余先生"。对此人深挖后，发现其经手的银钱之频繁和庞大，远超在册其他同类商户。范围也极广，从南方到西北。从地域上看，南京应天府周边最多；从日期上看，近一年内钱财多集中在闽粤，那时正值"暹罗借兵"事件和宋时惠被抓发生前后；而两年前则出现在西北……准确地说是宁夏，那正是哱拜兵变时段。更重要的是，此人的备注上竟有对倭贸易的字样。陆安越看越冒冷汗，若非针对性加以整理，谁也不会发现这个神秘人物如此诡异的行踪。但奇怪的是，此人近半年来在大明的活动记录，却有些销声匿迹了。

而这个"于先生"，在册姓名叫——于修！

"于修？"陆安往后仰卧在座椅上，"呵呵"笑了两声。莫非是史世用在凤羽町发现的那个于修？更何况，胡四从倭岛传来"于修于总管的倭名为中岛"的消息，和"刺宋案"中从老树县逃脱的大头目中岛也对上了号。对倭贸易，更符合这个于修或中岛的轨迹。而近半年来活动有所减弱，那不正是九州的于修在倭岛乃至朝鲜频频现身的日子吗？

诸多疑点不约而同汇集在了一起，答案豁然间便清晰起来。

随即，陆安返回平壤府。又过了三天，霍四民的密件也到了。里面夹杂着三张按有手膜的供状，另有密件正文写道：

> 已查实者如下，一年前所涉及"鹿头图案"者，为一秘密会社，曰"鹿缘会"。那一对曾密谈钱财交接者，为该会社头目。接受钱财者叫王从笑，宁夏花马池人，为该会社宁夏分社社头儿。其交代，那名提供钱

第五章 浮出水面

财之"秃顶人"名为于修，大同府人，统管各地分社活动及经费。王从笑在交代出于修并画押后，便自缢身亡。所以，该会社宗旨及细节不详。更因此案属于未列入衙门之私案，故不便动用人手深入。四民。

全部对上号了！下一步，便是将这些线索寄往九州史世用处。就眼下看，于修是"鹿缘会"重要头目无疑。至于这"妖会"与"次郎茶会"的关系，应是彼此掩护。自己曾一直锁定丁选，也就是三井釉岩是"鹿缘会"幕后指挥，如今冒出的于修与三井又是何种关系？从丁选的神秘莫测和于修的频繁露面看，后者更像台前执行者，而前者则更居幕后。是时候请示恩师石彬了，陆安兴奋地轻轻拍了下桌子。

正在此时，一个校尉递来秘信：

沈惟敬已接近促成大明、朝鲜与秀吉之和谈。

2

北京城北的大隆善护国寺（今护国寺）旁边儿，有个柳泉居酒馆儿，店内的北京黄酒远近闻名，与绍兴黄酒、山东黄酒、山西黄酒共称为"京城四大黄酒"。"柳泉居"这三个字儿，还是当年被罢黜的权相严嵩绝笔。

京察后没几天，店内来了两个客人。一个是本地口音，一个则有些西北腔调。食客们三三两两地围坐一团，几盘杂肉、几壶黄酒，便云山雾罩般侃谈起来。上到天文地理、朝政大事，下到青楼妓馆、名店小吃。

两人无意介入这些话题，只挑了个角落坐下。那本地人环顾左右后道："孙大人此行还能待些时日啊？"

"两日前刚进京。上面许我多待些日子。近日京城热闹，门总旗你可注意了？"

"小的连做梦都不敢有一丝大意。"门世达道，"朝鲜正打得火热，京城内要是趁热打铁搞上一搞，岂不是让他们两头顾不过来吗？"

"现在还不到火候儿。瞬间摧毁堤坝的绝非只是凶猛洪水，而是往日里看似默默无闻忙碌的蚁群。"说罢，孙义龙夹起一大块从邻家"李记酱肉坊"

买来的酱肘子，塞入口中朵颐着，又喝了口酒，心情煞是爽朗。要说这"李记酱肉"，确实名不虚传，猪肉、牛肉、羊肉，连同筋头巴脑儿也一应俱全。酱牛肉吃不到半点腥膻味儿，而酱猪肉寻常的那股大油味儿，在这家店也被收拾得干干净净、丁点儿也闻不到了，必是焯水做得用心。酱香味儿是没的说，香料层层渗入肉内，却也未夺肉质本香。不似一般商家只顾下盐求口儿重，除了齁咸之外别无他感。而且，这肉绝非那种出了锅便草草上架卖出去的大路货，一尝便知是店家在腌泡工序中下了大功夫。香气在将肉本身浸染沉淀后，又带着肉香反漾了出来，味道更为丰富和浓烈，也尽显老汤精髓。于是乎，这一嘴下去，肉香、酱香、料香，便一股脑儿在口中溢散开来，直窜到鼻腔耳廓中去了。口水，不觉再度流出，又刺激着下一块酱肉的入口。

孙义龙陷入了美食的境界，旁边食客们的侃谈却让门世达停住了筷子，不由得望了一眼孙义龙。孙义龙也似乎听到了这些闲谈，但并没在意。

食客们议论的，正是炙手可热的"三王并封"与京察。其中一个貌似三十开外、衣襟大敞的无赖，胡乱抹了一下嘴边的油渍后眉飞色舞般向同桌炫耀着："尔等听到的并非实情！哥哥我才是得到的第一手儿消息！"

"高哥不妨给我们讲讲？"一个年轻后生殷切地往前探着身子。

"嗨！其实当今皇上是不喜欢'小哥'的……"那个叫高嵩的人顿了一下，道，"对了，这'小哥'便是皇长子常洛，皇上都是这般唤他。"

"哎哟哎！高哥果然通晓天下事啊。不过，这皇家长子的乳名儿，岂是我们小民所能唤的？按说，这'三王并封'就是不合祖制！皇上就是没理！"

"嗨！不妨事！皇帝老儿他早就说过：朝廷不以言论罪人！再说了，如今这年月，要扔掉的正是祖制这种旧物件儿！"

"你别打岔。"另一个年长些的打断那后生的插嘴，"让高哥把话说完。"

"嗨，没事儿。"高嵩道，"皇上喜欢郑贵妃之子常洵。据我所知，宫里已有结论——'三王并封'肯定没戏了！王阁老此番没能顶住廷臣们的围攻，输了！"

"这般情形，和前几日的大不相同啊，难不成风云突变？"一个老者有些疑惑。

"老先生从哪得知的'大不相同啊?'这股风儿一直就没变过。现在,是皇上说什么,群臣就反什么!王阁老一心替皇上说话,哪能占到便宜啊?刚才那兄弟说什么并封该批!要我说,管他呢!群臣批,咱们也一起批便是了!"

"我有姻亲,常给我看朝廷的邸报。"那老者似有炫耀之意。

"邸报?"高嵩往地上吐了口瓜子皮,不屑道,"朝廷的邸报上,能有毛真家伙?'各衙门章奏,未经御览批红不许报房抄发。'这规矩,老先生怎会不知?"

"高哥只言片语,让我等茅塞顿开啊!"旁边一个衣服腌臜、却打着层叠绸缎补丁的穷酸书生,用袖口儿抹了把鼻涕,艳羡地奉承着,"高哥,是如何这般见识的?"

"哈哈!"高嵩左手盘着一个带"龙头"的葫芦,右手往嘴里塞了一块猪耳朵,囫囵吞下去后才道,"这看邸报啊,得会看,不能瞎看!邸报上的肯定未必是真相,为毛呢?因为官府不想让老百姓知道真相,为毛呢……"

"为什么啊?"那个后生耐不住,惹得高嵩有些不满,瞥了他一眼,只顾嗑瓜子,不愿说了。这让其他渴望下文的食客们心急火燎起来,纷纷指责那后生不懂礼数,伤了高哥心气儿。那后生只得一个劲儿道歉,高嵩才又露出笑容,接着侃起来:"那是因为官府讲究的是'民可使由之,不可使知之。'"说着,高嵩冲那酸书生瞅了一眼,那酸书生频频点头道:"对对!孔老夫子的圣言!高哥接着教诲。"高嵩便心满意足地又道,"但百姓偏就想知道真相,眼下,皇上和朝廷又鼓励各言其事,便是大好盛世,你我不分官爵地位,都可以想说什么说什么,以便与那些腐朽保守之徒斗个高低。这若在张居正当权时,尔等谁敢说话?"

"是啊。现在确实开明多了,我们也想说什么就能说什么了!"

"所以,我等就必须学会从那些扯淡的邸报里寻找真相!比如隆庆元年六月份的那期邸报,所刊一段子上说太原府永宁州宁乡县地震了,塌了一所房屋、死了仨百姓。老哥儿几位首先可以相信,这事儿不会是假的。但绝不只塌了一所房子,更不会只死仨人了!我估摸着至少塌几十所,几百人、伤者无算!"

一旁的食客们纷纷瞠目结舌，等着后话。高嵩也从大家的眼神儿中读到了这一反馈，徐徐道来："只有这么去读，才会离真相更近乎。对吧？再有呢，要学会从反面琢磨这消息。比方说万历八年三月份的那期邸报所刊一事，说皇上革去了江西瑞昌府俩宗室的禄米，还下诏……什么要抚慰瑞昌官民等等。这说明地方宗室已经嚣张到皇上都受不了了！还比如万历三年（此案实际发生于崇祯三年），有人偷了宫里的珠宝。京城百姓都谈个遍了，邸报上也没对这件事儿放个屁。结果呢？第二年春天，邸报才把这事儿刊出来。这是为什么啊？等到事情有了结果，刊出来是个功绩！事情一发便刊出来，一时半会儿破不了案，朝廷和官府的脸面往哪搁？"

"哎哟哎！"那酸书生又用袖口儿抹了抹鼻涕，一脸的崇拜之情，道，"高哥果然见多识广，我辈不及也！不及……也！"老者眼看着之前袖口儿上那一抹鼻涕尚未干涸，便又黏上了这一抹新的。旧的竟也重新抹到了酸书生的鼻子下边。老者不禁一阵轻呕，但酸书生也没任何察觉，只顾望着高嵩赞叹不已。

"呵呵！"高嵩又是一阵心满意足，缓缓道，"眼下的'京察'更是热闹非凡。好戏更是接茬儿不断的，老哥儿几个就请好儿吧！"

食客们便又纷纷想探听些什么，那高嵩这次卖了个关子，"此事甚为机密，不可妄言，来日，我再与大家说来。其实，邸报也没什么可看的。要看新鲜事儿，还得是那些抄报行自己的段子。"

那帮子食客们又听了一会儿，待那高嵩吃饱回家了，也渐渐散去。

"如此妄议，朝廷近年果真也不管了。刚才这些草民，皆肤浅庸俗之辈。即使各言其事，也只会更加荒诞！"说罢，门世达一脸的不屑。

"不是不管。"孙义龙抿了口酒，"是有人让管，有人不让管。这一管一放，便是两派战线。管有可能划入张氏苛政一党，不管倒无罪名可扣。久而久之，便不作为了。呵呵！那厮不是说了吗？'民可使由之，不可使知之。'此话虽然有违人性，但也切中要害。芸芸众生，又有几成能固本操守？大多庸人凡胎，随波逐流之辈！不过……这也正是我们对大明朝釜底抽薪的机会啊！日后利用民间报房去蛊惑天下、蛀空堤坝的，还不正是他们？但话说回来，北京的报行不算热闹，南京才是翘楚。"孙义龙边说，边使个眼色给门世达。门世达扭头撇去，见旁边那桌也坐着两个中年人，皆一身布衣，聊得也不过游山玩水和老字号美食。再一看，却发现两人腰间露出来的锦衣卫腰牌。回想一下，那二人似乎对食客们的胡乱言语无甚关注。又待两人出得门去，向窗外这边拐过来时，孙义龙才和门世达一起往窗口靠了靠。一声火引响声和几下嘬旱烟的动静儿后，其中一个锦衣卫才问道："大哥，刚才馆子里那帮刁民逆言，要不要上报？"又听到几声嘬旱烟声儿后，另一人才懒散道："关你我屁事？！老子今天又不当值！我带着你们十几人，便是担起十几家老小饭辙。差事可以不办，但别像我那样，只因俸禄少，老婆便宁当小妾也离我而去。"

"得嘞！"说罢，两人便优哉游哉地溜达走了。

望着二人与世无争的背影，孙义龙一撇嘴："看到了吗？纵使眼线遍布天下，不走心便有何用？"

"这大明朝如今是人皆求财，眼中已无他物了。哎！言归正传，说起阁臣与部府大臣的矛盾向来不小，和内阁地位之微妙也不无关系啊。"

孙义龙点点头："当年太祖罢黜宰相，就不想有人专权。但如太祖般精力和霸气者能有几人？按说朱家后人还是明智的，招一堆人来代自己施政、与大臣周旋。只不过名为首辅的宰相，多了几个阁僚协助罢了。"

"但……内阁至今仍无法理上的地位啊？"

"这不也正说明一切仍在较量之中吗？"孙义龙微微一笑，"时至今日，已不比蛮荒时代，不太可能做到一人、一句便定生死。人们总是日渐聪明起来。皇上不愿给予内阁法定地位，还不是既认可他做事，又忌惮他权力过大吗？何况，我朝内阁辅臣以尚书衔兼殿阁大学士，掌握票拟批答的权利处理朝政，虽无法理地位，但行事却实际在六部之上。平心而论……"孙义龙顿了一下，又不无遗憾地摇摇头，道："内阁办事强，朝政强；内阁弱，朝政便乱。"

"要这么说……张居正也算是有功之人，至少不是当下奸佞的定性。"

孙义龙犹豫了一下，点点头道："照实说的话，大体如此。只是他和当年的慈圣皇太后，对于当朝皇上过于不信任和压制。使得皇上对张氏，乃至内阁都已陷入极端的戒备和仇视。"

"我观孙大人仍有忧国之情，也认可当下的形制。何以铁了心反这大明朝？"

"呵呵。"孙义龙漠然一笑，"你以为我想推翻朝廷，就是居心叵测之徒吗？非也！只是有更高之境界罢了。"孙义龙说着，把手指向街上争先恐后哄抢绸缎的百姓，苦笑道，"我大明朝如今是吃穿玩乐皆不用发愁、连村妇小贩都能衣着鲜丽的时代，何以这般平庸绸布，百姓仍不能按序买卖，拥挤成这样？哼！很多人虽满腹经纶、执掌实权，心态却如这帮子百姓无异，都是那般焦躁和肤浅。世间种群万千，虽小但皆自爱。唯我华夏，庞大深厚，却但见外人有丁点儿优于自己之处，便顿觉自己一无所长。是所谓反省？呵呵！是啊！不反省，不正意味着故步自封吗？哈哈！"

"卑职明白孙大人的心事。"

孙义龙突然打断了刚才的惆怅，又回到那副坚定的语态，"既然决心要改变这个有问题的天下，就必须矫枉过正！皇上不是因为年少时的阴影，而担心内阁过强吗？廷臣不是对内阁过于钳制自己的权力而不满吗？阁臣不是想强化内阁的地位吗？那就必须利用好这些矛盾。此次京察中的赵南星被推出来，不正是你搜集的线报起的作用吗？目前，就是要做好看似见不得功绩的琐事。暗中给内阁、部府各方传话，让他们自以为对政敌了如指掌，才能彼此攻讦。部府系这一栽跟头，内阁自然就该赵志皋这样的老好人上场了。此次刺杀宋应昌半途而退，也是有意将战事拖延下去，为朝廷内斗打好基础。"

"那赵志皋做了首辅，是会内哪位高人操作的？"门世达也有了笑容，问道。

"呵呵，做好自己的就行了。"孙义龙客套地笑笑，又道，"'鹿缘会'是专于外围收拢资金和人脉。你下一步的差事，便是配合上方利用民间的报房操控民心和朝政言论、交通上下，把内阁被动地位再扭转过来。好好干，有朝一日或许能更上一层楼。"

"更上一层楼？"门世达陡然来了兴致。

"哈哈！你小子果然机灵。"孙义龙大笑起来，"实不相瞒，上面有人正在考察你，你这些年在京城干得不赖。若能入'禄生会'，便能筹划更大事了！"

"小人先谢过孙大人!"门世达兴奋地拱拱手,但又突然想起什么,问道,"大人,您之前关注的福建许孚远,在陆光祖此次提拔中出头了。此人虽与顾宪成不属一系,可否争取到手?"

"还需观望。此人不是秘密上书朝廷,潜侦探入倭岛行合纵连横之事吗?他和宋应昌挺亲近的。宋应昌和主持京察的赵南星又是知己。我们还要看朝鲜战局和京城京察的后续,由三井先生和上面的人定下策略,才好决定收服其人,还是……"孙义龙伸出手掌,做了个向前吹散尘土的动作。

门世达心领神会,点点头。

3

郭国安在倭军内的地位越来越稳固。照目前战事看,很有可能被派往朝鲜,那便会了解到更高级别的军情。他刚与史世用见了面,随着平壤战败,和持续南遁至东南沿海,倭军兵员已伤亡过半,外加粮株奇缺、瘟疫流行,本岛的倭军后备部队厌战反战情绪也在弥漫开来。这让史世用感到欣喜。

随后,史世用来到一处泰西人开的教会器物商号。店主是一位他在倭岛日向国(宫崎县)结识的、来自葡萄牙国的传教士路易·福洛易斯。这个传教士对史世用售卖的明国丝绸布匹甚是喜欢,夸下海口说一定与史世用联系到本国的买家。史世用便借了解航道安全和西洋国情之际,套取不少民情商情。

"是的。史,我说的没错。"路易一边摇头、一边无可奈何状耸耸肩,又道,"丰臣这场胡乱之战,在倭国乃至军内的抵制之声都不小。"

"此话怎讲?先生云游倭国各地,想来比我们这些商人眼光更远。"

"哦。史,我觉得你看起来比一般的商人睿智多了。"路易又耸耸肩,"但我还是想告诉你,北九州逃避征丁的风气很盛,大家都不想去当炮灰。还有预言说太阁的远征必败,然后倭国内乱。奈良的兴福寺多闻院僧人也非常同情朝鲜人。关东常陆(茨城县)的农民早就开始武力抗拒征军粮了,这直接导致原大名佐竹义宣的军队,还未渡海作战就已处于半断粮的状态,仅锅岛部队就有57名逃兵偷渡回家。而去年初秋,岛津部队中就因拒绝出海参战,出现过 700 人规模的兵变,领头儿的叫梅北国兼。这都是我的教民告诉我的,这些可都是作战部队啊!以致太阁不得不在各地设立人番留所抓捕逃兵。……史,你就等着战后发大财吧!战争很快会停住的!"

"果有此事?"史世用故作疑惑地问道。

"当然!"路易不再耸肩,突然探头向前,煞有介事道,"知道为何吗?"

"不知。还望先生指教。"

"因为,这些都是上帝的安排。上帝不认为太阁是引领朝鲜人前进的智者!史,放眼看看这个世界吧。不仅倭国上帝的孩子越来越多,朝鲜和明国,圣火一样在传播着。你终将会成为这些幸运儿中的一位。有多少你这样的儒家子弟,最终成了上帝的宠儿。史,我等待你的醒悟。我会很耐心的。"

"史某愚钝,被上帝引领上路还需时日啊。谢先生教诲,史某先告退了。"史世用客套着辞别了路易。路易对他的传教有些时日了,每次都得找借口才能脱身。

史世用在驻地的日子,基本三成守商铺,其余外出访查游历,搜集看到和听到的倭岛一切。这一手材料,再与许豫、张氏兄弟,包括路易等人的见闻,都将汇总到自己的《倭情备览》[1]中,形成对倭国内政邦交全面的判读。最近,岛津家的进展放缓下来,应是岛津义弘在朝鲜受了挫,让九州的岛津义久深感不安、觉得失去了和明国谈判的筹码。史世用也没刻意为之,而是逐步维持与幸侃的往来。谈谈瓷器和茶叶,敏感之事点到为止。

凤羽町的那个茶会,虽已初步掌握一些内部关系,但两个月前胡四突然陪于修远去朝鲜,让史世用只能暂时停止。至于杂货市场的隔间,却再也没看到邱立时的光顾。史世用一度担心胡四的行为已败露。那样的话,不仅邱立时会狗急跳墙灭了刘可贤,自己更会早已被他人掌握。但茶会随后未出现异动,刘可贤似乎也加强了警惕。这让史世用打消了心中的疑虑。

昨夜,史世用又是未眠,桌案上的备览书稿分散摆放着。史世用推开了

---

[1] 《倭情备览》:本书系大明第一次主动派员前往日本搜集的专业书籍,是史世用潜入日本后所搜集到的日本情报总汇,包括沈惟敬和丰臣秀吉之间的往来书信、在日明人许仪后和在朝鲜被掳人廉士谨所作的情报书等。多为当时关乎日本情报的重要书函。本书流布于当时的朝鲜战场,使明朝和朝鲜对日本的认识产生了重大影响。

第五章 浮出水面

身后的窗户，一抹阳光斜刺进来。这时，屋门也被拉开了。郑士元端着一个茶盘走进来："大人，幸侃来了。"

"嗯。"史世用将饭食摆放在桌上，"前日许豫先生和张氏兄弟送来的报告书，可全部送到我这里了？"

"是的，大人。都在这个书架上的第二层。"郑士元指了指墙角的书架。

"嗯。"史世用夹了口咸菜，就着粥吃下去，又道，"许豫还是有些才华的。"

"是，只是……此人功名心较重。"

"你可记得出发时陆大人的嘱托？许豫毕竟有自己的交通，也会有许孚远大人的约束。我等是两条线对其发令，要以大局为重、避免冲突。把幸侃引进来吧，岛津近日颇为犹豫，不知此次会有何转变。"

"是。属下也觉得，仪后先生和张氏兄弟更懂礼数。"郑士元点头回道。不多时，便将幸侃带进来。对方如之前那样，一脸平淡的笑容。

"你家主在朝鲜的日子如何？"史世用斟上一杯茶，故作疑问道。

"一切顺利。明国和朝鲜人，已经大幅度退后了。家主的地位稳固了许多。"

"真是这样？之前赴朝作战的丰护州酋首野柯踏，据称刚听闻大明发兵，便吓得逃回本土，结果举家被秀吉剿杀。战死者无以计数，还不算上伤者及重伤至死的。武器消耗殆尽，断粮断水更是司空见惯，于是只能趁假意讲和之际仓皇逃生……这才是实情吧？"

"史将军此话不甚属实！"幸侃顿时眉头紧皱，茶杯也"咣"的掷在桌上。

"幸侃将军切莫动气了。"史世用不为所动，自顾将茶喝完，"我大明与朝鲜军虽然后撤，但已将朝鲜国北部稳稳控制，遏制了秀吉的势头。"

"朝鲜人不堪一击，明国虽大亦呈慵懒怠惰之势。"幸侃脸上骄傲的表情之余，不禁露出一丝闪烁，似乎底气不是很足的样子。

"哈哈。说势头，倭国毕竟狭小，一旦僵持，兵备和战力定难以持久。相反，我大明背靠万里国土、朝鲜人又在收复自己的故乡。态势发展岂不是一目了然？"史世用拿出身边的一页稿子，道，"征兵年龄虽明令在18岁至50岁间，但遇到有经验的老兵，哪怕70岁也不肯放过。如此荒唐的做法，还不说明秀吉兵力之极度匮乏吗？凭你倭国这点儿稀松人口，岛内兼并已折损大半，更别谈什么远征海外了。"

幸侃尴尬地笑出声。

"内浦港被征走70人，回者仅20人；日向国的运兵船满载300人出港，回者却不过50人。你家主10日前用商船运走的那批器械装备，原料低劣、制作粗糙。倭国本就缺乏火药原料中的硝石，且大型火炮的铸造技术也严重不足。无法在火炮战中与大明抗衡，又何来取胜之希望？"

"我家主公也并非一味与大明对抗……"幸侃的姿态明显缓和了下来。话没说完，一瞥眼却看见茶盘旁草纸下露出的图画一角，便好奇地探头去看。

史世用并没回避，倒是将那图画抽出来展开在桌上。这是张氏兄弟经过静心观察后，绘制出来的伏见城图。史世用对着那图画娓娓道来："幸侃大人你来看，秀吉此城周围三四里，大石高耸三四重，池河深阔，内盖大厦，楼阁便有九层高，装饰豪华，下层分隔出几百间卧房，民间美女极尽搜刮而来以供享乐，又常更换卧室，无人知晓其规律，防的便是敌人刺杀。此城规模虽不大，但从建造上讲，倒是颇为考究的啊！"说罢，史世用望着幸侃，似乎只是在与他攀谈建城的学问。

只见幸侃脸色已有些晦暗，只盯着城墙图样不语。末了儿才支支吾吾道："大明对我岛之了解深入出乎意料，连太阁的住所都派了人。望史将军切莫怀疑我家主公诚意。否则，我们就不会放任如此善待'他'了！"

"哪里！"史世用自然明白，幸侃所言之"他"，便是默认作为双方交通之人的许仪后，随即一摆手道，"我大明对你家主公，更无恶意。"

"如此，幸侃便告辞了。太阁那边如有什么势态变化，我家主公会派人速速告知将军。我与将军之攀谈，也将如实禀告主公，促成来日南下大明之事。"

"那有劳将军了。"史世用起身将幸侃送走，心中着实一块石头落了地。这些日子以来，岛津家的态度始终在左右摆动。如今凭借许豫和张氏兄弟，以及自己在倭岛内的访查，终于用一例例事实，重将岛津拉回到身边。

幸侃刚走，郑士元便兴冲冲地进来："刚来的消息，那个朝鲜人廉士谨，已混入最近一批被掳朝鲜人中。秀吉见其有才，已收为己所用，拜为征明军师。"

"陆大人的意思，此人蛰伏便可。"

"是！"

凤羽町的男女混浴池，史世用已经来过数次。只不过，有时候是针对刘可贤，有时候则是邱立时及其手下。相对于开始的尴尬，现在他已适应多了。

隔间的邱立时虽然对刘可贤暗查自己不以为怪，但却对"小栗子"一句"有个叫许豫的老海商，貌似……朝廷的人。"惊得似乎坐直起来。

这句话，无疑也让史世用打个冷战，脸上的面巾不由掉落池中。

"这人我听说过。在明、倭间贸易久已，人脉甚至通达倭人地方高官。我等若想富贵，说不定回头也得仰仗他……"

"至少很值得怀疑。""小栗子"坚定地说，"他对别人过于体贴，对邦国兴趣也着实大了点儿。我曾见他与茶会的账房胡四有过两次会面，观其二人神情绝非闲谈之色。万一他真是，那您的身份早晚会……"

邱立时顿了一下，然后才又低声道："此事回去再议。刘可贤和许豫都不是省油的灯，得想办法搞掉！另外，不要和别人提及此事，尤其是不能提及胡四！"

"是！"

4

史世用一回到驻地，便叫郑士元找来许豫。

"史大人的意思……许某已然暴露了？"许豫有些半信半疑。

"涉及侦探秘事，随时都会被怀疑。我欲提醒豫兄，近日若非迫在眉睫之事，皆可适当放缓。"

"谢过史大人。"许豫只微微一笑，"我纵横明、倭间近二十年，倭国地方高层人脉众多。若怀疑，早就没我这个人了。"话里话外，显得很是自信。

史世用有些不悦，只得委婉道："这也是为先生安危着想。先生对朝廷的功劳,我等皆看在眼里。只是毕竟先生身为商人,所涉只是局部。"

许豫干咳一下,道:"许巡抚早先也曾许诺小民给以官职。但不管是官是民,许某都一心做事。"

许豫的态度愈发抵制。史世用极力按住怨气,拱手道:"先生才智,史某钦佩。只求先生在近期略做收敛,不可过于主动。只待筹划妥当,再做事不迟!"

"如此……许某遵命便是。"许豫勉强应了下来。也罢,不让干,踏踏实实做生意便是。许豫着实过了几天不问政事的生意人日子,似乎惬意得很。

这一日,许豫正忙着盘点,一个倭商登门拜访,递上一张名帖,道:"许先生,我家主人有生意想和您合作。希望您能赏光。明日午后,原山茶庵。"

"哦?"许豫接过名帖,见上面写着"专营铁器·山田一平",一阵疑惑,但仍报以微笑,道,"我与你家主素未谋面,本人也不做铁器生意。何来合作?"

"许先生见过我家主人,自会同意的。这对您以后的飞黄腾达,极有帮助。"说完,那倭人便施礼离开了。许豫一时有些不安,想起史世用对自己的告诫,莫非危险真来了?他不敢再去请示史世用,也许此刻,对方或许还不知道自己和史世用的关系。但对方若不是,那岂不是自己又多了条人脉……

次日,许豫还是穿着齐整,如约来到原山茶庵。茶庵周围似有几名便装护卫,庵内只有一中年人,汉人发束、着倭服盘坐,正为刚进来的自己斟着茶。

"先生请坐。"那人引许豫落座,道,"在下古秀石,祖籍新安。一直以来,都在倭人手下做事。今有事拜托先生,以赎我多年来对乡土的罪孽。"

"古先生何出此言?"许豫疑窦丛生,觉得对方话里有话,起身道,"既约我谈生意,又何来什么罪责?"

"先生淡定。"古秀石微笑着做个把手往下按按的动作,等许豫重新落座,才道,"在下曾对故国做过错事,但心中仍存良知。我知先生与大明官府有系,还请先生为在下引见。"

"古先生此言,让许某诧异。"许豫仍故作糊涂,"我与大明以及倭国是有生意往来,但也仅限生意。与官府有何瓜葛?如今明、倭正在开战,你我商人求财便是,我向来也不愿卷入政事。"

第五章 浮出水面

"先生小心是对的。但仍求先生信我,茶会背景复杂,先生又不是不知。在下另有一朋友,只是不便带来。"许豫在这一刻还是愣了一下。这一愣,古秀石便知晓了他的心思,紧接着说,"此人正乃官府秘派至倭地之侦探,只因遭袭才藏起来,但与我保有联系。若能与先生牵线,你我携手不仅能助朝廷一臂之力,也能让我等重新做人。"

"许某一心求财,从不过问政事。"许豫嘴里拒绝,脸上已败露无疑。

"先生不为我和那侦探着想,难道不为自己的前途着想?那侦探早就立下许诺,若能在倭地刺探绝佳秘事,当光宗耀祖。"

"在下刚才说了,一心求财,不问政事。"说罢,便起身出了茶庵。古秀石也不阻拦,只在那儿阴笑着。这时,"小栗子"从后屋走出来,一脸迷惑地问古秀石:"看样子,难道他不是?"

"非也。不仅是,且是块肥肉。"

"何以见得?"

"但凡有点儿本事的人,没有不想更上一层楼的。他只是过于自信了。哈哈!'小栗子',你小子这点看得真准!回头禀报三档头儿,为你请功。这次,不仅可以拿下姓刘的一了私怨,还能在倭人那儿领一份奖赏。划算!划算!哈哈!"

邱立时他们判断得一点没错。

许豫虽愤怒地拂袖而去,心里却沸腾得很。这古秀石,与自己游说过的那些倭官有何不同?更何况还有个落难的朝廷侦探……若能与这侦探挂上关系,不管是单独交通,还是介绍给福建巡抚许孚远,都多了一条接近朝廷的机会。

约莫到了三月中旬,茶会内部开始较之前忙碌了起来。5天后,于修带着胡四风尘仆仆地回来了。一切仍如以往那样。

邱立时先入为主地认为刘可贤是吕骧秘派的判断,一直没变过。加上其在茶会内对自己的威胁,搞掉他怎么都不冤。之所以不立刻向上边儿密报,无非是想人赃俱全、好在茶会及倭人那儿站稳脚跟。何况现在又多了个许豫,还是得想个法子，一趟活儿把这俩一锅端了。而刘可贤也早就注意到了邱立时，他本就带着吕骧的密令刺探"次郎茶会"。

郑士元对许豫的监视，也确认了许豫最终进入了对方的陷阱。

"士元。近些时日，我们周边有无异样？"史世用不无担心地问道。

"一切照旧。"

"想来，邱立时他们尚未察觉到许豫和我们的关系。于修他们已从朝鲜归来，胡四的信怎么还没到？"史世用捶着桌子，"必须马上探知邱立时对许豫日常关系的排查程度，同时改变与许豫的会面方式。"

正这时，伙计拿着一封信跑进来："掌柜的，有个小孩儿说给您这个。"

史世用打开信，见里面只有一枚嘉靖年间的铜板。刚才还阴云密布的脸色，骤然开朗了许多。待伙计出去后才道："士元，你这几日要盯紧许豫，尽量拖延他与邱立时一伙人的深入接触。必要时可果断拦住，但不可伤及性命。"

"大人放心。许豫今日要去'中国地区'的长门[1]谈生意，大致有一个月的行程。老天给了咱们一个难得的喘息之机。"

"哦？甚好！甚好！"

5

史世用当初也没想到，丸山会主动联系到自己。这个纯粹的倭人忍者小头目，却始终不渝地认为，倭国凭弹丸之地不可能长期染指朝鲜，更别说定都北京、取代大明为天下雄主。所以，他一直在寻找一位上达大明秘密机关的可靠人物，来瓦解这个荒谬的理想。他也曾注意过一些疑似明国侦探的海商或办事人，但其素质和信念都不足以让自己去冒险。直到那次接受"次郎茶会"之命，刺杀一个试图接近茶会的陌生明国武士时，才认定对方正乃自己寻觅之人。而丸山的见面礼，便是明确"次郎茶会"那个爱眨眼的会头儿，即陆安所称之丁选，根本不是华人，而是一直生活在明国的倭

---

[1] 长门：日本古代地名，令制国名。古称穴门、穴户；古代为穴门、阿武国之地，7世纪时合并为穴门国，7世纪末改名为长门国。1954年在其基础上成立长门市，属山口县。

人，名唤三井釉岩。

史世用与丸山接洽后，立刻将此事密报给陆安。陆安随即展开排查，最终回复史世用：丸山可以信赖。且在朝鲜与丸山完成会面。也正因丸山到来的极其不易，陆安才在"刺宋案"结束、密信被发现私拆后，决定暴露金志贤来掩护丸山。并在三月下旬，给史世用发来了下一阶段的指令——那便是最后促成岛津氏秘密出使福建，以及全面破解"次郎茶会"的背景。

玲子水茶屋的生意，大有超过阿秀水茶屋的架势。两家虽隔一条街，也彼此都挖了不少对方的女妓，客人也随着来回转移着。

丸山将门微微拉开一条缝儿，史世用看到邱立时带着个随从悄悄出了间茶室，将披肩深帽拉至眼前掩住颜面后才离开。

"邱立时竟然和玲子走到一起了？看来，这次你发嘉靖铜板给我，确有趣事啊！"史世用略有疑惑地问。

"是的。"丸山轻轻拉上推门，"于修曾令小人参与个别不明行动。开始只知邱立时曾和阿秀私密在一起，且入股阿秀水茶屋。但之后发现阿秀的背后有地方诸侯的势力，便悄然退出来，入股了当时还不成气候的玲子水茶屋。"

史世用轻轻捶打着几案，道："他手下可有人心存异志？"

"刚才那随从是个叫巫世贵的番役，负责打理邱立时茶水屋生意的账目。但据说迷上了阿秀那儿一个叫黛子的女妓，只是那报线人近日因赌钱殴斗死了，否则倒是可以直接拿来用的。"

史世用露出笑意："丸山贤弟在朝鲜时，陆大人可有训诫？"

"陆大人命小人务必保全身份和性命，回倭国后只听命于史大人。"

"茶会内部，会头儿似乎对于修日益做大不满；邱立时对刘可贤也怀有敌意。这些细节，你他日若有机会定要多加关注。"

"是。茶会内貌似有两条线，一为骗取以华商为主的各国海商资金入股，二为于修领导我等操作流入大明国内地的暗金，以及拓展人脉。于修兼着公开和秘密两重身份。我主要负责秘密资金和行动，茶会台面儿上的生意涉及不多。"

"嗯。有一事要先告知你，那个叫许豫的明国海商目前处境不甚乐观。邱立时欲将其诱捕，同时将茶会内同僚刘可贤排挤出去。本官不能直言相告，贤弟可暗中保护许瑑，便也是保护大明在倭国的利益。"

"小人明白！"

史世用向前探探身，拍了拍丸山的肩膀："贤弟在茶会内身份极其重要，千万小心。"

"大人放心。"丸山自信满满地笑了笑，"于修……也即是中岛，他本人极其信任日人，却对华人戒心重重。丸山有这个身份，便无忧矣。"

史世用听罢，心头一阵酸楚，脸上依旧露着笑容，道："这便是好……"

刘可贤完成了手头儿的差事后，逛起了古玩市场。在一小摊儿前竟捡个"漏儿"，淘得一件倭岛弥生时代中期的青铜残件儿，像是尊食器的耳柄，那可是堪称青铜器物的雏形典范。刘可贤暗喜，脸上却仍是平淡。最终用几文铜钱儿，便从那倭人农夫手里将宝贝儿收入囊中。

许是今日有了意外惊喜，刘可贤也暂时将平日的烦恼淡忘了。回到家中后泡了壶好茶，茶香飘过鼻尖儿时，便更沁人心脾了。

但人总还是要回到现实的。刘可贤知道，自己这趟倭岛之行可谓孤掌难鸣，仅能接应的杨百户处境也不乐观。如今官员与大户勾连结党营私成风。即便有人恪守信念，也因顾及老小生计和妻子攀比他人的冷言相讽，早晚同流合污。何况，吕骧也不敢公开举起"严肃官场"的旗号，如今又有谁敢提"严肃"二字呢？这二字竟也成了复辟张居正苛政的代名词！再看看对立的两方：一方，言谈举止为人不齿，却个个红光满面、锦衣玉食，各种因土地、商贸兼并所圈来的银钱，即便挥霍无度仍深不见底；另一方，自称信义为先、满怀修齐理想，也纵有诸多富裕的有识之士倾囊相助，但众人所攒积蓄几乎全部投入到活动经费中了，轮到个人时却实打实粗茶淡饭。如此，便是前者讥笑后者迂腐老旧、不识时务，后者又反讽前者空无信念。刘可贤作为后者的一员，有时还扮作前者与自己展开骂战，但始终没个结果。说真的，谁愿自己和家人受穷？但总觉宁可富贵少些、或迟些到来，秩序还在就行；若天下倾覆，生死都难说，又何来富贵？但眼下人们求财的念头，已在放任下失

第五章 浮出水面

去控制，若求财，便一起疯癫；若讲道，就被边缘化。如今，大明朝日渐富裕，国内的分歧便也扩展到海外。那些海外富户或遗民，却也体现着不同心声。也正因此，他当初才毅然接受了远赴倭岛的差事。刘可贤没计较朝廷给自己俸禄增减多少，这次他和杨百户等人的海外差遣，经费也是吕骧精打细算出来的。

自从刘可贤发现了邱立时，才知各路人马都没闲着。虽不清楚东厂派邱立时来倭岛的目的，但也观察到，对方很快宽裕起来。他判断邱立时已反水。上次夜里的那个匿名提醒仍在自己脑海中浮现，说明自己已被邱立时怀疑。刘可贤也不再满足于搜集海外商民和行会情况，转而自行追踪起邱立时。果然，在一家大市场内，发现了名唤"西江店"的邱立时据点儿。有一次，在摸查"西江店"周边情况时，还偶遇一人从"西江"背后的小店内走出来，其比倭人俊朗，身板儿也高壮，尤其那横眉更显不同。刘可贤暗自打听了那小店，尚无可疑之处。

正在怅然若失时，门外响起一个熟悉的声音："刘兄回来了？"那是古秀石，是一个月前茶会从倭人手里买下的明国船民，以补充原有的4个跑腿儿。交接也正是刘可贤亲自操持的。所以，他和古秀石也算茶会"私交"了。

"哎！兄弟，你又让哥为老不尊了？"刘可贤知道，这家伙一准儿又是拉自己去玲子水茶屋鬼混的，便仍佯装无奈状和对方出了门。又借口自己终不习惯这种生活，只将古秀石推入一个女妓屋中，自己只在外厅喝茶。古秀石也不客气，略带愧意地对刘可贤说："又让哥破费了！呵呵！"便关上拉门。

古秀石作为茶会跑腿儿的，当然没钱逛窑子。这些花费，统统都是刘可贤买单。但刘可贤也是无奈。当初决议挖出茶会这个毒瘤后，本来幸运地接洽了账房徐九鱼，待徐九鱼将那一套暗账物证准备妥当后再一并提交上去。但就在二人最后一次将碰头前，徐九鱼却被于修带人擒获。身上的书证被收缴后，又被装进麻袋扔上一艘渔船开走了。渔船再回到码头时，已不见徐九鱼的身影。刘可贤猜想，于修等人不等他们会面后再一并抓获，必是还不知徐九鱼和自己的接触，只觉得徐九鱼是打算携带重要账目文书外逃大明而已。

但自己也因此失去了接近茶会核心的渠道，一时陷入沉寂中。直到古秀石出现，才又让刘可贤提起精神。此人首先不是茶会的人、人缘儿也好，便于从侧面获取茶会内情，避免了亲自出面带来的暴露风险。后来，古秀石也确实告诉了自己一些邱立时和茶会琐事，及与另一位帮办内田的恩怨。只是这古秀石好色。不过，这倒是个软肋，便于掌控。

刘可贤知道自己不安于搜集普通商民情况、去主动介入茶会事务，是冒险之举。但出于所谓的自己那份信念，便一切都抛在脑后了。

刘可贤对自己处境的估算，显然过于乐观了……

6

丸山过往的行动，名义上是接受"次郎茶会"指令，但他也能意识到在茶会背后有个影子在指挥。由于丸山早有"弃倭投明"之心，所以每次行动，包括秘密运送经费的日期、数量……事后都登记藏于密处。如今，史世用明确向他提出了摸查茶会背后暗账的使命，便更激起了内心的火焰，等待时机一查到底。

终于，回倭国后不久，传来于修要见自己的口信儿。

于修回到凤羽町后一直郁郁寡欢。三井大人虽说出于大局，将"刺宋"行动半途腰斩，但终归对自己资历是个损失。自己为搅乱这大明国的根基，替"鹿缘会"终日奔波于明国广袤的南北，不就为了证明自己是个不折不扣的倭人吗？三井大人竟还觉得自己收拢人脉过广。但若要保住自己的地位，尤其是在倭国的资历，就必须得有自己的人手。丸山，你可不要辜负我啊！提到自己有意栽培的这位倭人忍者，于修又不觉想起随他回来的袁非，此人何德何能，竟引起三井大人的关注。甚至在阿部等人被捕后，特意指示自己和丸山将仅存的袁非带回倭国操训。这个辽东的兵痞子，不过一个溜须拍马的谄媚小人。如今，不仅被特命招至自己麾下，还跨过了茶会这一级考核直入"鹿缘会"。是为监督自己……也罢，或许自己做事还不够好，才引得三井大人的微词。看来，还要做得更好，才不枉三井大人的期望和鞭策。于修经过了内心的挣扎，还是把罪责都推给了自己。在他心里，三井大人是完美、不能置疑的。

"大人，丸山大人来了。"门外是袁非那毕恭毕敬的扣请声。

"嗯，请他进来。"于修道。

门被袁非拉开了，丸山深鞠一躬，褪掉鞋迈进屋内。于修冲门外的袁非轻蔑地微微一摆手，一个字都懒得说。袁非极不情愿地慢慢腾腾将推门关上。里面的寒暄，也听不清了。袁非失落地退到台阶下，拿出核桃"嘎吱！嘎吱！"地盘着，又紧咬嘴唇，"你个姓于的，再装日人，也盖不住那一身落魄的明国味儿！"

"丸山，之前参与的会内行动虽机密，但仍是'次郎茶会'名义。三井大人之意，你该正式肩负'鹿缘会'的身份了。"屋内的于修态度极其和蔼。

"鹿缘会？"丸山故作迷茫地抬头问道。

于修笑道："'鹿缘会'是针对明国而设，分社遍及明国各地，但根在倭国。茶会不过为'鹿缘会'某个外设筹措资金和掩护之地，账目和差事也各自分开，茶会内只有个别骨干身兼'鹿缘会'之职。晚些时候，可去总社的文书室细细研读本会内情，以便将来行事所需。"

"是！谢过三井大人和中岛大人！"丸山满心欢喜，史大人交代的差事即将见效。且于修本就被三井质疑，必定也希望自己成为他的左膀右臂。今后关注邱立时和刘可贤，会便捷多了。要说同时遏制于修……眼下不正有一人吗？

没错，就是袁非！此等精于掣肘同胞的小人，正是与于修内斗的不二人选。

"中岛大人。"丸山试探道，"我观那个华人袁非，在朝鲜倒是甚是卖力……"

"休要提及这厮！"丸山话没说完，于修果然怒了。但许是也觉得冲动，便转而露出些笑意，补救道，"三井大人将袁兄弟带回倭国，自有安排。"

"是！"

屋门被拉开了，屋内又传来一句冷漠的指令："袁非，送丸山大人出院。"

"是。"袁非硬撑着气力，向屋内回道。脸上是再明确不过的厌恶和不屑。

丸山看到这一幕，脸上不禁露出笑容。就从于修在屋内直呼其名便能看出,他虽然心里讨厌其他华人与自己在三井面前争宠,但内心却仍没把这袁非放在眼里。但丸山这随意一笑,竟被袁非理解为对自己的关心,那种心情既激动又不安。即便是丸山呵斥自己,似乎也觉得理所应当。

"袁兄弟。"丸山见已出了院门,便将手搭在袁非肩上,"我对兄弟在朝鲜的行事做人颇为赞赏。我们日人内敛,不善言辞,但我心中是清楚的。以后若有机会,绝不会忘了袁兄弟;丸山若有事情,也还要麻烦袁兄弟啊。"

"哎哟!大人这话……从何说起啊。袁某有何才能,让丸山大人如此看重。日后若有用得着小人的,小人绝无二心!"袁非当即喜形于色跪在地上。

就在邱立时召集手下密会的那家市场附近,有个寻常民宅,仅有的两间民房很破旧。一个老翁佝偻着身子蹲在门口编竹筐,屋内靠墙是一张碎烂的榻榻米,有个倭人老妇蜷在墙角儿缝补衣衫。老夫妇二人不时望望空荡的院外,神情木讷。

突然,一阵轻碎的脚步声从院外传来。老头儿刚才那份恬淡瞬间消失,伸手摸向镰刀。屋内的老妇也放下针线活儿,透过残败的窗棂观察着屋外。

当看到丸山走进来并报上名号,老头儿才放心地说道:"大人请进。"老妇也卷起席子,揭开榻榻米的木板,露出下面一溜延伸向下的木台阶儿。

这就是神秘的"鹿缘会"总社,内有议事场所和储存文书之地。

与地面上破旧狭小的院子相比,地下是另一番天地。大小八间屋室都整洁有序,职能司和会谈室皆齐备。屋室按名称挂有"筹划司""账目司""秘遣司"三司名牌,各司设司长一名,分别为于修、胡四、丸山拓夫。丸山翻看着手中的文档卷册,"鹿缘会"的会长姓名"三井釉岩"跃入眼中。此三井不也正是"次郎茶会"的会头儿三井吗?而卷册中的其他名字后边,也各自缀有小字注释。胡四后边注释为"不知情者",丸山后边则注释为"已事先参与"。各司下边又分列数级不同的支脉。筹划司下设甲科和乙科。前者主事是一个叫山下秀文的倭人,后者主事则是吴先如。每科下属各5名办事,民间布下众多耳目、专事搜集各类琐事;账目司掌管账目和秘档,主事是个叫诸平的华人,其后注释为"名分为茶会账房文书",也正是在茶会内

第五章　浮出水面

应是监视胡四之人。在"鹿缘会"内，则是将胡四做的那本自己也不清楚去向的暗账落实于"鹿缘会"的实操者。诸平手下，还有一个几近花甲之年的华人文书赵宣协助；而秘遣司比前两司要人数众多一些，算上丸山共 20 人。而这个司虽然司长写的自己，所列武士也多是自己过往手下，但却有个所谓的"协刀"的人物，位在自己之后，未写名号。

"鹿缘会"所涉范围有明国、朝鲜、西洋、倭国。其中倭国一项列在首位，且有"总会"字样，后缀又有"九州'次郎茶会'"字样，但其余国家均未注释。说明此"鹿缘会"总会定是倭国这家，掩护商号正是"次郎茶会"。但"鹿缘会"支脉图对于其他国度没有写明，说明另有全图藏于他处。丸山又返回卷册第二页，那是会社的图案：一只长有两只犄角的鹿头，下面一个"鹿"字，和自己拿到的腰牌一样。

没想到，统筹蛀空大明各地的秘事大计，竟出自倭国的一个破地窖中。而如今，它终于浮出水面、露出真容。

"请问诸先生，这个'协刀'是何人物？丸山是否需要与之交接事务？"丸山欲借行事之名，探出这个神秘人物的底细。

"还望司长海涵。"诸平道，"此人从未见过，也不在鄙人职权之内。"

"那便罢了。"丸山点点头，视线又回落到卷册上。

半月内，丸山阅读了权利范围内涉及的所有文书。他发现，于修近一年内才主持倭国地区，尤其是丰臣入侵朝鲜前几个月内的活动日益活跃，之前他更多的标注是"明国"。看来，这个于修果然是三井重要臂膀。更可喜的是，丸山逐渐找到了自己以往从事行动中，那些物资和钱财的流向。丸山也从诸平那确认，他统领的秘遣司，其实是半独立于"鹿缘会"的。严格地说，"鹿缘会"更多是专责民、商和官府公开交通，不涉及刺杀等凶事。秘遣司和他则直属于修，所为行动只依需要而定，范围更不限"鹿缘会"之内。这从他翻阅的行动文书中可见一斑，这也能解释，为何以往很多自己参与的杀伐行动，其实就和"鹿缘会"相关，但在文书中的行动注释则是空白的。

在紧张的研读间隙，丸山也同时参与了一次护送钱物的行动。这次是五千两黄金，分装在40箱香料中搬上了一艘开往明国威海卫的商船。类似这样规模输往明国的钱物，丸山已经亲自主持过不下20次。黄金、白银都有，规模都是千两为基数。归档的文书中，也都一一记载着钱物流向和用途注释。比如一个多月前，也就是自己正在朝鲜执行"刺宋案"时，送往明国北京城的一笔为数三千两白银的去向是吏部。但吏部大堂的照磨所和检校们是不知情的，这完全是一笔私钱，所注释用途为"左右官吏和民情"。而眼下这批黄金则是发往兵部和平壤，注释用途为"和谈"。

一个多月前的"左右官吏和民情"，眼下兵部和相隔千里之外平壤"和谈"……丸山突然冒出一种莫名的慌张感……

石彬因"鹿缘会"一案的不期而至平壤，让陆安既惊又喜。看来，自己那份涉及于修的密报，终于引起了上方的注意。

"安儿，辛苦了。但你可知，这个'鹿缘会'触角之深，已成何等规模了吗？"

"学生也是从宣府之乱后，才开始关注。"

"其实你之前，已有官差和线人不断失踪或殒命。我已秘密搜集不少线索。只是朝廷势力互相掣肘，官员政见不合，衙门无法大张旗鼓立案，只能默默行事。我之前几次将你的提议搁置，正是为你安危着想。你可理解为师苦心？"

"学生岂能对恩师怀有二心？"

"嗯。你提供的于修罪证，十分重要。这也与我手里的线索连在一起。为师现在就可以明确告诉你，'鹿缘会'正乃朝廷严禁之妖言大奸者，有固定组织和人员，乃至筹款渠道。长久参与摸查朝廷和民商秘事，并介入宣府和宁夏之兵变。务必予以清除！其掩护商号正是'次郎茶会'，头目正是于修。"说着，递给陆安一张北镇抚司的行案驾贴，"目前证据已很详尽，可着手收网！"

"可……那里面有东厂的人……"

"目前，我尚未接到东厂的招呼。你所说的一切，皆视为无根据之传闻。"

第五章　浮出水面

"是！学生明白！"

"但有些事情，你必须谨记！"

"请恩师明示。"

"第一，此案据你所称，已涉及明、朝、倭三国，且三方正在交战，不能有半点意外，于修又身在倭地。所以务必让倭地的人谨记，在倭地仅以搜集证据和斩除主要人员为准则。切勿扩大事端、伤及无辜尤其倭人；第二，朝鲜乃战区，于修本人必须押至山东大嵩卫[1]，不可在倭地行办。"

"为何不将其他要犯抓捕回国，却就地正法？"陆安有些不解。

"毕竟那是倭国领土。眼下战事正酣，又逢和谈之时。若行为败露，秀吉以此要挟我明、朝大军，我们便会在邦交道义上陷入被动。所以，只要证据确凿，辅助人员一律就不要留着了！"

"学生明白！但……"陆安理了一下思路，"但据学生查证，尽管各项证据都指向这个于修，但那丁选更像是背后指使，其倭人背景确定无疑，不如在拿下于修后，趁热打铁揪出丁选，事情才会水落石出……"

"你太多虑了。"未等陆安把话说完，石彬便打断了他的话，略有皱眉道，"患有眼疾之人，天下无数。此丁选，未必是彼丁选。若你说这人真是倭人，那涉及外邦事务，查证更不切实际。'丁选案'，尽管在宣府一地有人被害，但也无实证与他有关，无法提交法司。目前，丁选在衙门的定性也仅为失踪，而非叛国。大战如此胶着，立案更不可能。完成'鹿缘会'案才是正事！就不要纠缠那些尚无眉目的臆想猜测了。"

"是……学生再提个不情之请！"陆安单膝跪地道，"请衙门下令，学生愿亲赴倭岛拿获'妖会'要犯！"

"胡闹！"石彬一拍桌案，"你是何等身份？全局统筹对倭局势，才是你要做的。岂能件件事必躬亲？！"

"遵……命，学生即刻给那边儿下令！"

---

[1] 大嵩卫：现为山东省海阳市凤城。大嵩卫是中国北方海防重镇，位于山东省胶东半岛南部海滨，是明代中国沿海创建的九卫十八所之一。明洪武三十一年（1398年）置，属山东都司。清雍正十三年（1674年）改置海阳县。

第六章
死而未僵

1

古秀石真实的身份,是邱立时留在外围的一个游动"棋子",这也只有邱立时和"小栗子"才知道。如今,他更是身兼两副面孔:一个是以茶会雇来的外围伙计接近刘可贤,一个是委身倭人手下却心系故国的华商去联络许豫,最终将那二人诬构成一对儿暗中交通的明国侦探和海商。刘可贤向他询问的每一句话,哪怕是语态,都被复述给了邱立时。这一切,尽管都围绕茶会展开,但刘可贤不认识许豫,和许豫相识的胡四,又不认识古秀石,不能向许豫乃至刘可贤通气。于是,古秀石一人的美丽谎言,便将一个急功近利的官差和一个志得意满的海商,轻松玩于掌中了。

其实,刘可贤是有机会识破古秀石身份的。当初在市场里见到"横眉男子"的那天,古秀石曾与邱立时单独短暂密会,只是凑巧在时间上和刘可贤错开了。

"秀石坐。"邱立时今日突然约了古秀石,他给对方斟上茶,说道,"今日算是小有慰劳。"

古秀石试探地问道:"三档头儿想必要对刘可贤有动作了吧?"

邱立时咧嘴一笑,不置可否。

古秀石已明其意,便道:"小人一直觉得,这刘可贤是不是在布一张大

第六章 死而未僵

网?否则,异国他乡又孤立无援,如此冒险,实非行家里手啊?"

"呵呵!"邱立时一阵蔑笑,"他就是个书呆子,不过挣个什么所谓名节。你我若非识得时务、投靠倭人求财,不也跟这穷鬼一样给皇上当差的命吗?"

"您说的是。这刘可贤倒是一贯觉得我只是好色,但心地淳朴。所以渐渐按捺不住,不断希望小人加大力度刺探您和于修的背景。这次,就直接问到您作息规律和外差次数和规模。按您的要求,该给他的都给了。"

"你下次可表达归心之意,以诱其表露身份,向你布置差遣。"

"是!"古秀石也显得有些兴奋,"我观其也着实有些焦急了。即便不是这次,下次也必会暴露。"

"好!"邱立时一拍大腿,喜道,"你在逼刘可贤败露后,可暂时按兵不动、抻抻这书呆子。待我安排妥当,设个局做掉此二人!既能在于修手下挣个位置,又免了朝廷骚扰。"

"刘可贤必定也在搜集海商背景,许豫在明、倭海商圈也算有点辈分了……"

"这个放心。"邱立时笑笑,"刘可贤关注的多是新航路,老辈儿少。九州虽小,能遇到也是大海捞针。就算有一天刘、许知道对方名号,也未必见过。届时,只要将二人接头的这个局做成,事先给二人编个什么名字不行啊?退一万步,若真是二人机缘巧合勾连上了?那不正好名正言顺拿下吗?"

其实,邱立时早让"小栗子"摸清了刘、许的背景,更防备着胡四将二人串联起来。但这个是不能让古秀石知道的。

"三档头儿想得周全!"

今日没那么走运,刘可贤在古玩集市逛了好几圈也没淘得好物件儿。夕阳已近西落,天边的晚霞将集市映得通红,连简陋的商棚、地摊儿也都像蒙上了一层锦缎般。前面是一对倭人中年夫妇,那男的弯着身子捡拾地上的杂货,妻子替男人掸着身上的尘土,一个六七岁大的孩子,光着屁股玩弄一只将死的四脚蛇。此情此景,一时间让刘可贤怅然若失。若是在家中,想必也是这般恩爱吧。只是自己的执着和克己奉公,妻子自然不会有同僚妻妾的绫罗加身、金簪银饰。而妻子明晓大义,更让刘可贤不忍。他曾试图说服自己顺应时势，但妻子宁愿恪守清苦也不愿让他沉沦，直到去世时也没怪他。于是，只能在自己分内做出成绩，才不枉朝廷信任和妻子的奉献。

从当初在茶会招募海外办事员进入茶会到现在，已近三个春秋。刘可贤本职的锦衣卫差事自不能怠慢，但许孚远大人另一路密令却迟迟未现。当然，这一路关系是没人知道的。眼前，刘可贤已明确卷进茶会的内部事务，再想回到只搜集海商信息的常务也无可能。但仅有对邱立时等人的怀疑，又不足以做成证据交与镇抚司查办。想来必须加大力度，实打实地人赃俱获才成。

刘可贤不禁又想起那个古秀石，他之前曾透露过一些邱立时与倭人过从甚密的征兆，近日应该有所收获吧？正思虑时，身后传来琐碎而焦急的脚步声。刘可贤警觉地转过身来，不禁大喜。古秀石正环顾左右后，兴冲冲地向自己赶来。

"贤弟，有何好事？"刘可贤好奇地问着。

古秀石往后看看，见无人跟来，指着小岔路说道："大路，怕遇到会内的人。"

刘可贤点点头，与古秀石拐入小岔路，古秀石才道："刘兄，小的常年在码头和各国海商打交道，能说会干。所以，茶会才愿用小人。这个不假吧？"

"尽管你有些好色的小瑕疵，但能耐还是没问题的。"刘可贤笑了笑。

"于是呢，小的差事也越来越多。您让我关注的邱帮办，之前不是总让我盯着大明的海外商民吗？我原以为是为茶会招帮手，但后来发现，邱帮办似有刺探商民立场之意。也就是专找那些对大明不满、一心求财之人，诱使他们为茶会搞些见不得光的事，若遇到忠于朝廷之人，他便总想方设法避开。小的虽不知刘兄想法，但晓得你俩不是一路人。小的说得对与不对？"古秀石抬眼望望刘可贤。

刘可贤不自觉地将脚步放缓下来，一言不语，只是捋捋胡子。一旁的古秀石也慢下来，观察着刘可贤的神情。

"贤弟但说无妨。"

古秀石心中一阵窃喜。看来，这刘可贤是真的着急了。

"正如刘兄所言。小的虽然好个女人，但大事儿不含糊！所以，在招募

第六章　死而未僵

时也着重那些心向朝廷之人。近日，还真遇到这样一个，是个福建海商。小的之前曾助他联系过一些牙行和买家。想必是信得过小人，后来他便常托小人传递些包裹和信件给一个人，那人看得出是官家的。后来，那个官家人出事了。小的又不便打听，这事儿就这么过去了。只是……"

"只是什么？"

"只是……"古秀石抻了抻刘可贤的胃口，"邱帮办近日对我招人的进展有些不满。但同时，这个海商在与小的闲谈时总说投师无门。小的知道刘兄是个有信念的人，就斗胆先把这事儿和刘兄说说。要是刘兄不感兴趣或是没路子的话，我便提给邱帮办交差便是。小的一个草民掺和进来，已然冒失了。"

"此人姓甚名谁？"

"这……小的与他交情至少也是有些的，目前也只能说这些了。"

刘可贤停下脚步，古秀石也跟着停下来，半弓着身子望着刘可贤。刘可贤沉住气，道："这个海商，还是要保住。你在邱帮办那儿要受些委屈了。"

"能为刘兄做事，这点儿委屈不在话下！"

古秀石那坚定的眼神和恭敬的仪态，打动了刘可贤的心。刘可贤愿意相信，这世上有很多自己这样的不为金钱折腰的义士。最关键的是，自己此时此刻是多么需要线人和帮手啊！杨百户已经暂时返回京城述职，自己若不再做出些成绩，不要说对不住吕大人，也对不住自己。

"是！小的只听刘兄的便是！"古秀石脸上竟闪动起了泪花。

2

码头的上百个仓库中，就有茶会的据点儿。"鹿缘会"以茶会身份在倭国的公开活动，在码头告一段落。商船驶向哪个国度，该地"鹿缘会"分会的触角才会再次伸出来。

今天的密会除了于修外，还有邱立时、丸山、袁非、古秀石。人到齐后，吴先如便出到门外警戒了。

仓库内，于修爽快地嚼了一口干辣椒。在朝鲜时他是一口未沾，如今回家了，便偶尔会吃些解馋。但他却不知，自己这嗜好恰是邱立时最忌讳的。邱立时自幼对辣椒极度敏感，就算闻久了，都会手心起红疹子，但他却未和别人提过。此刻，这气味儿又让自己感到不适了。他张开手看看，所幸还没出现异样。于是，邱立时鼓足气力上前提起了自己的计划："于总管……"

"要叫我中岛大人！"于修有些不满地提醒道。

"是！"邱立时忙改口，"中岛大人，邱某已通过古秀石探得刘可贤乃朝廷密探。另有明国奸商许豫与刘可贤勾结，专刺探会社事。"说罢，看看古秀石。

"是。"古秀石见终于有表现的机会，便上前探探身，"那许豫很早就被我等发现，后来确认乃朝廷设在民间之眼线。"

"这个许豫现在何处？"于修问。

"现在'中国'地区行商。我欲在二人接洽时拿下！"邱立时回道。

于修点点头，又瞥了眼袁非，才道："袁兄弟在朝鲜劳苦功高，如今就当丸山随从，相机参与吧。"当时在朝鲜刺杀宋应昌时，于修本打算让袁非随阿部一起当炮灰的。如今得找机会再甩掉这个麻烦！

丸山趁机请示道："中岛大人，可让袁作为我与古的信差。我再与邱统筹。"

"甚好！"于修很满意这个以倭治华的方案。

黄昏时分，众人各自离去了。袁非跟在丸山身后，感恩涕零道："今生今世，小人便是丸山大人的一条狗！"

丸山装作很信任的样子交代着袁非："你需腾出精力多与古交通，探得他们所知之事。尤其'阿秀'和'玲子'水茶屋内情，以便他日不会有失势之忧。"

"水茶屋……"袁非貌似有些醒悟，"这便是邱立时那班人的把柄吧？"

"何止邱立时……"

丸山一阵似有所指的话语让袁非明白，不仅邱立时这帮人早晚垮台，他于修也未必搞不下来！

邱立时快到家时，将古秀石先打发走了，自己则进了一片树林，见"小栗子"已在那儿等了一会儿，"你没和别人说，许豫曾见过胡四吧？这个胡四一定要保护好，决不能让其他人知道他介入到'刘、许案'。"

第六章 死而未僵

"没有！""小栗子"很是肯定，但疑惑了下，转而又问，"但……这个胡四有那么重要吗？干吗不一举搞掉这厮？岂不是功劳更大？"

"傻孩子！"邱立时谨慎地看看左右，语重心长道，"这也是给咱们自己留后路啊！万一哪天倭贼这边儿待不住，若能靠上哪怕胡四这个朝廷外线，我们就可以不是叛徒！刘可贤是什么人都无所谓，反正到时候一个活口也别留！咱俩若非发小儿，我才顾不了那许多呢！"

"还是哥想得远……""小栗子"脊背一阵发凉，"倭人那边儿……"

"这个，不必忧虑。"邱立时拍拍"小栗子"的肩膀，"于修有意让古秀石和丸山的助手袁非在下边儿联手行事，我正欲借机让秀石攀上丸山这层关系，两边儿都留好退路。"

"是！小弟跟着哥就是。"

其实在很早时候，邱立时便以自己尚且精准的眼光，察觉到了茶会披着行商名义渗透他国的企图，且另有机构暗中指挥。反水后，为了在新地盘能站住脚，便必须得扩建自己的人脉。经过慎重考察，确认倭人帮办内田不过是个一心捞钱的商人后，便将其排除在威胁之外。同时，再想办法攀上丸山这个倭人。

事态的进展，也很让他欣喜。一开始古秀石邀请袁非酒肉吃喝释放过去的善意，很快得到了回应。袁非屡屡表达不被于修正眼相看的怨气，以及虽与丸山同在朝鲜卖过命，但丸山心底蔑视华人，在倭人地盘上仍摆脱不了鹰犬宿命。古秀石趁势也会说几句"你我毕竟是一样的人啊、打断骨头连着筋"一类的悲悯感叹。

"邱帮办的意思是，以倭治倭、巩固咱们华人的定位就行。倭人想让咱们当炮灰，咱们也得敲上他几笔竹杠再说！"古秀石进一步透露了与袁非联手的意图。

袁非似乎已被感动，答应替邱立时交通丸山。这也让古秀石将与他密谈的地点搬到了玲子水茶屋内的私间。更让古秀石欢喜的是，袁非想必是看出了古秀石在玲子水茶屋的开销源自邱立时，竟数次买单，而让自己私吞邱立时给自己的"交通袁非的经费"。由此，古秀石更加对袁非贴心。一次酒后闲扯中，袁非终于提到巫世贵与阿秀水茶屋女妓黛子的韵事。此时，古秀石已放弃对袁非的警戒，几无不言。

再随后的小插曲，更让邱立时经历了以往少有的心理波折。丸山拓夫——这个自己正几经周折想去攀上关系的倭人头目，竟召见了自己，更有意让于修视为眼中钉的袁非与自己直接联手。

这等于是要架空于修的意思啊？

邱立时试图掩饰着自己的激动和紧张，犹豫了一会儿才又鼓起勇气问道："这盘棋看着有些大……能否请大人详说一二？再敢问，上面又何以看中小人？"

"尚无法告知你，你只需知道，我乃承袭官长之意即可。至于袁的态度，你还能不清楚？"丸山意味深长道。

虽然不甚了解这事的全部背景，但邱立时似乎也有些明白了。看来在这倭岛上，茶会及其背后，绝非华人控制得了的，于修这个大马仔似也前途未卜。如今自己能被一个倭人头目相中，足以说明自己的价值，以及于修失势后自己的前景。

邱立时自己认为这算盘打得精，但他一点没察觉，古秀石对袁非的收买，恰恰在成全着丸山和袁非对自己的釜底抽薪。他的玲子水茶屋内越来越多的底细，包括客人来源、账本、名册、经营状况……统统被袁非从古秀石那儿获悉，而古秀石占了袁非不少小便宜，也便不和邱立时全数禀报了。邱立时更不知道的是，连自己都不知情的手下巫世贵与玲子水茶屋黛子的私通，其约会的时间、地点、来回路线……也都被袁非密报给丸山。

对任何一个华人，于修都怀疑，哪怕对方和自己同生共死过；但对任何一个倭人，哪怕失误，于修也会认为对方忠实可靠，并找理由开脱。这种情结，说起来……也是他心中一个不愿提及的痛处。尽管于修是生在军户家庭，但却打小儿便从一个无赖口中得知，自己的"父亲"并非生父。说白了，于修是个"野种儿"。而与他浪荡母亲私通的，还是个倭国浪人！其实，那无

第六章 死而未僵

赖压根就是造谣。但于修却真真儿地记在心里，觉得那无赖已将这糗事散播出去。讽刺的是，于修偏就做事也有几分精到，便更怀疑他人对自己的任何不敬，都源于自己的不洁出身，便开始憎恨身边的人。更觉得只要身处大明国这块土地上，自己就别想涅槃重生！最终，还是因渎职入狱。就在于修对自己不抱希望时，一个倭商挺身而出，声称自己是于修的线人，将他救了出来。往后，于修又接触了一些倭商，他们自是不知自己的身世传说，自己也没了以往的多疑，久而久之竟有了归属感。于修于是认定，自己是个不幸流落明国的日人遗孤。这也似乎能解释清楚，为何自己与这帮子华民格格不入。后来，那倭商将自己引荐给一个爱眨眼的日人上司。再后来，虽然于修知道三井、这个眨眼日人的真实身份，也清楚当初那倭商救自己的目的，却更激发了他内心的冲动，觉得这是上天给他的、从泥沼里重新做人的机会。

回到眼前，他望着丸山，那种信任便是这样的清澈到底，就如同对袁非的不信任到深入骨髓一样。但他冥冥中也总觉得，袁非就是自己。自己所思所想，对方似乎能一眼看穿……

于修不愿再想下去了。他端起茶盏，轻轻吹拂着冒起的热气，向身边挺直腰板儿正坐的丸山道："那个邱立时果然心怀二志。不过，太让老夫失望了。起码他也得装装忠义吧。"说罢，不住地摇着头。

"他本就有与袁联手削弱您地位之意，再加上我暗示他上面有人相中他俩时，便似乎更坚定了。按华人的说法，中岛大人的确是明察秋毫啊。"

"华人？"于修立刻显出一脸的不屑和厌恶，"不管是袁非还是邱立时，都不可参照榜样。我希望你能保持日人的情操，洁身自好。"

"是。"丸山虽然应承着，但如同他主动投奔史世用一样，他对于华人和倭人，心态都是平实的。他理解于修的心思，但仍认为，于修走得太远、太偏执了。

"他手下古秀石和袁非的勾结，你只管搜集证据便是。姓邱的竟还卷进水茶屋的黑市纠纷？如此说，他密告刘可贤之事也必有诬陷成分。其实……本人之前不是没怀疑过刘可贤。但冲现在姓邱的这些恶行，便足以反证刘可贤的清白！"

"大人明见！照小人看，他们所提供的刘可贤暗通明国奸细许豫之罪实在勉强，多半儿还是属于打通人脉和商圈意图。许豫这样的海商，仅九州便不计其数，关东也开始出现不少了。不过求财罢了，绝大多数都无心国事。邱立时通过水茶屋秘筹资金，目的倒很值得怀疑。"

"那些黑金，往小了说是为敛财，往大了说，该不会是为搞掉我上位而备的吧？至于求财吗？呵呵，我比你更清楚了。华人一贯心中只有'自己、钱、女人'。这点比日人相差不止万里。所以，每当财富丰盈时，便是被外族血洗之日。且个个胆小如鼠，只管散财求安逸。对！安逸！臣服在谁的脚下都无甚区别，只是别影响他们自己闲情逸致的安逸生活！呵呵！他们存在的意义，说白了就是供别人来掠夺的。哼！"

"但我观其历史，也不乏豪杰啊。怎会如此孱弱？"

"哼！即便有豪杰，也会被批得体无完肤。在他们看来，王者的荣耀要有、性命和财富更不能丢，如何能鱼与熊掌兼得呢？"说到这儿，于修发出一声干笑。

"敢问如何？"

"谁来征服自己，便臣服谁呗！"于修又一阵干笑，"这样，钱财没丢、性命保住，还能倚在对方的旗号享受天下雄主的姿态。"

"那雄主，难道不是征服自己的吗？"

"呵呵！"于修又一阵冷笑，"你乃血气之人，自然这样认为。但饱食终日的麻木躯壳，只认为跪在强者脚下乃天经地义。你抢、他抢……抢便抢了。你与他们说血性和气节，他们更讥笑你没钱，被抢的资格都没有。哼！"说着，于修将茶盘上的茶壶端起来直对着嘴喝起来。由于动作太大，茶水都从茶壶盖儿缝隙流了出来，壶盖儿都险些掉了。可能意识到有些失态，于修重新端坐了身子，"扯得太远了，我们言归正传。你刚说那个邱立时的手下巫世贵，已在你掌控之中？"

"是。他专责打理邱立时的黑生意账目。邱立时离开'阿秀'转至'玲子'后，巫世贵一直与阿秀店内的黛子偷偷密会。这事儿，邱立时也并不知情。"

"好！"于修将茶盅扔到茶盘里，"我倒要看看邱立时这个所谓的'刘可

第六章 死而未僵

贤勾结许豫之罪'如何收场！到时候从这个巫世贵嘴里翘出些口供，便搞掉姓邱的！与我作对？！哼！叫你死无葬身之地！"于修恨不得立刻将这几个人拿来碎尸万段："至于那些黑金……要想办法拷问出来，这是笔不小的数目！"

"是！"丸山又顺嘴问道，"敢问大人。这邱立时只是以茶会名义行事，还未进入'鹿缘会'，是上面对他考察尚未结束吗？"

"'鹿缘会'一些人手已调往他处，会内尚处整编期。姓邱的只能以编外人员干些脏活儿。这与你当初未编入'鹿缘会'却行重要差遣，截然不同。"

"那些调出的人员，有何说法？"

"这个……"于修嘀咕着，"老夫也着实不知，许是上边有自己的打算吧。"

3

入夜了，史世用仍在书房整理文件，郑士元进来，将一个小油布包递给史世用。包裹里是一封信和一张画像。史世用看过后，问道："许豫几时回来？"

"似有提前回来的意图。"

"许豫一旦动身，必须立即禀告！此人不能出事！"

"是！"

"另，陆大人有命。"史世用端坐起来，郑士元也下意识挺了下腰板儿。史世用继而念道，"'次郎茶会'乃贻害大明之'妖会'，真实名号'鹿缘会'。于修乃'妖会'头目，令史世用及郑士元破获此会。会中明国人就地正法，于修押回大嵩卫！"

郑士元接过秘信看了好几遍，末了儿才问道："大人，除去倭人和于修外……都直接就地正法？！"

"上面是这个意思，看来。"史世用也有些沮丧，"具体细节丸山正在跟进，我们务必要和他节奏一致。巫世贵掌握邱立时账目，是'鹿缘会'内争权的关键人物。于修早先要提拔的亲信吴先如不堪大用；邱立时一方面想栽赃刘可贤，通过于修在茶会内替自己排除异己，一方面又想通过古秀石借袁非攀上丸山这倭人靠山，以替代于修，却不知正是于修遣丸山试探自己。我们无充足人手，于修与他成功火并，才是我们功成之关键。"

"大人分析的是。袁非也是个值得玩味的人物。"

"一个名不见经传、又与自己交恶的小人物，被会头儿三井钦点绝非小事，于修不会不注意这个细节的。"

"莫非有意要在他日，将邱立时和袁非一起搞掉？"

"我也有此怀疑。于修的意思，是先要搜集邱立时'栽赃'刘可贤通敌，以及派古秀石串通袁非的证据，将二人一同拿下，更可能先斩后奏。至于刘可贤，只要于修顺利布局，目前看反而他是最安全的。"

"但邱立时已派古秀石成功将其诱入圈套了，于修怎会无视？"

"这里有个前提，便是于修怀疑邱立时假借刘可贤通敌来取代自己在先。如此，邱立时即便有了证据，于修也会认为是在陷害刘可贤。当然，这个不信任，若是没有丸山的耳边风也是无法奏效的。"

"卑职明白了！但于修不怀疑丸山吹的耳边风吗？"

"这个不用担心……"史世用苦笑道，"于修只信倭人，不信华人。"

"为何不让胡四给许豫和刘可贤透个底儿，提醒他们会被做局？"

"太冒险。"史世用摆摆手，"许豫对咱们本就有误会，胡四的能力不足以涉入太深，刘可贤另有隶属无法直接下令，三人都只可间接提示。贸然参与，反而会干扰铲除'鹿缘会'这个首要目标。他们只有不知情，一切才会照旧，才能成功促成于修一伙人的内讧，'妖会'瓦解，反过来也才能解救三人。"

"听大人的。"

"另外，丸山说他在查阅'鹿缘会'地下密室文档时发现，大多为半年以来的记录，之前的则鲜有看到。且这段时间又有部分文书被移走……"

"这……有重整的意思啊？"

"对！'鹿缘会'在有序重整。除此之外，于修还提及'鹿缘会'已有人员调出，连自己都未知情太深。现在会内矛盾重重，皆源于此。于修也想趁此清除异己和障碍，以便拿够资本、顺利进入整合后的'妖会'核心。"

"'妖会'瞒着自己秘密重整，于修还会那么卖命做事？若真是有此野心，

第六章　死而未僵

弄个暗杀栽赃不就得了？何以费心搞什么证据……三井釉岩真会在乎吗？"

"若是华人这样待自己，于修便会觉得替人背了黑锅；但若换作倭人，便会认为是暗中栽培自己。为大明办差时想方设法投机取巧，为倭人做事便恪守律条。这便是此类人的心态，也才能被外贼看重。他们不过是群在现实中失去心性的空虚者，以为在新的土壤里便能获得纯净，但却没想过，人家更不会在乎一个外贼。"

"是这样的。"

"但越是如此，我越有种莫名的不安。"史世用皱着眉，"于修也算是'鹿缘会'的头几把交椅了，眨眼间竟也成了一只无足轻重的蝼蚁。这'鹿缘会'背后，难道有着更高深的筹划……"

郑士元赶紧止住史世用的遐想："卑职只想助大人完成既定使命。其他的事，京里自有安排，大人切不可主动涉入啊！"

史世用无奈地说道："既然于修铁定了想搞掉邱立时等人，那便要设法让于修自己亲眼看到、亲耳听到邱立时取代他的打算，然后促其果断剪除之！事成之后，即刻押解于修回国。"

巫世贵知道自己是邱立时的心腹，但这不等于，他背着主子与死对头的人私通会被允许。因此，每次与黛子密会都会去外边租的一间小屋。

这天傍晚，他按老时间来小屋时，却发现门缝下没有黛子预设的安全信号儿，也就是一根伸出门缝外的头发，屋内也很寂静。巫世贵正想离开，却见身后已站着两名倭人。这时，里面传出一个低沉的声音："巫兄，进来吧。"巫世贵定定神，褪掉鞋推门迈进屋内，见只有一精干的年轻华人，边擦拭短刀，边抬眼观察自己。

"敢问兄弟何处高就？"巫世贵拱手问道。

"都是一路的，就不要打听那么细了。"那人略带不屑地撇着巫世贵，"你们三档头儿待你不薄，若知你背着他与阿莠的人厮混，该如何处置你啊？"

巫世贵佯装糊涂地问道："什么……三档头儿？巫某只是个帮商会跑单帮的。"

"呵。"那人干笑一声，将短刀平放在腿上，"可知你的小娇娘现在何处？"

巫世贵刚才还颇有些底气，但此刻却"咣当"跪倒在地，眼中尽渴望之情。

"哈哈！"那人见巫世贵已魂飞魄散，大笑道，"你也算是条汉子，竟也如此……罢了罢了！儿女情长。我略备薄酒饭菜，欲与巫兄畅饮几杯，可否赏光？"

"黛子此时何处？"巫世贵仍有些不安。

"放心，少时便会见到。"说罢，那人拍拍手，刚才那两个倭人各提一个饭箱进来，端出一盘爆三样儿、一盘红烧排骨，还有一盘像是五花，另有一壶酒和两套酒杯碗筷。那人亲自给巫世贵夹了肉到碗中，斟上一杯酒递到巫世贵面前。巫世贵索性接下酒杯一饮而尽，又夹了几片小肚儿就酒吃下去。菜还略有些温热，只是这肉味很是新奇，想必也是种异国原料和做法差异吧。那人此刻也更多了些笑意，一个劲儿给巫世贵夹菜，自己却没顾得上吃一口。巫世贵见对方没有敌意，便也想开了。几轮推杯换盏后，盘里的肉便都被自己吃光，壶中的酒也一滴未剩。

吃着吃着，巫世贵突然停下了，甩出一句："只顾给我夹菜，自己却不动。该不是菜里有毒？"

"哈哈！"那人又一阵大笑，"我们刚刚相识，又要一起共事，何故害你？"

"你是何人？何来共事一说？"

"你是明廷叛逆，这定性不为过吧？"那人见巫世贵有些眼急的意思，赶忙伸出手示意稳住，"这与我无关。眼下确有要事拜托巫兄，倒是真真儿的。"

巫世贵一愣："'玲子'与'阿秀'小打小闹儿，也非大事。找我做甚？"

"你可知，邱立时最恨的就是手下背弃自己偷偷摸摸搞另一套吗？实不相瞒，茶会只是个幌子，邱帮办瞒着上面搞黑生意不说，还试图摸查他不该知道的。有人想治他，但需要他的得力手下兼账房先生，也就是你提供些书证。"

"幌子？"巫世贵犹豫了一阵儿，才道，"我跟随三档头儿也有些时日，又身在异国。但有过失，若诚心认错……你们……黛子此刻何处？"巫世贵渐渐语无伦次，正想伸手揪那人的衣襟。那人很是灵巧，原地一躲便闪开了，让巫世贵扑了个空，差点儿前倾在地。

"只要你助我们铲除邱立时。倭岛的女人，我们尽数给你找来便是。"说

第六章 死而未僵

罢，那人站起来道，"你不是想念你的黛子吗？随我来便是。"

巫世贵"噌"的站起身，随着那人和另两名倭人上了停在院外的马车。约莫有两炷香的工夫，马车在一个废弃棚户区停下，伙房土坯烟囱正冒着炊烟，看样子刚做过饭菜。屋内被隔断了几间，潮湿闷热，还有些腥臭味道。墙上挂着几只剥了皮毛的狗和鸡鸭，墙边的水盆里还泡着一些内脏类的东西，血污四溢。那人眼都没瞅这些，只伸手指指里间，对巫世贵道："你的黛子便在里面。见到她，你便踏实了。"说罢，自己悠闲地走在前面打开门，巫世贵战战兢兢地跟进去。但觉得越接近里间，血污味儿越浓。于是便多了警惕，右手紧紧握住腰间的短刀。

但里间的景象，却让巫世贵握刀的手"唰"的松开，五脏也俱焚一般。刚才吃进去的酒肉一股脑儿全都吐了出来，污物倾了自己一身。

只见里间正墙上血渍斑斑，呈"大"字形钉着一些铁钉。钉子上仍挂着残断的麻绳，地上躺着一具女尸，从胸口到小腹部已被齐刷刷剖开，一侧的肋骨没了，左侧的乳房也被切了下来。浓稠暗红的血污和各色脏器体液，仍顺着下肢淌着。

那就是黛子，他的只剩下残破躯体的黛子。

巫世贵努力站起来，但还是忍不住一阵恶心，推门捂着嘴冲了出去。眼见右侧是伙房，便想寻个碗池之类的将腹中之物全倒出来。但又看到水盆中还有一个已洗得干净、等待改刀下锅的半只乳房、一个心脏、一半儿肝脏和一半儿的胃囊。

巫世贵彻底瘫软在地，嘴中还不停地有秽物淌出。

"巫兄。"那人迈着缓步从里间出来，弯下腰笑眯眯地看着巫世贵，"黛子的味道如何？如今，你也算是与她合为一体了吧？呵呵。"

"你们要我做……什么，我都答应。不要……再这样折磨我了。"巫世贵硬撑着半起身，向那人脚下爬过来。

"这便是好。你若依我，来日必会发达；如若背弃，结局便与你家黛子无二。只是，她毕竟入了你的腹中，你便只能喂狗了。"

"是……"巫世贵战栗着，话已然不利落了，"敢问……兄弟尊……姓大名？"

"免贵姓袁，单字一个非。"

4

四月十二日，古秀石终于接到"中国地区"的急件"豫已启程，四日后回凤"。随后便接到了邱立时的通知，与刘可贤敲定了和那名"忠义海商"会面的决议。

次日，已进驻凤羽町的郑士元和史世用同样收到来自"中国地区"的密信"许于昨日启程回凤，四日内必到"。

一日后，丸山密信告知史世用，邱立时设计擒获刘可贤和许豫的时间是四月十七日下午申时（15点—17点），地点就在凤羽町的太田客栈，二层，房号为"二·十"。

十五日一早，史世用便入住太田客栈。郑士元则赶到许豫商号外，扮成个衣衫褴褛的小贩窝在墙角儿，等待着许豫的归来。

四月十六日午后，许豫风尘仆仆地踏进在凤羽町自己的商号。这时，郑士元看到商号外一个矮胖子随即离开。半炷香后，古秀石便登上门来。那个矮胖子又回到了刚才离开的位置蹲下了。至少半个多时辰后，古秀石才离开。郑士元目不转睛地盯着商号出口，但直到天已擦黑，也没见许豫出门联络史大人。看来，他还是对史大人存有误会，不愿一起共事。郑士元只能赶回客栈向史世用复命。

古秀石随后得到邱立时之命，又去知会刘可贤明日密会的地点和时间了。邱立时长舒口气，似乎这场诱捕游戏已尽在掌握。丸山今晚就要进驻客栈，二层"二·十"左侧的"二·十一"房挨着楼梯口，目前做仓库，很安全。右侧的"二·九"住个暹罗海商，无碍。届时，古秀石会提前半个时辰在"二·十"客房与自己密会，最后敲定抓捕刘可贤和许豫的行动方案后，自己便撤到楼梯拐角另一侧的"二·十四"房准备。古秀石和刘、许二人一旦进入"二·十"房后，便成了瓮中之鳖。只待古秀石与他们二人

第六章 死而未僵

完成牵线确认后，邱立时便冲入抓捕。随后押送刘可贤和许豫回茶会，面见坐镇家中的于修。

邱立时本想今晚再去拜会于修，但于修侍卫却让古秀石传话给自己，说今晚任何人也不见。邱立时只得天黑后从客栈离开。

一切妥当后，丸山叫来袁非，说道："袁，你明日与邱立时、古秀石提前进入'二·十'客房旁听会谈。你可记清要如何说话吗？"

"记得！"

丸山点点头，独自下楼去了。客栈边有家字画店，丸山装作看画溜达进去。

之前在店中的郑士元，见丸山进来，便出了店外，边赏玩古董，边关注着来往的路人。但就在转身刹那，他的余光似乎看到了一个熟悉的身影。对！就是那个在许豫门口蹲守的矮胖子。他是古秀石的人吗？尚未可知，但却在丸山进入字画店后很快出现了。郑士元又转回身来，但人群中已不见矮胖子的身影。或许对方的出现只是无关巧合，更不会记得我们，郑士元这样判断。

进入店内的丸山，装作谈论书画与史世用攀谈着："大人，一切就绪。古秀石给刘、许二人的最终确认信是要由我做记号的。发出去之前，我已替换内容，通知他们会谈延迟。"

"客栈火并若有意外，他们有何途径离开？"

"定然不会向正门闹市区而来。客房后窗外是后院，院外是个丁字路口，向西出这片街巷便是通往摆渡河码头的林间小道。"

"好！明日我和郑奉差做你后援。于修在客房隔壁一旦确认邱的企图，你便诱他授意你清除'鹿缘会'内可疑人物，包括茶会、地下密室人员及邱的据点。"

"好。于修离开客栈后，我便前往茶会，鼓动帮办内田宣布茶会关张。善后赔偿事务应该由他负责。他是个单纯的办事者，事情会顺利解决的。"

"嗯。那会头儿三井釉岩的去向，仍没着落？"

"杳无音讯很久了。似乎，像是要把这烂摊子彻底交给于修似的。"

"我的客房是一层'一·四'。若最后你不幸被于修发现，可强行击昏他。

同时以你日人身份，鼓动袁非和其他武士斩除邱立时一伙。"

"好。"

丸山回客栈二层后，见袁非站在那个暹罗海商的"二·九"房间门口。便低声问道："走了？"

"嗯。邱立时绝不会知道这个暹罗商人已走了。"袁非深鞠一躬，拉开屋门，将丸山让了进去，自己仍站在外边值守。

客房不大，进门后是一个典型日式的屏风，墙体是砖土混合，墙角构件是木料，有修缮痕迹。丸山很满意，这是设置暗听的绝佳条件。于是弯下腰，掏出马蹄形的"坪锥"，在木构件中寻得一个拼接缝隙往里刮削钻动，将那缝隙豁大了点儿后又轻轻抽出。由于钻孔位置偏低，乍看与常规的房屋补修没有任何区别。收好"坪锥"后，丸山又掏出两个小指粗细的金色空心管，空心管一头是开放的，另一头则封闭起来、底部弧形，像拉长的酒盅儿。其中一个空心管底部还连着一根长钢丝。丸山冲屋外道："袁，进来。"

袁非推门而入，见这个新鲜玩意儿，便好奇地问道："大人，此乃何物？"

"闻金[1]。"丸山无心解释，直接叫袁非持着那个连着钢丝的闻金去"二·十"，从这个孔洞另一侧，先将钢丝从缝隙中伸过来，最后是闻金的弧底方向朝自己这边塞进木缝。之后，丸山便用"二·十"房间伸过来的那根钢丝，钻入另一只闻金弧底的细眼儿，两个闻金便被钢丝串起来。

"我去隔壁'二·十'。你只需将此钢丝拉直，然后耳贴这个闻金开口处。我在隔壁说话，你要确认我声音的大小和清晰度。"丸山命道。

"是！"袁非说着，便有意无意地拉伸着钢丝。结果招来了丸山的呵斥："一定要拉直，才可听得清楚！"

"是……是……"袁非吓得立马绷直了那钢丝，不敢偷摸耍滑了。丸山在隔壁似有似无地自言自语，都被这闻金收入其中，虽然声音有些浑浊和回响。

"大人，这是什么做的？掂着挺沉啊！"袁非问道。

"下面四分之一部分需用纯金制成，因为金性软，利于传声。"

---

[1] 闻金：古代的窃听器。一端插入墙壁，因为金比较软，能够和沙砾等墙缝中的物质结合紧密，再把耳朵放在闻金上，就可以听到屋中人的说话。

"金的？"袁非对于器物功能没太留心，倒是对其纯金材料贪恋不止，嘟囔着，"那还是值些钱的！"

"哼！"丸山在一旁不屑道，"你们这些人，眼中便只识得金钱！"

"呵呵！"袁非被说中要害，又无所谓道，"嗨！我们这号儿人不就认钱吗？"

"你速去将中岛大人接来，记得从后门进来。"

袁非虽然对自己要接的人很厌恶，但很听丸山的话。不多时，便将顶着斗笠的于修带回客房，又毕恭毕敬地站在屋外了。

"好了。"丸山指了指那连有钢丝的闻金，对于修说。

"明日，只要听到半句姓邱的不忠之言，便照计划行事！"于修狠狠地说。

"是！小人誓为大人清除一切障碍！"丸山话说得很坚定，但鼻子却不由轻微抽动了几下后，遂显出一丝犹豫，"敢问……大人近日食过辛辣之物？"

"哦？这几日略有烦闷，食过几根辣椒……"话未完，于修也自觉有些大意，便给自己打圆场，"只食过几根，料想不会碍事吧？"

5

四月十七日，天气异常差。清晨时，邱立时一伙便在茶会附近的据点会合了。

说来也有趣，尽管行动的日子一天天逼近，但这几日大家谈笑的话题，却都是一贯视肉如命的巫世贵。以往的饭局，巫世贵都是先埋头猛吃，肚肠快要撑破时才开始听受训话，大家总说他上辈子是饿死投胎的。这样一个人，竟然开始全素，且一见肉菜便呕吐不止。大家便又开始挖苦他是受了佛祖点拨后良心发现，来为自己吃掉的太多猪们赔罪了，而巫世贵也只能尴尬地赔着笑。

邱立时的黑金生意账册就存于这个据点儿，由巫世贵管理。在这节骨眼儿上，任何异常都能让邱立时产生怀疑。尽管也觉得有些草木皆兵，但还是安排一个番役"伍子"暗中观察巫世贵。邱立时率几个手下赶往茶会签到后，据点儿便只剩下"伍子"和巫世贵。"伍子"到伙房去了，巫世贵便赶紧拿出桌下未誊写完的黑账册副本继续忙乎起来。对邱立时背叛的罪恶感,以及惨遭烹食的黛子终日压在心头,巫世贵只盼那袁非早早把事情结了。

"伍子"一直没赶上大差事,其实也不悦。好不容易收拾完伙房,却发现少了个盘子,便起身回大屋去找。但没想自己这一突然进屋,却将里间的巫世贵吓得脸色惨白,滑倒地上。以至于手中紧握的几页稿纸,也因伸开双手保持平衡而纷纷撒落地上。

"巫大哥……咋了?""伍子"放下手里的盘子,疑惑地望着巫世贵。

"不妨……事,兄弟。"巫世贵极力稳定情绪,试图解释道,"以为是外人。"话是解释得很通情理,但巫世贵那份对自己人还持有警戒的眼神,让"伍子"明显感到里屋有故事。而巫世贵想必也是这几日被折磨得太深,直到"伍子"走进里屋,才意识到账册的正本和副本都一览无余地摆在桌上。"伍子"捡起地上的两页稿纸,一页是上月玲子水茶屋的账单,一页是邱立时这一伙人前日的起居记录。他又看看桌上那份账单正本的页码和内容,和自己手中的一模一样。他笑了笑,感到自己身上的血液在加速流淌。

此时的巫世贵,早已像臭皮囊般窝在椅背上,直愣愣盯着"伍子",嘴里不住地嘟囔着:"饶命,实……不得已。"

"有什么话,你还是和三档头儿说吧。"说着,"伍子"将账册正本和副本、起居记录揣进怀里,又将绵软无力的巫世贵捆个结实。末了儿还念叨着,"还真得感谢巫大哥。兄弟这么多年死里逃生,都是光干活听不到响儿!这趟差再不领个大赏,怕是三档头儿都看不下去了吧?呵呵。"说罢,将死狗一样的巫世贵扔在马背上,直奔茶会值房而去。待会三档头儿有大行动,关键时节,凭借一己之力扭转乾坤于危难。前程能不光明?

功名就在前方!

还有三条街……

两条街了……

"嗖!"的一声金属急速擦过的响动,突然在"伍子"耳边响起。"伍子"尽管已准备躲闪,但弩箭还是刺进太阳穴。马也惊呼一声,前蹄上扬,将五花大绑的巫世贵重重甩在地上。

第六章 死而未僵

两个蒙面人从拐角闪出。一人将"伍子"的尸体抬上自己的马背离去。剩下那人来到巫世贵身边，盯着他失去人色的脸，阴笑道："巫兄也算是前辈了，怎如此熊样儿？"说着，便将面巾向下扯开了一半儿。

"巫某已是烂命一条，袁兄弟想拿……便拿去吧。"

"跟我走，总比落在邱立时手里好吧？呵呵。"袁非又一阵诡笑。

刚进午后，邱立时便独自来到太田客栈。但刚进"二·十"客房，便连打好几个喷嚏。屋内连香都没有，何来异味？该不是木构件太过腐朽吧，于是邱立时便走过去低身看个仔细，手在那些拼接缝处随意摸查着。若不是昨晚丸山让袁非将闻金往里又顶了一些，他的手怕是已经触到那物件儿了。但邱立时自己的阴影还是遮住了光线，便起来想换个位置再看。就在起身一瞬间，整个木构件全暴露在光线下，包括里面的闻金。若非起身后的视角太高，闻金和木构件的材质差异，已是一眼就能看出来了。

此刻的邱立时，已打算再弯腰去查看刚才那个接缝儿了……

"邱帮办来了？"门在此刻被推开，传来熟悉的声音，"检查得如何了？"

"有丸山大人在，还能有什么差池？倒是小人们睡得个舒服。"邱立时见丸山到来，便不再查看了。

"古秀石此刻何处？"

"半个时辰不到，他便会来。"

"嗯。"丸山又一脸严肃地指指拐角的屋子，"既然这屋没问题，你去'二·十四'看看，那可是刀手们的隐蔽之处。另外，袁非待会将一直和你们一起，要尽量多顺着他的意思。明白吗？"

"是！"邱立时一哈腰出去了。丸山回头看看那木构件拼接处，长松了一口气。

"二·十四"里，已蹲守了包括"小栗子"在内的4名邱立时手下。皆是背靠紧挨走廊的墙面而坐。他们不能直视到走廊，走廊上也无法看到这四人。除古秀石及据点儿的巫世贵和"伍子"外，邱立时从国内带来的人悉数在此，这趟活儿算是拼上了家底儿。且连丸山都在帮自己，取代姓于的似乎近在眼前。

一晃儿，申时就要到了。

邱立时回到"二·十"，古秀石也到了。丸山带着袁非也跟进来，拉上推门。

"确认无误？"邱立时看了一眼古秀石，稍显得有些忐忑。

"无误。"古秀石一抱拳，说道，"信是我亲自手书，他们看后必定不会质疑。"

"嗯。"丸山拍了一下邱立时的肩膀，"我去外边巡视，你们各自准备。"说着，便从"二·十一"一侧的楼梯下去，又在一层绕到另一侧再上二层，拐过楼梯角的"二·七"客房来到"二·九"房前，用指尖儿轻轻勾开拉门，侧身进得屋去。拿起留在这头儿的闻金听管，拉直钢丝后贴近耳边。只听那头儿传来袁非关于"二·十四"伏兵的攀谈，语速很慢。这是自己和袁非预先的商定，在自己回"二·九"后，袁非要扯上几句闲篇儿，以便留给自己准备秘听的时间。

于修坐在旁边，一副平淡如水的样子。虽然邱立时是自己意欲铲除的人物，但似乎隔壁的这场密谋，更像是一次与己无关的闲谈。事实上，于修也压根儿就没把这次监听当回事。若不是那种想在倭人面前佯装规矩的心态，他早就暗中将邱立时一伙搞掉了。如今说白了，也不过是给自己一个冠冕堂皇的理由，只是个理由。只要他听到半句有关邱立时对自己不利的词汇，除掉他们就没有任何心理负担。于是，于修只是冲丸山轻松地摆了摆手，示意其只管先听下去就是。

大概两个来回的闲扯后，传来邱立时的牢骚："刘可贤这次证据确凿，死定了！秀石，我就不信于总管会视而不见？"

"那是。生意上若有用得上小人的，邱帮办也万勿客气。"袁非插话道。袁非留在"二·十"的目的，就是要让邱立时减少甚至不提有关刘可贤的证据，而多说自己与于修一争上下以及自己的黑生意。丸山则在于修身边，引导其只听关于邱立时暗算自己的言论。

邱立时本想先和古秀石聊聊完结刘、许一案，但袁非却插话有意帮衬自

第六章　死而未僵

己生意，必是针对于修而来，便颇有兴致地回道："那是。"

袁非已将邱立时的话题岔离了刘可贤。

"你和秀石的交往，我也是欣慰的。"邱立时见袁非如此攀附自己，心情自然不错，道，"生意总会越做越好。阿秀那娘们儿虽说无法维系，但玲子这边儿也不差。你既已与丸山大人搭上了话儿，那日后便一定少不了你和他老人家的。"

邱立时正在步入自己和袁非的黑生意圈套，丸山耐心听着。

"上面，看中邱帮办的就是那股子狠劲儿。只要有足够成绩……"袁非特意把"上面"两个字强调了一下，左手同时做了掂钱的动作，"邱帮办就等着大把大把的机会从天而降吧。"

"哦……"邱立时眼睛一亮，心说形势的明朗真就如此快啊。以至于袁非已经在和自己商量合作的细节了？但邱立时也忽然觉得，自己这段时间是不是有点儿太走运了？瞬间里，一种莫名的、本能的多疑跃然脑中。嘴里不觉嘀咕着"但……"

"哪有什么但是啊？呵呵。邱帮办多虑了。"袁非本来对成功引导邱立时很满意，却转眼又见对方犹豫起来，便想拉回邱立时的念头儿，接上刚才的话题。

"哦？"袁非这一略显急切的举动，反而让邱立时又强化了之前的多疑：会内都知道于修和袁非死不对付，似已成了共识。但自己这行当，最要命的其实就是反常规啊！越习以为常的，其实越可能隐藏着欺骗。于修和袁非，果真如面上那么水火不容吗？自己与袁非的黑金合作意向，本就为了会内高位，势必威胁甚至替换掉于修。若袁非真的……不仅不是于修仇敌，反而是其秘密盟友，那自己所说所做的一切岂不是成了于修搞掉自己的借口？邱立时越琢磨，这疑心越重。但想到丸山刚才的嘱托，又不敢违背。于是，便胡乱抖出个四六不靠的话题有意岔开眼前这份搅扰："茶会是否另有秘事？""丸山大人若信得我，还望早早带我入伙！"

这一岔，不仅袁非，连丸山也惊得眉头一皱。按计划，袁非应在这一轮告知邱立时卧薪尝胆。邱立时承诺后，再将话题引入他的黑金账目，表达出丸山希望邱立时为上层送礼以打通关节的想法。这样，便基本可以达成邱立时在权力上对于修的觊觎，以及黑生意上及账目的自白。这两点，是一心想在倭人手下照章办事的于修，铲除邱立时的最佳证据。

邱立时这一突如其来的请求，也让袁非发觉，自己刚才可能有些着急了，一时有些支支吾吾，道："邱兄多虑了……"

"也罢。"邱立时料想袁非也不一定事事都知，但也不急于考虑与袁非的合作了，反正，这话题本就不是现在该说的。遂转而问古秀石道，"秀石，刘可贤和许豫的交通记录，你可备好？"

"备好了。"古秀石这几个字儿说得甚是有力。

"此事已板上钉钉，邱帮办还担心什么？丸山大人所提生意的账目及细节，邱帮办倒是可以多花花心思的，兄弟也好有个依托。"袁非意欲再做些补救。

"哦？"袁非的接连插话，让本就有些疑上加疑的邱立时开始抵触了。眼前这个人，对今日的话题也太有自己的打算了。事到如今，自己也不敢完全执行丸山的意思、任由袁非带着自己的思路走了。

"不急，不急。"邱立时敷衍着袁非。猛地，他直起腰惊呼起来，"世贵现在何处？"这一嗓子，连隔壁的丸山和于修都听得清清楚楚。

"应该没事儿吧？"古秀石眼珠子滴溜溜转着。

"什么叫'应该没事儿'？'伍子'不是和他一起吗？派'小栗子'去！"随后，邱立时又和古秀石耳语了几句。

"是！"

邱立时开始担心起自己的账本。袁非也知道，自己的举动已让对方有了戒心。计划很快出现变故，也是和丸山估计到的。他只能寄希望于邱立时只是不想在此刻谈这个话题，而非真的质疑自己。

6

丸山此刻更是忐忑不安。他不确认，于修是否还能如愿听到自己想听的话。丸山甚至已经在考虑退路了。

第六章 死而未僵

"二·十"的推门"哗啦"随即被拉开了,那应是古秀石奉邱立时之命,到"二·十四"叫人去据点儿找巫世贵的。而袁非早上便告诉自己,巫世贵已暴露,"伍子"更被灭口。派去的人带回来的,无疑是更让邱立时怀疑的消息。

安静的楼道里一阵急促的脚步声后,又是动静儿甚大的推拉门声音,紧接着是有人"叮咚咚"更急速地下楼去了。"小栗子"已经出发了。当然不能让他们主仆二人再次碰面,但邱立时这心思未定,便不到灭口"小栗子"的时机。

约莫过了得有一会儿,古秀石才回来。但他刚才通知完"小栗子"后,为何没有直接回来?这期间又去哪里了?丸山不解,便向于修皱了皱眉,暗示形势不妙。

"盯着送信儿的。实在不行,提前结案!"于修轻声又坚定地对丸山说。

"是!"丸山很清楚,于修这个"提前结案"意味着什么。至少对史世用和自己来说,这是唯一的补救时机。而且,这还是于修主动提出的。他已经连所谓的证据都懒得亲耳去听了。他终归是个不守规矩的人。

丸山轻拉开推门,伸头外探,楼道里有一个商人和仆人上楼进入自己的房间,趁着他们脚步声和说话声的嘈杂,丸山迅速地来到"二·十四"房间。看见除了已走的"小栗子"外,其余三人还和刚才一样,背靠临走廊的墙面而坐,甚是老实。

"中岛大人有令,你三人立刻回茶会待命。"丸山直接命令道。

三人互相看了一眼,乖乖整理了下衣装走了。丸山随后也下了楼。一层大堂没有异常,他叫来一个手下耳语了几句,那人迅速出门去了。丸山则悄悄进入"一·四"客房,史世用正坐在屋内摆弄棋盘。

"有变动。邱已察觉自己被算计。"

"于修呢?"

"他并未对我有质疑,且想提前结案。楼下的几个刀手,于修是不会同意上楼帮忙的。他不想过多人看到自己铲除邱立时的私心。"

"不让上楼,不利于你快速斩除邱立时一伙。邱立时一旦确认巫世贵失踪,便会取消会谈。茶会的邱立时三个手下要尽快解决。但于修提前结案是个机会,你和袁非必须赶紧鼓动于修,强行解决邱立时一伙。"

"是！"

"刘、许那边儿，不会出意外吧？"

"我刚派人去监视了，我再去亲自盯下。"

"好。"

丸山来到街上，见刚才派出去的手下又跑了回来："那许豫正往这儿来！"

"他现在何处？"丸山心里一揪。这许豫和刘可贤，是铁定收到了自己改过的信函。刘可贤一直按兵不动，说明他明白厉害。但许豫……为何偏就一意孤行？

"离此大概两条街道。"

"此事你可还向谁说过？"

"这才和您说过。"

"好。你与我来，我有事相托。"说罢，丸山将那探子带至街边林子里。趁其不备，拧断了他的脖子，找些土渣和枝叶掩盖后，迎着许豫而去。

许豫无疑是接到了改过的指令，但又想，之前史指挥借官府身份，通过自己独揽与岛津氏交通大事，挂上了茶会胡四这层关系。后来凭借自己关系新寻得的朝廷关系，又被他史指挥说是敌方的圈套。这次约好的密会也突然延期……许豫越想越觉得自己是对的，便打算依原计划赶往太田客栈。若有异常，也完全可以脱身。他相信自己的聪明。但离客栈还有一条街时，一个蒙面倭人却突然出现在自己眼前。

太田客栈附近，史世用早就租下一间民房备用。地点也只有他和郑士元、丸山知道。丸山将许豫引到了民房，三两下便绑了个结实，又在嘴里塞上麻布。毕恭毕敬道："许先生委屈了，事后自会给您解绑。"

据点儿空无一人，让"小栗子"顿觉事态已滑向深渊，附近的地上还有一摊未干血渍，身后又有个人影儿一直跟随。"小栗子"吓得赶紧向太田客栈一路狂奔。实在跑不动了，便闪进一个杂货铺。丸山派出跟踪的人在杂货铺外盯着，前后有三个中年人，包括一个妇女进到杂货铺，还有个小孩儿提个装碗盘的袋子出来。但唯独不见"小栗子"出来，跟踪的人进到铺内，却只见两男一女干待着。

第六章 死而未僵

"敢问,有没有看到个气喘吁吁的年轻人。那是我家伙计,和老板闹了点儿别扭。我来叫他回去做事。"跟踪的人一脸无奈地和那三人诉苦道。

"哦。"一个男人道,"他说娘亲病了,自己又不得不给老板采买东西。就给了一个小孩儿张字条儿,还塞了几枚'渡来钱'[1],叫他找郎中去家中看病。他自己和杂货铺老板去后院了。我们也等一会儿,不见他们出来。"

跟踪的一听,便知那小孩儿已将"小栗子"消息传出去了,便直奔后院。见老板倒在地上,头上正淌血。后院门开着,外边静悄悄看不到一个人。

丸山从外面回来后,见屋内的于修仍在那儿安详地闭目坐着,没见什么异常。这让刚才外出的丸山着实踏实了不少。事实上,隔壁也一直在静默着。邱立时派"小栗子"去核实据点儿情况后,便进入了沉思状。古秀石没去打扰,袁非更不敢上前套话。

此时,"二·十"客房外边响起几下清脆的敲门声。古秀石拉开门,只见一个小孩儿站在门外,手里提着个装有碗盘的袋子。

"你找何人?"古秀石弯下腰,装作和蔼可亲的样子。

"这……是否有位姓邱的郎中先生?"小孩儿支支吾吾道。从他的表情看,似乎不觉得在场的几个面目彪悍之人,谁有郎中那般的慈祥和善。

"我便是。孩子,谁唤你来找我的?"邱立时起身,弯腰问道。

"我不认识。只说将这个给你,给他娘亲看病。"小孩儿掏出张字条递过来。古秀石接过字条,又拿出一枚"私铸钱"递给小孩儿。小孩儿一看这钱,一脸不屑,道:"人家至少给的是'渡来钱',这已经没人爱要了。你不给个'一糸目'[2]的甲州金也就罢了,却拿更没人待见的'鐚钱'糊弄人!欺负我孩童吗?"

小孩儿的一番教训,倒让古秀石一脸羞臊:"你这劣童!何以……如此矫

---

[1] 渡来钱:10世纪后,倭国的商业飞速发展急需大量货币流通。因此从中国和高丽等地区引进的渡来钱就成为必然选择。到战国时代以永乐通宝为主。16世纪中叶以后,金银矿的开采技术,使日本国内出现了金银铜不同材质的货币,甲州金币和石州银币是新货币的代表。渡来钱占有率逐渐萎缩,替代品为倭国巨商豪族私人非法铸造的劣质私铸钱,即"鐚(yā)钱",并在后期常被拒收,数量也在减少。

[2] 一糸目:甲州金币的单位分为四级:两、分、朱、糸目。一糸目相当于0.2克。

情！这钱照样能用啊。"

"少来！"那小孩儿却不妥协，反而嚣张起来，喝道，"你若只管糊弄与我，我便不给你他另外交代的口信儿。"

"你这小王八……"古秀石正欲伸手厮打那孩子，邱立时却在一旁阻拦道，"一个顽童，给他好钱便是，莫要因小失大！"

古秀石无奈，又掏出一枚"渡来钱"狠狠塞进小孩儿手里，瞪着眼睛道："速速说来，那人有何口信儿？"

"也无其他，只说必须立刻给你们。"说完，小孩儿一脸得意，转头就走了。

古秀石傻傻愣在那儿，半晌儿才摇摇头，道："自小就这般恶劣，长大后不是乡霸便是刁民！妈的，居然被一个孩子戏弄！来日定剥了这小王八蛋的皮！"

"少废话！将字条儿给我！"邱立时懒得听古秀石发牢骚，呵斥道。

古秀石这才乖乖地将字条递上。但邱立时打开后一看，脸上便没了血色，嘴唇和手也哆嗦着。古秀石赶忙上前问道："三档头儿……出问题了？"

邱立时努力按捺住自己颤抖的身体，咬牙挤出句话："世贵和'伍子'都失踪了，还有可疑血渍。"

"啊？"古秀石也吓得一屁股坐在榻上，"看来，'小栗子'怕也凶多吉少，否则不会托人来送信儿……"

"袁贤弟？"邱立时没等古秀石说完，却转向冷落已久的袁非，满含笑意："刘、许二人还没到。客栈外的西洋人器物店里有自鸣钟，显示的时辰远比粗算个子丑寅卯细致。你去看下，我估摸着时辰已过了啊……"

"是！"袁非也不得不起身出去了。

"秀石，你刚才出去时，见那自鸣钟显示的是什么时辰？"见袁非出去，邱立时才问古秀石道。

"卑职刚才看时，已是正点了。难道……刘、许也出意外了？"

丸山把闻金又贴近了些耳朵。

"你当时可曾亲手将通知他们二人的密信发出？之前可否给谁看过？"邱立时语态更慎重了。

第六章 死而未僵

"都发出去了。最后只有丸山大人看过！他回后屋备案后将信函给的我。按规矩，最后也必须经过丸山大人的备案才能执行。"

"我之前命你与袁非交通，你俩可谈及私密之事？"

"这……没有，一切按三档头儿吩咐去做。"古秀石脑中，其实瞬间就回忆起自己向袁非透露巫世贵的事情来。现在想想，这绝对是巫世贵和"伍子"失踪的最可能的原因，且竟还牵扯到了丸山这个倭人？这便事儿大了！但此刻，古秀石根本不敢，也不可能向邱立时坦白。

"秀石……"就在古秀石迫切希望邱立时给个说法之际，却只听邱立时一声孱弱无力的呼唤，再观其面色已是惨白如雪，眼神也开始恍惚了。

古秀石忙按住邱立时颤巍巍的手臂，说道："三档头儿莫非是病了？"

"非也……"邱立时咽了口唾沫，勉强和古秀石道，"你不知……我自幼对辣椒排斥。当初选你们做部下，一大原因便是……你们不食此物。"说着，邱立时伸出右手，只见其手心上满是红点儿，密密麻麻，颜色深浅不一。

丸山闻听此话大喜，极为敏捷地抓住了这一难得契机，将闻金递与于修。而于修听到的第一句话，便是古秀石这句"可这……屋中也没有辛辣之物啊？"

"不对！一定有！"邱立时嘴唇颤颤的，左手狠狠拍了下桌案，"你们没有此病……察觉不到！"言罢，却又似有所悟般问古秀石道，"你可记得，平日与我们相处之人中，有谁喜食辣椒吗？"

"于……"古秀石突然睁大了眼睛，显出一脸惊愕。

邱立时将桌案上的水洒在脸上。情绪稍有好转后，才道："我昨日遣你去向他最后禀告今日行动，他真的只说不会客？"

"是。此刻，也应在茶会等我们复命吧？"

此刻，隔壁的于修正实实地呆在那里。

"茶会？哼！你还记不记得，隔壁'二・九'客房是谁？"

"一个做犀角、珊瑚、珠宝生意的暹罗商人。"

"呵呵。'二・十一'是库房，自不必说，但珠宝难道是那辣做的？"

"难不成就在……"古秀石话没说完，嘴似乎便被邱立时捂住了。

自从掌握了刘可贤和许豫秘联的消息后，邱立时便很快展开了一系列验证工作。结果正确无误，也还算是对得起自己。尽管，其中不排除自己想在茶会内做大的成分。可刘、许两人，也不算冤枉，顶多是自己挖坑儿成就了他俩的勾连。且之后自己向于修提请的抓捕，也是反复推敲过的。

　　若倒推自己产生误判的开始，那只能是码头仓库那次密会了……没错！

　　那次密会后，便是自己为攀上倭人这个靠山、接近茶会背后的核心，派古秀石和丸山的手下袁非代双方大哥私下交通。再后来，自己竟接到了丸山的主动邀请。那时的判断，便是日薄西山的于修和看似蒸蒸日上的自己。那真是一个完美的憧憬。是啊！若不完美，自己又怎会当即答应呢？邱立时又想起，刚才怀疑自己有些过分幸运的念头儿。

　　可若真的幸运，又岂是现在这样？也就是说，一切之所以那么顺利，说白了都是建立在符合自己希望的基础上。而这个基础，又是建立在丸山及袁非奉神秘上司之命，有意栽培自己替代于修的基础上。亦即，丸山和于修是貌合神离的。

　　可实际的发展和现在的局面，却是截然相反的：

　　刘、许二人迟迟未到；

　　诱捕密函最后是由丸山备案后才发出的，而自己未能确认备案前后的密函是否曾被修改过；

　　巫世贵的异常举动尚未查明，看管他的"伍子"也同时失踪。而去召唤他俩的"小栗子"更不敢露面；

　　客栈内的辣椒味儿；

　　还有……自己本来欲与古秀石商谈刘、许案时，袁非连续两次的莫名插话，以及丸山让自己顺应袁非的嘱托，都将今日的抓捕计划，引向了自己的生意和于修分权这个敏感之事。

　　是的！现在一切终于清楚了！丸山和于修根本不是貌合神离，他俩自始至终都是一体，而袁非，不仅就是于修的仇敌，还是丸山的死忠！而且他今天的表现，也是在把自己引向绝境！悲哀！不管是自己借刘、许案谋求立足求生，还是贪心不足意欲取代于修，祸端早就埋下了。而自己呢？却一直在想方设法往里钻。

也幸亏……幸亏自己刚才的多疑，尽管是错误的，却也打断了袁非的引导，这不能不说是误打误撞中给了自己一线生机。

"二·九"客房里，刚才还紧握闻金的于修的左手，软绵绵垂了下来，摇头对丸山道："怪我未听你言。"未及丸山询问，于修便又突然低声道，"丸山听令！"这一命令似的口吻，一扫刚才的慌张。

"小人在！"丸山随即毕恭毕敬回道。

"我已断定邱立时一伙勾结朝廷密探，谋害本人、颠覆'鹿缘会'阴谋属实！现命你相机启封备用方案，消除所有奸细、保我'鹿缘会'安危！"

"是！"丸山心中暗喜。

与此同时，隔壁"二·十"的门又被急速地推开了。一阵有去有回的小跑声后，是古秀石回来拉上屋门后急切而惊恐的叫声："大哥！不好了！'二·十四'的人都没了……"

听罢，丸山拔出绑腿里的短刀，轻轻拉开推门。见袁非正也从"二·十一"这边的楼梯上来。二人一左一右，持刀守在"二·十"门口两侧。

只听"二·十"内几声衣衫响动后，便是快速退后，而又急切前冲的脚步声。同时，门也被"唰"的一下拽开，古秀石手持匕首正从屋内冲出，欲向右侧的"二·九"拐过去。但却在出门的一刹那，被丸山一个前撞顶回屋内栽倒在地。而屋内的邱立时，正全力撞向与"二·九"房间的隔墙。那墙体竟真的被一下子撞出了个陷坑，中间部位已被撞透，墙上龟纹四裂，土渣溅得满地皆是。

而邱立时见丸山已经冲进屋内，更是怒不可遏："你们倭人无信！枉负我以命相托！"

"无耻小人休要妄谈信义！"丸山说罢，挥刀刺向还未起身的古秀石。古秀石一个后翻身打挺重新站起来，右手一挥，"嗖"的一声，一道寒光向丸山袭面而来。丸山已在古秀石翻身那一刻，也掷出一枚"手里剑"，随着空中"铛"的一声清脆撞击，两枚暗器撞落在地。丸山紧跟一个箭步上前，一刀划断古秀石的咽喉。而从墙洞的裂痕中，邱立时也清楚地看到了隔壁于修那一脸的得意和不屑。

眼望着身边那仅有的一扇窗户，邱立时冲着于修和丸山这边吐了口唾沫，纵身破窗而出，跌落地上后打了个滚儿后，便一歪一扭地向后门逃去。

丸山转身冲袁非道："速去大厅将花盆后移。我去抓邱立时。"说着，也跃出后窗，追了出去。移动花盆是暗号，相当于告知一层的手下，楼上安全。袁非将大厅里的花盆向后移动了两尺。之后又火速返回，打扫起"二·十"的残局。

一层"一·四"客房的史世用，也从门缝儿里看到了花盆的后移。这也是丸山在告诉他，有人跳后窗逃离，速去后街围堵；而花盆前移，则是邱立时一伙悉数被擒，只待将茶会关张后便可寻机单独擒获于修本人。而这一前一后的移动，袁非等人自是不知个中差异的。

后院通往丁字路口间，有一段三百多步长的弯曲巷子。史世用出得客栈拐到巷子出口，正见那邱立时一瘸一拐往这边而来。见身后丸山紧随而来的同时，前面也多出个人。邱立时只能一门心思冲向巷口的史世用，但终因腿伤被迎头而来的史世用一肘击中头部躺在地上。身后的丸山随即上前，将其死死按住。

"好你个倭贼！帮手不少啊！"邱立时喋喋不休着。

"邱立时，你身为东厂三档头儿，不思为朝廷效力、为厂公尽心，却投敌卖国。你可知罪吗？"史世用喝道。

"你……是何人？"邱立时瞠目结舌，狂躁道，"怎知道我身份？丸山，你不是倭人吗？你不是受主子指派给我设局吗？怎么还和明国搅在一起？这都是怎么回事啊？"

"于修给你设局是真，我投奔大明也是真。"丸山淡淡地说。

"你居然弃倭投明？你不是倭人吗？不要祖宗了吗？"邱立时依然愤愤。

"你又有何资格妄谈祖宗？不如就此送你上路。"史世用道。

"哎哎！"邱立时一听此话，突然求起情来，"两位大人手下留情！其实我并非叛徒，实在是形势所迫，暂时委身敌酋，其实是暗中助我大明啊！"

"此话怎讲？"史世用问道。

"茶会内的胡四，是与朝廷相关的义民。刘可贤和许豫已被发现，我无能为力,便托亲信'小栗子'照顾胡四。但今日'小栗子'突然失踪,望大人们明察!"

"哈哈!"史世用突然笑道,"你这厮不过是首鼠两端,见风使舵。但也要感谢你,我们正愁无处寻觅失踪的'小栗子'。现在看来,胡四那儿便是他唯一求生希望和去处了。至于你……不杀你,又怎么对得起那些舍生忘死的同袍呢?"

"混蛋!"邱立时苦笑着摇摇头,"老子死便死!又能如何?快活过人间美酒,还玩过倭女!你只知迂腐效忠,到头来又能得到什么?"

"莫非人间只有香车美女?若你因公殉难,家小都有善报。只可怜你家老小,却只能受你这小人连累。"

"你敢动我家小,我与你……"

话音未落,史世用左手固定住邱立时的脖子,右手一拧头颅,邱立时顿时身子瘫软下来,一命呜呼。

"许豫现在何处?"史世用问丸山道。

"他果真未守信约,冒险前来。我将其请至那处民房暂时捆起来。若我有意外,您也能在那处民房中发现他。"

"你速返回,照计行事。焚烧罪犯尸首前,务必全部按下指模,以明证归案。"

"是!"

7

"小栗子"的突如其来,惊得胡四脖子里直流汗。他曾以为自己的才智机敏与官府的侦探相差无二,但自从在朝鲜私自拆信险尝恶果后,便数度从梦中吓醒。重又认识到自己的斤两,再不敢造次。于是,任凭"小栗子"再怎么使钱、打骂,甚至匕首顶在了咽喉上,面如土色的胡四也自始至终只是那句"许豫只是个商人,我俩纯粹聊生意,其他啥也不知……"

没了邱立时的指示,"小栗子"对眼前的胡四也束手无策。

窗外的史世用和先前派至这里盯防"小栗子"的郑士元，完整看到了胡四与"小栗子"的对话。当二人推门而入后，"小栗子"的心理防线早就崩溃，乖乖地写下了所有罪状，并按下指模。

　　"哎。"史世用叹口气，"邱立时一伙，严格上说并非'鹿缘会'成员。地下密室还有赵宣和诸平，太多了，杀得太多了。"

　　郑士元也有些犹豫，但还是坚定念头："但这是军令，此案又祸端太深。邱犯一伙儿和于修粘上干系，回国也免不了极刑。事已至此，这脏活儿卑职替您做了吧？"说着，便将"小栗子"拖出门外……

　　夜深人静了，回到茶会的于修才平复下心中的焦虑。最有可能进入"鹿缘会"的邱立时一伙，被连锅端了。自己也将不出意外地成为"鹿缘会"新核心的最佳人选，尽管对这次调整还不甚了解，但形势对自己是有利的。于修觉得整个身子都轻松许多，接过丸山递上来的茶一饮而尽，喜上眉梢："邱立时一伙毕竟是三井大人同意收服的，现在一个不留略有勉强。不如在地下密室找些事端吧，给他们再加上条'强闯密室未遂，被你当场正法'的罪名如何？"

　　丸山佯装有些为难，试问道："那地下密室内的人……"

　　"天下之大，多你一个不多，少你一个也不少啊。在茶会，那两个灭口邱立时三名手下的看守，我也已送上西天。如此便再无人证，任凭你我怎么定了。"

　　"小人明白了！"

　　"你以后就是我最贴心的人了！筹划司甲科的山下秀文马上就回来了，他是三井大人的人，给他看所有整理好的罪证。我们在三井大人那儿也安心了。"

　　"是！"

　　此刻的丸山，比于修其实更欢悦。他之前正愁如何规避开于修的视线，另派人做一个突袭地下密室，自己又在密室中将其斩杀的假象。如今，于修倒给自己找了个替死鬼，让自己大张旗鼓地实施既定安排计划。

　　于修和丸山，一前一后出了茶会。于修往家中而去，丸山则将从客栈回到茶会的邱立时三名手下的尸体，扔上一辆马车，趁着夜色直奔地下密室而

第六章 死而未僵

去。密室外蹲守的那一对儿倭人老夫妇,在很吃力地帮他搬下车上的三捆一人长的包裹后,也成了刀下鬼。地下密室里,有被于修特意叫来"整理案卷",或是说来"受死"的账目司实际主事诸平、文书赵宣,以及筹划司甲科、乙科的各一名办事和"秘遣司"派驻的两名护卫。除护卫外,其他人都各自在不同房间。丸山设计挨个清理完毕后,又把那三名邱立时的手下背下来,做成个闯入抢夺文档后互斗致死的场面,才驾车回到茶会。

茶会只有一个人,那就是还在值房烂醉如泥、鼾声四起的吴先如。

正当丸山欲离开茶会去与史世用会合时,却听得一阵急促脚步声到门外戛然而止。丸山猛地拉开门,只见一个脸上蒙着布巾的矮胖男人。对方刚说出半句"敢问中岛……"便露出惊恐之色,像是很怕自己似的拔腿儿就跑。其虽锉矮,却没想左腾右挪几下便上得院墙。丸山料定其专为于修而来,但为何害怕自己……对了!自己好像见过此人!今日?不!是在昨日,字画店门口!自己与史世用和郑士元会面的那一刻……不好!若是专来监视我或史世用、郑士元的,那三人便会登时泄露!于修会立即部署人手围剿自己这三人!丸山想到这儿,赶紧抄近道直奔于修家中跑去。

于修今日很舒心,但也很累。虽喝了茶,但困意却甚是浓重。正头昏时,门外突然响起慌乱的敲门声。那声音焦躁得几乎要把门凿碎了。

这一惊,于修忽然没了倦意。赶忙起身,提刀来到门前拉开门,一个蒙着布巾的矮胖子满头大汗地跪在门前。

"'三驴'?何事如此惊慌?"

"不好……"矮胖子"三驴"上气不接下气地叫着,"中岛大……人,昨晚起一直找……不到您。您身边有大……奸……""三驴"话还未说完,一柄刀尖便从他胸前穿出。浓稠的血浆同时从他口中、胸膛喷涌而出。

于修忙将刀横在胸前,凝视着漆黑的院外。只见一个稍高、一个稍矮两个精干男人,从夜雾里徐徐进得屋内。

"于修,大同府人,年四十二。"那横眉高个儿,冷冰冰地宣读着他的身份。

"你是何人?怎知我身份?"

"大明锦衣卫指挥史世用、奉差郑士元,领命捉拿投敌叛国、组织'妖会'、祸乱民心之要犯于修归案。"

"锦衣卫?"于修怔了一下,却又不屑地笑道,"哪有什么于修?老夫乃中岛康平,是个生于明国的日人。"于修本想将手中的刀努力握紧些,但却反而颤抖起来。这些年来,他从一个偷听的小跟班儿,一路混进"鹿缘会"的组织核心,不知付出了多少心血。还有在大明国内广布的眼线、搜集朝廷和民商消息以及筹措资金去影响民间言论,再到后来介入"宣府—哱拜"兵变,以及现在的朝鲜三国大战,都是自己在"鹿缘会"内有目共睹的成绩。他也记不清经历了多少次大明的追查,但最后死去的恰恰是那些对朝廷忠实不二的小角色,杀死他们的,也都是被自己丁点儿金钱就收买的他们的上司。他早就对此熟视无睹了。"鹿缘会"近些日子的征兆,显示其必定要重组。自己这段时间的努力,不正可以施展更大天地抱负吗?

可就在愿望要实现之际,前来迎接自己的却是两名远道而来的官差。

"你们是怎么查到这一步的?"于修平静地问。

"他已经说了。"史世用指着地上死去的"三驴","但他眼中的'大奸细',正是我们最忠实的兄弟和最有执念的同袍。何况我们身后还有京城的统筹。"

"大人,卑职在昨日字画店前和几日前许豫门前,曾看到过盯梢儿人正是此人。"说罢,郑士元也指了指"三驴"。

"他说的'大奸细'、你们的'好兄弟'是谁?"于修问道。

"正是在下。"又一个声音从黑夜中传来。

于修望着从史世用和郑士元身后走出来的丸山,惊异之余又是一阵狂笑,道:"我一生最信倭人。没想……"

"这正是你的可悲之处!"史世用道,"无根之木、自惭形秽,说到底只能是你自己心性尽失。"

"刘、许案是真的吗?"于修沉默片刻,笑了笑。似乎并不介意自己的偏颇。

"他们或本就官府之人,或心系母国之大明义商。"

"这我其实是猜到了的。"于修很无奈,看看丸山,"怪就怪我的私心。"

第六章 死而未僵

"可以说，今日，恰恰就是你完成了对自己的最后一击。"丸山道。

"'鹿缘会'正在重组，我又是三井大人亲自发掘的，他又怎会无视我的离去。"

史世用冷笑道："你把自己想得太重要了。你不是有句至理名言嘛，'多一个不多，少一个不少。'"

"呵呵。"于修一撇嘴，道，"我乃胸怀信念之人。袁非这样的小人，才是将来毁掉大明的关键力量……"话未说完，于修突然身子发软瘫在地上。

"是我刚才在茶中下了迷药。"丸山对史世用说。

"你难道不也是小人吗？"史世用对躺在地上的于修蔑笑着，又对丸山说，"我与士元即刻将其押回驻地。你先救许豫，劝其回去做好我们所约之事即可，千万不要再涉未知事件。收好罪犯的指模和书证，我们清晨在渡河边船上见。"

"是！"丸山又道，"大人看，是否我们可以冲到外边'做戏'了？"

史世用看了眼已将于修背在肩上的郑士元，对方也点点头。

清晨的码头，史世用和郑士元将于修装入麻袋，并携相关书证悄悄渡了河。

"若按陆大人所托，'鹿缘会'案具结后，便要将交通岛津之事做个了断了！"史世用长呼口气道。

"是！就在刚才咱们碰头儿前，店里的伙计来信儿了，说岛津决定派人赴闽磋商，密使及所带信函、礼物不日即到驻地。"郑士元欣喜地说。

"但……"史世用似有所思道，"这'鹿缘会'案真算结了吗？"

"陆大人未必认可结案，但衙门大概是愿意就此了结的吧。"

"你说的是啊。"

茶会的商人还是容易搞定的，赔些银两后便没人计较了。山下秀文对于这两日茶会内的腥风血雨，并没显示什么质疑和为难，三井似也未介意这场大清洗。对此，丸山反而是有些不安的。

随后，山下秀文带来了三井釉岩的口信儿。他要召见丸山。

第七章
又一块腰牌

1

一直不知去向的三井釉岩,其实根本就没离开凤羽町。此刻的他倚着一把无腿靠椅,凝望着对面的丸山。

"你在中岛身边很尽职。他的事,与你无关。"三井半眯着眼睛,淡淡道。

"谢三井大人不责之恩。"

三井微微一笑:"那两个劫走中岛的明国人,是何来路?"

"未知。"丸山很遗憾的样子,"只因小人从茶会意外追个蒙面矮子去中岛家,才与那两人遭遇。丸山无能,竟被对方用烟雾迷倒。"

"你好生休息便是。"说罢,三井轻轻一拂袖。丸山只得退了出去。没想这次特意召见,仅仅两三句话就完事了,丸山心中着实不踏实。

"出来吧。"丸山走后,三井低声道。袁非这才从屏风后弓着腰小跑出来。跪在三井面前磕了几个头,说:"刚才丸山大人说的句句属实!"袁非甚是肯定地回道,"若不是昨夜,我从看管巫世贵那儿回茶会时,恰巧见丸山大人追个矮胖子,也不会跟上去看个究竟。"

"看来,会主大人没看错你。"三井满意地点点头。

"会主大人?"袁非一脸迷茫。

第七章 又一块腰牌

"我等皆会主大人马前卒。袁,你现在已是'禄生会'一员。来日好好办差,便不愁黄金美人。"

"谢过大人。但小的只听丸山大人说过'鹿缘会',这'禄生会'又为何物?会主大人和三井大人何以如此看重小人?"袁非很激动,又有些忐忑不安。

"相对'禄生会'来说,'鹿缘会'是谁都能干的。你能从草莽之人一跃进入'禄生会',才华自不能忽视,但最关键是你的坚定。"

"坚定?"

"对!坚定!对大明国仇视的坚定、对新天下向往的坚定!没有比这更能推动做事者的意志了。'禄生会'最终目的,便是让这个庞大古老的帝国腐朽、坍塌,所有被挡在门外的人能自由进出,各色人等及偏支遗族都能竖起自己的旗帜。"

"谢过会主和大人!"袁非被说得已热血沸腾,不禁狠捶地面,"小人痛恨那一片肮脏丑陋的土地已许久了!那种要将所有人拴在一条绳索上的魔咒,必将在我等手中终结!但敢问……以那于修之前的身份和资历,为何却未能……"

"其实明国内部也并非没人察觉到'鹿缘会',只是都在边缘徘徊。但还是有人意外发现了它,于修也被掌握。'鹿缘会'本就是外围,其以往事务已在明国形成气候,将其并入'禄生会'也是水到渠成的事了。"

"舍车保帅?于修是特意'送'给大明官府的?"袁非眼珠子一转,"他必是因'鹿缘会'异常变动的不得内情,才制造事端、借机进入调整后的核心?但三井大人早有此意,他却蒙在鼓里。"

"正是!"三井道,"不小心被发现也就算了,暗藏贪婪之心就不应该了!"

"明国确有侦探潜入日本,不可不防!"

"'禄生会'也早已渗入明国朝廷,现在明国内博弈正酣,朝鲜战局异常复杂。若战争迅速结束,太阁一无所获、明国也会声威大振,我们可操作的机会便会减少。所以,大战不会短期内结束。即使明国有人潜入日本,想做成事也需时日,更需机缘。凡事都要长远统筹才是,比如眼下抛出去的'鹿缘会'和于修，便是为之后的和谈做准备。让明国人尝到些甜头，跟着我们的节奏走。"

"那个巫世贵该如何处置？"

"你收入帐下，以后派回明国东厂便是。你先去吧，好好干，孩子。"

"是！"袁非兴奋地又磕了好几个头，转身才去。

袁非刚走，又一人从侧屋出来。三井似乎没了刚才对袁非的客套，语态轻松地对其交代着差事："朝鲜开战以来，我与明国一直相互刺探。会主之前突发密函，说两月前京城锦衣卫内曾有人频繁阅查涉及我九州，甚至凤羽町的忍者底档。你去查查，看有无和丸山相关的可能。"

"是！小人这就去办。"吴先如犹豫了一下，又问道，"之前在酒桌上，小人对胡四点名过您的日人身份……是否不太妥当？"在撤销前的"鹿缘会"内，吴先如除本有的职务外，也秘密兼任"协刀"一职，专责内部监视。所以，丸山当初研读"鹿缘会"文书时，是不解其详的。

"哈哈！"三井听罢却爽朗地笑起来，"我的身份，时至今日已不用刻意隐瞒。迟早有一天，我就算顶个日人的名头公开回到明国，也不会有危险的！"

"大人英明！"

茶会这场"大地震"，也让本该卷进其中的刘可贤感到莫名惶恐。但他庆幸自己收到了密会取消的密函，且正确地执行了该命令。之前要引自己与线人接洽的古秀石，已丢了性命。这说明，自己一直期盼的这场接洽早被设下陷阱。而自己尚能活在世上，还不知是何种关系从中操作的结果。刘可贤决定，暂不冒险串联海外商民，专心等许孚远的那个密令，去策应某人完成一个未知使命。当初派来倭岛，一为搜集海商信息，二也为福建和倭国许久以来日益繁荣的海上贸易抚平战后的道路。

苦盼之时，一封生意往来的普通信件不期而至。信中只有一张寻常的马铃薯[1]买卖契约，落款是"钱二勇"。但刘可贤压抑许久的激情，却一下

---

[1] 马铃薯：16世纪下半叶，随着地理大发现，马铃薯由西班牙人从美洲带回欧洲并扩散到欧洲以外地区，并由西北和华南通过多途径传入中国及周边。

第七章　又一块腰牌

子被燃烧起来。赶忙撬开屋角的地砖，取出一个小盒子。盒子里是三个封上的小竹筒，各自标注着"壹""贰""叁"的序号。刘可贤打开那个序号"贰"的小竹筒，用毛笔沾着里面的药液，擦拭信纸边沿空白处，很快就显出一段文字：有上差史世用将与你联系，助其交通岛津。若有人、物赴闽，务必策应。

而刚刚返回凤羽町家中安定下来的许豫，以及回到驻地没几个时辰的史世用，也先后收到了一份来自福建的礼物。

许豫收到的是一卷画，卷轴落款是"福州许老全"，这来自许孚远。卷轴一端内藏一字条，上书：上差所报，豫尽心尽力。是以授豫"名色把总"之职，望不负使命。

史世用收到的则是一块茶砖，内夹绸布，上写：上差禀告，本府已晓。依你所请，特授豫为"名色把总"。另，凤羽町次郎茶会内之刘可贤者，乃我府派遣之侦探。岛津赴闽之事既成，密使往来之事可交该人协助。

"竟是他……"史世用不禁摇摇头，笑着。

福建巡抚许孚远和陆安"莫妙于用间"的构想，貌似就要实现了。史世用来到倭国九州这半年多来，不仅成功接洽了许仪后、许豫、郭国安、张氏兄弟等数名在倭重要义商，还用弃暗投明的倭国忍者丸山拓夫，完成了陆安交付的破袭"鹿缘会"的使命。尽管"妖会"仍存疑点，但限于分内之事已对得起各方了。唯一让他深感遗憾的是许豫。前几日被关进小屋之事也必然要自己背了。

"许先生不知史大人在'茶会事件'中救了他，想必还会误会大人影响了自己的前程。卑职替大人不平！"郑士元惋惜道。

史世用淡然一笑："熟悉倭情、交通岛津、铲灭'妖会'，此乃大事。你我这行当里，这等小小委屈又算得了什么？许豫的行为做事，不过仍未脱草莽之气罢了，功劳仍要尊重。"

"卑职知晓了！对了……那个刘可贤呢？"

"哈哈。"史世用突然大笑起来。见郑士元一脸不解，才道，"你可知，许孚远大人安排的策应你我之人是谁吗？"

郑士元顿悟到了答案，也跟着大笑起来。

"我欲分三股人马同时南下：一股为我乘小船将于修押送至胶东大嵩卫，交于陆大人后便开赴大明海（东海）东部；你这第二股人马，携带岛津氏密函与我在大明海东部会合后再同去福建；刘可贤这第三股人马，将直接护送岛津密使——倭僧玄龙至福建许巡抚处。眼下事已初定，倭使未到，我正好腾出手来整理《倭情备览》了。"

"这部书，可是大人你的心血之作啊！"

"是啊。"史世用不无骄傲地点点头，"好在倭岛的那些义商，都得到了安置，离开倭地的用船，也敲定了海澄县的义商吴左沂。胡四和丸山现在又如何？"史世用同样挂念着这位许豫介绍进来的厚道人。

"茶会解散后，胡四重回自己的生意，昨日已发船去了江户。'茶会事件'对他没有什么影响，也希望他今后安好吧。丸山那里也一切顺利。"

"是啊。都是些被时势卷进战乱的本分商人，生死更由不得自己。但愿历史会记上他们这一笔。"

"历史能记下的又有几人？但若无那些尘土般多的无名义士，历史也改变不了。"郑士元无奈地垂下头。

"哈哈。就算如你所说的史海茫茫，但我总觉得咱们这趟差，会在史书上留下印迹的。哪怕只一章节，只'名色指挥史世用'和'奉差郑士元'这两个名号。"

"果真能如此？"郑士元听得有些兴奋，双手不由得紧紧握在一起。

8日后，幸侃携密使——倭僧玄龙如约而至。幸侃更将岛津氏的文书一封、旗刀二事、盔甲一副、长刃一把、鸟铳一对交于史世用，作为上呈大明的见面礼。

"我们就算是达成一致了，可否这样理解？"史世用充满信任地凝视着幸侃。

"九成吧。"幸侃仍留有些许余地。

"明白。两位大人以天下和萨摩利益着想，我大明愿也与岛津共图盛世。"史世用也很理解这种基于理论上可能性的存在，大家都是在利益博弈中寻找一个恰到好处的节点。

"此次，我等亲赴福建，亦足见我萨摩之诚意！"

还是来时的那个草庵茶社，史世用与许仪后重又促膝而坐。

"半年多来，世用让许兄费心了。"史世用给许仪后斟了杯茶。

"哪里。仪后所做，无愧于心，无愧于祖先。上差此次离倭，相见不知何期。仪后仍在倭地随时听候调遣。"

"许兄今后亦要多多保重啊，就此别过。"

2

在损失了三条小船和7名水手后，吴左沂终于带着史世用和五花大绑的于修，穿过战火纷飞的交战区，驶向了大明胶东的大嵩卫海岸。

"大人！海水已不再青蓝，我们已进入近海。前方可是大嵩卫的地界儿？"吴左沂指着前方那依稀出现的海岸线，兴奋地几乎要跳将起来。

"正是！我们终于到了！"

很快，海岸线上出现了一只舰队的轮廓，呈半包围状向史世用的小船聚拢过来，大明的旗帜迎风飘展。船首站立一人，身后左右各立着两名武士。

"陆大人！"史世用上前躬身一礼。

"陆某不能亲往倭岛参与，万分惋惜。只求苍天有眼，眷我大明！"

"若无陆大人统筹各方，亦不会有今日之成绩。史某不过尽了本职而已，更少不了吴老板这样的义民舍身相助。"说罢，史世用走到船角掀开帆布，露出捆得结结实实、口塞破布的于修，那一脸的惶恐和颓废。身上还塞着油布层层包裹起来的各项罪证和供述，早已看不出当初狡诈多端的头领姿态。史世用将于修提溜儿起来拖到陆安的船上，又掏出一油布包递给陆安，道："世用还将南下福建，先将《倭情备览》副本交于大人。"

"史贤弟势必不知，朝廷已认可沈惟敬的和谈计策。10日前，他已起身前往名护屋。此人不可赋予厚望，所以，你需马上完成岛津氏与许军门交接重任，使朝廷不为沈惟敬等人误导。"

史世用一阵惊愕，坚定地说道："如此，世用必不辱使命！"

踏板撤去。小船在水手们"嘿呦！""嘿呦！"……的低声吆喝声中，渐渐滑离了陆安的船队，驶向"青水洋（远海）"水域。

登上大嵩卫岸基的陆安，没敢让卫所士兵押运关进囚笼的于修，直接让朱元和钱乙将于修扔上自己的马背，三人一溜烟儿奔着城内而去。

城里一个染布房内，石彬端坐正中。眼前正是蒙着头、瘫软在地上的于修。

"你可是大同府的于修？"石彬未发声，只让身边的校尉核对着于修的资历。

"什……么大同府的于修？老夫乃日人中岛……康平！"于修不屑道。

"'死脓包的'杂种！什么东西啊！"朱元一脚将于修踹翻。于修"哎呦"一声！头重重拍在地上，骂道："尔等华人，不过此伎俩！"

石彬并不在乎于修谩骂，命钱乙打开于修身上的油布包，问于修道："包裹中的供状，你可承认？"

"哼！老子被蒙着头，又怎能看见？任你们编造就是。"

陆安正想上去揭开于修的蒙头布，石彬却摆摆手示意不用："此案，今日便可了结。"说罢，递给陆安一份镇抚司的文书。

"鹿缘会"还疑点重重，为何衙门却就此结案呢？陆安疑惑地打开手折，心头一惊。只见上面写着：谋逆于修，就地处决于大嵩卫。

正当陆安欲问个究竟时，却听身前"咔嚓"一声，陆安下意识地抬眼一看，不由得顿足捶胸，大叫道："怎会如此？"

只见于修那没了头的尸体，在地上抽搐着。脖腔里喷涌出来的血污，溅出四五丈远。院内晾晒的几张染布，也被血浆溅得污秽不堪。于修那颗倭人发式的头颅，"咕噜噜"在地上翻滚着，最后在一个下水井边被卡住。鼻子正好堵住了肮脏的下水眼儿，蒙头的布巾扔在一旁。

"安儿。你的差事已然完成。可以了。"说罢，石彬又轻轻拍了拍陆安的肩头，才缓缓向后堂走去。

第七章 又一块腰牌

史世用与郑士元在海上的会合很顺利,但之后海上的日子却是漫长又孤寂的。四周是毫无参照物的海平面,随着船体的晃动,海平线也随之摆动起来。

即使做了准备,所有人也没想到这次风暴来得那么猛。阴云布满夜空,像个盛满墨汁儿的巨盆从天上向船队倾覆下来似的,眨眼间就让人失去方向。此起彼伏出现的闪电,胡乱撕扯着乌云,向海面劈来。视线里只剩两艘挂红旗和绿旗的货船,另一艘黄旗货船早早失去音讯。但一个巨浪过来,又将那艘挂红旗的货船拍向主船后又撞开去。五六个水手一下被甩到空中后消失在夜色里。主船也剧烈地扭动起来,木板间不断挤压发出狰狞的"咯吱咯吱"声音,电闪雷鸣也已化作倾盆大雨扑将下来。那艘绿旗货船,也不见了。浑身湿透的史世用将一条绳索的一头儿拴在自己身上,又将另一头儿扔向离自己不到两尺的郑士元和吴左沂,同时指向甲板上拴着的一条小舟大喊道:"都抱住手桨船!"郑士元抓住了绳索,但吴左沂却被一个大浪颠了出去,滑进了黑洞洞的底舱。

"大人!"郑士元突然仰望天空惊恐地喊道。

史世用抬起头,惊呼道:"去小舟!"郑士元趁船体倾斜之际抓住了小舟的绳索。再看天上,那艘一度失踪的黄旗货船轰然落下,准确地说那只是船体的一半儿。一声巨响后,主船被从中间砸开,史世用和郑士元也被抛向海面……

天终于亮了,海面又恢复了平静,静得像面铜镜,连天上的飞鸟都能映射出来。一块残破的船板在蔚蓝色的水面上漂荡着,史世用趴在木板上勉强睁开眼睛,身边的郑士元也抓着木板,但人已昏迷。史世用把手指放在他鼻下,尚有呼吸。他又摸摸身上捆着的《倭情备览》和岛津义久给许孚远礼物的油布包,还在。史世用加把力推了几下郑士元,对方才渐渐醒来。

"大人……吴左沂呢?"郑士元无力地问道。

"未知……"

"我们现在……何处海域?将往何处?"

"洋流向北。"史世用望望天空和四周海面,说道,"得先找到陆地再说。"

就这样,二人不觉在海上已逾七八个日出。几近恍惚之际,一片岛礁群却出现在远处。礁上竟还站着个倭人渔夫，见到他们后吓得欲行后退。

"士元……前面那岛应是屋久岛，属九州。也就是说，我们从大嵩卫南下，在经过一场风暴后又回到了岛津的领地。"

"啊？！这……"郑士元本已近乎崩溃，但看到史世用那坚毅的眼神，又恢复了一些精神，"大人，我们该如何是好？"

"先在萨摩活下去。不见我官方使团，绝不能泄露身份，哪怕流浪乞讨。"

"是！但那礁上的倭人貌似已发现我们……"

"上岸！杀了他！"

4个月后。

琉球王国派至萨摩藩的商团主使于灞，面对着眼前这两个身服敝衣、蓬头跣足的男子，一脸鄙夷，遂拿出那个纸条儿，厌恶地问道："可是你二人传递此物与我？"

"正是！"其中有个横眉者点头回道，"大人乃琉球国出使萨摩之主使？"

"嗯？"于灞不禁吸了口凉气，收起了那番不屑，问道，"你怎知我身份？"

"我乃大明指挥史世用。"那人掏出一枚锦衣卫的腰牌，又指指身边另一人，"这是奉差郑士元。我二人去年九月出使萨摩，回国时遭遇风暴流落到此。因不便败露身份而隐居于此。明、倭正在交战，望贵使助我大明一臂之力。"

"上国有难，琉球岂能推脱！"于灞上前施礼道。

"稍等！"史世用遂将于灞引进棚屋内。棚内是树枝搭成的简易床铺，几块发霉的干饼上，不时还有甲虫爬来爬去。于灞欲掩住口鼻，却见那史世用只顾撬开床榻下的石头，翻出个油布包，满怀兴奋地掸去上面的泥土揣进怀里。又抹去干饼上正爬着的甲虫，若无其事地塞入口中吃起来。于灞扫视棚内，又见布满棚壁上的"正"字刀痕，每一道刀痕大都是与老鼠和蛆虫一起度过的，更不要说朝廷来信和归乡的渺茫希望。于灞心中暗生敬意，遂深深一礼，道："两位上差公忠之心，下官敬佩之至！下官即送上差先至琉球，再请世子派专船恭送二位归国！"

"谢过琉球世子及于主使！"

第七章 又一块腰牌

船队回程没遇到什么风浪，7日后便到了琉球国都城首里的那霸港。但沿途却留给史世用一个不小的诧异，那就是倭国一些浪人已渗入琉球北部。琉球北山的一些零散岛礁上，倭人已事实性常驻下来，且有向南蔓延的趋势。

郑士元也看出了史世用脸上的凝思，悄声问道："这琉球至关重要吧？"

史世用看看这位手下："士元了解我的心思。琉球承袭海贸之优势，加之其位于台湾东北和倭国九州西南之间，又西临我大明海。可谓我海上之咽喉要道！远在大明初建仅4年时，太祖便有超凡远见，派杨载至琉球宣召为藩属。之后，又派福建三十六姓善于造船航海技术者移居那霸港，建立'那霸唐营'。为的就是交通远藩、屏蔽宵小。宣德年间，琉球国王更被大明赐姓尚，由此，琉球人也才开始有了姓。如今这琉球国北抵喜界岛、奄美大岛，南到宫古岛、八重山群岛，很多岛并非不能居住，只是都被倭人占了。"

"还真是的。"郑士元想起一路上确实见过几波倭人，道，"琉球乃我大明藩属。倭贼竟然悄没声儿地在四面八方挖起了墙角儿！"

二人说得尽兴，引来于灞不住地点头，道："刚才上差所说的'三十六姓'，是我琉球的肱骨支柱啊！他们原住地未变，只是'那霸唐营'改称'久米村'了，这些后裔亦被称作'久米士族'。"

说笑间，船队已靠岸。次日傍晚，史世用与郑士元在于灞引领下觐见了世子尚宁。这位年不过三十的琉球世子尚宁，亲和、儒雅，但又尽显英武之气，一口的福州话也说得地道。

"琉球不仅与大明互有贸易，如今也北上倭国、朝鲜，南下吕宋、暹罗、满剌加等国，被称作万国脊梁也是实至名归了。但倭人对琉球的浸入，也不可不防。"史世用言语间也观察着尚宁的表态。

"哼！"却只见尚宁一声不满，手重重地拍在桌案上，"上差之忧，亦本世子之忧！我琉球国，依靠大明册封才敢称王。倭国秀吉之前欲征朝鲜，已来书令琉球出兵，被本世子严词拒绝。后有萨摩岛津氏附上重金厚礼，诱我归顺。除此之外，更有人潜入我首里行诡秘交通之事。琉球心系上国、不愿臣服倭人。但请封过程至少半年，又因倭人连年困扰，国力难以支撑请封。还望上差通秉朝廷，恳请敕谕加封本世子为国王，也好为上国屏蔽海外宵小。"

尚宁的意思已很清楚，那便是想尽快获大明册封成为琉球国王，但又想省去巨额开支。能够结交这样一个大明藩国，便让敌人失去一条臂膀，史世用坚定道："世用此番意外海难，幸受琉球营救才生还。返回朝廷后必将世子之请上奏。琉球乃大明至亲，焉能视琉球危难于不顾？"

"甚好！"尚宁欣喜得几乎要在宝座上跳起来，"本世子随即发给两位上差回国公文、护送回大明。"

"谢世子！"说完，史世用似又想了下，才张口问道，"敢问世子，刚才提到的'潜入首里行诡秘交通之事……'是为何事？可有结果？谁侦办的？"

"罪犯已自尽，查无口供，只留下一枚腰牌为证。侦办之人……"尚宁转头看看于灏。

"上差。"于灏向史世用说道，"这还是一年前的事，侦办人是首里的一名亲军，叫蔡金阳。当时他与大明福建水军搜捕倭寇时，意外发现那人暗藏隐情。其最后无处可逃，被困于附近岛上的一洞内自尽。"

"可否让那办案人持物证来此？"

"上差为琉球安危着想，本世子焉能阻拦？请于主使速办。"尚宁命道。

不多时，于灏领着一个手持锦盒的年轻人跑回来。史世用打开锦盒一看，不禁目瞪口呆。只见那当中有一铜制腰牌，上面一个鹿头，头生四角，鹿头下面一个"禄"字。

又一块腰牌！？

这怎么回事？竟与自己在九州所见"鹿缘会"的如此相似，但又细节不同。首先在材质上，九州为木制，此物为铜制；其次在图案上，九州的鹿头生两角，而此鹿头却生四角；另有鹿和禄之不同。二者源自一系却又有品级差异。自己不是没怀疑过"鹿缘会"背后另有蹊跷，今日偶见此物，似已透出这"鹿缘会"案果然与真相还相去甚远。

"大人。"郑士元也读出了上官的心思，低声道，"以卑职之见，不如将

第七章 又一块腰牌

此物带回去交于陆大人定夺,不可盲目介入!"

史世用似也有所动摇,冲郑士元点点头后,又看看身边那位亲军蔡金阳瘦高精干,便向尚宁道:"此案与大明某案存有关联,腰牌请许我带回大明。另外,世用爱惜人才,能否请世子开恩,让这位蔡亲军随我返回大明,将来必成气候。"

尚宁自是愿以一个小卒成就一桩请封大事,遂痛快地答应下来。

3

陆安带着无比悲愤的心情回到宽甸堡。石彬未审而擅杀于修的那一刻,不断在陆安眼前闪现。这还是自己从年轻时致力追随的恩师吗?看来,石彬必然对"鹿缘会"的幕后了如指掌,或干脆……陆安不敢继续往下想了,或说是不愿面对眼前的一切。

陆安打起精神坐回书桌前,他的桌案上又多了十几枚腰牌。每一枚牌子送来,都意味着一名深入敌区的密探殉职。陆安将每个殒难者附上评定后,交于手下封存。尽管倭军的忍者折戟惨重,但派至朝鲜和倭地的锦衣卫侦探也损伤近四成,此役消耗远比往日塞外和南洋诸地四五年的都多。但若没有这场大战,大明朝也不会想起审视这个新的、真正贯通五湖四海的天下。陆安翻开一本阵亡名册,上面记录着:

——万历二十一年三月,"喜鹊"站主事被捕。其沉着冷静,躲过一劫。但旗下三名校尉因卷入其他站点案件被捕,可敬的是,他们始终未将上司供出;

——万历二十一年三月,"灰蛇"站旗下一名朝鲜线人被捕,妻和四子中的三子均被当其面杀害。其一度坚忍不拔,但最终面对第四子也将被活活扔进火炉里时,终于供出了站点上线。站点随即被抄,无一幸免;

——万历二十一年四月,"燕雀"站两名投敌校尉,为向倭军邀功,虚设了一起互相举报对方叛变的事件,诱骗上官下来调查时勾结倭军将其诱捕；

……

对于眼下的和谈，陆安更是没敢放松。时至今日的万历二十一年七月，明、朝联军与倭军陷入僵局。以石星为首的主和派卷土重来，沈惟敬也再受重用，在汉城与小西行长达成四点协议。这一次，宋应昌和李如松不约而同地支持了他。但陆安断定秀吉膨胀的野心绝不会满足于与大明和睦相处，呈给皇帝的秘密情报书，定位在"以和求战，以战促和"。

但后续的发展却走向了反方向。大家的冷静没能改变沈氏把和谈当真了的判断，石星也以为只要册封成功便可天下大定。且册封本归礼部掌管，但石星在不了解倭国与大明关系的前提下，却以兵部独揽册封大事，更密令沈惟敬对驻朝明军掣肘。派出的使节，副使沈惟敬小有机灵却无大才，正使李宗城虽为岐阳王李文忠之后，却十足纨绔子弟。难怪两年前归隐乡里的原礼部尚书于慎行，都发出"以此御难，何以为国"的慨叹。随后的一系列事件又加深了这一隐患。先是兵科给事中吴文梓，弹劾李如松的战略后撤乃"不能相机决策，以彰天威，反讲和无已、畏缩退却"。而"碧蹄馆之战"本身，李如松以区区四千先锋突破十倍于己的倭军可谓英勇。但遍查当时朝廷言官奏折，大骂此战完败者比比皆是，甚至竟说此战明军伤亡数万；同时群起攻击宋应昌"款贡未奉明旨"。兵科右给事中侯庆远的疏中便极力忿怼道："我与倭何仇，为属国勤数道之师，力争平壤，以权收王京，挈两都授之，存亡兴灭，义声赫海外矣。全师而归，所获实多。"遂使宋应昌不得不慨叹"令我以疲卒当锐师，抑徒手杀贼耶？！"

最终，如李朝内部通过打击李舜臣来颠覆柳成龙一样，京城中枢还是借指责宋应昌和李如松，达到了打击主战派的意图，也导致了皇帝误判，下令让宋应昌、李如松年底前回国。宋应昌更欲隐居故里，绝望再不谈兵事。

好在，陆安日前接到了许孚远"倭使已抵福州，并妥善安顿"的密件。说明一年前的史世用九州之行，可阶段性告成。但于修被斩，也断了解开严旷之死的路径。自己暗中命罗塞子关注的宋时惠目前尚好，算是留下些希望。但许久以来无人联系他，同样只能停滞不前。是"鹿缘会"因解体

第七章 又一块腰牌

忘了此人吗？

话又说回来，一个多月前便南下福建的史世用，为何到现在却仍无音讯呢？

"笃、笃。"随着值守校尉的两声敲门声，将陆安的思绪重新引回到眼前："秉陆大人，曹副千户他们都到齐了。"

"知道了。"

议事厅里，曹副千户和罗百户等10名各分职责的百户，以及朱元、钱乙这几名旗官已依次坐好。这是议和之事公布后，锦衣卫前沿衙门的第一次总述例会。

"诸位同僚。"陆安摊开桌上的案卷，"我们就从曹副千户昨日递来的那份甲——一三六的报告说起。时值五月，被任命为副总兵的刘綎（tīng），率军五千将倭军逼至釜山。此役中涉及气候与辎重运输的核算，但办差校尉却忽视这点，将自己判断直传军队，导致刘副总兵没能全歼倭军，使其安全逃离。这对于敌军气势无疑是一次鼓舞，而给我军在这一阶段结束前留下莫大遗憾。"

"陆大人训诫的是。"曹副千户低头致歉道，"此乃我分下职责，下官知错！"

"曹副千户言重了。"陆安微笑地望着曹副千户，"本官决定，休整期间需发文提醒下属，以后凡涉及专业领域之原始线报，若非迫在眉睫必须先期递送上级军官，按领域分派各主管部门及技工师傅核算研读。未经专业人士分析，基层侦探不得自下判断，以免导致误判。"

"是！"

"另外，本官欲将原有的'甲、乙、丙'三级线报评判扩为五级。即甲，准确；乙，部分准确；丙，疑似但无法核实；丁，内容含糊不可用；戊，敌方之虚假线报。过往报上来的便正好借此休战期间重新梳理一番。"

"下官遵命！"

"近来，朝鲜南部的柴米粮价如何？"陆安又转问罗百户。

"貌似有涨。"罗百户回道，"应与倭军有序南撤有关。但幅度不大，下官判断出产地路况依然通畅、倭军的控制看似仍很稳固。朝鲜南部的市价，我们一直关注，大人放心。"

陆安点点头，翻过一页卷册："战时不比平日，大可边干边学。但必须谨慎行动，不宜只看热情，尤其那些复国心切的朝鲜义民。开始只给他们下达识别范畴指示即可，比如草图、装备等。倭军也在研读我们、调整自己。加藤的几支部队，便在后来去掉了一些旗帜和符号，并代以假代号。"

"回陆大人，卑职有意见！"朱元带着一股气插嘴道。众人不禁侧过头来。

"有些并非是基层校尉失职，实乃衙门不予重视，甚至不相信送上来的线报。"说罢，瞪了下斜对面的汪百户。汪百户也皱眉头看了朱元一眼。

"朱总旗有事说事，不可针对上官本人。"陆安制止道。

"是。"朱元收敛住，继续道，"有时候，高价换来的线报恰恰都是闲言碎语中得到的。但衙门中间环节，却常认为这类'高价货'不可轻易拿到。就在半月前尚未下达休战令前，加藤、黑田等人以龟甲车破城，第二次攻打朝鲜南部的晋州城得手，守将金千镒战死。此战中的'荆棘之计'，便是卑职督办、崔云霄校尉亲自主管的。那条线儿递上来的一条重要线报，便是一名叛逃者提供的'高价货'。但汪百户却认为叛徒手里买来的内情不可信而搁置一旁。但事后证明，这乃一份极其正确的线报！若及时递给朝方，必不至于城破将殒！"

"朱总旗岂非在难为本官？"汪百户驳道，"每日几百条线报呈上来，莫非你能识别每一条？事后诸葛亮，本官也是在行的。"

"此事就到此为止。"陆安及时地制止了双方的争议，冲朱元将手掌向下压了压。陆安知晓"荆棘之计"的全程。但最终未与通报朝方，是因涉及加藤清正账下的通事康宗麟，此人乃是从张大膳那得来的在倭明人内线。但崔云霄得来的那条叛徒内情，来源正好能与康宗麟所在职部扯上干系。一旦明军将此消息传给朝方，朝方必做好守城准备，倭军攻城受挫后反查起来，很可能会怀疑到康宗麟。且当时二次被围的晋州，从各处的线报来看都是守不住的。

朱元从大哥眼神里读出了些什么，便也不再较真儿了。

暂时的争议消退了，大家又引回到正题上。罗百户摊开一张稿纸，说道："禀陆大人，眼下的和谈已开始，我方是否可以趁机休整，然后启动新的招募计划?"

"罗百户说的是。"陆安看了看手中的卷宗,"下一轮战事何时开启尚无定论,但必须未雨绸缪,该唤醒的'沉睡者'要按步骤唤醒。最后,我想特别强调'袖手旁观',即'横向、纵向'规则:横向互不联络、纵向单线联络。横向互不联络,乃同一范畴之不同分队或同一分队之不同小队间互不联络。保证在一点出事,其他点不受连带。纵向单线联络,乃上下队单线联络,保证下员被害时,上官不受连带。"

"明白了!"

"曹副千户。"陆安转头问,"沈惟敬到名护屋后的情形一定要跟紧!"

"使臣队中有咱们的人,沈氏抵达名护屋后,及五月八日会见秀吉后这一月以来,双方一直在会谈和宴会中平稳进行。"

"好!"

4

宽甸堡已如地窖般寒冷了。随着大军依次调回,锦衣卫外围司属和臣工也分批暂时回京。

陆安瞥见了桌案上的那页信纸,这是京里难得传来的好消息。就在上个月、万历二十一年的十一月,皇帝终于下旨,允许已近13岁的皇长子朱常洛于次年春出阁读书,这也算为立储铺下道路。这对于延缓日渐严重的派系争斗,不啻是一剂良药。

正在这时,院内响起了急促的脚步声。随即,门被象征性地叩响了几下后便打开了。朱元不停用手搓着冻红的脸,腋下还夹着两件被封漆的信。

"倭岛的信?"陆安给朱元倒了一杯酒递过去,急切地问着。

"是。前后脚儿一起到的。"朱元先把两封信交给陆安,又将那杯酒一饮而尽。然后长呼口气,很是愉悦和暖和的样子。

廉士谨的信讲了两个内容,一个是出使名护屋和谈的沈惟敬见闻,称秀吉数度设宴款待沈惟敬,沈氏善炼丹,宴席间服食益寿壮阳之丹药,引来秀吉兴趣。秀吉向其讨要丹药服用后，确一时气色改善，但也曾连日腹泻。这与锦衣卫从使团中传来的消息互为补充；另一内容涉及秀吉的国本之事。说就在8月，秀吉57岁又得子秀赖后，秀次便随即失势，并确信秀吉已有彻底除掉秀次及其妻子儿女的打算。

许仪后的密信，提到的是秀吉主动介入进岛津家事：岛津义久的侄子、岛津义弘次子岛津久保在朝鲜巨济岛病死，正妻是伯父岛津义久三女龟寿。岛津义久随后命女儿龟寿再嫁久保三弟岛津忠恒，并定忠恒为继承人。此时，秀吉又命人丈量岛津领内土地，增加日向国为岛津家领地。许仪后担心，秀吉此刻厚礼安抚岛津氏，会对之前的连横岛津之策不利。

廉士谨的第一个消息完全可以做些文章，第二个消息更是对早先史世用从许仪后那里发来的彼此验证。至于许仪后所言，首先是秀吉喜得贵子，又逢岛津丧亲之际，以秀吉的角度看，做这个戏便再合理不过了。

"唤阿乙来，叫他带上关于李舜臣新近的报告。"陆安命道。

"是！"

不多时，门外听到了一声单独敲门声，稍停后是两声连续敲门，这是钱乙的惯例。当听到陆安说"进来吧"，才规矩地进屋，掏出一份手稿递给陆安，道："大哥，这是关于李舜臣的最新报告书，尚有不完善之处。"

陆安接过报告通读一遍，点点头。又拿出两页文稿递给钱乙，道："这是刚呈上来的两份线报副本，已译成明文。你可拿去做情报书之补充。"

"是。"钱乙接过那两页纸，见一份信封上写：蚁·万历二十一·八五·常·甲。

意为：代码为"蚁"的侦探，于万历二十一年八月五日送出的常规甲级线报。打开后，见内容为：北人党李山海府中书吏，曾与不明商贩会面。该商贩曾与他人有倭语交谈。后失踪。

再打开第二份，是发自七月十八日一个代码叫"獾"的侦探。内容为：小西与加藤部下，于营外有私下来往。卑职曾擒获一双交接差事之"忍"，来自甲贺与伊贺。但二"忍"已绝食而亡。卑职亦不确定此二人与小西、加藤之事有关系。

"甲贺与伊贺？"钱乙不禁惊道，"这两个门派，不是截然对立的吗？"

第七章 又一块腰牌

"对。"陆安点头道,"小西与加藤势如水火,而小西所用之甲贺忍者,与加藤所用之伊贺忍者也是互不相容。如今两派的仇人竟能联手,说明有人要搞大动作。"

"必是针对李舜臣!"

"李舜臣身为旁系却立下如此功勋,难免会成为内斗的牺牲品。"

"李舜臣与柳成龙走得还是很近的。"

"这是关键。"陆安赞许道,"秀吉侵朝前的朝鲜朝局中,曾将压制'西人党'的'东人党'分成'北人党'与'南人党'。'北人党'头目李山海,又一直谋求将'南人党'重臣柳成龙搞下去,而李舜臣靠山正是柳成龙。和谈已始,秀吉暂且退兵。朝鲜君臣上下本无斗志,既然动不了战时手握实权的柳成龙,便有可能在休战期内先拔掉李舜臣,从侧翼削弱柳成龙。如此,'北人党'才会有出头之日。"

"小弟这就重整报告。"钱乙正要转身又停住,关切地问道,"史指挥还没音讯?"

陆安眉头紧皱着摇摇头。

而就在 10 天前,史世用、郑士元、蔡金阳以及护送他回国的琉球使者于灒一行,终于在福建泉州府的平湖山安然登陆。

期盼已久的许孚远,自是庆幸史世用二人尚活在人间。近一年里,他和刘可贤以及岛津的密使玄龙都已几乎绝望。就事论事,此番秘遣侦探入倭计划是收到预期效果的。且史世用因祸得福,更带来关乎琉球的重要访查。他很同意史世用的建议,必须确保琉球倒向大明。但此刻,朝廷却制定了和谈的策略并遣使入倭,自己数度发往内阁的密函也杳无音讯。宋应昌给自己的信中,也若有所指地暗示朝廷各方意见甚是相左,让他此刻暂时莫提与岛津交通一事。许孚远孤独地凝望着窗外漆黑的夜色,只有一盏烛光在桌案上忽而闪烁着,不由得让他有些感伤。

几日后,史世用找来郑士元,拿出一封信,道:"此乃我对于琉球和倭国事务的报告。许大人已与你我有所沟通,你速北上面呈陆大人,决不能为点滴银钱而将琉球推向倭人一边。若倭国抢先以武力和利益征服琉球,便是给大明朝在院外建了一堵墙。"

"是!卑职两日后便启程。"

"还有!"史世用又从怀里掏出包着那个铜腰牌的布包。

郑士元不禁有些紧张,道:"我等完成既定差使,便已无愧于心。此等会社民间多如牛毛,二者不过图样接近罢了。一旦被各派党系构陷为'阻塞宽仁之风',岂非自生事端?望大人三思!"

史世用在屋内来回踱着步,又道:"让你我遇到,不通报有违良心。如此,你可在适当时呈陆大人,你我不主动介入便是。"

"好吧。"

许是久经磨难后的重生,郑士元寻了个烟花柳巷处消遣了一番,出门时却遇到从琉球同来的一个水手。那人一路上甚是照顾他们官随二人,几人便多了些交情。随后,二人又来到一家酒肆包间畅饮起来。这一喝,郑士元更将近一年来的压抑惊魂彻底抛开。直至天已大亮,郑士元才头疼脑涨地睁开惺忪的双眼,却见那水手不在了。寻伙计一问才知,水手早在两个时辰前就离开了。说是要随老爷回乡,来不及与他告别,但账已结了。郑士元迷迷瞪瞪地整理起了衣服,却突然感到中衣[1]内似乎轻了许多。郑士元霎时就惊醒了,战战兢兢将手深入中衣内胡乱摸了一通后,瘫在地上。

"四角鹿头的铜腰牌"不见了!但给陆安的信却还在。

郑士元随即飞也似跑回福建巡抚衙门,得知于灞一行已于一个半时辰前离开福州返回琉球。郑士元只得匆匆收拾好行囊,留下了给史世用一行简短别语便北上了。

定是那水手!他又是何人?郑士元一路上想着,跟他们官随二人一路,只为拿回这牌子?这铜牌子……看来果真有些来头啊。也罢,丢了也正好省去了麻烦。

当郑士元快到辽东的宽甸堡时,已是万历二十二年(1594年)的三月

---

[1] 中衣:又称里衣,是汉服的衬衣,起搭配和衬托作用。多为白色,主要有中衣、中裙、中裤、中单之分。中衣可搭配礼服,也可以搭配常服,同时可以作为居家服装。

第七章 又一块腰牌

初。树叶开始发芽，春耕也渐渐展开，严冬带给人们的酷冷感似乎也同时消退了许多，边关的守军脸上多了不少的欢笑。看来，和谈还在继续，史大人与自己因海难贻误的归期并没有耽搁战争。通往宽甸堡城的路上，只遇到了一波六人的官军小队。领头儿的把总大致40岁，相貌却极威严。郑士元主动闪开道路，但那把总仍瞥了自己一眼，想必是看穿了自己是个便衣信差。可到了城内的锦衣卫衙门时，却被告知陆安刚刚外出巡查。又知陆安只带数人，身着把总甲胄时，才想起必定就是刚才那队人马。郑士元遗憾又庆幸，遗憾的是，未能与这位陆千户当面述说自己和史世用两年来的经历；庆幸的是，毕竟失职丢了史世用托自己呈交对方的腰牌，就算对方不知、不问，自己也是愧疚的。于是，郑士元将史世用的情报书及公文交给值守的朱元，做了登记后便匆匆离开了。

5

春意中的北京城，气候转暖起来。不管达官贵人还是平民、商贩，都纷纷换上新做的轻薄飘逸的衣衫，生活也滋润起来。

城南宣南坊米市胡同的"便宜坊烤鸭店"内，好不容易从食客中才挤出来的安托尼，手里的油纸袋子仍高高提着，生怕被涌进来的人们蹭掉。袋子里还腾腾地冒着热气。里面透着香木烤制过的树脂草香，又不乏鸭皮脱肉后仍裹粘着油脂的荤腥诱人。自从成祖爷朱棣迁都北京后，原有的南京湖鸭，也换成了身形肥硕的北京鸭。商家更是琢磨出叉烧烤鸭和焖炉烤鸭两种吃法。于是，顾客便是更加络绎不绝，就连宫里的人，也会时常出来打个牙祭。奢华之风不绝，吃饭也不是为了果腹，而是争相以此夸奢比富。貌似只要体验了那种富贵气派，这顿饭好吃与否反而无人在意了。

安托尼想必也是排了长队才购得这鸭子，站在那里闻着袋子透出来的油香味儿，过会儿才离开。半个时辰不到，他拐进了正西坊的观音寺街（今大栅栏西街），在一个小院儿门口停下来。左右看无人跟随，便叩响了门上的门环。三声连续的，暂停后又是两声单独的。

门开了,一个披着斗篷的人将安托尼让了进去,关上院门。院内很是宁静和恬淡,一株桃树上开满着应季的桃花,粉嫩妖艳、清香四溢。进得屋内,三井正在那儿品着香茗,见那安托尼进来,不由得站起身来,欣喜道:"想来你也是喜好这口鸭子啊。老夫以为,你等泰西人吃不惯呢。哈哈。"

"三井大人笑话了。"安托尼寒暄着,"你们倭国人饮食清淡,不也对此油腻之物颇为享受吗?哈哈。想必,这天下之人,纵有差异乃至仇怨,但终归还是能彼此共融的,是吧?"

"二位说的是啊!"那个"斗篷人"说罢,接过那鸭子走进厨房,"叮叮当当"几声刀剁响后,端着一盘飘香扑鼻的烤鸭块出来了。三井釉岩撤下茶盘,摆上三枚酒盅。"斗篷人"斟上酒后,道:"这天下本该互融互通。有朝一日世上再无壁垒时,天下苍生想吃什么天涯海角之奇异食物,还怕吃不到?"

安托尼趁那"斗篷人"闭眼享受酒香之际,向三井看了一眼。三井也会意地点点头,转头对那"斗篷人"奉承道:"阁下所言正是。我等所做之事,不正是让这天下不再受束缚吗?"

"这几日,我们在北京城也谈得不错。"安托尼不再闲扯,"朝鲜和谈进展顺利,想必会停些日子。我们各自使命,也要及时跟进才是。"

"是的。"三井回应道,"沈氏早已到了名护屋,太阁正与他会谈。'禄生会'收纳'鹿缘会'的调整也在有序进行,倭国仍是'禄生会'最佳的后备之地。但战后可逐步转至明国,大本营就设在南京。江淮之地,最适合实施我们的设想。"

"倭国之地于战后又会如何?"安托尼问道。

"即使太阁未能如愿拓疆朝鲜,倭国战后亦有高人在后支撑。不会比明国变数更大,更不会垮。所以,我们仍需把变革核心之地放在明国。"

"三井大人看好你国哪位诸侯?"那"斗篷人"问。

"必是德川家康!"三井釉岩不假思索地回答。

"但有人在萨摩藩抄太阁的后路。"安托尼一耸肩。

"那您看呢?"三井抬眼看了看身边的"斗篷人",意味深长道,"关于你

第七章 又一块腰牌

们的李如松和宋应昌,听说您已经有了动作?"

"那是福建巡抚许孚远的计划。他写的《请计处倭酋疏》[1]已上递朝廷,派去日本的人也有几批。细节,咱们尚不能掌握。如九州与闽地合流,不仅会掣肘秀吉在前线战事,更促成闽、倭,甚是明倭间贸易畅通,这对于一心仇外的许孚远倒是个莫大鼓励。但老夫认为,实际上未必能如他所愿,也绝不能实现。京城的言官其实早已动手了,李如松的碧蹄馆败招在朝廷上一直就没能翻案。宋应昌在和谈初启时曾建议留兵协守不准而被召还,已决定归隐西湖孤山。这些对于消除朝内许氏一脉叫嚣之人,极为有利。也无须除掉某人,只需从人事上动些头脑。"

"阁下的意思是……"安托尼似有所悟道,"眼下京城的官员审查?"

"正是此次京察!""斗篷人"点点头,"京察牵动的可不仅仅是京里的官员,地方官作为他们的延伸亦会受到影响。如今大明朝上下言路畅通之势已不可逆转,纵有磕绊也无须顾忌。王锡爵曾满怀敌意地对顾先生说:当今所最怪者,堂庙之是非,天下必欲反之。而顾先生则当即反唇相讥道:吾见天下之是非,庙堂必欲反之耳。顾宪成先生此番被连带出来,虽意外但也是个机会。如他被黜,我们正可借他扶持民间议政之风,我观此人前途不可限量。"

"太好了!"安托尼点头拍着手,又甚是期待地探身问道,"这位顾先生所持观点,我们不用在意。只要引起贵国上下言路争议便可!除此外,我们在此次京察中确定的几批人,都能如愿上来吧?秦德茂这样的,决不能容他们存在。"

"我们已有筹划,会将赵志皋再推至首辅之位。控制住这个老好人,咱们的人自会在京察后被依次纳入中枢。"

"嗯。"安托尼点点头,又问道,"之前那个'鹿缘会'的人在闽地策动骚乱,被拘于福州的牢内。此类人日后该如何处置?"

"衙门有人在盯他,暂可不管,以免中计。我会想办法,将镇抚司那个

---

[1] 《请计处倭酋疏》:时任福建巡抚许孚远的一篇奏疏。该奏疏中详细介绍了他全盘负责派遣史世用等人,潜伏进日本的整个过程以及史世用等人带回来的重要情报。

人调开。他也很注意保护李舜臣，对日人用间朝鲜不利。"

"可您也在保护他呦。"安托尼耸耸肩，笑了笑说道。

"斗篷人"也会意地暗自一笑，继而又激昂道，"扶持有见识的官员上位，颁布更加宽仁和摆脱束缚的政令，让大明子民尽情释放自己的心性，让全天下互通起来！这不仅是你们的愿望，更是我们明国人自己的期盼。这场朝鲜之役，大明已陷入两难之地。不打的话，举国反对；打的话，国内各势力都会趁乱割据自己的地盘儿。皇帝获胜之时，也正是旧俗崩塌之际，更是我大明子民纳入全新美好天下之开始！"

"太好了！不管朝鲜和谈还是开战、内阁与部府谁输谁赢。最终能换上咱们的人，才是真的！"安托尼又耸耸肩，激动地拍着双手。"斗篷人"似乎沉浸在自己的幻想中，丝毫没注意安托尼和三井釉岩之间诡异地相视一笑。

收到了史世用安全抵达福州的消息，陆安终将一年来悬着的心放下。此时，京察也以白热化的惨烈收了关。首辅王锡爵以年老引退，顾宪成也被贬官。

陆安打开窗户，辽东六月清晨那浸染雨露和泥土芬芳的空气扑鼻而来。

"大哥，如何看待这次京察的结果？"正在整理案卷的钱乙在一旁问道。

"皇上当时命吏部推选7位能胜任首辅之职的官员，顾宪成与吏部尚书陈有年便合拟了那份7人名单。但因顾宪成本就坚持皇长子常洛为太子，后又被怀疑是赵南星的后台，皇上本来就对他心有芥蒂。而7人中，王家屏曾在国本之争中触怒皇上、孙鑨因京察离职，皇上哪个也不喜欢，结果自然好不了。"

"当初申时行密荐赵志皋与张位入阁时，陆光祖就认为阁臣不由吏部九卿科道会推却密荐而入，恐开植党之门。如今，皇上便是以此7人中有吏部尚书与左都御史为由，指责吏部徇私，而将顾宪成贬官外调的吧？"

"嗯，吏部自然不愿作为核心的顾宪成外调。但他们也实在着急了，不

第七章 又一块腰牌

仅陈有年随后主动承担会推责任,还授意户科、兵科及礼部上疏挽留顾宪成。这不更公开了顾宪成在朝中的声望吗?最终,陈有年致仕,顾宪成免为平民,上书的几人外贬。哎。倒让原任南京礼部尚书、国史副总裁的沈一贯入了阁。首辅还是那个'老好人'赵志皋。如此闹了一年,还是王阁老为首的阁臣系在此次京察中胜出。"陆安轻叹一声。

"是啊。大哥说的透彻。"

"朝廷如此痴迷和谈,正乃主和派得势尔。本次京察中,相关臣僚们的私下交往记录,可否搜集整理中?"陆安嘱咐着。

"这个,二哥一直在盯着呢。不日将提交大哥。"

"嗯。"陆安又道,"最新的各级臣工、官校调离和升降名单,可交上来了?"

"都在这里。"钱乙指指案边的那几个书夹,犹豫下才问,"大哥在关注谁?"

"我们的许孚远大人。"陆安皱皱眉,"许巡抚是陆光祖推荐的,他又与决意隐居的宋应昌熟识,而宋应昌又与遭非议的赵南星乃诗词密友。我担心有人借整这几人,牵连到许大人。如此,我朝与岛津的联络便会受阻。"

陆安边说、边翻阅手中的名单。突然,他的眼神似乎凝固在这页纸上。

陆安看到了两个熟悉的名字:

阮鞠。备注为:调至东缉事厂任役长;

孙义龙。备注为:调至锦衣卫上右所任百户。

孙义龙内调京城不知何故。但阮鞠直升东厂,必是当年王锦的栽培无误了。陆安迅速将王、阮的履历在记忆中过了一遍。突然睁开眼,眉间拧成了个疙瘩。一个共同点瞬间将这二人紧密连在一处:阮鞠,被俘安南人后裔;王锦,被虏满者伯夷[1]人之后。

---

[1] 满者伯夷:满者伯夷国,位于今印尼东爪哇岛的古代小国。14世纪频繁西征,欲吞并苏门答腊本岛的三佛齐王国的都城旧港。明成祖朱棣恩威并施,赶走满者伯夷人,扶持起以梁道明为君主的新三佛齐王国。随后被纳入明朝版图,命名为旧港宣慰司。本文中的王锦为虚构人物。

"大哥！大哥！"正在陆安思绪之际，门外传来朱元的呼唤和急促的脚步声。

"何事如此匆忙？"陆安对推门而入的朱元呵斥着。

"衙门来信了……石大人的。"朱元擦着头上的汗，呼哧带喘地说。

陆安急忙打开信，只见上面写道：着北镇抚司掌事千户陆安，即刻赴江南巡查。宽甸堡事务，暂交割曹副千户。

第八章
一缕"新风"·锦绣江南

1

再往下看,信中写道:我大明正处大变局中,江南乃变局中最为显著之地。朝廷对于全国各地上下之变化,亦有不同反应。安儿此番南下,意在探究此变局于民间之细微表现,供朝廷决策之用。

陆安本不想南下。停战不停兵,是自己在休战期的计划。且和谈前景并不乐观,京城势力重组后,出现的新贵也未必齐心,陆安便打算写部详尽报告递交衙门。石彬去年擅杀于修,如今自己又被调离前线,莫非也是他的意思?陆安一阵心灰意冷,无意间抬起头来,恰与朱元和钱乙的目光撞到一起,这才恍然一笑。眼前这对兄弟情同手足,但观点却时常相左。这不正是自己欲探求的关于宽仁与约束之争吗?战事重启尚需时日,诚然这也是上天所赐机会。在广东韶州教书的徐光启,今秋将北上。此次或许也能遇到。

也罢!去便去了。想到这儿,陆安又打起了些精神。

在度过了一段时间乏味的海路航行后,江苏的掘港卫终于出现在远望镜中。但刚登陆,却被城内的一些家奴集会拦在港口外。人数只有二三十人,官府已在劝返。据当地人说,这在近年的江南已不鲜见,钱乙拿回来的几份地方小报也都有此事简述。更不巧的是，当地市镇正在改造，从掘港卫到江宁的路已不好走。又从当地锦衣卫驻此地官校那里得知，徐光启改道去了景德镇，陆安便让那驻官将"奴变"[1]势态发往京城后，继续沿海路南下，计划在上海县登岸再往景德镇。

夜晚的掘港城灯火通明。一民居中，有个壮硕中年人对另一年轻人赞道："此次奴乱你挑拨有功，我会上报的。"

"大人过奖。小人巴不得再搞他一把呢！"年轻人道。

中年壮者点点头，那常年被风沙侵蚀的脸上泛起一丝微笑，待年轻人走后，进入后屋，向一身披斗篷、手拿枚四角鹿头铜腰牌的老者跪拜道："见过大人。"

"起来吧，杜老板。"那老者道，"各地奴变皆有恶化势头，各地此类争议可放心参与，官府不敢轻易介入。如今不比过去闭塞，又有手中报房作势，民愤很容易鼓动起来的。"

"是！"

这三人也许不知，小小的掘港城、小小的奴变，竟也引来不只他们一路。此刻的城西郊外，亦有两人讨论着白日里这个事件。

"败坏风气的书社尚未制裁，家奴也被挑动起来了。其背后，已发现有人操纵的迹象。"一小伙子忧虑道。

"人数、缘由、事后民间态度……都必须分类梳理清晰。吕大人对于各地的势态变化极为关注，不可耽误。"一满脸沧桑者命道。

"是！"

虽已深秋，但南方的景德镇却仍那般怡人。似乎这渐寒的残败孤独，也不忍打扰这片温婉的土地和这里勤劳聪慧的人们。街上的铺面和作坊，摆放着各式陶、瓷物件儿，即便不生产和售卖成品，也能和这行当沾上关联，或土、釉一类原料，或专为瓷业放贷之所。

---

[1] 奴变：贯穿明末清初奴仆反抗主人奴役的斗争。奴即富户家奴仆。古称臧获、苍头，明代称贱民。奴仆隶属于主人整个家族，地位极低。在《大明律》中，奴仆制度受到承认和保护。奴变的产生是社会发展的必然，所产生的影响也是复杂的。其积极意义必须肯定，但后来发展到无序状态，也值得总结。

说笑间，三人停在一家小作坊跟前。作坊像是专做器物而不外卖的，坊主是位中年匠人，身前套一件粗布大围裙，甚是热情。陆安三人被请到屋内，见满墙木架上整齐摆放着做好的瓷坯。有一妇人，正描绘着瓷坯上的花鸟。虽未完工，但已然栩栩如生了。

那匠人名叫邱工大，是个窑户，专做瓷胚。他和专事描绘的妻子杨氏，算是最标准的夫妻作坊。据那工大说，陶业的兴盛已使务农者越来越少，更多的则是靠卖劳力赚钱的雇工。嘉靖年间的浮梁发大水，听说只停窑三月，这一带几乎都断了营生。"想来这世道变化，近年更明显了！"那工大不禁道。当陆安问他们夫妻为何只做坯，而不做搭烧，也就是最终还得把胚件交给窑主烧制才能成器时。那妇人倒认为做"佣工人"虽说挣得少些，但无论夫妻店还是个人驻厂做工，都仅受窑主雇佣。工兴则挟佣以争、工毕则鸟兽散，煞是自由。且能离开原雇主去受雇于更高工值的雇主。雇主则按其手艺和产量，直接兑现金钱。但也没个稳定，年景不好时说遣散便就遣散了。真做了窑主，麻烦只会更多。末了儿，还提醒她丈夫前几年浮梁县的一桩讹诈窑主的案子，说得那工大也频频点头。当陆安追问那案件时，工大念叨着："客官，您以前可曾听过雇工、奴婢打官司扳倒主雇的？啧啧！可浮梁这案子，还真就把雇主告趴下了！窑主罪不过杖十，却已被'佣工人'诈得破产。每家窑户怎么也有数十工，此案后，但有'佣工人'出事，便都学会了敲诈窑主。遇上奸徒，更以各种因由迁延搁岁不结案！窑主交货都有工期。越久拖，窑主越吃不消。反正这窑主约束'佣工人'，远没地主对佃户那般管用。这事儿吧……我也说不上啥。想必是近年刚冒出来的，官府都还没个准主意。"工大似有迷惑地回着。

说起御器厂与私窑对待工酬的态度，工大眼睛便又一亮，认定这位客商是个内行，更敢开话匣子，道："这御器厂募人啊，每日二分五厘工食银。私窑募役、龙岗大匠、敲青匠，大致每日三分工银。御器厂募役本就是差派，常常白干。景德镇坯房工匠每日四分银，京城日均五分。虽比京城低些，但窑户管吃喝。这便划算得多！但御器厂终归是官府的，能管私窑，技术和工匠、原料也最好，窑也多。"越说，工大越乐于推荐这位"富商"介入此地生意了,又道,"如今私窑势头日盛,本地人口已十多万,光'佣工人'便数万,常有外地如徽州、江浙、江右巨商投钱本镇。瓷商有行会,产、销固定了,瓷商能反过来影响生产。我曾见过一个叫潘仕的瓷商,高利贷给一个王姓陶户,助其增建了好几炉新窑。"那工大说的上瘾,竟还带陆安看了处窑。末了儿,才依依不舍地送走了这位大户"过路人"。

想来,这"挟佣以争"说明,匠人已将自己的劳作和技能视为货品换取雇主购买。没了以地为生,或以往雇主和家奴那种关系。而佣工扳倒雇主,在既有明律上,可是将奴婢和雇工人告主视为"干名犯义"的啊。说明其已具律法的念头儿;但来去松散无序,也反映此雇、佣关系尚未明确。大明既定的关于雇佣劳动之律法,万历十六年(1588年)《新题例》规定:有的属于凡人身,有的属于雇工人,立有文卷和议定年者是雇工人。雇工人与奴婢同科,其身份介于凡人和奴婢之间。对雇主有律法上之隶属关系。陶业"佣工人"身份,貌似已具新解。但以"浮梁案"看,《新题例》仍把受雇佣者,归入雇主的"家人"或"家奴"范畴。看来,朝廷对此类新事物之律法修正,仍落后于现实。

"哼!"离开后,朱元气儿不打一处来,道,"'死脓包的',越来越没王法!长工竟也肆意犯上!今后,岂非宵小都有借口造反吗?"

"不可妄言!尽管那些敲诈的'佣工人'不值一提,但毕竟让很多受冤的手艺人得以昭雪!"陆安制止了朱元的抱怨,对钱乙道,"本地锦衣校尉可否来信?"

"来信了。徐先生这几日,与一个叫徐有勉的同住。宅子是本地县令提供的。"

三人刚转过街角儿,陆安便见前面一个三十出头的书生,着素色直缀、戴方巾,正出院门送行另一位长者。那位长者约莫五十上下,一袭淡紫深衣、头系福巾,颇洒脱气质,身边是个七八岁孩童,机灵却不失稳重。

陆安赶上几步,笑逐颜开地冲那书生道:"子先(徐光启字子先)贤弟,许久不见,可好?"

徐光启这才看到陆安,忙回道:"是陆兄?看来,没有你找不到的地方啊。哈哈!"说着便介绍身边这位长者,"此乃我良师益友徐有勉先生。"

"幸会。在下陆安。"陆安上前道。

赶紧又躬身上前抚着那孩童的头,问道:"敢问小哥儿如何称呼?贵庚几何啊?"

"晚辈徐弘祖[1],8岁了,见过陆叔。"孩童回得很是得体,无半点儿拘束。

陆安对徐有勉一拱手,道:"小小年纪便敢随大人游历四方,将来必成大器。"又问那徐弘祖,"将来有何志向?"

"游遍大明各地,将所有河山脉络记于笔下,若可能再赴海外。"语态坚定,竟看不出源自一个七八岁孩童之口。

"好样的!"陆安轻拍徐弘祖的头,"有此志向,我等亦为你骄傲!"

"哈哈!"徐有勉在一旁笑道,"犬子甚是狂妄。不过倒是随着老夫的脾气。"随后,向几人拱手而去。

"陆大人。"徐光启见徐家父子已经走远,才言归正传道,"请随我进屋吧。光启还真有些关于海防的看法,要与陆大人述说一番呢。"

"好!"陆安伸手做个"请"的姿势,与朱元、钱乙,随徐光启进得院内。

2

院子不大,屋内陈设极简,但井然有序,各类文稿按类别分别摆放。陆安三人各自寻个圆墩,围着方桌坐下。徐光启找到几页手稿放在桌上,说道:"陆大人请看。"

陆安拿起手稿,看后倒吸口凉气,上写:万历十九年,倭遣使马尼拉,诏谕西班牙国,命其向秀吉称臣纳贡。西班牙正忙与葡萄牙国、荷兰国作战,未予回复,只遣使携礼赴倭以示不允。又翻起第二份,上写:万历二十一年,秀吉再遣使马尼拉招降,于沿途对台湾发同样诏谕,且有意兼并台湾为跳板以攻吕宋。

---

[1] 徐弘祖:即徐霞客(1587年—1641年),名弘祖,字振之,号霞客,南直隶江阴县(今江苏省江阴市)人,明代地理学家、旅行家和文学家。他经30多年考察,记录观察各种现象、人文、地理、动植物等状况,撰成了60万字地理名著《徐霞客游记》,被称为"千古奇人"。《徐霞客游记》开篇之日(5月19日)现已被定为中国旅游日。

徐光启继而又不无担心地说："这情况来自多年从事南洋贸易的友人。秀吉接连敌意之举，曾让西班牙国开始规划对倭之策，同时也意识到台湾的极高价值。听说他们曾提议抢先出兵台湾，但后来没了下文。"

"泰西人也竟敢觊觎我台湾？"陆安的脸色更沉了下来，"看来，果真是树欲静，而风不止！"

"没错！"朱元也骂道，"不管倭人还是泰西人都不是什么好鸟！"

"上差不可偏激！"徐光启见朱元没回应他，忙转对陆安道，"我知陆大人明晓大义，凡事还需理智以对啊。西学东渐[1]之势渐热，实有太多可敬之处，比如……"

"何谓理智？又比如什么？"朱元抢话道，"事事迁就乃迂腐之见！世间万物，皆以利而据，又以力维系。我若恭敬，其只会藐视于我。至于什么鸟'西学东渐'，更暗藏蛮夷颠覆我大明阴谋！轰将出去，才可保我安全！"

"非此意尔！"徐光启也愈发着急，辩道，"在下对倭之策强硬，陆大人知晓。在下所言，是博采众长之意，绝非卑躬屈膝……"

"先生所得这几份情形，大哥必然重视。"一直沉默不语的钱乙，拦住欲再咒骂的朱元，道，"西学之事可否暂不提，先说说您对海防和倭事的看法，如何？"

"正是。"陆安接着钱乙的话茬儿道。

徐光启也意识到自己有些失态，忙给三人斟茶，缓缓道："朝中与其警惕西学，不如着眼倭贼。他们若从朝鲜未得贡市需求，必转向琉球。若再侵占鸡笼、淡水，澎湖也就危险了。倭人一直在此地伐木，必为造船外侵之用。"

"先生所言极是。"陆安赞道。关于大明东南海域的防卫，史世用的琉球之行报告书中也同样给予了关注。

---

[1] 西学东渐：通常讲有两次。第一次是指从明朝后期，西方学术思想向中国传播的过程。第二次是晚清民初时，欧洲及美国等地学术思想的传入。但二者又不同，第一次是东西方处在平等地位下进行的，第二次则是被西方枪炮的威慑下，相对被动出现的。但也有学者认为，中晚明的西学东渐，其实也伴随着中学西渐。比如翻译《几何原本》这件事，就有观点认为，不完全是徐光启简单翻译了这本外文著作，而是他重新诠释并提升了《几何原本》原有内容，对影响和推进西方的科学文化发展也起到了一定作用。

徐光启更不愿停下思路，继续说道："我有四句话：唯有贡市才可平倭，唯有贡市才可知倭，唯有贡市才可制倭，唯有贡市才可谋倭！[1]"

"请先生细说一二！"陆安迫不及待地说。

"倭乱何以出现？就因有利益需求于我却无法实现。如合理筹划贡市，让其得利，便可平安，此谓'平倭'；朝鲜战役正酣，离间之法可用，此谓'知倭'；以我军规模、劳逸及粮草等优势算，倭贼心存妄想也早晚会死心，此谓'制倭'。"说罢，徐光启却暂时停住不语，望着陆安三人。

"那先生最后之'谋倭'又是为何意？"陆安好奇地问道。

"若大人不予笑话，在下愿直言相告。"徐光启似有些顾虑。

"但说无妨！"

"是。"徐光启平复下心情，继续道，"倭贼各诸侯多年内战，已致民生艰险。秀吉举国侵朝，国内更加空虚。萨摩军有数万，粮、兵齐备，唯缺船只。闽中多备大船，以精兵与萨摩合攻秀吉，其必亡矣！更使倭国永为我大明藩属！此正所谓'谋倭'！我曾通过友人上报，赵阁老充耳不闻，宋经略也不敢上呈。"

"啊……啊……"徐光启这第四句一出，竟将刚才轻视他的朱元惊得目瞪口呆，钱乙也愣在那里。陆安更兀自笑起来。

"大人是笑话在下吗？"徐光启失望道。

"绝非此意！"陆安不住地摇着头，"贤弟'置倭地以为外藩'之想，虽不现实，却无不透着热血情怀。如今朝中乡愿阿谀之风泛滥，若多几个贤弟这般胸怀理想之人，哪怕是异想天开又有何妨？先生平日接触人、事，看似也比寻常官吏和文人要宽广得多啊。"

"谢大人。无论见识几何，这兼容并包是永远不能丢失的。"徐光启若有

---

[1] 徐光启于1618年撰写《海防迂说》，提出海洋防御对策，将日本设为对中国海洋与地方社会造成威胁的主要对象。他认为，倭寇的主要问题不在于其军事实力强大或是中国防御体系薄弱，而在于中国限制和切断了对日贸易。明朝建国后实施的海禁政策以及白银贸易需求的增大，使得走私贸易日益盛行，并且对抗试图禁止走私贸易的公权力的行为渐渐向暴力方向演变。16世纪倭寇真正的危险性并不在其军事力量本身，而在于中国内部走私贸易势力与倭寇的合作。对此，徐光启认为，海商与海盗正是因市场封锁而产生的一体两面，应"除盗而不除商，禁私贩而通官市"，开放贸易。对徐光启来说，"倭"究竟是日本人还是中国人并不重要，重要的是海防。

所指地回着。

钱乙似乎听出了什么，却又是朱元抢话道："好你个徐子先！刚夸你几句，便要翘尾巴！你不正想说，有了西学见识，才有此番韬略吗？"

"非也！"徐光启镇定自若地回着，"绝非西学决定你我宽、窄眼界，诚可谓是一股难得之'新风'，而对我华夏亦必有推助。朱兄弟虽有情绪，护国之心在下敬佩。但自有我华夏以来，其实是向为这天下先的。何以没有此等自信，反忧被外人同化？几位不妨关注一现象。"

"是何现象？"陆安探身问道。

"但有先进之外学，其实从未对我华夏有所伤害；而毁我族类、倒退天下者，恰来自落后于我之蛮力或激进学说！若不重视新学，又误判敌友，日后必重蹈覆辙。我华夏从未断裂，内因自是坚固，但亦有东临大海、西靠高原之外因屏障。此乃幸事，而非自身无敌。在下亦治农学，发现几百年便会出现极寒歉收时节。若不及时接纳新学，真到顽敌迫近，后悔晚矣。"

"先生。你是何时接触西学的？"陆安是很愿将大明、倭国、朝鲜、南洋、西洋诸国的研究同时考量进来的。过去的视角太过狭窄，就算永乐时期，华风也只西到"木骨都束[1]"、北至鞑靼、东到倭国、南极马六甲；外国如莫卧儿现在阿克巴执政下也不甚了了……但如今，各国的一切昔日荣耀都随天下的无比接近而显得渺小。眼下的倭国、大明和葡萄牙等国，不都是在这大变革下，因这种前所未有的接近时而踌躇吗？倭国随着物产激增、货币和贸易兴盛，原有各自为政的农庄形制早已瓦解。由此招致的漫长战乱又引发海外私贸和倭寇之祸，又因倭地乃当今最大之产银地，而复将远在南洋的葡萄牙等西人连在一起。

徐光启打开一架两件柜，从堆放有序的书和卷轴中抽出一卷皮纸，在桌上铺开，道："三位可认得此地图吧？"

"这不是《山海舆地图》[2]吗？"三人异口同声道，朱元更说："我在广东

---

[1] 木骨都束：今非洲东岸索马里的摩加迪沙一带。
[2] 《山海舆地图》：又名《坤舆万国全图》，1584年由利玛窦制作并印行，介绍天下有五大洲：亚细亚、欧罗巴、利未亚、亚墨利加、墨瓦腊泥加，这是中国人首次接触到的近代地理学知识。

民间见过，但皇上内廷却还没有。荒唐！"

"此地图，乃我在广东韶州的友人，从一个意大利传教士郭居静家中获得之副本。正视真正之天下，必先从此图开始。"徐光启接着道，"其将这天下分为欧逻巴（欧洲）、利未亚（非洲）、亚细亚（亚洲）、南北亚美利亚（美洲）和墨瓦腊泥加[1]五大洲。而我大明实乃东方之一大国尔。但我国自古以来，皆认为天圆地方。中国居中，周边蛮夷小国。《大明会典》[2]中也只有南琐里国和西洋，也无大西洋一说。"

"可太祖时的《大明混一图》[3]，于地图左方已绘出了好望角及部分大西洋啊？陆某曾见过擅绘地图的李之藻。"陆安饶有兴趣地说着。

"可贵之处便在于更加精细。"徐光启激动地说道，"《山海舆地图》原作者也为一意大利教士，叫利玛窦[4]。南京吏部主事吴中明有意由吏部出公帑重梓，让其重修地图。利玛窦也欲北上面见皇帝，却因朝鲜之役滞留南京。振之（李之藻的字）本想绘制精确大明地图，但见利玛窦之地图后，决定以最大之比例重绘这天下地图。"

"西学入我大明，必携教派之说吧？曾有情报书呈于我处，说其确曾夹杂教派之物。如此，既能让中国人接触其教，又不至反感。而其教义，亦有荒诞内容。我华夏亦有优势，实不该因个别瑕疵而一概否定啊。"陆安仍不失慎重道。

"对！贼人不可不防！"未等徐光启回应，朱元又激动地说道，"早在嘉靖元年（1522年），海道副使汪鋐剿灭的泰西人喀尔乌，就一度勾结其他葡

---

[1] 墨瓦腊泥加：泛指当时西方眼中的南极和澳洲。
[2] 《大明会典》：明代官修的记载典章制度的史书，又名《明会典》。始纂于弘治十年(1497年）三月，经正德时参校后刊行。共一百八十卷。嘉靖时经两次增补，万历时又加修订，撰成重修本二百二十八卷。
[3] 《大明混一图》：该图是目前已知尺寸最大、年代最久远、保存最完好、中国人自己绘制的古代世界地图。原图长3.86米，宽4.75米，彩绘绢本。据考证，该图绘制于明洪武二十二年（1389年）。属国宝级珍贵历史文物，原件现存于中国第一历史档案馆。
[4] 利玛窦(1552年—1610年)，意大利耶稣会传教士，学者。明代万历年间来到中国居住。其原名中文直译为玛提欧·利奇，利玛窦是他的中文名字，号西泰，又号清泰、西江。在中国颇受士大夫的敬重，尊称为"泰西儒士"。

萄牙人及部分乡民，从汕头到宁波建立了大片暹罗人、满剌加人和葡萄牙人居住区。更在二十几年内，于宁波双屿港建立了一块常住地，所谓'市政厅''总督府'及'慈善所'……都弄起来了！结果是什么？'死脓包'的！那便是对该地华人风俗的改变。不少大明子民，惯穿倭服、信西教后，反与其他明人产生隔阂，甚至冲突。若非嘉靖二十七年（1548年）朱纨命都司卢镗攻陷双屿港、驱逐入侵西人，这片大明土地便要不知不觉成了人家的了！"

陆安听着朱元的不满，并未阻止。他当然不同意一些人隔绝外洋的态度，但却理解这样的担心，也就是兼容并包是为强大自己，绝非一味顺应他人或干脆成了他人。朱元所提的当年朱纨那事儿，后也引发朝廷纷争。支持朱纨的官员，最终被以"西人误占大明国土"为由搞垮。朱纨被逼自尽，卢镗也遭罢官。这便不是陆安所想看到的了。且从当年的文书中可知，葡萄牙、西班牙等人，皆很重视对他国的侦探。远在正德四年（1509年），葡萄牙国王便命马六甲的将军赛克伊拉，搜集明国一切内容，包括性情、体质、衣冠、饮食、商业、军事、风俗……若自己生在当时，怕也无法赞同所谓"误占大明国土"之说，这也根本不是什么"误占"。外敌以此开脱却也罢了，大明官员竟也这样不分是非。

徐光启看出了朱元和陆安的意思，赞道："大人说的在理！我曾听一个叫范礼安的教士说，他与利玛窦等人十分尊敬大明，绝非一心宣教，更着僧袍、儒装。他们知道中国历史上颠覆朝廷者，多以教会形式积蓄力量，也知曾有教士贸然拜访靖江王而被视为交通亲王遭驱逐。所以，在南昌赠送建王朱多㸅（jié）的卧钟，均依照中国计时法而制成。还有如天球仪、两部按西式规制装订之书籍。范礼安更带来一台欧逻巴洲最为先进的，名曰'古腾堡[1]'之印刷机。"

"这些玩意儿，不正是臣僚们所言之奇技淫巧吗？"朱元禁不住插话道。

"非也！"徐光启解释道，"以往外夷所进贡品，不过麒麟（长颈鹿）、驼

---

[1] 古腾堡：约翰·古腾堡（1398年—1468年），又译作"古登堡"以及"古腾贝格"，德国发明家，是西方活字印刷术的发明人，他的发明导致了一次媒体革命，迅速地推动了西方科学和社会的发展。

鸟、宝石……还有粗滥编成的皮甲、体态衰弱的老马，有些所谓宝剑根本就是块破钢片！而西方教士带来的都极具水准。利玛窦用汉语写就的《西国记法》[1]中，列有快速记忆之法，对达官贵人子弟应试甚是有效。更奇特的是，还有个叫哥白尼的大西洋波兰王国人，于嘉靖二十二年（1543年）出版之《天体运行说》[2]中竟提出一个'日心说'……"

"'日心……说'？"陆安不禁露出疑惑之色。

"此学说认为，我们这天下之各国人，其实都生活在一个球体之上……"徐光启可能觉得光说不足以阐明自己的意思，未说完便从窗台上拿过一个鸡蛋，一只手在鸡蛋周身画了一个圈，接着说，"如我手中这蛋一样。所谓球体，就是若我们朝一个方向走下去，迟早有一天还会回到现在景德镇这张书桌前。这是其一……"

"'死脓包的！'"朱元果真忍耐不住了，眉眼都惊诧地炸开了似的，骂将道，"这他娘的不成了'鬼打墙'嘛！"

此话一出，竟惹得几人开怀大笑起来。只剩下朱元在那里不知所措地看着大家，半晌儿才恢复常态。陆安指了指朱元："你这混人啊……怎么说你好啊。"又转而对徐光启说道，"先生，其二又是如何？我知早在汉时，张衡就有文字载曰：浑天如鸡子，天体圆如弹丸，地如鸡中黄，天之包地，犹壳之裹黄。元朝史书亦有记载，有大食国人曾进贡过一个地球圆仪，且水域和大陆之比约七三开。"

"是。"徐光启擦擦眼角的笑泪，"其二，我们各国人所在之球体，也只是诸多球体中的一个。所有球体其实都是自转之同时，又绕太阳转。而只有月亮围着我们这球体转……"

---

[1] 《西国记法》：该书是一部古代讲授快速记忆方法的汉文古籍。万历二十三年(1595年)，利玛窦初著于江西南昌，以明代文言写撰。该书由晋绛、朱鼎瀚参定，耶稣会士高一志、毕方济共同修订刊印。全书内容六篇：原本篇、明用篇、社位篇、立象篇、定识篇、广资篇。利玛窦利用西方记忆术("地点法")结合中国古代"六书"（象形、指示、会意、形声、假借、转注）的识字特点介绍怎样识记中国文字的方法。在本书中出现的时间为1594年，仅为借用。

[2] 《天体运行说》：波兰天文学家哥白尼所著的一本天文学说著作，长达6卷，于1543年出版，创立了"日心说"，是天文学上的一次革命，引起了人类宇宙观的重大变革。

"既是球体,还在自己转圈儿,那我等岂不是会倒立过来吗?"朱元新的疑惑又来了,其实这也是陆安和钱乙所想。

"朱兄弟所言正是。"徐光启也不由点点头,露出难色,"不瞒几位,即便在大西洋地,此说也于争议之中尚无定论。"

"看看吧!"朱元似有得志之气,振振有词道,"不是我老朱不信他鸟西学。我朝现在已是官不管民,民不听官;皇上随便骂,妖说随意讲……这破玩意儿在他们本国都没理清,我们却一概拿来,岂非更引起混乱?"

"这……"徐光启一时也语塞。即便心中万千理由,朱元这话堵得自己竟也说不出一二来。

"西学中,先生对算学该精通吧。"陆安避开了眼下的争议,问道。

"此乃西学中之精华尔!"说罢,徐光启从窗边书架上取出一本厚实的册子,上写《葡汉词典》,又道,"此正乃利玛窦与另一教士罗明坚合著之作,他已开始编撰以拉丁字母为汉字注音之法。有了这本称为'词典'之书,便可更多翻译西学,尤其是那本《几何原本》。"

"几何之学,我华夏也不是没有。此又为何书?"

"利氏的这15卷中,很多几何学理都有待译成汉字表述。火器乃将来战争之主宰已无疑问,军旅之人便更该研习。只因东西文理各有法理,说讲无碍。若转为文字,便难以表达原意。致使火器研究一时无法深入下去。"

"此书珍贵,对我大明必将有翻天覆地之大作用。"陆安频频点头,"鸿胪寺主簿赵士帧同样精于火器,与我交好。至于阻碍……主要限于重道还是重器之辩。重道者,认为正人心是根本。但总体说,我大明上下对火器是一致认可的。"

见徐光启脸上多了些希望之色,陆安起身施礼,鼓励道:"陆某今日与先生一见,豁然开朗。先生将来必成气候,也一定要成气候。不仅要中举,更要得进士以点翰林。陆某此话,不为你一人功名,实为我大明尔!正如先生所见,当今是无日不出新事、无月不出新说,且良莠不齐,朝中也必须要多几个先生这样品学兼济之士。陆某肺腑之言,先生可懂?"

"在下懂得。"徐光启也倒退半步,躬身还礼。

3

陆安与徐光启在景德镇这几日，着实聊了很多。许久以来，既有学说和道统，皆被反思、质疑和颠覆着。各类新兴学说又此起彼伏，人心也随之摇摆不定，如今西学也不期而入。掘港卫奴变、佣工人告主成功……个中确有良民受益，恶劣之势更有爆发之态。这瞬间涌入的、宣泄般的心性释放，我们能承受得起吗？

"大哥！"陆安正思索着，朱元风风火火跑进屋来，道，"有德川消息了。"

陆安将信件通读后说道："看来，此诸侯已在布局之中，将来也必为倭岛之魁首！朝鲜之役，确实一时半会儿难以重启。"

钱乙也放下手里的信件，问陆安道："那大哥如何看徐先生对西学之膜拜？"

"如今物欲横流、人心浮躁，徐子先想必也是欲寄托于新学，挽救日下之颓势，营建全新气象。其言西学乃一缕'新风'，但既为'新'，便不该过早定性，唯有验过才知良莠啊。"

"哼！"朱元却不假思索地不屑道，"依我看就那么回子事！"

"何以见得？"陆安饶有兴趣地问。

"外来的和尚好念经呗！"朱元不屑地说着，"不是洋和尚学问真的天下无敌，只因自己太了解自己，到处都能看出毛病。便开始无头苍蝇乱撞，见个新物件儿就视为救命稻草。其实百年后再看也不过如此，届时又肯定会再拜个更新的什么鸟学闹腾一番！那些个'獞人'不正如此？其对自家教义之愚忠，亦被诸多文人艳羡不已，反过来鄙视自己缺乏信念。但若究其教义本质，尽是瑕疵甚至荒谬论调。他人既非圣人，何以把自己说的那么一无是处？何况那些文人，真让他们恪守规矩，又该骂你束缚心灵了！"

"哈哈！"陆安听罢大笑，道，"阿元这话，虽粗糙也有几分道理。但既有不足，便永远有人会提出质疑啊。若永远无人批其弊端，迟早也会僵化。"

"大哥说的是。经学若非实用，便反会误导民生。"钱乙附和道，"宋时之青苗法，乃由官府在青黄不接时借钱借粮于民，利息亦好于高利贷。但实施起来便成了强派粮、钱,乃至恶化成变相增税。我朝之张氏亦有此问题。其与王安石皆言任何变法就会有人反对,所以都独断专行,不顾民意。"

"阿乙此话,想必不是在夸奖张氏吧?"陆安转头问。

钱乙低头沉默了片刻,才说:"天下书院尽封,遏制人性之罪又岂是财物能挽回的?"

"老三啊……"朱元不禁一愣,驳道,"你如此激昂之言,怕是也受了徐先生之言吧?但我等皆芸芸众生,谁不想随心所欲啊?但若非有集合之力量铸成铁犁以屏宵小,又岂有安稳环境让你我自在表达什么心性?"

钱乙见状,有些不好意思地回道:"小弟只是觉得,与牺牲万千铸成大事相比,个体之自在表达心性,看起来会更加温暖。"

朱元正欲再辩,陆安遂拦住,道:"现实中之内外敌人,不是你不想、他便不来的。你二人所辩亦是古今最大症结,怎能是一句定乾坤的啊。"

"听大哥的!"朱元憨笑道,"老三莫怪,你二哥我又杠头了!哈哈!"

"二哥见外了!"钱乙有些亏欠地说,"小弟也有些执拗了。"

陆安笑了笑,和二人起身出门溜达去了,不多时却见一处驿站,门头上单独挂着一盏小红灯,这便是设有锦衣卫驻点的。陆安查阅了近期过往驿站的官员名单,却意外看到一个熟悉而又有些遥远的名字——秦德茂,又看了眼他此番差遣目的地及事由,见上写:应天府上元县金家里;交接异地案件,登记时间是在10天前。陆安不禁一拍大腿,喜道:"莫非天意吗?"

陆安快马加鞭,这才在上元县以西20里外,追上已离开金家里的秦德茂。对方的面庞黝黑了许多,皱纹也布满眼角,唯有那股傲气依稀还在。之后的谈话中,陆安更得知张瑾张大人已不在人世。

"我与张大人南贬后,他在信中便透露有人欲害自己,没想半年前突然亡故。衙门的说法是操劳过度,但秦某却不信。"说罢,秦德茂转身凝视着陆安,脸上竟浮现出那种诀别前的释然,"大明有奸人!大明危矣!秦某必也逃不过此劫。"

"秦大人指的还是'獩人'?当时您和张大人正因此事遭贬。"

"现在怕不止此一家了。"秦德茂又是无奈地摇摇头,"明面儿上的问题朝廷尚不重视,暗藏的隐患便更加有恃无恐。你可知有数支失传千百年的故国后裔已暗中串联,重拾图腾再起吗?"

"是当年张大人提过的'蒂国人'吧?可……"陆安犹豫了下,"此奏本即便在镇抚司也从没被重视,何况朝堂?这些遗民早已于千百年中彼此混融。说其重拾旧制以乱中土,又有谁会信?"

"哼!"秦德茂一声不屑道,"腐儒们只一厢情愿,自我陶醉于那般虚幻美景,却不能透析人心之险恶。秦灭六国已逾千五百年,然地域间因此议论仍不绝于耳;汉高祖与楚霸王之争,亦流传至今。不正说明,群体间之咒怨,绝不会因时间流逝而消亡吗?然六国与楚汉之争,不过同宗相煎,亦只限于地域议论,远非失去图腾之痛那般深切。但有机缘,便极易被蛊惑起来。"

一种与生俱来的危机感,骤然在陆安心中显露出来:"秦大人可有实证?"

秦德茂再次摇摇头:"纵有摘录,也无人重视,更讥笑我等乃疯癫狭隘。哎!都烧了。只愿陆大人力挽狂澜,我二人九泉之下也算欣慰了。"

说话间,秦德茂的仆人已牵马过来。主仆二人的身影也渐渐远去。

陆安望着眼前这条重又回复宁静的小路,却突觉一阵凉风袭来。但只见摇摆着的灌木,还有两只被惊吓后"扑腾腾"跃入空中的雀儿,恍惚间那些枝丫也化成无数魔爪,向自己扑面而来……

4

带着失落之情,陆安三人离开景德镇,来到金家里,看到一位金姓里老[1],孤独地蜷缩在"申明亭"的角落。这里本是他往日主持乡里纷争的场所,作为乡绅,他的公正曾得到乡民的交口称赞,但此刻却早已无人搭理。

来到当地锦衣卫驻站,陆安在金家里户册上找到了金木生的名字,却见附注上写着"因公殉职",问驻官道:"此人何时殉职的?可有明细?"

"报来已一年,只说外派出了差池。细节不明。"那驻官又想了想,"但

---

[1] 里老:指里长。明代时以110户为一里。

他有个忘年交叫'六子',现在南京城内的站点帮差外围,金木生一般都托这'六子'打理家事。"

"好。"陆安合上黄册,"'六子'这段时间就跟我们,杂事转给别人。"

"六子"明面上是一家南北货店的伙计,专做外联售卖,交际广时间又充裕。在他协助下,陆安三人住进了南京城外一个刘姓四口之家:老汉、务农的大儿子和儿媳,以及一个在牙行做事的小儿子。"六子"也知道陆安此来江南目的,便点出了市镇、文人圈儿,及南京与苏州一带丝业等事件。

谈到金二,"六子"却摇摇头:"金叔亏啊,好好一家人就这么毁了。"说着,便带陆安来到个热闹路口。有个妇人,带着两位奇异服饰的男子,在声嘶力竭地布讲着《藏书》。那妇人的装束同样奇特,盘头改成了男子发髻,又插着几枚镶着廉价彩石的发簪;面上浓艳脂粉;身上穿着改过的水田衣,连接上面各色拼接布面的线头儿粗粗拉拉,似故意为之……街上熙熙攘攘的人们,没因这妇人引发惊动,瞥眼一笑后仍各行其是。有衙役路过,见未引起骚乱,便也离开了。

"莫非……那便是金木生的妻子?"陆安惊得目瞪口呆。

"六子"只满面愁容地点点头:"连骨肉都不要的人,早早便与他人私奔了,且不止鬼混一人。之前听说随诗社去了杭州,离家后第二个月,老太太便没了。要不是我及时发现,怕是早烂在床上了。他儿子的脑子后来也坏掉了,整天和野狗野猫混在一起。半年前被发现死在城西郊,尸骨都被野畜啃个精光。"说着,"六子"的眼泪哗啦啦淌下来,呜咽道,"这妇人前不久才回到南京。从前还只是放纵,现如今俨然已疯癫了。"

陆安见其多有伤感,便没再继续问下去,转了话题道:"这江南之日新月异,陆某已觉较北方尤甚啊!"

"那是!""六子"刚才的消沉退了一些,显得多了些精神,"其他的不说,单就这繁花之像,遍及大明也没哪能比得上我们这儿啊!"

"六子"说的没错。永乐后已丧失京师地位的留都南京,却远比京城如花似锦。风流中又见雅致,即便小民亦尽显恬淡富足之情,看不到北京城透露出来的循规蹈矩。街边常见到一排排漆着红漆的精致门面房,便是专为商人而设的货栈,名曰"塌房"。时已初冬,更无北方时节那般黯淡和风沙,一片茶寮酒肆、红裙当垆之像。庶民屋顶,也有了官家才能有的兽头装饰。一种在金链上以环相连挂的四件套小物件儿,即:夹取细毛的镊子、牙签、耳挖子及小刀,往日仅为妇女所用,如今男人们也竞相佩戴了,但妖娆多彩的终归还是女人。除了真发,假髻[1]也比北方多彩,更别提发髻上的各式挂佩。再把目光移至脸庞,妆通常为淡搽胭脂并点朱唇,又根据脸庞、眼睛不同去描眉,看上去既美观又稳重,凸显粉黛者们还是颇有几分修养的。本已娇嫩的江南女子,在各色服饰映衬下便更显妩媚动人。奢华之气,确也影响到了普通家女子群起效仿。争奇斗艳之下,竟引得上至七旬老翁、下到8岁顽童无不侧目而视。

"'死脓包的',娘们儿一样的男人!女人更是心乱不安,竞相攀比!"似乎每个人都被这多姿的世界吸引住了,除了他朱元之外。

"可人们脸上的笑容也多啊。二哥竟没看到?"钱乙道。

朱元却颇为不屑:"三弟心宽,自是如此看待那闲情雅致之人,我却只愿视此为消遣。若沉迷衣衫玩物,必安逸丧志。"

陆安也参与道:"爱美之心,人皆有之。莫非都以丑为荣?"

"大哥,并非如此。女人若贪恋奢靡,必耳边风于自家男人。虚荣之风泛滥,商纣毁于褒姒、盛唐毁于杨贵妃,不正坐实红颜祸水之说?"朱元愤愤道。

"二哥便又荒谬了。"钱乙有些不满道,"国家失政,该归咎于当政之男子。迁怒于女人,算什么大丈夫?"

"喊!老三你也太天真了。唯女子与小人难养也,圣人……如是说。"

"那男子就都是君子?"钱乙反驳着。

朱元不屑地瞥了一眼,但又说不出什么,便转头问陆安:"大哥说说看。"

"哈哈。"陆安大笑了两声,"你俩啊,真是不一样的路数。若说天下女子皆小人,实在不对!君不见自古不乏巾帼英雄。男子必然也都非君子,否

---

[1] 假髻:古代妇女的一种人工制造加配于头上的发髻。供妇女装饰或代真发。古称"编""副",汉以后称"假髻""假紒 (jì)",唐又称"义髻",明又称"鬏 (jiū) 髻"。先秦以发丝,后世多用马尾、金银丝或纱做成髻形,戴在头上,供妇女装饰用。

则便不会有小人之说。"

"那此话理由何在?"钱乙进一步问道。

"不妨先说说何为君子、何为小人。"陆安继续说道,"君子重公心而轻私利;小人则重私利而忘公义。自古,女子皆依赖男子而活,本无可厚非。但若受人蛊惑,便会有人由寻常依赖,过度而入贪念歧途。世人之误解,便也由此而来了。而从古至今,道统虽规定女子主内而避讳家国正事。实际上上至宫闱、下至百姓,女子侧面介入大情小事始终存在。无论家还是国,都需要夫妻合进才行啊。男子首先抛开固有陈念,对女子怀有尊敬,加深内涵以辨别女子进言之是非;女子则增加自身修为,不为谬论所误。且贤德劝进,促成和谐。杨贵妃家族误导朝政亦非空谈,但盛唐崩塌,又岂能全部归咎于她一人?你二人皆片面指责某一方,僵来僵去何来结果啊。"

朱元听罢,信服地无话可说。无意间看到钱乙暗自低下的头,才想起三弟与其阿姐的至深感情,便不再抱怨了。

有了"六子"的介绍,两天下来,陆安已对这南京城的各类形态有了更清晰的认识。这"城"的概念及职能,早已由官衙府邸转向手工和商业。官员家属减少,镇民日渐增多。而与这有形交易市场应运而生的,便是那些无形的供需乃至资本交易涌现,如钱铺、牙行、兑换等。街上店铺栉比,光幌子招牌,如"义兴油坊""大生号生熟漆""杨君达家海味果品"……便就有百十九种。贩运贸易亦因此迅速发展。上新河作为新兴市场,已与原来贩运活跃之城西江东并驾齐驱。挟资者均以南京为大本营贩运全国。城中说书弹唱的艺人也不少,其中还有盲人。所用底本,正是时下的拟话本《西游记》。书场边上是做口技表演的,演绎的是夫妇与两个小儿深夜入睡之情景,可谓声情并茂、活灵活现!而眼下迎合市镇小民趣味的俗曲经典,也都在市上热卖着。

这日,当三人穿过这孔庙与青楼并立的秦淮河畔时,见一群笑逐颜开的乡民、小贩,正掏出把把银钱甩给青楼的看门小弟。那些娇艳的青楼女子们,也没有了往日轻视他们的姿态,反而簇拥在这些露着黑黄牙齿、暴富的小民身边,嗲声嗲气拉扯起来。突然,一个卖油郎跳出来大喝着"老子要包花魁!"众人纷纷侧目相视,见那厮真的掏出一袋银子扔进老鸨怀里,大喊"'美娘'出来!"只见一头戴凤冠、身披霞帔的娇艳女子缓缓走下楼梯,凤冠以金丝网为胎,上面点缀翠凤凰,又挂有珠宝流苏。而宫里的后妃凤冠除缀凤凰外也不过只有龙。又有霞帔绕过脖颈披挂胸前,下面是一颗金玉镶嵌的坠子。这等贵族装束,如今青楼女子也想穿便穿了。随即,这个平日里难睹芳颜的花魁,便在众人唏嘘和眼红的咒骂声中,被身上、手上仍残留污渍的卖油郎抱入怀中上得包间去了。再透过看热闹的人群,陆安见堂中立有一块直入天井的招牌,招牌上画着一列女子画像,旁边写有各自名号。那是人们公选出美人儿的评花榜。而入榜的女子,据闻皆来自各大花楼妓院。一旦入榜,身价便会翻倍。

果真是有钱,便能买得了一切!唏嘘中,陆安却见人群中有一少年与众不同。当常人醉心于花娘其人时,只有这少年和自己一样,平静地看待着这眼前的一切。

"兄弟常来吗?看上去也并非很是喜爱此景啊。"陆安上前寒暄道。

"小弟只是闲来无事时街上逛逛而已。"那少年笑着回礼道。

"兄弟在何处求学?"

"胡乱念过几年私塾。朝堂之上争论数年,也抵不过这民间走上一日啊。"

小小年纪,竟有如此成熟念头。陆安便更多了些兴趣,又问道:"敢问何方人士?如何称呼?"

"先生太客气了。"那少年深鞠一躬,"小弟乃苏州府长洲县人,姓冯,名梦龙,字犹龙。"

"愚兄虚长几岁,姓陆,名安,京城人士。看贤弟观察如此细心,似有想法。"

"哪里,哪里。不过会在闲散时节,随意写上几篇小文罢了。"那冯梦龙[1]客气地回道。

---

[1] 冯梦龙(1574年—1646年):明代著名文学家。所辑话本《喻世明言》(又名《古今小说》)、《警世通言》和《醒世恒言》(合称"三言")是中国白话短篇小说的经典代表。其拟话本小说《醒世恒言》一书中,便收录了"卖油郎独占花魁"这一情节。

"可否来日与愚兄读上一读？"

"那是自然。"

"世间真乐也，算来算去，还数房中啊！呵呵！"正当陆安想和那冯梦龙继续聊上几句时，身边一个书生模样的人却发来这一声甚是羡慕的感叹，引得陆安几个人的注意力转了过去。见那人将手伸到怀中摸了摸，却又无奈地摇摇头而去。

"文人多情。南京学而优则仕的念头，的确比北京弱多了。""六子"叹道。

冯梦龙见陆安几个人是同来的，且聊得甚欢，便辞别而去。陆安望着其背影说道："实在是个有心之人，不知来日会如何。"

几个人说笑着离开青楼。挨着青楼的是处"男院"，几个涂脂抹粉的俊俏少年站在门口，用那比女人还娇媚的眼神"捕捉"着来往的路人。朱元皱着眉头往地上吐了口唾沫，抢先过了那门口。在一处小馆午餐时，又见一中年人带个伴童于邻桌坐下。那伴童相貌俊秀，身背一杂物箱。看装束，二人像是游历之人。心学兴起后，游历已成人们释放心灵的方式，无论男女。陆安想起在景德镇见过的徐有勉及徐弘祖父子，便上前聊了起来。末了儿，那伴童羞涩地问了句"可否启程？"中年人才掏出一把小钢剪，从碎银上剪下一点儿，在店内用一种叫"戥"（děng）的小码称，称重后与店家结了账，又呵护地抚摸了下那伴童的头，露出一丝男人对女子才有的暧昧，后辞别陆安等人走了。

"那定是寻的娈童[1]，一为书童、二为路上'解闷儿'。""六子"窃笑着。

"呸！美化青楼妓女的艳文早已泛滥，如今又到处是些'死脓包'的妖人！大明朝从上到下无不推崇淫乐事，又何来希望！"朱元毫不留情地啐口唾沫，骂道，"有朝一日，小爷定活烹了这般杂碎！"

"现在的人们已不避规教约束。入则粉黛（女宠）、出则龙阳（男宠），乃世人争相所追崇的。此风盛行后，小人身边一些本无此好的，也开始热衷起来。哎。""六子"笑闹之余，也多少有些无奈。

陆安亦对此有所体察。这曾令人抵制的同性相恋之风，如今果真作为另

---

[1] 娈童：专指与男人发生性行为的男童和少年。

种情爱与男女之情相伴推广开来。尽管有冲破束缚之意识在助推，但泛滥亦因民间刻意追求新奇与刺激作祟。还有人买回这些少年，教其弹琴、唱曲、舞蹈及装扮粉饰后，租于嫖客赚钱，形成规模可观的"小唱[1]"市场。相当多的守制士大夫们，已将嬖童[2]视为劣习，归于道统问题了。

"还有刚才那些游民，不过浮夸攀比、打肿脸充胖子罢了！"朱元仍不罢休。

"呵呵！""六子"又在一旁笑起来，道，"朱总旗所言倒也贴切。时下之名士所谓贫而必焚香必啜茗，必置玩好、必交游尽贵。再穷，这几样证明自己风雅的癖好也得有。我就听说有个丘长孺，从无锡带了三十坛惠山泉水回麻城。但仆人嫌累，途中就把泉水都倒了，临到家门口儿才装上附近山泉充数。次日，丘长孺召当地名士品这惠山泉水时，大家纷纷装腔作势地体验着这份高贵。不仅要贴近泉水深情地嗅着它的清香，喝的时候也得咂摸后才能慢慢咽下，喉咙里还都必须发着咕噜噜的吞咽动静儿，喝完后再纷纷表达赞美之言。唯有那仆人在一边窃笑。直到半个月后，仆人们因私怨才揭发了这事儿。气得丘长孺当下就赶走了那仆人。至于那帮喝水的所谓名士们，听说之后个个是羞臊不已啊。呵呵。"

"哈哈！"朱元听罢，孩童般笑起来，"我说吧！如今这人啊，都未必真的有钱或有修为，不过都他娘的在装！"

"真的也有啊！""六子"笑罢又道，"有个闵汶水的舌头便真不是虚夸出来的。此人能分出50多种名茶产地、成色和10多种泉水差异，小人便亲眼见过。"

"哦？"这时，一直听二人闲扯的陆安，突然道，"此人若有绝技，不该埋没山野。速速寻来，即便不予官籍，亦可在适当时为朝廷效力。"

"是！"说罢，"六子"指指前面一家"柳字号绸布庄"说道，"大人，到了。"鉴于南方丝业的重要性，陆安特地在"六子"所推荐的几家丝绸店中选了这家店。几个人遂装作客商进得店内。

---

[1] 小唱：从事小唱曲艺的艺人。
[2] 嬖童：即娈童，指的是以色事人的年轻美貌的男子，泛指男妓。

室内生着炭盆，暖和得很。长柄香炉内，飘出一缕缕檀香之气。一个面带富贵之像的商人，从后屋撩起门帘走出来，外套一件绸缎披风，发髻系一条淡绿绣花的发带。商人自报姓名乃柳川声，又引陆安四人到一排货品前，颇为耐心地介绍道："此乃'妆花'，便是源自'改机'[1]后的新品。我大明之妆花品种，除锦缎外，尚有诸多织法复杂的妆花纱、妆花罗、妆花丝绒等。缎与纻丝，早已取代锦成为当下最主要的贵重衣料了。"说着，柳川声又走到另一处货品前道，"我家的绢、素绢和提花绢皆有，提花绢本就高贵，且大明也允许商贾穿素绢，所以销得很是火热。"说罢，又溜达到前边说，"罗，有素罗、云罗、遍地金罗、闪色罗，纱有素纱、云纱、绉纱、闪色纱，帝后常服、郡王长子朝服、辅国中尉公服、郡王长子夫人至县主冠服、文武官朝服、祭服，皆用罗制成。客官来自北京……若与地方贵胄熟悉，必定不愁销路，呵呵。"柳川声边说边观察着陆安。从他的经验判断，来者即便不是京里的，便是为哪个王爷或望族四处搜罗生意的。

陆安拿起一匹云锦展开部分，很是欣喜地指着上面的纹样，问道："这云锦原产咱们南京的吧？"

"客官行家啊！"说着，柳川声撩起那云锦的一角，道，"其乃库缎、库锦、妆花的总称。库缎是于缎上用经纬相互衬托起花，有的用金线织出，便叫装金库缎；用金银线织出的便称库锦，那种少量花纹用彩线织出的称彩花库锦。云锦诸品中，又以刚才那种'妆花'最高贵。"

"这江南乃大明丝业中心，何以'改机'此类好想法却出现在福建？"

柳川声会心地笑了笑："因受海外贸易之影响，福建虽不产蚕丝，但却乃我大明东南重要丝品产地及外销发源地。倭国盛产金银而缺乏中国之丝绸，泰西人亦需求旺盛。大西洋国家虽早就引进中国蚕桑，西班牙与意大利本国生丝生产也有规模。但据说因当地物价飞涨、生丝奇贵，便转而又从中国购进，闽地便沾了这优势。"

---

[1] 改机：中国明代双层提花丝织品。明代弘治（1488年—1505年）年间由福建福州一位名叫林洪的人，将以往用5层的闽缎机改为4层、创制的新产品。改机后的明代丝绸业，对于面料材质、图案设计及海外市场及海上丝绸之路的发展，都产生了极大的积极影响。

"柳掌柜。"朱元突然插话道，"我只是有些担心，朝廷对百姓衣装尚有规定。眼下虽不干涉，会否某天突然……如当年禁封书院那样，我们岂不血本无归了？"

　　"哈哈！"那柳川声竟丝毫没因朱元暗含的张氏而显出讳莫如深的谨慎，反放声大笑，"兄弟果真笑杀柳某了。现在这天下已是万人求财，与他何干？晚了，怕是这钱便让他人赚去了！哈哈！"

　　这"死脓包的"贪婪之心！朱元脸上笑着，心里却骂起来。

　　大家就这样在笑声和争议中，体会这人情变故和世道轮换。陆安时而感觉自己是在置身事外，如观赏一幅画卷那样审视着上面的各类人物，时而又觉得自己已置身画中，与他们融为一体。归途中，几个人正巧路过一间金铺，陆安眼睛一亮，问道："阿乙。你可记得这金铺？"

　　"记得。"钱乙随即回道，"7年前，小弟来此办一件'妖教案'，便是以此金铺为驻点。那是小弟第一件大案，我那一队人都没了，连小弟也险些丢了性命。"

　　"是啊。如今这金铺已易主，他自是不知此处尚有这等故事。"

　　说是回顾也好、本能也罢，陆安说话的同时也扫视着周边。这下意识的动作，却让他发现金铺西侧茶摊前，一个左下巴有颗痣的中年人惶恐地瞄了自己这边一眼，随即拔腿跑进了一家"同文书坊"。陆安赶紧左右环顾，却没发现任何能引起那人神态的人和事。莫非就是针对自己一行人？

5

　　几个人回到小院后，正逢刘老汉的小儿子刘二富风尘仆仆地回来，极不耐烦发着牢骚："大哥还在锄地吗？哎。如今已何等岁月，务农能有几分赚？不如和我同去操持牙行生意便是。富商因我们可减少成本，还能把货品送到牙行待客收买。虽说我上边儿还有'行头'，但如今不大不小我也算个'大驵'，还能让大哥干'小牙子'[1]的跑腿儿差事？况且，提抽的'牙钱'至少

---

[1] 小牙子：行头、大驵、小牙子，都是牙行职位，高低不同。

也有十金而税一。很多皇亲官绅也都开始私设牙行，前景好得不得了！"

"你大哥厚道，不似你这般奸猾。干不了那营生！你便由着性子去蒙骗吧，小心老天报应！"

"嗨。"那二富反不屑地嬉笑着，"阿爹想太多了。现如今谁有了银钱，谁便是圣人了。您老就别操心了。"说着，从褡裢中掏出一包点心，递给刘老汉道，"喏。'应时细点名糕'刚出炉的。"

刘老汉还是接过了那糕点，算是认可了这个对圣人不敬，却对自己还算孝顺的小儿子的心意。这时，大儿媳王氏从院外提着水回来，二富一见又上前行礼道："大嫂可好。"说着，又掏出一小卷"装金库缎"递过去。那王氏不好意思地接过这绸布，却也甚是高兴，连着说："谢过叔叔。你大哥若有这般心意，便好了。"

"大哥老实，心是有的，怕是说不出来。大嫂莫怪。"二富帮大哥说着话，那王氏便也欣然点点头，回屋操持家务去了。

陆安从窗棂中看着这三口家人温馨而又耐人寻味的家常对话，又见朱元也刚把视线从院内转到手中的本地小报儿上，便捡起一个石子儿丢了过去："今日，你可从那柳姓商人言谈中读出另一层意思吗？"

"您是说……"朱元眼珠儿一转，"大明丝业与南洋、大西洋的贸易，会影响到倭地？"

陆安点点头："你这厮还不算糊涂。如今，全民皆卷入海外贸易，必会在明里、暗里形成不同势力。我等此番访查江南所提交之情报书，在衙门终审后将呈送内阁，成为施政之最终参考，意义不言而喻。刚才刘老汉一家的语态，虽逐利却仍不失亲情礼让。于情于理，我们也都不该妄下定义。"

"是，听大哥的。"

说起江南，除南京外便不得不提苏州了。

这个丝业圣地，确已影响到东至倭国、西抵大西诸国。嘉靖、万历以降，苏、松、杭、嘉、湖这五府，已生出210多个市镇。嘉兴、秀水接界处之濮院镇，迩来肆廛栉比、华厦鳞次、机杼声轧轧相闻，日出锦帛千计。"六子"

的交际果然广，就是在苏州也寻得了些关系，带着陆安三人遍访起了诸多手工作坊场。官局为完成任务，收买的同时也会利用好民机领织。领织的方式，一为领料加工方式。每月可领四斗米，与以往在局服役一样；二为承领包织。没口粮，更像是订货买卖。领织的民间织户仍属在官织户，匠户制度下之劳役约束关系看似仍未解除。领织时又有"收头机户"，乃处于官府和领织机户间之包揽人。有个专做订货领织的姚姓收头机户，被"六子"以谈生意的名义介绍给陆安。而机户与机工之间虽有资的出资、有力的出力，但也非雇佣关系，仍依托于宗法。暴利自也带来了竞争，那些已坐拥数十张织机、数十雇佣工人的大场主，却也对姚收头戒意浓浓。

陆安也眼见一些家资百十万金的大户，基本脱离了靠土地发家的想法，更愿投入巨资、榨取雇佣工劳作获利，历代未有。与民窑中的窑主和窑夫大体相当，但机户亦受制于行会"公所[1]"。杭州早把道圣庙改建为机神庙，用以举办行业集议及酬神祭祀。自己来南京路上已见到，苏州的"公所"便在玄妙观内的机房殿。当时也正遇地方行会举行呼织，其领头儿于观内招呼匠人签约生产，后者日取分金。听姚收头说，他们竟也会合力反抗官府税监。又从其不屑的言语中可以看出，官局的日趋衰落似是无疑了。

如此，几人白日里外出访查，晚上回到驻地查阅文书撰写纪要。陆安也发现，对时下城、镇及各行各业出现的新鲜事物及关系，地方衙门的统编归纳总体尚显肤浅、滞后，评判体系及对策更未建立。这自然也反映出整个大明朝上下，亦身处这更张时代之庐山中，会迷惘、会失策。

这一日，南京内城东麒麟门内的商户纠纷引得陆安放下手中文书，赶赴现场。好在官府处理得当，人群很快散去。随后从驻官那里得知，其实不是本地人与外来人的纠纷，而仅为一些外来客商寻求异地科考的请愿。

"华人乡土观念浓厚。漂泊异乡，会馆便是调节各方关系之纽带，地方官府需多加关注才是。教育乃重中之重，过去负贩行商居无定处，科举亦受户籍制约而不能在行商地参考。既然现在异地附骥维持尚可，科举保障之事

---

[1] 公所：行会的办事机构，类似工会。

也要提上日程。此类纷争近年来一直不断。"陆安对一旁恭敬侧立的锦衣卫驻官嘱咐道。

"大人关注的是。"说罢,那驻官又搬出一摞文书,道,"现如今允许异地附籍,对业儒心切的商者便是福音。两淮官府早就正式定商灶籍,专为解决盐商及子弟科举考试而设商籍,允许他们附入扬州府学,其他各地也都是早晚的事。今日之请愿,不过个中一例尔。"

"据我和二哥所阅读之文书看,官府也试图跟进。首先给流民、逃户异地寄籍暂居及附籍之权利,在留居地扎下根来经营亦可得到保障。虽不乏凭强力占产冒籍者,官府也有查办。无论是否乃本地人,皆开始等而视之了。藏富于民,自古亦为盛世之像啊!官府垄断一切、民间活力甚微,同样无法贡献赋税和后劲。"钱乙附和着。

"三弟你就是太天真!"朱元皱着眉头,"关键是管住了这些奸商!民富,未必会效力朝廷!私心者是只想吃肉,骨头也不愿吐!"

"二哥便是戒备心太强了,总往坏处想。"钱乙倒不生气,笑着说。

"地方此举甚好。"陆安只拿出一册税收纪要,"新兴之城、市、镇,既不能禁,又有利处,便必须良性发展,关键还把握好一个税字。客商侨居异地还有更为严重的后果,便是因其不在本地注籍,而不承担客地赋役之责,以致税收锐减。市镇迅猛发展、客商定居化,早已触动了上下方方面面了。"陆安心里是有分寸的。之前宁夏、播州用兵已各费帑金两百余万,如今的朝鲜之役迄今逾一年多,费帑金三百万,且不知终战何日。而朝鲜之役的消耗,很多来自皇上征收商税的内库私房钱。为何?因为商税虽庞大,但多是达官显贵们的产业,他们不愿缴税,却打着以农为本的旗号把税赋重担扔给农民。两位兄弟间的争论,也是当下矛盾的一个缩影。不少势家、官绅,远未达到江南丝业运用资本那般境界,另有私矿之无籍流徙、土脚小民矿工,又不能与景德镇相对自由的雇佣工相比,实物和工银报酬尚不稳定,其他风险亦不可数。之前的嘉兴"周子礼和沈惟敬案"不也是如此吗?这自发的、已成巨流般求财和务工大迁移,自己更要反复权衡,才可做出准确界定。

对于客商的个中可喜变化,陆安却很欣慰。客商虽会对当地利益有所争占，亦有不法事件，但也不乏积极影响。不少客商发财后出钱修路筑桥、救贫济灾，甚至为朝廷捐资助饷。随着商业之规范、商人修养之提高在改变，且当从行商而变为坐贾后，也必须要稳定经营，即便有作伪罔利者久亦无以自立。

带着些许希望，陆安回到刘老汉的院子。见老汉正在院中捆柴，便上去帮忙。老汉客气地婉拒了，对屋里喊道："小子，你为何还不去给赵先生的私塾送柴？只顾赚钱，都没了人情味儿。"但二富却一心犯懒，偷偷溜达出去玩耍了。

"陆某也闲来无事，便跑一趟吧。"未等刘老汉推辞，便背起一捆柴出去了，也正可借送柴遍访下民情。

让陆安心凉的是，这家私塾果真中落破败了。见不到一个孩子，只有院外碾盘上依偎着一个瘦成竹竿儿的老儒，那绽露着多处陈旧棉絮的锦缎棉袍，虽能依稀看出当年的荣贵与合身，但此刻却被胡乱裹在身上，显得异常的垮塌。赵先生半闭着眼，面无血色，又像是蒙着好几层灰。唯一给予这个老孺一点儿温暖的，便是这正午照射在碾盘上的阳光，也才能让他在这冬日的遐想中回到那热火朝天的琅琅读书声中。

"道统没了，天下要散了。"赵先生想必早已发现了陆安的到来，半睁着眼自语道。那神态和语气，却让陆安不由想起了金家里的那个失势的里老。

"我是替刘老丈给您送柴的。先生何出此言啊？"陆安淡淡地问。

"你不像是个送柴的。不过……"赵先生微微一笑，又很无所谓般地说，"也无甚区别了，反正这天迟早要变。"

"先生所指，可是这民心？"

"过去是穷，但孩童饿了也有邻家照顾，尚能互相谦让；现在富了，万民或唯利是图而不择手段者，或无赖有钱活得滋润，唯有教化读书者少。官府为做好人，又不敢主持公道。"赵老儒似是而非地回着话。

"难道，求财富裕不是好事吗？"

"难道，礼法制约不是同样需要吗？为何却非要打倒？"赵先生看似颓废破烂，却恍惚有一双毒眼，一针见血地看透了陆安多年来的纠结和惶恐。

"对于法统和宽仁，官府想必也有措施吧。"陆安尽量保持一种慎重的态度。

"倒是常见有人下来批判张氏之风，说是反对酷令，实则纵容了钻营。"

"先生言重了吧？"陆安诚恳地请教着，"江南已如此繁荣，若因此强行再归重农抑商，亦不可为啊？不也有官员在这新势头下也转变为重商护商了吗？"

赵先生只微笑着："朝廷若不能掌控将来之变化，一切便无从谈起。"

"想来也是不可逆转了？"

"能否逆转，自有你们官府拿捏。"赵先生头也不抬地说。

"先生说我是官府之人？"

"后生，你是何人与我无关。我只抱怨两句，实际也无济于事。文人多是非，劝你还是多从士人、抑或那些广为流传的市井读物着手吧。越是能普及于百姓中的，才越能掀起大浪。"

陆安带着诸多困惑，离开了那位破落、淡泊却又洞悉世间的老儒。天地灰蒙蒙的，眼前是片裸露的斑秃荒地。山下的树林透着冷峻的漆黑，枝头残留着几枚枯叶。河水卷着碎冰，把焦躁的怨气抛撒到岸上。这番景象，给陆安近几日的愉悦心情蒙上了一层阴霾。

6

时下江南的官场，有两句谚语煞是流行。那便是"宁为长江知县，不为黄河太守；宁为苏杭犬，不做塞外人"。同时，最初只抄录些皇帝活动、诏谕、官员升迁罢黜等通告的《邸报》，也和民间泉涌般不断出现的报纸一道，大幅增加了对于重大朝政事件的讨论及对朝廷弊政的揭露。

在当地锦衣卫驻官的牵线下，在报房做事的书生常思远，与扮作欲投股书报行的"商人"陆安一起吃饭，算认识了。那常思远中了秀才后便无心应举，初期做过搜集新闻的"报子"，积些阅历后，做了"修辑"[1]。言谈举止颇为市井，很容易与陌生人打成一片。问其何以不求功名了，对方反不屑

---

[1] 修辑：修整备置，此处指编辑。

道:"如今这功名算毛?科场中收贿受贿、交替试卷、冒名顶替的太多,入官学,只为取得应试资格而已。远不如报房自在,银钱也来得快!"又随着常思远对陆安这京城神秘贵客身份的敬仰,随即引荐给了自己姓罗的报房贾儿(老板)。

"陆先生,鄙人听说,'京报[1]'办得也是颇有活力啊!"罗贾儿一见面,便饶有兴趣地打听起北地的行情来。

"所谓'京报',其实也非一家报房,而是京城报行统称。内容多重政论,尺度更日渐辛辣,责骂皇帝俨然已成常态了。我等都看不下去,哎。"陆安笑了笑,看起来显得既享受这份乐趣,又有些无奈。"这个鄙人倒也见过。"罗贾儿满不在乎,"鄙人曾转载过《邸报》上的一则报道(原载于《万历邸钞》),曰:御史孙继先希望重新起用几名因言获罪的大臣,皇帝批示:'朕一时误听小人之言,以致降罚失中,本内有名建言得罪者俱起用。王国光著复原职致仕,惟贤著复原职,其余有降非其罪的,吏部都查明奏来。'皇帝已然承认自己犯错了,但这《邸报》竟仍一字不落地发传四方,着实没给皇帝面子啊!京城官场就无反应?"言罢,罗贾儿露出一些不解。

陆安会心一笑:"皇帝虽有批红权,但对言论却开明得很,这等骂自己的并没干涉。邸报编发掌握在通政司和六科给事中手里,这些部衙于是也就实话实报了。"

"哦?甚好!"罗贾儿闻听此言,便没了刚才的顾虑,贪婪之色跃然脸上,"以往,总有保守官吏称我等博锚珠之利、不顾缓急,鼓吹力禁民间言论!今若如此,我等便可敞开编发了!江南相对京城,虽也有政论报道,但民事、商事也极为炙热。历朝历代皆防民口如防川,何曾允许布衣办报的?宋时私营的'小报儿',那也是要被官府查禁的啊!所以,必须得趁早儿站稳脚跟!"[2]

---

[1] 京报:学术界对京报出现于明还是清,存有议论,也都有史料考据。本书在此处不予纠结,认为只把京报视作京城的报纸体系足矣,不必认为京报就是具体的报纸名称。
[2] 明代合法私人报业的出现,在中国历史上是划时代的开始,也是民意普遍觉醒的标志。学术上对此现象有两派:一为已是私营,二为仍属官营。笔者认为,其时的官方对报业的影响是有限的。民间报业,应只是在官方登记,而实际已属私营性质。

罗贾儿正说着，门外闯进一个满头大汗且衣冠不整的书生，进屋便喊叫着：“有事闹了！有事闹了！”

"何事？速速说来！"罗贾儿即刻撇下陆安，将那书生拉进来。

那书生上气不接下气道："外地……松江董家那事儿，现已激出民变了！"

"终于没能压住？呵呵。看来这董家自视过高啊！"罗贾儿轻蔑地摇摇头。

"罗掌柜这是拿到了大见闻啊！"陆安上前贺喜道，眼神间透露着好奇之情。

那罗贾儿倒也懂得人情世故，见陆安已听得半句话，便也没遮掩，敞开道："是个大户欺压百姓之事。那董家的势力直通宫里，此回因骄横心态作祟，侮辱了生员范奇宗家妇女，才引起公愤。"言罢，又对那书生道，"细说端详。"

"是。"那书生继续说着，"各种声讨董家的民谣、揭纸已遍布街巷，徽州、湖广、川陕、山西等处客商，以及娼妓、龟子游船等都始有报纸相传。我手里就有十来份手抄版。"

"好！如今这百姓已不比过去好哄骗，不仅不会放弃任何发声机会，更懂得利用群言宣泄怨气。趁本地报房尚无报道，你马上写下送修辑，随即刊印发行！"

"好嘞！"那书生一弓腰退了出去。

"罗老板手下有如此精明的'报子'，生意必然兴旺啊！"陆安又贺道。

"哪里！呵呵！"罗贾儿客气地笑道，"此人诨名'白小鬼'，并非'报子'，而是个贩卖见闻的秀才，更会采访。他自己也有书童俊仆，打听事体、撺掇是非，由其成文后到处售卖。我这儿还有专向中榜者报喜的'京报人'，赶上宽裕家还能讨些喜钱。人嘛，各尽其才便是，无须争抢科举这座独木桥。"

"罗掌柜说的是。"陆安附和着，"我在京城的报行朋友，手下也多有此类人。人们嘴上嫌弃他们尽赚些挑拨是非的银钱，但转头又看他们的文章，只因其有大量别人没有的趣闻。"民间报业更为迅捷的优势，在陆安眼里也是不争的事实。他们的消息，往往要比官方邸报快上十天半月，甚至数月。于是，不管官员还是平民，愈来愈依赖民间报纸。陆安拿起一份今日刚出刊的新报，却在开篇页看到类似标题的有一句话见闻，上写"捷报：贵府老爷杨讳元钦选应天淮安府沭阳县儒学正堂。"之下却无详说。便问那罗贾儿："此

第八章 一缕"新风"·锦绣江南

为何意？何以只有标题？"

"嘿嘿！"那罗贾儿颇为得意道，"只因私人报房日渐增多，为吸引阅者购买，鄙人便首创这种'报帖'见闻。只讲事情概略、不说详情。人们看报只图好奇，简短、辛辣而无细致内容的标题语，反能吸引人买报看内文及后续。"

"我之前已投钱入了瓷业，与各方人等也有些人缘儿。眼看着报行越发有前途，惹得陆某也颇为心动啊。"陆安佯装跃跃欲试之情。

"那可好了！"罗贾儿一心想攀上这道京城人脉，"这报行，关键就是关系！有了关系，便能得到一手见闻。只抄传邸报消息已不新鲜，各报房都有自己的'报子'守在编发邸报和见闻的衙门周边，或干脆托关系进入王府和官府内直接搞消息。谁先刊发，谁便是行内头牌！"

"但私家报房的消息，不太可信啊……我那朋友的报房便胡乱编过，想来官府不会坐视不管、担心误导民间吧？"说罢，陆安狐疑地盯了一眼罗贾儿。事实上，民间报纸缺陷也是明显，最重要的便是失真，不如官方邸报审核严谨。自己在景德镇那几天，徐光启就曾感慨民间报纸假消息太多，并写信告诫家人不要轻信市井小报。而不管是锦衣卫还是官府，也对民间报房的一些失实报道很气愤，认为"外夷情形，边方警急，传闻过当，动摇人心，误大事矣"，其中就包括自己三年前在宁夏镇查封的、宣称官军溃败的小报。也有官员欲效仿张居正，主张查禁民间报纸。但天下已日渐透明，人言即便可畏，亦不可能一禁了之了。

"哈哈！"那罗贾儿一阵发笑，"京城我不知，但江南已几乎放手了。他编、我也编呗！不编，便没人购买、订阅，便没银子，便会关门大吉。至于……那什么误导，想必也出不了大事。"

陆安看看手中这几份样报，也确无什么违逆妖言，多是个人时评或买卖、科考之事，才又问："京城报房所刊仍多源自'宫门抄'[1]，自办的也明确隶属官府，管束自是有的。罗掌柜所言之'放手'，想来已完全自办了？"

---

[1] 宫门抄：宫廷的官报。由内阁发抄，内容包括宫廷动态、官员升除等。因由宫门口抄出，故名。又称邸抄。

"如此,这京城还是没我们江南自在啊!"罗贾儿很舒心地点点头,"早期各省驻京的抄报房,因成本和数量有限,确可说乃官报性质。但近年有关系的人包揽了印刷官报生意,在北京设报房,编、印、售卖一条龙。这事儿您清楚吧?所以,私报虽由民间实操,但由于是由官报延伸出的,要说真没人管也不可能啊!那些厂卫都是干什么吃的?哈哈!"

"是的,很多人已从着邸报抄版和自筹见闻,扩展至编印、经营了。"

"正是!江南何以成为天下最活跃繁耀之地?钱财是一方面,更可贵之处便是人尽其言!官府出书教化,私人亦可用书表达异见。如今也是谁都想说话的世道,皇帝想说、官员想说、文人想说、商贾想说、小民更想说……且说法还不一!哈哈!这行当前景岂能差得了?"越说,这罗贾儿的神情越发带着骄傲。

但陆安心思却不在此,又问道:"敢问这做报房的,可否兼营书籍刊印?"

"鄙人做报房之前,便是混的书坊行!哈哈!"那罗贾儿一拍胸脯。想必是看中了陆安这位来自京城的潜在贵客,罗贾儿便果真两日后设了个饭局,约了陆安和一位书坊的友人,三人边喝边聊,甚是投缘。那书坊贾儿姓翟,也是个辞官从商的举人。聊到投缘,竟主动邀请陆安去了自己的书坊。

京城的书坊和报房,虽有私人成分,但监管颇严,内容也较为谨慎。江南既有陪都名声引来的各方精英,又无过多束缚,文学与诗画这种原本用以修身养性的事物,如今也都化成了各类生意。书坊主人原本就懂文字,加上之后又接触了刻印技巧,慢慢也就成了书坊的修辑主体,成本上更是大大节约了。但他们毕竟分身乏术,摊子铺大了,修辑和经营的局限就凸显了出来,自然也会阻碍书坊的长远发展。

"谁说不是呢。但……"提到这儿,翟贾儿尴尬地笑了笑,"经商难啊,暂且便顾不了那么多了。"言罢,翟贾儿更带陆安进了修辑室,那里正有几名修辑在整理书稿。看上去都衣着朴实,甚至有人身上还有好几处补丁。

"多是些失意文人。"翟贾儿附耳对陆安说着。或又担心这些穷文人听到,以及不想陆安过多了解自家的修辑详情,翟贾儿又将陆安引回书房,道,"虽说酬劳有时不高,但过去落榜只能穷困潦倒,如今却也让读过的圣贤书有了用场,岂非两全其美吗?但说到如今这书业的兴盛,还真要提下那位出身布衣却极富远见的太祖皇帝。没有他的访求遗书和免去书行杂税，以及后世皇帝对藏书的热衷，一度低沉的书坊行也不会恢复得这样快。"

"关键是官府不管束了，存、灭便全由商家自己了。"陆安攀谈着。

"是啊！"翟贾儿连连点头，"我等办书坊，除向有才文人邀约、购稿外，更要出资购买、征集书稿方能维持。这年月的商场，可比战场真的不弱啊！"

陆安笑了笑，又装作不经意地问道："江南书坊确实繁盛，我于路上还遇到一家曰'同文'，店里伙计左下巴有颗痣，倒真像陆某小时玩伴。哈哈。想来也是趣事。"

没想那翟贾儿听罢竟突然脸色铁青，翻开手中的书页，敲打着上面的促卖词汇，道："宣告、标题、牌记……这些其实都隐藏着各种彼此攻讦之事！余象斗双峰堂于今年刊刻的《忠义水浒传评林》，其'识语'便这样写的：《水浒》一书，坊间梓者纷纷，偏像者十余幅，全像者只一家。前像板字中差讹，其板像旧，惟三槐堂一副，省诗去词，不便观诵。今双峰堂余子，改正增评。一画一句，并无差错。士子买者，可认双峰堂为记。极其恶毒地贬损其他书坊的插画和错漏、歧义之处，还不是炫耀自家书坊的小说水准最高？喊！全无君子操守！那'同文'更是如此，诋毁我不止一次了！左脸上有痣的叫孙三支，便是他家跑征稿的，岁数一大把却极为无德。"

"哈哈！"陆安听后大笑，"翟掌柜不也说了，这商场便是战场，只论手段便是了。只是，鞋袜只管温暖舒适，而书报更有教化之责矣。"

"呵呵……是啊。现如今已呈改天换地之象，书业和报业兴起绝非一时鼓噪。二者说到底仅为载体，而其兴盛的内源更在人心之活跃！"

陆安觉察到翟贾儿的话外音，试问道："翟掌柜说的莫非是……学说？"

"陆掌柜洞悉秋毫啊！"

7

在江南湿冷又热闹的严冬里，陆安三人迎来了万历二十三年（1595年）的新年。晚上的街上依然行人如织，商铺张灯结彩，天上更是一片烟花璀璨。远远望去，整个南京城宛如一条条身披缤纷彩带的火龙，伴随着这些欢悦、洒脱的人们而翩翩起舞。

陆安关上窗户，窗外的喧嚣戛然而止。桌案上，摆放着一封打开的密信。上面涉及的人，正是几个月前被废斥为民的顾宪成。信中说，顾宪成将归隐山林，不问时务。但陆安不相信他会这样，此人入世立场极为强烈，不入官场，只能意味着这些心怀异见的在野人士，会通过著书办学、书坊、报房来传播自己的主张。目前之群言态势，虽只存在于商贾及文人一家之言、庶民家常小事，但其茁壮至左右朝政之日已然依稀在目。顾宪成的家乡、无锡东门内那座东林书院，如今虽只剩下残垣断壁，但顾宪成与其弟顾允成不早有将其修复之意吗？

一声敲门响起，稍停后是两声连续敲门。这仍是钱乙的惯例。陆安打开门，将钱乙和同来的朱元让了进来。

"北京又来信儿了。"朱元说着，掏出个小油布卷。

陆安从油布卷里抽出信。看罢，嘴角微微一撇："朝廷已决定遣使封秀吉为倭国王了。现在，这沈惟敬与朝廷使团，及倭使小西如安，已启程返倭了。"

"和谈有望了？"朱元疑惑着。

"疑点重重。"陆安一笑，"之前密报，小西如安抵京后对石星提出的三款满口答应，这三款是：一，倭军受大明册封后撤离朝鲜和对马；二，只册封丰臣秀吉为日本王，但不准其求贡；三，与朝鲜修好，永不得侵犯。秀吉是想取代大明，建立起以倭国为中心的全新朝贡体系的，这些和谈条款，都是在戳秀吉的脸啊！而这小西如安，同样是带着秀吉'和谈七条'的狂妄使命而来，却未见其搬出何种条件与石星讨价还价。纵使城下之盟，也不至如此姿态吧？看来得从其后方才能找到原因。"

"后方？"朱元似有所悟，"可是指那倭使乃小西行长亲信？"

陆安点头道："据报，秀吉当初曾让小西行长草拟过一份名单，用以落实条约内容，但小西如安的名单中却少了加藤清正和黑田长政。"

"哦！"朱元理清了这个思路，"莫非这小西如安敢满嘴胡说不成？"

"何止他啊！"陆安轻笑道，"战争一开，和谈便始终被沈惟敬一手把弄。我们所探其密谈内容,皆不完整。现在看,其与这倭使之间似有惺惺相惜之像啊。议和若失败,肯定有人头落地的。为保命,以新谎圆旧谎也是极可能的。"

"大哥说的是!"朱元毫不犹豫地回着。

钱乙似有心思,后才道:"但我等此番意在南访,朝鲜之役进展皆由石镇抚掌握。如今也只是通报于您,但决定并不在我们啊!"

陆安遂无奈一笑道:"阿乙提醒的是,先完成南访。"又问,"福建的事还没进展?"

"没有。"钱乙有些沮丧,"许巡抚深化离间的折子,在这和谈的大好气氛中已然没了下文。史大人也接到兵部指令,似可能调回内勤。"

"嗯。知道了。前几日让'六子'去办的那个学说大会的名帖,可妥了?"

"妥了!明日就送来。"钱乙一脸轻松,"那些个书院平日里本就活跃,赶上这大会便定是更热闹了。听说,去年这南京城里,就有一场佛家与大西洋基督的辩论[1]。惹得全城都来观望,直辩得的是天昏地暗啊。"

"哦?哈哈!"陆安笑道,"往日里不见阿乙如此激动。今日倒是颇有感慨,看来你也是个爱热闹的人啊!哈哈!名帖一到,我们即刻去见见这新世面。"

"是!大哥笑话了。"钱乙便又收回刚才的兴奋。

民心突变,会诱发学说之兴起;而学说更迭,又会引导民心之不同趋向。二者总是在互相影响。万历七年(1579年)张氏大规模地禁毁全国书院,却越禁,民间越办。更随张氏被彻底打倒的,而成倍复修和新增书院。歙县紫阳讲会、休宁还古讲会、宣城同仁会馆讲会,每月中一小会讲,每年4月有三日大会讲,动辄数百至上千。就像现在要去旁观的这场多地联办大会,更是为期5天。

"里老说过,朝廷的意思向来是将上至国子监、下至地方官学与科举相

---

[1] 佛家与大西洋基督的辩论:原型为3年后,即1598年,利玛窦与大和尚雪浪大师,即黄洪恩进行的两次辩论。

连，而对书院则始终态度消极。但以小人所见，如今这书院倒是越来越博得人心了。"陪同在陆安身边的"六子"，扫视着街边的几家小书院，不由叹道。

"朝廷上有因政见各异而排斥异己之弊，弃仕途而投报房、书坊谋生者既多，在野自立书院便也不奇怪了。评议时政、指点人物，自也认为是在履行修齐治平理想吧。且官办书院，学生一般源于本县范围，而民办书院却不拒外地学生，兴盛也就不奇怪了。"陆安道。

"民间书院肆意乱讲，岂不是会乱天下吗？"朱元一如既往地忌惮着。

"兵来将挡，水来土掩。规范教化便是。何以因噎废食，又予压制？"这次，似乎陆安的口吻有些不似那般闲在了。一旁的钱乙赶紧低声安抚道："二哥，大哥的意思你该体谅。你也该相信大哥。"

"我信大哥，只是不信别人罢了。"

陆安听此言，也多了分注意，对"六子"叮嘱道："定要协助地方驻站，做好各方书院、学人之监察，尤其学说倾向及办学资金之来源。"

"您放心，事情都在做呢。""六子"道，"书院经费主要源自官府拨款、官绅捐助及自身经营。"

"各地都该向徽商学习。他们深知，族属要壮大且强盛不衰，光靠金银是肤浅的，重要的是要在政治和学说上确立地位。正所谓'族之有仕进，犹人之有衣冠，身之有眉目也'。否则，便只配做个小人得志的卖油郎。"

"大人说的极是！'六子'句句记在心里了。"

如同流商汇聚而成市、流民汇聚而成镇一样，各方书院从原来偏僻幽静的乡野纷纷迁移至内城。时值讲会期间，书院无论自有大小，皆将门面粉刷一新。主会场，便设在一个徽州人的"振明书院"内。书院自置学田56亩，院内还有掘地时偶然发现的那口甘井。陆安几人进得中院时，见已是人声鼎沸。讲堂内似容不下诸多学人，于是，书院便将会场干脆移至院内，台阶上置一讲台，只有个别老者和名师留在堂内。尽管正值新年寒冬之中，众人脸上都不免干燥发红，但却无一不充满着兴奋与喜悦，看不到一丝的倦意和抱怨，于堂下各自畅谈着文学、时政。众议未启，场内的气氛已然火热了。

第八章 一缕"新风"·锦绣江南

此时,一位身着襕衫、头戴儒巾的中年人上得台上,道:"在下感谢各界学人们之支持。在名师布讲之前,当是各位众议时段,各位尽可各抒己见,书院绝无阻拦。今日开场之议题,乃——'君主之职责!'"

主事人将议题刚刚说出,一个头戴幅巾的老书生率先上台,说道:"在下愿抛砖引玉。吾认为,君主之职责:仍不失太祖之观点,为'育民'尔。旨在养育、抚育、教育、教化。"

台下开始响起了掌声,却也带着一些不同意见。有人正要动气,主事人随即制止道:"各方所言,均要尊重!即便于己不和!"

随后,反对者来到台上,竟为一少年。身形单薄,却昂首道:"君主首责,乃护佑族群!族类不能自固,而何谈仁义?以此为根本,辅以仁、义、礼、刑强大之,绝不可被他族混杂!"

"好主张!"台下有人赞道,"愚兄所尊崇之'兴利除害'一说中,去除夷狄侵害这点也正与贤弟'卫族'说异曲同工!"

"小弟荣幸之至!"那少年也如遇知音般笑着。

但台下又传来不同的声音:"二位小哥虽俊杰,但华夏自古便强调和而不同、融入我之异类更数之不完。若依二位所言,岂非闭关狭隘吗?我祖上乃溪人,现在完全失去祖先属性。难道,我等便无权在这大明朝立足吗?"

台下遂一阵议论。

少年却明显有备而来,淡定自若地回道:"这位兄台所言极是!兼容并包确乃为华夏不衰之本因,异类融入更是华夏之骄傲。但关键不在隔绝外人,而在于融入后要与我同心才是。若不分敌友而一并接纳,既无法壮大,反会日渐分化!难道二心者不该警惕吗?"

"好口才!"朱元在一旁大声赞着。

"你们所言,皆过于肤浅!"此话一出,便让刚才仍在争论的发言者和听者,都戛然止住,将目光移了过来。只见一垂垂老者拄着拐杖,颤颤巍巍地走出人群,道,"君也是民,君主权利必须要加以限制,至少须朝此方向努力!帝师于可远(于慎行)便曾说过,君主地位过高、权力过大,必会因为所欲为而亡。"

"这老匹夫……"朱元正要发怒,被陆安一把按住。但场下对此说有异见的,却也有几人。但那老者又继续道:"老夫所言并非灭君,而在于以大道指引君主。从君而亡,并非尽臣道。最终还要看其是否利于民众。就连异端魁首李卓吾[1],也曾坚持忠君!其观点便是:一为不逆上;二为忠君不图保身,甚至不辞其死;三为大忠,而不拘泥于为君而死或是惟君是从。"

"'使由之,不可使知之'这类旧学禁锢不予打破,谁也难说乃救国之道!"一个留小胡子的人,观点比那老者更甚。

"没错!"有人马上予以肯定。

"不然!此乃不解孔子本意!"不同意见随之出现,"首先,孔子乃中国创办私学第一人,一生为教化百姓,更主张仁者爱人。其二,此话断句亦有学问。如可断句为:'民可,使由之;不可,使知之。'即:百姓道德、行为符合要求时,便不要管他;若不符,便要告之、引导之。或可断句为:'民可使,由之;不可使,知之。'即:百姓,若可任使,就让他们听命;若不可任使,就让他们明理。如此,不正是向好之意吗?难道也是该彻底打倒的?"

"好学问!"场下"呼啦啦"一阵掌声。

"不过善辩罢了!"小胡子仍然反对着。

场上场下于是陷入了短暂对辩,刚才那位老者等几人也加入其中,并对此纠纷的场面乐此不疲,陆安也不禁被这场面引得有些心潮澎湃。主事人只一旁静静看着,似乎很满意这种交流乃至对立。但大家一直未停,遂将一位40多岁的学人引上台前:"此乃淮南学人陈怀佳,大家不妨听听他说。"

众人渐渐安静下来。那陈怀佳着行衣、戴东坡巾,眉目深沉又饱含深情地说道:"华夏若要继续开拓,必秉持阳明心学!"

"阳明心学?那已不是新事了!"台下议论道。

"非也!"陈怀佳摇头,"我所提倡之心学,乃回归阳明之本意,正确理

---

[1] 李卓吾:即李贽(1527年—1602年),福建泉州人。号卓吾,是明代官员、思想家、文学家,泰州学派的一代宗师。也是明中晚期狂禅的代表人物,以及当时学说界百家争鸣现象的集中体现。其著作等身,在社会价值导向方面,批判重农抑商,倡导功利,符合明中后期资本主义萌芽的发展要求。但同时,学说中不受约束的绝对自由主义,又是在所有现实社会都无法实现的,也易被误读。著有《藏书》《续藏书》《焚书》《续焚书》等。

解阳明的知行合一。知是行的主意，行是知的工夫。今人只因知行为两件，故在一念发动虽为不善，却未曾行。于是便不去禁止，阳明所说知行合一，还要人明晓：那一念发动处，便即是行了。从善的方面讲，有行才是知；从恶的角度讲，有不善之念便是行了。"

"陈先生所言阳明之致知，便是孟子的良知。只是，阳明将其说发展成'心自然会知，见父自然知孝，见兄自然知弟，见孺子入井自然知恻隐。此便是良知，不假外求'。认为良知不得自外界，而正是主体本有特征。"另一学人插话道。

陈怀佳不住点头，又道："我们需反复考量阳明之'四句教'：无善无恶心之体，有善有恶意之动，知善知恶是良知，为善去恶是格物。"

"'四句教'本身便有弊端。"又有人在一片融洽气氛中提出异见，但同样没有引起陈怀佳的反感，却拱手道："请兄台赐教！"

那反对者也不客气，昂首道："当今朝廷，吾惟推崇顾宪成。顾先生已超越学人而为政治大家。其认为，'无善无恶'四字最险、最巧。君子一生兢兢业业，择善固执，只著此四字，便枉为君子；小人一生猖狂放肆，纵意恣行，只著此四字，便乐得做小人。当下心学弊端已日显，其末流用'无善无恶心之体'之论致学风混乱。所以，顾先生才提倡实学，意欲复古程朱并修其弊端，实现'修齐治平、内圣外王'理想。冯从吾也说，近世学者病支离者什一，并猖狂者什九，皆因'无善无恶'之说所误。"

"阳明心学，说到底不就是'人皆尧舜吗'？信谁，也不如信自己。喊！"一个粗鄙有些不太和谐的语调，大声插着嘴。

陈怀佳轻轻摇摇头，暗有所讽道："阳明之学说影响甚远，但仍不能说已普及开来。原因，便是其本人提及的'利根'与'钝根'一说。旨在表明每个人天资不同，而其思想亦只适于'利根'之人。"

大家哄然一笑，有的还特意看了看那粗鄙之人，那人仍是不可一世的姿态。

"王学创立之初，'致良知'和'知行合一'并非后世那样'空谈人性'。但也有人说，阳明之后的泰州学派将其心学曲解，才是误人子弟！您如何看？"台下有一戴网巾者道。

"正是！"陈怀佳道，"泰州派已将阳明之学推向一个极端。认为理既然存在于心中，即使不读书也可成圣人。若问泰州学派是否继承阳明精神？答案是否定的！阳明心学，对于启发个人自信和潜能本有巨大帮助。但泰州派高估人性、空谈高调，为赢得下层支持，随意向民众散发圣贤名号，评判都在个人。如此，才造成廉价圣人泛滥之象！"

"先生所言极是。"台下一个头戴小帽[1]的支持者，道，"王艮不过灶丁[2]出身，经商东鲁后自立门户讲学。虽师从阳明，但却不满其说而自立泰州学派，并鼓吹百姓日用即道外不可添一物。与其子王襞都不主张庄敬防检、戒慎恐惧，如此便极易流入空谈，造成凡夫俗子皆为尧舜之误读。"

"但你也需看到其可取之处啊！""网巾"又道，"王艮说，不知安身，又何以保天下国家事？"

"小帽"又回辩道："王艮未承袭阳明本意，他提出的安身保身的'身'，就是指血肉之躯。把爱护生命，置于道德相等的地位。还提出'明哲保身'，一切保全身体为根本。更认为伯夷、叔齐拒食周粟，饿死首阳山不可取。此论传开，岂不是会误导百姓唾弃舍生取义，而以苟且偷生为荣？"

"非也！"那"网巾"回辩道，"没有生命，一切无从谈起。此理论立足于'我爱人，则人必爱我；利己害人，则人亦报我。'最终是要从中了解自己，并不为产生利己态度。王艮更没有从根本上否定传统儒家，只因其出身平民，又面对平民百姓，所以才不得不融入自保意识以便受众接受。"

"如此甚好！""小帽"才点点头，"你我意见不同，但殊途同归啊！"

"正是！""网巾"开怀大笑道。

陆安在场下默默关注着台上台下的对辩。大家的意见有的相去甚远，但有追寻真理之信念，暂时的争议碰撞，又怎能说不是一种促进呢？陈怀佳也并未因别人与他的意见相左而不满，反而很是欣慰，似乎发现了闪光之处，继而道："泰州派之学说，罗汝芳、颜钧也曾将其发扬。前者对于'仁'的解释，也即李卓吾'童心说'渊源之一。即：道之为道，不从天降，亦不从

---

[1] 小帽：即六合一统帽、瓜皮帽。
[2] 灶丁：旧称煮盐工。

地出，切近易见，则赤子下胎之初'哑嘀一声'是也。"说罢，仍不无遗憾地叹道："李卓吾之狂禅[1]，自称源于心学，但实际已失原意了。"

"大家可知道，今日特请来之最后名家，是为何人？"就在此刻，主事人却适时地结束了陈怀佳的感悟，似有开启下一章节讲演的意思。

"早听说今日有名家前来，但不知何人。"台下纷纷议论着。

"现在，我们便请上今日之名家上场！"说罢，堂门徐徐打开，两个年轻书生引着一位老者徐徐走出讲堂。

那老者身形瘦长，身披一件肥大拖地的僧袍，在风中"哗啦啦"摆动着。一袭光头，长眉垂于脸颊，与五柳长须在微风中惬意飘动着。脸上的皱纹如沟壑般纵横开来，似乎每一道纹内都隐含着无尽的沧桑，深邃的眼窝掩饰不住那炯炯有神的双眸，讲述着那一个个跌宕起伏的故事。

"竟是李卓吾！""卓吾先生！"瞬间，整个院子沸腾起来。严冬的寒气，似已完全抵挡不住学人们对这位老人的崇敬之情。

"果然气度非凡啊。"陆安也不禁脱口而出。

"若无唬人架势，自无法蛊惑天下！"朱元嘀咕着。陆安冲朱元拧了下眉头，朱元便未再发声了。

会场在一阵嘈杂后，渐渐平静下来。李贽凝神向着远方许久，才中气十足地向场下问道："朝廷称我为'异端'，诸位以为如何？"

"此乃污蔑大师！""朝廷恶意打压！"刚才还互有争辩的场面，俨然一边倒拥护起了李贽。即使有陈怀佳等人的不同声音，也被这潮水般的欢呼声盖过了。

"我要说的是……"李贽却无动于色，依然像安抚自家孩子那样，平静地说道，"我就是个'异端'！"

"哗！"场下一阵沸腾。

"'异端'这顶帽子，是那些俗鄙假道学人强加于我的。既然他们如此看

---

[1] 狂禅：是一些禅宗修行者认为礼佛、读经都无益，存有求道成佛的一念也是错误的，甚至出现呵佛骂祖的现象。认为平常心就是佛心，每个人都要做唯我独尊、不受外惑的人，使得禅门一时戒律荡然。

得起老夫，老夫索性便以这'异端'自称了！君子坦荡荡，我又何惧哉！老夫恰恰认为，这以往历史偏皆是颠倒的，更必须彻底倒过来！"

"大师高风亮节！先生至大！"场下又一片呼喊。

"儒学空谈道德，不可治天下。所谓理欲、君子小人、义利之辩，不过勋贵济欲之具，更无法维系人心。必须树立一全新道统。你们说那是什么？"

"'人皆有私'！"场下似有协商过一般，齐声回道。在这气势下，个别异见者也被摄得不敢出声了。

"说得对！"李贽高傲地点点头，"这世道假不假？"

"假！"

"我批判的，便是一个'假'字！夫既已闻见道理为心矣，则所言者皆闻见道理之言，非童心自出之言也。言虽工，于我何与，岂非以假人言假言，而事假事、文假文乎？盖其人既假，则无所不假矣。由是而以假言与假人言，则假人喜；以假事与假人道，则假人喜；以假文与假人谈，则假人喜。无所不假，则无所不喜。满场是假，矮人何辩也？世间万事皆假，人身皮袋亦假也。然既已假合而为人，一失诚护，百病顿作，可以其为假也而遂不以调摄先之，心诚求之乎？道德全部，不过趋利避害、衣与饭尔。只需我们'各从所好，各骋所长'即可！这些，皆出自'童心'之说也。"

"正是！"台下顿时议论起来，"即便做个'真小人'，也甚过'伪君子'！"

"诸位学人，今日卓吾先生亲临讲会实属千载难逢。"主事人双手向下摆了摆，做了个平息的姿态，道，"先生也很希望与各位交心，诸位尽可提问吧！"

"先生与宋明道学差异在哪？"提问者甚是积极，主事人只能随手点中一个。

"道学认为先验之天理规范社会为第一，而老夫则认为人才是第一，更不以圣贤是非为是非。没有圣贤，人们照样按自己是非活着；有了圣贤，反会丢了自我。"

"先生！"又有人被点中，迫不及待提问道，"先生如何看待宋儒评价汉武？"

"后儒批汉武'穷兵黩武、劳民伤财'，老夫是不赞成的！汉武打下百年太平。其利远胜于代价，乃有为之大功业矣！"

"好主张！"陆安没想到，喊出此声的竟是朱元。于是，笑呵呵地低声和朱元聊着："怎么？你也不骂他了？"

"这……"朱元有些尴尬地回着，"一码归一码吧……该'异端'仍'异端'。这厮竟也曾支持罪臣张氏。"

陆安清楚朱元的话。李贽对张居正的改革，当初是积极支持的。张氏反对僵化的道学家不假，但更反对民间声音，那就是——布衣干政。认为无序之群言，不仅无益于社稷，反会搅乱天下。且很早就抱怨道：一事未建，而论者盈庭；一利未兴，而议者踵至。即便如此，文人结社至嘉靖后期已极盛，陆安回忆起自己年少时，罗汝芳的一次讲学场景：至若牧童樵竖，钓老渔翁，市井少年，公门将健，行商坐贾，织妇耕夫，衣冠大盗，此但心至则变，不问所由也，况夫布衣韦带，水宿岩栖，白面书生，青衿子弟，黄冠白羽，缁衣大士，缙绅先生，像笏朱履者哉！是以车辙所至，奔走逢迎，先生抵掌之间，坐而谈笑。

所以，很可悲的是，后来迫害何心隐、压制李贽的，不是那些李贽咒骂的保守官僚，正是主张变法的"张居正们"。当然，张居正面临的问题也比宋时王安石要严峻得多。所以，才于万历三年，递上《请申旧章饬学政以振人才书》，下令禁止别创书院及群聚徒党一类讲学。

"卓吾先生，我有疑惑。"又一人被点中提问，"五代时的冯道，被称为'十朝元老'，包括外族，史上颇有争议。先生如何看待？"

"其乃大丈夫也！"李贽大手一挥，凛然道，"没有比肉身活着更重要的！有吃、有穿，又何必管他谁做皇帝呢？冯道任内50年，无天灾、战祸，足矣！"

"先生所言，吾以为多有歧义。"一个头戴"大帽"的年轻书生抢话道，"如此一来，岂不是变相鼓励变节吗？"

"非也！"李贽尚未反驳，刚才那提问者便回了质疑者，"以卓吾先生对汉武评价看，岂是媚外之论？乃是不以道德捆绑一切，于特定时所持变通之法也。正所谓'留得青山在，不怕没柴烧'。若一味迂腐殉节，岂不反成敌人之美？"

"如此，便是可赞的了。"那戴"大帽"的质疑者闻听此话，便也点头称是。

"那先生对地方分权有何见解？"又有人问。

"扩大地方军政自治权利！唐自安史之乱后尚能维持百余年，全靠外镇重藩屏障。而宋室却大搞强干弱枝，以致边境如同泥墙土栅般不堪一击。"

"女人是祸水吗？"场下又传来一阵高喊，此时的讲场已无须主事人点名，提问之气氛已经蔓延开来，此起彼伏。

"绝非女子不如男，实为男子不如女子也！"李贽双手在空中挥舞着，那神情似已穿透了在场每个人的心绪，"女子情爱非但不是祸水，更乃开天辟地之大功业矣！当年，也曾有人以'妇人识字则乱情，尤不可作诗'及'女子短见，不堪穴道'等谬论为名，建议老夫拒收女徒，老夫即出《答以女子学道为见短书》一文驳之！但所谓短见者，谓所见不出闺阁之间；而远见者则深察乎昭旷之原也！汤海若[1]便曾说，世之男子不能如其妇人者，亦何止一元卿[2]！"

"好！"

"哼！"朱元低声道，"小文人嘛。无非是说几句好听话，以便'赏玩哄骗'妇人罢了，最后还不是为附庸所谓名士之风的虚名？"但随后，便招来身边几人的蔑视。朱元正欲横眉相对，被钱乙揪了揪衣襟，才忍下去。

台上的李贽丝毫不在意台下如何，只顾演讲道："老夫更主张不以死劝人，寡妇应再嫁！卓文君与司马相如所谓之私奔，实乃为爱！又何耻为？"

"据闻，卓吾先生也曾以'真孔学'自居？"喧嚣后，提问之热烈仍未褪去。

"王艮、王辟等学人，不拘泥于阳明。老夫50岁前仍没摆脱孔氏束缚，直至将这家、官和头发统统扔掉后才彻底清醒。我去云南，但见夷人男女自由相爱、情到便率性交合于野山，与我辈驯化下之'畜生'相比又何等

---

[1] 汤海若：即汤显祖（1550年—1616年），江西临川人，字义仍，号海若、若士、清远道人，中国明代末期剧作家、文学家。祖籍临川县云山乡，后迁居汤家山（今抚州市）。其戏剧作品《紫钗记》《南柯记》《牡丹亭》和《邯郸记》合称"临川四梦"，其中《牡丹亭》是他的代表作。在中国和世界文学史上有着重要的地位，被誉为"东方的莎士比亚"。

[2] 元卿：传奇剧本《董元卿旗亭记》中的男主角。明代郑之文作。之文字应尼，江西南城人。四十出。记叙了北宋莱州女子隐娘助夫逃离金人占领区之事，取材自宋代洪迈《夷坚乙志·侠妇人》。

洒脱！"

"好！做便做个真性情！"台下附和着。

"对！最高之修养，就是要取悦自己！"场下亦随之波动起来，李贽再次高呼后，又道，"有人说，只懂取悦自己乃自私表现，此乃大谬！这样做实则为更好接纳自己，包括对自己不足之包容。老夫曾于幼年一次师生问答中，自觉表现不佳而躲在柴房大哭。老夫天资已极高，何因一次不尽完美而于此？其实，我只是害怕外界对我会有不满。回想这些年，考虑的皆是如何取悦他人，却独忽略自我之存在。现在看来是多么可笑！但当老夫开始取悦自己时，才发现，自己竟也如此可敬！"

"对！取悦自己！坚信自己！"

"如何能再见到先生！先生的著作何处能买到？"

"诸位。"主事人此时站了出来，挥挥手，"卓吾先生著作等身，早已流传及南北。其《藏书》取于正史，载录自战国至元朝的历史人物800名；而《续藏书》则取于我朝人物传记和文集，载录万历以前之人物400名。此书特点便是要彻底颠覆过去、创立新意！自陈寿撰《三国志》以曹魏为正统以来，区别正闰以明正统成为传统史学之既定编纂法。但卓吾先生将否认此正闰关系，以陈胜为'匹夫首倡'、窦建德为'亡命草创'而入纪，与唐宗、宋祖并列，实乃亘古未有之创举！如此革新之处不胜凡举！"

"我要买！""我也要买！"……

"诸位莫急。"主事人兴奋地劝着大家，"书院便有先生著作，都能买到！"

讲场，随着李卓吾最后的激昂演说而进入高潮，又随着学子们蜂拥至后院争相购书而归于平静。陆安带着朱元、钱乙和"六子"，也随另一些学子走出书院。但临出门前，陆安却发现会场内有三个书生模样之人，既没有争相到后院购书，也没有随众离开，却在一起交头接耳后才散开。陆安正要跟上，却被身边一拨人隔开。待出得院外后，却再未见到他们。

"今后祸乱天下之'贼'，必李卓吾！"上得大街后，朱元才终于骂出来。

"此言何来？"陆安似乎很平静地问道。

"此'贼'自称其乃王学门下，套路更像秉承两晋时期之鲍敬言。鲍氏所著《无君论》,鼓吹'曩古之世,无君无臣,人们不相并建,不相攻伐,君臣之道是后物,是强暴欺骗的结果'。实乃无法无天之妖言!若真世无道统,岂非又回到弱肉强食之野蛮世道?!这些逆贼文人,嘴中仁爱天下,实则只图自己痛快!"

正在此时,一个头戴"大帽"的身影从他们身边跨步走过。陆安认出,他今日在书院曾提问过,便带三人远远跟在后边。没走多远,见对方进了一间酒肆。

陆安四人也跟了进去,见那"大帽"在一个角落坐下,佯做刚发现对方的样子,惊喜道:"兄弟可是刚去过卓吾先生的讲会?"

"正是。"那"大帽"见能被人认出也很欣喜,拱手道,"在下泸州郑星云,敢问兄台贵姓?"

"在下陆青山。刚才看贤弟与其他学人论道很有兴致,但却未在书院购书而独自饮酒,想必定有主张吧?"陆安编了个名字,回道。

那郑星云只叹口气,又低头喝起了酒。那神态,似有不屑,又带着些许不满。

"定是对那李卓吾不满呗!"朱元看似粗蛮,但恰到好处地发出了怨气。

"李卓吾才华横溢自不必说,但……哎!"稍做犹豫后,郑星云终于打开了话匣子,"'交合乡野便乃真性情?''地方分权就稳定?'我看他是疯了!那所谓'真小人、伪君子'[1]之论更为可怕!伪君子该批判不假,但真小人就该加以鼓励?不提'善恶'、单扬'真妄'!将来怕是会被利用!乱了!乱了!"

"郑贤弟又从何处,得出此结论?"陆安恭敬地问道。

"小说,便最能说出最真实之世道变化。"郑星云道,"那《金瓶梅》透露了的便正是'无善无恶'之说。"

"此说流传甚广。过去界定德、行,乃从善、恶区分。如今善恶皆可以伪装,人们才进而去追寻全新之认定。郑贤弟提到的《金瓶梅》确是典型。《三国演义》中有道统,《水浒传》里亦有兄弟,二者对道德描述皆是很正面。唯独《金瓶梅》无半点儿道德约束的影子,皆在讲述'率真性情'。想那20

---

[1] 真小人、伪君子:宁做真小人,不做伪君子,是当时思想异化后的一种普遍风气。

年前，怎会有如此景致啊！"郑星云的视角，恰与赵老儒不谋而合。陆安更在最后甩出一句意味深长的话，试探着对方的意思。

"这李卓吾陷得太深了！哎！"郑星云并未接上陆安的话茬，只遗憾地摇着头，"难怪与他过往的诸多好友相继分开。"

陆安也并未强求，继而道："贤弟说的可是耿家兄弟？"

"对！"郑星云叹道，"万历十三年，李卓吾离开黄安而往麻城。据闻，也是耿定向担心其晚辈受李贽激进思想影响而流为'异端'，才迫其离开的，又去信责怪李卓吾误导其弟耿定理终日迷信禅学而不理世事。说实话，这耿定向的担心并非不可理喻。这李贽已然狂傲惯了，更言行于各地学子间，年少叛逆之人，极易被其吸引煽动，谁管自己就反谁！"

"耿定向一贯恪守儒家根本，认为若一味任其性而不知统率，则其害不绝。但也试图吸纳王学和禅学。就算担心其说有蛊惑之嫌，却也承认其本意是向好的。但李卓吾是个口无遮拦之人，只因耿定向对其曾劝诫，便认为耿定向也是假道学！如此不顾他人处境、拒绝一切规矩，只图自己的畅快淋漓，难怪连友人焦弱侯也远离他了。"

"这李卓吾仇恨假道学，几乎到了一塌糊涂的境地。万历十四年，其与耿定向论战发狂时，周思久也远离他。又担心激化二人矛盾，便没把李卓吾嘱托的信转交耿定向。结果，这李卓吾反把俩人一起骂了。斥责二人说一套做一套。你说这得多……啊！哎！三年后，两人便彻底掰了。依我看，当下之狂禅亦是夸大！分明学佛，却死不承认与佛有关！不又是另一番假人、假言吗？"

"李卓吾生平喜骂人、学术亦有偏僻之处，但仍是信者众多啊？"陆安又道，"人皆有思想，不至大家都一并愚昧吧？"

"李卓吾确实与众不同。"郑星云有些无奈，"我参加过史孟麟的讲会，他便说：'李卓吾讲心学于白门，全以"当下""自然"指点后学。说个个不用费功夫，便都是现成的圣人了。更宣扬从未有"忠孝节义"一说，即便有也都是作假。邹颖泉也说，人心谁不欲为圣贤？顾无奈修成圣贤实在辛苦。今谓酒色财气一切不碍菩提路，有此便宜事，谁不从之？"说罢，又笑道，"也就是这年月没个道统法则，换20年前，早被老张头儿收拾了！"

"贤弟小心。"见对方自己把这话题漏出来了，陆安便故作谨慎劝道。

"嗨！"那郑星云反倒不当回事，"如今这学说虽乱，但也人皆可言，谁也不能定性谁。就算那官府的探子听到，也没几人真下心管的。"

陆安侧眼看了看朱元、钱乙和"六子"，几个人都一脸尴尬。

"那李卓吾虽能招引无数有怨气的受众，但最后，他自己其实也是一笔糊涂账。"郑星云突然"呵呵"笑了两声。

"此话怎讲？"陆安探身问道。

"我听过一个笑谈。"郑星云越说越起劲，喝了口酒，道，"他不是倡导不受约束之自在吗？其有个友人叫常志，由书吏出家做了和尚以后，专为李贽抄写《水浒》点评。痴迷其学说，却又一知半解。不仅学鲁智深做起花和尚狂禅，更笑守戒的和尚迂腐，后与寺院闹起来。李卓吾去劝，常志反怒其曰：李老子不如五台山智证长者远矣。智证能容鲁智深，李老子却不容我乎？外出办事时，常志又嫌驾车太慢而打骂驿卒，李贽便只好打发他走了。呵呵！鼓吹什么甩掉一切礼数，随性而活，真有人按此待他，那他自己也受不了！"

陆安也笑笑，道："如今倡导心性自由，但也让人心越发疏远。"

"对立想法越多，这危险便也越大！天下解体，必在一朝一夕之间！依我看，这样的人被抓了去，天下才安定！"朱元拍着桌子，喝道。

"兄台此言荒谬！"未等陆安发声，刚才一直对李贽颇有微词的郑星云，反抢先发难，道，"李卓吾纵有荒诞之处，但亦是一种学说，且体贴人性、解脱禁锢之理念，同样为天下敬仰。理，终归不辩不明！各家学说自会在这辩论中此消彼长、归于完美。难道仅因个别瑕疵而重禁天下思想吗？"

"贤弟说的极是！"陆安不住点头，脚下却轻轻踢了下朱元。

8

带着这几日大讲会的无尽感慨，陆安四人重又回到刘老汉的小院儿。随后，陆安又来到那赵老儒的私塾。但颇有些凉意的是，只隔几日，那老儒似已过了十年般枯老了许多。连上次见到时那股怨愤都见不到了，只在脸上看到那一丝释然。

"后生……你又来了？"那老儒半睁着眼睛，极力挪动着那颤抖的身子问道。

"来看望下您老人家，晚辈就要离开此地了。"说话时，陆安竟也有几分凄凉。

"去看讲会了？"

"去了。"

赵老儒闭上双眼，两行老泪潸然淌下，颤抖道："天下之乱……始于人心，人心邪术系于治道，治道之隆污又系于学术。你以为眼下这种张狂，是盛世之象？不，那只是宣泄，是面对迷惘的恐惧。吾朝之不幸，便是内阁势微，上下各发其声，官府因宽仁风气束缚……不敢制裁。公正之人起来主张，群小……更挟私相争，亦依托外部言论示威朝廷。完败！直至将自己道统骂了透、解了气，这天下也就到头儿了。去吧，去吧。只盼你这辈不要赶上，便是造化了。"

陆安深深地向那老儒施了个大礼，说了句"多保重"，便离开了。但只走出十几步后又突生一股同情，转过身来想再最后看看那老儒，但眼前却只剩下那盘破旧的石磨，以及随风飘落的几枚残叶，老儒已恍然不知去向。

这究竟是个什么样的时代？

这似乎是一个威权渐弱、松散恬淡的无序乱世。

千百年来之伦常秩序，随着城镇繁荣而受冲击。下犯上、少欺长；少年外出进城务工，弃妻不归、弃父母不养。家乡热土及地方族权观念也随金钱腐蚀日益淡薄。南京陪都的虚位，成了失意官员以及生意人的情欲乐土，放荡和特立独行被追捧……朱元的敏感和警惕、赵姓老儒的迷惘与悲观，很难说一定是狭隘和错误的。追求一时新鲜欢悦，实也在透支国本民心。腐坏坍塌、文明倒退、众生沦丧、百年洗牌……的周而复始，还会再现吗？

但这似乎又是一个繁花似锦、各享天性的太平盛世。

官营商贸被民间外贸超越，真正的藏富于民。往日男耕女织，今则商贾居多。更有诸如景德镇、江南一带的新式雇工制。市、镇更依托手工、商业出现而扩散，城墙已无意义，更较宋时普及广大。其中，再次出现那个特殊的群体，尚且称为"市民"，即市镇中之常住民。尽管"市民"一词曾在汉、宋的典籍中出现过，但其"集市之民"和"非行商之民"，远没有当下含义之广、之深。如今的"市民"与弃农经商相比，更有权发声、讲学，女人们也纷纷自立诗酒文社。报房、书坊，更会借重名家或官绅势力集合同社文章，选出社稿去得到"市民"认可，以扩大势力。自古，未有今日之状况。

陆安在锦衣卫驻地的书房内，一待便是半月，读过的相关案卷堆积在屋内的各个角落。曾有几次，他已决定在情报书的结论处写上"可行"或"不可行"，但都在落笔的一刹那收了回来。在立场鲜明、非黑即白的官场规则下，是禁是放，很可能在这千百年才有之变革中，影响到大明朝的未来。

好在南京城多姿多彩的生活，足够给人以调节。这日清晨，陆安正在街市上闲逛时，突然发现地摊上一本名为《大西洋见闻》[1]的小书。标注的"解题"为：教士利玛窦亲见大西洋宫廷秘事及民间趣闻。在一本本艳情小说中，似乎没几个人会关注到这本书，陆安却如获至宝般买了下来。

这是本关于大西洋诸国宫廷见闻的书。书中提到，大西洋那个疑似中央朝廷的罗马帝国崩塌后，诸侯国们陷入割据攻伐，更像封国形制。皇权弱，国王向下分封，以换取领主们对自己的贡赋和参战。领主们亦在本领地掌握独立之军、政、财税大权，更分享了皇帝及教会之议事权。但陆安最关注的，是一个被称为"大宪章运动"的事件。说的是大致南宋嘉定年间（1215年），有个"英格兰国"的约翰皇帝，为夺回丢失领土而征掠贵族和教会财产以充军费，终因失败而导致贵族叛乱，并被贵族们强迫签署了《大宪章》，引发该国体制彻变，更以律法确立永久"议事会议"制。该文件把王权限制在了法律之下，确立了私有财产和人身自由不可被随意侵犯的原则。书中还列出《大宪章》的所有63条（后经数次战争，逐渐减少为37条），而第12条、第14条和第61条最为重要，其中第12条和第14条规定：无全国公意许可，皇帝不能征收任何免役税与贡金。如欲征收贡金与免役税，应用加盖印信之

---

[1] 《大西洋见闻》：此书为虚构。

诏书致送各大主教、住持、伯爵与男爵，指明时间与地点召集会议，以获得全国公意。第61条则规定：男爵推选25位代表与国王共同维护、监督宪章条款之执行，可提出国王及重要臣属之误，有权联合臣民向皇帝施压，直至夺取土地、财产，即具有反抗皇帝之权。这在一定程度上，使皇帝受到举国上下的限制、确立了贵族们与皇帝共治。也不知几百年后的今天，这个形制是否已日臻完善了。

陆安不觉有些震撼，回想起在与徐光启谈论西学时的场景：伽利略之地圆说、哥白尼之日心说、一夫一妻制、西式教育学……而"英格兰国"之议会形制的最终确立，又和当下大明颇为相近。中华延续至今，在平民强烈发声以及文人迫切参政的意愿推动下，不也进入一种内阁代皇帝施政的态势吗？士大夫们同样试图依赖全民去约束皇帝，且已有相当效果。当年张居正铁腕举全国之力而压王学，依然挡不住人们将王阳明于万历十二年（1584年）从祀孔庙。当今西人东渡的背后无疑也有官府力量，这也与汉武开拓西域时，个人与朝廷系于一身同出一辙。当年胡宗宪曾欲以汪直互用，亦是看到官民协作开拓海洋之前景。不能再让官民对立、自我消耗下去了！闭关锁国，大明就会成为一座四周高墙却内部空虚的大农庄。不知墙外之新勃勃生机时，自会孤芳自赏。一旦大门全开、强敌入侵，人心只会瞬间崩溃！且此时之西洋对手尚未成熟，不正是我大明了解外界、再度领先之最后良机吗？

陆安又想起前几日那郑星云的谈话，其对李卓吾某些偏激之说并不赞成，但仍认可学说自由之态，至少允许说出来。正确与否，也要光明正大地讨论得出。

就在这一刻，陆安感到轻松许多。这些年对于张氏政策之留恋，往往让他纠结于朝廷宽仁之政有误。现在看来，确是自己过于忽视向好的一面了，正像石彬当初在宁夏平叛后批评自己的话——"天下终归是倾慕宽仁的，有了宽仁之风、自然天下安。正因苛政峻法，才是引得天下不安之根源。"于修的莫名被杀，自然是陆安无法忘记的。但年轻时起对石彬的依赖，让他仍不愿认为石彬与"妖会"有关。这次南下考察，是石彬给自己的命令，这份提倡人心释放的情报书，亦是石彬希望的判定。而对于陆安来说，是自己对现实不可逆转的认可，也是对石彬的培养做个交代。陆安重又扫视着街上的人们，突然发现，大家的脸上原来竟洋溢着如此灿烂的笑意。平日那些纠纷、怨气、欺骗……恍惚间又都不见了。春天的气息似也来到，风里带着泥土的清新和柔情，抚摸着这片古老而又崭新的土地。河边一棵已然枯萎的老树枝丫上，竟隐隐长出零星的稚嫩绿叶。

陆安不再犹豫，他快步回到书房，提起笔在情报书末尾坚定地写下了"可行"二字。微微吹干墨迹后，陆安轻轻合上了这本耗时近一年完成的报告。封皮上早已写好了题目——《世风禁放疏》[1]。

门推开了。朱元兴冲冲地走进来，见到桌上那本刚被合上的情报书，又看了看陆安悠然的神情，似乎知道了答案。只低头，恭敬地施了个礼，道："小弟唯大哥之命是从！"

二人正要回刘老汉的小院收拾返京，却见钱乙跟在锦衣卫驻官身后闯进来，急切地禀告道："'獉人'闹事了！在潭水县的方霞里。"

"去现场！边走边谈！"陆安命道。

---

[1] 《世风禁放疏》：*此书为虚构。*

第九章
最后的荣光

1

又是那个梦,第二次了。

梦中的主人公,已不是哞拜叛军,而是奇装异服的明国人和泰西人,插着翅膀在南京上空飞翔。口中不再喷出火焰,而是七彩花瓣。地上的人们招呼着天上的"鸟人",在地上撒着果实吸引它们落下。士绅们穿着商贾和民夫的装束,脚夫们却身穿绫罗绸缎。位置更是忽而你跪在他脚下,忽而他又伏在你跟前。为他们端茶递水的,则成了朝堂上的官员,身上的"补子"[1]挂在脑后,随风飘曳。

也罢,梦总是这样怪异。陆安推开窗,天已大亮,朱元正赤膊在院中打拳。昨日"獊人"闹事,乃其客居此地后与乡民在习俗上的差异所致。"獊人"图腾以鸡为神鸟,严禁捕杀。但乡民日常杀鸡,无意中刺激了他们禁规,便上门阻止。但乡民只认鸡、鸭、猪、羊这些,本就是寻常的肉食,又在自家行事,不解他人何以上门骚扰。矛盾激化引发械斗,最终有一乡民被杀。但此事地方上处理很得当,当自己带着朱元、钱乙赶来时械斗已止。死者入殓、伤者官府出钱医治,肇事者赔偿也已确定。又据事态起因,定为"獊人"

---

[1] 补子:标示官员品级和职务的方形图案。

寻衅在先、乡民激进在后,一律拿入官府羁押,余众劝退。并教化各方尊重彼此,禁止排斥不同习俗客民,又不许因己习俗寻衅他人。

正当陆安准备返回南京时,"六子"气喘吁吁地进来,递上一封信。

陆安接过信一看,忙冲朱元、钱乙说了句"朝鲜有变,速返京"。但刚出院子,潭水县当地的锦衣卫官就赶上来,道:"请陆千户留步,下官有几句话可否请教?"

"讲。"

"当今皇上力导宽仁,更体恤偏支小众。我天朝大国似也应有宽广胸怀。与其严责,不如施以恩惠,助其亲近我朝。"

"多此一举!"朱元上前道,"既是教化不周,便更该以律法引导。虽一时艰难,但必能长久安定。若犯法却滥施恩惠,不正促其以陋习逃避律法吗?"

"这……"那驻官看了眼陆安。陆安本欲将那驻官建议驳回,无意间却瞥见院中"猺人"凄惨的身影,那裹习上下的通体青蓝长袍及永远扣在头上的披肩三角形长帽,无不透着与他人的万千差别。这些遗留下来的外来后裔,时隔千年后虽落后贫穷,仍习俗依旧,难能可贵。又对各安其性有了感悟后也觉得,与拒人千里的严酷律法相比,宽以待人才真能吸附归心。于是,对那驻官道:"适当宽仁亦无可厚非。"此刻,陆安已忘记了秦德茂临行前的话。

望着陆安远去的背影和那个叫朱元的总旗对自己厌恶的回眸,驻官的眼中闪出得逞般的狂喜,转身跑回院中,不由分说便将处置此事的县衙典史按在地上,喝道:"京城上官有令,尔欺压外来乡客,有违皇上恩泽四方之心,当即斩首!"

"刚才那上官对我处置甚为赞同,何来……"典史未及分辨,却已被驻官斩杀。随后,那驻官又对在场的县丞道:"刚才所判予以作废。以京城上官之令,将那激进之领头乡民斩首,所有围攻'猺人'之乡民投入大牢,被抓'猺人'予以释放并加以抚恤。"在这一刻,他自觉有一种无法形容的满足之感。外人对自己的仰视之尊,似乎更能让自己享受到那种天下共主的尊贵感。

乡民们目睹着那些正常自卫却被抓走的亲邻,以及地上已失去脑袋的典史,怅然若失,相视愤愤而无言。

寻衅的那个"獇人",则昂首挺胸地回到聚地。"官府怕我们,看来。"他骄傲地对自己人宣讲着。

问题,果然出在沈惟敬这里。

在给陆安的信中,廉士谨直指沈惟敬为求议和成功,托小西行长悉数答应丰臣秀吉的七条藐视大明条约。但他让谢用锌、徐一贯等明使寄回的奏本,却称秀吉已同意向明称臣、请求封贡且撤走侵朝倭军。事情败露后,丰臣秀吉盛怒。但小西行长随后带来的几封与三奉行的秘信,也清楚写明,作为秀吉左膀右臂的三奉行也都涉足议和私利。秀吉无奈,召加藤清正与三奉行来花田山庄,言语中似已透露出再犯朝鲜的打算。

事情,是在两方使节欺上瞒下中才走入死胡同的。

与廉士谨的密信先后而至的,是国内一个不好的消息:福建巡抚许孚远、巡按刘芳誉和福州知府何继高,已相继调离。许孚远欲行乞休,未果。继任者沈桐已下文将玄龙遣回。几天后再传噩耗,一度远赴倭岛潜伏,并成功带回倭使玄龙的福建侦倭把总刘可贤[1],连同赞画[2]姚士荣,被按臣周维翰以私通倭人之罪下狱。自己与许孚远历经数年潜心谋划的掣肘秀吉之计,在大好形势下,先因战略重点调至议和而搁浅,又成眼下功亏一篑之祸。之后更曝出刘可贤乃吕骧秘派的消息,让陆安对这一连串变故的背后更增忧虑。

于是,陆安只能在京城暂且待了下来。

直到万历二十四年(1596年)五月,大明决定再次赐封丰臣秀吉后,丑闻终于开始爆发。九月,都督佥事杨方亨、游击沈惟敬受命抵达倭国后,沈惟敬先造谣封事失败而诱骗李宗城畏惧逃跑、自己充任使团副使,又撺掇杨方亨蒙骗朝廷、隐瞒日方意图,使明廷仍然相信可以和平解决。当势态无法掩盖时,沈惟敬竟走火入魔,私自滞留朝鲜,假造了丰臣秀吉的谢恩表,又自掏腰包采购猩猩毡4条、天鹅绒及倭人制作的金器皿,抬牌上明确是倭国国王丰臣秀吉相赠什物。假冒的谢恩表很快被明廷识破,再加上陆安及朝鲜

---

[1] 历史上的"刘可贤案",实际上已经在法令上彻底掐断了福建与萨摩的秘密通道。
[2] 赞画:明代参谋类的官名。

等多方面传来倭国再度备战的消息，皇帝方知上当，遂下令把兵部尚书石星下狱问罪。沈惟敬自知穷途末路，竟狗急跳墙、勾结小西行长妄图潜逃倭国，但终在朝鲜被擒。

也就是在明廷自陷纷乱嘈杂之时，丰臣秀吉却先拿自家人开了刀，为确保新子秀赖顺利继承自己的大位，于上一年七月先逼迫现任关白、外甥秀次自裁后，又灭其全户，在八月将秀次妻妾子嗣全族共39人全部砍了脑袋。后院儿既已踏实，随即枪头一转，发布了太阁令，八路大军12万人，再加上驻守釜山的预备队，总兵力约14万人再度征朝。

万历二十五年（1597年）二月，大明也终于摆脱内斗，同举大军二次援朝。

许是明、朝、倭三国，在和谈期内的怨气始终未灭。硝烟再起后的节奏，俨然没了初战时的踌躇不决，未经酝酿便进入"绞肉"阶段。明、朝联军更是很快转入大反攻，南下收复不少失地。并于十二月两陷蔚山，困加藤于岛山。但随即又出现指挥失误，再加上对方援军的到来，两军僵持在了蔚山一线。

此时，陆安也将部分机构从平壤府南移至全罗道北部的圣寿山附近。

2

"日子过得真快。"钱乙边整理文稿，边叹道，"眼下已万历二十六年了。杨经略终归还是没撑到底，把万世德从天津巡抚的位子上急调入朝替代杨经略，看来皇上也是下狠心了。"

"我估计，老万会比老杨能出些成绩。"陆安放下手里的笔，站起来伸伸腰，溜达到朱元跟前看看他整理的报告，"史指挥在茅国器那儿干得不错吧？"

"自从年初被调至朝鲜，史指挥干得很是不错！"朱元一提到史世用，也是赞不绝口，"连那朝鲜王李昖都称史指挥'人甚奇伟，其文亦奇'。"

李昖口中的"其文亦奇"中的"文"，便是指那部《倭情备览》。此书对于大明和朝鲜君臣了解倭地，已成不可或缺的第一手材料。陆安拍拍朱元的肩膀，叹道："如若4年前的萨摩计划得以实现，现在的战局必然事半功倍！岛津也不会像现在这样用命。如今物是人非，交通之计乃我亲手促成，可签署缉拿刘可贤等人的文书，也出自我手。哎。我有掌刑之权，却一样身不由己。"

"大哥不必过于自责。刘可贤是吕骧的人，从石镇抚这边儿也是容不得他的。再说……"钱乙体贴地递上一杯茶，"就算是皇上，难道不也受制于臣下吗？凡事，无愧于心便可。"

一提石彬，陆安那股子闷气又上来了，但还是控制住情绪，点点头，转移话题，道："李舜臣现在如何了？"

"目前一切安好。去年的'被罪事件'[1]，着实让他受了些罪。秀吉也是吸取了海路上兵源和补给受阻的教训，才用反间计诬陷李舜臣阴谋篡权，致其下狱。"

对于李舜臣，钱乙很早就已提交预判，说两倭人计划利用西人党的尹斗寿和北人党的李山海，加害李舜臣。但对于朝鲜内政，陆安无法插手，导致倭人顺利给朝鲜人放出加藤去闲山岛的假情报，再以重兵埋伏。李舜臣若来，果断拿下；不来，正说明其放跑加藤。而钱乙递给李舜臣的报告，也让对方验证了自己的判断，最终未予前往，便有了那所谓的"通敌死罪"。后念其功劳，才只降为士卒。而那两倭人，正是出自小西行长和加藤清正本来对立的阵营。如此，倭人兵不血刃解决了海上威胁，西人党、北人党也除去柳成龙的臂膀。当然，真正让李舜臣失势的还是国王李昖的猜忌。李舜臣在其心中，与其说是收复失地的英雄，不如说就是个不服管制的节度使。倭人的反间，也不过是个引子。李舜臣的继任者元均，在判决前就被西、北两党定好，也就更不奇怪了。

"结果如何？"朱元听二人聊着，不免怨气出来，"元均上任后的那场漆川梁海战，只能靠凿沉自己几百艘战舰才延缓了倭军进攻。最终只落个'自沉大将军'的可笑名号。后来，还不是得再次起用李舜臣？"

"咱们也不是完全没收获。"陆安转而又问，"那个被俘的忍者可看押好了？"

---

[1] 被罪事件：当时日本人利用朝鲜君臣及南北派大臣的矛盾，用反间计诬陷李舜臣阴谋篡权，使得李昖将李舜臣下狱后又贬为士兵。没有李舜臣的指挥，朝鲜水师几乎全军覆灭。无奈之下，朝鲜政府再次起用了李舜臣。

"一直看着呢。"朱元回道。

"嗯。"陆安提到的俘虏，正是串联小西的加藤手下忍者。事关此案，虽已问不出什么，但此人正巧是个琉球遗民，无意间提到他的琉球同乡，曾办过一桩细作案。案件中的一个鹿头图案铜腰牌，引起了陆安的注意。尽管"鹿缘会案"已成过去，但陆安却一直暗中留意相关线索，尤其这枚腰牌竟是铜制，比"鹿案"中的木质高档，这又是个新疑点。

"禀千户大人。"一个校尉进来，道，"犬冢大人请您亲临校场指点。"

场上的操训如火如荼，陆安在犬冢引领下细致地查看着。最后来到手搏场，场内一个身材健壮的军士，正将三四个略弱于他的对手挨个摔倒，身手极为厉害，目光亦是凶悍。陆安来了兴趣，抄起把交椅坐下，冲朱元道："那军士是谁？"

没想到朱元却哈哈大笑道："大哥，那便是薛新泉的儿子薛志清啊！"

"哦？"陆安先是一惊，后才啧啧赞道，"这才五六年光景，却已然成了爷们儿！阿元，蒙面上去与他试试。"

"是嘞！"朱元将布巾围于脸上，又撩起衣襟曳在腰间后走入场内。陆安一眼不眨地盯着那薛志清，但随即却闪出一丝失望之色。就在面对朱元眼神的那一刻，薛志清刚才那一脸的彪悍瞬间弱了下来。陆安摇摇头，未继续看便起身离开。

"大哥，想必已看出了结果？"钱乙问。

"这孩子虽身强体壮，却是个欺软怕硬的角色，他日只会随波逐流，不堪大用。"陆安再次摆摆手道。

钱乙回了下头，只见那薛志清在朱元的围攻下，全然没了刚才的凌厉，只顾抱头后退，只两个回合便被推出场外去了。

"通知曹副千户他们，手底下的活儿要抓紧！倭方的动作近来急速加大，要'收官'了！"陆安已从刚才的闲谈中走出来，语态中透着严峻和杀气。

形势的急速发展，"对决之战"日渐清晰的脚步声，却也波及了倭国九州岛那个弹丸之地——凤羽町。

第九章 最后的荣光

"看来，日本终归抵不过朝鲜背后的明国。"安托尼意味深长地感叹着。

"这也是我们之前预料的。"三井倒是平淡得很，"我想，这重又回到了会主之前的筹划。他这次对'禄生会'首领们的指令，足以说明问题。"说罢，三井指了指桌上那封"斗篷人"从朝鲜战地转寄过来的密信。

"嗯哼。"安托尼耸耸肩，点头道，"太阁撑不住的，而且，我们的金主也不能局限于他。会主在信里的态度很明确，也很明智，回归到之前的筹划，便意味着我们必须配合战局的走向，不能逆潮流而上。拖垮明国的气数、扶持我们的人马，仍是首要原则。战争足够残酷了，他不会不对明国产生深远影响的。单就战争本身的较量而言，我们也已实现了预想中的计划。今后，对明国战后走势的关注和引导，只会越来越重要。所以，我们不必担忧，会主看得很是透彻。"

"好。那咱们随即将这决议布置下去。如今的情形，似已时不我待了。"

一轮又一轮的僵持和厮杀过后，临近八月，联军更进一步，南下的麻贵及攻泗川、顺天的董一元和刘綎部，将倭军压缩至南部海岸之狭长地带。

由于陆安准确地分析出了小西行长对于刘綎车军的忌惮心理，遂与刘綎施计，诱小西行长出面和谈、设伏袭之。为此，陆安启用了一名埋在小西大营内已经暴露的"钉子"。那还是一次战役时便打进去的一名假冒朝鲜地方官的锦衣卫，平日也只做线索搜集，后被小西察觉。但蹊跷的是，小西为保存实力与加藤争夺岛内权利，竟暗示那锦衣卫说，自己有意与明营和谈。于是，那锦衣卫又利用小西骑墙的念头，解救了多名被捕侦探。即便如此，小西仍很犹豫。但陆安每次都遣单骑恭候，以示不疑。几次往来后，终于从那锦衣卫和张大膳处一并确认，小西相信了这个"和谈"计划，约定八月一日面谈。但就在这最后关节，陆安却得到"小西在前往和谈途中突然逃回本阵"的消息，随后传来那锦衣卫被斩的噩耗，刘綎不得不再次备战正面战场。针对此计的败落，陆安随即展开反查，侦得泄密者乃刘綎旗下的一名倭人千总[1]。正是他的密告，才使马上进入伏击圈的小西中道遁去。而这名倭千总，是从万

---

[1] 千总：明代军职，领500人，营以上级别。

历二十一年四月，刘綎到达朝鲜王京后至次年九月归国期间投降刘綎的倭兵，如今却可统辖500至1000人的队伍了，说明投诚倭兵的成分确实复杂。

尽管设伏擒拿小西行长的计策未能如愿，但在审讯那名倭千总的过程中，却挖出一则加藤部策反明军外夷兵团的案件。这些夷兵主要分属刘綎、茅国器、彭信古、陈璘的私兵序列，天竺、暹罗、得楞国、三塞、缅国、播州、倭国均有。"借兵暹罗"虽胎死腹中，但作为私人卫队的夷兵仍在主家将领掌握之中。而最为骁勇的，便是眼下"泗川之战"中的"海鬼兵"（黑人兵）。陆安曾亲眼见那些"海鬼"黄瞳漆面，四肢手足，一身皆黑，须发卷卷短曲如黑羊毛，身长，力大，不怕死，可潜水数日，破坏敌船，对主人极其忠实，且价值不菲，一个约五六十两银子。也就在对这些夷兵及各处夷人混杂的民俘营调查时，任职茅国器营中参谋的史世用发现一名朝鲜妇人携带的一张纸条。上写：此妇将度异域矣。吾甚怜之，捐资以赎放还故土。天朝兵将当怜其穷困，勿加杀害。其末尾署名处有这么一段隐语：知吾姓者，令公之后，埋儿之父；问吾名者，有或之口，无才之按。理心书。赞画诸葛锈，当即猜出写信之人叫"郭国安"，即令公乃唐代名将郭子仪，埋儿之父是晋代埋儿奉母的孝子郭巨；有或之口为国（國），无才之按为安。但诸葛锈看懂这字面之谜，却不解"郭国安"何意。而与郭国安在倭国打过交道的史世用，则欣喜地发现，这位故交也已被派来朝鲜战场。这封试图报效故国的"敲门信"，定是他在难以联系陆安和自己的前提下做出的不得已之举。

在接到史世用的报告后，陆安展开核对。确认这位郭国安，正是阵前倭军望津营中"蛇首"营寨的主将汾阳光禹。与此同时，董一元率兵三万余人也对岛津义弘率七千兵力驻守的泗川展开强攻。九月中旬，又在总兵官刘綎、麻贵的分道夹击中大败倭军。但因为南江的阻隔，遂与倭军在两岸进入对峙。茅国器决计与郭国安内外接应，捣毁对岸倭营。但陆安随即拿出一份源自倭营内的报告，标名在望津营中，除郭国安所辖倭人为主的"蛇首"营外，另有一支一千五百人的"明人倭兵军团"，主将为倭人楠木遵成、副将为华人黄二江。

"陆某意欲一石二鸟，遣人秘入对岸敌营。在郭国安策应我军同时，策反那支'明人倭兵军团'，以瓦解倭军、助我军确立泗川之战胜局。"陆安的手指不停敲打着地图上的望津营位置。

茅国器甚是赞同，道："陈璘的两广兵、邓子龙的浙江、南京兵也先后投入作战，倭军已困在南部海岸一带无路可退。最后的决战，不远了。"

3

在内线的接应下，钱乙潜入望津营与郭国安建立了联络。陆安起初的一个方案，是于半月后明军进攻倭营时，郭国安将自焚军粮为信、引起倭军恐慌，同时让策反成功的"明人倭兵"临阵反戈。但郭国安对此设想似有顾虑。

"郭将军是担心他们有'被利用'之顾虑？"钱乙试探着问道。

郭国安轻轻点头，道："陆大人可先让'明人兵团'全身退至后方，来日再投入战斗亦未不可。在倭明人的心态极为复杂，此刻安抚更为关键，不可给他们'炮灰'的印象。"

"郭将军之言，也是陆大人的意思。"

"那便是好。"

"明人倭兵团"的营地，在望津营的西南侧两里处做策应状。二者互为犄角，斜向面对河岸另一侧的明营。根据陆安给出的线索，钱乙第一个接触的内线，就是营内的华人"佑笔"（文书）曾孝渊。曾孝渊也是营内"物见番头"（侦查队长）刘銮的同乡。当初这军令刚下达时，钱乙还对刘銮是否能果断弃倭投明怀有异议，后才知道，陆安已下令妥善安置了刘銮在徽州的家人。在倭明兵之所以与母国作战，不外乎亲人遭遇不公或被虏身不由己。刘銮的队伍能投过来，对于钱乙与营内的联系便多了保障。也正因刘銮的策动，营内的火绳枪队50人便确定在次日反正。

但就在起事前夕，一名火绳兵却意外走火，又在倭人上官例行责问下慌乱将他击毙。骚乱既起，火绳枪队也不得不提前起兵，强行冲出大营投奔了明军。因为此意外事件，作为主营的望津营当天便加大了对"明人倭兵军团"的管制，携兵器整出营的行为受到了限制。钱乙也只得暂停了当日潜往约见的计划。

第三日，就这样白白地荒废掉了。

直到第四日傍晚，曾孝渊才发来当夜可见的消息。钱乙先赶往陆安处，见罗百户也正好赶来，手里拿着一摞文书。陆安示意钱乙关上屋门，才道："罗百户，说吧。钱总旗今晚便得用上了。"

罗百户向陆安一拱手道："照您的吩咐，下官翻阅了衙门的所有文书，最终找到了'明人倭兵团'主、副将的相关履历。但尚未找到与楠木遵成搭上话的。"

"嗯。"陆安并未表示出失望和不满，只点点头道，"那个黄二江如何？"

"那厮十分贪财。"

"嗯。罗百户，你速请犬冢先生来一趟。"陆安又道。

罗百户领命出去后，陆安转头对钱乙道："郭将军那儿，还好吧？"

"还好。只待我们搞定'明人倭兵营'了。"

"根据曾孝渊的描述，黄二江至少不会将我们的计划出卖给倭人。你今晚便去试探下他，如若有望，即刻深入。"

"是。"钱乙回完话，才问，"犬冢先生与那楠木熟悉？"

陆安摇摇头，道："犬冢认识个商人，是加藤的族亲。"

"加藤的族亲？"钱乙一怔，不解道，"那怎会替我们游说楠木？"

陆安微微一笑："等犬冢先生来了，自有分晓。"

说话间，门被敲响了。一名校尉将犬冢井男请进屋内。而对于楠木这个人，犬冢却并无太多底气，只道："二位大人，那位加藤真木，就在战区行商。至于他与清正这对族亲因何结怨，小人不知。但他早年对楠木的孩子有救命之恩，是确凿的。作为'明人倭兵团'的主将，楠木也是清楚自己的处境和偏师地位的。机会是有，但是否能与大明合作，实不好说。"

"先生，可否亲往说服真木？"陆安既慎重，又不无关切地说道，"此次我军围攻泗川，楠木与加藤同为守军，若有间隙，定可为我所用。"

"小人定不遗余力。"

犬冢和钱乙的行动，便同时展开了。

曾孝渊得到钱乙试探黄二江的命令后，便趁其巡夜的时候佯装与其偶遇。

第九章　最后的荣光

又掏出怀中的一瓶酒，递给黄二江，道："如今兵荒马乱，今朝有酒今朝醉吧。"

黄二江一咧嘴："生在这乱世，当真没办法啊。哼。"

"前几日那火绳枪队叛逃，主管的郑从明被拿下了。应该就是他干的吧？"曾孝渊可有可无地闲聊着。

"哼！"那黄二江不屑道，"若真是他干的，早跑了。还留在这儿被拿？"言语之间，似也透露出，若是他自己有机会赶上这档子事儿，怕也是当仁不让了。

看来有戏，曾孝渊暗想。于是，四下看了看没人，指了指河对岸的明军大营，低声对黄二江道："最近听说'那边儿'放话了，投过去必有重赏。主营已经挖出了好几个明国探子，咱们也得小心。"

说是提醒黄二江小心，却也暗含着可联系明军的意思。果然，黄二江嘴上一言未发，当晚却独自来到营内的文书帐，赶走了值夜的小吏，将所有涉及与明军联系的文书、已经抓捕过的探子供词翻了个遍。终于在凌晨，确定了一处自认为还未弃用的线报交接处。晨巡时，将一份手书塞进了一个树洞内。他确认了此刻，曾孝渊在他自己帐内并不会举报自己，却不知道，自己的一行一为却都入了刘銮的视线里。遂将其有意串联明军的态度，通过曾孝渊传递给了钱乙。

确认了黄二江的意向后，陆安让钱乙在那弃用的树洞中留了张纸条，给黄二江提供了另一处秘密通信处。就在黄二江离开树洞后不到半个时辰，望津营主营的一队人马，便赶来查抄了这个树洞。

黄二江的上钩，是个突破。但随后带来的，是另一个棘手的问题——钱！

是的，黄二江有意投明，除了求生之外，更为了金银。他在随后的三次信中一再强调：没有500两白银绝不动手。理由是士兵安家费，甚至细到每名官兵各分多少。在曾孝渊看来，黄二江定是将自己视为率"明人倭兵"投诚的唯一人选。

"这'死脓包的'太贪了吧！"朱元看着手中的纸条，骂道。

"他可以接受定金吧？先付200两，事后全额付清。"陆安却未在意钱数。

"不如先用定金诱其上钩，事情办妥后再……反正也不是个好鸟！"朱元做了个斩首的动作。

"不可。"陆安瞪了朱元一眼,"与耗费千军生命相比,区区500两银子又算什么。一旦泄露出去,无论为钱,还是为国,谁还敢为我们卖命?虽有许仪后、郭国安这样不图金银功名的义士,又岂能要求所有人有此胸怀?"

"太便宜这'死脓包'了!"朱元仍恶狠狠地骂道。

随后,曾孝渊和刘鋆先后发来的消息证实,望津主营对他们果然是极其警惕。昨日,又遣来一名投倭的明军稳定军营。期间,那降将声泪俱下,更言"以自体为重。本已明国叛逆、无他出路,唯有效忠太阁这条路了。若再投明国,亦是寄人篱下、不被信任,境遇未必好到哪儿去!"

"据曾、刘二人所看,此话也颇能打动人的。本就觉得已被故国遗弃,反水同样涉及身家出路。黄二江提出的安家费,想来也不无道理。至少每个人拿到一笔钱,战后是去是留也都多了个保障。"陆安合上案上的文书,在屋内踱起步来。朱元也没上去打扰,只看着大哥焦急而又沉稳的身影,在眼前来回走动着。

"500两确实不少,预算可能会超。"陆安转身对钱乙道,"你速告知黄二江,他的要求咱们答应,先稳住他。超支的钱,你们不用管。"

"是!"

"再有!"陆安又转对朱元道,"犬冢先生那边,还是要适当催问下。黄二江敢这样漫天要价,便是拿准了自己独揽全营反水的功绩。即便带走一部分人,对他来说也能接受。但我们要的是整个'明人倭兵团',懂吗?只有把主将楠木遵成敲定,再附以黄二江的配合,才能确保此战完胜!"

"小弟明白!"

双方战区的搏斗日渐激烈,各自的一些私贸营生也在这种朝不保夕的状态下苟活着。钱庄、粮店、杂货……最危险的地方,同时充满着成倍的利益。

万志元在二次战役开启后,便被陆安秘密派进一家倭人开的钱庄任杂役。他假扮的人物,是该店老板娘年轻时喜欢的一个男孩儿,比自己小上20多岁,但也多年未见了。其实,这本该是钱乙的差事,却被他婉拒了。公开的说法是,在陆千户搜集的线索中,这个男孩儿左臀部有颗痣,钱乙没有,而

第九章 最后的荣光

恰恰自己有。但又据他私下所听，这个钱总旗心中只有一个女人，具体是谁，都不知道。他此生都无法接受与其他女人同榻共眠，玷污了自己心中那份纯净。万志元记得说起这差事时，钱乙脸上复杂的神情，既安详，又甜蜜。万志元再也不愿去打扰这份恬静，便痛快地应下了这差事。

万志元潜入这家钱庄的目的，光鲜的说法是了解战区内的金银流动，但实际要做的，只是在床上搞定倭人老板娘，尽可能获取钱庄内的一切细节。

近日，老板又外出去了。日上三竿，万志元还赖在床上。整整一夜，那倭婆娘愣是没歇着，这个年纪已无法从生意繁忙和身体虚弱的丈夫那里得到慰藉，若不是遇到自己，怕是脸上也不会有现在的光泽。万志元伸了个懒腰，才想起看看身边肥猪般丑陋不堪的妇人，她淫笑着摸摸万志元左臀上的痣，转头便又鼾声如雷。忽而，万志元又有些悲哀。想当年，自己是那么爱着邻街的姑娘，但终归只能看着她嫁入豪门无可奈何。当自己进入衙门受训后，便总是在女色这一关被卡住。他无法与自己毫不喜欢的女人行鱼水之欢，而且那些女人个个半老徐娘，且目光呆滞，也丝毫激不起自己一点兴趣。更何况，这是要在诸多官长面前公开做的。最终，一位小旗官单独给自己做了次示范。他用自己的耐心，将三个村妇，果真一点点儿带入了超脱的境界。那几个妇人，起初还麻木懒散地进屋躺在床上，但没多久，呼吸便开始急促、眼睛逐渐闭上，喉咙处隐隐发出呻吟。最终，那几个妇人竟大汗淋漓地躺在床上，不愿睁眼、不愿起来，不愿回到现实中了。从那以后，万志元终于忘记了那个邻街的姑娘。之后他接触了不知多少个女人，有的出于公差，有的则习以为然。他的眼中，似乎也分不出女人的美丑。似乎，都一个模样的。

一年多来，万志元就是这样过来的。照例与慵懒的肥倭女睡觉，照例递回去所探得的信息，关于钱庄运作、相关生意以及物资的往来……前几日，陆千户又发来一份指令，让自己提供最近一次金银转移的内情。这是一次再寻常不过的通信和指示。今日，便有一笔一千两百两的银钱会运往南海岸，他及时通知了陆千户。他不知道这些消息能起什么作用，至少，知道自己尽职了便可。

两日后，一千两百两白银被妥妥儿地摆在陆安的内厅。这次突袭相当顺利，钱庄的伙计以及押运护卫共 15 人，事后被悉数埋在了附近的河沟中。对于钱庄这一次交易中的双方来说，这些人若非分赃跑路，便只能视作在人间蒸发了。

与确定黄二江的心思，以及筹措酬金的顺利相比，犬冢领命后已 6 日了，却仍然没有音讯。刘綎和茅国器的压力与日俱增，若郭国安和"明人倭兵团"再无举动，大军便只能与敌僵持于南部沿海地区，错失了将其赶进大海之良机。想到心急处，陆安不由得一挥手将茶杯拨到了地上。清脆的破碎声中，细碎的瓷片儿随即四散飞溅出去，将正走进屋的钱乙吓了个正着。

眼看着地上还在盘转的茶杯残底儿，又抬眼看了看皱眉不展的陆安，钱乙知道大哥在为何事发怒，赶紧上前道："大哥，犬冢来信了！"

"哦？"陆安刚才的愁容随即消失。

原来，犬冢之所以始终联系不上加藤真木，只因犬冢为其寻找的住处，他也只偶尔去住。自己尚有走私生意不说，现在战区，随时可能出现两军交替接防的可能。处在夹缝中的他，自是处处小心。当然，陆安从朝鲜官府为其争取的战后购买物资的协定，也是稳定他决心的最大保障。于是，这次见到犬冢后，不仅对游说楠木遵成一事满口应了下来，更带来了一个重要且意外的消息：他有个名护屋的生意伙伴，在闲谈中似有所指劝其收拢朝鲜的一切资金，火速撤回本土。当他追问是否因战事不顺时，对方竟直言——丰臣秀吉要"归西"了。

"大哥。"朱元听罢，便迫不及待道，"有关秀吉的传闻，近来不止两三起了。有说病了，有说已经死了，想来这也都是些胡说八道蒙赏银的！"

"你只管保持与麻将军和刘将军的联系畅通。其他的休要多嘴。"陆安瞪了眼朱元，对钱乙道，"望津营的郭将军，已随时待命。离最后与茅、郭二将商定的时间，还剩 4 天，要确保万无一失！"

当晚，陆安暗中找到加藤真木。耳语了几句后，真木便领命而去。

又一天后，陆安终于收到了加藤真木、曾孝渊、黄二江先后发来的确认无误的通告，再加上郭国安本已妥当的安排。一切就绪，陆安于当夜对"明人倭兵团"搞了一次假偷袭，促使副将黄二江向望津主营发出急令，请示放松出营管制，以免猝不及防。随后，便得到了主营的批准。2天后的九月二十八日黎明，"明人倭兵团"全数1445人，在主副将、旗下各级军官率领下毫发未损地顺利抵达明营。同时，茅国器举兵强渡南江，遭遇突袭的望津寨倭军仓促堵截，但尚未集结完毕，却发现后营粮仓重地大火冲天，顿时惊慌后退。明军乘机一举夺下望津寨后，又连续攻占其他军寨子，将倭军余部一路赶回泗川主将的营寨。郭国安的这把火，绝佳地策应了这次"一石二鸟"的行动。这把火，也本该是明军摧毁倭军岛津、小西部队斗志的最后一战。

但是……

偏就在随后董一元进攻泗川新城的战役中，明军后营同样出现了火药爆炸的事件。被岛津的军团趁势打了反击，稳住了在南岸的阵地。

泗川复又丢失。

陆安再次暴怒。朱元和钱乙，也罕见地躲在了屋外，未发一声。曹副千户、罗百户等大小官校，更不敢进去了。据事后查明的结果，明营爆炸竟只源于大炮自炸膛，及其后火药库的连锁爆炸。意外！仅仅是自家意外！却使泗川城这只煮熟的鸭子又飞了。策划了将近一月的大战，终未能达到预期目标。

4

众人离去后，陆安重又平复了内心的怒气，再度拿出那几份报告端详起来。

蛇·万历二十六·八·二十五·极·甲：倭军早已无心恋战，又出现多支军队同时集结的迹象。水师更在港口列队，数量众多用于集群攻击的小早船、铁甲船、关船，从外到里维护着指挥官就座的安宅船是倭国战国时代的主要战船，分序排开、旌旗蔽日；

雀·万历二十六·九·七·极·甲：倭国五大老（丰臣秀吉5位托孤大臣）向明军派出使者，表示如果朝鲜派出王子作为人质，并每年交纳贡米、虎皮、人参，日方出于怜悯，将会考虑撤军；

山·万历二十六·八·二·极·甲：秀吉服用沈惟敬敬献之丹药后，下泻红痢日益严重，已成病卧之状；

虎·万历二十六·九·八·极·甲：倭军前线急令：极力争取议和，如议和不成，即全线撤退。撤军日期为万历二十六年十一月五日，此日之前，各军应严加布防，死守营垒，逃兵格杀勿论，击退明军之一切进攻。为保证撤退成功，知道这一消息的，仅有小西、岛津、加藤等数人。

对于秀吉"已死"的传闻，确如朱元所言早已流传许久，且版本不一。对此，军方高层也有分歧。但确定这一信息，又是关乎下一步战事的大问题。最近一系列对死守沿海一线倭军的猛攻，其实也暗含着对此传言的验证。

陆安的判断，乃秀吉已死，且排除了对方释放假线报的可能。证据，便来自上述八月二日到九月八日的这四份看似无关的报告。第一、四份，透露的是倭军集结的信息，包括时间；第二份的表现和谈则是障眼之法，意在稳住联军、为自己争取时间；最重要的是廉士谨的第三份，虽未明确秀吉病故，但从倭国内廷关于秀吉症状的描述看，已然病重，更可说是丧失了对政权的掌控，同时也验证了其他三份的举动。也只有在自身大本营出现权力真空的局面下，军队才会在拥有持续反击的能力下，却惊现有序退却的迹象。而就在无法甄别秀吉的病情的那段时间里，陆安正操作着与郭国安和曾孝渊的交通。于是，便有意将秀吉已死纳入自己的预估中，希望泗川一战的全胜，至少可让大军将倭军主力彻底逼至南海岸围歼。但后营的意外失火，又让大军不得不重整旗鼓再战，人力、心力均受影响。

次日，陆安把曹副千户、罗百户、朱元、钱乙等人召至密室，布置了今后的首要任务，即除去特甲级站外，将唤醒其余所有的"沉睡者"，全面搜集秀吉生死的线报；同时，该收网的收网，以助大军正面战场之最后推进。黑暗中的蛰伏，一旦启动了最后的决绝，也意味着全面暴露，意味着双方都不再掩饰。你发现了我的同时，我亦发现了你。犀利的进攻、血腥的报复，每天都在增加。在这条狭长且敌我交错的南部海岸线上，越来越多的货栈、钱庄等掩护机构和流民团体，莫名其妙的全员消失。有的死前将线报送了出去，有的即便身死也未能完成使命。有的线报起到了作用，更多的则无

第九章　最后的荣光

甚意义，或为时已晚，失去作用。但无论明国的锦衣卫，还是倭国的忍者，此刻全都裸露在这片焦土上的各个角落无人收敛，天上胡乱飞舞的乌鸦、秃鹫，亢奋地一次次俯冲向大地，与胡狼、野狗、山鼠、草蛇争抢啃食着随处可见的腐尸。

随后的一个月，各路线报更加密集送回陆安的前线机构。但始终未见廉士谨的最新消息，许仪后处也暂时没了音信。

"大哥。"外隔间的钱乙轻声道，"来信了。"

"关于秀吉的？"

"不。是黄二江的。"

"拿与我看！"陆安并没因不是秀吉的死讯而失望，反而从座位上跳起，接过钱乙递上来的一小卷绢纸。打开后，见上写：曾乃老鼠。这是黄二江告知自己，曾孝渊是潜入明营之奸细。

十月十八日，子时，议事厅内愈加的凄冷，陆安、曹副千户和朱元，已在这通宵开会数日了。钱乙将一份刚装订好的报告放在陆安跟前。他的前线衙门，如今又南移到了一百多里外的兄弟山。

"秀吉的死讯，仍然无法确认。但倭军下月五日撤退的消息，已得到诸多渠道验证。实际的执行时间，预计不超15天。据现有证明而言，我们只将秀吉定位已死！成败，皆在此一举！"陆安坚定地下令道。

"是！"众人也齐声回着。

陆安又敲了敲钱乙的这份报告，道，"这便是从无数的死人堆里捡出的一个线索。钱总旗在抓获一名看似寻常的细作后，发现他不过是个先遣的炮灰，其为之铺路的，是一个潜入联军防区的倭军'三人组'。他们四人对接我军的卧底，便是刘将军帐下的把总季顺义，刘将军已将其控制。这三人，随后也全数被擒。其中朝鲜主事一名，曰孙相，曾任朝鲜军中从六品的副尉。精通汉语、倭语。朝鲜助手崔光明已自尽，另有明人助手程五方，原成山卫的小旗，精通朝语、倭语。从连夜侦得的口供看，倭军决定在露梁海一带搞些大动作，很可能是岛津和小西联手，与东南部釜山的加藤呼应撤退。这三人的任务,便是摸清我们是将重点放在顺天、露梁还是固城郡一带,并试图散布其表面上欲在顺天反扑、实际调兵前往固城的谣言。但实际上,他们是要在露梁全身而退。而我们则正要利用这三人放出假线报,使倭军误以为我们识破'明攻顺天,暗渡固城'之计,欲反诈于他们,明里调兵固城的同时,从侧后奇袭顺天倭军,造成欲在两线全歼倭军的假象。但最终,麻、刘二位将军,却暗中集结大军于露梁,围歼落入我陷阱之倭军主力!当然,我们的人要先行赶往顺天。"

"为何最后时刻不派忍者来?这任务是否并不重要?"曹副千户疑惑道。

陆安摇摇头,道:"最后时刻,倭军只派三名朝鲜人和明人亲临一线,也是用其熟识本土的优势。背后仍由忍者操控。"陆安遂又一笑,道,"凡事必有利弊。用朝鲜人和明人,却也容易被我们说服。孙、程二人亦皆愿配合我军。我已将王世源等一些谙熟倭语的先生接来,对接收到的倭人指令会给出明确通译。此外,其暗语中也有玄机。即每份密信的倒数第三字后,都会做个看似意外的涂鸦。有此信号为安全,无此信号即出事。此案,就交钱总旗操持吧,朱总旗待命。一切进程,诸位要随时报与我处。"

"是!"

"还有一事。"钱乙又道,"这三人中,唯有自尽那朝鲜人崔光明最为重要,其掌握着与敌方联系的关键方式:三颗药丸。尽管只是相机使用,但如今他已吞下两颗,残留的一颗是否能保持与敌方联系通畅、不致被怀疑?"

众人都不约而同地看向陆安。陆安只微微一笑:"我已早将闵汶水接来朝鲜。"

"闵汶水?"朱元和钱乙不由得都怔了一下,随后朱元便抢先道,"就是我们在江南时,听说的那个能尝几十种水味的奇人?"

"正是。"

"哈哈!"朱元大笑道,"还是大哥有主意!什么要紧的怪人,都想着搜罗到,眼前儿倒真是派上用场了。"

"是啊!"钱乙也不禁赞道,"如此,剩余的两颗药丸,自是可以制出来了。"

"嗯。"陆安又对曹副千户道,"从他们的人员结构、联络方式的保护,以

第九章　最后的荣光

及另有先遣细作加以保护来看，倭军必在做最后一搏。还是要速速通知'明人倭兵团'，他们或许也会参与进此战。"

"是！"

"哎？大哥！"朱元待曹副千户走了后，问道，"已在解散中的'明人倭兵团'，何以又要启用？"

陆安看了他一眼，并未回答。

朱元仍不气馁，往前探探身，又问道："大哥，小弟还有一事不明。既为使诈，何以我们真往顺天调人？此乃大军正面作战的范畴啊？"

陆安无奈地笑笑，才道："有线报称，顺天的一个倭寨内，藏有秀吉存活证明。另外，季顺义此番行动，是此战中最后一次行动。其在与另一人交接后，将会在军中长期潜伏下去。而这个对接之人，此人还未查到。你要先调几个手下去阿乙那儿，协助其处理'三人组案'。大战已进入最后之白热，每个事件都非单独。'三人组案''季顺义案'与'秀吉生死案'，很可能会合并办理。明白吗？"

"是嘞！包在小弟身上！"朱元拍着胸脯发誓道。说罢，却又往前挪了挪身子，嬉皮笑脸地小声试探着问，"大哥，对接人……就在'明人倭兵团'里吧？"

陆安怒目一睁，吓得朱元嘴里连连嘀咕"不问了……"便退出门去。

"今夜有信来，不可懈怠。"陆安瞥了眼朱元的背影，对钱乙交代着。

"是！"

卯初一刻，陆安手中自鸣钟的指针也走到了五点十五分。钱乙果真送来一支细筒。陆安抽出内中信，上面只有12个数字，并分为4组，分别是：十四・二十二・二；十一・三十二・三；九・十四・四；七・十八、四。落款为：蜢。

这是一段反切码制成的密信，源自抗倭将领戚继光的那两首"姊妹诗歌"。第一首是：柳边求气低，波他争日时。莺蒙语出喜，打掌与君知。第二首是：春花香，秋山开，嘉宾欢歌须金杯，孤灯光辉烧银缸。之东郊，过西桥，鸡声催初天，奇梅歪遮沟。

此码，曾是军中最为机密之联络，但已多年不用。如今突然启用陈旧顶级暗码，也是一次反常规之举。如若通过"姊妹诗歌"来解读这4组数字，便有了以下思路：第一首诗的20个字作为声母，依次编为1—20。每组数字中的第一个数字，便对应其中的序号；第二首诗的36字为韵母，又依次编为1—36。每组数字中的第二个数字，也对应各自序号；而将福州方言字音的4种声调，再依次编为1—4。每组数字中的第三个数字，便代表相应的声调。这样，每一组数字就可解读出一个文字，也就构成了完整的"反切密码"[1]。

以第一组数字"十四·二十二·二"为例，"十四"是声母"出"字，"二十二"是韵母"东"字，"二"是声调的二声。据此，便可反切为"虫"字。由此，陆安也顺势将全部4组数字译成了明字，那便是：虫已入套。"虫"，即黄二江的代称。线报明确指出，黄二江实乃潜入明营之双重奸细。"蜢"，就是曾孝渊的代称。

"阿乙！"陆安将钱乙叫了进来，低声嘱咐道，"速以反切码回信。告知其使命已达，切记自保。"

"是。"钱乙忽又犹豫了下，问道，"这个……对二哥来说是否有些残忍？"

"不可在此刻有妇人之仁！"陆安眉头一竖，坚定道，"此局刚刚布开，风险难以评估。你二哥的情绪实难把握。"

"是……"

5

随后，逆用"三人组"的行动有序展开。

抓获"三人组"的第二日，在钱乙的指令下，孙相将第一封信塞入长九

---

[1] 反切密码：历史上的《姊妹歌》是由福州话戚林八音编撰而成，仅因方言变化颇多以及阅读便利，本书中暂以现代普通话为蓝本加以借鉴。

戚继光根据东汉时期发明的反切注音法（切上字取声母，切下字取韵母），发明了一套完整的"反切码"体系。后在"密码诗"的基础上，他又编写出《八音字义便览》，作为训练情报人员、通信兵的专门教材，为日后现代密码"反切码"的发明提供了确凿的理论依据。

峰山中的一处石缝中，附上一枚药丸。信上只8个字：安全抵达，建立联系。在"立"字的后边，钱乙照例做了涂鸦。

这封信是"三人组"对本部的报平安。次日，便得到回复：祝贺，后续望及时通告。

首次联络未引起怀疑，当然是好事。但对方指令含糊，也能看出有所保留。

"钱总旗，是否我们被怀疑了？"从朱元手下借调而来的杨金宝和闫世奎，看着手中的几份相关文稿。

"是例行试探，第一次联络不会那么痛快。"钱乙平静的面孔下，看不出一点紧张和不安。

"是。"

"逆用敌酋奸细，内容才是'致命一击'。我们每一封信，都要由陆大人，以及王世源等几位先生的最终审核后，才能发出去。"钱乙又对二人交代着。

果然，再次日，对方发来一份新指令：探查茅国器所部情况。

其时，茅部正在向露梁缓慢展开战备。钱乙便在通报茅部加强部队盘查的同时，对敌酋本部发去回信：已派崔前往茅部刺探。一天之后再发报告：崔已回，侦知茅部除少部南移布防外，余众欲往固城、顺天。

这份假情报，正是为引起对方的举棋不定，既放心茅部主力心向固城和顺天，又有部分兵力南下露梁之迹象，这一将信将疑，随后也导致其兵力调配的犹豫不决以及逐步的混乱，为刘部、茅部，以及与水师的协作赢得时机。

前敌衙门，谈不上什么严密的防卫能力。即便明、朝联军将倭军逼至海岸一线，陆安等一众官校、先生及部分匠师，全都随时处于与忍者或零散倭兵相遇的境地。即便如此，每个人也都没有放松对敌方来信的解读，程序更是不敢忽视。来信先由钱乙组织孙相和程五方初步研读后交与陆安，陆安再让王世源等人二度翻译，基本是逐字推敲，不仅要看字面文理，更要品味其中的口吻语态，以求解其深层含义。而对于回信内容的推敲、字句的斟酌，更可以说到了反复紧抠字眼的地步。初稿仍由孙、程二人拟写，再由王世源等人审定，确认字句中没有任何暗示报警之意。

几次收发后,"三人组"与倭本部的联系稳固下来,指令也越来越细化。

但突然间,敌方却显出了连续两日的静默。

"大哥。"钱乙找到了陆安,问道,"'三人组'这次是否败露?"

"不会!"陆安倒是斩钉截铁地回应了钱乙的疑惑,"这仍是与对方'考验'和反'考验'的较量。'非我族类,其心必异'之忧,倭人也不例外。终归,他们派来的探子,皆为久居朝鲜之归化外民。即便要用其本土之利,但放到无法直接驾驭之敌后,也只有不断考验了。再者,敌酋掌握之情报,若与我提供的有所差异,也必会通过考验加以甄别,以判断这'三人组'有否变节,这也需要时间。这时紧时松的驾驶技巧,更可察觉出'三人组'之情绪和信念。再等等看,对方越犹豫,越说明他们的最后指令要下达了。"

"是!我们下一步……依小弟看,可否主动出击?扭转对敌酋之被动局势?"

"好样的!阿乙!"陆安竟不自觉地张开双臂大笑起来,"就依你之见!你不信任我、不给指令,我就主动推进,让倭酋随咱们的节拍走!"

随即,钱乙便向敌酋本营主动发出了新的回复:自入敌区,无所建树,本部无指令,吾等心不安。现往食物较丰富之丙地潜伏,指令可发往该处。

丙地,即黑勿郎伊山。此后,钱乙再也没理会长九峰山的密信点。直到三日后,在黑勿郎伊山的丙地密信点,才重又出现了倭酋的指令。

"他们熬不住了!"钱乙微笑着对在座的杨金宝和闫世奎道。

紧接着,倭方又连续发出指令,且地点不同。这正验证了钱乙的判断——正因为对方熬不住了,才会做出这样接二连三的举动。

接下来的三天,杨金宝和闫世奎相继又发出了"露梁一带联军粮草供应出现短缺""茅部有向露梁调配的情况,但数目不大",以及"明军在固城沿岸防御已与正面战线相连,有三道防线,纵深更达10多里,且兵粮充足"的三份线报。

这些报上去的内容,新、旧、虚、实并举又彼此交叉发出,就为让倭人不识这庐山真面目。就算是提到了茅部向露梁调军,也点明了兵力不大,意在引导对方相信这只是常规增补。

"'明人倭兵团'归顺后的情况如何?"陆安边读报告,边问钱乙。

"很好，安置在咱们后方20里外的华藏山一带。主要将领都是单独分住的。"

"黄二江那厮投诚后，确实交给咱们不少'猛料'！诚意十足。但是说好归顺后会立刻解甲归田，却又时隔多日也不见动静。还有，那曾孝渊倒是总爱四处打听什么，小弟觉得，那厮看似忠厚，实则更要提防！"朱元抢话道。

"只管将事件呈报上来即可，交代下面不要妄加评议，记着了？"

"还有，刘、茅二将军，近日多次与倭人密谈。"朱元又道。

"此为刘、茅的'不战而屈人兵'之计。"陆安笑道，"当初秀吉在谈判未成时，便曾对沈惟敬和杨方亨说过：'留石曼子（岛津义弘）兵于彼，候天朝处分！'此番，也正是史指挥陪同茅游击之弟茅国科去见的岛津义弘。席间，便将此话刺激了那义弘。又有郭国安从旁蛊惑，义弘遂终才看清形势并承诺不战而退。当初，史指挥未能在萨摩本地与岛津义久交通下去，如今也算是不枉此行，在朝鲜瓜熟蒂落了。"

"哦！小弟知道了！哈哈。"朱元傻笑着正转身要走，却被陆安拦住，道："把这两份郭国安的线报，交与刘綎将军和陈璘将军供其参谋。一份是关于倭军'水陆互攻、日夜并杀、后无援军、不习水战'的弱点披露；一份是'清正先撤蔚山之师，义弘、行长以次而撤'的计划。"

"难不成……"朱元仍疑惑道，"这秀吉真的已经死了？"

陆安平静地说："依据眼下的形势看，倭国本土已无秀吉之令传出，居留朝鲜之倭军残敌又显狗急跳墙之态。如之前的判断那样，他的死相比生更为可信。但即便我们以其已死来谋划收官之战，亦不可放弃对其生死之确认！"

"三人组"与本营的指令，基本是每日必收，也每日必发。最终，在十一月一日发来的最后回复中，倭酋本营已经完全被"三人组"的线报引导，相信联军在露梁一带防卫是空虚的、是可以从容应对的。回复称：贺孙、崔、程侦探成功。所报军情极为重要。

而此刻的真实情况是，中路董一元、西路刘綎，在取得倭方踌躇不决、小西意在逃生的消息后，已开始暗中布置粮、械及弹药的增补，陈璘也做出相应部署。

二日后，岛津义弘帐下的通事洪七元发来密报，验证了其碍于联军在露梁一带的疏松，而将于露梁撤退。此前，加藤部已按计划展开撤退。

随即，刘綎和董一元部，又密切监视起加藤及岛津部；水军方面的陈璘部则随即停止巡航，并撤去蔚山、泗川一带海域兵力，向顺天海域前进，堵住小西行长撤退的海道。副将邓子龙、游击马文焕等，则同时以战舰数百，缓缓向忠清、全罗、庆尚各个海口分布开来。

在明、朝、倭三方搏命于南部海岸的这个初冬，岛津和小西百般设计的脱逃线路，就这样悄无声息地被导入了联军的口袋中。

但次日，对方忽再停了下来，似又有犹豫之态。

6

朱元凝视着身边的这六人：已升为小旗的崔云霄及校尉杨金宝、闫世奎、陈五连，还有周怀立、钟田七，心里有说不出的滋味儿。再加上在外办差的万志元，当初在对忍者首战中幸存下来的人，都在这儿了。朱元本打算将这几人留在衙门中做内勤、妥妥儿地待到战后，领取封赏，安度天伦。尤其是杨金宝和闫世奎，都是刚执行完"三人组案"的，大气儿都没喘上几口。但眼下，却又爆出投诚不久的黄二江，携重要内情再度叛逃的消息。如此复杂之变局，怎能自求特殊？

"大家都是吃这碗饭的。废话老子不多说了，记得都全身全影儿地给我回来！"朱元最后看了眼那 6 个人。

"听见了！朱哥！"

"大哥！"朱元扑通跪在地上，道，"您说的，接应都做好了，是吧？"

"是的。"陆安背靠椅背，闭着眼。在些许宁静后才缓缓睁开眼，扫视了下众人。见皆聚精会神，才一字一句对那六人道，"现在，本官下达行动命令。据加藤真木从其同乡处得知，一份可证明秀吉死讯的密信，藏在几十里外的锁山一倭营中。你们一是要在这里窃取那份证明信；二是要在其西侧的

第九章 最后的荣光

古同山一处倭寨中,将黄二江活着绑回来。当然,攻取营寨是不可能的,但黄二江会在八日夜里被转移至靠南的另一处营寨。你们只能在途中动手。现在是十一月五日,戌正三刻(20 点 45 分)。三日后的八日巳时正点(10 点整)前,我们会在古同山以北的曹溪山设一队人,南下接应你们。相关倭寨的兵力详情及地图,随后发给你们。配给你们的 20 名精兵,也已集结完毕。此次行动,由小旗崔云霄在一线统领,使命内容只有你们六人知道。懂吗?"

"为大明,赴汤蹈火在所不辞!"

黄二江的复叛,是在陆安防备中的。而曾孝渊,则是陆安在一次战役开始不久后,便争取过来的秘密卧底。这一点,在"明人倭兵团"被策反的过程中,也无人知晓。

虽然季顺义在被陆安控制后极为配合,让"三人组"成功向倭军释放了假线报,但与他对接的那个人却始终未露面。几经排查后,陆安的目光重又回到"明人倭兵团"。曾孝渊在暗查后,发现了黄二江的投诚并不牢固,遂通知了陆安。也正依此线索,陆安确定了那个对接人就是黄二江。与此同时,一名陆安衙门中的文书被黄二江策反后又很快暴露,被暗中监视起来,黄二江也看出端倪。随后,曾孝渊又在陆安的授意下,故意泄露黄二江叛逃之意,试探其反应。黄二江果然开始慌乱了,决定铤而走险,反诬陷曾孝渊乃倭军奸细。黄二江不知曾孝渊是陆安的人,于是彻底败露。陆安又命人散布"已掌握倭人奸细"的消息。黄二江终于按捺不住,杀了跟踪自己的两名锦衣卫,携带部分文书向南部的倭营叛逃。这些文书中,便有涉及"联军伏兵露梁"的草拟计划,以及证明秀吉生死的密报来源。尽管这几份文书用反切码所制,但在决战之际流传出去,一旦被人解开,便可瞬间扭转整个战局。至此,"三人组案""季顺义继任者案"和"秀吉生死案",终因黄二江合并一处。这一趟活儿下来,便是要为"露梁围歼"扫清最后的障碍。

26 人的队伍经过乔装后,于六日辰时正点(8 点整)分散向南方秘密开拔。历时多年的对倭鏖战,也使幸存的缇骑们经历了炼狱般的洗礼。早在行动之前，他们就已掌握沿途的忍者暗哨位置，树上和被荒草覆盖的地穴中的隐藏者也被收入囊中。七日下午，26人分为两队，一队由崔云霄统领，一队由杨金宝统领，分别在锁山和古同山的倭营附近驻扎下来。此刻又换成以白、浅灰、深褐相杂的紧身衣，以适应山谷内残雪与枯枝败叶的环境；所带腌臜破漏的布袋，罩在头上成了一具只露眼鼻的紧束头套；锄具的空心手把中藏着的短刀，被抽了出来；腰带里的几十枚可甩向敌人的暗针，也被理顺到便于抽出的角度。

一入傍晚，山中便很快黑下来。视线中，只能看见灯火阑珊的倭军营寨，和几丈外的枯木和山丘。

埋伏于偏东锁山的崔云霄一队13人，要先开始行动。但此刻，只有11个人钻出了地穴。钟田七的喉咙处的两个血点儿还在往下淌血，胸口处竟盘着条未入冬眠的一尺来长的小蛇，头是三角的，嘴中的信子发出"咝咝"的阴冷声响。另一名士兵脸上的那只硕大无比的蜘蛛，似乎也不肯离去。伤口眼看着从铁青变成深紫。一队20人的倭人巡营兵正打此路过，11名队员没法救他俩，唯一能做的，便是在地穴中捂住他们的嘴，看着他们最后抽动了两下。现在，他们使劲想把死者的眼睛合上，但每次合上，便又再次睁开。

尸首被简易掩埋在地穴中。就这样，又是一个多时辰过去了，11人才最后望望那处地穴，趁着夜色向山下的倭寨靠近。

这里的倭寨大大小小有几座。崔云霄要进入的这座较小，有200名倭军。正对北方的大门一个，门两侧各20名倭军。营寨四角各有一座20尺高的简易高脚哨亭，各一名倭军把手。有一队15人的哨兵，绕着整个营寨巡视，大致两炷香走一圈。从崔云霄等人埋伏的灌木丛到亭哨之间，有片一百多尺的开阔地，间或有零散枯木残枝掩饰。很幸运，计划中进入的那个东北角的亭哨困意浓浓，已倒在扶栏上睡着了。崔云霄在15人的巡回哨远离后，将短弩搭弦上箭。弩箭在夜空中飞向那哨兵。幸好有护栏挡着，尸体没掉下来，但姿势是趴在护栏上，这会被巡回哨发现。崔云霄一摆头，周怀立跑至亭哨下，三爬两爬上了亭哨楼。将那尸体靠在一角摆稳后，又滑到地面。然后冲灌木丛招招手。很快，又有三个黑影小跑到亭哨下。四人将捆扎寨墙的

第九章　最后的荣光

一根麻绳斩断，松动那根木桩后钻入营寨。

营内的景物与地图上的无误，他们嵌入的这个缺口内，恰好有处杂物堆可供隐藏。营内黑黢黢的，只有几处火把，夜风将火苗吹得来回摇摆。营寨分成两部分，东侧是主要兵营，西侧为后勤物料区，也有少部兵力。巡营的倭兵也有两队，各10人分区巡回。固定哨位，只在进入营寨处和主要区域的交界处设有。除去哨位，其他倭兵都已熟睡。崔云霄将周怀立安置在入口处，另两名手下一前一后，跟着自己深入内营。陆安交代的那处藏有秀吉生死证明的文书，就在后勤区东南角的案牍室。两名手下已选好藏身位置，他们的任务，是在崔云霄发生意外时吸引倭军过来，牺牲自己去掩护崔云霄安全离开。而此刻，崔云霄已贴着案牍室墙体来到窗前，掏出忍者所用的"问外[1]"，以巧劲伸进窗下缝隙，感觉距离合适时顿了一下，又往回一带，窗户轻晃了下后便开了个小缝儿。崔云霄将窗户向里推开半尺，翻身钻进屋内。案牍室很小，存档看起来也不多。为什么如此重要的、有关秀吉生死的证明信，会放在这么不起眼的前敌小寨？最可能的解释是，这样的传言太多了：太阁病逝；太阁痊愈；太阁根本没病，都是联军攻心之言……想打的，自然也不会理会这些，因为根本无法判断。但恰恰，联军就有线索佐证这是封有价值的。崔云霄是这样想的。眼下，信就静静躺在第一架第一层上，用普通的黄纸封包着，和其他文牍相比没有任何特殊之处。

周怀立远远地看到，崔小旗等三人的身影从营内的黑暗中清晰起来。三人边退边消除着雪地上留下的痕迹。临近栅栏时，周怀立将松动的木桩搬起半人多高。三人趁势钻出倭营，周怀立最后退出营寨时，又将木桩的麻绳搭紧了些，让寨墙看起来从未被解开过。

获取证明信的过程出奇得顺利。望着身后依然安静的倭寨，崔云霄喜上眉梢。

将近子夜时，已在古同山埋伏多时的杨金宝，等来了前哨周怀立的喜讯。

---

[1] 问外：忍者所用武器。长18厘米，头上的弯曲4厘米，是拿在手里多在暗处拨门栓窗户之类。

又过了一会儿，崔云霄带队也到了。两队安全会合。

绑架黄二江的准备，已在崔云霄到达之前便确定了。这座营寨比锁山的那个要大，内驻倭军300多名。除去北大门外，东西各有一小门，南面则有2座门。为防止黄二江临时变换出口，杨金宝在东、西和南面两门外都留有人。但黄二江几时被转移，一直不确定。24人，就这样在各自位置上等待着。

初冬的顺天山谷，白天尚且干冷，更别说南海岸凄冷的夜风了，大家都能听到此起彼伏的、"咯咯"咬牙的响动。有人额头开始发热，是杨金宝手下的一个孩子，又过了半个时辰已浑身滚烫。崔云霄拿出御寒的药丸塞入他的口中，不起作用。后来，那孩子开始说些不着边的胡话……又过了一会儿，体温陡降，随后进入迷离之态，脸色已如霜打茄子一般紫黑，呼吸开始时断时续。凌晨时，便彻底没了气息。

如同那两名死于蛇与蜘蛛的队员一样，这孩子也被草草掩盖。

就在此刻，东南方向的夜色中，十几个鬼魅般的身影从营内出来。黄二江终于露面了，身边有10名护卫跟随。

崔云霄这一行23人于是分成两队，沿着枯灌木向兵营侧后方绕过去。

月光下的微弱光亮，只能显出四周二十来尺的景物。再远处，便完全像被一个巨大的黑布罩起来一样，幽深而不可测。黄二江似有些莫名的不安。突然，他大声叫道"不好！"。身边一名忍者头目，随即率余下九人将黄二江妥妥围在当中。

眨眼间，二十几支刺针从四面八方射向这扇人墙。忍者们果然训练有素，竟不顾身上的针刺，将"手里剑"撒向黑漆漆的夜色。远处没有传来叫声，第二波针刺却又袭来。这次，有三名忍者终于伤重倒地。余下7人仍紧守防护圈。又一名忍者，掏出带有鸣镝的手弩举向空中。但黑暗中的另一支弩箭，却提前击中了他已套进手弩扳机的手指。伴随着紧接而来的第三波针刺，二十几人全数从暗夜里涌出，与这仅存的三名忍者展开短兵交接。又有两名忍者倒下，仅存的那人并未反击，而是挥动手中的刀砍向身后的黄二江。但挥刀那一刻，其胸膛却被三支弩箭同时击穿……

古同山的行动，也按计划顺利完成。除去三名非战殉职的年轻人外，可以说是没有缺憾的。十一月八日的清晨，崔云霄和杨金宝押着早已吓破胆的黄二江，来到古同山的北山坳口。再熬上个把时辰，接应队伍就出现了。一行人似乎已看到曹溪山的后方，看到露梁全歼倭军的捷报。

7

此刻，兄弟山的陆安前敌衙门院内，朱元已急得脸色深沉。开始还只是舒缓踱步，后来脚步便乱了起来。接应的队伍早就做好准备，离约定的救援时间只剩两个时辰，为何大哥还不下令？先去曹溪山传令，再赴古同山北口接应，满打满算小40里，即便能赶到也属仓促。朱元又不敢贸然进去，只能焦躁地看了眼紧闭的屋门，狠狠地跺了跺脚。

此刻，屋内的陆安独自静坐着，桌上的小自鸣钟不停"嘀嗒嘀嗒"地响，扰乱着本已失落的心绪。他的眉头不时抖动几下，拧成个疙瘩。他知道，即便有千万个理由，什么大局、气节……在这一刻的朱元眼里，都抵不上自家兄弟的命。

窗外，他似乎也听到了院内朱元阵阵的低吼。

自鸣钟的指针，终于不可逆转地指向了8点整，也就是辰时正点了。来不及了，即使现在违抗石彬之命发兵救援，也会陷入对方的包围。

门吱一声开了，朱元几乎是跑上来的，问道："大哥，是要下令了？"

"嗯。"陆安的回复是那么的平静，"曹溪山的队伍，可以撤回来了。"

"是！"朱元接过令牌，亢奋得几乎要跳起来，然后便转身就要蹿出院子。实际上，他根本没去听陆安在说什么。还需要听吗？都这个时候了，下的命令难道还不是"曹溪山的队伍，可以接应了"吗？朱元只是条件反射地做出了个接令箭的举动，但他还是在跑出两步后突然停住了。他的余光里，充满了其他人惊诧、呆滞的神情。再一想，好像自己听到的……不是"接应"这个词儿啊？朱元这才明白过来，两腿一软"咣当"倒在地上，顾不得站起来便连滚带爬地冲向陆安。

陆安并没有进屋，一直在门前盯着朱元，却没有上前搀扶起这位兄弟。

"大……哥！"朱元几乎是趴在地上抱着陆安的大腿，鼻涕眼泪混在一起如雨般淌下，"不能……这样啊！他们都是跟我……经历过平壤大战幸存下来的啊！这就要回家了，不该这样啊！不该啊……"

所有人都低下了头，纵使忍耐，仍有人潸然泪下。他们从没见过朱元这般无助，往日里，他是多么狂傲、强悍，但现在谁也不愿去怪他。朱元求助的，难道不也是自己的心声吗？

"丢人现眼！"面对卑微地蜷缩在自己脚下的兄弟，陆安却没展示出一丝的怜悯，一脚踹开对方，道，"枉你办差这么多年，难道还如孩童般稚嫩吗？你的手下性命可贵，他人的手下就是草芥？你的手下是历经千难万险挺过来的，其他人就是苟活这7年？光阿乙的手下，五六成已更替过一次以上。你若再哭哭啼啼，便干脆投敌求生，或是去问问这7年来在正面战场上死去的更多冤魂！问问他们是如何看到自己被活活烧焦、如何被剁成肉泥、如何被野狗和秃鹫叼去五脏六腑！"

"可……"朱元被噎得无话可说，只能支支吾吾道，"为什么……为什么？"

"你以为什么都能和你说？"陆安看都未看他一眼，依然挺直着腰，望着远处曹溪山的方向，平静地说道。

"是……"朱元最后抹抹眼角的泪痕，将令牌塞进怀里，头也不回地走了。

陆安看着朱元远去的背影，视线不觉也开始模糊。说了句"都散去吧"，便回到屋内。关上屋门的那一刻，自己却扑通一声跪在地上。他是不能放开声大哭的，院内还有未离去的各级下属，只能用双手紧紧捂住口鼻，任那悲痛在心中化解，任那泪水在压抑中无声地挥洒着。他爬到案桌前，拽开柜门，里面整齐地排列着这次行动所有人员的排位：崔云霄、杨金宝、闫世奎、周怀立……他们的死，本就是计划中的。

"起来吧。"随着一个沧桑低沉的声音，石彬缓步走了出来。

此刻的陆安，却也如刚才的朱元那般入情至深，怒道："秀吉死讯，已从加藤真木同乡处确定，只需前线确认。更何况，倭军全线撤退已成大势所趋……"

"据你所报，十一月一日发给'三人组'的最后回复中，倭酋本已相信联军在露梁一带防卫空虚，加藤部也按计划展开撤退。二日后，岛津义弘帐下

第九章　最后的荣光

的通事洪七元发来的密报,更验证了其碍于联军在顺天一带的严密布防,欲将家底500只船集结于露梁以备撤退吧?"

"正是。"

"但次日,倭军的行动不是又似有犹豫之态吗?"石彬反问道。

"是这样。所以,学生才刺激黄二江携带所谓'联军最终决定'外逃。又向敌军透露,将派崔、杨等人,获取证明信和绑架黄二江拿回联军决定。以加深这份'决定'的可靠性。其实,黄携带的线报,仍是针对于固城和顺天一带的论调。我们派人偷走这份所谓的真实内容,足以让看过该'决定'的敌军相信,联军在露梁是空虚的。即便让这份'决定'落入敌手,也不妨碍接应他们!至少不该全部放弃!"

"安儿。"石彬站在陆安面前,毫无表情道,"你该清楚,这样做是有隐患的。只有让他们失去援助、全部陨难,'决定'彻底落入敌手,才会让敌军真正产生误判,才会相信我们还不确定秀吉是死是活。战后,好生抚恤他们便是。而且……"石彬淡淡地笑了下,接着道,"你想不通也罢,但也不该那样自作聪明啊。"

陆安强忍住心底的话,未予回应。他此刻真想把朱元拉进屋来,对他说出刚才决然不能说出的话。

"还有。"石彬似乎根本不在意陆安所想,更靠近一步低声道,"吕骧试图对我们施加影响,也不是一天两天了。我们凡事还是要果断解决,才不给外人以可乘之机。安儿,你可明白?"

"明……白!"陆安竭力从喉咙处,极不情愿地挤出这两个字。

傍晚,陆安便得到密报:倭军于今日上午在锁山和古同山一带的一次追击中,缴获了一则"明里调兵固城,实则暗中向顺天和固城双线集结"的线报。并根据联军此次行动的投入程度分析及其他佐证,确认这份线报真实可信。岛津和小西已做好撤退准备,突破口定为露梁海域。

两个时辰后,又一则关于丰臣秀吉病死的消息,传到了驻扎在古今岛的陈璘手中。这次，是真的可以确认了。

其实，就在三个月前的万历二十六年八月，丰臣秀吉已病死于倭国名护屋，年六十三。随后，关于秀吉死亡的消息，便已从四面八方流传了出去。

廉士谨于八月二日送出第一份报告后不久，便再次发出秀吉病故的密报。但直至眼下的十一月，陆安和朝鲜南岸一带的明、朝联军，谁都没有收到。只有一个在战火中胡乱游荡的痴呆朝鲜小孩儿，在海边发现了一只残缺的右臂，手中紧紧攥着一只细如柳条的小竹筒。小孩儿痴呆，也不管身后的猛烈炮火，只顾从竹筒中剔出一张绢纸。上面只有几个字：太阁已于昨日病故。落款人是"山"，时间是庆长[1]三年八月十九日。小孩儿看不懂，随手丢进大海。没走出多远，一枚失去目标的流炮弹飞来，落在小孩儿身边。一声巨响后，地上炸出了一个三尺见方的焦土坑，小孩儿被抛出很远，当下就咽了气，他的一只右臂则飞到了两丈开外。

除此外，还有三支队伍也往朝鲜传送着同一消息——秀吉已死。

许仪后的那支，在登船后不久便被发现。信差咬舌自尽，密信被搜出；

九月，另一支在海上遇到了倭军的盘查，不得已将密信吞入肚中，勉强以走私商的身份贿赂对方得以逃生；

十月中旬，还有一支，则因躲避战区而偏离航道，误入大明的莱州府海域，只能转陆路赶赴朝鲜战区。当他辗转回到朝鲜南海岸时，已是十一月七日。次日，才面见了陈璘。他是陈璘的单线，也正是他的这则消息，让陈璘终于相信秀吉已死，随即下令水军向露梁开拔，准备决战。

万历二十六年十一月十八日，倭国庆长三年，朝鲜之役的最后一战——露梁大海战终于爆发。

战事历时一天半，明、朝联合水师大胜倭军，倭军精锐的岛津第五军损失殆尽。困守在顺天城的小西行长部化整为零，四散奔逃，余部大部被歼。勉强钻出封锁线的岛津、立花两部，终与釜山的加藤清正、黑田长政与毛利吉成会合，撤回倭国。

至此，历时7年的朝鲜之役，终以明、朝联军胜利，和丰臣秀吉的失败结束。

---

[1] 庆长：日本1596年开始的一个年号，延续20年。

8

十一月下旬，终战没几天，顺天以北的山中已陆续迁回了一些乡民，清理着那些散落遗骸，有些似乎是死去没多久。但这几天，这一带突然来了不少明军装束的人，驱散了正在碾压尸骸以便掩埋的乡民，自行打扫起了战场。古同山北口发现一个，前胸背部一共12支弩箭和弓箭。

"这是崔小旗。"朱元不忍直视，用手捂住脸。

"陆大人！"那边的钱乙喊道，"这儿也有一个，是周怀立。"陆安跑过去，对方的一半脸已被野兽啃得坑坑洼洼。肚子也被掏开了，残存的内脏也都被冻住了。身上十几处刀伤，伤口已凝成团团黑红色的血污块。

箴谷山和诸宗山，分别位于古同山西南和西北十几里外，也发现了一些殉难队员。应是当时遇到了来自各方的追兵，崔云霄才下令分散逃离，但依然没人能幸运地回到兄弟山。由于分散的面积较大，此次收敛尸骸的行动，持续了整整两天。最终也只找到了23名死者。剩下的那3名，可以说是生不见人、死不见尸了。

"大人。"钱乙低声问陆安，"按规矩，钟田七和其他两个人，该报失踪吧？此次行动的所有当事人都已故去，也无处查询了。"

"报殉职。"陆安不假思索地命道。

"是！"

但最让陆安惊异的是，此番打扫战场，石彬和吕骧这一对儿冤家竟然一起出现了。似乎在这片土地上，也有着同样吸引他们的地方。石彬率先找到了黄二江的尸骸，并在他已僵硬的手下，发现了一个写得歪七扭八的"禄"字。见身边无人注意自己，便用脚将那字抹散了。

但这个动作，还是被吕骧发现。他紧赶几步过来，透着上官的气势，道："石镇抚！有什么事，要瞒着本官？"

"哪里。"石彬既尊敬，又暗含较劲地回着，"只是一些搁在手下的碎石。下官怕毁了尸骸。"

吕骧将黄二江的尸骸反过来查看了一番，未发现什么其他可疑之处，便瞅了一眼石彬然后巡视他处去了。

陆安静静地审视着二人这一幕，心中又生疑窦。不觉回忆起5天前，在前敌衙门前拒绝朱元发出援兵的那一幕。

其实，陆安根本没打算放弃那26人。最初的接应方案被石彬否定后，自己心里还有个计划，那就是暗中另派一支10人小队，绕过古同山的援军，深入敌后将那26人带回。但这10人，也于出发前被石彬察觉并拦下。

如果宁夏之乱中对石彬的意见只是申诉，于修的被杀便是在心中与石彬产生了隔阂，那陆安也仍不免对石彬怀有最后一丝尊敬。但今日这26人的遇难，以及刚才石彬对吕骧的极力掩饰，终于让陆安再也不愿将心中的怨愤瞒下了。

对于"鹿缘会"及其背后，石彬一定是有罪的。而对于26人的遇难，石彬当时的理由更不可信，他是另有目的！他在黄二江手边抹去的，到底又是什么呢？

所幸，石彬在这一刻没看到陆安的眼神，它隐含着咒怨和决裂。

5个月后，大明万历二十七年（1599年）四月二十四日，京城，61名朝鲜之役的倭俘被整齐地捆绑在午门前的广场上。每个人的头，都被按在了行刑的木桩上，头前还都放着一个巨大的木桶。

春意盎然的太阳下，万历皇帝高高地坐在午门城楼上，俯视着这些自不量力的跳梁小丑。

"合赴市曹行刑，请旨。"刑部尚书上奏道。

皇帝淡淡地回着："拿去！"

随后，皇帝左右的两名大臣，便复高喊："拿去！"

再随后，又有4名大臣高喊："拿去！"

于是，二增为四、四增为八、八增为十六。最后，身披金甲的360名大汉将军[1]齐声高喊："拿去！"声音之大，如轰雷般响彻整个午门内外。

随即，61名刀斧手高高挥起手中的鬼头刀。一股股脓血喷洒而出，很快

---

[1] 大汉将军：锦衣卫内充任礼仪之用的兵种。

第九章 最后的荣光

便将那些木桶灌满了。61具失去头颅的干涸尸体，在地上无助地抖动着。

这是皇帝的荣光、大明的荣光，更是这场大战所有参与者的荣光。在一波又一波的欢呼和激愤中，只有陆安表现出异常的平静。在常人看来，不管是皇帝、大臣，还是将士，脸上都展示着一种骄傲，难以言表的骄傲。但陆安却从他们的眼里，看出了一个让自己不安的神情——疲惫。

二次战役开启后，史世用因隶属关系，再没直接和陆安共事。战后，他在郑士元的建议下，一同辞官后入了道观，潜心研究学说去了。蔡金阳失去了史世用的荫蔽，被调至福建西南一隅的锦衣卫站，四角鹿头之秘，也随之被冷落下来；

许仪后这一生，没得过大明任何的功名，他也从未讨要过。他对故国所做的一切，都只是源于那份朴素和真挚的热爱。战后，岛津家未再向他问起这场大战的细枝末节，他也一如既往继续着自己在岛津内廷的御医差事；

郭国安，在战后随岛津义弘回到了九州。十几年后，又利用返乡探母的机会，向明廷传递过岛津欲攻琉球的计划。从此后，他的名字未再出现；

同年，石星死于狱中，沈惟敬则于市集被斩首。

大明留在朝鲜的旗帜，便是驻屯当地的经略万世德，期限是两年。两年后，朝鲜再无大明官方在这场大战中的记忆，除了那些长眠在此的不朽忠魂，还有一些自愿留驻当地生活的官兵。

都过去了，一切都过去了。

午门献俘之后，门世达按规程与同僚做了交接，便正常下值。如往常那样，他热情地和每道门的守卫和内监打着招呼。回到仁寿坊钱堂胡同（钱粮胡同）的家中后，换了一套平民便服，又从墙角的暗室内掏出一枚铜腰牌，牌子正面是鹿头图案，鹿生四角，图案下面一个禄字。他将腰牌塞进衣服内就出了门，半个时辰后，来到了小时雍坊的李阁老胡同（力学胡同），叩响了一处普通院落的门环。

第十章
沉渣泛起

1

万历三十一年（1603年）十一月十日，初冬，已近晌午了，陆安揉了揉惺忪的睡眼，想要努力撑着身子坐起。昨夜的酒太猛，现在竟都未缓过来。这样的生活，似已成了常态。

5年前那场被奉为"东洋之捷，万世大功"的外战，虽必将奠定东北今后与邻国的长久安定，但辽东的精锐之师也只剩一半。朝鲜复国后，曾在庆尚南道的晋州和泗川建"朝明军冢"，算是告慰在天之灵。有关丰臣侵朝失败后的倭国的最后一次密报，是不久前德川家康在内战中获胜并迁都江户，建立了"德川幕府"，与大西洋诸国的关系也平缓下来。

纵然有这样的功绩，又能如何呢？终归已过去了。

陆安勉强从床上下来，蹒跚着挪到镜前。看着里面蜡黄松弛的自己，再低头看看愈发臃肿的身躯，走起路来似乎都感到赘肉在微颤了。走到院中，陆安拿起那把多日未擦的腰刀随意挥了几下，便已开始轻喘起来。

正如午门献俘中，自己所见的疲态一样，在激昂后，举国上下坠崖般陷入安逸。曾有线报反复告诫，辽东兵力锐减下的建州女真部已现异动，努尔哈赤，这个早被有识之士关注之人，一边逢迎朝廷、一边却在万历二十七年

第十章　沉渣泛起

（1599年），吞并了海西的哈达部。但不要说衙门其他人了，就算是屡次上书的自己，也对此置若罔闻。说是朝廷已在重整新策，可实际谁又知道呢？何况，持续15年的"国本之争"终于在万历二十九年（1601年）尘埃落定，朱常洛已成为正式的太子储君。天下已定！这在朝中已成为共识。

可天下，真的已定了吗？之前，陆安可是一直对此深表怀疑的：

午门献俘后，陆安便展开了对三井在逃倭前的背景核查。果然，在数次往来北京与宣府，以及丁选原籍、怀来卫、镇边城这三地之后，终于找到答案。尽管事关丁选的官职履历和相貌等一些物证完好无缺，包括委任"告身"与"敕牒"、证明身份的"牙牌"，乃至沿途过关所用"符牌"与"传信"，但真正的丁选在接到调任宣府命令后，却曾于出发前两日在镇边城失联。一个月后，宣府才发来文书，称其当初因公事紧急提前出发。宣府经历司的文书，在丁选抵达宣府日期这一页，亦更新过纸张。新页显示的日期与提前从故里出发无误。结合三井在哱拜之乱后，因暴露身份仓皇逃倭这一情节看，必是早在丁选即将赴宣前，就将其在故里杀害，又在冒充丁选赴任宣府后，伪造文书诈称丁选提前出发，掩盖其在镇边城的失踪之谜，更于日后修改了自己抵达宣府的真实日期。而从其赴任宣府到逃亡倭国止，任由一倭人潜伏军镇府衙达10年，官府竟无所知。但如今虽水落石出却又无凭无据，还因早已结案，终再无人问津[1]；

石彬在哱拜之乱中漠视"鹿缘会"，后又擅杀于修并宣告该"妖会"破产，更在朝鲜用26人之死掩盖其与吕骧的莫名对峙。战后，自己不止一次想暗中彻查石彬，均因案牍的敏感性未能深入下去；

平壤之战前，自己便得密报，说有高层泄密。便故意多路同时出击加以试探，包括朱元在关卡的那次遭遇战。唯独钱乙这一路，困难最大，但却毫发无损。最终，还是让小西行长择小径逃脱。这又是什么情况呢；

之前羁押在福建的宋时惠，在许孚远卸任后被释放。如今已不知去向；

去年冬，福建晋江石湖水寨把总沈有容，在福建新任巡抚朱运昌的支持下率战舰登陆台湾本岛，全歼盘踞此地的倭寇巢穴，并巡视打狗屿（今高雄

---

[1] 无人问津：冒充官员上任，多年后才被发现的案例，宋明时期确有发生过。

市)、小淡水(今屏东县)、大帮坑(今台北市)等地。其时,大明商民的足迹早已遍及台湾南北,当地部落首领大弥勒更期盼归顺大明。朱运昌十分赞同沈有容在台湾设立府县、归福建管辖的建议,已向朝廷汇报。只需一份书面程序,便可于法理上正式成为大明之地。但此唾手可得且惠及后代之壮举,竟有人加以阻挠,随即被无限期搁置下去;

再有,诸多学人乃至常州知府欧阳东凤、无锡知县,已决定资助和支持已回乡的顾宪成,维修无锡那座宋代学者杨时的东林书院,以备讲学之用。这位风云人物,又是否会影响到大明未来之走向呢;

还有,曾调任锦衣卫上右所任百户的孙义龙,竟也在去年又上一步,以同级官阶调入北镇抚司。尽管其在调入前便与自己打了招呼,但陆安亦敏锐地发觉,孙义龙调入的背后,是另有推手的;

……

这样悬而未决之事想起来太多,但都随着大战的胜利随风而去。那个肆意责骂皇上和道统的李卓吾,也在一年前入狱后自尽。尽管有个叫高嵩的市井无赖意外兴起,成了新生的狂禅领袖。但李贽这面大旗既倒,即便再有风浪,便也被衙门无视了。衙门内也好不了哪儿去,看中北镇抚司权位者越来越多。市井之徒,只需二三十两银子就能列籍北司,继而便可于民间敲诈勒索去了。陆安也说不上从何时起,开始习惯了这样的生活。想来也不是一蹴而就的,但一朝如此,似乎也将是天天如此了。

如今,陆安也说不上好与不好。也许,只是不同说法罢了。可以说是沉湎玩乐,也可以说是享受生活!想来,确实要比日日钻研案牍要惬意得多。天下那么多事,还能都给出结果?

来到衙门里,也是一如既往的恬淡,满屋子飘散的茶香,更让人不愿睁开眼回到面前的日常呈报上来。直至入夜了,才又有人送来一份题为《续忧危竑议》的薄册子。粗看上去只有三百来字,是份主客间的谈话问答,无非是胡扯些宫闱琐事,这类市侩之语,如今官府早无心追究了。陆安还未从酒意中醒来,便随手将这册子扔在了桌上,又靠在椅背上眯起了小觉儿。

第十章 沉渣泛起

忽的！正要睡去的陆安，竟又坐起来。刚才还昏沉的大脑，好像渐渐清醒了一些。唤醒他的，正是刚才那册子里与客人对话的主人，貌似里面有个人是叫……"郑福成"吧？"对！就是郑福成？"

尽管近年来已疏于公务，但终归还是挑动了陆安脑中那一丝尚未枯萎的神经：郑，乃郑贵妃家族；福，乃前年刚被敕封的福王朱常洵；成，必有成功之意啊！分明有"郑贵妃之子福王必成"之意。常洛之太子位早立，竟还能出此文？他赶忙抓起那本刚被自己甩在一旁的薄册子，再读起来，只见上写：

郑福成说：一般在皇家，都是母亲受宠爱者，子因其贵。以郑贵妃的专宠，让皇上改立有何难哉！

客人问：何以知之？

郑福成答：皇上用朱相公，就可知之。在朝在野，人才不乏其人，而一定要以朱公为相，就因为他姓朱名赓。赓，更也，寓意就是——他日必更换太子。

陆安此时的酒劲儿，已完全没了，将门外的文书唤了进来，问道："此文既为续，那前几年我不在京城，你可曾听说和'忧危竑议'相关之事？"

没承想，这文书微微一笑，道："大人怕是疏忽了。5年前，便有了此文的前兆。"又不多时，拿来那册《忧危竑议》。同样的对答、同样是专议历代嫡庶废立事件，并影射国本，称其文疏言天下忧危、无事不言，唯独不及立皇太子事，虽无立储之谋、不幸有其迹象。

陆安继续往下看，才知《忧危竑议》这篇跋文解读的，乃是之前的那本吕坤版《闺范图说》。这又让陆安回忆起万历二十五年（1597年）五月，时任刑部侍郎的吕坤所上的那份《忧危疏》，此疏意在请皇帝节约收支，当时也未引起什么反响，但随着次年《忧危竑议》的出现，吏科给事中戴士衡却突然上疏弹劾起了吕坤，说他先写《闺范图说》结党宫闱，与外戚郑承恩、户部侍郎张养蒙、山西巡抚魏允贞等9人串联依附郑贵妃。又上《忧危疏》，乃居心叵测。更有人将此跋文的署名"燕山朱东吉"，解读为"朱家东宫太子必大吉"。郑贵妃遂带皇三子常洵在皇帝面前哭诉，其伯父郑承恩亦连夜进宫解释，其兄郑国泰，更上疏求皇帝册立皇长子朱常洛为太子。但正因涉及郑贵妃，又因郑贵妃版的《闺范图说》与吕坤原书已不可同日而语，皇帝便说郑贵妃版《闺范图说》一书乃他赐给郑贵妃的，又以"结党造书、妄指宫禁、干扰大典、惑世诬人"之罪，戴士衡及同谋樊玉衡谪戍广东廉州和雷州。吕坤已患病致仕，便不再过问。此事，当时就在皇帝的轻描淡写中很快淡去。而皇帝也于三年后的（1601年）十月十五日正式册立皇长子常洛为太子，朱常洵封为福王。

当《忧危竑议》与《续忧危竑议》同时摆在自己面前时，终于勾起陆安对13年前那本《闺范图说》的记忆。虽因《忧危竑议》出现时，自己尚处朝鲜之役的最后关节而无法知晓细节。但战后已5年，自己却未梳理这几年的事务，陆安不由心生愧疚。

几个时辰后，十一日清晨，内阁大学士朱赓发现家门口放着一本题为《续忧危竑议》的簿册。未及中午，此书已在京城传开，随即掀起轩然大波。

随之而来的，便是皇帝的极大震怒。以其词极诡妄，鼓吹东宫立储非上意，必将另立太子的论调，当下定为"妖书"。由东厂、锦衣卫和三法司（刑部、都察院、大理寺）齐集会审，主审官乃刑部尚书萧大亨，他是首辅沈一贯的人。陆安也代北镇抚司出任了此案的旁审。

始自10多年前《闺范图说》的这把"沉渣"，终以"妖书案"之名在今日爆发。

2

其实不止陆安，朝中很多人都看出一个事实：太子虽已册立，但绝非国本真的已定。东宫的官属截至今日尚未配备，更有传言称，一些地方竟出现赞颂所谓"皇三太子"的碑刻。眼前这部"妖书"，不也公然提及郑党核心竟包括兵部尚书王世扬、锦衣卫掌卫事左都督王之祯等10人吗？且更直言朱赓和首辅沈一贯乃郑家死党。而朱赓以帝师之尊退居后再度入阁，正因其国姓朱，又因赓字与更同音，此次复招便有更换太子之意。

第十章 沉渣泛起

"沈阁老是浙、齐、楚之魁首,与顾宪成那帮东林书院的人格格不入。他们之间的联系,也务求掌握。东林这批人是区别于历代党争范畴的,朝廷务必主动出手、积极引导,才不至将来失控。"许是很久没这么兴奋了,陆安竟有些恍如隔世的感觉。

"二哥正在整理东林书院的内情,据说他们发展颇为迅速。"钱乙回着。

很快,"妖书"这边就有了动作。给事中钱梦皋突然上疏,告发礼部右侍郎郭正域和另外一名内阁大学士沈鲤涉及"妖书案"。钱府内的探子随后密报陆安,说此上疏其实乃沈一贯授意所为。但随后一波接一波的举报又纷至沓来,说法各不相同且彼此矛盾。一时间,京城官场乱成了一锅粥。

陆安这几日,没再和同僚赴宴吃酒,逐渐又加强了衙门里的事务及晨练,精神果然爽朗许多,妻子看他的眼光也多了些熟悉的尊重。似乎,这才是真正的自己,一个迷失后重回故里的孩子。

若从最初的举报说起,那为何要指向郭、沈二人呢?沈鲤与沈一贯本就不和,是第一要素。其次,眼下只有首辅沈一贯、次辅朱赓和沈鲤三人入职内阁。如今,沈一贯和朱赓都进了"妖书"黑名单,沈鲤却置身事外。岂不是最具嫌疑吗?而同知胡化也曾诬告"妖书"乃教官阮明卿所为。郭正域是胡化同乡,又是沈鲤门生。而钱梦皋乃阮明卿岳父。为避免女婿卷进来,钱梦皋顺势构陷郭正域为嫌疑人便也说得通了。但……陆安突然又想起了什么,从书柜中将这几年涉及沈一贯的所有案卷,都搬了出来。直至天明时分,陆安终于眼前一亮,合上那本题名为《伪楚王案[1]》的案卷。

"这才是沈阁老与郭正域屡生矛盾的真正根源!"陆安自言自语道。

说起这"伪楚王案",也不过今年二月份的事。楚府宗人辅国中尉朱华

---

[1] 伪楚王案:明朝万历三十一年初发生的一起有关宗室身份的政治案。楚府宗人辅国中尉朱华趆(dī)因得罪楚王朱华奎而遭训斥,联合同宗29人上告,谓朱华奎为假王。虽在皇帝干预下败诉,却引发了朝廷党争。"妖书案"便因此爆发,又在皇帝干预下不了了之。次年九月,在"伪楚王案"中胜诉的楚王朱华奎,以助工为由向朝廷贡献两万两白银,但途中却被楚国宗室朱蕴钤劫走。湖广巡抚赵可怀提讯要犯时,被朱蕴钤和朱蕴訇挣断刑枷,当场打死。党争进一步激化。最终,主犯解送承天府处死,从犯或自杀或被幽禁,史称"劫杠案"。"伪楚王案"是"妖书案"的前战,"劫杠案"又是"伪楚王案"与"妖书案"的延续。几案共称"楚宗之乱"或"楚宗之争"。

越因遭楚王朱华奎和宣化王朱华壁训斥，联合同宗上告楚恭王朱英㷿在隆庆五年留下的遗腹孪生子朱华奎、朱华壁兄弟，乃假王。通政使沈子木按沈一贯的意思把奏疏暂压。但受理此案的礼部尚书郭正域，和次辅沈鲤却主张据实查证。且在西阙门的合议中，爆发了双方的公开对峙。钱梦皋劾奏郭正域陷害宗藩，郭正域则反告沈一贯唆使沈子木阻碍查案、收受楚府贿赂。最终，皇帝以证据不足，只做惩罚或充军处理，事情遂暂且搁置了下来。

如今这"妖书案"的再发，便将楚府是非，与朝中沈、郭之争重又扯上波澜。

事态的转变也出奇得快。陆安的报告刚提交上去，已被罢官的郭正域便在离京时被萧大亨抓捕。继而又从身为郭正域门客的游方医生沈令誉家中，搜出楚王朱华奎弹劾朱华越的奏疏副本，及刑部主事于玉立写给吏部郎中王士骐（王世贞之子）的书信。信中显示，王士骐和郭正域曾合力运作，让已失势的于玉立重回刑部。沈令誉为高僧达观的弟子，郭正域、于玉立、王士骐都是沈鲤门生，郭正域与于玉立关系极为密切。由此，萧大亨便认定郭正域结党之罪属实。但直至达观被拷打致死，"妖书"印版也未查获，案件再次陷入僵局。

三法司对郭正域的审讯，在押了5天后仍无法定案。东厂、锦衣卫、顺天府、京营巡捕……遂展开全城大搜捕。

陆安将手中的案卷扔在桌上。同样是政见不合，但10年前的顾宪成与王锡爵之争尚彼此尊重，但眼下却俨然成了一场闹剧。

就在各衙门都陷入困境时，一封文笔拙劣的匿名信投到了北镇抚司的值房。上写：妖书已有人，协理掾（员）张魁收银三百两，求他主的文告人郑福成。

"又是郑福成？"陆安大喜，根据"协理员张魁"这一线索，当夜便圈定了顺天府里的一小员，并将其拿获。但张魁只承认参与倒卖珍宝，案件再度停滞不前。相对于三司只关注"妖书案"的相关线索，陆安则注意到，那张魁曾提及与"伪楚王案"中的朱显槐做过买卖。此人虽在朱华奎亲政前以叔父辈分代理府事，却常偷盗府中珍宝外卖。次日，陆安果然在一份顺天府的盗捕纪要中，发现了源自楚王府一批被收缴器物的内容。上家儿便是朱显槐，下家则是一个在牙行跑腿儿的"小牙子"，叫皭（jiǎo）生彩。

世间罪恶，不管是为朝政还是金银，皆唯利是图。既然正面无法突破，何不从底层的钱财链条入手？

"大哥。"朱元在一旁看出了陆安的心思，耐不住道，"以兄弟看，这案子面上是廷臣与东林的较量，实则背后有什么苟且之人，还未可知呢！"

自朝鲜之役后，朱元对自己的心态也着实有了变化。插科打诨少了，也没了以往的直言不讳甚是牢骚。或是出自朝鲜之役那最后一仗，或是源自江南访查后对时局的宽仁姿态。兄弟二人的心结，便也在这种隔阂与理解中摇摆着。今天，算是朱元这几年少有的不见外的话。

"阿元，你想得非常周全。"陆安这一丝宽慰，算是对过往隔阂的一种缓解，"发案已7日，三法司与各衙门各怀异志。有极尽息事宁人者，有借深查扩大事端者。要避免他们以替罪羊充数之举！皭生彩这个人，绝不能先被三司和东厂抓到。"

"是嘞！"朱元许久未发出这样坚定的回答了。

三天后的十一月二十一日，崇南坊的马尾帽胡同（今马尾帽胡同）东口，两队官家持刀相向着，互不退让。一队是东厂的人，头领戴管事圆帽、着皂靴、穿褐衫；一队则是身着飞鱼曳撒服、手握绣春刀的锦衣卫。那架势完全没了厂卫一家的亲近。路人早已吓得四散躲开，临街的铺子也纷纷合上门板。两队人中间，趴着个战栗不止的书生，左顾右盼，不知倒向何方。

"姓阮的，才几年不见倒成了领班，'蹿'得挺快啊！怎么茬儿，想咋行啊？"朱元嘴都歪到一边儿去了。11年前在宁夏，就是对面这杂种毁了自己在城内的一批人，如今倒成了东厂骨干，怎能心里不堵？

"朱百户这是哪儿的话啊。"阮鞠阴阳怪气地回着，"眼眉前儿，您不是也升官了吗？不过……"阮鞠又昂了昂头，带着官腔儿道，"锦衣卫，可是要受司礼监的节制，东厂先于锦衣卫行事也是事实。我劝朱百户还是识些实务的好，免得闹将起来再落个下风，面子才真的没地儿放呢。"

"'死脓包的'！少假借司礼监，给小爷搞什么节制！今儿这人犯，小爷拿定了！"朱元的刀不由得往前顶了顶，身后的20多人也跟着自己的官长往前移动着。

"敢与东厂作对，当即着南司寻你些罪便是！"阮鞠也不示弱，与朱元刀尖相对顶在一起，身后10多人也簇拥上来。

"什么人在这儿撒野？"突然，一声鸡公嗓儿从阮鞠身后传来。顿时，东厂的人分队闪到两侧，给陈炬让出了一条通道。

"见过厂公。"朱元也知轻重，带着自己的人单膝跪地。

"起来吧，朱百户。"陈炬也不嚣张，只以公事公办的口气道，"皦生彩是'妖书案'的关键，法司也指望从他身上找出路呢。既然都给皇上做事，就甭分什么你我了。陆大人那儿，我去招呼便是。朱百户意下如何啊？"

还能如何？朱元只得回了句"听厂公定夺！"，无可奈何地收了队伍，眼看着那阮鞠瞥了自己一眼后得意地离开了。

如三司所愿，皦生彩进诏狱的当天便供出其声名不佳的兄长、顺天府的生员皦生光。但让陆安惊讶的是，石彬这次置待命的朱元不理，反让刚出外差回来的孙义龙去抓捕皦生光。孙义龙在拿获皦生光之妻赵氏、妾陈氏，以及儿子皦其篇后，又在其家中搜出数份手稿，次日又马不停歇地将刻书坊主和刻字匠收入诏狱。

审官们自不会放过皦生光这块肥肉。尽管这个无赖始终不承认涉及"妖书"，但掌管锦衣卫事的都督王之祯，依旧根据皦生光过往文字与"妖书"笔迹一致、文辞相近，以及所查"妖诗"内"戴首皆吾君"即"妖书"内"长子立而次子未必不可立也"一事，断定皦生光便乃妖书作者。

又两日，皦生光的口供便递交朝堂。偌大的案件，只用半月便定了性，随后在萧大亨主导下进入案卷整理阶段[1]。

---

[1] 案卷整理阶段：" 妖书案"实际审理至行刑过程长达数月，但由于皦生光直至最后也没摆脱替罪羊的身份，本书为情节连贯，以抓获皦生光的时间基本定为结案阶段。

第十章 沉渣泛起

"大哥！"朱元心急火燎地跳脚着，"皦生光这纯属是屈打成招！"

钱乙也搭话道："小弟听说，御史沈裕为急于了案，还曾威胁皦生光说'恐株连多人，无所归狱。'皦生光不得不自诬。据悉，其最后只说了句'我为之，朝廷得我结案已矣。如一移口，诸臣何处乞生？'含义颇多啊。"

莫说陆安，沈一贯和朱赓在内的一堂审官们也都私下认为，这结案根本站不住脚。《续忧危竑议》涉及之关系和内情，岂能是皦生光接触到的？皦生光是什么人？不过是一个性情奸猾、向以敲诈为生的顺天府生员[1]。5年前，其便利用一个欲巴结权贵的乡绅，先后骗了对方上千两银子。后来又手拿黄封条假称封门，诈了城西刻书坊主300两银子。今年八月终被告发，剥去了秀才功名，发去大同为民。回京后又替那刻书坊主代纂诗集，遂又想起"国本之争"这个噱头。暗中将一首"妖诗"藏于诗集中，更把刻书坊主也含混其中。刻书坊主自是不懂这文字中的技巧，便刊刻了诗集。皦生光即讹诈之，说诗中有悖逆之语。刻书坊主只能再出钱了事。但皦生光得手后忘乎所以，又以文中"郑生乘黄屋"一句讹诈起了郑国泰。郑国泰担心当时的风向对郑贵妃不利，也只好用钱消灾。最终，不知天高地厚的皦生光，就这样毁了自己。

"皦生光意外陷入此案，必有人试图以群言，各自左右废太子而立福王的走向。既然嫌犯供认不讳，皇上不愿追究真正幕后，结案也是必然的了。将皦生光凌迟后枭首、家属充军，而非斩首，也是为了警告他人休要介入国本之事。真正之作者，当然活得好好的。哼！光是咱们北司，眼下也已不是当年的样子了。"说罢，陆安忽又想起什么，问道，"对了，阿元，昨日那个'华洋案'，你如何处置的？"

陆安嘴里的"华洋案"，是东、西洋人蜂拥大明境内后，不可避免地与百姓产生的恩怨。

"哼！"朱元一撇嘴，骂道，"交给顺天府了。泰西人今早已被释放，刁民继续囚着。"

"哦？"陆安疑惑道，"不是泰西人欺诈挑衅在前，华民回击，且伤只及皮肤吗？何以如此处置？"

---

[1] 生员：明朝的生员不仅是官学生，还是一种"科名"。

"泰西人与刁民皆不可善待!"

"不可!"陆安一皱眉头,道,"如今大明境内华洋混杂,再不能以旧规处理。"

"大哥的意思,是该以邦国高度……处置?"朱元似有醒悟道。

陆安欣慰地点点头,道:"华洋之案,看似个人纠纷,实则会影响邦国外交。此案中华民占理,自该处置泰西人,使其为我大明律法所慑,不敢违法。若全以刁民心态看待百姓,虽解了怨气,但会让番人乃至其国官府小视我朝,徒增衙门更多烦恼。你若真有那般忧患意识,自能看出其中端倪。"

朱元顿时幡然醒悟,红着脸低下头说道:"大哥高瞻远瞩,自此后,小弟便知该如何处理此事了。"

瞰生彩和他的兄长一样,是被单独关押的。但这次来和他谈话的,是那个叫陆安的锦衣卫官。他对这人印象还不错,问的多是实在事,不像其他人只知逼他往一个定好的结论上套。但遗憾的是,谈话后,这位陆大人似乎也没看出多大喜悦。要不要提那个人呢?其实在自己看来,那人和本案没啥关系。既然这陆大人对不关本案的事也感兴趣,不说便白不说吧。于是,对已转身离去的陆安道:"大人……"

陆安依旧耐心地回身蹲下来,问监牢内的瞰生彩道:"何事?"

"我开始也不知他是哪路的,只知道他姓门,也不过问什么'妖书'的事儿。但对我们兄弟的生意很感兴趣,涉及楚王府等皇室的买卖他都参与,而且官场上谁该联系,谁不该联系,也极懂。小人有次尾随而去,见他与一人交谈。当时也没在意,但之前才发现,押我大哥入大牢之人,正是此人。听手下人都称他'孙百户'。"

"为何不和法司的人说?"陆安盯着对方的眼睛,问道。

"那些人,没个好东西。我好歹也见过点儿世面,看得出你和他们不同。我们一家子算是完蛋了,只盼大人能在阴间给我们讨个公道。"

"我知道了。"

第十章 沉渣泛起

要不要回头和孙义龙喝喝茶、摸摸底儿呢？陆安回到衙门后思量着。按说，当年孙义龙在西北卧底多年也算尽心，更在平哱拜之乱时险些殉职。奉调回京时，自己正在朝鲜前线，自然无法和他通气儿。自己回京后，孙义龙也第一时间登门拜访。又因差遣和隶属关系的变化，才与自己各行其道，一切无可厚非。而他的调回内地，更是哱拜之乱后朝廷成批撤离边陲大军中的一员。按朝廷的说法是放权地方，但背后原因还是平乱后对地方的妥协。至此，朝廷公开和秘密派往边陲的官员只剩不到三成，对地方节制几与放弃无二了。当时刚从朝鲜回京的陆安对此极为震惊，但又想起4年前对江南的访查，便又觉自己过于狭隘。若还如张居正时代，官府无论大小事皆管控严密，必死水一潭，又岂能有自己亲眼所见那般多彩繁盛？想来，只要对天下有利、对万民有利，少管甚至不管，未必都是坏事了。至于门姓人和孙义龙那类事，衙门内还少吗？想到这儿，陆安便释怀了，随手翻起了近日的值守纪录。看到一则申报嘉奖的旗校名单，大概十数名：申不世、赵玄朗、蔡金阳、吴向怀……想那完结的"妖书案"，虽最后审定极为荒唐，但这些底层线报提交颇为及时，也让自己多了些慰藉。陆安想都没想，便痛快地予以批复了。

批复交于下属后，陆安刚刚被"妖书案"刺激起来的点滴激情，又随着草率结案而再次陷入空虚。

"陆大人，吕同知到了！"门外的一声禀告，打破了陆安的沉思。

吕骧仍是那副阎王脸，他见石彬未在屋中，才道："朝鲜一役，陆千户功劳卓著，上方欲将你上调锦衣卫衙门，你却婉拒，是不愿屈尊于我？"

"哪里。"陆安忙上前还礼道，"朝鲜一战，缇骑损耗奇大。陆安苟且活下来，已属万幸。唯做好本职便可，不敢枉生贪恋。"话是这样说，但陆安清楚，北镇抚司虽说隶属锦衣卫，但实权极大。与其说升职，不如说空顶虚名。

"哼！"吕骧不阴不阳地一笑，又道，"老夫知道你想什么，不予难为你。今日来，有个差事要请你办。"

"大人下令便是。"陆安恭敬地回道。

"你在江南时，处理过'獶人'的闹事吧？"

"是……"陆安未说完，又转而改口道，"其实也谈不上处理。下官去的时候，地方官府已然把事情办妥。各方井然，协调尚好。"

"是吗？"吕骧似乎带着疑问，又道，"既然如此，就麻烦陆千户走一趟吧。陕西平凉府，也出现了'猺人'集结，邻省其各部也陆续持械向平凉汇集。地方官府虽已开始分区劝返，但仍在个别地方出现伤亡。还望陆千户细心访查，妥善平复。"刚转身迈出门外，又意味深长道，"陆千户，出去走走未必是坏事，你在京城里待得太久了。"

"是！"陆安回道。望着吕骧离去的背影，不免对平凉之行心生疑惑。

3

10个月后，万历三十二年（1604年）九月，紫荆城毓德宫。

皇帝刚刚服下汤药。多年的足疾，让这位41岁的中年人痛苦不堪。他的脚踝虚肿，颜色红紫，很容易溃烂且不易愈合。他的体态又胖，长时间走动后更显得艰难，以至于数次因足疾而取消临朝。久而久之，后宫便成了他召见阁臣的地方。朝内时有传闻，说皇帝不朝、不郊、不庙，这也使他倍感委屈。要说不常上朝确实如此，但不问政事便失实了。申时行任首辅期间，反是亲政以来最忙碌之时，何以荒怠疏懒？对朝政严明法度，言官们骂自己苛政不仁；无为而治，又被骂荒怠朝政。这帮腐儒，按民间的说法，那真乃是"拿起筷子吃肉，放下碗就骂娘"，怎么都不落好。

一旁伺候皇帝的太监黄洪，看出了主子的意思，忙上前讨好道："那些满嘴仁义的道学家，不过多是沽名钓誉。主子不是早就亲政了吗？善恶忠奸，一准儿能瞅得清楚！"

黄洪一句"亲政"，还真让皇帝暂时忘记了足疾的苦痛。那种摆脱掉张居正、冯保，乃至母后阴影的轻松喜悦，始终萦绕在自己心头："你这奴才也算有点见识。所谓君臣之道，实乃窥探彼此之心。或大臣结党迫天子就范，或天子驾驭群臣。所谓无私，不过胜利后留下的表面文章。"说完，皇帝闭上眼，斜靠在了卧榻上，脑中又浮现起了自己刚即位后的日日夜夜。真不知说自己庸主的是何居心。若不是当年自己鼎力支撑张居正变法，又勤于政事，

第十章 沉渣泛起

哪会有后来的诸多成就？再说那张居正和冯保，一个是帝师，一个是和泥巴长大的玩伴儿。自己对他们尊敬有加，甚至迁就他们的很多不法行为。

但他们又是如何对待自己的呢？

张居正自不必说。自己继位后，要事事请示他张师傅后才能去做，张师傅并非因自己皇帝身份而有丝毫忌惮，反苛责更甚。连自己在元宵节夜挂个灯笼，都被张师傅以"要追思先帝之孝，节财俭用"之由禁止，还要低三下四地回复张师傅说：朕极知民穷，如先生言。而张师傅自己则广纳财路，朝中更无几人责之；至于冯保……由于母后慈圣皇太后特授意其对自己严加管束。这个只是阉人的大伴儿，便越发有恃无恐。连自己的外祖父、武清候李伟，见到他也要磕头尊称"老公公"。而冯保却只略微屈身回礼。还好，那次自己趁着酒劲儿去冯保家着实教训了他一顿，才让他认清了自己是个什么东西。但随后，慈圣皇太后却又替冯保撑腰，将其抬到西汉托孤重臣霍光的高度。还扬言要废自己的皇位，自己便又只能对冯保委曲求全了。

这样压抑的日子，直到成年后也没停止。张师傅虽提出还政于自己，但母后竟还不放手，又让张师傅辅政自己到30岁。自己在母后眼里，永远都是个不成器的孩子，而在张居正和冯保眼里，又是个随时可以训诫的学生、小伴儿。根本不拿自己这个皇帝当回事！对于自己这样一个既踌躇满志，又不愿受制于人的皇帝来说，长期的压抑总会有爆发的一天！一定要让那些狗仗人势的小人都后悔！让那些受尽束缚的人，都能释放自己的心性和见识。

于是，那场前所未有的大反攻，便在皇帝的默认下展开了。这一刻，他忘记了自己对于君臣关系的阐释；这一刻，他忘记了自己维护天下秩序的责任。后果也确实有些始料未及，一下失去了这个朝中令人生畏的铁腕人物，那些和他一样长期受压制的官员们便如释重负，顿时活蹦乱跳起来。一时间，对已死的张师傅的举报雪片般飞向乾清宫。说实话，后来士大夫们的意气用事和无所不用其极的恶意攻击，确实与自己的初衷不符。长此以往，是不是从否定张、冯一党，变味儿成了否定自己当年参与的变法？但……那么多年心理上的阴影，怎么也需要这场大反攻撒撒气吧。

皇帝不知不觉进入了一个许久都不愿提起的往事，当他睁开眼时，发现司礼监掌印太监张鲸和锦衣卫指挥使骆思恭，一直跪在塌前。皇帝揉了揉眼睛，道："朕许是吃了汤药，竟有些困意。你们有何事？"

"回皇上，上次皇上问起的那个顾宪成，已在前不久与高攀龙、钱一本等士人，在无锡老家的东林书院开堂讲学，在朝堂和民间已形成强大之势力，已有人以'东林党'称之了。同时，首辅沈一贯亦大权在握，以浙人为首的几省官员纷纷联手与之角逐。"张鲸似有不安地回着。

"不过是议议朝政罢了。饱读诗书、十年寒窗，还不是为了有朝一日指点什么江山吗？不让他们说话，他们能干什么？"皇帝还没从自己刚才的回忆中走出来。自己不愿受束缚，他也自然愿意理解那些"清流"们。

"皇上仁厚，乃天下万民福祉。但臣心、民心亦不可测。如今不仅是朝廷上政见对立，民间更是如此。各路学人和士绅、官僚，都有自己的党系。"骆思恭在一旁说道。

"骆指挥使所言极是。"张鲸插嘴道，"张居正当年的堵塞言路自不可取，但若门户洞开，朋党之祸便不可免，小人知讥朝廷必不掇祸，而可耸外间之听，以示威于朝廷。"

"那你们都愿意回到那个刻薄寡恩、只有一个声音的年月吗？那时的臣心、民心倒是最可测，因为谁也不敢有自己的想法。天下只有一个声音、一个想法，那就是张居正的话！"皇帝突然发怒了，不知是被自己的回忆惊吓到了，还是对于内臣们缺乏宽容之心有些失望。

"奴才们不敢！"几人先后扑在地上"咣咣"磕着头。

"罢了。三年前，那个利玛窦教士送来的自鸣钟、《万国图志》方物甚是精巧。据说，很多地方官员乃至百姓，都比朕早就看过、玩过，想来都委屈。利教士听说与士大夫们打得火热，教徒也逾百名？甚好，甚好！这才是我大明气象啊。"

"洋教内之邪说，皇上也不得不防。"张鲸抬了一眼，低声说。

"群臣亦有政见不同，何况学说教派。若为教人从善者，皆不必禁止。朕要让我大明摆脱张居正一党禁锢，人人皆可发声。禁，又怎能禁得住呢？"

"是。"骆思恭回道，"臣还听说，很多地方有乡民筹资自建桥梁。过往客商行人，交钱方能通过。地方上报，是否以劫掠罪抓捕？"

第十章 沉渣泛起

"哦？若是乡民自筹钱财建桥，那便是投了本钱做生意，收钱有何不可？既免了地方官员压力，又富了自家。"说罢，皇帝忽地想起什么，道，"邱浚的那本《大学衍义补》，你们都看过了吧？朕还为其写了序。邱老先生思想的关键之处，便是主张经济之自主！但凡生意，皆你情我愿、有买有卖。朝廷、官府都不要胡乱干涉，更不要危言耸听，动辄以什么祸乱天下的大帽子去禁止。商贾、百姓都能安居乐业，还会埋怨朝廷、埋怨你我吗？邱老先生是个大家，他提出这些宏伟想象时，可是远在一百多年前的弘治时期啊，你我都该多加学习才是。"

"是。"骆思恭又说，"还有一事。散居各地之'猺人'群落，民风狡黠野蛮，极其抱团。常以周边百姓习俗与己不符而聚集洗劫，实乃地方一大患。地方官员不敢轻易调兵镇压，往往息事宁人。"

"半年前，不是有个涉及这群落的案子吗？戕害对方的那个陆安，不已入狱了吗？纵是我大明子民，便不分你我。势弱，便更要厚待，以免被人说我们以大欺小。"

"这……"骆思恭眉头一皱，又道，"皇上安民之心，天地可鉴。陆千户确因涉及'平凉猺人'案而押在南司。但9年前亲赴江南带回《世风禁放疏》的也正是此人，从其呈送之情报书看，倡导人性宽大之意是无疑的。此番因'平凉猺人'案而入狱，据查纯属误会。还望皇上开恩，允其回衙门继续做事。"

"哦？"皇帝倒也知道，这个陆千户乃平定哱拜之乱以及朝鲜之役的情报主官。既然今天自己心情不错，便道，"那回去办差便是。"

几人刚出去，几个宫女和太监便出来清扫地面和其他杂事了。

皇帝也未拘泥身份，笑着冲一个宫女问："你的男伴儿可又换了？"

那宫女竟毫不羞涩，也不畏惧皇上的威严，同样笑眯眯地回着："呵呵。这个还蛮体贴奴婢的，暂且不换了。"说罢，便继续干活儿了。皇上也不打扰，便又叫住另一个小内官儿，关切道："你的女伴儿是哪位啊？"

那小内官儿笑了笑："回皇上，是针功局的婉儿。"

"哈哈。甚好。"皇上也开朗地笑着，"有了女伴儿的'菜户'[1]，便不会

---

[1] 菜户：有女伴儿的太监。

被人耻笑了。"

"谢皇上。奴才这不算什么,不少内官,都不止一个女伴儿呢。呵呵。"

"若有能耐,你也可啊。"皇帝也打起哈哈来。这宫女和太监配对儿的光景,早已成了宫里的主流。除去不能彼此婚嫁外,已和宫外的寻常夫妇无甚差别。眼看着内廷那些寡欢的宫女和半男不女的阉人,也寻得了这份快乐,自己倒也是欢喜的。算是作为天子,给这些身在皇宫却比百姓还要压抑的苦命人一点点释放的权利吧。

皇上和杂役们分享着释放的快感,骆思恭和张鲸则喜忧参半。忧的是,皇上对天下过于乐观,还是未能看到潜在隐患;喜的是,吕大人的嘱托有了回音。陆千户能重返北司,算是保住了一把利器。即便在派系上,对方是石彬的人。

王锦这几年对于张鲸的钻营更是见效,以至于张鲸已将其视为心腹,安置其坐上了第三秉笔太监的位子,仅次于执掌东厂的第二秉笔太监陈炬。他并不相信有些人对王锦乃奸人的鉴定,当初让王锦以满者伯夷人后裔和"清流"同情者的身份,打入部落和群臣内部,便是让其作为双重细作刺探对手,这自是外人不知的。对其提拔上来的阮鞠等人,张鲸也深信不疑。即使去年那场草草结束的"妖书案"中,阮鞠作为东厂的人竟与锦衣卫的朱元为争嫌犯发生冲突,张鲸事后也予以了理解。对手确实太强大了,他们的雄厚资本是博弈的前提,更有一众道貌岸然的"嘴皮匠们",以重蹈张氏苛政之由鼓动民间言论口诛笔伐。

当晚,王锦完成了张鲸进宫见闻的梳理,将草案上交张鲸后下值。当他溜达到仁寿坊的马定大人胡同(育群胡同)时,见身后无人跟随,将一张纸条塞进一家炒黄店的门缝儿。不一会儿,店内走出个伙计,小跑到了小时雍坊的李阁老胡同(力学胡同),敲开了一家"源内倭货店"的门,冲一个穿倭服的中年男人,道:"吴兄,请转交丸山大人。"

吴先如送走信差后,将纸条呈给屋内的丸山,道:"宫里来信儿了。"

丸山拓夫看完后,双手一搓,兴奋道:"甚好!王府的事尚未消停,'二度攻禅[1]，'也在酝酿中，可配合做些文章。我即刻去总店拜见三井大人，之后向袁非下令执行。另外……吴贤弟，你近年不再酗酒是个好事。我刚接手与袁非的事务，望再接再厉。"

"谢丸山大人提携！"吴先如诚恳地行了个礼。

4

陆安回到衙门后，换上一身新官服，又吃了些酒肉。漫长的狱中生活，除了疲惫外，看不出什么挫折，但他的内心却经受了从未有过的震撼，更感觉自己的头脑从没像现在这样清醒。以往所谓什么宽仁、苛政，皆不过纸上谈兵，当初从江南回来后的情报书，更存在对某些人性的极大漏判。

记得刚出京前往平凉府的时候，自己还是颇有底气的。虽说南京潭水县的那次"猰人"事件，并非亲自办理，但那破衣烂衫的"猰人"已深深刻入脑海。他们太蛮荒、太与世隔绝了，也太需要旁人的宽容和帮助。真不知当初秦德茂和张瑾两位大人，为何如此防备偏支小民，也难怪世人对他们怀有误解。当自己在到达平凉后也看到，乡民与"猰人"火拼后的惨痛场面不亚于一场小规模战斗。地方官府与"猰人"群落的谈判，始终不顺利。这亦是陆安第一次深入其部聚集地，切身感到了这群落与常人鲜明的差异。整个聚集地大概方圆5里，房屋的土坯墙体和木栅围栏上写满了祭颂祷文及鸡形图腾纹饰。约三千"猰人"中，壮年男子大致四成，彪悍狂野，各持棍叉占据各个入口。同样是裹习上下的通体青蓝长袍，及扣在头上遮住脸庞的披肩三角长帽。直到群落中心的祭坛，即谈判地，也未见一个女人走在街上。据当地锦衣卫驻官讲，"猰人"的妇孺，平日里不得出门，采买皆由男子执行。很多早被儒士们视为禁锢陋习的做法，仍在这里坚强繁衍。而陆安"各尊习

---

[1] 攻禅：表面上看是万历年间对狂禅领袖人物李贽的攻击事件，李贽因此入狱后自杀。当时，利玛窦等传教士，也曾为在明朝立足和传教，与士大夫们联合打击了狂禅等宗教学说势力。所以，笔者认为攻禅的大背景，实则也是主流价值观被淡化后，中外各路宗教和杂说的大洗牌，亦间接导致了后来国家和社会的混乱乃至全面崩溃。本书中的二度攻禅事件和高嵩此人都为虚构，只是借用了攻禅的部分史料和情节。

俗，勿得歧视"的劝解，更引来那驻官的不屑。两个时辰后，陆安终于被自己这种可笑迂腐的念头彻底打败。如果说谈判开场后，"猚人"祭司提出来的要求还算合理，之后便得寸进尺，直至难以接受了：

——新建驻地内之其他部民百姓，或迁出，或永久归属其教法习俗；

——朝廷许其将驻地升至卫一级；

——卫积累军功5年后，许其在驻地内建立自己的礼法；

……

面对咄咄逼人的气势，陆安坐在谈判桌的这头儿竟怔在那里。他像是被冰凌之水从头顶浇灌而下那样，周身打了个寒战。

将心比心去哪儿了？

宽以待人的回报又去哪儿了？

陆安很庆幸，自己还能醒过来。这也让他将思绪引回到出京前的午门外。在那儿，他遇到了久违的、入京进贡的妥欢。陆安本想拉住对方小聚一刻，但对方却一反常态地表现出极大的冷淡，此番入京提出的交换条件更如敲诈一般。这还是10多年前，与自己共筑和睦的大哥吗？

本来，陆安只当那是个遗憾。时过境迁、人走茶凉并不罕见。但直到此刻，自己同样面对"猚人"之时，才发觉妥欢在午门前的那段话意味深长："休怪为兄无情。睁眼看看吧，建州部已横扫关外各部女真，其志必将远大。官府'保哈达，既保开原；开原安，辽东无战事'之念，早成笑柄。我们只崇拜强者，只会做老好人讨好各方的，焉能吸附天下群雄？贤弟这样的人今也沉迷此道，只能说朝廷无望了。"

是啊！那些在朝堂上高谈阔论的腐儒们，描述尽了人间一切美好理念，却忽略了"人非草木"这一前提。自我陶醉时，各方却无一不在借朝政疏松来积蓄实力。不仅朝廷官话已沦为边缘，更有相当数量华民，开始否认自己的身份、追寻异国渊源。

失望中，陆安独自去野外遛起了马。一群斑羚在悠闲地吃着草，几头母羚抚慰着自己的孩子。间或，有几只郊狼穿梭于羚群之间，它们似乎看不出什么恶意，更像是在玩耍或各自散逛。郊狼的"相邻无碍"，让羚群对身边的

第十章 沉渣泛起

一切不再警惕。于是，一头幼羚离开母亲，试探起更远的世界。这时，一只刚才还闲淡的郊狼悄悄跟上这只幼羚，相聚数尺时猛扑过去咬住它的脖颈。同时，另外几只郊狼也温情不再，从四面向幼羚扑过来……不消一刻，那只幼羚便成了一堆血肉模糊的骸骨。陆安甚是震撼，待在那里久久未肯离去。

于是，回到谈判桌后，陆安转而明确拒绝了对方的苛求，更以钦差身份助平凉府弹压了"猱人"的叛乱，立斩了5名救援本地"猱人"的邻县"猱人"首领；

于是，在陆安刚返京跨进德胜门后，便以"挑拨地方关系"之罪被收押；

于是，一封急递又随即发往陕西平凉府。参与镇压"猱人"骚乱的地方军政官员们，或斩首或贬官……

"阿乙。"从记忆中回到现实里的陆安，问一旁的钱乙道，"他们，已如愿划地建卫了？"

"是，大哥。已有两个月了。辖区内的乡民和其他各部百姓，七成已被迫迁至邻地，剩下的人都已被迫易俗臣服。"钱乙低声回着话。

陆安紧攥拳头在桌上砸了几下，一时无语。许久后才问道："阿元呢？"

"大哥刚回来，想来不知。不久前，楚王府的朱华奎惹上了'劫杠案'[1]，二哥奉命去协助地方查案去了。二哥去南司看大哥的时候，没提起这个？小弟也曾前往协助呢。"

陆安这才想起，朱元来看自己的情形。席间虽不乏兄弟间的寒暄，但陆安又总觉得朱元的眼神有些含糊。问其有无心事，对方只说些衙门杂事的牢骚话。陆安便也不追问了。楚王府的案子还没结束，让陆安的心绪又多了几分压抑，遂叹道："哎。终有这一天的，都是耐不住寂寞的！"

"大哥的意思……"

这一夜，陆安是在殉职的锦衣卫灵堂度过的。桌案上和墙壁上，摆放或挂着一枚枚的灵牌。这里的很多人，都是在朝鲜那场7年大战中离开的。陆

---

[1] 劫杠案：该案实际发生在九月，本书略有提前。

安也为自己的重生而骄傲，他要履行自己曾经的诺言，重拾起那些半途放弃的卷宗：

"哱拜之乱"后的种种谜团；

"鹿缘会案"的草率结案；

莫名被救的"宋时惠"；

"三井釉岩和丁选"；

……

眼下，只有那份在"李舜臣被罪事件"中串联小西和加藤的倭忍的口供，那倭忍早在5年前同另外60名同胞一起，在午门被斩。但他提及的鹿头铜腰牌，仍不失为一重要线索。首先，鹿头铜腰牌竟出现在远离大陆的琉球，足以说明其势之庞大；其次，腰牌材质为铜，不同于以往木质，证明其乃更高等级之人或机构。正当陆安踌躇之时，却在这份布满灰尘的文书中看到一行小字，瞬间点燃了希望。他竟然发现，当年侦办此案的琉球官差，竟然叫蔡金阳。这个名字，不是刚出现在前不久自己批复的嘉奖名单中吗？莫非仅是同名……

当这个来自琉球、现在京城锦衣卫中承担底层校尉的蔡金阳，画出那枚四角鹿头铜腰牌图案时，陆安兴奋地拍案起身。恍然间他果真看到了这一幕：一个升级的"鹿缘会"、一个更加隐秘和触角密布的怪兽，正在大明内外蔓延着。但这二者，到底是什么关系？是替代还是共存呢？

"还有个事儿，小人自认至关重要。"酒肆里嘈杂混乱，但丝毫未遮住蔡金阳的坚定语态。他认为，这个陆安是个可以让他说出秘密之人。

"兄弟不妨直言！"

"此案中，其实还有个从犯、乃被虏至倭国之琉球人，但随后逃脱。他曾与小人提及，持此腰牌的那个自尽忍者，是该'妖会'会主的信差，在北京、南京等地以打银铺为掩护商号，但细节不明。琉球无力追查，文书也未将此内容列入。后来虽遇史指挥和郑奉差，但他们辗转琉球本也是意外，回大明后更面临分调他处。所以，小人便将这秘密隐藏至今。"蔡金阳的表述有条不紊，对自己从琉球到福建西南及贵州龙场驿，最终进入京城从跑腿儿做起的经历，描述也合理。这并非只源于真话本就可信，而是因为当时有个自称在朝中极有背景的人，在龙场驿对他的训诫。对方希望他去京城适机接近陆安，去帮助这个政敌中的异类。

"金阳。"陆安相信，眼前这个琉球人起码不是自己的敌人。便低声嘱托着，"你在衙门的原职不变。他日我若有事，你可暗中协助。陆某自不亏待。"

"小人什么也不要。"蔡金阳一笑，"陆大人乃成大事之人，小人自此愿鞍前马后。"蔡金阳也是个仗义之人。他从言谈中，听出自己当年交给史世用和郑士元的腰牌并未被送到陆安手中，便也没有主动提起。许是那两位大人有各自隐情，若挑明此事，怕只会让他们内生间隙。

辞别了蔡金阳，陆安马上调阅了刚刚发生的"劫杠案"卷宗，查看是否有线索与眼下挂上关系。

另外，阿元此去旁审此案已多日了，为何还迟迟未见音讯？

5

"以往所谓什么'三代圣王、至圣先师'啊，现如今皆成了文人和小民笔下、嘴下嘲弄的角色。就如梁辰鱼《浣纱记》第四十四出《治定》里武王和周公那段。"说着，曹千户板了板腰，诵读起来，"昔武王灭纣，以妲己赐周公，天下后世尽所皆知，妲己为天子正妃，周公乃古今之大圣，武王赐之，周公受之。"诵读罢，又恢复了刚才轻松洒脱的状态道，"以往被神化的圣人治国，还不是都被还原成了追求财富、女人玩弄心机的历史？"自从朝鲜回来后，他也提升半级，补缺了殉职的张千户，成了北镇抚司内5名千户中的一员。而罗百户则顺理成章地补了他的缺，升为副千户。

"好诵读！"罗副千户拍了拍手，"曹大人想不想看看这最让男人销魂的事？"说罢，坏笑着打开书柜。里面没几册公文，却满是各种画轴和画册。罗副千户随手抽出一捆画轴和几卷画册摊在桌案上，皆是各色春宫画。

"哦？"曹千户往前急探着身子，目露贪婪之色道，"这不正是时下最流行的那套五色套印木版春宫画册吗？共24幅，配以情色诗词。纯线描，用红黄绿蓝黑五色套印、衔接吻合，极为生动。赞！赞！"

"那是！"说罢，罗副千户炫耀道，"说起这春宫画，还真无出唐寅之右者。'唐伯虎点秋香'虽为传说，但其沉湎女人毫不过分。更因其常以所恋情人为裸体样板，所以才出此精品啊！且其笔下之女子，前额、鼻尖、下颌，必各有一点白，此'三白'才是后人判断其画作真假之要诀。"

曹千户不住地点头，道："罗大人看来极有研究啊！吴中祝允明、唐寅，皆才情轻艳、倾动流辈又每出名教外。本以取祸，但声光所及，不仅达官贵人倾皆恐后，诸王亦以得交为幸，若唯恐失之。可见活一天、乐一天，便是人生最大快事！"

"正是如此啊！尤其像咱们这样死人堆里爬出来的，那可真是什么都看透了，不就图个乐哉优哉吗？"说罢，罗副千户冲后堂陆安的书房方向努了努嘴，又降低声音，道，"这几年不也开始享受了？还能指望谁啊？"

"嗨。"曹千户似乎并不介意别人听到，若无其事道，"你太小心了，这都什么年月了？谁还有兴致操心这些恬淡闲事？男欢女爱才是人性本能。罗大人可否听说过'屠隆'此人？"一阵淫笑后，翻出套《金瓶梅》。罗副千户立马抢过来，随便翻开一页便是一幅裸艳刺眼的插画，落款为唐寅。罗副千户几乎是淌着口水在抚摸着画上的裸身女人，惹得曹千户都有些心疼了，直呼到"哎！哎！罗大人小心，画儿都要让你摸掉色了！"罗副千户这才有些不好意思地收回那双脏手，道："这书，据说就出自屠隆之笔。若非他与西宁侯夫人的奸情风化案搅到了一起，也不至官场失意。骂他的那些伪君子，心里却不定多羡慕他呢？要说这《金瓶梅》，写的就是百姓的心中事：无拘无束生活，摆脱礼教约束！"

"这老家伙死之前虽已近天命，但仍是把'好手'啊！冯梦桢、路君策等人与其游历四方时，但见他从不缺娈童、女人。"

"这老家伙后来虽染了脏病（梅毒），但仍兴趣盎然。不过，汤显祖倒是风雅谐趣，称之为'情寄之疡'。"

"哈哈！"曹千户似仍有些意犹未尽，道，"男风更显尊贵！还有很多单本剧曲呢，王骥德的《男王后》……皆是经典。"罗副千户坏笑着试探道：

第十章　沉渣泛起

"曹大人包了'卿艳楼'数名头牌？没想哪天找个男人……"

曹千户一听，连连摆手道："哎！曹某我还是个本分人。找找女人也就罢了，实在受不了和一个男人亲嘴儿、摸来摸去的！"

"哈哈！罗某也享受不了那般情形。不过……"罗副千户又笑起来，"说起这事儿，还真没人能比得上那万志元的！据说，这小子除了来衙门打个卯，几乎都泡在楼馆里了。京城内外的大小青楼，就没有他没去过的。而且，这小子早就开始男女通吃了！"

"哎！"曹千户听罢，却露出一丝的担忧，"据说在朝鲜的时候，不少线报都是他从女人床上弄来的，说起来也算是个人物。不过，玩到这个地步，也算是折天寿了！这小子，我看迟早得栽在这上面。"

"呵呵……"罗副千户也撇了撇嘴。

在后堂，陆安听着曹千户和罗副千户的闲谈。这二人说来也是功勋卓著，却也在战后胸怀不再。他们这些逐渐沉沦的人，貌似和那些本就倡导放纵之士合流一处了。至于那些情色之作，文人将创作视为信念，在乎的是文字本身乃至个人情绪的释放。但文学却又会影响众生、左右世风，成为攻心利器。这些，他们怕是想不了那么许多的。

想着想着，陆安不觉有了些倦意……

那个梦又来了！怎么还是那个梦？回想起来，这是第三次了。

这次，虽然也有前两次梦里的影子，但却可怖许多。初次那些天上插着翅膀、口喷火焰的叛军，变成了大明百姓，但仍长着红发绿眼。他们在半空中盘旋，下面围绕着的像是在聚餐的人们，有明国人，也有奇装异服的外邦人，但都身着黄雀羽毛的华服，彼此推杯换盏。同样有几人头上长着鹿角是……4只！没错！是4只鹿角！而他们眼前的餐盘中……竟都是一颗颗血淋淋的人头！而那些人头，正是他们对面之人。你在吃我的脑核，我在挖你的脑浆……他们官服上的"补子"，都被掖在了领口处，任凭嘴边的污血淌到上面。忽然，其中一个人将自己的脸皮扯下，露出另一副面孔。那不是阿元吗？他对自己笑着，笑容那么的依依不舍。随后又将自己的头颅摘下，放在眼前的空盘上，撬开自己的头盖骨，挖食起来……

陆安再也无法继续这个噩梦了，"啊！"地大叫一声从椅子上坐起来。看着桌上那个跟随自己多年的、手掌大的自鸣钟，分明才过了一刻钟，但却像过了一夜那般浑身疲倦。陆安喘着粗气，胡乱抹擦着头上淌流的冷汗。

门外，传来了曹千户和罗副千户急速的敲门声："大人，您没事儿吧？"

"做了个梦而已。你们忙去吧。"陆安有气无力地回着，也不想再去回忆那个梦了。他忽然想去找到万志元，尽管这个孩子在他人眼里已如行尸走肉，但陆安仍对他抱有一丝希望。

大时雍坊的莲子胡同（今国家大剧院西侧），本是小唱们的聚居地，但也有一些如翠香楼这样的妓院。男院门内，坐着一些"小官儿"，或谈笑，或歌唱，个个打扮得如女子般粉妆玉琢。京师有"小唱不唱曲"的谚语，每一行酒止，传唱上盏及诸菜，小唱伎俩尽此焉，小唱也就与娼妓无异了。（《旧京遗事》）陆安本想去翠香楼边儿上的男院看看，听说万志元近来常去这里。

刚停下脚步，一个小唱便主动迎上来，含情脉脉道："哎哟，大爷好身板儿。我们家都是南方来的、灵慧柔媚，绝没有出身北地诈称南人的。"

"劳驾小哥儿，鄙人只想寻个姓万的小爷。"陆安也客气地回着。

"万小爷啊！识得。"旁边那家翠香楼的门童儿，冲陆安道。那小童儿未认出陆安，陆安却记得对方。其原本是右都御史府上的门子，被主人看上后收作娈童。未及两年便玩腻了，梳理一番后卖到这家青楼做了迎宾。

小童儿带着陆安三拐两拐进了后院，又上得二层。指指那个叫"春阳"的包房："万小爷就在里面呢。听说两日未出来了，想必是爽透了吧，嘻嘻。"

陆安轻轻敲打了几下门，里面静静的，连个声响都没有。

"他们就这样，几日不出门，吃喝都在里面，除了如厕才出来。嘻嘻。白日里自然在睡觉，夜里便动静大着呢！"

陆安又敲了两下，还没动静。于是，他晃了晃门硬给拉开了。眼前的一幕，只让那小童儿将昨日的饭食都吐出来，跌跌撞撞地滚下楼了。只见，屋内衣衫遍地，餐具和各种助性的器具散落各处。一个裸女跪在地上，下身淌的血在脚边凝固了；一个裸男，双臂被捆在天花板垂下的粗竹竿上，身上布

第十章 沉渣泛起

满抽打的痕迹。万志元亦赤身露体躺在地上，口中喷出的鲜血溅满了前胸，左手里还握着一颗尚未食用的春丸。三具尸体都僵硬了，应该是昨晚的事儿。但奇怪的是，只有万志元脸上的表情是笑着的，像是在梦中安详地离去一样。从朝鲜回来后，他的笑容就不见了。他失去了少年时的爱情，失去了战场上的目标，也就失去了活下去的方向。这样的场面，也许正如曹千户所言那样，算是他的归宿吧。

朱元带去朝鲜的人，如今都没了。陆安也不知，该如何向即将回京的二弟讲述这一切。

他沮丧地回到衙门，内厅的气氛似乎更加阴沉。曹千户和罗副千户等几名千户，也都不打闹嬉笑了。钱乙一脸风尘仆仆，一看便知刚刚回到京城，此刻却也和众人那样呆坐着一言不发。看到陆安进来后，更显出少有的手足无措的慌张。

陆安心中莫名的一惊。定了定神后，才看到桌案上那对儿核桃。核桃上有些熏黑的迹象，其中一枚上的裂缝处粘有白色凝胶，旁边是几片燃烧未尽的飞鱼服残片。

"阿元怎么了？！"陆安从腹腔中瞬间发出的怒吼，让钱乙也颤抖了一下。

6

深秋的武昌府，阴雨绵绵，阴冷潮湿，陆安跪在鼓架坡（地名）朱元的坟前，任冰雨肆意拍打着自己。他想起离京前的那个噩梦，梦中朱元自食头颅的画面，是否就预示着眼前这个结果。这三次相关却又各异的梦，是否又是上天在暗示自己什么？他本想让钱乙同来，但出狱后对之前荒怠卷宗的重新梳理中发现，那个以李贽为旗号的高嵩，还真就在京城成了气候，大有超越李贽的势头，随之而来的便是学界间日渐紧张的对峙。在陆安的极力推动下，衙门终将其立案，称之曰"二度攻禅"。如此，陆安需要钱乙留守京城，关注随时将要发生的一切。

眼见陆安的衣帽已被细雨渗透，陪同而来的湖广按察使李焘，脱下自己身上的蓑衣披在了陆安身上。

"李大人。"陆安稳定了下情绪,问道,"'劫杠案',源自京师留守百户王守仁(非心学之王守仁)的那份《揭露楚王府私藏巨额财宝》的奏说。但事后调查不是已证明,其所说乃撺掇皇上收缴王府财富,以便从中渔利吗?且案犯已伏法,又何以引发劫杠?"

"事后,楚王朱华奎为表示诚意,便上奏向皇帝敬献两万两白银,以助殿工。但一些楚宗室人因不满'伪楚王案'的定性,而纠数百人在汉阳将皇杠拦劫。地方官捕了头犯32人,遂引起其他人冲击府院,更将当初办理'伪楚王案'的兵部尚书、右副都御史兼湖广巡抚赵可怀打死。其时,只有独湖广右参政薛三才与本官坚守岗位。"

"此乃再清晰不过的刑案范畴,巡按御史吴楷却向朝廷以楚府叛乱上报?"

"上差明察!后来的诸多纠纷,皆起于对此案定性之迥异。据吴楷的上奏,沈阁老把此案等同正德年间的'宸濠之乱[1]'。"

"'劫杠案',乃'妖书案'在三法司结案半年后发生,又与一年多前的'伪楚王案'藕断丝连,李大人如何看待这些蹊跷之处?"陆安意味深长地压低声音,凝视着同样心有所思的李焘。

"上差自是看得出这个中端倪的。"李焘道,"一件普通的刑罪,被人为扩大成称兵谋逆,实乃借力打力,最后意还是在沛公的。"

"李大人的判断,沈阁老借此打击的可是'无锡那家书院'?"

李焘明白,对方指的是东林书院,会意地一笑,又转回之前的话题,道:"当吴御史上奏楚宗反叛时,薛三才本已以'今日之事,谓同强贼可也,岂可比宁濠辈?'为由,一度说服吴楷不以反叛罪上奏,本官也坚持请罢五路征兵、同时劝说宗藩。及至后期已控制了局面,但各地仍调动三省共五路兵马征剿。事态稳定后,夸大事态者反而领功,未跟风发兵的官员却被参劾,本官不战而平乱之细节也被抹去。楚宗不过三千人,闹事者不过数百,且多因对'伪楚王案'不满之情绪所致,根本谈不上谋叛。但带头的犯法宗亲却被

---

[1] 宸濠之乱:又称"宁王之乱",是明武宗正德十四年(1519年)由宁王朱宸濠在南昌发动的叛乱,仅过43天便由赣南巡抚王守仁,即心学的王阳明平定。

处极刑，实在不公。主事者一党始终黑化涉案楚宗藩，质疑声始终不断。"

"阿元的看法，可与大人相近？"

"几乎一致。"李焘点点头。

"地方势力，对王府多有觊觎吧？"

"没错。除去府内吃里爬外的不算，无论阁臣还是'清流'，抑或东林那些人，似乎都想从王府身上寻些破绽。早年间，这武昌的楚王府可是与西安秦王府、开封周王府、成都蜀王府，并称'天下四大富藩'啊！随便什么由头儿，刮掉的油水儿便能吃上数年。"

"倒卖王府珍宝中，李大人可否听说过那个叫瞰生彩的人？"

"莫不是'妖书案'里被定罪的那个'牙子'吗？"李焘似很熟悉的样子，道，"此人可是游走各地王府间的一条泥鳅啊。"

"你可知他的背后是否有人操纵？"

"这个……毕竟涉及多地，本官尚无法全部掌握。"

"阿元被谋杀，无误吧？生前，他可曾注意到瞰生彩在楚王府的印迹？"

"朱百户确死于谋杀。仵作验焦尸后发现，其咽喉处往上已被熏黑，但往下却是干净的。必是死后再行焚烧，造成失火而亡的假象。朱百户，也正是在深查瞰生彩时出的事。"

眼下的证据足以证明，"伪楚王案""妖书案"与"劫杠案"，果然不能分割看待。也可以说，"妖书案"中的派党对立，始自"伪楚王案"中之隔阂，而"劫杠案"，又是对前两案王府所积怨气的致命打击。三案，看上去与国本无关，实则又暗藏瓜葛。说到底，王室一脉，已成了对立各派相互博弈的噱头。各方都在人为夸大，或生造出敏感事件，把对方往文人一致反对的郑家及福王身上附会，暗示对方乃受郑家指使，妄图动摇"国本"，以此抢占先机打击对方。此状，于"妖书案"中之体现更为明显。鉴于瞰生彩单独向自己透露关于门姓神秘人物和孙义龙的意外介入，"鹿缘会"的悬而未决，及蔡金阳提及的"四角鹿头铜腰牌"更让陆安相信，相互缠斗的各派党也不过是他人手中的棋子。

"阿乙到达武昌时，情形已经如何了？"

"钱百户到的时候,朱百户刚从南京回来,二人常常谈至深夜,甚至不乏争议。但未及三日,朱百户便出事了,钱百户没敢怠慢,便立刻回京了。"

"南京?阿元生前,除了与贵府合作办事外,还与谁有过接触?"

"这个……是有的。"李焘想了想,"他确曾短期前往南京,说是要见一位熟人。但具体内情,本官并未过问。"

"哦?"

陆安没想到,10年前的刘老汉家尚存乡野风貌,如今若不是城墙隔开,怕早已分不出内外了。院子,也在市镇的扩张中被一家分号众多的钱庄改成了门市。熙熙攘攘,络绎不绝。但在这番花团锦簇之下,却是刘老汉一家的人情沦丧。据已进缇骑做校尉的"六子"讲,早在6年前,刘老汉便被二富气死在家中。更叹以前的牙人受人尊敬,现在越发没了规矩。官府疏于监管,以至于作弊屡见不鲜,更有棍徒私设牙行,自称"行坝",横主价格,肆意勒索。未经其允许,贫民持花布、米、麦等物皆不得入市交易。二富,自也是在这流风中失去了心性。

"何止二富!""六子"撇撇嘴,又道,"您还记得苏州那个姚领织吧?"

"自不会忘。他现在如何了?"

"六子"咧嘴一笑,"去年,有个叫张准的和姚领织合伙共营。姚领织未出资但善经营,张准不懂经营但出资。却因张准一家豪横欺人,分配利润时坏了分配比例之约定。官司打完后,姚领织本来占理但却输了。哼!规矩定得再好听,若官员昏庸也没用。"

许是觉得自己扯远了,"六子"又说回了刘老汉一家。那大富也因弟弟气死父亲而与之不相往来。"六子"似也有些当年唏嘘金二家事的悲悯,主动带着陆安来到了几百步外的一家书馆。里面一半儿以上皆是妇人,年龄相差更是悬殊,有的已逾六旬,有的则刚婚配。但都倾听着台上的一个中年妇人激愤演说。她身边坐着一个着装更为奇异的老妇。

"那老妇不是金木生的妻子吗?"陆安指着那坐着的道。继而才又睁大眼,惊呼道,"那演说者,不是刘大富的……"

第十章 沉渣泛起

"大人记性真好。""六子"无奈地摇摇头,"金叔发妻,早在此地有了信徒。大富哥的妻子,便是其学生中的领头儿,呵呵。"

"我等女子亦该有自己本性!有自己向往!何来一生寄身厨台?抛弃以往那些恶俗之为,投身这心性释放之洪流吧!"大富妻的口若悬河与手舞足蹈,不断引来台下人们的阵阵鼓掌。

"师姐说得甚好!我等再也不干那些奴婢之事!"

"本姑娘也要与那臭公婆斗上一番!谁说年老就有理?我今天就非说我对!"

场内一片沸腾,场外也未闲着。时常会有几个男子冲进场子,对自己的妻子喝道:"好好的日子不过!何来此地听那帮子妖婆鼓吹?你倒是心性释放了,老子一天忙到黑,家事谁来管?"

另一个男人冲台上的大富妻和金二妻骂道:"尔等疯婆子。自家日子不过,休要搅乱人家!什么心性释放?明明就是胡闹、疯癫!你们是不是还撺掇我老婆自在寻找喜欢的男人?都如此,都随便乱搞得了!尔等这般妖孽,不是好人!"

"你们这些腐朽男人,少来狂叫!现如今,我们也有钱可赚了,休要你们事事指点!"场内一妇人起身反击。

"她们指的,必是女山人[1]和女帮闲[2]。""六子"道。

陆安点点头,默默地观察着眼前这些往日里唯唯诺诺,今日却挺起腰杆儿的妇人们。大明上下,女人中不乏擅长诗文之闺秀,纷纷转而成了粉黛山人。从此,便可以像笀帏乞士那般靠诗歌投谒朱门了。于是不经意地赞道:"女山人与女帮闲,一个凭诗画才艺给大家闺秀或官宦夫人为伴;一个则借巧舌,出入于官宦内室。她们终归也是值得尊敬啊,此风盛行,李卓吾功不可没啊。"

"六子"却道:"好处自然都看在眼里。但大人亦不可忽视那些小人得志之徒。一旦有钱赚,便无论品性如何,都一概骄横跋扈了!坊间便有顺口

---

[1] 山人:隐士高人或与世无争的高人。
[2] 帮闲:靠双手为他们提供帮、代、办、服务的劳动者。早期指一些专陪大贵族、大官僚和富人们消遣玩乐的人,也叫作"清客"。

溜，道：'东家走，西家走，两脚奔波气常吼；牵三带四有商量，走进人家不怕狗。前街某，后街某，指长话短舒开手；一家有事百家知，何曾留下隔宿口？要骗茶，要吃酒，脸皮三寸三分厚；若还羡他说作高，拌干涎沫七八斗。'她们表面上向闺房小姐兜卖绣品妆品，实则尽干些入内勾引、百计宣淫的滥情勾当。百姓都避之如蛇蝎，担心败坏自家门风。小人就听说松江府有个女帮闲吴卖婆，乃一范家之女奴，不少大户的男主便多狎之。那吴卖婆竟还制了很多淫具、春药，蛊惑大户女子。后招致同行嫉恨告发给了巡按御史，才将其批送知府项东鳌处置，将其剥衣重打后又追罚赃款。但此事虽了，同类卖婆却反而更多了。"

陆安也有些无奈，沉默了会儿，才道："阿元来你这儿的原因，未与你说？"

"只说他在武昌府遇到点儿困难，来南京想查阅些本地罪案记录和朝廷下发的通缉诏令，后来还去了本地牢房。"

"查阅的都是哪些文书？去过哪些牢房、接触过哪类犯人？"

"貌似是关于福建的文书。至于牢房和犯人……很多都去过，但在一个福建溜犯那儿单独待了会儿，说什么不知。不知为何，近年闽地来的溜犯多了起来。"

7

当罗塞子和陆安的目光，隔着牢门碰撞一处时，二人同时愣住了。

过了会儿，罗塞子才想起从监舍内伸出双手，几乎是以绝望和乞生的眼望着陆安，颤颤巍巍道："陆……大人，救……命。"

"你来南京多久？何不在闽地了？"陆安从怀里掏出牛肉干递给罗塞子。

"许巡抚卸任后，闽地……便日渐杂乱起来。"罗塞子三口两口就将牛肉干吞了下去，又道，"外来的行商和本地大户联营愈发密切，外洋的生意越来越麻烦。下层的洗牌也加大了，我们这些昔日老户逐渐撑不住，只能闯荡异地。江南富庶，自是很多人向往的……"

第十章 沉渣泛起

"如何进得狱中？"

"哎……小的没搞来盐引，便伪造了一份。但没想到如今这盐引也不大好用了，后来露了马脚，被……"

"朱百户，为何来找你？"

"朱百户是问宋时惠去向的。"罗塞子一阵迷惘，反问道，"按说，当初只是许巡抚带着您和那两位总旗来狱中找的我，我和这朱老爷向无往来啊？"

陆安本也一直疑惑这个。因为当年是钱乙负责的罗塞子这条线儿，朱元不解细情，更没有直接关系啊，便追问下去："那个宋时惠，据说已在一次劫狱中逃脱。你如何回的朱百户？"

"那个宋时惠，小人一直没弄丢。"罗塞子煞是郑重地说，"当时，小的可是发动了所有小弟出去找那个宋时惠。这不仅因为您，更因为小的也觉此人是个可以捞些银钱的货。所以，一确定其长居江南，便也跟来了。"

"宋时惠在此地谋生？行踪如何？"

"在一家'大升号生熟漆'店内，做外销伙计。"

"你等着。"陆安说罢，便转身出了监舍，找来了牢头儿。

"上差……小的为难啊。"那牢头儿一副唯唯诺诺的样子，"巡检司的人问起来，小的如何能担得起？"

"罗塞子是我们的人，详情自不能告知于你。且今日必须带走！他又非重罪，由我留书一封便可。你何惧哉？"

"这……"牢头儿看了看陆安的北镇抚司腰牌，无可奈何地让对方在出狱文书上签了字。

重走这富庶的江南之地，一如过往那样璀璨耀眼。正如人们所说：金陵都会之地，南曲靡丽之乡，纨茵浪子，萧瑟词人，往来游戏。马如游龙，车相接也。其间风月楼台，尊垒丝管，以及娈童狎客、杂技名优，献媚争妍，络绎奔赴。垂杨影外，片玉壶中，秋笛频吹，春莺乍啭。

但唯一让陆安感觉不同当年之处的，便是人们脸上的神情。万历二十三年的那个新年，自己在迷惘之时在街上散步时所见之人，无论收入多寡，面庞上皆布满了幸福。但现在的铺面高档许多，人们衣装饰品华丽有加，脸上却只有焦躁和拧皱的眉头。甚至都顾不上抬头看看身边的顾客，每个人都在迅速地交换钱物，再没听到哪怕半句的温情言语了。

刚过街角，陆安又遇到一个老者与一卖水鸡的小贩缠骂着，便上前阻拦。那老者仍不满道："休要拦着老夫！待我揍扁这奸猾小人！真真儿的混蛋透顶！世风日下啊！"陆安一看，见那小贩手中的水鸡嘴中竟插着根肠衣，肠衣另一头连接一个水箱往鸡肚中注水。对老者的愤怒，小贩不以为然道："大家都这么干啊，不过加重些多赚几厘，又吃不死人！屁大点事儿算个球？"

"六子"也上前拉开老者。老者边骂边回头继续抱怨着："休要以为这是家常小事。天下无道，皆始自这点滴寻常失德！"

陆安看着那仍一脸不屑的小贩，拉着"六子"离开了。但那老者的声音，却始终在耳边挥之不去。

"大升号生熟漆"店经营的倒是火热，但据老板讲，之前在此打工的宋时惠早就不辞而别，去向，也不甚明朗。

"他原也在我们店帮工，后来卷钱跑了，老板才让我出门寻他。您看我这把年纪了，还跑这种腿儿。真难啊！"陆安独自哀怨着。

许是老板心肠好，见对方这样难，便又做了做逻想状，道："对了！店里伙计上月貌似在城西的一家打银铺前见过他，但那人竟称伙计认错了人。怪哉。"老板说罢，摇摇头。

"哦？"陆安突然想起了在京城时，蔡金阳提过的那个在琉球小岛上自杀的忍者，其背后的掩护商号便是打银铺，很是兴奋，"谢老板体谅。敢问商号叫什么？"

"这个……"老板这次是真的不知道了，"我当时也想找到他。但伙计是刚来的外地人，确实没记住，而且，他也未必就在那商号啊，许是路过而已。"

"哦，也是。那还有其他人也在寻他吗？这厮想必欠了不止一家的债。"

"有啊！"老板貌似遇到同病相怜的人，"有个京城口音的，大高个儿、粗壮，总骂骂咧咧的'死什么……脓包'的，月初来过。但也没找到他，便回去了。"

第十章 沉渣泛起

"确实该死！"陆安也跟着应景地骂了几句。

接待陆安调阅本地密报的，还是当年来江南时的那位锦衣卫驻官，现在倒是升了一级，成了总旗。待人接物和做事的用心，却一点没变。所提供的原始文书和自写报告，都详尽到位。本地所有打银铺的人员和生意关联，也都纳入其中。恰恰就在这些文书中，清楚地记载了宋时惠乃是一家"闫记打银铺"的老板，旗下竟有5家分号。若这"闫记打银铺"，和蔡金阳所说的"四角鹿头妖会"的信使有关，那很可能会寻得捷径直捣会主。

惊喜还在继续。在漫无边际的线报底稿中，陆安又发现三份看似各不相关的内容。第一份，提到了一家"刘记打银铺"丢失了部分银料。官府获悉后前往调查，其以破财免灾为由息事宁人。而这家银铺的金主也是宋时惠；第二份，提到有楚王府仆人举报同府之人偷卖器物，并曝出买家姓门。时正值"劫杠案"期间，地方官府恐惹祸上身，又因那门姓人与当地无关，便将此事搁置；第三份，是个新补缺上来的基层探子所报。因其热情甚高，遂将"刘记打银铺"门前的一场口角也呈报上来。称见到一粗壮男人，为进入银铺而劝退围在店前的人群时，爆出"死脓包"的口头禅。但衙役赶来时，那人又匆匆离去。这条内容，更被上司视若废料，只有那总旗驻官依旧将其入了档。地方官自是看不出端倪，但在陆安眼里，这三件琐事却连在一起：打银铺表面的失银，成全了盗卖楚王府宝物，而朱元也必是察觉到了打银铺这个大背景，甚至发现了门姓人与宋时惠这层关系。但正当他从"刘记打银铺"深入下去后，却遭毒手。

陆安望着眼前这位憔悴而又专注的驻官，又联想到"六子"这样的草根帮差，谈吐认知也日渐成熟起来，不由赞叹不已："看来，我大明仍不乏忠义之士啊！"本想自己的赞许会得到对方的感谢，但没想二人却露出尴尬的笑容。

末了，"六子"才指了指那位驻官，勉强回道："如今，也就是毛总旗在干活儿。若非他关照，小人也早被扫地出门了。若以毛总旗这份资历和专注，其实早该是百户，或独当一面了。"

陆安也一阵心酸，毛总旗反而一脸的愧意，连连摆手道："下官奉职尽责便是。"言罢，又主动问陆安，"大人，当年您已注意到，各地奴变渐有蔓延升级之势，特意嘱咐下官定期具结报告呈送京城。不知大人有否注意……"

"毛总旗，你的报告我亲自读过。此复来江南，更想亲耳听听你的意见。"陆安在说这话时，其实心里是愧疚的。战后不久，自己便已沉迷于安逸中，早已无心亲自核对底层线报了。

毛总旗似乎仍很相信眼前这位可敬的上官，将几册文书挑出来摞在一起，道："大人，这便是近些年下官所关注之隐患所在。抵制苛政、释放民心，下官绝无二话。但不能这样……长此以往，必然会失控啊！真若天下大乱，那些达官贵人和搅事者，怕是早就找好了退路。遭殃的，还不都是百姓吗？哎！"

陆安接过这几册文书，一页页细心地翻阅起来。

第一份是关于"奴变"的：

> 时下诸多学社倡导释放奴仆、承认家奴之尊严。但恶风亦因此而起，蛊惑刁奴以索契赎身为由酝酿暴变。虽主人平日厚待奴仆，亦遭虎狼恶拳报复。大则杀人，小则劫掠财务、焚烧粮田和房产。混乱沿至各乡大户。松江、苏州、嘉定等地皆有发生。

第二份是关于"民告官"的：

> 为护官威而禁民众，官吏贪心勃然升起。于是，为便民生而禁贪官，民众却起而欺辱官长。衙役碍于群言而不敢下乡捉拿嫌犯，更有因不满判决者，勾结乡霸闯县衙群殴或扎伤县丞和衙役。官员碍于宽仁之风不敢执法，轻则怠工、重则竟向罪民跪地求生。书生皆视出仕为赴死，或弃学经商种地，或干脆自伤手足。

第三份是关于"教学"的：

> 百姓不再惧礼法约束，渐多薄恶，童生殴辱郡守、生员攻讦有司者比比皆是。过往之家长及学生都尊敬先生，认可对自家孩子适当训诫。如今有先生以戒尺轻微教导顽劣学生，遂引发学生及家族围攻，先生被逼道歉。事后，学生及家长便更乐于指摘先生及学校。各级私塾、学

校，从古至今未尝有时下之卑贱地位。

"好样的！"陆安只觉世间还有这样胸怀之人，但又想，这样的人却10年才升一级，怎能不意味着花团之下，隐含的不公和暗疮呢？

"谢过大人。以上三事，尤其奴变一事，早年主奴间尚能协调，近年却明显趋于恶化。其背后，下官已发现有人利用此事刻意挑唆之嫌，且愈演愈烈。大人和朝廷切不可忽视！而在这些现象之中，更需关注一点。"

"是何？"

"历朝历代之民心动荡，不过个体相传，至多扩及宗族。但时下，各家杂说和不满、权益之维护，早已与大士绅、商贾、学人、书报及党社利益息息相关。一人知，便全城知；全城知，随即天下知。"

"你可有案例？"陆安急切地追问道。

"那便是万历二十九年的'苏州葛成案[1]'。"

此案，陆安是有记忆的。丝绸业已成江南乃至全国财富支柱，更是朝廷税收新区。织造太监孙隆任矿使后的税政失策，遂引发了江南整个行业的不满。葛成入狱后，千万市民送行。在狱中，更有人每天自发为他送饭。

"但博弈双方的焦点，皆在争取行会所在的玄妙观吧？"陆安又道，"朝廷欲借行会抽取新兴商业与市民利益，而商贾及工匠又以行会维护自家利益。"

毛总旗点头道："官局织造没落，民间机业生产之自主性已成大势。官府为扭颓势，不得不以低于织造锻品工本之官价强制民机领织，又使机户赔本或拖欠逃遁，这直接侵夺了民机之利益。再加上近10年，本地与行商的矛盾日益激化。一切，都铺开得太快、太无序了！朝廷须妥善对策，以应对将来之更大变数。"

"你刚才说，地方官与士绅、商贾及匠工和市民似有串联之势。其领导者葛成，虽是织工不假，但却兼具另一头衔——会头（工会主席），才是重点吧？"

"是的！"毛总旗道，"苏州不但有织工行会，大户及官府的杂役、奴仆，亦有自己的行会。奴变之此起彼伏，便与此类事件互为联通。而'葛成案'

---

[1] 苏州葛成案：1601年，著名织工领袖葛成领导苏州丝织工人反抗税监的斗争，是当时各地各行业组织与官府博弈的一个组成部分，也是历史过渡转型期中的一个典型案例。

这一大规模民变，发起者葛成正是会头之一。这也是为何葛成在玄妙观前摇扇一呼，便群起响应。整个事件中，上至官府、军队和士绅，下至机户，皆有号令。说进就进，说退就退。朝廷对葛成的死刑初判，也迫于民间和地方的压力而改为缓刑。"

"要么采取抵制措施，要么看税使的笑话。"陆安道。

"是的。"毛总旗道，"隐藏于税监问题下的，乃是朝廷税收之尴尬。万历二十七年皇上曾下诏'今费用不敷，若不权宜旨办，安忍加派小民？'张居正死后的20多年，我大明日益繁荣，但国库收入却日益贫瘠。'三大征'共耗白银千万两，主要源自张居正时的老本儿。清算张居正时，张居正裁汰冗官的良策却也一并废除了。同时，土地兼并死灰复燃。大批纳入税收的土地被归入官绅名下，可征税土地10年来却一再缩水。商税从开国起就较轻，失去土地的农民纷纷转向手工业和商业。税收便更为艰难了。到最后，是商税、农税两边落空。"

"如此，皇帝往各地派遣的税监，才触动了上达朝廷、下至地方官绅之群体利益？所谓税收冲突，并非税有问题，而是执行不规范。"

"对。官绅皆群起反对税使。一是抨击太监干政，二是因为朝中大臣，越来越多乃商人出身。顾宪成其父经商，高攀龙生父兼营高利贷，李三才家在张家湾开铺面……皇上增加商税的意图，反而激化了与官绅群体的矛盾。"

"钦天监奏报，近年多现极寒气候，北方农业严重歉收，此说法徐光启当年亦提及。但不少官绅仍拒绝对江南商事、盐业、采矿业征税，而坚持侧重农税，便加大了农民负担乃至民变隐患。本出自东林的袁可立，主张'朝廷笼天下盐铁之利，则军帅无侵渔，九边无绝饷'。[1] 我所见不少'东林人'亦皆是这般大义。在他们这些本就富贵的大族看来，这点付出不仅不会损害自身利益，反会提升仕途名望。但……"说到这儿，陆安不由停了一下，才道，"但此举，也遭到其他激进'东林人'诋毁。可见，这批所谓'东林之人'亦不可片面看待。你可以说他们皆胸怀天下，但同样不乏假公济私之辈。若真以天下为己任，他们又能将这份纯真维持多久？"见那毛总旗频频点头，陆

---

[1] 此话借用袁可立在17年后的天启元年，即1621年，关于辽东问题的"七议疏"。

安又问道，"如你之前所言……时下最为要紧处，乃各种不满情绪，若与大士绅、大商贾、学人、书报及党社活动联系起来，便更加无法控制！关于这些事件的民间书报，也必有刊登吧？"

"极是！下官都一一收档，只等您这样的上官过问了！"毛总旗甚为欣喜。

这一轮的归纳，陆安又得到了极大收获。各种文书和呈报显示，3年前的"葛成案"、几年来的"奴变案"……官方邸报和民间报房都予以及时刊发。又根据文风及刊发时间、原创抑或转载，再细分出不同类别，将范围缩至更小。最终，锁定了一家名为"同文"的私家报房。这家"同文报房"对于各类"官民事件"刊发之快捷以及文笔犀利，可谓众报之首，更不要说官府邸报在民间本就备受抵制了。同时，这家报房又以大小不等的股东身份，参与了其他三家报房。更让陆安惊讶的是，不仅自己10年前见过的那家"同文书坊"已被"同文报房"收购，"闫记打银铺"的几名股东中也出现了"同文"的影子。

"杜之翔，这个'同文报房'和数家书坊及打银铺的股东或老板，身跨不同行当的神秘人物，究竟何人？"

"只闻其人，不见其身。据说，两年前已前往京城分号。下官上报后，上官却无心介入。"毛总旗无奈地锤了几下大腿。

"可否烦劳毛总旗，找一个叫孙三支的书坊伙计，曾在'同文书坊'跑征稿儿的。当年我离开南京时，很遗憾未寻到此人。"

"下官自当效命，岂有烦劳一说？"

毛总旗果真是个认真的人，次日便拿来了孙三支的背景。只可惜此人去年也离开本地，据说去了北直隶（河北），详情不知。陆安只能作罢，但又想起在武昌时，李焘特意提及东林书院早已引起天下士人的注目，便把话题重新转回来，问道："东林书院毗邻南京，毛总旗对他们的近况可否了解？"

"下官自不敢荒废！几天前刚上报来的，称顾宪成正式会同顾允成、高攀龙、钱一本、叶茂才等人发起东林大会，并置下宣言，曰：自古以来，未有关门闭户、独自做成的圣贤，自古圣贤未有绝类弃群、孤立无与的学问。吾群一乡之善士讲习，即一乡之善皆收而为吾之善，而精神充满乎一乡矣。群一国之善士讲习，即一国之善于皆收而为吾之善，而精神充满乎一国矣。群天下之善士讲习，即天下之善皆收而为吾之善，而精神充满乎天下矣！《会约》中亦规定：东林书院每年开一次大会，会期为三天，每月开一次小会，轮选主持一人，再推出一人主讲《四书》心得，可自在辩论，内容皆涉及时政。以前的讲学、结社，地域性极强，各不相服。自东林后已无地域和乡亲界限，参与者只在乎有无共同思想和主张。同时，大会一致把顾宪成视为领袖。《东林籍贯》所列北直隶八人、南直隶四十一人、浙江十一人、江西十六人、湖广二十人、河南七人、福建五人、山东十三人、陕西十八人、山西十五人、四川五人以及广东、云南和贵州各一人。且不仅南北两京都有"朝士"，当地士绅和草野齐民、总角[1]童子也会赶去听教。东林书院已成波及全国之群言中心，以及在野之议政派党。京城朝中之二沈之争，亦与东林密切相关，并仍在发酵。"

"我欲亲往东林书院，一睹其真颜。"

"下官必亲自陪同！"

"另外……贤弟可否割爱，让'六子'随我回京城。我有意栽培。"

"那自然是好！若非下官年纪已大，必也会追随大人而去。"

正当陆安回到住处，欲收拾行囊准备无锡之行时，一封密件却递到了自己手上。上写：京城"二度攻禅"似有爆发之势，大哥速归。钱乙。

---

[1] 总角：指八九岁至十三四岁的少年，古代儿童将头发分作左右两半，在头顶各扎成一个结，形如两个羊角，故称总角。

第十一章

爱人·故土·同袍

1

万国梯航，鳞次毕集，四方之货，不产于燕而毕聚于燕，彼其车载肩负列肆照易者，匪仅田亩之获，布帛之需，其器具充栋，珍玩盈箱。待到每年正月还有灯市，起初八，至十三而盛，迄十七乃罢也。市在东华门，东亘二里。市之日，省直之商旅，夷蛮闽貊之珍异，三代八朝之骨董[1]，五等四民之服用，皆集，衙三行，市四列，所称九市开场，货随队分，人不得顾，车不得旋，闻城溢郭，旁流百廛也。世人眼中的这座北京城瑰丽多彩，人口也早过百万。

城东边儿的南居贤坊（今朝阳门北小街西侧板桥胡同、北新仓胡同一带）西口，新开了个三进院儿的大酒肆。晚上正是酒客们最开怀的时候，最靠里头的"春申"包间内，进屋后先是一扇屏风，绕过屏风，屋中间地上放着几个炭火盆。正位摆着一把太师椅，书卷背搭脑，椅背是最常见的三段隔堂装饰。扶手用榫卯攒斗的大柋格子而作，一弯曲线秀美又有节拍。椅子座面抹头下有四面束腰，束腰下溜肩处，浅刻精细的卷云纹饰。这太师椅，是留给安托尼的。但这个身着儒服的西班牙人，放弃了这个待遇，反拉过一把低矮

---
[1] 骨董：同"古董""古玩"的旧称。

的交椅坐下。

安托尼就这样安详地环视着屋内的12个人。他们都穿常服、束发髻，挺直腰板儿坐在灯挂椅上，脸上却都是难看的绛红色，彼此相视时也布满着猜疑和较量。

"大家都闹够了吗？"安托尼端起地上的紫砂壶，和寻常明国人一样，直接用嘴吮吸着壶里的清茶。

"并非我等闹事！"左排一个瘦小猥琐之人愤愤道，"我们'仃国人'的子孙，不能忍受这样的屈辱！"

第二波缠斗，似乎又要掀起来了。

"呸！"右排一个瘦高的年长者指着那人骂道，"整个晚上，你都如此狂妄。可知自己的斤两？你们祖先若伟大，我们'柔国人'更是你们的祖宗！"

"你这鸟人！敢与我斗上一番拳脚？""仃国人"更是不屑。

"哼！你们都不过小众，安敢与我'祁国人'比？我们祖先当年几乎横扫南北了！"左排一个年轻人上来插话。

"哼！你们'祁国人'也是小辈儿，我们称霸时，你们还在娘肚子里转筋呢？哈哈！"一个"蕨国人"后裔嘲笑道。

"你们早就被灭亡了。不过苟活一时！又岂能与我们'坞国人'相比？"

"哼！你们难道不是吗？"

"哈哈！"突然，一声狂妄的大笑，将刚才几人统统镇在那里。一个高挑又健壮的男子缓缓站起来，轻蔑地看着眼前这些人，"如今能率领众人颠覆这大明国的，唯有我'猰人'了！"

"你这厮又来藐视我们！"一个矮胖人站起来，愤愤不平道，"你们欺负我们'蒂人'许久了！我们好心接纳你们，你们却恩将仇报。是何道理？"

"没错！""蒂人"的这一通苦水儿，竟也惹来刚才还对骂的几人支持，"你们'猰人'也曾这样对我们！"

"哈哈！"那"猰人"又大笑道，"尔等和那些明国人有何区别？我们有自己的祭坛、衣冠，我们的人早已占据各级官府的重要位置。尔等就该顺从我们！"

第十一章 爱人·故土·同袍

"此话不妥！"左排前座的阮鞠终于发话了，又指指身边的王锦，道，"我乃安南人后裔，这位老人是满者伯夷人后裔，在座都是不忘先祖故国的遗民，又怎能互相诋毁？"

阮鞠话音刚落，几声清脆的掌声便随之而起。只见安托尼走到中间的火盆边，弯下腰，伸手烤了烤火，又站起来，微笑道："各位俊才，可否先明确一个前提。"

"什么前提？"众人稀稀拉拉地问着。

"前提便是……"安托尼突然止住了笑容，一脸冷漠，"在我看来，你们其实都是一样落后。是的，我是这样认为的。所以，你们还是谁也不要说谁了。"

"你这泰西人如此污蔑我们，还有合作诚意吗？那些孱弱的明国人，不过是我们曾经的案上鱼肉？"那个"蕨国人"先吼起来。其他遗民也纷纷站起身来，凝视着这位红发碧眼的西洋人。

"当然要合作了！"安托尼耸耸肩，"但也要让你们都认清形势，认清自己是弱小的事实！即便是最为强大的'猺人'，也无法撼动大明。他们太过庞大，问题自然会多。你们问题少，只因规模尚小、容易治理，但成果也少啊；他们千百年来历经磨难却仍能复苏，你们横空一时，却在衰败后销声匿迹；他们乐于关照他人、允许异类共存，你们掌权后只想排斥别人。总体来说，你们和那些只会劫掠罗马城的汪达尔人没什么区别。"安托尼又轻蔑地耸耸肩。

屋内瞬间安静下来，许久后，那"猺人"才道："既如此，那还找我们干吗？"

"是要你们摆正位置！哦，上帝。请一定理解我的善意。"安托尼双手一摊。

"位置？"

"明国有句俗语——船小好调头，对吧？他们有他们的短板，你们也有你们的优势啊？"安托尼转而一笑，"他们千百年来，都是这片土地的主导者和引领者。但也正因此，一旦天下有变或转型失败，便会慌乱甚至自卑；但你们不同！你们从不需要承担天下共主的担子。不管谁出头，你们只需要依附强者，能瓜分到自己一亩三分地就很骄傲了，尽管不会有太大起色。所以，你们目前要做的，不是急于复辟，而是要摆正自己的位置，等待时机！懂吗？现在这明国内，与官府、与既有道统对抗的人比比皆是。你们只需要利用朝廷管制的放松，强化自己的遗民身份，同时借势跟着鼓噪，也就是将明国说得一无是处，便可让他们把自己搞垮！若有人怀疑你们，呵呵，那些嘴皮匠道德家们以骂自己道统为荣，自会替你们回击的。你们也都看得到吧？他们有太多的失意者，在不同方面，比如求学、生意、仕途、官民矛盾等。或许他们曾遇挫折，很值得同情，但不少人又往往浅薄却自以为是，或凡事一知半解。这样的人很容易上当，也有一些人会把责任和问题推卸给他人。而在他们心中，带给他们最大束缚的，无疑就是官府和道统。所以，最能让他们感到宣泄带来快感的，就是搞垮他们的官府和道统！其实，他们比你们更盼着这片土地混乱起来。只有这样，他们心中的怨气才能发泄出来。一旦他们乱起来，我们才有机会啊？哈哈！并且，他们也只有兴趣骂自己人、骂自己的官府。除了纠结于自己眼前这一亩三分地外，对外部世界可以说是完全陌生的，更谈不上防范。并且，还会标榜自己为国为民。对吧？这帮肤浅之徒，又怎会想到咱们的存在和计谋呢？待到最后大厦将倾时，树立各自旗帜还不是水到渠成吗？所以，千万要杜绝愚蠢的正面对抗，年初那个'杭州教案'[1]事件，不正是血淋淋的教训吗？"

安托尼说的这个"杭州教案"事件，是近年来西教与明国本土长期冲突的一次爆发。刚来明国的龙化民，背弃了利玛窦谨慎传教的方式，过于激进张扬。再加上去年，西班牙人在吕宋的屠华事件，导致了沈㴶为代表的反教官员及民间群起抵制。更有人直言，西洋人欲借教会颠覆大明。但龙化民仍不醒悟，又印制《具揭》百份广为散发申辩。被查获后，遂成窃密证据。

"如果非要硬来，我向上帝发誓，不超半年，你们都会再次灭亡的，而且是彻底的。嗯哼？"说罢，安托尼又耸了耸肩。

屋内更加沉默了，刚才的谩骂和狂躁都不见了。

---

[1] "杭州教案"：此处"杭州教案"原型，是发生于12年后，即1616年的"南京教案"，书中人名均为虚构；仃国人、柔国人、祁国人、蕨国人、坞国人，和之前的猰人和蒂人一样，都为虚构的故国遗民群体。

第十一章 爱人·故土·同袍

"你们为何不与那利教士联手？"半晌儿后，"蕨国人"才问道。

"他和我们不是一路人，尽管也有不少共通之处。"安托尼笑了笑，说，"我们言归正传。刚才我的意思，之前的会议中也提过。但你们太容易内斗，本来就稀松弱小，再如此还怎能实现你们复国的理想？"

"各位都听懂了吧？"阮鞠扫视着大家，"我只想告诉大家，前段的'楚府三案'不是单独的，我们布置的是一盘大棋，包括即将到来的'二度攻禅'。眼下的京城学人，不管阁臣，还是廷臣，抑或东林……相关书籍文章都已在筹划及刊发中。毕竟，万民一旦被蛊惑起来，朝廷即便想抓个别旗手，也必投鼠忌器。只要官府不作为，便是我们之胜利！最后！我再问一次，你们想不想光复祖先的荣耀、重拾我们的衣冠和图腾？想不想分到我们自己的土地？"

"想！"遗民们纷纷挥动着拳头，齐声低沉地吼道。

会议，于清晨前结束。各包间及外场的酒宴仍在继续，这十几人望着那些怀抱女人、醉生梦死的富家少爷和贩夫走卒，脸上露出阵阵鄙夷的笑意。他们似乎已经看到故国重现的那一刻，挥动着自己的旗号，高喊着自己的口号，驱赶着这些酒色之徒。

安托尼则独自走进了西跨院的一个包间。

"哦，我亲爱的佩德罗，让你久等了。"安托尼一进门便客气地寒暄着。

"哪里，哪里。"那个叫佩德罗·德·芭萨的葡萄牙商人，微笑地回着。

"眼下的世界贸易，是各国都发愁的事。所以你不要着急。"安托尼无奈地说，"三分之二都会涉及明国。英国东印度公司的船只首航明国后，除了将8万枚西班牙银元留在了这里外，一件英国的产品也没卖出去。很多日用产品的技术都是明国垄断的，出口更达236种之多！生丝品经过长途航运中的温度和湿热变化后，也不变色。价格方面更具优势啊！欧洲和美洲在爆发价格革命的时候，秘鲁市场上明国丝织品价格却只是西班牙的1/9、吕宋的明国铁钉价格是西班牙的1/4……这直接导致15年前的秘鲁总督卡涅特，派船赴吕宋统一采购明国铜、铁类产品。我们西班牙仅在秘鲁波托西一矿就能年产25万公斤，已超世界白银年产量的一半了！十几年来，已经有2000多吨美洲白银运到吕宋,而最后几乎都流入了明国。美洲和倭国可以靠出口白银弥补逆差,非洲也能指望出口黄金和奴隶,而欧洲却一无所长,只能靠经营美洲、非洲和倭国这三地的出口勉强糊口。上帝知道这些年我们有多难!"安托尼耸耸肩,怨气十足。

"他们这百十年的财税体系变化极大,'一条鞭法'导致白银折纳的推进。关键,他们拥有这世界上大部分人口啊!白银化带来的变化是世界的!但巨量白银流入明国,却只进不出。你们败给英国后,白银流入便骤减。同时,白银大量流入明国后,德川幕府也对白银交易加大限制。尽管尊贵的费利佩二世陛下曾三度颁发敕令,规定每年从墨西哥至吕宋的白银不能超过50万比索,以此阻止美洲白银留在明国的趋势。但我听说……这些年你可是给你的总督捞了不少实惠啊……"佩德罗歪歪头,意味深长地轻轻挤了下眼睛。

安托尼心知肚明,道:"唯利是图啊,总督府严重依赖关税收入,除非欧洲的商品和价格增大优势。仅从明国丝绸看,每年经吕宋转运美洲所获的商税就有50万比索。国王试图靠设限制约各殖民地的总督们,不等于断了人家的财路吗?"

"这不很正常吗?"佩德罗显得更兴奋了,身子又往前探了探,"无论哪届总督,还不都公开违反敕令、把大量美洲白银带进东方套现?仅仅跑一趟单程,就有翻倍的利润,这得是多么大的诱惑啊!现在,1个金比索能换5个或5个半银比索。如果明国白银出现短缺,需要外购白银的话,会升到1:6或6.5银比索。而最贵的广州城,也不过1:7。而在西班牙,哦!上帝!却是1:12啊!你这些年来光替主子卖命,为何不为自己考虑考虑。嗯?"佩德罗又冲安托尼挤了挤眼睛。

"是的!您提到白银,必将是今后最值得玩味的物件儿!事实上,它已成了明国普遍流通的货币。大量白银流入明国后,物贵银贱的征兆迟早会出现,白银流入明国的势头便会减缓,过度仰仗外来的白银,又将引发因白银不足而造成的物贱银贵。这个漫长而又短暂的过程,不正是机会吗?国王、总督、我们……大家的机会,在明国对此措手不及之前。哈哈。生意!生意!终归这才是自己的事啊!上帝无处不在,但绝不会给我们发银子的!呵呵！不会的！"安托尼越说越兴奋。

直到上午，佩德罗才兴高采烈地离开。当阮鞠陪同安托尼出得酒楼时，却见昨晚那个"蒂人"仍守在门口。见二人出来，赶紧上前哀求道："'猻人'对我们的蚕食着实久已。哼拜起兵时，我就从中斡旋。上面能否替我们说个话，还回部分领地和族人？"

"兄弟，还是要顾大局啊！"阮鞠自是惹不起"猻人"，敷衍了几句便紧跟上安托尼，谄媚道，"先生昨晚对明国人的分析，可谓透彻啊！"

安托尼笑道："那是会主看得透。没谁比华民更了解华民了。"

"明国人有这样的大奸细，焉能不败？可那个神秘的会主，究竟何人？"

"不远了，你会见到的。眼下，你只需要统领好这班遗民便可。"

"遵命！"

"蒂人"没再跟上去。他狠狠咬了咬嘴唇，眼中期盼的目光化成愤怒，随后突然平静下来，冲着安托尼和阮鞠的背影笑了笑。

2

陆安刚赶回京城，就打算直奔衙门找钱乙商谈"二度攻禅"的内情。却在衙门斜对面的"福记酒馆"侧墙上，看到了一个大拇指的红手印。这是个久未出现的信号，它的出现，说明那个人有要事相告。

陆安随即策马转向明照坊的鹁鸽市（灯市口大街北，大鹁鸽胡同、小鹁鸽胡同）。

京师多好蓄鸽，种类有繁，其寻常者有点子、玉翅……喜云楼下的鹁鸽市，便是这些同好的欢喜之地。不时，有一群群鸽子在天空旋绕着，轻妙的哨声时远时近，颇有些令人神怡之感。

胡同进去五十来步，右手一个门板已破旧的小院儿内，莫秀儿一身男装坐在院中，一把匕首在手中不停地转圈儿玩着。看到陆安进来，并没太多惊异之像，只淡淡道："你终归来了，还算有点儿良心。"

"秀儿,这是哪里话。你的上线,已在衙门内划给阿元,我不便直接介入。这次若非你特意找我,我也是不该私下见你的。"

"呵!理由,不过是虚情假意罢了。"莫秀儿冷笑了下,却又失落地歪过头去,问道,"健儿还好吗?"

"很好,在锦衣卫内当差,上月外派湖广了。他自己的孩子也有三岁,我们都已是祖辈人了。"陆安平复着慌乱的心思,道,"健儿颇有些你的气质。"

"亲生母子,却不能相见,每次只能于暗中看看他的模样。纵然我是个江湖中人,这母性却也是摆脱不掉的。呵呵,会不会有一天,儿子来捉拿自己的母亲?"说罢,莫秀儿转回头来,苦笑着抹抹脸上的泪痕,又道,"你夫人果真不知吗?那么贤良的女人,难为了。"

"她是个简单又淳朴的人。她不知我和她的亲生儿子,刚出生便夭折了。更不知,健儿是我抱来顶替亡子的你我的孩子。"

"未必。"莫秀儿摇摇头,道,"女人是敏感的,尤其当有其他女人进入自己的生活。或许,她是装作不知吧。"

"为何?"

"呵呵。为了你们这个家呗!"他的疑惑立刻招来莫秀儿的轻视,"你到头来,就是个木讷的官差,永远不懂女人的心思。罢了!罢了!我们还是聊正事儿吧,你这样一个人,想来也只对这什么朝政大事感兴趣吧。"

"莫要这样说。我也是个有情有义之人,无奈……"

"休再多说!"莫秀儿突然的烦躁,让陆安不由得止住谈话。"本姑娘我也算对得起你了。当年哱拜叛乱前,还奉你差遣,入宁夏城内传递内情。你这人嘴里有情有义,却让我这个昔日红颜知己,去刺探自己的结拜兄弟?"

"秀儿,你误会了。"陆安极力解释着,"并非你理解的那种猜疑自己的兄弟。我等所处职位,容不得像寻常百姓那样。公事上的甄别,与我们兄弟间的情义实乃两回事,莫要混淆。"

"随你怎么说。"莫秀儿这股劲儿一上来,果真是油盐不进,"该说的,我也都通过密条儿给你了,咱俩公事公办便可。你要我接近朱元,打探其身世,我也有了些眉目。"

第十一章 爱人·故土·同袍

"哦？"陆安一听这个，停止了刚才的纠结。

莫秀儿一见他这个心中只有公事的样子，无奈地干笑了下，道，"他有个诨名，叫'三子'，你可知？"

"'三子'？"陆安一愣，"他在家排行老大，怎会叫'三子'？"

"哼！这种野闻趣事，你以为对谁都能说？"莫秀儿咬咬牙，恶狠狠地瞪了陆安一眼。这一眼，看得陆安很是愧疚，脸上一阵骚红。

"你误会了。"莫秀儿略带轻视地一笑，"阿元虽然嘴似刀子，但心肠却比豆腐还柔软。他更是个真实且规矩的人，自始至终也没碰过我一根指头。他对我是充满尊敬的，像对长姐一样，又或是有着那种心灵上的信任和依赖。他有自己的心上人的。"

陆安一愣，遂又尴尬地笑了下。

"想你当年这样毫无担当的男人，也会内疚至今？也知道忠于家庭？"莫秀儿丝毫没绕过对陆安的责怪，情绪依然浓烈。

"秀儿！不要再说了！"陆安终于打断了莫秀儿的怨怒，脸涨得通红，本想坐下冷静，却又"呼"地站起来，"你说的没错！当年的我，确实放荡不羁，藐视一切束缚。但终归是年少无知，也正是当年与你之隐情，让我后来将自己从内到外做了一次洗礼。这也才成就现在恪守规则和信念的我，更是我对一切失去约束的纵情放任不予认同的本因。评价别人自然轻松快意，但只有自身经历过挫折和错误，才能真正认识到这释放与约束的关系和意义。"陆安舒缓了一口气，又道，"秀儿，我对家妻乃至整个家庭是有愧疚的！这种愧疚多少年了也挥之不去。或许只能用我后半生不停歇地付出去偿还，才能弥补。我更知家妻所受的委屈，但健儿是无辜的，他很懂事，对家妻也极为孝顺。我又怎能告诉他这份身世？一切罪责都该成年人去承担，一切都过去吧。我们当年都太年轻了，也都要慢慢成长起来的！"

陆安的这番话，莫秀儿听在心里，终未纠缠下去。半晌儿，才说道："你不是曾怀疑过有'妖会'遍布各地，意在颠覆大明吗？"

"是的！你都知道些什么？"陆安甚是急切地问。

"阿元其实也在查。前一段他说是要去南方，貌似可能会查到一个大人物。他和我说，你这些年数度半途而废，就是有人从中作梗，但也有人暗中救你。至于是谁未说，看起来是很熟悉内情的。"说到这儿，莫秀儿突然抬头问道，"阿元怎么还没音讯？"

"还在南方，有事……耽误了。"陆安没忍心透露朱元的死讯，脑中却不知怎的，霎时间回到了几个月前朱元去南司看望自己的那一幕，随即如坠入谷底般闷在那里。此刻，他才恍然大悟。朱元当时与自己的兄弟寒暄，绝非外差前的寻常辞行，更像是诀别！他极力回忆着当时朱元的只言片语，最终找到几个值得玩味的琐碎词句："大嫂是个好人……""我不如老三，回京后要多和他学呢，哈哈……"他为何此刻称赞大嫂？是对他的羡慕还是委婉地劝解？难道他知道自己隐秘的家事？他又为何离别前突然对阿乙这般态度？他是在暗示自己什么吗？此行南下，与阿乙还曾因公事激烈争辩……这又意味着什么呢？

"还有。"莫秀儿的话又打断了陆安的思绪。陆安赶紧调整了下心情，追问道："还有什么？秀儿，快说！"

"近日的京城，是否盛传有人要群起攻击那些'禅学之人'？"

"正是，你可说来！"陆安自从接到钱乙关于此事的密报后，还未深入了解。莫秀儿的话，正好也是个佐证。

"高嵩是个风云人物吧？虽说我不懂这个、那个的鸟学，但有人是盘算打他这张牌的。"

"如何打这张牌？"

"有人打算出钱为这人的学说造势，但又不想去找公开的刊印作坊，我们'轻刀会'接了不少这样的私活儿。且不止他一人，好几个平日里爱骂朝廷的学人，我们都印了他们的册子。其他帮会也接了类似的事儿。听说，那些人里还有什么自称'蕨人''仃人'……的，他们都是些什么人？我们是不懂。"

"秀儿！你要帮我！"陆安双手按住莫秀儿的肩膀，眼中是渴望的神情，"这是大事！"

"哼！在你看来，除了这些都是小事。"莫秀儿咬了咬嘴唇，有些愤懑，也有些无奈，"我也只能回去归置归置后，再给你。"

第十一章 爱人·故土·同袍

"好！好……"陆安望着莫秀儿犀利而又柔软的内心，竟也有些心酸。

"眼下的新禅学者们意欲有所作为，还得追溯到万历二十六年'三袁'[1]与李贽生前的那几次见面。"钱乙对风尘仆仆赶回衙门的陆安，介绍着自己梳理的纪要，"袁宗道深感理学中之弊端，曾赞李贽骨坚金石，赞其书为救世良药。李贽也赞'三袁'，谓其势力胆力皆迥绝于世、真英灵男子。其时朝鲜之役已近尾声，京师禅风已渐兴。刘日升、李腾芳、陶望龄等人，更在城北崇国寺葡萄园设'葡萄社'讲学，直言满朝庸儒误国。首辅沈一贯便以异端统称之。李贽既亡，当今'二度攻禅'矛头便直指那个新秀高嵩，即人们口中的'高哥'。"

"此乃当年何心隐和李贽之后，京城最大规模集中之反狂禅及清理异端行动。"陆安边目读着眼前的这段文字，边道，"沈一贯本与沈鲤同为辅政，却门户角立。他们曾试图借'楚府三案'扳倒沈鲤、郭正域及顾宪成这些东林学人。但如今二者竟也摒弃前嫌，一致讨伐李卓吾遗党高嵩！党论若不可复解，门户之祸必移至国家！"陆安翻阅着桌上的文书，又看到一则利玛窦与李贽在万历二十七年的交往记录。上面也提到，利玛窦在南京编写《二十五言》时曾与李贽相会。

"这份文字虽有点拨，但还可深入。曹千户主责的教派事务，没有更详尽的报告吗？怎能只靠你一人粗简归纳。"陆安说着将这几页手稿扔在桌上。

"近几年来，京城的'喇虎'[2]和'游食者'陡然增多，霸市、赌博，乃至行凶杀人、结伙偷盗官库。顺天府和五城兵马司曾几度限制和遣返，民间反有人发文、刊报支持他们，称官府不体民情。曹千户他们正在追缴中。"

"这其中有无秘密结社之祸？"

"曹千户倒未提及，只当是捕盗之案处理……"

"要梳理一切有可能引发其他隐患之细节！"陆安自从平凉府处理"猺人事件"，以及武昌祭奠朱元回来后，又回到了之前那种无法容忍敷衍公事的

---

[1] "三袁"：明代后期文学的公安派代表，作家袁宗道、袁宏道、袁中道的并称。
[2] "喇虎"：恶少与各处通逃罪囚结聚党之人。

模样。更在与莫秀儿密谈后,希望获悉一切涉及"妖会"及其介入民间言论的线索。

"大哥莫怪……"钱乙似有为难,"现在世风较以前更差,衙门里的各级官员或投靠宦官,或偏向内阁和清流,更多的则是游走于几方势力之间。不求大功,也要避免被人扣上苛政复辟的帽子。"

"朝廷虽对群言不予压制,但大量图本皆存荒诞不经之言,小民常被诱惑,亦不容小觑。有人曾建言,备录'妖书'名目,以达刊禁目的。你们可曾操作此事?"

"在做。目前已罗列约六十余种,但以时下私家刊印及流传广度看,这点儿目数实乃沧海一粟啊……"

"目前,维护'新狂禅'的属哪些人?"

"除了高嵩这个'新狂禅'魁首外,其他诸如'泰州''公安',及其他大小倡导心性释放之学人,都站在他这一方。演说场所,已逐步汇集于兵部洼(兵部洼胡同)一带。但……好事也有。"钱乙此时也有了些喜悦在脸上,道,"大哥一直还惦记徐光启吧?我昨日遇到他了。"

"当然!他现在如何?"

"他已于今年入京会试成功,并点了翰林。据说,他又要与利玛窦及李之藻等人合著《测量法义》《同文算指》《浑盖通宪图说》好几部书。连其学生孙元化将军,也刊印了《几何用法》和《泰西算要》等著作,甚至还包括一部大西洋希腊国的《伊索寓言》,也在通译之中。想来,颇为有趣。"

"徐先生的才华没被浪费,实为吾国之大幸!"

3

青蓝色澜衫、黑色儒巾,一副风雅的士人扮相儿,再加上口若悬河般的口才,高哥已让场下千百受众几近到了痴迷姿态。正阳门外,历来都是勋贵王族、贩夫走卒彼此共存的场所。酒肆青楼、书社会馆,一家紧挨一家。兵部洼附近,也早已成了畅所欲言之圣地。而近日,这里只属于"狂禅新大师"

第十一章 爱人·故土·同袍

高哥一人。

"做人，最高级的修养就是取悦自己！"高哥在台上激昂地挥动着手臂，脸上一副胸怀天下的踌躇满志，"这是李大师的名句！哥哥我，今儿个便要和你们大家伙儿一起共享尔！"

高哥一脸的腌臜与肤浅，几句文、白相杂，却又毫无章法的胡乱搭配，让陆安哭笑不得。但四下望去，受众们却毫不介意，或说毫不察觉。他们年龄各异，男女皆有，多是不懂文墨、不辨真伪之人，却视高哥为名士。至于那些不通之语法，反被视为对官府与道统的讽刺、揭露、调侃和嘲弄。他们纷纷高呼着"高哥圣明！"挥洒着无知的泪水。

"我要告诉你们的，还有冯道之奇伟事！"高哥用那近乎尖劈的声调儿向台下喊着，"你我就要做冯道之主张！他要说的，归根到底便要保全性命！至于什么谁当皇帝，有甚区别？你我只图一口吃喝，便是！这便是最重要的了！"

"高哥说得对！"一个老者在台下率先振臂高呼着。紧接着，一个满袖口儿依然残留着鼻涕痕迹的酸书生，也跟着哄抬着场内的气氛。这一老一少，身着绸缎锦衣，却也掩饰不住修为上的粗鄙。他们是追随高哥十余年的拥趸，如今也跟着主人的飞黄腾达而跃为高徒。

"高大师。"这时，台下也有人提问，"您曾说，华民毫无存在的意义？"

"华民自诩贵胄，其实就是个大拼盘儿而已！"高哥一脸不屑，"不过是历史上部众之杂体，何谈纯正？"

"还真是的……"

"哎，没错……"

台下传来一阵悲凉之论。

"此论漏洞百出！"一个反对声音出现了，"高大师若说华民不纯，他人就一定纯正？何以自惭形秽？"

这个驳斥有理有据，台下一些听者也开始反思刚才的偏颇，前排高哥的信徒也不免忧虑。但台上的高哥，仍泰山般昂着头："汝，不思进取，安于现状！"

"何来此言？"那反对者不解道。

"我此话之意，在于反思、自省！汝，不思我意，却固守残缺，安能前进？"

高哥的这句话瞬间转换了话题，避开了自己的短处，陆安是听出来的。但那反对者却未能看出端倪，一下没了主意，愣在那里。这一愣，又让高哥的受众们趁机反击起来，纷纷跟着指责对方抱残守缺。

"我泱泱华夏，虽体大却毫无信念，既有道统早该扔掉！我们该低头向外人请教。那些'猰人'，虽粗朴，却敢为信念献身，我们有几人如此？我们必须认清，自己是陈旧的、落后的，只有这样，才能摒弃自大而后进！"

"华民甚是衰弱，的确如此……"

又一番悲凉之情此起彼伏地响起。

"这又显偏僻！"那反对者的同伴驳道，"是人便有优劣。'猰人'虽齐心，但社情原始、粗蛮而无视律法，又怎能树为榜样？"

"有此等信念，还不够你我尊敬、请教吗？你这等狂大之徒，才是阻碍我们走向天下之最大弊端！"高哥继续反击着那人，"与其这般虚情假意地忧国忧民，不如看看你自己备受欺压之地位，岂有吾等洒脱自在！"

"没错！"几个前排信徒群起而高呼起来，紧接着场下的受众也不由分说地群起攻击那反对者。

"公道自在人心！你鼓吹同性乱伦，莫非要扰乱纲常？"那反对者又质疑道。

"非也！人间自有真情，又何来必须男女？时下，各尽其言、各随其性，便是王道。尔等'存天理、灭人欲'之陈腐观念，束缚压抑人心已久！更该打倒！"

"对！打倒！吾等要彻底释放！"场下的受众群起而攻击着那几个反对者。

"汝也算大师？"反对者继续驳斥，"'存天理、灭人欲'，非压抑人性，实乃克服贪欲。汝一贯误导百姓不说，还鼓噪虐恋！如今一些人越发不讲德行、肆意与人成奸者比比皆是，你也拍掌叫好，这如何了得？"

"哈哈！"高哥一捋胡须，大笑着，"尔等何不反思自家错误？你若花开强大，又何愁彩蝶不来？有本事便能招来万千女人！没本事，就只能看着自家老婆投奔他人呗！"说完，高哥大笑道。

"就是！"台下的受众们，继续嘲笑那提问者。

那提问者已和其他几名不满高哥言论者，就这样在无数受众的谩骂下被挤出会场。当最后一名离场者经过陆安身边时，陆安竟一下忆起，那不是当年在南京听完李卓吾的演说后，在酒肆遇到的郑星云吗？他似已被高哥之言气得面色酱紫。

场内的高哥及数千受众，却只当这景象是莫大胜利而欢喜雀跃着。

"讲学"也在这荒诞气氛下缓缓落幕，满身大汗的高嵩走入后堂。袁非已设下一桌酒宴，招待着这位起于民间的"学人名士"。

"高哥的学识，已赢得百姓敬仰。赵某钦佩不止。"袁非继续用假名，给高嵩灌着迷魂汤，"如今这世道极好！不问出身，凡有本事者皆可闻达于天下！若还拘泥于旧有道统，又何来高哥今日之声望？"

高嵩自然很是陶醉于这般景象和评价，但又假意客套着："过奖了！"

"民心愚钝，若要真正做到释放，还需高哥这样的名士继续提点！"袁非给高嵩斟了杯酒，掏出核桃盘起来，继续道，"力度还要大！否则，无以警醒世人！"

"可……"刚才还神情自若的高嵩，此刻却有些底气不足，"小人只粗识各家杂学。糊弄无知愚民不成问题，但深究起来，便……"

"不怕！哈哈！"袁非一挥手，大笑道，"你当那些愚民识得什么学问？他们只会被口才与气氛感染！高哥虽深究不及他人，但杂学丰富正是驾驭受众之良策！我们可继续为高大师提供文章的筹划和撰写，只需高哥在台前布讲即可！"

高嵩被袁非的劝说重新鼓起信心，他对自己的记忆力和口才倒极为自信。大段文章皆可过目不忘，又能做到事事都能随手拈来，声情并茂地描述一番，便能吸引万千受众。遂谄媚地问道："赵老板下一步的想法是……"

"可先从我朝太祖着手。"袁非探头向前，低声说，"太祖在位时，为反腐及铲除军政内蠢蠢欲动的各路权贵，屡发大案。反对势力虽被压下，但怨气仍在，更有文人和小民顾影自怜，出了不少夸大甚至编造的太祖妄杀谏臣之野史。私下说，很多都是自相矛盾的。时下风气宽松，主张各尽其言，便有官员和文人意欲复辟张居正乃至太祖时之苛政。所以，这类角斗只会更激烈。为彻底避免其复辟成功，我们宁可将这等夸大继续下去，即便杜撰、抹黑也在所不惜！"

"那别人群起质问小人，该如何应对？"高嵩似有些顾虑。

"他们没银子支撑的，力量也较分散，且宣扬的都是道义啊、奉公啊这些，现如今谁愿意听？从上到下都是一门心思只想求财、随心所欲，又岂能容得下这番说道？喊！最后，自然我们更能吸附受众！"

"小人明白！"高嵩不住地点头，一只脚抬到椅子上，右手抠了抠略有瘙痒的脚底板，又在衣服上蹭了蹭后抓起一块猪头肉塞进嘴里，边吃边说，"这类事，小人……见的多了！不就是添油加醋瞎编吗？小人印象里……太祖是个粗鄙流氓的书报段子，近年确实多了起来。"

袁非没回话，只在那儿笑了一下，将一百两白银推到高嵩面前："此乃有识之士捐纳而来，专供高哥这样的名士布学所用。否定太祖只是个开始，华民精神始于秦汉。下一步棋，便是要否定秦汉之合法，搞臭这'庞大累赘'的源头——汉高帝刘邦，才可从根本上摧毁旧有道统。"

"哦……"高嵩不等袁非说完，便贼溜儿眼珠儿一转，"赵老板是要夸大刘邦出身小吏的粗鄙吗？"见袁非露出些许惊喜后，便接着说，"不谈楚霸王之谋略短处，只夸大其爱情悲歌，同时……把汉王的谋略说成阴谋！"袁非异常欣喜，高嵩见状，更露出那股得意的劲头儿，"争夺天下，哪个不要计谋？哪个又是百无一用的嘴皮匠能干的？喊！小人甚是了解那帮子小文人，满脑袋男欢女爱！除了霸王爱美人儿，毛玩意儿也不想。别的不说，我回头带一众弟兄和他们实打实地来一场'垓下之战'，结结实实揍他们一顿。喊！末了儿，保证这帮酸书生又该对小人唱起赞歌来了，什么神勇无比啊！雄才大略啊！……"

"高哥奇才！如此，方能引起受众同情以及对汉王之鄙视。老祖宗一旦成了副腌臜嘴脸，愚民们还如何能抬得起头来？待他日夺得大统之时，正可颠覆过来，将我方之诡计蛮力说成实力使然，便能轻易令其臣服啊。哈哈！"

"好说！好说！小人懂得！嘿嘿！"高嵩几乎是淌着口水将银子拢到身前。

第十一章 爱人·故土·同袍

陆安此次来正阳门外的学人集聚地，是对"二度攻禅"前的摸底。又遇到郑星云，这位打过交道、颇有见解的学人时，自是不愿放弃难得的畅谈之机。

"再遇陆兄，只恨知已难逢啊！"郑星云也想起了陆安这个10年前匆匆一面的学友，迫不及待地握住对方的手，哀怨道，"秀才无才，方巾泛滥！百姓无知，随波逐流！民间书坊、报房，本是我大明希望，却被宵小所用。冯道护民之战时义举，终被误读为苟且偷生；家庭忠诚，倒成了偷情之理由；妄谈同性虐恋，只顾肆意纵情，不顾伦理！凡生意也需本钱，打仗需要出力、出命，唯独这般嘴把式只会纸上谈兵、搬嘴弄舌。靠夸大问题、求新求奇，蛊惑朴实受众，博取个人名声。'王新佳案'，陆兄可否听说？不正是弹劾王新佳之言官，被贿赂后又发起民间报房、群言，声称新佳不可杀。"

陆安点点头。通政司和言官，未能起到下情上达及监督之作用，民间但有不满，便会通过私家报房获得释放。庙堂已被民间各类良莠言论搅乱头脑，无从处置，民间又视庙堂为"假言"，为破除官府垄断言路，推动言官以外之意见，已成大势所趋。民间集会及讲学，但有官府参与，必引得民间报房和书坊抵制。在部分士人及百姓眼里，官府无论对错，都已等同压制心性的"恶"，民间无论对错，又都等同宽容仁慈的"好"。打击否定官府和道统本身，似乎就已经证明了自己的气节和正义。否定的结果，便是自己受众的日渐增多……世道，终于还是不可逆转地矫枉过正。遂问郑星云道："若贤弟等'清流'，视那高嵩之辈为沟鼠，那……为何不联手反之谬论？"

"呵呵。"郑星云不免发出几声苦笑，拍拍陆安的肩膀，道，"为了推翻旧有道统，各派'新说'斗得不亦乐乎。谁还顾得上随处冒出来的各种杂说？而且，兄不知君子皆自命清高吗？把群而不党奉为典范，以此证明洁身自好。呵呵。却不知，你不做，对方却会做。当小人已将百姓误导之时，君子还如何有机会反驳？最终不过成就了一番失败却可悲的虚无名节。哎。"叹罢，遂一甩袖转身而去。边走，边头也不回地喊道，"世风至此，怕是想修正也无用了。希望我们不会赶上那一天！"那喊声不知是冲着谁，或自己，或陆安，或干脆就是上天。

恍惚间，陆安感觉自己也和郑星云一样，在这失控的风气中愈发孤独。常有人以春秋战国时之学说繁盛为由来抵制约束，但却不提那个时代也是道义丧尽、人皆相杀的世间地狱。想那万历十四年的殿试题目乃"无为而治"，而如今在刻意宣扬一己之利时，都把断章取义地讨伐所有秩序约束，视作了最响亮之旗号和护身符，实与皇帝初衷不符。以至于人们如同当年不敢指责张氏弊症那样，又不敢对眼下出现的弊端予以挑明了。旧有道统虽有瑕疵，官府、士绅亦能约束和维系基本秩序，常人亦有自知之明而恪守规矩。但如今一概打倒，官绅失去权威，平民或可报复性宣泄情绪，荒谬之言亦可肆虐，更有粗通学识自以为是者，充做圣人……

无论官府是否在寻找补救之法，自己还是要做些事情的，哪怕无法扭转这世道，哪怕只摧毁了一家"妖会"，陆安也不想看到赵老儒和郑星云乃至秦德茂所言的那一天出现在眼前。他闭上眼，似乎又一次嗅到了对手的味道，那是消失已久的猎物的味道。越来越近，毛发的味道掺杂着一丝的血腥，间或还能听到些许轻微的呼吸声……

还会再错过吗？

4

朝阳门外的"清泉混堂"，是附近人们最爱光顾的一家。浴池用大石砌成，屋顶砌成拱形。浴室后堂有大锅，通过管道与浴池连通，有人用辘轳把井水抽出后注入锅池，再烧火加热大锅，于是锅中的热水混入池中的冷水。大池离热锅最远，水温最适宜；次池稍接近热锅，稍热些；最热的是挨着热锅的头池，上面还设有木格，洗泡之外可蒸浴。浴池还被砌成了大小隔间，又有双层木板隔开，形成一个个精致的单间。

丸山终于接到了陆安的指令，走进这家混堂的"春"字隔间。这也是在凤羽町的"鹿缘会"破袭10年后，他第一次收到陆安的召唤。他本以为，陆安会在战后给他一些常规指令，但得到的只是"沉睡"。他自是不知陆安这几年的安逸，更不能主动问询，便只得这样"睡"下去。同样奇怪的是，在

第十一章 爱人·故土·同袍

"鹿缘会"改组及至终战三年后,自己已随三井釉岩在北京开商铺扎根了,他也没再获得什么新的重任。尽管负责重要资金的转移和安置还在继续,但似乎在"鹿缘会"消失后,一切更悬而未决了。

宫里传来的秘闻,以及丸山对王府及学界骚动不安的汇报,拉紧了陆安脑中的那根弦。他预估到了一些困难,但没想到局面已如此恶劣。那个自己始终怀疑的、意在覆盖全大明的"妖会"网络,还是一步步迈向既定目标。而自己手里掌握着数条线索,蔡金阳的、丸山的、朱元遗留的……貌似眼下他们所有的努力,都不约而同地指向了博弈近乎白热的"二度攻禅"!

焦点就在这儿!

起初,那只"妖会黑手"只试图挑动阁臣、"清流"等几方势力。近来的几件大案,意在为此次攻禅铺垫。即通过"伪楚王案""妖书案""劫杠案"筹款,又借"国本之争"以及王府系中的郑贵妃家族挑拨各派互相攻伐。最终为的却是由高嵩再度扛起这面业已消失的心性大旗。胜者,亦当成为今后大明朝的风向,是修程、朱以正清源,还是彻底放任自流。"妖会"多年来对民心的潜心瓦解,眼看即将实现。

陆安回到衙门,重新埋身于经历司和文书库内。从"伪楚王案""妖书案""劫杠案"这"楚府三案"看起,又将近年来在官绅及民间流传最广的书籍和文章找出来加以梳理归纳。发现早在10多年前,出现的一些片面抹黑太祖形象之野趣杂闻确有增长之势。出处,主要源自当年方孝孺的《逊志斋集》,以及《闲中今古录》等一些有关洪武文字狱的野史,只是个中内容明显较为夸大,甚至编造。近三年,这种杜撰抹黑尤为严重,更有将史籍肆意篡改后刊印的现象,目的也必是让受众信服他们所谓的引经据典。而至眼下,太祖在民间形象已近乎低俗。同时,一些自传或传说式的小说、杂记,也呈现出悲观灰暗色彩。眼前这本近年极为受追捧的小说便是典型:主人公被贬充军到部落生活,被其质朴、粗狂气息的一面征服而沦为自我否定。此书既出,便引起极大争议。作者及其拥趸认为,有缺点为何不能正视?反对者则称:此书已属极尽污蔑,实乃数典忘祖。

陆安并未拘泥于这些争议，而是将视角对准了作者的背景，从其身世及经历中，发现作者自身便有偏执悲情心理。其家本算殷实，但幼年时因其父与官府的"灰色合约"被张居正查办而家道中落，母亲又暴躁刻薄，作者功名之路也受影响。愤懑中发布了几篇支持书院自主讲学的文章，又赶上张居正查封书院，便又下放部落充为脚奴。但一无所有却闲淡的生活，反让失去生活方向的作者体验到了无比的自在和舒畅，形成对外人的过度夸大赞美以及对故土的极尽否定。但即便如此去理解，书中观点也太过偏狭。诸如"尔等华民皆卑劣、奸猾"等论调，都已超出自省之目的。若以此标准评价他人，那对方亦没脸活在这世上。而书中与外人之对照，也有选择。如用部民之粗武对照华民之温良，便定性为华民懦弱，却不提向善本是美德、斗狠并非模范；又如外军压境时骂自己懦弱，但讨伐外夷时，又指责自己以大欺小；再有，作者只将历史长河中短暂的华民被动无限放大，证明华民不行……一切，都是选择性在说。长处，必是外人；短处，只说自己。而这种悲情文字，又极能迎合那些生活坎坷的失意之人的心理平衡。而在此书大卖后，更多否定自我之书籍、文章，通过报纸、书籍、学馆……瘟疫般地向其他受众散播开来。虽有跟风之嫌，但自我否定之风，俨然成了标榜自己思想深刻之象征。肤浅学人及百姓在面对高嵩那样心无立场、又机敏灵活的小人时，往往会因对方刻意误导而默认了那个事实：华民不行，大明不行。最终酿成宁为杂胡、耻为华民之卑微情结。实乃"欲灭其国，必先灭其史"之伎俩。传承既失、信念全无、归属迷茫，再弱小之群落，也可轻易将这样一盘散沙似的大明国征服。今日之问题，不过贫富之差异；来日但被征服，焉会有片息尊严？陆安似也愈发察觉，与大明朝这日渐繁荣的物欲相比，人心反而倒显得愈加脆弱了。

　　更惊讶的是，在随后对出版商人的背景调查中，陆安再度发现蹊跷之处。便是那几本最为畅卖的悲情小说，出版刊印方原本分属"青峰书坊""蓝名书坊"及"同文书坊"，但"青峰书坊"和"蓝名书坊"的几部书，随后却都被"同文书坊"收购。再版后的内容，远比原作更加明确地否定大明及华民道统。

"同文书坊"，这个名字又出现了。陆安抓住这个线索，继续查阅了京城各家书坊、报房，尤其是带有"同文"背景的。确认了当年北上京城的那位杜之翔老板，正是分号遍及南北的"同文书坊"的台前老板，及其上家"同文报房"等商号的股东。何谓台前老板？那便是，杜之翔后边还有一个人，是"同文报房"的最大东家。但他从不亲自经营，也不见露面交际，只查出其名曰——赵非。

5

福记酒馆的侧墙上，红手印再次出现了。

今日喜云楼下的鹁鸽市，不似往常那样热闹。店铺伙计、路边小贩依旧是那些人，路人都神色自然。陆安反复走了几个来回，才来到那个小院儿。门虚掩着，这倒是莫秀儿的惯例。她应在正房。这次她带来的，该是地下刊印作坊那几位神秘主顾的消息，很可能会串联起自己手中那几条含糊的线索。

院子里很安静，但没有鸟儿落下觅食。正屋的门大开着，却空荡荡的。左侧的柴房上着锁，右侧那厢房没锁，但关着。莫秀儿只能在那儿，但为何没一点儿声音？陆安又转身看看院外，刚才几家玩鸟儿的闲扯了几句"没生意"，便散去了。本不热闹的胡同里，很快更静如子夜一样。

陆安已觉异样，但又不想置莫秀儿的去向于不顾，便握住短刀轻步走向右厢房。未及询问里面，便发力踹向屋门。

"咣"一声，两侧的门板一起被撞开。只见正对门的桌上摆着一个托盘，托盘上却是莫秀儿的头颅。血迹未干，但那份秀美、伶俐而又桀骜不驯，却依然留在脸上。

就在踹开门的一刹那，陆安已扭转了重心，紧跟几步跃上后墙头。此刻，院门两侧矮墙及门外，出现了七八名蒙面刀手，其中还有两人持手弩瞄向后墙上的陆安。"嗖！""嗖！"陆安听声响后随即伏在墙头，两支弩箭擦着肩头和后脑划过。陆安向院内甩出几枚袖箭后翻身跨出后墙而去。紧接着，那七八人也都进入院子，紧跟着翻过后墙向陆安追去。

到达豹房胡同（报房胡同）的陆安旋即又向东而去，但马上就要抵达东口时，却又见4名蒙面人迎面而来。陆安只得转身再往北，试图穿过南北向那条狭窄的、专售猪肉的巷子（大豆腐巷），上得双碾街（东四西大街）这条大路。但没想，在巷子中间竟也有6名蒙面刀手向自己而来。陆安眼看身后两个方向共10多人追上来，只能拔刀冲向眼前这6人。

"陆大人趴下！"正当陆安与对方只差十步之遥时，其中领头者竟对自己喊道。陆安觉出端倪，遂侧滚一旁后沿墙根向那6人靠近。同时，身后七八支弩箭呼啸而来。6人亦有防备，两人从身后抽出小盾挡在身前，只听"叮当"几响，弩箭纷纷弹落一旁。

"陆大人快走！"那领头者又喊，"日后，自有人与大人联系！"

陆安点点头，快步跑进双碾街。除持盾的两人继续护住前身外，其余4人两人一组，轮番搭弓上弦，将那合两路为一路的十几人堵在小巷内。随后，才各从东西方向脱身。

刚回到衙门，陆安便撞见曹千户和另两名未出外差的千户从厢房出来。两人见到满头大汗的陆安后，焦急地说道："终于等到陆大人回来了！"

"'二度攻禅'有新进展了？"陆安从对方神态中，已看出要说之事。

"是的！从各方反应看，10日内，'二度攻禅'必入收官。"说罢，曹千户突然甚为关心地寒暄道，"陆大人气色不太好啊？是昨晚没休息好吗？"

"不妨事。"陆安强打起精神，问道，"阿乙在哪儿？"

"正在后堂等大人呢？"

一进后堂，陆安便直入话题："赶紧说说近况。"

"是。"钱乙赶紧回着，"早上新来的线报，说耿定理的门生、曾写文声讨李贽的'翰林庶吉士'蔡毅中，认为其师太过隐忍，有意效法孔子诛少正卯之故技，请杀高嵩！"

"支持高嵩的又都有谁？"

"主要为泰州学派后人，都是当初誓与李贽同担天下之责的人。钱谦益亦不以李贽遗党为异端，赞其书乃数千年间别出手眼。"

第十一章 爱人·故土·同袍

"天下之责?"陆安不觉一笑,"'二度攻禅'每日必报于我,沈阁老和'东林'的反应也要掌握!这几日,大家就不要回家了。全部蹲守衙门待命!"

曹千户和钱乙刚离开,陆安便"咣当"一下倒在椅背上。他不断重复着刚才那场从大鹁鸽市到双碾街的、莫名的截杀与营救。

截杀方是谁?

营救方又是谁?

莫秀儿定是探析了某些秘密才被杀。自己只是他们偶遇的下一个目标,还是截杀者预先设下的陷阱?

当年出塞时,在杜老板店内的那次遇险也与今日类似。都是线人被杀,亦都有人营救自己。那次,是源自"鹿缘会"的腰牌。而这次呢?从丸山所获悉的"二度攻禅"……越想,陆安越发觉,眼下的局面和蔡金阳提过的那个升级"妖会"必有关联。也只有这样的组织,才会有实力和动机操纵群言走向。

和孙义龙有关吗?"楚府三案"时,瞰生彩不是提过孙义龙与门姓人的秘密来往吗?自己当时权当衙门内的琐事放过去了。蔡金阳的"四角鹿头图案"虽暂时停滞,但其不似钱乙他们与自己过往甚密,正可暗查这几条含糊线索。而且,上午那个营救者不是说过,会有人联系自己吗?

突然,陆安打了个冷战。若真是那个升级的"妖会"在作祟,那石彬……朱元死后,陆安其实已上门找过石彬,但不巧对方没在,自己才不得不先赶去武昌府。如今朱元尸骨未寒,儿子的生母莫秀儿又因涉及"二度攻禅"无故被杀,再加上曾死于非命的那26人,现如今又有孙义龙的影子。

对!必须现在就找他摊牌!这道关,眼下就是想回避,怕也没办法回避了。

石彬似乎对眼前这景象早有预见。面对怒发冲冠的陆安,未显出丝毫异样。这对曾经宛若父子的师生,如今却出现了近乎半炷香的静默对峙。

"恩师。"陆安虽然仍称对方为恩师,却按不住心中焚起的怒火,质问道,"你大可将我命索去!何必如此?"

"阿元不是我杀的。健儿生母之死,亦非我所为。"石彬似乎很是清楚这位爱徒的心思,"纵然你对为师存有误解,但你放心,你的事,永远也只有为师知道。"

"难道，这就是你期望的天下？"陆安似乎并不领情，依然质问着对方。

石彬深呼口气，昂首回道："你会看到的。看到那个美好的新天下！新道统！"

"学生怕是看不到了，恩师亦是如此！"陆安紧咬牙关，漠然道，"你是否知道，你已沉迷张居正的阴影里太深、太久了。所有的对错、所有的取舍，皆以支持还是反对几十年前的张氏为依据，完全无视眼下大明从上至下，乃至与外邦诸国关系之巨变。口口声声天下种群勿论贵贱大小，即便伪劣奸猾之辈，也一概体谅宽慰，却又唯独极尽苛责同胞故土。是的，我们并不完美。但也足够挺立这天下。可在你心里，只因自觉不完美，便意味着一无是处，便要天下人都自我矮化、自毁长城吗？扪心自问，你究竟是在拯救苍生，还是在协助内贼外寇，让这片土地生灵涂炭？"

"没有！从来没有！也不会有！"石彬突然狂吼着，脸色涨得通红，"为师早就与你说过，那些个番夷和蟹小，兴不起风浪！你要坚信我们的宽容与博大！点滴脓汁入我华夏，如同溪流汇于江海，只能助我们奔涌向前，绝无毁我之能力！"

陆安已无心辩论，闭上眼沉默了一会儿，似乎身子才放松下来，再度睁眼后双膝跪地，道："这是学生最后一次称您恩师了。对天对地，学生都无愧于您！"

石彬似乎不愿面对这个现实，转过身去，老泪夺眶而出。

两日后的傍晚，一份密封好的信件不期而至，被递到陆安桌上。内写：京城"二度攻禅"，实非针对高嵩一人，旨在全歼异端遗党。异端不灭，大明不安。听其口吻，应是昨日营救自己的那拨人，但为何发给自己，而非衙门或部府？想必是至少未拿自己当敌人。他们的意图，是要说服自己为其做事，还是有意点拨什么？

就在匿名信出现的次日，万历三十二年（1604年）十一月十三日，"二

第十一章 爱人·故土·同袍

度攻禅"终于撕开最后的面纱。串联,开始了……

蔡毅中连夜便装暗访旧日坐师、都察院左都御史温纯和张问达;

沈一贯与原本对立的"东林人"张问达接连两日会晤,张问达亦表达了顾宪成对沈一贯的坚定支持。

此时,高嵩一方却始终未见动作,更几日不见发言,似有愈发被动的趋势。从其内部,也没传出什么可用的线索。

"二度攻禅"虽一时停滞,却有其他线报送递进来。

十一月十七日,曹千户递来一份报告,上写:轻刀会帮主莫秀儿死于内部火并,二当家五日后上位。帮主既倒,但生意未断。随后的报告,亦显示其地下刊印生意未受影响,但账目及印版不知去向。于是,案件作为寻常帮会类别结案入库。

但十一月二十日这天,先后发来的两则消息,却给了等待中的陆安意外惊喜。第一份仍来自之前营救者的匿名密信,上写:沈一贯欲以乱倡道、惑世诬民之名,下执于法司。但却不知自己亦为螳螂。这不是在说,沈一贯打击高嵩,乃是他人之阴谋吗?第二份是蔡金阳给自己的,上写:赵非有一信差,名曰巫世贵。"巫世贵?"那不是当年史世用在九州查获"鹿缘会"中发现的那人吗?只因后被告知,其是东厂外派倭岛的,自不能归案,而名单里另有个叫袁非的,从"刺宋案"到"鹿缘会案"都有其身影,亦因该案已结而置身法外。如今,这巫世贵重又出现在风头正紧的"二度攻禅"时节,其服侍的这个赵非,又是个染指书报行的匿名大贾,更也有个"非"字,这便有趣多了。陆安沉闷许久的心思,又豁然开来。

蔡金阳对巫世贵和赵非的暗查,就这样和"二度攻禅"同时进行。高嵩一方的保持沉默,也让对手信心倍增。十一月二十二日,张问达更进一步,率先打破僵持,公然上疏弹劾高嵩狂诞悖戾,言称:高嵩以李贽壮岁为官、晚年削发为楷模,近又重刻《卓吾大德》等书,流行海内,惑乱人心,以吕不韦、李园为智谋,以李斯为才力,以冯道为吏隐,以卓文君为善择佳偶,以孔子之是非为不足据,狂诞悖戾,未易枚举,大都刺谬不经,不可不毁者也。

更有甚者，高嵩一方的后院也起了大火。钱乙的报告显示，好几路原本支持他的学人突然改弦更张：黄晖归四川南充；重要盟友"公安三袁"也表达了反思姿态。事实上，"三袁"当年对李贽狂禅的态度本就有变数。如今更认为高嵩"追求真理之所在，至于今日亦将无忌惮之小人矣。源头不清，致知工夫未到，故入于自欺而不自觉。无他，执情太甚，路头错走也"；再有，曾力挺李贽的陶望龄，亦转而对王学末流之弊予以否定，直批太多人只听过几句奴婢肤浅之论，便自以为可以抛开经典正史、随便贬低圣人言论甚至恣意妄言。争相以虚幻之奇谈怪论吸引世人。百姓沉迷奇谈怪论，士人更以诡谈之说诱惑民众、骗取名利。

及至十一月二十五日，高嵩等"新禅学异端"者，几已被逼至悬崖而无丝毫还手之力了。似乎，也没人对他们的束手待毙产生怀疑。从"二度攻禅"各路中得来的消息，及曹千户等人的判断，都达成一致，即"新禅学异端"溃败已不可逆转，高嵩步当年李贽后尘被捕下狱乃至定罪，只差一纸文书。甚至，"二度攻禅案"已打算进入结案梳理阶段，北镇抚司其他的日常事务开始布置起来。

与此同时，大鹁鸽市的遭遇也没有发生什么后续麻烦。不管是神秘的地下刊印商，因怀疑莫秀儿泄密而针对她个人的一次行动，还是石彬对自己仍有隐瞒，都一时无从寻踪。至于那6名营救者，应与对手同时追踪到莫秀儿这条线索，并意外救下自己。陆安试图通过此次"攻禅"摸清各方的打算，似乎也越来越渺茫。

十一月二十六日清晨，面对曹千户第三次呈上来的关于"二度攻禅"的结案报告，陆安极为不甘心地拿起笔，打算署上自己的名字后便提交石彬了。

"陆大人！急递！特甲级！"就在陆安手中的笔尖儿即将接触纸面的一刹那，一声急切的呈报透过深夜的数层院落，传了进来。陆安遂放下手中的笔。

"'二度攻禅'突遭……变故！"那校尉努力平复着情绪和喘息，道，"内线密报，有人在谋划文章，欲于两个时辰后在京城报房流传开来！文章大意及初判，便在这信上。"说罢，递上一个油纸包。

陆安打开包裹，信上写着：高嵩之狱祸，乃首辅沈一贯设计陷害。表面源自李贽当年著书诋沈，实为继续打击次辅沈鲤。其曾言："归德公（沈鲤）来，必夺吾位。"遂指使张问达从李贽遗党高嵩入手，再波及名僧慧觉，慧觉又是"妖书案"中被拷打致死的名僧达观的挚友。进而又扯出黄辉、陶石篑等沈鲤近人，最后扳倒沈鲤。信件更附上个人对此事的证据分析：张问达弹劾高嵩疏中，在例数高嵩罪名后，却插入"迩来缙绅大夫亦有捧咒念佛"一句，正是借高嵩发端、攻击朝中信佛之士。而攻高嵩后几日，和李贽、高嵩、达观同被世人称为"四大教主"和"四导师"，并受慈圣皇太后和皇帝宗室器重的慧觉，也遭沈一贯党羽康丕扬弹劾。由此可见，高嵩完全就是沈一贯陷害沈鲤之牺牲品。

民声；

报馆；

学界；

官场；

几股力量终归汇集一处。

正午时分，京城各家报房及学馆、书院，在持续已久、沉闷的"新禅学颓势"中，终于寻到了一个劲爆的逆袭话题。且是由一家名不见经传的"竹贤报房"，率先刊发了沈一贯党系迫害高嵩以利私欲的文章。此文，瞬间成了远比《续忧危竑议》更为炙热的议论。随之而来的，便是连日里其他跟风报道及述评，篇篇皆似身临其境般真实，又引得各方转载。一时间，京城报纸脱销、纸业告罄。

民间言论的突然发力，让高嵩一方逆转的同时，也使沈一贯党系在朝廷及民间的名望一跌到底。任凭他们之后如何发文辩白，终归无法扭转早已泛滥开来的、对自己的定性。之前一度与沈一贯党摒弃前嫌的东林人士也集体失声，就这样眼睁睁看着同路人销声匿迹。

又两日后，已被羁押的高嵩无罪释放。出狱时，万人欢呼。

事后，石彬布置给衙门今后的方向，是搜集、研读高嵩与沈一贯各方对"二度攻禅"的后续态度。但一直关注事件幕后的陆安，却暗自将目光锁定在了那家刚开张不久的小报房——"竹贤报房"。何以一家行内的小字辈儿，有如此眼光和手段，抢先将这最为错综复杂的事件捅上峰尖儿？

6

巫世贵在从通州的通惠书院回京城途中，遭到了袭击。醒来时，身边一个蒙面男人正在挖个大坑，长宽足以横躺下一个成年人。巫世贵不明缘由，只能跪在地上磕头，连道："义士饶命！"

"赵非是谁？"那蒙面人也不抬头，只顾问着。

巫世贵这才意识到，自己遇到的不是劫财或寻仇。于是摆出一副江湖气："兄弟有何见教，直说便是。可这……赵非是何人？怕是兄弟你找错人了。"

蒙面人冷笑了几声，继续挖起坑来。直到他自己跳进去后又挖了一阵，才扶着坑沿儿蹿上地面。未说话，直接将绑着的巫世贵拖进坑里，开始将坑边儿的土一锹锹回填进去，依旧一言不发。巫世贵越发毛了，当胸口的泥土逐渐越盖越厚时，视线也开始被遮住，呼吸也困难了。迷乱中，他竟然看到黛子那血淋淋、已失去内脏和肢体的尸首躺在自己身边。

"我说……"巫世贵再次背叛了新主子，如同当年在倭岛背叛邱立时一样。

"'禄生会'？"蒙面人听到这个词时，重复了下，道，"有否徽牌一类？"

"有。四角鹿头。"说罢，拿树枝在地上描出了图案。和蔡金阳绘制的一样。

"会社是何出处？"

"原有个外围社叫'鹿缘会'，万历二十一年被剿，余众并入'禄生会'。"

"'禄生会'所携何等任务？有何人物？"

"所有任务，就是为搞垮大明设计的。小人只做赵……不，是袁非的信差。至于何人加入，小人不知。但上至廷臣、下至州道府，内有司、局、二十四衙门，外兼卫所、部落，皆有参与。张鲸的司礼监早被架空，也是真的。"

"袁非背景如何？你们与上、下线，如何联系？"

"袁非，很早便投靠倭人了，回国后化名赵非。小人只负责将上面的指令传给他，且通常也只见信囊不见人。"

第十一章 爱人·故土·同袍

"近日的京城'二度攻禅',你们有否参与?"

"不知,但这段时间小人传送指令的次数确实骤增,不知是否和这有关。大人哪路的?锦衣卫还是东厂?再或江湖上的?不管哪路,兄弟都奉劝一句,早日谋划自己的退路才是真的。小人已知不少官、绅,都在暗中倒卖通关文牒。想必是看透这世风,专心积累财富,随时外迁保命。大人若还无此心,那真是蠢到家了。"

这是多么熟悉的一番坦白啊!如同12年前在塞外的金二一样。陆安一阵苦笑,冲那巫世贵一拱手:"你自去便是,来日若有请教,还请相助。"

"得嘞!"巫世贵回了个礼,"巫某已然如此,还有什么不能说的呢?"

巫世贵的身影很快消失在夜色里。陆安看到蔡金阳从林中走出,道:"继续盯住此人,势必挖出于他指令之上线。"

"是!大人!"

对于赵非与袁非的合体,陆安也想起前一段,在清泉混堂中,丸山曾透露其再度指挥袁非。但让自己忧虑的是,巫世贵都知"禄生会"之大概,而丸山从10年前的"鹿缘会"撤销至今、来大明三年以来,却仍未被授"禄生会"身份,是那个三井釉岩的有意安排,还是丸山已暴露?若暴露,又怎能活到今天?

正想着,一封信递到陆安桌上。信封里是空的,信封右下角有一个墨点儿。

北镇抚司衙门往南两条街外的一处小吃摊前,乔装的陆安和"六子",装作不认识的路人,各自吃着碗里的杂面。

"大人,那个蔡金阳,与锦衣卫的同知吕骧吕大人似有关系。为其串联的人姓林,中年人,左胳膊没了。不知是战伤还是其他原因。"

"好。"陆安吸溜了一口面,嘟囔着,"你在京城的差事已经完成。明日拿到银子后立即返回南京。没我的命令,不要再回来,此事必须彻底忘掉。"

"大人……""六子"一阵难过,"小人若有什么过错,还望大人直言,不要弃了小人。"

"非你过错。你余生安全,才是我所愿。"

"是……""六子"体会到陆安的心思。最后喝了一口面汤,抹抹嘴,道了句"大人保重"后离去。

陆安又要了一盘羊杂,吃完了才慢悠悠地离开。

吴先如对丸山的暗中监视,说起来是10年前"鹿缘会"撤销后便开始的。吴先如的醉鬼形象已深入人心,丸山同样未怀疑过。也因陆安之后与丸山长期失联及丸山自身谨慎,让吴先如越来越相信这个倭人的忠诚,数次建议三井釉岩永久撤销对丸山的监控。虽说,当时正因北京城内有人暗查凤羽町的倭人背景,而引发三井釉岩对包括丸山等人的监控,但仍倾向于常规。未给予丸山"禄生会"的名分,也更多源自任务类型,而非不信任。近一年,三井授了了丸山统领袁非的名分,并于近日正式成为"禄生会"行动司驻北京新任主事。这说明,自己的建议得到了三井大人的认可。

带着这份愉悦,吴先如来到朝阳门外的清泉混堂。包间都满了,吴先如只得在大池中寻了个安静角落。全身浸入池中,只露出鼻子在水面之上。温热的池水,几乎要把他疲惫不堪的一身老骨泡得酥软了。他的身后是"秋"字包间,隔板外层好像有些损坏,原本的两层只剩下靠里的那一层,这让外边大池里的吴先如往上靠的时候,总觉得有些内凹、不舒服。于是,吴先如往旁边挪了挪身子,但这一挪,却让包间里的些许谈话声,透过单层的隔板依稀传了出来。间或一些指令性口吻,也让声调略有提高:

"禄生……"

"丸……"

"千……岩"

"你……太冒险!……沉默……去!"

"陆……千户"

"袁……"

"……非"

……

尽管交谈伴随着包间内外"哗啦啦"的水声,含糊不清,也无法确定具体文字,但就是这几个零碎的词汇和发音,让吴先如不由从池中坐起来。他

第十一章 爱人·故土·同袍

闭上眼睛，试图屏蔽掉一切杂音，将注意力集中到隔板内的交谈，他感到自己浑身的血液似乎都在急速地往头上顶。

突然，吴先如再次滑入池中，将方巾蒙在头上，盖住眼睛的上方。让自己的视线，勉强能透过方巾下方的空隙看到眼前的景象：雾气缭绕的混堂内，一个瘦小男人和一个健壮男人，相隔一刻的光景，先后走出"秋"字包间，互不相识一样各自离开了。

前面的是丸山，后边的是北镇抚司的陆安。

当晚，吴先如便赶到西城的咸宜坊，将刚才的一切禀告给了三井釉岩。对方只是淡然地提了句："知道了。"

长条案上的两个香炉上烟雾缭绕，一个是朱元的、一个是莫秀儿的。6炷香渐渐燃成一截截的香灰，不时地散落在案上。对此，陆安不能声张、不能立案，更不能调兵，他只能通过这种方式默默祭奠着二人。

蔡金阳的用心和精干给了陆安莫大的帮助。不出三日，陆安便在对方协助下摸清了"竹贤报房"的背景。这家暗淡、穷酸的小报房之所以能挑起大事，全由袁非的"同文报房"一手扶持而成。袁非身后的主事者，正是三井釉岩。而从京城钱庄的资金流向看，"同文报房""同文书坊"这几家关联商号，都指向一家名为"源内"的倭货铺，其分号遍布大江南北。在京城亦有三家，分别在小时雍坊的李阁老胡同（力学胡同）、黄华坊的吴良大人胡同（东堂子胡同和遂安伯胡同之间）、保大坊的弓弦胡同，总店正是京城弓弦胡同的那家。

本来，陆安是很满意眼下这进度的。若继续下去，孙义龙的身份也将清晰，之前所有的谜底都将解开，朱元和莫秀儿的冤屈才能昭雪。但丸山近日的主动求见，等于在陆安已获取三井和袁非关系之后，递交了重复报告，更将丸山自己带入险境之中，得不偿失。于是，在清泉混堂的仓促会面后，陆安向丸山下达了更加明确和严厉的要求：没有自己的指令，务求保全自身安全，决不能主动来见。但陆安又十分理解丸山的热情，正是自己战后的荒怠和针对丸山的了无计划，才造成了日后的过度追赶。同时，丸山的冒险也让自己验证了"禄生会"的真面貌。陆安只能这样安慰自己，同时寄希望于三井的失察。而这个"禄生会"，形式虽与"鹿缘会"类似，但布置更为严密。会内人员分为内员与外员，内员又设负责经营和账目的理事司，审查在外骨干、执掌整理调查报告的外员司，汇集各地的调查报告的编纂司，及实施计划的行动司。而一线事务，都来自称为外员的精干之士。前度的"楚府三案"及近日的"二度攻禅案"，皆是行动司所为。

已追踪这"妖会"10年有余的陆安，在面对这个正走向自己的对手时，倒愈发平静了。正如开战前的紧张，一定会随着战鼓的擂响而消失殆尽，转而是那种视死如归的坦然。陆安将桌上的钱庄档案收拾妥当，打开书房门。"二度攻禅"的后续报告是曹千户在做，陆安打算在下值前再读一读。曹千户没在自己书房，但陆安却无意中瞥见曹千户桌上的一摞文书。露出的一角折了下来，上面清清楚楚写着"三井"二字。陆安忙抽出那页纸，看罢更大惊。原来，曹千户早就知道"源内倭货店"！那为何不予报告？

陆安愤怒之时，曹千户正好回来。一见陆安拿的那份文字，便猜到了大概，却无所谓地一笑："陆大人，这京城各国商号顺天府皆有备案，衙门亦将其纳入监管。若无劣迹，我们也只当是合法商家，自不能打扰。"

"合法商家？你可知这老板三井釉岩背景几何？此贼很可能就是早年潜伏大明、后逃离之倭人。你怎可不经我处批许，私下交通？"

"大人莫怪。石镇抚交代曹某的，曹某不得不……还望陆大人体谅。"曹千户露出一丝官场上的客套，"再说，曹某在一些外邦商号中，也'埋了'人。此商号远通倭国，自有内情流入我朝，互通有无嘛，呵呵。这种事儿见怪不怪了。大家都这么干，听说罗副千户也和'源内倭货店'有染……况且，这三井釉岩所谓倭奸之说，并无可靠证据。其旗下商号、书报行众多，早已遍及南北，资本更上达廷臣、下抵士绅商贾。多少人都指望他们呢，如何能动……"

曹千户一番信手而来的感慨，让陆安愣在那里许久不能回应。

这就是自己等待多年的契机吗？当年那个几次从自己手中逃脱的丁选，或叫三井釉岩，如今已在自己眼前时，却不仅无法归案，更成了众人热捧的名士巨贾。

"陆大人?"曹千户有意转移话题,"昨日,一批回京述职的地方官员名册,送到了衙门。还请陆大人过目。"

陆安漠然地接过名册,一言未发地转身离开了曹千户处。

北镇抚司紧挨着东华门。"二度攻禅"后的狂欢余温未消,比肩接踵的人们从四面八方结伴往来。附近的几家书馆外,挤满了无法进屋的学子和底层受众。在"高嵩新狂禅"完胜的气氛下,公安派继任者的性灵理念让信徒陡增数倍,竟陵派亦以批判"三袁背弃狂禅"之名义,为自己竖起了道德标杆。而高嵩,更毫无争议地成了一面再也无法打倒的、倡导绝对释放的新旗帜。无论东林还是阁僚,所谓的"自律之说"皆再难觅踪影。

陆安望着眼前那些商贾、士绅、脚夫……混乱燥热又奇形异态的队伍,心中一阵悲凉。难道,最终站在对手面前的,真的只有自己吗?陆安瞥了眼街上,无奈地叹口气,随手翻起了手中的名册。一个熟悉的名字——薛新泉,映入眼帘。而就在这时,一个中年男人的声音在耳边响起:"陆大人好。"

陆安抬头寻声望去,刚才那番烦闷瞬间抛在了脑后:"真的是你吗?新泉!"

话题,是从薛新泉的儿子薛志清说起的。这个早年间,无论其父还是陆安三兄弟都一并看好的苗子,却在成长中显出性格缺陷。在平凉府那场与"獉人"的角逐中,被对方吓得龟缩营中不出。又在上司举营投降时,顺从强者的本性彻底败露,第一个投降并皈依其教派。更于日后反率其教众接连攻陷邻县辖地,杀乡民百余。对这个弃家抛父、挟外欺内的逆子,薛新泉痛不欲生。

陆安不忍看下去。只叹薛新泉这样的文弱书生尚且自尊,其子身强体壮却心弱如鼠。看来,所谓强大更在人心,绝非虚华外表。正巧,蔡金阳暗查中的孙义龙暂无消息。陆安便借此聊孙义龙当年在哞府的公务,以及13年前那件"赵松石投诚案"。说起此案,严旷和陆安都曾几度进出宁夏城,看法大致也都一致。关键时刻,是霍四民搞到的一份哞府入档文书,给了陆安最终答案:按照哞府规矩,密档是随时备份入库的。据赵松石供述,那5人是在 8 个月内先后招募而成的，但他们的名单，却在上月同时出现在哱府备案中。也正因为这个时间上的疏忽，才暴露了赵松石的假投诚。

但这一无心之举的闲聊，竟让薛新泉说出了一个让陆安诧异的消息：赵松石的假投诚，且栽赃孙义龙，很可能就是孙义龙暗中策划的。也就是说，孙义龙做了个"死间"，让自己置之死地而后生，成就了朝廷乃至陆安对自己的绝对信任。

"哪来的消息？"陆安可有可无地问着，心里却着实咯噔一下。

"三年前，一个前哱府的小吏无意透露的。虽查无实证，但薛某却记着。"薛新泉将酒杯在手中转着，见陆安仍一副平淡无奇的样子，又疑惑道，"再回想起战时下官还曾暗中营救孙义龙，却没想我自己福祸已在旦夕之间，本有些后怕。但转念一想，许是朝廷早有布局，还是不去主动打听为好，也就未再呈报与您……"

"哈哈。"没想到，陆安一阵大笑，"新泉说的是，还是不去主动打听为好。凡事，自有其来去归宿的。"

"在下懂了。"

回到家中，陆安顺手盘起朱元遗留下的那对儿核桃，回忆着与薛新泉的谈话。核桃盘得依然是那么生疏，声音多少透着一丝的不悦耳。突然，一个核桃又从手中脱落出去，"咔嗒"一声跌落地上，听那声音更有些破碎的意思。陆安赶忙捡起来，见那原有黏结处这次真的裂开了，顿时心疼不已。这可是阿元留下的唯一念想儿，岂能……可再一看这裂痕，却让陆安有了个新发现，在那黏胶缝隙中，竟隐约露出一张纸卷儿的边缘……

7

蔡金阳对孙义龙的跟踪，也有了收效。这日下午，孙义龙将一个老郎中介绍到保大坊的惠民药局后便独自离去。途中亦很谨慎，时常走上几步后便突然左顾右盼。确认安全后，进了天师庵草场（今大草厂胡同）附近的一家茶社。蔡金阳在门口寻了个位置，侧向孙义龙坐下。孙义龙显然是和人约好

第十一章 爱人·故土·同袍

的,进来便直奔一楼角落而去。那里有个身披斗篷、斗篷帽盖住脸的人。蔡金阳大致判断这是个年长男人,相貌、年龄均无法确定,但孙义龙对那"斗篷人"是极为恭敬的。

二人交谈的时间不长,孙义龙起身施礼告辞。蔡金阳把脸一扭,躲开了几乎擦着自己后背出门的孙义龙。又过了半盏茶的工夫,那"斗篷人"也出得店去。蔡金阳又远远地尾随起了他。

"斗篷人"看似有些年纪,但走起路来却仍矫健。往西没走几步,便向南拐进了那条冗长的"火道半边街夹道"(东黄城根),直到皇城东南角,突然右拐向承天门方向而去。

这人是谁?蔡金阳不禁止住脚步,那里可是紫禁城和朝廷六部、五军都督府及太常寺等中枢机构所在地。犹豫之际,一队往太常寺运柴的车队经过,蔡金阳咬了咬牙,混在车队后边跟了上去。守门的只当蔡金阳是车队的伙计,挥手放行了。"斗篷人"仍继续往前走着,在广场西南端的锦衣卫衙门前放慢了脚步,同时摘掉了盖在头上的斗篷大帽,他的眉毛很是粗壮,更有一根长眉如花魁般夺路而出。

蔡金阳看到衙门的卫兵见"斗篷人"后纷纷施礼,道:"石镇抚安好!"

离开承天门地界儿后,蔡金阳的脚步愈发沉重了。他自认是个有冲劲儿、也有信念的人,否则当年也不会接受那"京城大员"的嘱托进京闯荡。但果真要接近核心之际,心理负担仍显现出来。及至澄清坊煤炸胡同(煤渣胡同)的金源酒楼时,蔡金阳已双腿绵软。

半个时辰后,陆安也来了。蔡金阳忘记了怎么和陆安描述自己的所见,只觉整个过程中,自己的意识是有些恍惚的,他也未见陆安有任何异常,也许在对方看来,石彬与孙义龙的交谈只是个寻常往来。这很好。

辞别陆安后,蔡金阳心里也少了些忐忑,马不停蹄地赶往阜财坊的大木厂胡同(大木仓胡同),向吕骧的信差禀告近日见闻。但在即将走出宣城伯后墙街(灵境胡同西段)西口时,前面出现了两个面带凶相的布衣之人。还未反应,便被人在身后套住脑袋。随后,蔡金阳只觉自己被装进个木箱子,然后随着"咯吱!咯吱!"的车辙响动加速向西驶去。又过了大概一个时辰,马车停了。听到一阵类似木栅栏门的开门声和关门声后，蔡金阳被连同麻袋扔在地上。打开袋口后，只见眼前躺着一个瘦小的男人尸首，留着倭人的秃顶发式、胸口插着一把锦衣卫通用配刀。蔡金阳拼命挣扎，试图挣脱捆在背后的绳索。但周围七八名蒙面人，只当看戏般嘲笑着自己的举动。似乎是笑够了，有三人才摘下了面巾。

"你不是在找我们吗？"孙义龙弯下腰，又指了指身边两个人，对蔡金阳诡笑着说，"他俩是门世达和袁非，今日也让你死个明白。"

"动手吧，否则夜长梦多。"袁非说罢，递给门世达一把短款倭刀。

门世达倒没多余的话，上前便捅穿了蔡金阳的胸口，又将抽出来的倭刀塞进地上那倭发死者的手中。蔡金阳腹腔内涌满的鲜血尽数从口中喷出，疼得连翻滚的力气都没了。迷乱中，他感到对方将自己的右手，放在了死者胸口的刀把上……

次日傍晚，有人报案，阜成门北椒园厂附近的一家倭货仓库内，发现两具男尸。经顺天府勘查，一人为"源内倭货店"的分号主管丸山拓夫、一人是锦衣卫城东站校尉蔡金阳。因涉及亲军，案件转给南镇抚司。三日后，案件便告终结并封存入库。结论是：蔡金阳与丸山私通贸易，因分赃不均而内讧，互伤致死。

长条案上，又多了两盏香炉和6炷香，那是蔡金阳和丸山的。

陆安不知道这类事是否还会出现。若说自己以往经历的遭遇尚属幸运，今后便真的不好说了。接二连三的意外，只能说自己离危险的核心越来越近。宋时惠的信差身份，在随着蔡金阳的遇害后宣告中断。尤其蔡金阳这条线索中，是以石彬为主导的。这也就解释了，为何自己去年身陷"猺人事件"危机后，石彬竟始终未予露面，更谈不上营救。也许，在石彬心中已将自己剔除在羽翼之外。陆安看了看桌上那个已被自己掰开的核桃，苦笑了下。核桃裂缝里那张纸卷儿上的"彬"字，深深刺痛了自己的内心。

自己还能从何处寻得契机呢？那几个营救者？对！有争议，就会形成派系。自己纵然相对中立，但亦有主张，这当然也会被他人所悉。陆安相信，对方会在合适的时候,再度提示自己的。

等,此刻也许就只能等了。

4天后的十二月十二日,即"营救者"的信终于再次出现在陆安桌上:*正西坊,观音寺（今大栅栏西街）,年底前。*

是在说年底前会有事发?究竟什么事?都涉及谁?

想来,自己身为手握实权的北镇抚司掌事千户,此刻却连个帮手都无处寻觅。无奈之下,陆安决定择日前往正西坊,只身调查这线索。但就在次日凌晨,又一封来源不明的信件,送至自己桌上:"禄生会"会主之信差曾败露,发现者乃南京"同文书坊"孙三支。另,有曰"三子"者,曾居核心,踪迹不明。署名竟是"杜老板"。

"他还活着?"陆安不禁自语道。应该说,这封信稳住了陆安一度焦躁的情绪。可已失踪12年的杜老板,这些年又去哪里了?何以至今才联系?

先抛开"杜老板"失而复归不说,几名帮手的相继遇难、接连而来的各路提示,也都明确显示,将有重要人物出现在四月份的观音寺。"三子",正是朱元那少有人知的浑名。他,居然也和"禄生会"核心相关?是他本就其中之人,还是生前和自己一样始终在深挖此事?也罢,眼下必须要从孙三支着手了。那厮不是已来北直隶了吗?若从孙三支处找到会主信差的行踪,便可绕过那些含糊不清、时断时续的线索,直接掀开"禄生会"会主的面纱。还有谁,能大过会主?还有谁的罪孽,能深过会主?

3天后,陆安便寻到了孙三支的去向。此人已不在书报行混事,而是做了西山门头沟一带的私矿工。

十六日早,陆安只一身便装,携带轻便行囊直奔西山。

8

各地开矿之风,让人们将目光瞄向了京西这片煤炭宝地。仅皇室在此就有70多座矿,更不要说官府和民间了。

孙三支倒很聪明，那种埋藏尚浅的草皮矿和鸡窝矿，以及出矿砂仅30斤、不日便垮的三两人的兄弟矿，这厮都已不干了。陆安一路寻找，将其踪迹缩小在了几家使用垦土之法的大矿坑。又经过一天的访查，终于寻得了孙三支所在的私矿坑。一眼望去，浅表上随处堆砌着的铜、锡等矿石。有人在露天开采，也见矿工以火爆翻出地表之下的矿。再前面又有几个工人，正将一些巨竹凿去中节又尖锐其末后插入炭中，随即便见有毒烟从竹中透上。

"躲远点儿！那儿初见煤端，正排毒气，休要灼伤你。三支这小子在井下呢。"一个矿头儿冲陆安喊道，随后和身边一个粗人道，"东边那座山是个无主矿。每山起炉少则五六座，多的能到一二十，每炉聚二三百人至六七百！用那新的鼓风箱，日产生铁可翻番嘞！早日占下来，再雇募些土脚小民便可开工了。"

那人说了句"好嘞！"便招呼坡下几十号手持棍棒之人，向东而去。

陆安跟着一个矿工入了那坑道，坐在个大竹篮上。随着竹篮顺着立井降到一定深度才停下。陆安遂躬低身子向西进入一个掘进的平巷。坑道内，到处是支撑井巷顶部和坑壁的木桩与矿体。抵达巷道尽头后，又换坐另一竹篮入盲井（不直接通达地面的立井或斜井）斜向下降了一段，才抵达最深的矿场。

"不能放过小人吗？小人……只想活着。"黑暗中的孙三支，战战兢兢地说。

"与我地上说话。我许你承诺，事后可远走高飞。"陆安低声道。

"小人何止见过信差……"上得地面后，孙三支胡乱掸了掸身上的煤渣儿，道，"连那所谓的什么会主，小人也亲眼见得的。"

"你是在何等机会下，见过他们？"

"大概万历十五年，江南几乎每天都有各种教派成立，也有被清缴的，那一段真乱。小人也是出于混口饭吃，在一次意外偷听中，见得一个泰西人和一个年轻人的对话。他们似要成立一个什么……会，小人不懂。总之，那泰西人貌似是授予那年轻人一个会主的名分。"

"他们提过什么会社的细节？诸如名号、身份证明……"

"讨论过什么……腰牌和名称？有。是以鹿为图腾，意味富贵。还要异于寻常、4只犄角，名号是……什么'禄生会'。小人只记得谐音，对不上字。"

第十一章 爱人·故土·同袍

"知我为何要寻你吗？"陆安道。

"小人岂能知晓……"

"万历二十二年，在南京的一家金铺跟前，我见过你遇到我们一行人时惊慌失措。但之后数次寻你，却不得踪影。"陆安说完这话，便无意间侧眼看了看他。却只见那孙三支，双手抱着身子不停地打着冷战。

"是……他，小人不记得您，但记得他……"陆安猛地一把拽起孙三支，只见其一脸的惊恐，双手仍想要捂住面庞。似乎现实中的任何事物，都能让他勾起无尽的恐惧回忆一样："那天，就是他把自己手下都杀了。没错，小人至死……也忘不了那副面孔。真不敢相信……那么俊秀的面孔，竟……"

门头沟西北 250 里外的新保安城，看起来颇有些气势，四楼三门也像是近几年刚补建的，阳光下熠熠生辉。城内人不多，民情倒也安稳。

孙三支自是不知道这"禄生会"的意义，他的恐惧，只是来自当年那个血洗同袍的"乖巧少年"。而对于陆安来讲，孙三支的所见不仅与半月后京城观音寺的事件直接挂上钩儿，很可能将 13 年前的塞外遇险之后的一切谜团就此解开。陆安本以为，自己是了解身边兄弟的。但直至今日才发现，自己远未洞悉一切。尤其是这位三弟，乖巧、多情，内心立场分明却又不愿表露。有什么事，会让他埋藏在心底如此之深呢？陆安也似乎觉得，钱乙所有的情感中，阿姐在心中的地位最为崇高。钱乙所有的激昂，归根到底也都是源于对于阿姐的仰慕。阿姐，就是解开阿乙内心世界的那把钥匙。

于是，陆安没有直接回京，而是来到了这里。他希望能在钱乙的家乡，寻到些许往事。但地方官府内钱乙的背景，就如他模样那般干净，甚至连与家人争吵之事都未记载过。这样一个人，又怎能与"禄生会"和虐杀部下扯上干系呢？陆安走上一个黄土高坡，晚霞映在天边，绚丽而又深邃。一个放羊的男子路过身边，陆安闲来无事，便顺口说了句"兄弟，你说这天下，谁知道事情最多？"

牧羊人似乎思考了许久，才煞有介事地冲陆安道："必是那'老话头儿'！大哥莫要告诉他人。"

"'老话头儿'?"

"嗯呐。"牧羊人又道,"是我阿爹早年从河里救上来的一个半疯子。如今,成天搁揪(蹲)在一个废弃烽燧里,一副得烂二性[1]的样子。阿爹死后,俺常去寻他闲扯。其实那超货(傻瓜)也谈不上疯,平日里说话也寻常的很,但说不准啥时候便忽地变个模样,自顾自叨咕起不着边儿的话,好似各家是非都知晓一般。最可笑的是,竟还念叨小乙哥是个妖孽!哈哈!果真是个半疯子!谁不知小乙哥是这儿口碑最好的?"

陆安谢过那牧羊人,往那废弃的烽燧快步而去。

初见陆安的"老话头儿",除了比较邋遢外,基本算个正常人。陆安问的几件城内琐事,对答起来也思路清晰。但没过多久,便开始显现出忽而清楚、忽而荒诞的姿态。甚至,自己都不记得自己之前说的话。陆安着实费了些力,才将话题引入钱乙家事。起初,"老话头儿"的看法和自己掌握的一样:严厉的家教、意外失足遇难的爹娘、怀才不遇的阿姐、身不由己的钱乙……但当陆安特意说出"小乙,阿姐"这两个关键词汇时,"老话头儿"终于激烈癫狂起来,满头大汗地趴在地上寻找着什么,最后竟钻进烽燧边儿上的灌木中不出来了。口中不停喊着:"杀人了!亲爹妈都杀!小乙!贼鬼流滑(狡猾)!妖孽!……"

陆安知道,他已从这半疯子嘴中捕捉到了什么。谁说,疯子的话就没有真话?

"何谓妖孽?何谓杀人?亲爹妈都杀,又乃何意?"陆安一把将灌木中的"老话头儿"揪了出来。

那是一个疯子的眼睛,也是一个不懂掩饰的眼睛。直勾勾地望着陆安身后,像是在看一出戏,很专注,表情随着剧情的演变而出现着种种波动。一会儿紧张、一会儿发怒、一会儿顿足捶胸,最后又吓得往后跌倒在地。正当陆安试图控制对方的情绪时,"老话头儿"却自己站起来,走进了眼前那个自己想象中的舞台。

此刻,与其说是和眼前虚无缥缈的角色交谈,莫不要说是在自己扮演着

---

[1] 得烂二性:形象狼狈,且满不在乎。

戏中的每个人物：一会儿是钱乙，一会儿是钱乙的爹娘，一会儿又是钱乙的阿姐，所有的人物都有着自己的对白、行为和神态，一切都那么的合理、那么的让人身临其境：一个饱受苛责、古板家教的俊朗青年，在立志丹青的愿望被无情扼杀，以及与他同胞姐姐的不伦之恋无法继续后，亲手将其父母推下了山崖。当然，还有一个躲在灌木里、窥视到这一切的"老话头儿"自己……

忽然，"老话头儿"整个人，就在那里停滞不动了，又喊了几声"妖孽"后突然倒仰在地。陆安上前扶住他，却见"老话头儿"的脸色已成死灰。双目恐惧得往外突出，血丝布满眼白。似乎是想告诉陆安，那个人正在接近自己，越来越近，三步、两步、一步！"啊！"直至他鼻中淌出两绺鲜血，一股浓稠的血污从口中喷洒胸前，还有那僵在空中、极力指向前方的枯老扭曲的双手，以及口中最后念叨的"小乙……"

"呼啦啦"一阵阴风袭来，直吹得灌木都开始左右摇摆，黄土更被层层掀起，卷夹着衣襟一起扑打到陆安脸上。

"谁在那儿？"陆安起身，向周边怒吼着。但广阔的黄土坪上，却空空如也。

9

十二月二十五日，陆安回到京城时，所有人都看到了他脸上的沮丧和疲倦。

"钱百户呢？"陆安麻木地问手下的文书。

"近期那个'喇虎案'，有些收尾的事，钱百户在办。"

"有无给我的专信？"

"有三封。"文书指着书架上的一个包裹。

果不其然，杜老板又来信了，这次的两则消息更为劲爆。首先，明确无误地告知了自己，朱元死于钱乙这位结拜三弟之手。原因正是朱元在南下调查"劫杠案"时，发现了一些三弟不为人知的秘密。也正因此，二人发生过极为激烈的争执，这在陆安亲赴武昌时，从李焘口中也得到了证实。期间，朱元似有劝阻钱乙去做某些事情的环节，但很快死于非命；第二件事，更把朱元当年的"杀弟事件"的疑团解开。而之前，陆安始终未能寻得，那个解救朱元的神秘人物是谁。

"到底是石彬……"陆安紧捏信件的手，不由得徐徐垂下。这位二弟，其实一直不满其所做之事，但又无法明说，便只能在核桃中早早地留下这条线索：年少时，因失手杀死恶弟却被石彬救下，而不得不委身于对方的朱元，被石彬利用其不满朝政懈怠、口不择言的性情，去吸引政敌暴露，以便设计打击。秦德茂和张瑾两位大人，是否就是这样失势的呢？监督自己的立场，想必也是朱元的使命。

再看看近日陆续出现的零散线索，便也有些眉目了：

招募各种党羽的石彬；

同样身陷"禄生会"，却仍不识最高层的杜老板；

被结拜二哥识破而痛下狠手的钱乙……

没错！年底前的观音寺街能如此引起各方重视，是因为此乃"禄生会"高层初次露面的大事件。此前，他们皆各按脉络、互不相通，如今定是认为时机已到，才可以面对面相认了。而自己，又怎能错过呢？

"大人，有人送这个给你。"十二月二十七日的傍晚，陆安刚走出衙门，一个卖烧饼的孩子叫住自己，递上一张折起来的纸条儿。纸条上写：戌时（19点），咸宜坊，丰城胡同东口，京湘楼，"甲一"包间。

包间里只有一人，矮胖、常服，头戴大帽。帽子前檐下，一网遮蔽风沙的面纱垂下来挡住面部。

"京城这时候风沙实在多。但既已在屋中，先生自可露真容。"陆安淡然道。

面纱揭开，矮胖人束着发髻，和寻常书生无异。陆安完全不认识。

"陆大人，我也不想客套。"那矮胖书生倒是爽朗，直言道，"三天后正西坊观音寺的事，陆大人可知否？"

这不正是他这几日苦苦等待的最后确认吗？杜老板和那批营救者一直沉默，也许正是身处危境而不得脱身，这人就是他们派来的？

"大人不必猜了。也无须从您过往的记忆中寻找小人的影子，也找不到。

第十一章 爱人·故土·同袍

小人独自前来,只为助大人一臂之力。"

"既如此,请赐教。"

"三日后的十二月三十一日,正西坊的观音寺街西头的天福寿大酒楼,将举行'禄生会'第一次高层密会,那个始终只闻其声、不见其人的会主也将露面。"

"敢问义士来自何方?"

"一个所谓的'蒂人后裔',曾胸怀复国大业,却终究大梦初醒的迷途之人。呵呵。不过……我醒了又何妨?"矮胖书生一阵冷笑,又道,"只可惜大明朝……"

陆安终于做出了那个决定,他来到思城坊的月牙胡同(今东四的月牙胡同)见到了那个人。这在平时是不可能想象的,但此刻陆安断定,对方是值得信赖的。

见到不期而至的陆安,吕骧的神情多少有些复杂。

"吕大人。"陆安一拱手,道,"陆某先谢过大人往日里对我的照顾。我想,救我的那些人,是有出自您手下的。"

"哪里。"吕骧也回礼道,"今夜相见,怕也是你我都不愿发生的。不见,说明时势尚可挽救。见了,便是绝无退路了。"

"大人明见。"

"陆千户,屋里请。只你我二人。"

"吕大人请!"

十二月二十九日,月牙胡同内,这个作为南北货仓库的院里,不见了往日嘈杂的登记和出送货景象。

院内,两名身着粗布便装的中年人,分立正屋大门两侧。屋内的景象,已如衙门厅堂的架势。正座上的人六十开外,高壮,圆目。堂下有24人,4人一列、分6排挺腰直立着,年龄也皆已50岁上下,但仍是那样激昂。他们的脸上,有着常年行伍留下的坚毅、果敢和些许疤痕。

吕骧，此刻不知能给堂下这二十几人留下什么。能勾起众人激情，当然也包括自己的，是那个仅仅停留在自己心中、实则已逝去的世界。现实中，只有萎靡、荒怠、麻木和自暴自弃。他们义无反顾地走下来，只是希望能将这崩塌延缓，抑或有一天能死地重生。他们相信这一点，这也是促使他们走下来的力量，他们称之为——信念。如今，他们似乎真的可以做到了，在漫长的摸索和搏杀中，那个隐藏20年的"黑手"终于要现身了。

"今日是十二月二十九。"吕骧凝视着眼前的同袍，道，"后天，也就是十二月三十一，正西坊，观音寺街的天福寿大酒楼，就是我们最后决战之地。我们放弃了太多的荣华富贵和人间享乐，节衣缩食、苦修自己，更要忍受世俗的讥讽，为的就是这一天，对不对？"

"对！"堂下，传来低沉而整齐划一的回应。

"林总旗。"吕骧望了望堂下那个貌似在发愣的中年人，轻声叫道。

"下官……在！"神情一直集中的林总旗，似乎在前一刻进入了自己的心绪。他的左小臂已经没了，但握刀的右手仍刚劲有力。他的身后，是那个跟随多年的矮小随从，另一个高个子在去年死于对方的伏击。吕骧浑厚的军令，让他从自己的思绪里清醒过来，单膝跪地，道，"下官有罪。下官等这一刻已然太久了，方才竟也不觉想起了那些陨难的弟兄们。"

"起来吧。"吕骧也动情道，"带领大家，齐唱当年戚将军的军歌。让那份早已被人忘怀的激情，伴随我们最后的奉献。从此刻起，就只有靠在座的我们，以及先于城内潜伏的那些同袍们了！"

说罢，吕骧站起来，走到那24人前头，转过身，与众人一起面对着正中那幅苍劲刚猛的"義"字卷轴，齐声吟唱起戚继光的《凯歌》。节奏低沉却满含魂魄，在屋内萦绕着，也引起了门外那两名卫士的共鸣：

　　万人一心兮，泰山可撼。

　　唯忠与义兮，气冲斗牛。

　　主将亲我兮，胜如父母。

　　干犯军令兮，身不自由。

　　号令明兮，赏罚信。

第十一章 爱人·故土·同袍

赴水火兮，敢迟留！

上报天子兮，下救黔首。

杀尽倭奴兮，觅个封侯。

这一天，来了。在几方人马、几多年的交错纠缠中，不可避免地来了。

十二月三十一日，正阳门外，正西坊的观音寺街，巳时正点（10点整）。

正西坊的煤市口（前门煤市街），过往是京西门头沟运进北京城的煤炭商集散地，如今只剩下几家，街上的房子绝大部分成了商号和酒肆、客栈，很多屋顶还都有平台，布满了盆景和花草，店外也都挂着角灯、丝灯、纱灯或纸灯。

陆安清晨离家时，才忽然发觉妻子脸上的皱纹已么多。当时，一股酸楚便由心而出，热泪淌落下来。陆安不想妻子看到这些，赶紧转身走了。他也不知为何，今日会是这般的儿女情长。

陆夫人望着丈夫远去的背影，只觉得今日离去的丈夫带着一丝悲凉，那是从未在脸上出现过的。她虽不懂官场之事，但在这一刻，她再也不想去怨恨他了。她将儿子陆健送来的披肩，又于身上扶正了一些。尽管她比谁都清楚，健儿不是自己的孩子。自己孩子身上的哪怕一根汗毛和一颗斑痣，母亲都会记住。她相信，自己的孩子应该出生后便夭折了。至于健儿是谁的孩子，她不想去追究了。健儿是那么的孝顺和体贴。

陆安没有再回过头去，而是径直走向正西坊。他深知，眼前是一条不归路。而此刻，密会的场所——观音寺街的天福寿大酒楼，便就矗立在自己面前。酒楼有三层，是这条街最大的。每个楼层都热闹非凡，陆安逐一清点，吕骧的人也都到位。陆安观察到，自己从入街以来，直至登上顶楼前，便始终有不明身份的人注意自己并有人跟随自己而来，时远时近。这也符合之前和吕骧的预想。他就是为吸引"妖会"注意而来的，吕骧则会趁机围攻酒楼。

顶层已经被包了下来，除了最大的"春江"包间外，其余大小包间都是空着的。跟踪的人也都停留在了三层以下。

"春江"包间内，又在除大门外的另外三面，各分出7个小包间。在正对门口的扁长型的正中小包间内，钱乙将自己独自锁在里面。外边的嘈杂都在关门那一刻被堵在外边了，但他还是觉得不够安静，又闭上眼，让自己回到了过去……

那是一段难以忘怀的岁月，是只有阿姐和自己才能体会到快乐的岁月。那时，世界是如此的美好，有诗歌、有丹青，有自己对阿姐的爱慕，更有阿姐对自己的呵护。自己一度觉得，这世上若有阿姐在，那便是代表一切了。自己无法想象，会有离开阿姐的那一天。

自己同样记得阿姐入殓时的样子，那是一副安详宁静的面容。这不正说明，阿姐是带着幸福、带着和自己的纯真离去的吗？那一袭素色的有扣对襟长衫，是阿姐生前淡雅超脱的最真实的表露。发式还是用的少女小髻，这是自己为数不多的向父母提出的请求。自己心中，阿姐是永远没有嫁人的，永远只和自己在一起的！永远！可即便如此，自己仍不能接受这个结果！难道从这一天后，阿姐就永远躺在这长长的棺材中、埋在这漆黑阴冷的地下吗？不！她应该躺在柔软、宽阔的草地上，和自己一起吮吸着湿润的泥草芳香。看那碧蓝天空中的云朵在眼前飘过，任微风将耳边的青草拂过，还有那些起彼伏的鸣虫的歌唱。阿姐若是没走，或是永不出嫁，会是什么结局？她可能会成为一代才女，自己也会永不婚娶，二人有可能离家出走、远走天涯，寻找真正的那一片无拘无束的乐土。

但阿姐还是去了。在最后一铲土将墓地铺平的时候，自己的心也就彻底死了。那之后的几天内，自己哪也没去，只在家中闷头作画。所有的画只有一个主题，那即是阿姐。记忆中的每一根发丝、每一个笑容，如今都再也不会丢失了，它们都在这些画上。回想起来，自己能练得一手好字画，却首先要拜阿爹、阿娘之"赐"。记忆中这算是对他们仅有的褒奖了，而这仅有的美词，也丝毫不能掩饰对他们自私和贪婪的厌恶。他们打心底，根本不在乎这个亲生女儿，之所以花大钱让阿姐学习诗词歌赋，不过是想将阿姐培养成一个吸引男人的、多才多艺的优伶，能卖个大价钱！讨一家大婚事！可悲的是，这对儿刻薄爹娘，被自己的劣行反抽了一个嘴巴！正是他们，让禁锢中

第十一章　爱人·故土·同袍

的阿姐寻到了一条天国之路。也就是从那一刻起，阿姐已决定把教授自己书画当作她唯一的寄托，为自己进入阿姐的心灵铺平了道路，最终成就了自己和阿姐的感情。

呵呵！当个人的情感无法尽情释放时，什么天下、朝廷、亲人、友情……还不统统都成了笑话？

他感谢那个安托尼，若没有他的提点和协助，自己又怎能掌握这"引领天下愚民释放心灵"的重任呢？那7名随自己南下办案的属下，权当是为这天下大势祭旗吧！接下来的便是彻底放开手脚，去让天下所有受约束的人，小民、妇人、学人、小吏、部民……都自由自在地生活。而这一切，之所以推进得那样顺利，不也正应了大势所向这句话吗？如此，谁不得利？谁不乐哉？而自己，正是拯救这片土地上愚民的不世圣主！

"哈哈哈！"想到这儿，钱乙不由得狂笑起来。

"会主。"正当钱乙意犹未尽之时，门外传来了安托尼的声音，"他来了。"

"好！"钱乙"嚯"的一下站了起来，抖了抖直缀[1]的下摆，深呼了口气。

这是两双再熟悉不过的眼睛了。

一双是52岁，一双是40岁。当年，二人也是一个壮年豪情，一个俊秀年少。如今，都已鬓角斑白。二人见到对方后，谁都没有感到任何惊讶。似乎，这是一次早已约好的见面。陆安也看到，在钱乙两侧，正是那些自己多年来追查之人：安托尼、三井釉岩、石彬、孙义龙、袁非、阮鞠、王锦……此刻，他们安然地坐在这儿。

"13年前的宁夏，严旷是因为在宁夏城里发现了你的真实身份，才被杀吧？他死之前向咱们伸手，其实是在指向你的。只可惜，他离点破你只差一口气。"陆安平静地述说着。

"我想是这样的。当初，你命我和二哥入宁夏城谋事。我匿名与于修商谈之时，意外被他发现。这厮也算机灵，尽管当时被我外围暗哨发现，但还是早一步逃出宁夏城。其实，我们只早了大哥你半步找到的他，说起来险得

---

[1]　直缀：从宋朝开始就有的一种汉服服饰。

很。不过……咱们今日能站在这里面对面说话，倒真应该感谢他当时的及时断气。"

"后来的平壤大战中，只你这路完好无损，也不是偶然的吧？"

"是的！二哥以'禄生会'的身份，从其他人那里获取了这危险的计划，我因此得以脱身，想必也因此被察觉了。"

"也一样为保全自己，手刃一众同袍吗？"

"哈哈。你我送入地狱的又何其多？在小弟看来，为自己和为所谓的朝廷、国家，无甚区别……"

"以你的内心，自是无法区别。"

"好了。不提他们了，也不值一提。"钱乙不耐烦地摆摆手，"小弟只关心大哥你，最近想必是彻夜难眠吧？"

"何不代问下阿元。"陆安凝望着眼前的钱乙，他不知是该用什么口吻与对方说话。是衙门与"妖会"，还是大哥与兄弟。

"二哥……"

"不要再这样称呼他了！你没资格！"

钱乙却依然镇定，继续慢条斯理地回着："二哥，太自不量力了。他没有看透这个世界，更对这块不可救药的土地和人群抱有幻想。我本不想那样做，是他……"钱乙的语态渐渐快了起来，"是他逼我这样做的！他不仅追查到了我的底细，居然还劝我迷途而返！要'挽救'我！哈哈！可笑！荒唐！"

"你自己。又可曾反思过呢？"

"呵呵！"钱乙从鼻孔里挤出了几声蔑笑，"我何须反思？放眼看看这天下吧，还有铺天盖地的自贬言论！大哥！我们什么也不是！认输吧！"

"蚍蜉弱小，尚知自爱，纵有瑕疵，便只能自甘卑微？你又怎能代表所有人？你心性尽失，却误导朴实众生，更成就他人灭我之心。你又是否想过对错？"

"这……不是对错的事！"钱乙不甘失势，情绪渐渐被鼓动起来，"大哥你不觉得，这片土地是那么的丑陋不堪、肮脏至极吗？难道不该彻底打碎，让每一个生命都能获得重生吗？"

陆安直视着对方，道："休要说你那些悲情文字了。你们根本没有悟懂

'各尽其言'之含义。你们崇尚外人的秩序和仪式，自己却不守规则；你们膜拜他人信仰自己的道统，却贬低自家传承；你们宁愿跪拜在外敌脚下俯首称臣，却不愿付出血汗去获得荣光；你们刊印妖文扰乱民心，却对揭露污言秽语扣道德枷锁；你们满口心性释放，以天下为己任而为民倡言，不过让自己为所欲为，又哪管身后黎民涂炭、万物刍狗！说到底，你们就是一群无根无源、心性尽失之徒，今日臣服这个，明日亦会再投新主。我既身死，也为故土而战，你们又算什么孤魂野鬼？"

"胡说！"钱乙早已不愿听下去了，他一直强忍着怨气，脸也憋得通红，低声吼道，"他们都是发自内心地看到自身劣性的！没人逼他们！没有！我是在拯救那些愚昧的蝼蚁们！"

与钱乙的日益燥热相比，陆安倒是越发平静了："之所以会有那些悲情文人之泛滥，更得益于你这个会主吧？正因你年少时的叛逆和走火入魔，才形成了现在扭曲的你！这世上，无论怎样随性，规矩都是要有的。"

"大哥，此话何意？"钱乙似乎听出这话里有话。

"你心里明白的！"钱乙的佯装淡定，反倒给了陆安占据主动的机会，"到底是为挣脱束缚、随心而活，还是让人们不顾基本伦常，弑杀亲人、同胞乱情？"

"不许你侮辱我的阿姐！不许！"此刻的钱乙，再也掩饰不住自己内心的狂乱。他那张尚无什么皱纹、清秀依然的脸庞，瞬间便因极度的亢奋和无以自白，拧结得狰狞异常，"至于那对儿老不死的东西！呵呵！那是他们咎由自取！谁让他们非要在那处最高的崖边祭奠阿姐？我不推那一把，老天也会收他们！嘴上说只有这样，阿姐才能升入天堂。事实上，还不是害怕阿姐来找他们算账？他们不配活在这世上！那个丑陋的酒鬼自己百无一用，却理直气壮地将自己女人驱使到前面挡风遮雨。孩子仅存的那点儿对母亲的依赖，也被他视为妨碍自己女人服侍自己的眼中钉，而那个老太婆则骄横跋扈、为己独尊。更别提阿姐那个未来的夫家，哈哈！那个说起来本分、实则木讷的'黑呆瓜'，不过家里有几分钱财，哪有资格拥有阿姐的身体和灵魂？杀便杀了！哈哈！他们统统都是禁锢下的牺牲品！包括……圣上。是啊，大家都是受害者。而让他们这些俗人极为倚重的所谓贞操啊、伦常啊，不正是对人心最大的束缚和压抑？大哥你说啊，我有什么错？我只想要我的阿姐，我只想和她幸福地生活在一起！让天下有情人都能尽情活着！但若想这样，就必须要将这些禁锢打碎！彻底打碎！我没有错！没有！"说罢，钱乙的眼睛里已布满血丝，眼球也兀自向外突出着。他的双手不停地抽动、颤抖着，他想捂住自己那张歪曲的脸，但双手硬是没了气力。

在场的人，在这一刻，不由得纷纷陷入了自己的思绪中。

起初，袁非为钱乙的惊人自白吓得倒吸口凉气。但随即又笑了一下，便不作声了，安然成了一个看戏的人；

石彬有些被惊呆了。他没想到，当解开钱乙谜题的一刻，自己却恍如在大海中失去航向一样。这难道就是自己多年来跟随的"禄生会"的会主吗？引领自己去营造一个新天下的，难道是这样一个怪胎？更让石彬不堪的是，他还在余光中瞥见了陆安那鄙视的眼神；

只有安托尼始终静静地待在那儿。他需要的不正是这样一个人吗？如若不然，当初为何要和他联手呢？幸亏自己派人将那个半疯子扔进大河里，那个据传是当年会主弑亲的唯一目击者。也可以说，会主是自己的作品，一件无可挑剔的作品。

"不许你侮辱我的阿姐！不许！"随着又一声撕心裂肺的狂吼，刚刚还迷乱的钱乙欲冲向陆安。

就在这时，楼下的街上突然响起了鸟铳的声音。此起彼伏，犹如年节的鞭炮般。随后楼下开始骚动起来，大家都能清晰地听到下面客人们大呼小叫地四散奔逃。

钱乙戛然而止，用刀指着陆安，冷笑道："你们的人终于起事了？"

"杀了他吧！会主！"阮鞠在陆安身后迫不及待地邀着功。见钱乙并未理会他，便嚣张地冲陆安的背影喊道，"你可知，那个女帮主死于谁手？哈哈！"阮鞠恨透了这些一心维护大明的官员，正因为他们，自己才必须要背负祖先们的耻辱。他要大声宣告自己的功绩！让对方看到自己是多么强大。

本来，陆安是不屑于关注身后这类角色。但阮鞠的话，却让他"腾"的

第十一章 爱人·故土·同袍

转过身来，怒目圆睁。

"没错！正是我阮鞠亲自动的手！"阮鞠捶打着自己的胸脯，下巴上扬，叫嚣着，"没有谁能阻止我们！没有谁！"

就在他仰天呼号之际，一道寒光却直扑面门过来。阮鞠下意识地抬手一挡，"当啷"一声，陆安甩过来的匕首被阮鞠的短刀蹭开，将自己头上的网巾连同发髻削掉大半儿。阮鞠"哎呀"一声，正要再度挥刀砍向陆安之时，陆安已冲将过来，任自己虽已年过半百，但仍雄浑有力，将瘦小的阮鞠，生生撞出五六尺远。阮鞠扔掉刀跌倒在地，未等起身，陆安便抢先拿到那短刀再冲向前。刀借人势，势不可挡。阮鞠只觉胸口撕裂剧痛，来不及呼喊，便连人带刀生生钉在了柱廊上。短刀堵在胸腔内，更让自己无法出声，大口吐了几摊污血后垂下了头颅。

"秀儿，你可瞑目了。"陆安微笑着默念道。

爆发无穷气力的陆安，再将目光投向三井。对！就是那个三井或是丁选，在自己十几年的追捕中，终于在此刻相见。作为三井，他是敌国奸细；作为丁选，他是明国叛徒。但不管是谁，都是戕害我一众兄弟的祸首。既已决定以必死之心与吕骧合兵一处，便定要手刃此贼，才不枉此生。想到这里，陆安挥刀砍伤围上来的孙义龙和袁非，直奔三井而去。霎时间，本来稳坐泰山的几名"禄生会"要员开始四散。一名卫士赶上来拦住陆安，被一刀砍翻。三井更在慌乱中，被长袍绊倒。钱乙见状，也冲过来挥刀砍向陆安。但为时已晚，当长刀砍中陆安的一刹那，陆安已将尚未起身的三井削去头颅，无头的尸体在地上扭曲着。陆安的外袍也被钱乙划破，露出内穿的软甲，刀刃划得那甲"刺拉拉"闪出无数火星。

"来啊！"陆安两眼充血，回身怒视着钱乙。

"大哥，你们没有出路的。你知道下面发生了什么吗？这般年纪，不如安享晚年。"钱乙丝毫没去关注地上的三井，狰狞地对陆安喊道。

"我虽天命之年，尚存一丝气血！不能救天下于水火，也要誓灭尔等奸佞鼠小。否则，如何对得起阿元及一众兄弟！来啊！来杀尽昔日与你血染朝鲜的同袍！"

此时，二楼的拼杀也蔓延上来。一些卫士，直奔二层而去。眨眼间，试图攻上三层的老兵，又被压了回去。

"安儿！放手吧！"石彬仍满含牵挂地冲陆安喊着，但却挡不住围将上来攻击陆安的卫士们。

陆安全然没有理会石彬的规劝，只凭从阮鞘手里缴获的短刀，先后割断了两个卫士的手腕和喉管，又射出袖箭击中后排一人。但随即也被后边飞来的数把匕首划破左臂。随后，卫士们开始缩小包围，将陆安困在其中。但每当有人接近陆安，都被陆安抓住漏洞一刀击中，余众便不敢轻易上前，包围圈遂又扩散开。这位壮硕、但已发福的中年人，已汗流浃背、面色绛红、气息渐渐急促，但还是没人敢率先发出给他的致命一击。

街上的起事本是有序的。老兵们虽身处不同地段，但随着信号发起，皆头系青色头巾后汇集起来，之前确定的对方暗哨也被剪除。很快，一部老兵便接近了天福寿大酒楼。按计划，先进入酒楼的老兵会同时动手，一部人马冲上三层，配合一位深入敌穴的接应者拿下"禄生会"核心，尤其是那位会主。另一部人马等街上的老兵主力清除敌方援兵后，也一同冲上三层。而5天前，老兵们已遣人埋伏于街上各处，计算出入酒楼的人数。确定直至今日，酒楼内绝不会事先埋有伏兵。最终，他们将一举铲除"妖会"，还大明清平世界。

但当第一波老兵欲冲进酒楼时，却遇到了一排早就等待于此的鸟铳兵阻拦。瞬间，十几人殒命楼前。后边的老兵并未骚乱，他们很清楚原计划已泄露，他们不再是奇兵，而要展开最为艰苦的对攻。于是，他们趁第一排鸟铳兵退后换弹药的短暂之际砍翻几人，但随即又被有序后退的第二排弩手发出的数十只弩箭射倒。这仍不能阻止剩下的队伍向酒楼内冲击。在付出了30多人的伤亡后，攻击酒楼的这波老兵里，终有30多人冲了进去。酒楼内已遍地狼藉，食客都被吓得趴在地上。仅存的十几名站立的人，不是提前以食客身份进驻的老兵，便是对手。就在老兵们取得第一波胜利之时，酒楼外的街上再度出现了厮杀和混乱。已入酒楼的老兵不知，街上的同袍们已被数倍于己的伏兵有计划地分割成数段。酒楼内的老兵为完成扫除三层"妖会"头目

第十一章 爱人·故土·同袍

的使命,开始分成两队,一队清除酒楼内的伏兵、攻上三层,另一队必须阻挡、或延缓对方攻入酒楼。一阵厮杀后,阻击的老兵已损伤过半。狭小的门厅内,只能依托在同袍们的残尸断臂之后,阻击着对方,弩箭已射光。对方却生生将堆积起来的尸首一步步推进酒楼内。但仅存的几名阻击老兵,看到身后被歼灭的对手,以及攻入楼上的同袍,劲头儿又足了,大喊着"阻击!必胜!"但无奈的是,对方的鸟铳、弩箭和弓箭再度袭来……

三层,被围在当中、已然精疲力竭的陆安仍在用最后的力气反击。外袍已破碎不堪,软甲在层层削砍下也近零散。外边的喊杀声渐渐淡去,陆安知道,吕骧他们还是中计了。

"外边的局,都布好了?"钱乙嘴角一撇,冲石彬道。

"是……的。"石彬有些迟钝,"有了那边的反水之人,我们的各路伏兵已在他们之前布置妥当。会主放心,今天必是全歼。余党,随后拿获。"

刚说完,几名卫士便从二层狼狈逃了上来。有跑得慢的,被攻上楼的头系青色布巾的老兵砍翻。

随即,三十几名卫士迅速将钱乙和安托尼等人掩护到身后,冲向攻上三楼的 10 名老兵。老兵迅速分成两队,一队 7 人挡住上来的卫士,另外三名则直接冲向浑身是血的陆安,将其保护起来。这是吕大人的命令,即便身死,之前上到三层的那个人也必须救出来。此刻,他们已接近完成任务。只等街上和酒楼内的同袍们来三层会师。

但楼下传来一声鸣镝。这不是自己的信号,让老兵们心中一惊。又随着一名留守二层的老兵,倒在退往三层的楼梯上,10 人才意识到,自己已无退路。于是,那三人将陆安掩护至窗口,解下身上绳索,打算将陆安从这里解救出去。余下的 7 人,只能用血肉之躯尽量延缓几十名卫士的攻击。

此时,楼下的伏兵也冲上来,与三层的卫士们,合力将最后一名老兵射杀在地。在场的所有人,都将目光移向窗口的陆安。他的身前,是那三名临死都没有躲开的老兵。

隐匿在卫士们身后的钱乙,终于走出来,从身后掏出一把弩,瞄向窗口孤立无援的陆安。但片刻过去了，钱乙却始终没有发射，手也开始抖起来，冷汗顺着面颊淌下来。

"手软了？本该也杀了你，至少为我的阿元报仇，更成全了你们的虐恋！哈哈！"陆安大笑着朝钱乙呵斥着。

这句话，最终刺激了钱乙。他狂叫着："我再说一遍，不许侮辱我的阿姐！不许！"随着"嘭"的一声清脆响声，弩弦在被弹开后，在空气中颤抖了几下，便恢复了平静。

陆安本就是带着那份对死亡的释然来与钱乙摊牌的。弩箭飞向自己的那一刹那，他是那么的安详。多年来的包袱在这一刻都被抛开，陆安不禁张开双臂仰天大喊道"九泉相见！"随即，他感到胸口一阵剧痛，身体在弩箭的冲击下猛地向后推去。他感到，自己正坠入无底深渊，但周边又不是黑暗的，依稀能看到楼层和湛蓝的天空，只不过它们都在四面八方胡乱盘旋着……

"杜老板？"钱乙头也不回地冲身后那个 50 岁的壮硕男人，道，"看看。"

杜老板快步走到窗前，往外低头看下后回道："掉在树枝上，死了。"

钱乙如释重负地叹口气，道："后事就拜托你了。毕竟，他是你过去的主子。"

"是！"

"禄生会"对吕骧一队人的伏击，持续了整整一个时辰。商户和行人，纷纷吓得见屋子就钻，不断听到很多人用刀敲打自己胸膛的声音，以及"杀！杀！"的呼喊声。随后，便是"嘭！嘭！"和"唰！唰！"的响动。有家人在卫所的食客说，那是无以计数的鸟铳弹丸和箭镞射出的声响。事后，官府共收集了 247 具尸体。最年长的六十开外，高壮、圆目，死时双眼未能合上。眉心被火铳轰开个血洞。吕骧队中只有一名幸存者，姓林，是个总旗官，左小臂没了。他是个反水者。事后，石彬问其为何坚持多年却背离旧主。对方回道：信念已逝。林总旗认罪后，即被斩杀，罪名是谋逆。死时，双眼亦未能合上。

后 记

40年后，即1644年，黄帝纪年的四三四一年，也称甲申年。这一年，大明的土地上同时矗立着4个政权、4个年号。它们分别是：大明崇祯十七年、大清顺治元年、李自成的大顺永昌元年、张献忠的大西大顺元年。

在遍及大江南北的混乱无序中，西南一隅的青城山道观，尚有一丝幽静。青石板的山道逐级而上，山涧流水涓涓而下，更有山风掠过树间发出"沙沙"响声。

道观深处的柴房旁，有间狭小的旧屋，糊窗户的草纸仅剩下黏在窗棂上的些许残片。里面住着一个不知来历的枯老道士，小道士们私下都说，那老家伙大概得有90多岁，但还每日能浇菜、打坐，偶尔还能打上几路拳脚，必是张三丰天师再世。所以，尽管那老道士孤僻寡言，但青城观的人都对他尊敬有加。他的门口，时常会摆放一些果蔬，偶尔还会做点白果炖鸡和乳酒（即猕猴桃酒）送给他。

老道士已经两日没去山中闲步了，他还是老了，脸上的皱纹已如沟壑般，更像是一株百年老树的树皮。年轻时那三次诡异的梦，依然萦绕在他心头挥之不去。他位于左腹的伤口边缘不齐，是当年被树枝刮插后留下的。随着年龄衰老，伤痛也愈发明显。看看身边同样佝偻着身子的薛新泉，彼此都露出幸存下来的欣慰之情。自己若不是40年前，被"杜老板"冒死救下，怕早已化为灰了。

"小人不幸深陷'禄生会',曾几度欲将真相告知大人,又几度失之交臂。是希望最后协助您铲除那个怪胎,但最后一刻犹豫了,所以未给您发去消息。一切都无法避免,还是不想您踏入这个泥潭。"这是25年前,"杜老板"死前的肺腑之言,陆安是相信的。

"天下,真就……这样完了……"薛新泉用枯瘦的胳膊支撑着颤颤巍巍的身躯,叹道。

"道统尽弃、学说互斗、教派相搏,于是,宵小并起、人心涣散、各不相服、夫妻相争、家庭分离。当年请封失败后,琉球也被倭人夺去。内外交困下,连崇祯帝都欲推倒孔子像,而立西教神像,虽亿兆子民又同散沙何异?"陆安望着眼前窗棂中一抹斜阳,顾自念叨着。

"其实,从吕氏一系在观音寺街被围剿后,天下就已无制衡放纵的力量了。很多在历史中及久已消失的遗民,也在清兵入关前,纷纷祭出复国大旗反叛,将朝廷釜底抽薪,怀着宣泄心态群起屠戮本地老弱平民!但很快又陷入内讧,试图吞并他人。最后反被清军各个击破,终归灰飞烟灭。呵呵。"薛新泉这几日来,似乎总爱说那句话:"这便是人们追寻的'各随人心、各尽其说'的结果吗?"

"一定要有希望!"陆安道,"世间的博弈,古往今来就没停过,今后亦如此。但无论如何,我相信这片土地上的人和道统,始终会根植下去的!"

"大人此话,新泉即便死去……亦无憾矣。"薛新泉刚才的惆怅,也多了几分气力,又道,"当年观音寺街出事前,石镇抚不曾暗示您回避吗?他对您还是有情义的。若非他太过天真,怕也不会在绝望后投河自尽。而孙义龙那厮即便到了最后,仍不悔改,竟还高喊'不破不立'的口号,继续荼毒着百姓……"

陆安未回应,似乎他不愿再提起这位曾经的恩师,以及那一干人等。末了儿,却道:"阿乙……,他果真……?"在陆安心中,似乎一直没有彻底放弃这个误入歧途的三弟。

"至少,我……听到的消息是,他在万历四十七年(1619年)的萨尔浒之战前，便与后金开始串通。但随后还是被袁非算计，勾结清军赐毒酒将他害死。安托尼、袁非之流的遗党及家眷、后人，倒是趁乱积累了无尽财物。战乱前，或提前归国，或转投清廷。"

"也不知，健儿的子女们现在如何了。"陆安轻轻擦拭着眼角的泪水。

"健儿不是曾一度秘密在皮岛的毛文龙帐中任职吗？本来一切安排得都很妥当。只是崇祯二年（1629年）六月，袁崇焕突然诛杀毛文龙，致使营中各将或逃或降后金，健儿遂不幸殉难于后金的趁乱反攻中。但他的子女和家眷、您的孙辈们，还是顺利南下了，您夫人的牌位也带去了。您的孙子陆明，更组织了义兵投在江阴典史阎应元帐下。"

"嗯。"陆安欣慰地点点头。

"但一切也都没了。您常念叨的市镇、契约雇佣……都没了。您归隐后，又有不少新学涌现，有部《泰西人身说概》[1]的奇书，将人身体的内外钻研剖析得极为深入。可在清军治下……现在又重新开始圈地蓄奴了。那些当年鼓噪的家奴们，有多少是出于争取主人的礼待？大多不过是宣泄吧。如今，生存都已成奢谈，想必也无机会再群起伸张什么权利了，他们想过会有这一天吗？……但想想这万民相残之无道乱世，起初争的不过都是些蝇头小利。"

"天下无道，皆始自这点滴寻常失德！"陆安不知怎的，竟想起当年再入南京后，那老者呵斥无良小贩时的哀叹，不由叹道，"你又可知我华夏命门何处？"

"懒惰？"

陆安摇摇头，道："万世繁荣，正来自勤劳。"

"愚昧？"

陆安又摇摇头，道："典章古籍、传世文明，何来愚昧？"

"那……便是懦弱？"

"我亦英雄辈出矣！"陆安似在凝望着远方。

---

[1] 《泰西人身说概》：又名《人身说概》。此书堪称最早将西方生理学、解剖学知识引入中国的典籍，因此备受医史研究者和中西文化交流史研究者的关注。1619年，传教士邓玉函来华，后在杭州撰译成本书。该书译成后，初无刊本。1634年，由毕拱辰为该书润定并作序，得以付梓印行。

薛新泉若有所思地望着陆安："那……"

"善良！迂腐之善良尔。"陆安看了眼身边的挚友，才道，"如东郭先生般，滥施同情且敌友不分，以君子之心，度小人之腹。舍己为人，人却用我之厚待颠覆于我。专心劳作、一心赚钱，以至于勤劳远超他人，却轻而易举便被小人强盗将成果掠去。我们与外界交通已千百余年，但仍不懂与他人打交道。我们的石彬石大人，不仅数次劝说燥热的百姓们，不要一味非君、漫骂官府，要明辨是非后再行事，更在各部遗民反叛之时孤身前赴敌营，以各部曾受厚待为由劝说对方与他共享这各安其生之新天下。哈！被宣泄鼓动起来的百姓，岂愿放弃这种为所欲为的快感，割己之肉喂饿狼以求和睦，然饿狼饱食之后，又焉会再分肉与你共享？以为都如我华夏那般投桃报李吗？他升入天堂之时，怕是终才醒悟吧。"

"大人……"薛新泉言不能出，哭噎起来。

言语间，陆安不觉又回到了两下江南时的情形。那段经历，对自己实在是影响太大了。其实何止是对自己，那是对所有世人，对外邦、对大明都是一次空前的大变局，而大明在这场抉择中是不算成功的。说起来，自己隐居后倒是有了大量时间去深入研究外邦的各类学说，便更加扼腕痛惜。想那泰西文明，其实也算是站在众多肩膀上，把包括中华文化在内的"格物致知"学以致用。至唐宋时，葱岭以西之国仍多为游牧或半定居，无层级郡县设立，以及较完善之官府机构，更无修史观念。正是在与华夏交通中，才出现了一批批不朽文人和著作。利教士与李之藻共同绘制《坤舆万国全图》时，是直接参考了大明秘藏的测绘案牍，包括郑和船队远洋之部分航海日志，也使该图堪称最为精确之万国地图……这场史无前例之大交流活动，有很多都是用西法重整中国等国之素材，并在通译成自己语言中又经过了再编撰。

想来，相当多的教士蜂拥而至，终归不为纯粹交流，乃皆负传教使命。这与他们在各国掠夺物资并无不同，只不过大明实力，远非他们以往所遇之蛮夷土人那般可以轻易征服。同时，他们亦发现了大明在学说上之劣势。给大明学人们一点儿甜头，但又控制最重要的东西流入大明，成了多数教士们之共识。所以，才会着汉装、说汉语之"合儒"方式。欧几里得几何学、对天地关系认知、更加精准的经纬线投影地图及自鸣钟等，确也给大明带来新的视角。但大明文人仍是不卑不亢的，徐光启所译之《几何原本》，便纠正过《欧几里得几何学》诸多错误。而当大明官绅们想要深入学习和传播西学时，利教士却开始环顾左右而言他了。《几何原本》前6卷，不也是多方请求才勉强获得泰西方面的同意。

那利教士倒也说得对：中国有先进技术和灿烂文化，但似乎并不把自然界作为研究对象。可见，东西之差异，非智力尔。彼此借鉴，既为常态，那西人一心谋求甩掉自身劣势，我们又何必自甘卑微？西人做事皆从利益出发，而不重道德，对外更是如此。我若从之法，即不怯于把别人的主张，拿来变成自己的，想必更能永远傲视天下。但那些沽名钓誉的酸腐道学家们，是否又要以无德批判自己不够厚道？呵呵！

浸入了自己的沉思后许久的几声苦笑，方才让陆安解脱出来。他极力遏制住悲伤情绪，硬撑着下了床，道："新泉，我们去看看秀儿和阿元他们几人的衣冠冢吧。这几日雨水有些勤，怕是泥土杂草也多了些。"

"是，大人。"薛新泉挪动着身子，准备下得床去。

正在这时，门外却响起一阵敲门声。声音不大，力气也明显不足，像是个上了年纪的人。再听那敲门的节奏，先是一声单独，稍后是两声连续……

"阿乙？"陆安的眉心，突然拧动了一下。

参考文献

一、图书

[法] 皮埃尔·诺尔. 袁明, 杨振亚. 情报战 [M]. 北京：群众出版社, 1988。

[西班牙] 胡安·冈萨雷斯·德·门多萨. 中华大帝国史 [M]. 北京：中央编译出版社, 2009。

陈来. 宋明理学 [M]. 上海：华东师范大学出版社, 2004。

杜渐. 苏联秘密警察 [M]. 北京：群众出版社, 1979。

樊树志. 万历传 [M]. 北京：人民出版社, 2000。

沈德符. 万历野获编。

吴童. 谍海风云：日本对华谍报活动与中日间谍战 [M]. 北京：中共党史出版社, 2005。

谢国桢. 明清之际党社运动考 [M]. 辽宁：辽宁教育出版社, 1998。

徐光启. 海防迂说, 1618。

许孚远. 请计处倭酋疏。

许苏民. 李贽评传 [M]. 南京：南京大学出版社, 1999。

张显清, 林金树. 明代政治史 [M]. 广西：广西师范大学出版社, 2003。

张永刚. 东林党议与晚明文学活动 [M]. 北京：中国社会科学出版社,

2009。

赵柏田，李之勒.南华录：晚明南方士人生活史［M］.北京：北京大学出版社，2015。

周宁.中西最初的遭遇与冲突［M］.北京：学苑出版社，2000。

二、文章

陈宝良.从"女山人""女帮闲"看晚明妇女的社交网络［J］.浙江学刊，2009(05)。

陈昆.明朝中后期世界白银为何大量流入中国［J］.南京审计学院金融学院，2012。

陈忠平.明代南京城市商业贸易的发展［J］.南京师大学报：社会科学版，1986(04)。

程国赋.论明代坊刊小说的广告手段［J］.学术研究，2007(06)。

黄建华，任丽青.明代的城市文化［J］.同济大学学报：社会科学版，2007（18）06。

纪志刚.汉译《几何原本》的版本整理与翻译研究［J］.上海交通大学学报：哲学社会科学版，2013(03)。

孔正毅，陈晨.明代"京报"考论［J］.国际新闻界，2012（02）。

李华.明清以来北京的工商业行会［J］.历史研究，1978（04）。

李开周.明代报纸与新闻真相［J］.东西南北，2009。

李圣华.利玛窦与京师攻禅事件——兼及《天主实义》的修订补充问题［J］.中国文化研究，2009(01)。

李士甜.论明代舆论的活跃［J］.吉林大学，2007。

李之勤.论明末清初商业资本对资本主义萌芽的发生和发展的积极作用［J］.西北大学学报：哲学社会科学版，1957（01）。

廖元琨.明代锦衣卫行为研究［J］.西北师范大学硕士学位论文，2007。

刘彩虹.明代海上丝绸之路的变迁及其启示［J］.西部皮革，2016（038）16。

刘秋根．明代工商业中合伙制的类型［J］．中国社会经济史研究，2001(04)。

刘重日，左云鹏．对"牙人""牙行"的初步探讨［J］．文史哲，1957（08）。

路善全．论明代建阳书坊编辑工作的角色特征［J］．莆田学院学报，2009 (06)。

彭泽益．从明代官营织造的经营方式看江南织造业生产的性质［J］．历史研究，1963。

若水．东林学派的新型伦理观要论［J］．中南大学学报：社会科学报，2003(06)。

宋燕辉．明代后期景德镇瓷业中资本主义萌芽的状态［J］．南昌大学学报：人文社会科学版，2009（03）。

孙浩然．袁宏道归心净土缘由探析［J］．江海纵横，2007（04）。

孙琳园．试论明清时期的《京报》［J］．新闻世界，2009(10)。

万明．万历援朝之战与明后期政治态势［J］．中国史研究，2001（02）。

王海刚．明代图书广告与促销术［J］．出版科学，2011（04）。

吴存存．明中晚期社会男风流行状况叙略［J］．中国文化，2001（Z1）。

吴洪成，刘园园．明代保定书院述论［J］．保定学院学报，2010(023)006。

战雪雷．明代中后期文化商业化研究［J］．南开大学博士学位论文，2011。

张晓婧．明代安徽书院研究［J］．安徽师范大学硕士学位论文，2007。

郑洁西．万历朝鲜之役明军中的外国兵［J］．登州与海上丝绸之路国际学术研讨会，2008.

郑洁西．万历二十一年潜入日本的明朝间谍［J］．学术研究，2010(5)。

周祖譔．李贽下狱事探微［J］．苏州大学学报：哲学社会科学版，1982(S1)。

三、网络资料

个人图书馆. 宽严相济：东汉人怎样议论帝王的为政之道防［EB］. http://www.360doc.com/content/18/1003/10/36319167_791564976.shtml.

搜狐新闻. 梦想侵略中国的丰臣秀吉竟然死于中国人之手［EB］. https://www.sohu.com/a/31332927_154406.

搜狐新闻. 朱元璋的历史形象是怎样变差的［EB］. https://www.sohu.com/a/244470857_664480.

贤集网. 浅谈我国古代采矿中井巷支护技术［EB］. https://www.xianjichina.com/news/details_4115.html.

贤集网. 浅谈中国古代几种采矿技术［EB］. https://www.xianjichina.com/news/details_4114.html.